Perry Rhodan
Straße nach Andromeda

Perry Rhodan
Straße nach Andromeda

Verlag Arthur Moewig GmbH,
Rastatt

Alle Rechte vorbehalten
© 1985 by Verlag Arthur Moewig GmbH,
Rastatt
Redaktion: Horst Hoffmann
Beratung: Franz Dolenc
Satz: Utesch Satztechnik, Hamburg
Druck und Bindung: Mohndruck
Graphische Betriebe GmbH, Gütersloh
Printed in Germany
ISBN 3-8118-2035-4

Einleitung

Mit dem vorliegenden Buch haben wir einen Sprung über mehr als zwanzig Hefte hinweg gemacht – sicherlich begrüßt von denjenigen Lesern, die sich eine straffe Handlungsführung innerhalb der Buchreihe wünschen, und bedauert von den anderen, die soviel „Rhodan pur" in ihrer Hardcover-Bibliothek haben möchten wie eben möglich.

Ihnen sei versichert, daß wir nichts unter den Tisch haben fallen lassen, das für die Perry Rhodan-Gesamthandlung von unverzichtbarem Interesse gewesen wäre. Die betreffenden Bände 178 bis 199 brachten zwar spannende Weltraumabenteuer, stellen jedoch bei heutiger Betrachtung hauptsächlich eine Überleitung vom Blues-Unterzyklus zu den großen Ereignissen dar, die mit der Entdeckung der Transmitterstraße nach Andromeda in Band 200 ihren Anfang nehmen. Alles für den Serienzusammenhang Bedeutsame (Entdeckung Kahalos, Rhodans Heirat, Vernichtung von Arkon III) findet sich entsprechend aufgearbeitet in diesem Buch.

Einige grundsätzliche Korrekturen zu den Heften waren unerläßlich. Sie betreffen Zeitangaben und die Aktualisierung von Entfernungsdaten im Sinne eines Einklangs mit dem heutigen Wissensstand und bereits erschienenen Büchern, bzw. dem Perry Rhodan-Lexikon. Darüber hinaus galt es wie immer, Widersprüche und Fehler zu eliminieren, ohne zu tiefe Eingriffe in die Originalromane vorzunehmen. Diese Originalromane sind: *Die Straße nach Andromeda* von *K. H. Scheer; Sternstation im Nichts* von *Kurt Brand; Die Retter der CREST* von *Clark Darlton; Die Stadt der Verfemten* von *William Voltz; Der Wächter von Andromeda* von *H. G. Ewers; Die Schrecken der Hohlwelt* von *Kurt Mahr* und *Die 73. Eiszeit* von *William Voltz*. (Auflistung in der Reihenfolge des ehemaligen Erscheinens, ungeachtet der vorgenommenen Kürzungen und Bearbeitungen.)

Daß der bereits hier auftauchende Romantitel *Die Schrecken der Hohlwelt* identisch ist mit dem Titel des nächsten Buches, sollte insofern nicht verwirren, als es – gerade zu Anfang des Andromeda-Zyklus – unmöglich ist, die Schauplätze strikt voneinander zu trennen, indem man je einen (oder mehrere) in einem Buch abschließend behandelt. Auch das nächste Buch wird noch in und auf Horror spielen, jener künstlichen Hohlwelt, die die Autoren zu einem kaum jemals übertroffenen Feuerwerk an Ideen und hervorragenden Schilderungen inspirierte.

Es bleibt der Dank an Franz Dolenc für die mir in bewährter Weise zuteil gewordene Hilfe (sein Idealismus beim Erstellen des „Gerüsts" und der Ausarbeitung von Möglichkeiten, Logikfehler aufzulösen, sei auch hier wieder hervorgehoben), an die Leser für ihre Anregungen und Kritiken und – last not least – an die Autoren der Originalromane für ihre begeisternde und begeisterte Arbeit vor rund zwanzig Jahren, ohne die es heute keine Perry Rhodan-Bibliothek geben könnte.

Rastatt, Herbst 1984　　　　　　　　　　　　　　　　　　Horst Hoffmann

Zeittafel

1971: Die STARDUST erreicht den Mond, und Perry Rhodan entdeckt den gestrandeten Forschungskreuzer der Arkoniden.
1972: Aufbau der Dritten Macht und Einigung der Menschheit.
1976: Perry Rhodan löst das galaktische Rätsel und entdeckt den Planeten Wanderer, wo seine Freunde und er von dem Geisteswesen *ES* die relative Unsterblichkeit erhalten.
1984: Der Robotregent von Arkon versucht die Menschheit zu unterwerfen.
2040: Das Solare Imperium ist entstanden. Der Arkonide Atlan taucht aus seiner Unterwasserkuppel im Atlantik auf. Die Druuf dringen aus ihrer Zeitebene in unser Universum vor.
2044: Die Terraner verhelfen Atlan zu seinem Erbe.
2102: Perry Rhodan entdeckt das Blaue System der Akonen.
2103: Perry Rhodan erhält den Zellaktivator von *ES*.
2104: Der Planet Mechanica wird entdeckt. Vernichtung des Robotregenten von Arkon.
2114: Entdeckung der Hundertsonnenwelt und Bündnis mit den Posbi-Robotern.
2326: *ES* verstreut 25 Zellaktivatoren in der Galaxis, und es kommt zur Invasion der Hornschrecken. Sie hinterlassen die Schreckwürmer und das geheimnisvolle Molkex.
2327: Entdeckung des Zweiten Imperiums und der Blues. Die Suprahet-Gefahr kann gebannt werden. Kampf gegen die Blues.
2328: Terranische Spezialisten dringen ins Herz des Zweiten Imperiums vor und suchen nach einer Waffe gegen die unzerstörbare Molkexpanzerung der Blues-Raumer. Mit dieser Waffe kann der Krieg im letzten Moment für die Terraner entschieden werden. Der Friedensvertrag zwischen den beiden galaktischen Imperien bringt den Völkern der Milchstraße eine, von wenigen Ausfällen einzelner Splittergruppen abgesehen, Zeit der Ruhe und des Aufschwungs.

1.

Sie schrien ununterbrochen. Sie beruhigten sich auch nicht, als Icho Tolot den Raum betrat und vor den beiden Krankenlagern stehenblieb.

Fancan Teik trug noch seinen Kampfanzug. Teik war vor zwei Stunden von einer Drangwäsche zurückgekommen. Er war müde.

Tolot sah zu dem heimgekehrten Kämpfer hinüber. Niemand würde jemals erfahren, welche Abenteuer Fancan Teik gesucht und auch gefunden hatte. Über solche Dinge schwieg man – normalerweise!

Diesmal hatte sich jedoch etwas ereignet, das Teik verpflichtete, wenigstens einen Teil seiner Erlebnisse zu offenbaren.

Klautos Mur verhielt sich abwartend. Nachdem er seine ärztlichen Pflichten nach bestem Wissen erfüllt hatte, war er einige Schritte zurückgetreten.

Icho Tolots Haus war groß; eigentlich viel zu groß für einen jungen Mann, der im Rat der Alten zu schweigen hatte, bis man das Wort an ihn richtete. Dennoch besaß Tolot Qualitäten, über die man nicht hinwegsehen konnte. Er war ein hervorragender Wissenschaftler.

Tolot beugte sich über die beiden Kranken, in deren Augen der Irrsinn flackerte. Der Mediziner Klautos Mur hatte sie in einen energetischen Fesselschirm eingebettet, damit sich die Tobenden nicht verletzen konnten.

Tolots tiefe Stimme klang überraschend weich. Vorsichtig strich er dem jüngeren Mann über die schweißverklebten Haare. Tolot versuchte durch seinen Gesang den Kranken zu beruhigen. Es gelang ihm nicht.

„Eine sehr heftige Reaktion", erklärte Mur. „Sie werden keinen Erfolg haben."

Tolot richtete sich auf. Seine Hand glitt aus dem Kraftfeld zurück.

„Die körperlichen Schäden haben wir beseitigen können", fuhr der Mediziner fort. „Die Männer sind physisch vollkommen in Ordnung. Gegen die geistige Verwirrung bin ich machtlos. Was schlagen Sie vor?"

Tolot fühlte den milden Vorwurf, der in dieser Frage lag. Er hatte darum gebeten, die Kranken in seinem Haus aufnehmen zu dürfen.

Er kontrollierte die Robotschaltung der Klimaanlage und nahm neben dem Mediziner Platz. Das Licht der roten Sonne fiel kraftlos durch die Deckenfenster.

Fancan Teik bemerkte Tolots auffordernden Blick. Es wurde Zeit, die Hintergründe der Angelegenheit zu erläutern.

Teik griff in eine Außentasche seines Kampfanzuges und zog zwei Klarsichthüllen hervor.

„Das sind die Legitimationen der beiden Männer", erklärte er übergangslos. „Es handelt sich um Leutnant Orson Coul, Terraner, und um den Kanonier Heyn Borler, ebenfalls Terraner. Beide gehörten zur Besatzung des terranischen Schweren Kreuzers OMARON."

„Gehörten . . .?" warf Tolot ein.

„Das Schiff ist mit neunundneunzigprozentiger Sicherheit vernichtet worden."

„Durch eine Kampfhandlung?"

„Nein. Meine Auswertung spricht dagegen. Es scheint sich um einen Unfall gehandelt zu haben. Ich habe die Kranken im Szonu-Sektor entdeckt, in einem Rettungsboot. Ich habe es an Bord meines Schiffes geholt und mich dann entschlossen, die Schiffbrüchigen hierherzubringen. Meine Aufgabe war ohnehin beendet."

Mehr zu sagen gehörte nicht zu den Regeln. Es genügte vollauf, wenn Fancan Teik versicherte, er hätte die beiden Terraner im Raum zwischen den Sternen aufgefischt.

Tolot erhob sich und trat vor einen Bildschirm seiner Erfassungsanlage. Teiks Schiff ruhte auf dem Landefeld vor Tolots Haus. Das terranische Rettungsboot war bereits ausgeschleust worden. Ein datenverarbeitender Roboter beschäftigte sich mit der Auswertung der Bordpositronik.

„Es ist unbeschädigt", sann Icho Tolot laut. „Ich bedanke mich sehr herzlich für Ihr Entgegenkommen, Fancan Teik. Sind Sie damit einverstanden, daß ich die Geretteten zum nächsten terranischen Stützpunkt bringe?"

Teik lachte. Es war ein dumpfes, grollendes Lachen.

„Sie werden wohl gehen müssen, Tolot. Ich bin einverstanden. Werden Sie sich in der Zentrale abmelden?"

Der Mediziner hielt den Atem an. Fasziniert sah er zu dem jungen Mann hinüber.

Icho Tolots Augen erglühten in einem inneren Feuer. Seine Gestalt verdeckte einen Teil des Bildschirmes.

„Wahrscheinlich. Ich bin an Terra stark interessiert."
Fancan lachte erneut, diesmal aber leiser und herzlicher.
„Lassen Sie sich nur nicht dazu verleiten, diesem sympathischen Volk zu hilfreich unter die Arme zu greifen. Es muß seine Probleme allein meistern."
Der Mediziner lachte ebenfalls. Er war alt und verbraucht. Trotzdem fühlte er in diesem Augenblick den Wunsch, seine Heimatwelt zu verlassen, um in den unergründlichen Tiefen des Alls der charakteristischen Abenteuerlust seines Volkes nachzugehen.

Je intensiver er Icho Tolot betrachtete, seinen gigantischen Körper mit sachverständigen Blicken maß und die Chancen des jungen Wissenschaftlers abwog, um so mehr fühlte er sein Blut wallen.

Auf dem Planeten Halut, der einzigen Welt der schwachen, roten Sonne Haluta, sagte man zu derartigen Gefühlswallungen „Drangwäsche". Es war ein Ausdruck, der für die Mentalität der Haluter bezeichnend war.

Sie, die wohl mächtigsten Wesen der bekannten Galaxis und im Besitz einer hochentwickelten Wissenschaft, hatten schon vor fünfzigtausend Jahren auf alle Machtansprüche verzichtet.

Kein anderes Lebewesen der Milchstraße wußte, wo der Planet Halut zu suchen war, und keine Intelligenz ahnte, woher die gelegentlich auftauchenden Fremden stammten, was sie bezweckten und warum sie immer wieder einmal mit ungeheurer Vitalität in die Geschicke einzelner Völker eingriffen.

Auf der großen und alten Sauerstoffwelt Halut lebten nur noch hunderttausend Wesen von Tolots Art. Man hatte sich zurückgezogen; man war reif genug geworden, um zu erkennen, daß der Drang der frühen Vorfahren nach Ausdehnung und Eroberung unerwünschte Unruhe in das Dasein brachte.

Auf Halut war man zu der Auffassung gelangt, jeden Haluter nach eigenem Ermessen leben zu lassen. Man war friedfertig geworden, weise und zurückhaltend – bis auf eine bestimmte Ausnahme!

Fancan Teik war ein Beispiel für die fast krankhafte Lust eines Haluters, hier und da die stille Heimatwelt zu verlassen, um sich draußen im Sternenmeer der Galaxis auszutoben.

Der biologische Metabolismus ihrer Körper – ihre Fähigkeit, jede einzelne Zelle geistig zu beherrschen, sie zu verwandeln und somit aus dem pulsierenden Organismus ein stählernes Geschoß zu machen – prädestinierte die Bewohner von Halut für den Kampf.

Wo sie auftauchten, verbreiteten sie Panik und Schrecken – wenigstens so lange, bis andere Lebewesen erkannten, daß ein monströses Äußeres nicht unbedingt auf ein Monstrum schließen läßt.

Der Mediziner erhob sich. Schwerfällig tappte er zu Tolot hinüber und legte ihm die Hand seines rechten Greifarms auf die Schulter.

„Ich beneide Sie. Wann wollen Sie gehen? Würden Sie einem alten Mann erlauben, Ihnen bei der Zusammenstellung Ihrer Ausrüstung behilflich zu sein? Bitte – ich weiß, wie unbillig mein Verlangen ist; aber wenn die Lebenszeit eines Kämpfers fast abgelaufen ist, dann...!"

„Ich verstehe Sie vollkommen", unterbrach Icho Tolot ihn. „Haben Sie meine letzte Erfahrungsstudie über Terra gelesen?"

„Sogar studiert. Phänomenal, möchte ich sagen. Unsere Chronik berichtet vom dritten Planeten einer unbedeutenden Sonne. Wir entdeckten damals eine Urwelt."

„Heute finden Sie ein räumlich kleines, aber machtvolles Sternenreich, das von den Bewohnern dieser dritten Welt beherrscht wird. Das wäre nicht außergewöhnlich. Die Geschichte kennt viele Beispiele vom Aufstieg und Untergang eines galaktischen Volkes. Die Terraner unterscheiden sich von den uns bekannten Völkern in einem wesentlichen Punkt. Sie besitzen persönlichen Mut, Opferbereitschaft und einen unbezähmbaren Willen, das einmal Begonnene zu vollenden. Ihre kluge Politik führte zur Bildung des sogenannten Solaren Imperiums im Zeitraum von nur wenigen Jahrzehnten. Ich möchte mit ihnen Kontakt aufnehmen. Sie reizen mich."

„Ich bin mit einem terranischen Schlachtschiff zusammengetroffen", warf Fancan Teik ein. Tolot drehte sich überrascht um. Teik sah sinnend auf den Kontrollschirm. Sein drittes Auge hatte er etwas ausgefahren.

„Die Besatzung war auf einer Welt gelandet, für die ich mich ebenfalls interessierte. Ich riskierte ein Spiel und ließ mich jagen. Sie wurden gefährlicher, als ich angenommen hatte. Parapsychische Waffen sind ebenfalls eingesetzt worden. Sie erwähnten einmal ein Mutantenkorps."

„In einer lange zurückliegenden Studie", bestätigte Icho Tolot.

Fancan Teik bewegte bestätigend die Hände seiner Sprungarme.

„Ganz recht", meinte er. „Es ist nicht zuletzt diesem Mutantenkorps zu verdanken, daß die Terraner heute zu einem bedeutenden Macht- und Wirtschaftsfaktor in der Galaxis geworden sind. Ich schätze, daß wir vom Solaren Imperium noch manches hören werden. Derzeit herrscht relative Ruhe in der Milchstraße, wenn man von den Scharmützeln in der Eastside absieht, wo die Bluesvölker noch immer nicht ihren Frieden gefunden haben. Es gibt zwar noch einige kleine, aber einflußreiche Gruppen von Akonen, Aras, Springern und Antis, die aus dem Untergrund heraus versuchen, gegen Terra Stimmung zu machen. Aber diese Aktivitäten können der Erde derzeit nichts anhaben. Dazu ist ihre Stellung zu sehr gefestigt. Diese relative Ruhe hat dazu geführt, daß Perry Rhodan, der Großadministrator des Solaren Imperiums, seit einigen Jahren intensive Anstrengungen unternimmt, um Kahalo zu finden."

Tolot wußte von der Suche nach dem geheimnisvollen Planeten. Die Haluter kannten diese Welt schon seit vielen Jahrtausenden, obwohl noch niemals einer von ihnen sie betreten hatte. Dieser Planet galt auf Halut als Tabu. Es gab auf Halut ein ungeschriebenes Gesetz, nach dem sich alle Haluter richteten. Und dieses Gesetz verbot es ihnen, sich intensiver mit dem galaktischen Zentrum und mit Kahalo zu beschäftigen. Niemand wußte, warum es so war, und niemand fragte danach. Möglicherweise hing die Tabuisierung des galaktischen Zentrums damit zusammen, daß die halutische Geschichtsschreibung nur etwa 50 000 Jahre in die Vergangenheit zurückreicht. Was *vor* diesen 50 000 Jahren lag, war unbekannt, und eigenartigerweise gab es keinen Haluter, der versucht hätte, die Ursachen dieser Unkenntnis intensiv zu erforschen. Auch Tolot verspürte nicht die Absicht, sich damit auseinanderzusetzen. Gesetze – auch wenn es ungeschriebene waren – waren dazu da, eingehalten zu werden. Und jeder der 100 000 Haluter hielt sich daran.

Doch das Tabu verbot es lediglich, eine direkte Erforschung des Zentrumsgebiets und Kahalos vorzunehmen oder anderen Intelligenzen direkte Hinweise auf die Existenz der dort existierenden Geheimnisse zu liefern. Es schloß jedoch eine Fernbeobachtung nicht aus. Und so hatte sich mancher Haluter in den vergangenen Jahrtausenden dieser Möglichkeit bedient. Sie hatten von der Existenz einer rätselhaften Anordnung von Pyramiden auf Kahalo Kenntnis erhalten, deren Sinn aber nicht ergründen können. Kaholo wurde weiterhin in gewissen Abständen aus der „Ferne" beobachtet. Dadurch erfuhr man auch, daß vor etwas mehr als siebzig Jahren terranischer Zeitrechnung auf Kahalo ausgedehnte Kampfhandlungen stattgefunden hatten. Damals hielt sich der Terraner Perry Rhodan in Begleitung einiger seiner engsten Freunde und Mitarbeiter auf Kahalo auf, um den Bigheads, der degenerierten Bevölkerung Kahalos, in ihrem Kampf gegen Angreifer aus dem Weltraum hilfreich beizustehen. Danach verließen Rhodan und seine Freunde die Welt wieder, ohne Gelegenheit zu erhalten, ihre Positionsdaten in ihren Besitz zu bringen.

Bei einer erst vor wenigen Monaten stattgefundenen Fernbeobachtung Kahalos stellten die Haluter dann überrascht fest, daß es keine intelligente Bevölkerung mehr gab. Die Kahals waren spurlos verschwunden, und niemand vermochte zu sagen, was aus ihnen geworden war. Daß sie aus eigenem Antrieb ihre Welt verlassen haben könnten, wurde bezweifelt. Dazu hatten sie weder das notwendige technische Wissen, um mit ihren wenigen Raumschiffen umzugehen, noch die Initiative, einen derartigen Schritt zu unternehmen. Auch dieses Rätsel wurde von den Halutern nicht näher untersucht, denn das Tabu hinderte sie daran.

Tolot unterbrach seine Überlegungen und wandte sich wieder Fancan Teik zu.

„Wenn die Terraner weiterhin mit derselben Hartnäckigkeit nach Kahalo suchen, dann werden sie früher oder später Erfolg haben. Ich werde sie auf ihrer Stützpunktwelt Opposite aufsuchen."

„Haben Sie die Koordinaten?" erkundigte sich der Arzt erregt.

„Ja. Ich bin sehr neugierig, wie man mein Erscheinen auffassen wird."

Fancan Teik ging. Minuten später hob sein Schiff ab. Es verschwand hinter den flachen, abgetragenen Bergen des westlichen Horizontes.

Halut war alt – uralt. Dieser Planet hatte bereits seine Entwicklungsepoche abgeschlossen, als die ersten halutischen Flotten in den Raum gerast waren. Es war lange her.

Jetzt flogen nur noch die kleinen Spezialraumer jener Haluter ab, die im Banne ihrer Drangwäsche die Heimat verlassen mußten, um draußen für einige Zeit wie die Ahnen zu leben.

Icho Tolot begann mit seiner Rüstung. Der alte Mediziner half. Die beiden geretteten Terraner schrien immer noch. Sie berichteten von flammenden Lichtern und rätselhaften Gewalten, die über sie hereingebrochen waren.

Tolot registrierte die Aussagen im Speichersektor seines Planhirns. Es lag in der oberen Hälfte seines halbkugeligen Schädels und wurde durch eine Knochenplatte vom Ordinärgehirn getrennt, das für die motorischen Bewegungen und zur Verarbeitung der Sinneseindrücke zuständig war.

Ichos Planhirn rechnete exakter, schneller und schöpferischer als eine hochwertige Positronik.

Tolot verarbeitete die Daten, die er aus dem Gestammel der Kranken entnehmen konnte. Schließlich kam er zu dem gleichen Schluß wie Fancan Teik. Der Schwere Kreuzer OMARON existierte nicht mehr. Die beiden Terraner waren durch einen Zufall dem Unheil entgangen.

Tolot richtete sich zur vollen Größe auf. In dieser Haltung maß er 3,50 Meter. Seine Schulterbreite betrug 2,50 Meter, sein Gewicht 39,8 Zentner unter einer Schwerkrafteinwirkung von einem Gravo.

Langsam, fast schwerfällig wirkend, schritt er auf seinen relativ kurzen Säulenbeinen dem Ausgang zu. Die schwarze, lederartige Haut seines Körpers absorbierte das Licht der Sonne Haluta.

Klautos Mur wartete vor der Tür der Rüstkammer. Tolot verneigte sich vor den verschlungenen Symbolen, die seine Vorfahren auf dem stählernen Schott hatten einprägen lassen.

Während er die uralten Worte der Zeremonie sprach, legte er seine Kleidungsstücke ab. Mur regte sich nicht. Es stand ihm nicht zu, die Zwiesprache zu stören.

Er trat erst vor, als Tolot sagte:

„Ich bin bereit, es sei. Ich gehe."

Das Schott schwang auf. Die Robotautomatik tastete die Individualschwingungen des Haluters ab. Das Freizeichen kam. Die eingebauten Waffen wurden in die Stollenwände eingefahren.

Tolot schritt in die Rüstkammer hinein. Er wählte eine Kampfkombination, die dreißigtausend Jahre zuvor hergestellt worden war. Es war eine gute Kombination mit eingebautem Molekülwandler, der das Material in eine stahlfeste Rüstung verwandeln konnte.

Die Einkleidung dauerte drei Stunden. Draußen wurde es dunkel. Der flammend rote Ball Haluta tauchte hinter den Bergen unter. Tolot achtete nicht darauf.

Er schloß die Kombination und überprüfte den Mikro-Materiewandler, der aus beliebigen Grundstoffen atembare Gasgemische oder trinkbare Flüssigkeiten aufbereiten konnte.

Klautos Mur streifte dem Kämpfer die breiten Schultergurte über, an denen der Waffen- und Allzweckgürtel hing.

Nur noch Ichos Kopf ragte aus dem dunkelgrünen Material des

Kampfanzuges hervor. Es war ein mächtiger, voluminöser Schädel, der anscheinend halslos auf den ausladenden Schultern ruhte.

Er hatte die Form einer Halbkugel, war haarlos und enthielt drei Augen. Zwei davon befanden sich dort, wo man bei einem Menschen die Schläfen gesucht hätte. Hinter ihnen waren die verschließbaren Öffnungen erkennbar.

Das dritte Auge saß in Stirnhöhe auf der Frontseite des Schädels. Haluter waren ihren Feinden schon deshalb überlegen, weil sie über einen enormen Blickwinkel verfügten und außerdem infrarotempfindlich waren.

Weder Klautos Mur noch Icho Tolot sprachen bei der Zeremonie des Ankleidens. Alles geschah in bedrückender Stille. Nur die Roboter der Rüstkammer verursachten gelegentlich ein Geräusch.

Abschließend wählte Tolot seine Waffe. Es war ein Dreifach-Kombinationsstrahler, größer, schwerer und wirkungsvoller als eine terranische Roboterkanone, wie sie nur von mächtigen Kampfmaschinen gehandhabt werden konnte.

Icho brauchte dreißig Minuten, bis er die Waffe überprüft hatte. Der Schießstand lag nebenan. Nacheinander erprobte er den thermischen Impulsstrahl, den materieauflösenden Desintegrator und schließlich den Kern-Fernzünder, mit dem jede Materie zum Atomzerfall gezwungen werden konnte.

Zahllose andere Ausrüstungsgegenstände folgten. Erst als Tolot fertig war und die Rüstkammer verließ, richtete Mur das Wort an den jungen Haluter.

„Erproben Sie bitte die Umschaltphase Ihrer Herzen."

Tolot befolgte den Rat. Er legte durch die Kraft seines Willens das linke Herz still, schloß die organischen Ventilgruppen und ließ das rechte Herz anlaufen.

„Reaktion gut, keine Flattererscheinungen", sagte er.

„Vortrefflich! Strukturumwandlung?"

Tolots hochelastische Haut begann zu schimmern. Die Molekülgruppen ordneten sich um und wurden kristallin. Sekunden später glich der Haluter einer Statue aus bestem Terkonitstahl. Die Facettenverschlüsse seiner drei Augen hatten sich so weit verengt, daß nur noch ein Bruchteil der zwanzig Zentimeter durchmessenden Augen zu sehen war.

„Gehübung, bitte!" forderte der Arzt.

Icho Tolot begann zu laufen; bei der durchgeführten Außenumwandlung waren die Organe nicht betroffen worden. Tolot konnte sich noch gut bewegen. Die Gelenkverdichtung hob sich beim Ausschreiten etwas auf.

„Ihre Kontrolle ist ausgezeichnet. Vollverwandlung, bitte!"

Der Haluter erstarrte. Atmung und Puls setzten aus. Der Arzt nahm eine mechanische Waffe und feuerte eine Serie von hundert panzerbrechenden Geschossen auf den reglosen Körper.

Tolot reagierte nicht. In ihm gab es fast kein Leben mehr. Nur eine Zellballung seines Ordinärgehirns arbeitete noch.

Als die letzten Querschläger gegen die Wandungen geprallt und zu Boden gefallen waren, gab Tolot seinem Körper die normale Bio-Struktur zurück. Klautos Mur war auch diesmal zufrieden.

Die medizinischen Untersuchungen beanspruchten den Rest der Nacht. Der Lauftest erfolgte kurz nach Sonnenaufgang.

Icho Tolot ließ den Körper nach vorn absinken und berührte mit seinen beiden kurzen Sprungarmen den Boden. Die langen Greifarme waren griffbereit ausgestreckt.

Auf Anordnung des Arztes verwandelte sich der zwei Tonnen schwere Titanenkörper in eine davonschießende Rakete. Haluter konnten auf allen vieren eine Geschwindigkeit von 120 Kilometern pro Stunde erreichen. Dieses Tempo hielten sie mühelos fünfzehn Stunden lang durch.

Icho Tolot kehrte nach einer Laufzeit von einer Stunde zurück. Seine Kreislauffunktionen waren in Ordnung.

Um die Mittagszeit wurde er aus der Obhut des Arztes entlassen. Die technischen Kontrollen wurden von Robotern vorgenommen.

Als Tolot endlich einsatzklar war, glich er einem vierarmigen, grüngekleideten Ungeheuer mit rotleuchtenden Augen, unter denen eine kaum erkennbare Nasenöffnung und ein breiter, rachenartiger Mund saßen.

Auch die Zähne unterstrichen den monströsen Eindruck. Haluter waren Vielstoff-Verwerter. Ihr Metabolismus war nicht auf die Zuführung tierischer oder pflanzlicher Nahrung angewiesen. Das Konvertersystem ihres Verdauungstraktes, ebenfalls steuerbar durch die Kraft des Willens, nahm mit jedem denkbaren Grundstoff vorlieb.

Den letzten Test unternahm Tolot nach eigenem Ermessen. Er suchte seine Vakuumkammer auf, schaltete die Temperaturregelung auf Minus 185 Grad Celsius und ließ den faltbaren Helm in die Halskrause des Spezialanzuges zurückgleiten.

Fünf Stunden lang lebte Icho von dem Sauerstoff, der in seinem organischen Konvertersystem aus vorher aufgenommenem Felsgeröll erzeugt wurde. Eine Minimalverdichtung seiner Haut verhinderte eine Druckausdehnung seines Körpers. Die Eigenwärme wurde hundertprozentig im Körper gespeichert.

Bei Anbruch der zweiten Nacht war Icho Tolot startklar. Sein Raumschiff tauchte über den Bergen auf und landete auf dem weiten Gelände vor seinem Haus. Außer ihm war niemand da.

Haluter, die dem Ruf ihres wilden Blutes folgten und zur Drangwäsche auszogen, wurden niemals offiziell verabschiedet.

Tolot nahm die beiden kranken Terraner auf seine Titanenarme und trug sie vorsichtig zu seinem Schiff hinüber. Es war ein 120 Meter durchmessendes, kugelförmiges Fahrzeug, wie es in dieser Konstruktion von keinem anderen galaktischen Volk gebaut wurde. In seinem Innern gab es Anlagen, die noch kein anderes Intelligenzwesen geschaut hatte, und Tolot hatte nicht die Absicht, die Terraner in seine Geheimnisse einzuweihen.

Behutsam bettete er die Menschen auf ein Schwebefeld und legte einen hochelastischen Fesselschirm über sie. Sie konnten sich begrenzt bewegen. Sie schrien immer noch. Klautos Mur hatte es nicht gewagt, den Männern ein Beruhigungsmittel zu geben.

Tolot suchte die Zentrale auf. Von hier aus rief er die Wesen seines Volkes an. Er wußte, daß sie alle an den Bildschirmen ihrer Geräte saßen und ihn beobachteten. Der Aufbruch eines Kämpfers gehörte zu den erregendsten Ereignissen auf Halut.

„Ich gehe", sprach Icho Tolot die vorgeschriebene Formel. „Ich gehe, um zu suchen. Ich werde finden."

Die Antwort erfolgte in der Form einer atomaren Lichterkette, die im Raum aufflammte und das Funkeln der Sterne überstrahlte. Icho Tolot atmete rascher.

Sein Start erfolgte gegen Mitternacht. Als er den Raum erreicht hatte und die Automatik mit der Zielberechnung begann, setzte der Haluter den vorbereiteten Funkspruch ab.

Die Sonne Haluta stand fast genau im Zentrum der Milchstraße, 51 321 Lichtjahre von Terra entfernt. Zwischen Tolots Ziel, dem Stützpunktplaneten Opposite, und Halut lagen jedoch nur 2414 Lichtjahre.

Niemand bestätigte den Empfang des Funkspruchs. Tolot hatte es nicht anders erwartet.

Er lachte vor sich hin. Dabei öffnete sich sein rachenartiger Mund, und die Mahlzähne wurden erkennbar. Er benötigte sie zum Zerkleinern seiner Materienahrung.

Als das Schiff in den Zwischenraum vordrang und mit millionenfacher Lichtgeschwindigkeit auf sein Ziel zuraste, ging Icho Tolot zu den Geretteten hinüber.

Sie waren etwas ruhiger geworden, jedoch erfaßten sie nicht, wo sie sich befanden.

„Eure Wissenschaftler werden euch helfen, meine Kleinen", flüsterte der Gigant. Behutsam wischte er den Schweiß von Leutnant Couls Stirn.

Tolot, eingeschlechtlich wie alle Haluter, fühlte Mutterinstinkte in sich aufsteigen. Als er jedoch an die überraschende Kampfkraft der Terraner dachte, wandelte sich das Gefühl der Zärtlichkeit zum Stolz des Vaters. Wieder lachte der Gigant, diesmal aber lauter und kräftiger. Er fuhr in seinem Selbstgespräch fort:

„Deine Leute werden mich für ein Ungeheuer halten, mein Kleiner. Wir Haluter schätzen persönlichen Mut und planvolles Denken. Aber noch mehr lieben wir den Scherz und das Spiel mit den Gewalten der Natur. Ihr Terraner habt Sinn für Humor, oder es wäre euch nicht gelungen, die Völker der Galaxis zu übertölpeln. Ihr habt viel gewagt, und ihr habt gewonnen. Niemals zuvor ist auf Halut so viel und so herzlich gelacht worden, als während der Zeit eurer Expansion in die Tiefen der Milchstraße. Wir haben euch beobachtet und gespannt auf euren nächsten Schachzug gewartet. Ihr habt Abwechslung in unsere Einsamkeit gebracht. Jetzt ist es an der Zeit, in das Spiel einzugreifen. Ihr habt Großes vor – Dinge, die selbst wir nicht gewagt haben."

Leutnant Coul begann wieder zu schreien. Verzweifelt lehnte er sich gegen die energetischen Fesseln auf. Icho Tolot beobachtete ihn besorgt. Dann ging er leise aus dem Raum.

Die Automatik würde in wenigen Minuten zum Eintauchmanöver ansetzen.

2.

Man schrieb den 15. August 2400, Standardzeit. Der dritte Planet der grünen Sonne Whilor, 48 333 Lichtjahre von der Erde entfernt, schien unter dem Startgetöse eines Schlachtschiffverbandes der USO bersten zu wollen.

Die Giganten erhoben sich vom neuen Großraumhafen nahe dem planetarischen Südpol, wo erst wenige Jahre zuvor der wichtigste Stützpunkt des Solaren Imperiums entstanden war. Wichtig deshalb, weil die Whilorgruppe zu jenen Sonnensystemen gehörte, die nahe genug am galaktischen Zentrum standen, um den Verbänden des Imperiums als Basis dienen zu können.

Vor einundsiebzig Jahren hatte auf Opposite, wie man diese Welt genannt hatte, lediglich eine geheime Forschungsstation des Obmanns Iratio Hondro existiert.

Hondro!

Selbst jetzt noch stand dieser Name für ein düsteres Kapitel in der Geschichte der terranischen Expansion und der vielen Kolonialvölker, die auf neuen Planeten eine neue Heimat und ein neues Selbstbewußtsein gefunden hatten. Der Tag, an dem der Diktator auf Opposite gefallen war, nachdem beim Freiheitskampf der Plophoser ein terranischer Flottenverband unter Rhodans und Atlans Führung gelandet war, war allen Beteiligten unauslöschlich in die Erinnerung eingebrannt.

Es hatte kurz nach dem Ende der Auseinandersetzungen mit den Blues begonnen. Nach Abschluß des Friedensvertrages zwischen Vereintem Imperium und Gatasern war es innerhalb kürzester Zeit in der Galaxis zu umfassenden Umwälzungen und Zerfallserscheinungen der Machtblöcke gekommen.

Die Völker des Vereinten Imperiums waren, nachdem der Druck durch die Bedrohung von außen nicht mehr vorhanden war, nicht länger bereit gewesen, sich dem Diktat der Imperiumsführung zu unterwerfen. Auf vielen Planeten machte sich die Tendenz bemerkbar, eigene Wege zu gehen. Für Perry Rhodan bestürzend, waren es vor allem die terranischen Kolonialwelten, die sich am hartnäckigsten zeigten und sogar offen gegen die angebliche Bevormundung durch Terra Front machten, allen voran die Plophoser aus dem Eugaul-System, im Jahr 2028 besiedelt und nun auf dem Höhepunkt seiner Blüte.

Das Staatsoberhaupt der Plophoser, im Jahr 2308 durch Putsch an die Macht gekommen, baute innerhalb weniger Jahre ein diktatorisches Regime auf. Mit Hilfe eines von Aras entwickelten Giftes machte Iratio Hondro sich alle wichtigen Persönlichkeiten gefügig. Das absolut tödlich wirkende Gift, falls nicht in regelmäßigen Abständen ein Gegenmittel verabreicht wurde, ließ jeden Widerstand gegen ihn im Keim ersticken. Hondro befand sich im Besitz eines Zellaktivators, einer von jenen sechs, die noch irgendwo in der Galaxis versteckt gewesen und von Rhodan nie gefunden worden waren.

Als es dem Diktator im Oktober des Jahres 2328 gelang, Perry Rhodan, Atlan und Reginald Bull zu entführen und der galaktischen Öffentlichkeit deren Tod vorzutäuschen, brach im Vereinten Imperium ein Chaos aus. Bei dieser Aktion wurde das Flaggschiff CREST von den Plophosern vernichtet. Das Auseinanderbrechen des Imperiums trat in ein neues Stadium, was schließlich dazu führte, daß Julian Tifflor dem Druck der Imperiumsvölker nachgab und das Staatengebilde auflöste. Das Solare Imperium der Menschheit war allerdings mächtiger als jemals zuvor. Eine verzweifelte Suche nach den Verschollenen begann, denn Tifflor und einige andere wollten nicht an ihren Tod glauben.

Hondros Gewaltherrschaft blieb inzwischen nicht ohne Folgen. Auf allen Welten des plophosischen Reiches bildeten sich Widerstandsgruppen, die sogenannten Neutralisten. Ihr Anführer war Lord Kositsch Abro.

Während die galaktische Öffentlichkeit Rhodan, Atlan und Bull abgeschrieben hatte, gelang es diesen, Kontakt mit den Neutralisten aufzunehmen, aus der Gefangenschaft Hondros zu entfliehen und zum geheimen Stützpunkt der Rebellen zu gelangen – dem Mond Badun in der Nähe des galaktischen Zentrumsgebietes. Hondro fand die Position Baduns heraus und konnte den Stützpunkt ausheben. Rhodan und seine Gefährten wurden, zusammen mit Mory Abro, der Tochter des Neutralistenführers, im letzten Augenblick durch eine geheimnisvolle Macht gerettet.

Sie fanden sich an Bord eines offenbar unbemannten Raumschiffs wieder, das sie auf den Planeten Kahalo brachte, die dritte Welt der Sonne Orbon im Zentrumsgebiet der Milchstraße. Die genaue Position dieses Systems blieb ihnen verborgen.

Auf Kahalo lebten die Kahals, von den Gestrandeten aufgrund ihres Aussehens „Bigheads" genannt, und sie waren es, die das Raumschiff geschickt hatten. Die Kahals waren Nachkommen einer uralten Zivilisation, deren Technologie denen der bekannten galaktischen Völker weit überlegen war. Die Kahals jedoch hatten ihre Funktionsweise seit Jahrtausenden verlernt und konnten sie nur noch halbwegs bedienen, ohne zu wissen, wie was funktionierte.

Dann stellte sich heraus, daß sie Perry Rhodan und seine Begleiter zu sich geholt hatten, weil sie sich einer Bedrohung aus dem Weltraum ausgesetzt sahen und selbst nicht in der Lage waren, diese Gefahr abzuwenden.

Tatsächlich gelang es Perry Rhodan, die Zivilisation der Kahals zu retten. Die fremden Aggressoren wurden für alle Zeiten in die Flucht geschlagen. Rhodan entdeckte dabei sechs geheimnisvolle Pyramiden, die von den Kahals als Heiligtum verehrt wurden. Für eine genaue Untersuchung der Sechseckanlage blieb keine Gelegenheit, denn das Raumschiff, das die Verschollenen gebracht hatte, drohte ohne sie wieder zu starten. Nur mit ihm konnten sie hoffen, zur Erde zurückzukehren. Perry Rhodan blieb nichts anderes übrig, als ohne Kenntnis der Positionsdaten von Kahalo wieder an Bord zu gehen. Auch die Positronik des Schiffes vermochte die heißbegehrten Informationen nicht zu liefern. Sie erwies sich als vollkommen unzugänglich.

Und sie brachte die Totgeglaubten nicht, wie erhofft, zur Erde, sondern in einen Sektor der galaktischen Eastside. Inzwischen wurde in der gesamten Milchstraße, angekurbelt durch Tifflor und Allan D. Mercant, verbissen nach dem Verbleib des Großadministrators gesucht. Agenten auf Plophos hatten bestätigt, daß sie lebten. Schließlich gelang es tatsächlich, sie zu finden. Nach monatelanger Irrfahrt kehrten Perry Rhodan, Reginald Bull, Atlan und in ihrer Begleitung die Plophoserin Mory Abro nach Terra zurück. Rhodan und die junge, temperamentvolle Frau waren sich menschlich längst nähergekommen.

Im Juni 2329 gelang es den Neutralisten, Iratio Hondro mit der Hilfe Terras zu stürzen und ein Gegenmittel zu entwickeln, das die plophosischen Giftträger rettete. Hondro konnte auf seinen Geheimstützpunkt auf dem Planeten Last Hope fliehen. Auch dort kam es kurze Zeit später zum Aufstand, wodurch Perry Rhodan die Koordinaten dieses Systems erhielt. Nach erneuter Flucht wurde Hondro schließlich auf einem weiteren Geheimstützpunkt von terranischen Schiffen gestellt – und dieser Stützpunkt war Opposite. In der Stunde seines Todes zeigte der Diktator Reue und übergab Rhodan seinen Zellaktivator mit der Bitte, diesen der Tochter seines ärgsten Widersachers, Lord Kositsch Abro, zu übergeben.

Im September 2329 war die ganze Galaxis Zeuge der Hochzeitsfeierlichkeiten, als Perry Rhodan Mory Abro zur Frau nahm. Mitten hinein platzte jedoch die Schreckensnachricht, daß eine große Flotte der Blues in das Arkon-System eingedrungen war. Trotz sofort eingeleiteter Hilfsmaßnahmen gelang es nicht mehr, die Vernichtung von Arkon III zu verhindern.

Die Blues, von denen man angenommen hatte, daß sie für das Solare Imperium keine Gefahr mehr bedeuteten, waren in den vergangenen Jahren von verschiedenen Untergrundorganisationen, vor allem der Akonen, aufgewiegelt worden. Sie sollten als die Werkzeuge dienen, die Macht in der Galaxis an sich zu reißen. Durch ihre Bruderkämpfe geschwächt und verunsichert, ließen sie sich zum Bruch des Friedensvertrages mit dem inzwischen aufgelösten Vereinten Imperium provozieren. Der ehemalige Kriegsplanet des arkonidischen Sternenreiches zerplatzte unter dem Bombenhagel der Diskusschiffe und bildet seither einen Trümmerring auf seiner ehemaligen Umlaufbahn.

Rhodan schlug die Blues in die Flucht, ehe sie ihr Zerstörungswerk über Arkon I und Arkon II vollenden konnten. Die Rechnung der Kriegstreiber ging nicht auf, denn nach unzähligen Raumschlachten, in denen Millionen von Intelligenzwesen den Tod fanden, wollte Perry Rhodan die Galaxis nie wieder in Flammen sehen. Diese Gefahr vor Augen, versicherten ihm alle terranischen Kolonialwelten wieder ihre volle Loyalität und Unterstützung, während die Arkoniden in die Bedeutungslosigkeit versanken. Plophos, der Gegner von gestern, wurde zum treuesten Verbündeten Terras, nachdem Mory Rhodan-Abro zum neuen plophosischen Staatsoberhaupt gewählt worden war und dem Solaren Imperium mit ihrer ganzen Macht zur Seite stand.

Die Blues, deren Bruderkämpfe auch jetzt noch weitertobten, waren also ungeschoren davongekommen, nachdem die Verschwörung der Untergrundorganisationen durchschaut worden war. Die barbarische Verletzung des Friedensvertrags, so konnte sowohl von Gatas als auch von anderen Hauptplaneten in der galaktischen Eastside nachgewiesen werden, war von Außenseitern der großen blueschen Völkerfamilie verübt worden, ohne jegliche offizielle Billigung. Eventuelle weitere Übergriffe sollten fortan unter die Gerichtsbarkeit von Gatas und Apas fallen.

Rhodan wußte, daß Terra nun stark genug war, um sich selbst zu schützen. In den vergangenen siebzig Jahren hatte sich das Solare Imperium aus allen Zwistigkeiten unter den Milchstraßenvölkern herausgehalten und war in aller Ruhe ausgebaut und gefestigt worden. Wer den Frieden zu stören versuchte, biß auf Granit.

Rhodans Ziel, die terranische Einheit weiter zu stabilisieren und die Menschheit zu stärken, hatte nur durch eine Konzentration aller Kräfte auf die eigenen Interessengebiete verwirklicht werden können.

Neue Systeme waren besiedelt worden. Die Sternhaufen der Plejaden und Praesepe, beide nur rund fünfhundert Lichtjahre von Terra entfernt, hatten sich dazu angeboten.

Es war Rhodans Plan gewesen, ein konzentrisches Ballungsgebiet aufzubauen, in dem kein Stern weiter als dreitausend Lichtjahre von der Heimatwelt entfernt stehen sollte.

Planeten dieser „Außenringgattung" dienten ohnehin nur als dünnbesiedelte Stützpunkte für Flotte und Handel. Die eigentlichen Auswanderungswelten, die von Menschen voll in Besitz genommen worden waren, waren nur bis zu achthundert Lichtjahren von Terra getrennt.

Durch diese Taktik war ein Imperium entstanden, das trotz seiner geringen räumlichen Ausdehnung eine große Packungsdichte an Menschen, Großindustrie, Flottenhäfen und Handelszentren besaß.

An diesem 15. August 2400, nur einundsiebzig Jahre nach dem Zerfall des ehemaligen Vereinten Imperiums und der Galaktischen Allianz, verfügte Terra über 1112 Planeten in insgesamt 1017 Sonnensystemen.

Dazu zählten noch weitere 1220 Welten der Außenringgattung.

Die Heimatwelt Terra, Sitz der Solaren Regierung und Lebenskeim des Sternenreiches, besaß eine Bevölkerung von sieben Milliarden Einwohnern. Die Auswanderung zu neuentdeckten oder noch nicht voll erschlossenen Planeten wurde vom Staat mit allen Mitteln gefördert.

Nach der Vernichtung von Arkon III hatte sich das alte Arkonidenreich im Verlauf der letzten siebzig Jahre in mehr als tausend Interessenverbände aufgesplittert. Ehemalige Gouverneure hatten ihre Besitzansprüche geltend gemacht.

Einige akonische Splittergruppen bemühten sich mit allen Mitteln, die Arkonidenkolonien zu übernehmen.

Springer, Aras, Antis und etwa zweitausend andere Völker, die aus dem Arkonidenstamm hervorgegangen, im Verlauf der Jahrtausende jedoch mutiert waren, versuchten zu retten, was noch zu retten war.

Die Terraner waren, dessen ungeachtet, vor neunzig Jahren auf die Suche nach dem sagenhaften Planeten Kahalo gegangen, auf dem Rhodan, Atlan, Mory Abro und einige andere Personen die Überreste einer unglaublichen Kultur entdeckt hatten.

Kahalos Wissenschaft konnte ausschlaggebend für die weitere Entwicklung der Menschheit sein.

Seit zehn Jahren existierte der neue Stützpunkt auf Opposite, wo die Tage und Nächte extrem kurz waren. Der Planet wies eine Schwerkraft von 0,86 g auf und rotierte in 14,4 Stunden um die eigene Achse. Die Mitteltemperaturen betrugen +31° Celsius, der Äquatordurchmesser maß 6910 Kilometer. Opposite besaß eine dünne Sauerstoffatmosphäre und war heiß und trocken. Aber das alles nahm Perry Rhodan in Kauf. Wenn Kahalo irgendwo zu finden war, dann nur im Zentrum der Galaxis. Mit dieser Erkenntnis hatte die Suche im Sternenmeer begonnen. Bisher war sie erfolglos verlaufen, obwohl sich Rhodan nicht gescheut hatte, etwa zehntausend Raumschiffe aller Klassen einzusetzen.

Dann war vor acht Wochen das erste Schiff verschollen; wenig später das zweite und dritte.

Vor vier Tagen hatte man einen verzweifelten Notruf des Schweren Kreuzers OMARON auffangen können. Die Ermittlungen wiesen auf, daß alle vier Schiffe im gleichen Sektor der Zentrumsballung verschwunden waren.

Atlan, Regierender Lordadmiral und Oberbefehlshaber der USO, glaubte an eine Serie von Attentaten, die von Unbekannten so geschickt arrangiert wurden, daß sie wie Unfälle aussahen.

Perry Rhodan hielt mit seiner Meinung zurück. Dennoch hatte er elf Flotten nach Opposite verlegt. Atlan hatte die Machtkonzentration durch drei überlichtschnelle Trägergeschwader noch verstärkt.

Zu diesem Zeitpunkt der kritisch erhöhten Wachsamkeit empfing die galaktische Großfunkstation von Opposite eine Nachricht, deren

Inhalt so seltsam war, daß der Diensthabende augenblicklich Vollalarm gegeben hatte.

Als Folge davon war ein Abfang-Verband der USO in den grünen Himmel des Wüstenplaneten gerast. Weitere Schiffe standen mit laufenden Triebwerken auf den Pisten des Hafengeländes.

Die Abwehrforts hatten ihre Geschütze ausgefahren. Niemand wußte genau, was sich da Opposite näherte.

„Kennen Sie jemand namens Icho Tolot?" erkundigte sich Rhodan.

Allan D. Mercant, Aktivatorträger und Chef der Solaren Abwehr, wie die mächtige Organisation nach dem Zusammenbruch des Vereinten Imperiums nun wieder hieß, schüttelte den Kopf. Der Kunststoffstreifen mit dem Wortlaut des Funkspruchs lag auf dem Tisch des Konferenzzimmers.

Außer Rhodan und dem Abwehrchef waren noch Mory Rhodan-Abro, Lordadmiral Atlan, der Mausbiber Gucky und der Mutant Ralf Marten zugegen.

Die Befehlshaber der Flottenverbände hatten bereits ihre Flaggschiffe aufgesucht.

„Eingegangen im Klartext – seltsam!" sprach Perry sinnend vor sich hin. „Hat man den Sender annähernd einpeilen können?"

Mercant verneinte erneut. Mory griff nach dem Streifen und las den Wortlaut nochmals durch.

Das Deckenlicht fing sich in ihrer langen, rotblonden Haarmähne. Morys Haut wies einen eigenartig weißen Teint auf, der ihre Schönheit nur unterstrich. Im Jahr 2304 geboren, war ihr biologisches Alter durch den 2329 erhaltenen Zellaktivator auf dem Stand von 25 Jahren festgehalten worden. Wo immer die 1,79 Meter große, schlanke Plophoserin auftauchte, stand sie im Mittelpunkt des Interesses.

„Leutnant Orson Coul und Kanonier Heyn Borler aufgenommen. Zustand besorgniserregend. Bereiten Sie klinische Hilfe vor. Erbitte Landeerlaubnis. Eintreffen über Opposite eine Stunde Terrazeit nach Abgang Spruch. Gez. Icho Tolot."

Rhodan sah zu ihr hinüber. Ein Lächeln stahl sich auf seine Lippen, als er ihre gerunzelte Stirn bemerkte. Mory war immer noch die stolze, kühle Frau wie vor einundsiebzig Jahren.

Nachdenklich legte sie den Streifen zurück.

„Laßt ihn landen. Ich möchte wissen, woher er die Namen der beiden Besatzungsmitglieder kennt."

„Erkennungsmarken oder Legitimationen, Madam", entgegnete Mercant trocken.

Ehe der Abwehrchef etwas hinzufügen konnte, betrat Admiral Hagehet den Raum. Onton Hagehet war Plophoser und seit mehreren Jahren militärischer Chef des vorgeschobenen Stützpunktes Opposite.

„Ortung", erklärte er in seiner kurzangebundenen Art. Sein Kahlkopf schimmerte im einfallenden Sonnenlicht. „Das Fahrzeug ist für meine Begriffe ein Leichter Kreuzer. Kugelform, Polachse etwa 120 Meter."

„Gucky, du solltest zur Ortungszentrale hinaufgehen und versuchen, die Individualimpulse der Besatzung festzustellen", sagte Rhodan. „Atlan, kommst du mit zum Landefeld?"

Der Arkonide erhob sich. Er trug die Uniform der USO.

„Worauf du dich verlassen kannst."

Der Mausbiber seufzte, konzentrierte sich und verschwand.

Vor dem Verwaltungsgebäude war eine Formation Kampfroboter aufgezogen. Der kommandierende Offizier grüßte.

„Begleitschutz, Sir", erklärte er.

„Wer hat das angeordnet?"

„Die Abwehr."

„Mißtrauischer Haufen", murmelte Rhodan vor sich hin. Zusammen mit Atlan bestieg er den Prallfeldschweber. Mory Rhodan-Abro startete auf dem Landedach mit ihrem Luftgleiter. Rhodan warf der davonhuschenden Maschine einen Blick nach. Atlan grinste.

„Sieh da, alter Freund! Deine liebe Frau hat stillschweigend darüber hinweggesehen, daß du sie nicht zum Mitkommen aufgefordert hast. Was denkst du wohl, wer von uns zuerst an der Landestelle ist?"

Rhodan fuhr sich mit dem Handrücken über die Lippen. Der Fahrer gab sich alle Mühe, seine zuckenden Wangenmuskeln zu beruhigen.

Perry lehnte sich in das Polster zurück. Von der Wüste her strich ein heißer Wind über das Land. Weiter östlich ragten die Turmbauten der Großstadt in den Himmel.

„Niemand, selbst unser ertrusischer Gigant Melbar Kasom nicht, kann ihrem Tatendurst widerstehen. Ich bin nur ein schwacher Mann."

Atlan lachte dröhnend. Er lachte auch noch, als der Gleiter mit hoher Geschwindigkeit zwischen den startklaren Raumschiffen der Achten Flotte hindurchjagte.

Mercant hatte sich zur Funkzentrale begeben. Argwöhnisch beobachtete er die Bildschirme, auf denen jedoch niemand sichtbar wurde. Der Sprechkontakt war dagegen einwandfrei.

„Warum zeigt er sich nicht?" erkundigte sich Mercant.

Der angesprochene Funker schwieg, bis die nächste Durchsage erfolgte. Zur gleichen Zeit meldete der plophosische Wachkreuzer SUGARA den Einflug eines fremden Raumschiffes ins System der Sonne Whilor.

„Icho Tolot an Opposite", klang es aus den Lautsprechern. „Welches Landefeld soll ich benutzen? Lotsen Sie mich ein?"

„Sie werden per Traktorstrahl eingeholt", gab Mercant durch.

„Einverstanden", entgegnete der Fremde in einem gutverständlichen Interkosmo. „Ich danke für Ihr Entgegenkommen."

Mercant drehte sich zu Ralf Marten um.

„War das nun eine spitzfindige Frechheit, oder eine wirkliche Dankbarkeitsbezeugung? Dieser Kerl scheint es faustdick hinter den Ohren zu haben. Was ist? Können Sie ihn nicht übernehmen?"

Der Teleoptiker, begabt mit der Fähigkeit, sein persönliches Ich vorübergehend auszuschalten und durch die Augen und Ohren anderer Wesen zu sehen und zu hören, erwachte aus seiner Konzentration. Der schlanke, dunkelhaarige Mann war verwirrt.

„Nein, Sir, unmöglich."

„Was?" sagte Mercant lauter. „Wollen Sie damit andeuten, er besäße parapsychische Fähigkeiten? Das hätte mir noch gefehlt."

„Auf keinen Fall. Der Fremde ist lediglich fähig, einen Abwehrblock zu errichten. Ich orte keine Fremdinitiative. Gucky wird auch keinen Erfolg haben."

„Stimmt", piepste der Mausbiber, der unvermittelt im Funkraum erschien. „Er schirmt sich einwandfrei ab – beinahe zu einwandfrei. Der Kerl ist gefährlich, Allan. Ich gehe zu Perry."

Ehe Mercant eine andere Entscheidung treffen konnte, entmaterialisierte der beste „Mann" des terranischen Mutantenkorps. Im gleichen Sekundenbruchteil tauchte er neben Rhodan und Atlan auf. Die Freunde verließen soeben den Wagen und schritten zum Absorberkraftfeld von Piste 365-A hinüber.

Weiter rechts begannen die spiraligen Mündungen der Traktorstrahler zu flammen. Die Energiebahnen rasten in den Raum und fingen das Raumschiff ein, von dem Admiral Hagehet behauptet hatte, es hätte die Abmessungen eines Leichten Kreuzers.

Mory war schon vor den Männern eingetroffen. Sie saß in ihrem Luftgleiter und verfolgte den Sprechfunkverkehr zwischen der Oppositestation und dem Fremdraumschiff.

Atlan fuhr sich mit beiden Händen über seine weißblonden Haare, um sein Schmunzeln zu verbergen.

Perry Rhodan schaute so unruhig zu seiner Frau hinüber, daß Atlan schließlich meinte:

„Kleiner Barbar – es wird wieder einmal Zeit für eine Extratour unter Männern. Einverstanden?"

„Und wie!" seufzte der hochgewachsene Terraner. „Früher hatte ich Angst um sie, jetzt hält sie mich für ein Kleinkind, das man behüten muß. Hüte dich aber, diese streng geheime Verlautbarung zu veröffentlichen."

Er schritt auf die Maschine zu, ignorierte den ironischen Blick seiner Gattin und lauschte ebenfalls auf den Nachrichtenaustausch.

Der Kommandant eines terranischen Schlachtkreuzers berichtete über die Manöver des Fremden. Sie waren einwandfrei. Er hielt sich genau an die vorgezeichnete Einflugschneise und verzichtete darauf, die saugende Kraft der Traktorstrahler mit seinen Triebwerken aufheben zu wollen.

Atlan blickte zum grünflimmernden Himmel hinauf. Aus dem Dunst schälte sich ein tiefschwarzer Körper hervor. Atlans Augen wurden schmal.

Fast alle galaktischen Intelligenzen, die Springer ausgenommen, waren aus konstruktiven und statischen Gründen dazu übergegangen, ihren Raumfahrzeugen die Form einer Kugel zu verleihen. Dieses Schiff bildete dadurch eine Ausnahme, daß der untere Pol etwas abgeflacht war.

Die Triebwerke schienen nicht in einem Wulstrand untergebracht zu sein, obwohl terranische Ingenieure behaupteten, es gäbe keine günstigere Anordnung. Bei dem anfliegenden Raumschiff hatte man dagegen das Haupttriebwerk offenbar genau dort installiert, wo terranische, arkonidische und auch akonische Raumer gewöhnlich die untere Polschleuse aufweisen konnten.

„Hmm...! Ungewöhnlich", murmelte der Arkonide vor sich hin. „Warum diese Umstände? Legt man Wert auf eine Punktkonzentration der Schubkräfte? Das mag seine Vorteile haben. Die Wulstzone wird durch Nebenaggregate abgestützt. Bringt das eine bessere Manövrierfähigkeit ein?"

Rhodan hatte die Worte gehört. Das fremde Schiff schwebte nur noch fünfzig Meter über dem Landekreis von Piste 365-A. Sie wurde von schweren Einheiten der Flotte umgeben. Mehrere Roboterkommandos marschierten in die Kraftfeldzone ein. Kommandos klangen auf.

Die Panzer der Bodenverteidigung hatten bereits Stellung bezogen. Rhodan sah sich nochmals um. Seine grauen Augen funkelten ironisch. Mercant landete mit einem bewaffneten Luftgleiter der plophosischen Abwehr. Man hatte viel aufgeboten, um einen Fremden namens Icho Tolot zu empfangen.

Perry nahm Atlans Überlegungen zur Kenntnis, aber er entgegnete nichts. Es war klar, daß man eine solche Konstruktion noch nie gesehen hatte. Er änderte seine Ansicht, als der Lordadmiral auf ihn zutrat und seinen Oberarm umspannte. Atlan war erregt.

„Mein Extrahirn hat sich gemeldet", erklärte er nervös. „Ich habe ein solches Schiff bereits einmal gesehen. Es ist lange her – etwa zehntausend Jahre. Erinnerst du dich an meine Berichte über den großen Krieg zwischen meinem Volk und den Methanatmern?"

Rhodans Gesicht spannte sich. Weiter links glitt der Fremdraumer auf den Boden. Schwächlich aussehende Landebeine stützten ihn ab. Ein energetischer Prallschirm genau unterhalb der mächtigen Hauptdüse schien das Gewicht des Körpers hauptsächlich aufzunehmen.

„Willst du damit sagen, daß du damals mit solchen Raumfahrzeugen im Gefecht zusammengetroffen bist?"

„Nein, eben nicht. Ich habe nur eine schwache Erinnerung."

„Verwunderlich bei deinem vielgerühmten fotografischen Gedächtnis."

„Spotte nicht. Ich kann einem Raumer dieser Art nur ganz flüchtig begegnet sein. Ich habe einen schattenhaften Eindruck, nicht mehr."

„Und das beunruhigt dich so?"

Atlan sah zu dem Schiff hinüber. An Bord regte sich nichts. Die Traktorprojektoren liefen aus. Das Flimmern über den Kuppeln erlosch.

„Es beunruhigt mich mehr, als wenn ich auf einen alten Feind getroffen wäre."

„Kennst du den Fremden nun, oder kennst du ihn nicht?" fragte Rhodan.

„Das wird sich herausstellen, wenn er den Kopf aus dem Schott steckt."

„Wenn er einen hat", meldete sich Gucky.

Atlan sah ärgerlich auf den Mausbiber hinab, der ihn vergnügt anlachte.

„Warum springst du nicht in das Schiff und siehst dich um?"

Guckys Nagezahn verschwand in dem spitzen Mund. Die braunen Augen des kleinen Burschen verschleierten sich.

„Ich habe es vor fünf Minuten versucht. Etwas hat mich zurückgeschleudert. Soll ich dir etwas sagen, Arkonide?"

„Schweige besser."

„In diesem Falle nicht. Ich habe Angst, verstehst du? Kannst du dir vorstellen, daß der Chef aller Mausbiber Angst hat? Wenn ich gewollt hätte, könnte ich längst Lordadmiral sein. Aber auch dann hätte ich Angst. Denke darüber nach."

Atlan sah dem auf kurzen Beinchen davonhüpfenden Mausbiber nach. Dann ließ der Arkonide die Hand sinken und umschloß den Griff seines Thermostrahlers.

Langsam ging er hinter Rhodan her. Ein Erinnerungsfetzen quälte den Arkoniden. Er, der niemals etwas vergaß, sann vergeblich darüber nach, wieso ihm die Konstruktion dieses Raumschiffes bekannt vorkam.

Rhodans erste Reaktion war so ungewöhnlich, wie man es von diesem Mann gewohnt war. Früher hatte man ihn einen „Sofortumschalter" genannt. Seine Fähigkeit, überraschend eintretende Situationen schneller auszuwerten als andere Menschen, hatten ihn zum Kommandanten der ersten bemannten Mondexpedition werden lassen.

Jetzt, etwa vierhundertdreißig Jahre nach der mit primitiven Mitteln durchgeführten Monderoberung, war Perrys Gabe noch ausgereifter.

Es sprach für ihn, daß er sich keine Sekunde lang von dem monströsen Anblick überwältigen ließ. Jeder terranische Raumfahrer war schon fremdartigen Lebewesen begegnet. Dieses jedoch schien die Krönung des Ungewöhnlichen zu sein.

Jedermann starrte teils verblüfft, teils entsetzt zu dem rechteckigen Schleusenschott empor, das sich in der Unterseite des Schiffes geöffnet hatte.

Jedermann bemerkte auch das leuchtende Antigravfeld, das die Schleuse mit dem Boden verband.

„Robotkommandos zurücktreten", gab Mercant durch, als er instinktiv erkannte, daß dieses Schiff nicht in feindlicher Absicht gekommen war. Er benutzte sein tragbares Bildsprechgerät. „Oberst Peacher – ziehen Sie Ihre Panzer ab. Achtung, an alle Raumschiffkommandanten – Geschütze einfahren. Alarmzustand ist beendet. Bestätigen Sie."

Der Chef der Solaren Abwehr hatte wieder einmal bewiesen, daß er kaum weniger schnell handeln konnte als Perry Rhodan. Mory Abro hatte sich von dem ungeheuerlichen Anblick noch weniger stören lassen. Es gelang ihr, ihre aufbrandende Furcht niederzuringen. Ehe man sie zurückhalten konnte, schritt sie auf das Antigravfeld zu. Das vierarmige Ungeheuer stand etwa fünfundzwanzig Meter über ihr in der Luftschleuse. Tolots Augen leuchteten in einem tiefen Rot. Er glich einem der sagenhaften Nordlandbären der Erde. Dieser Eindruck wurde nur durch den halbkugeligen Riesenschädel, die drei Augen und den breiten, schlitzartigen Rachen beeinträchtigt.

Die schwarze Lederhaut störte weniger. Sie wurde größtenteils von der Kombination verdeckt.

Niemand achtete auf Atlan, der bebend und mit schußbereiter Waffe seitlich hinter Rhodan stand und zu dem Fremden hinaufstarrte. Der Arkonide wußte plötzlich, weshalb ihm dieses Raumschiff bekannt vorgekommen war.

Einmal, bei einer Entscheidungsschlacht im Nebelsektor der Holpolis-Ballung, waren vier oder fünf dieser Wesen aufgetaucht. Man hatte sie erst nicht beachtet. Ihr Fahrzeug war nur ganz flüchtig von einer Ortungsstation des damaligen Flaggschiffs TOSOMA ausgemacht worden. Daher stammte Atlans nebelhafte Erinnerung.

Dann waren die Giganten auf einer Methanwelt erschienen, auf der ein arkonidisches Landungsmanöver lief.

Sie hatten eine arkonidische Elitetruppe zurückgeschlagen. Niemals zuvor hatte der damalige Admiral Atlan solche Kämpfer gesehen.

Nunmehr, etwa zehntausend Jahre später, stand er wieder vor einem Wesen dieser Gattung. Atlan hatte, ohne zu denken, zur Waffe gegriffen.

Mory rief etwas zu der Schleuse hinauf, aber ihre Worte wurden von dem Grollen übertönt, das aus Tolots Mund hervorbrach.

„Friede, Arkonide! Die Zeiten sind vorbei."

Rhodan sprang zur Seite. Mit einem Blick erfaßte er die Sachlage. Er bemerkte die erhobenen Arme des Unbekannten, die angeschlagene Strahlwaffe und Atlans verzerrtes Gesicht, in dem sich widerstreitende Gefühle spiegelten.

„Weg damit", forderte Perry scharf. „Was soll das? Zehntausend Jahre sind eine lange Zeit, oder?"

Der Lordadmiral ließ den Impulsstrahler sinken. Schwer atmend richtete er sich aus seiner angespannten Haltung auf und sagte: „Sie sind wieder aufgetaucht. Vorsicht, es sind Strukturumwandler. Ich habe sie erlebt. Sie widerstanden den Salven aus unseren Thermogeschützen, als hätte sie ein Frühlingswind getroffen. Darüber hinaus sind sie schneller und flinker als eine terranische Antilope. Wenn sie ihre Körpermasse in Bewegung setzen, dann ist es, als rase ein Atompanzer heran. Ich habe gesehen, daß einer dieser Burschen mit wenigstens hundert Kilometern pro Stunde auf eine Felsbarriere zuschoß, hinter der mein Kommando in Deckung gegangen war. Er durchschlug den Wall wie ein Geschoß."

Rhodan war die Ruhe selbst. Als er wieder nach oben schaute, bückte sich der Fremde und hob zwei menschliche Körper auf. Mory stieß einen Schrei aus. Die Uniformen terranischer Raumfahrer waren nicht zu verkennen.

Tolot legte die Männer quer über seine kurzen Sprungarme und winkte mit den sechsfingrigen Händen der Handlungsarme. Er brauchte keine Verstärkeranlage, um sich verständlich zu machen. Man hörte ihn weit genug.

„Würden Sie mir erlauben, das Landefeld zu betreten? Die Kranken müssen versorgt werden. Es handelt sich um einen geistigen Schaden, den wir leider nicht beheben konnten."

„Bitte, treten Sie näher", rief Perry.

Tolot betrachtete die Gestalt des Terraners. Er erkannte den Großadministrator. Ein fieberhafter Tatendrang erfüllte ihn. Als er in sein Antigravfeld sprang und zu Boden schwebte, hatte er die Situation bereits ausgewertet. Das Planhirn bestimmte das Vorgehen des Haluters.

Es entging ihm nicht, daß er von den meisten Anwesenden als Ungeheuer eingestuft wurde.

Atlans drohende Haltung war verständlich. Er hatte vor langer Zeit mit einer halutischen Einheit trübe Erfahrungen gesammelt. Damals hatten sich fünf Haluter zu einer sogenannten „Waschgruppe" zusammengefunden, um ein arkonidisches Landungsmanöver zu stoppen. Es war auf einer Welt geschehen, deren Bewohner im Verlauf der turbulenten Kriegshandlungen versehentlich in die Strategie der Alt-Arkoniden einbezogen worden waren. Die Vernichtung dieses Planeten war verhindert worden.

Noch ehe Icho Tolot den Boden berührte, hatte er sein Verhalten nach mathematischen Richtlinien festgelegt. Er mußte versuchen, Vertrauen zu gewinnen. Atlan war ein mächtiger Mann im Imperium. Seine angriffslustige Haltung stufte Tolot als unbewußte Reflexhandlung ein. Atlan hatte eine psychologische Schwelle zu überwinden, die seine Erinnerung in ihm aufgerichtet hatte.

Rhodan war tolerant, gelassen und offensichtlich auf alles gefaßt. Tolot wollte unbedingt erfahren, wie sich dieser Terraner weiterhin verhalten würde.

Allan D. Mercant war für Icho ein Begriff. Die wagemutigen Einsätze im Verlauf der letzten vierhundert Jahre waren zum großen Teil von dieser unscheinbaren Person gesteuert worden. Tolot fühlte sich ihm freundschaftlich verbunden.

Mory Rhodan-Abro kämpfte noch mit ihrem Gefühlssturm. Sie bemühte sich aufrichtig, Tolots äußeres Erscheinungsbild zu übersehen und nach seinen geistigen und charakterlichen Qualitäten zu suchen.

Die Mutanten erkannte Tolot augenblicklich. Er wußte aus seinen hundertjährigen Erfahrungsstudien, wie er sie einzustufen hatte. Wilde Freude erfüllte ihn. Seine natürlichen Triebe drängten nach einer Entladung der seit Jahren aufgespeicherten Energien. Es war lange her, daß Tolot einer Drangwäsche gefolgt war. Es war sein Ziel gewesen, sich vor einer direkten Begegnung mit den Terranern gründlichst auf ihre Eigenarten vorzubereiten.

Der Gigant trat aus dem Antischwerefeld hervor. Mory wich um keinen Schritt zurück. Je näher der Haluter kam, um so mehr mußte sie den Kopf in den Nacken legen, um sein monströs wirkendes Gesicht erblicken zu können. Sie reichte ihm knapp bis zur Gürtellinie.

„Die Galaxis spricht von Ihrer Schönheit, Madam", erklärte Icho Tolot mit so weicher Stimme, wie es ihm möglich war. „Darf ich mir erlauben, Ihnen die ehrerbietigen Grüße meines Volkes zu übermitteln?"

Mory stockte der Atem. Fassungslos schaute sie zu Perry hinüber, der in diesem Augenblick wußte, was er von dem Fremden zu halten hatte.

Diese Wesen waren nicht nur großartige Taktiker, die sich wahrscheinlich darum bemühten, mit allen Intelligenzen in einen freundschaftlichen Kontakt zu treten. Perry fühlte mehr, als er es klar erkannte, daß Tolot einer uralten Kultur entstammte. Er konnte es sich erlauben, großzügig und duldsam zu sein. Er war auf alle Fälle der Stärkere.

„Danke, vielen Dank", meinte Mory verwirrt. „Würden Sie die beiden Männer auf die Bahren legen?"

Der mit der Ambulanz angekommene Mediziner trat zurück. Tolot bückte sich und bettete die schreienden Soldaten auf die Schaumstoffpolster. Sinnend schaute er dem davonrasenden Wagen nach.

„Hoffentlich haben Ihre Wissenschaftler Erfolg, Sir", wandte er sich an Rhodan, der sich neben seine Frau gestellt hatte. „Ich werde versuchen, Ihnen so weitgehend wie möglich Bericht zu erstatten. Ihre Soldaten wurden von einem meiner Freunde gefunden. Sie befanden sich in Raumnot. Unsere Auswertung stellte fest, daß Ihr Schwerer Kreuzer OMARON wahrscheinlich durch einen Unfall zerstört wurde."

Die Situation änderte sich von Augenblick zu Augenblick. Rhodan hatte sich bereits an den Fremden gewöhnt. Ernst schaute er zu den großen Augen hinauf, deren rotes Leuchten undeutbar war.

„Dürfen wir auf Ihre Unterstützung hoffen, Tolot? Ich nehme an, Sie sind Icho Tolot."

Der Gigant neigte den Oberkörper.

„Deshalb bin ich gekommen. Ich kenne die Geschichte der Menschheit. Ich habe sie als wissenschaftliches Nebengebiet ausgewählt. Sie würden dazu Hobby sagen."

„Sie sind erstaunlich gut informiert", warf Atlan ein. Seine Rechte befand sich immer noch in Griffnähe der Waffe.

Tolot lachte leise.

„Allerdings, Arkonide. Es gibt nichts, was wir Haluter nicht wüßten."

„Haluter?" rief Mory erregt aus.

„So nennen wir uns. Ich komme von einem Planeten, den noch niemand außer uns gesehen hat. So soll es auch bleiben. Hatten Sie die OMARON ausgeschickt, um die Welt Kahalo zu suchen?"

Rhodan erblaßte. Was wollte der Fremde? Was wußte er von Kahalo, jener Welt, auf der man vor etwa siebzig Jahren die sechs Pyramiden und eine überwältigende Technik entdeckt hatte?

Allan D. Mercant hielt sich im Hintergrund. Er beobachtete nur. Die letzten Robotgruppen zogen ab. Tolot registrierte es mit Befriedigung.

„Darf ich Sie bitten, Gast des Solaren Imperiums zu sein? Seien Sie mir willkommen, Icho Tolot", sagte Rhodan förmlich.

„Die Menschheit ist erwachsen geworden, wie ich zu meiner großen Freude sehe. Wenn ich vor vierhundertdreißig Jahren auf der Erde erschienen wäre, hätte man versucht, mich zu töten. Darf ich Ihnen versichern, daß die Vertreter meines Volkes bereits vor fünfzigtausend Jahren darauf verzichtet haben, ein galaktisches Reich zu erobern? Meine Vorfahren haben sich zurückgezogen. Wir sind nur noch stille Beobachter, die allerdings seit mehr als vierhundert Jahren Standardzeit mit zunehmendem Interesse die galaktische Politik der Terraner beobachten. Ich bin sehr froh, daß Sie es über sich bringen können, meine äußere Erscheinung zu ignorieren. Ein Intelligenzwesen kann erst dann als gereift bezeichnet werden, wenn es in der Lage ist, andere Geschöpfe nur nach geistigen und moralischen Gesichtspunkten zu beurteilen."

Tolot fühlte, daß er den Bann gebrochen hatte. Hier und da lächelte schon jemand. Rhodan stellte seine Begleiter vor.

„He, Großer, wie ist die Luft da oben?" schrie Gucky, der plötzlich zwischen den Beinen des Haluters aufgetaucht war. Der Mausbiber hatte die Arme in die Hüften gestützt und den Kopf weit in den Nacken gelegt. „He, hier bin ich, Großer. Ich habe mich dazu entschlossen, dir nichts zu tun. Du darfst mich auf den Arm nehmen."

Tolot hatte den kleinen Mausbiber längst bemerkt. Er trat vorsichtig zurück, umfaßte Gucky mit einer seiner Titanenhände und hob ihn zu seinen Schultern empor. Wieder hatte Tolot gegen seine Mutterinstinkte anzukämpfen, die ihn dazu zwingen wollten, das zarte Pelzgeschöpf fest an sich zu ziehen. Tolot lachte leise.

„Ist es gut so, Trampbewohner? Du bist Gucky, nicht wahr? Du gestattest doch, daß ich dich duze, obwohl dies auf meiner Heimatwelt nicht üblich ist. Nur an die Namen der besten Freunde hängt man die Silbe ‚tos' an. Ich hieße demnach ‚Tolotos'."

Guckys Kopf war nur wenig größer als ein Auge des Haluters.

„Dann bin ich für dich Guckytos", lachte er. „He, ihr da unten – jetzt habt ihr Gelegenheit, einen höflichen Mann kennenzulernen. Wer von euch Rüpeln hat mich schon einmal gefragt, ob er mich duzen darf? Gehen wir, Großer. Hast du Hunger?"

Eine seltsame Gruppe von verschiedenartigen Lebewesen bewegte sich auf die wartenden Wagen zu. Tolot lehnte es ab, in einem der Fahrzeuge Platz zu nehmen. Er wies auf sein Gewicht hin.

Hinter ihnen hüllte sich sein Raumschiff in einen undurchdringbaren Schutzschirm. Tolot war offenbar nicht bereit, allzu neugierige Terraner sich mit dem Innenleben des Raumers beschäftigen zu lassen, dachte Rhodan. Er beschloß, dem Haluter diesbezüglich keine Fragen zu stellen. Wenn Tolot es für notwendig hielt, sein Schiff vor den Terranern zu schützen, dann hatte man dies zu respektieren.

Atlan hatte bisher noch kein Wort gesprochen. Als der Gleiter anfuhr, Tolot jedoch auf alle viere niederging und mit Gucky auf dem Rücken davonraste, erklärte der Lordadmiral gepreßt:

„Mory – Perry – haltet mich bitte nicht für ein rachsüchtiges, oder gar unbelehrbares Exemplar meiner Gattung. Selbstverständlich lasse ich mich von der Erscheinung des Haluters nicht beeinflussen. Das sollte eigentlich klar sein."

„Natürlich", nickte Rhodan. „Ein Zellaktivatorträger, der bereits zehn Jahrtausende erleben durfte, müßte darüber erhaben sein. Dich bedrückt die Erinnerung, nicht wahr? Du siehst immer noch jene rasenden Giganten vor dir, die wahrscheinlich dein Feuer ignorierten und deine Männer vertrieben. Icho Tolot dürfte jedoch nicht dabeigewesen sein."

Atlan versuchte, die angespannte Muskulatur seines Körpers zu lockern. Tief aufatmend lehnte er sich in die Polster zurück.

„Sie wüteten schlimm. Sieh dir den springenden Giganten an, und du wirst eine Vorstellung davon erhalten, wie diese Wesen kämpfen können. Sie müssen über eine überragende Technik verfügen."

„Sie hätten die Galaxis erobern können", erklärte Mory. „Ihr werdet mich wahrscheinlich für närrisch halten – aber ich nehme seine beiläufige Bemerkung für bare Münze."

„Ich auch", meldete sich Mercant. Er saß neben dem Fahrer. „Ich bin bei verschiedenartigen Geheimdienstvermittlungen immer wieder auf sagenhafte Berichte über das Auftauchen von unschlagbaren Ungeheuern gestoßen. Sie haben, soweit wir das beurteilen können, zumindest in den letzten Jahrtausenden niemals einen Krieg im Sinne des Wortes geführt, sondern nur hier und da einmal für bestimmte Lebewesen Partei ergriffen. Ich glaube, Atlan, daß Haluter einen ausgeprägten Sinn für Gerechtigkeit haben. Wesen, die es sich auf Grund ihrer körperlichen Stärke und ihrer wissenschaftlichen Errungenschaften erlauben können, jedem Machtstreben abzuschwören, um nur noch ihren Liebhabereien zu leben, müssen gerecht sein. Ich nehme stark an, daß Ihr Landemanöver eine arkonidische Fehlplanung war, die unter Umständen ein an den Geschehnissen unschuldiges Volk betroffen hätte. Eine halutische Kampfgruppe hat daher eingegriffen. Was halten Sie von der Theorie?"

„Ich werde Tolot eines Tages fragen", lehnte Atlan weitere Diskussionen ab. „Zur Zeit zwingt mich mein Gefühl, ein wachsames Auge auf den Haluter zu werfen. Seine Ziele sind noch unklar. Oder sind Sie gar der Auffassung, er wäre tatsächlich nach Opposite gekommen, um diesmal uns zu helfen?"

Rhodan hörte die Jubelrufe des Mausbibers. Er klammerte sich auf Tolots Rücken fest, der die Geschwindigkeit des Gleiters mühelos hielt.

„Genau das, Atlan. Wesen dieser Art haben es nicht nötig, unlautere Mittel anzuwenden. Mir scheint, als würde Tolot vor Tatendurst glühen. Er spielt mit seinen Kräften. Ich bin davon überzeugt, daß er uns allerlei offenbaren kann. Ich bitte darum, den Haluter nicht zu irgendwelchen Aussagen zu drängen. Das gilt besonders für Ihre ewig argwöhnischen Abwehrleute, Mercant. Lassen Sie ihn von selbst beginnen. Er kennt Kahalo. Atlan, du wirst deine Gefühle zügeln müssen."

„Gib mir etwas Zeit. Ich bemühe mich ja schon. Im Moment teilt mir mein Logiksektor ausgesprochen spöttisch mit, mein unterbewußtes Gefühlsleben begänne schon mit der Bewunderung des Giganten. Peinlich, wenn man Minuten zuvor glaubte, ihn wegen einer alten Geschichte hassen zu müssen."

Perry lächelte den Freund an. Die beiden biologisch Unsterblichen verstanden sich. Je älter sie wurden, und je länger sie Freude und Leid teilten, um so ähnlicher wurden sie einander. Sie waren ein gutes Team.

Mercant bemerkte den Stimmungsumschwung. Damit das Wesentliche nicht ganz übersehen wurde, meinte er etwas ironisch:

„Sie werden mir doch sicherlich gestatten, diesen Wunderknaben in höflicher Form zu befragen, ob er etwas über OMARON weiß. Bisher wurde mir nur klar, daß es einem seiner Freunde gelang, zwei Besatzungsmitglieder im Raum aufzufischen. Ich möchte wissen, *wo* der Schwere Kreuzer verschollen ist."

Mercant ahnte in diesem Augenblick noch nicht, daß er mit der beabsichtigten Befragung Tolots Wünschen entgegenkam. Der Haluter war nicht gekommen, um auf Opposite die Gastfreundschaft der Terraner zu genießen.

Er wollte etwas erleben; seinem charakteristischen Drang nach Kampf, Gefahr und Abenteuern nachgehen. Tolot wußte sehr genau, wo die OMARON verschollen war. Er kannte auch das größte Rätsel der Milchstraße.

Als er neben dem Gleiter herjagte, entschloß er sich dazu, einen Hinweis zu geben. Mehr durfte er nach den strengen Gesetzen seines Volkes nicht tun.

Rhodan würde wunschgemäß reagieren und bei dieser Gelegenheit etwas entdecken, was für die Menschheit von unschätzbarem Wert sein konnte – wenn sie das verstanden, was sie finden würden.

Diese Frage ließ der Haluter offen. Sein Planhirn legte ihm eine neue Auswertung vor. Alle bekannten Wesensmerkmale Rhodans, Atlans und Mercants waren darin berücksichtigt worden.

Daraus war zu folgern, daß Rhodan keine Minute zögern würde, um jene Stelle anzufliegen, wo die OMARON zuletzt geortet worden war. Fancan Teik hatte genaue Diagramme ausgearbeitet.

Sie wären nicht einmal erforderlich gewesen. Tolot ahnte auch ohne diese Unterlagen, weshalb vier Schiffe der terranischen Forschungsflotte nicht mehr heimgekehrt waren.

Weshalb sie aber keine ausführlichen Notmeldungen abgestrahlt hatten und weshalb es den Kommandanten nicht mehr gelungen war, aus der Gefahrenzone zu entfliehen – auf diese Frage konnte auch Icho Tolot keine Antwort geben. Wenn er sie gewußt hätte, wäre es für ihn selbstverständlich gewesen, Rhodan zu warnen.

3.

Das Superschlachtschiff CREST II, Flaggschiff und gleichzeitig modernster Neubau der Solaren Flotte, beendete das Eintauchmanöver. Die konturlosen Schatten der Librationszone, einem instabilen Bindeglied zwischen dem vier- und fünfdimensionalen Universum, verschwanden von den Bildschirmen.

Statt dessen wurden auf den Flächen der Panoramagalerie Milliarden verschiedenfarbige Sterne des Milchstraßenzentrums erkennbar.

Die CREST II, ein fünfzehnhundert Meter durchmessender Kugelriese der Imperiumsklasse, ausgerüstet mit den modernsten Triebwerken terranischer Wissenschaft, befand sich im inneren Ballungssektor, in dem die Sonnen teilweise nur noch wenige Lichtmonate voneinander entfernt standen.

Hier wurde der Raumflug problematisch. Selbst Unterlichtgeschwindigkeiten im Bereich des Einsteinschen Normaluniversums brachten Gefahren mit sich, die nur noch von exakt arbeitenden Positronik-Gehirnen gemeistert werden konnten.

Überlichtflüge waren nur auf kurze Distanzen möglich. Flammende Gasnebel, physikalisch seltsame Erscheinungen in diesem hochverdichteten Materiekern aus hundert Milliarden Sternen und zahllosen Planeten mit extremen Umlaufbahnen, behinderten den Flug noch stärker.

Die Besatzung des Imperiumsraumers bestand aus der Elite der raumfahrenden Menschheit. Kommandant war der Epsaler Oberst Cart Rudo.

Die bestürzenden Ereignisse der letzten Tage hatten die Handlungen bestimmt. Man wußte plötzlich, wo die vier Raumschiffe verschwunden waren. Trotzdem schien die Suche in diesem Sternenmeer so gut wie aussichtslos zu sein. Es gab keine besonderen Anhaltspunkte, keine eindeutig erkennbaren Zielsterne und keine Vergleichsmöglichkeiten für die positronischen Berechnungen.

Hyperfunk und Hyperortung funktionierten hier nur unzuverlässig. Es gab Zonen, wo die auf Hyperbasis arbeitenden Geräte völlig versagten, und Gebiete, die den Einsatz dieser Geräte nur auf kurze Distanz zuließen. Es war sozusagen ein Blindflug, auf den sich die kleine Flotte da eingelassen hatte, um das rätselhafte Verschwinden der vier Raumschiffe aufzuklären. Rhodan war fest entschlossen, Licht in dieses Dunkel zu bringen.

Vor zwei Tagen, am 17. August 2400, war Rhodan mit dem gemischten Verband von vierundfünfzig Schiffen gestartet. Atlan hatte elf schnelle Schlachtkreuzer der USO abgestellt. Die restlichen dreiundvierzig Einheiten setzten sich aus plophosischen Aufklärungskreuzern und terranischen Schiffen der Imperiumsklasse zusammen.

Atlan war an Bord der CREST II eingestiegen, obwohl sein Platz auf dem Flaggschiff des USO-Verbandes, dem Schlachtkreuzer DAUNTU gewesen wäre.

Der Lordadmiral hatte sich jedoch nicht dazu überwinden können, den Haluter unbeobachtet zu lassen. Er hielt sich ständig in seiner Nähe auf und versuchte, die Handlungen des Giganten zu durchleuchten.

Mory Rhodan-Abro hatte sich ebenfalls nicht zurückhalten lassen. Weder Perrys noch Atlans Vorhaltungen waren von ihr gewürdigt worden. Sie befand sich an Bord des Flaggschiffes.

Rhodan hatte nicht zuletzt deshalb nachgegeben, weil er die Geschicke des Solaren Imperiums während seiner Abwesenheit bei Reginald Bull in guten Händen wußte.

Allan D. Mercant war auf Opposite zurückgeblieben, um zusammen mit Admiral Hagehet weitere Recherchen durchzuführen.

Nur zwei Tage nach Tolots Ankunft war die CREST II als Spitzenschiff des Verbandes in jenen Kernsektor vorgestoßen, der aus Tolots Positionsdaten ersichtlich geworden war. Man hatte noch nichts gefunden.

Icho Tolot hatte sich unvermittelt in einer schwierigen Lage gesehen. Selbst er konnte nicht genau sagen, was hinter der nächsten Sonnengruppe verborgen lag. Das undurchsichtige Leuchten und Flimmern kosmischer Himmelskörper unterband jede Materieortung. Die Massetaster versagten kläglich. Die Störeinflüsse waren ungeheuer.

Trotzdem hatte Tolot behauptet, seine Positionsangaben würden stimmen. Er hatte Kurskorrekturen empfohlen, aber das hatte auch nichts genützt.

Schließlich hatte sich Rhodan dazu entschlossen, den Verband aufzulösen, um ein größeres Gebiet absuchen zu können. Die Kommandanten hatten den Befehl erhalten, die zumeist lebensfeindlichen Innenwelten genau zu untersuchen.

Rhodan hoffte darauf, vielleicht durch einen Zufall die Welt Kahalo zu entdecken. Tolot hatte ihm verschwiegen, daß dieser Planet wenigstens tausend Lichtjahre vom tatsächlichen Milchstraßenkern entfernt lag. Er durfte darüber keine Auskünfte erteilen.

Die CREST II und der USO-Schlachtkreuzer DAUNTU waren allein weitergeflogen. Die DAUNTU hielt den angeordneten Abstand von zehn Milliarden Kilometern ein. Diese Entfernung erlaubte gerade noch eine einwandfreie Hyperkom-Bildverbindung.

41

Die CREST II, benannt nach dem arkonidischen Wissenschaftler Crest, der Rhodan vor fast vierhundertdreißig Jahren das Erbe der Arkoniden überreicht hatte, schoß mit einhundertfacher Lichtgeschwindigkeit auf eine violette Sonne zu. Sie sah wie hunderttausend andere Sterne ihrer Art aus.

Icho Tolot betrat die Zentrale des terranischen Flaggschiffes. Auf Halut gab es derartige Schiffsriesen nicht. Sein Volk hatte es nie für nötig gehalten, Raumschiffe dieser Größenordnung zu bauen. Flüchtig dachte er an sein Schiff, das er im Schutz des undurchdringlichen Feldschirms auf Opposite zurückgelassen hatte. Obgleich den terranischen Einheiten an Größe weit unterlegen, verfügte es über Einrichtungen, die selbst die der CREST II in den Schatten stellten. Immerhin hatte man ihn mit den Einrichtungen des Flaggschiffes vertraut gemacht.

Tolot ließ sich auf seine Sprungarme niedersinken und zwängte sich in dieser Haltung durch ein Zentraleschott.

Rhodan, Atlan und Mory befanden sich in der Ortungsstation. Sie wurde durch eine Panzerplastwand von dem übrigen Raum getrennt.

Oberst Cart Rudo diskutierte mit dem Ersten und Zweiten kosmonautischen Offizier. Es handelte sich um den Oberstleutnant Brent Huise, einen cholerisch erscheinenden, tatsächlich aber sehr überlegenden Mann von herkulischer Gestalt, und Major Jury Sedenko, dessen sprichwörtliche Ruhe und Ausgeglichenheit im Gegensatz zu Huises Temperament stand.

Der epsalische Kommandant, ebenso hoch wie breit von Gestalt, warf dem Haluter einen undeutbaren Blick zu.

Rudo war auf einer „schweren" Welt geboren worden. Er trug ebenso wie Tolot einen Mikrogravitator, der ihm die gewohnte Gravitation der Heimat vortäuschte. Tolots Gerät war lediglich wesentlich stärker und trotzdem kleiner. Es formte die künstliche Schiffsschwerkraft von einem Gravo auf 3,6 Gravos um. Das war der halutische Wert.

Der Epsaler konnte damit nicht konkurrieren. Sein Heimatplanet konnte nur wenig mehr als zwei Gravos aufbieten. Für normalmenschliche Begriffe war das bereits sehr viel.

Tolot fühlte die nervöse Spannung der Männer. Die Zentralebesatzung stand ununterbrochen auf den Manöverstationen. Die Freiwache wurde alle Augenblicke alarmiert. Die CREST glich einem Ameisenhaufen, in dem zweitausend Menschen und einige Nichtirdische versuchten, ein unbekanntes Ziel zu entdecken.

Rhodan kam durch das Druckschott der Ortung. Icho Tolot sah, daß ihm Major Enrico Notami, der Chef dieser Station, etwas nachrief. Rhodan winkte ab.

Atlan und Mory folgten ihm auf dem Fuße. Auf den Riesenbildschirmen der Panoramagalerie leuchtete die nächste Zielsonne.

Tolot bemerkte erst Minuten später, daß der violette Stern in Wirklichkeit aus einer Gruppe von gleichfarbigen Sonnen bestand. Sie hatten mitten im Zentrum einen Kugelhaufen von solcher Dichte gebildet, daß man die einzelnen Himmelskörper erst bei geringwerdender Distanz voneinander trennen konnte.

Tolots Planhirn begann zu rechnen. Erregung durchflutete ihn. Diese Konstellation war selten – sogar im Milchstraßenzentrum. Er hatte die Automatik der CREST richtig programmiert. Man befand sich unmittelbar vor dem Zielgebiet, das Fancan Teik angegeben hatte.

Tolot fühlte Atlans argwöhnischen Blick auf sich ruhen. Wenn der Haluter hätte lächeln können, so hätte er es jetzt getan. Da er aber wußte, daß ein Verziehen seiner hornartigen Lippen niemals ein menschliches Lächeln andeuten konnte, unterließ er es.

Es gelang ihm auch nicht, einen gefühlvollen oder hinweisenden Ausdruck in seine großen Augen zu legen. Sie waren zweckbestimmt; hervorragend in ihrer biologischen Funktionstüchtigkeit, aber nicht dazu geeignet, terranische Dichterworte in die Tat umzusetzen.

Tolot hatte für einen Augenblick seinen parapsychischen Abwehrblock vernachlässigt. Gucky hatte das sofort erkannt und etwas vom Gedankeninhalt des Haluters erfaßt. Es geschah bereits zum dritten Male. Gucky wußte daher, daß Icho Tolot über zwei Gehirne mit völlig verschiedenartigen Funktionen verfügte. Außerdem kannte er einige weitere biologische Eigenarten des Giganten.

„Man hat es schwer, Großer, nicht wahr?" rief er mit seiner hellen Stimme. „Wenn du lachen willst, sieht es aus, als wolltest du die Leute auffressen. Wenn du einen freundlichen Blick verschenkst, hat man das Gefühl, als spien deine Augen rotes Feuer. Wie glühende Kohlen, Großer! Du warst eben unvorsichtig. Ich habe geschnüffelt."

Gucky lachte triumphierend. Die Töne piepsten aus seiner Kehle hervor.

„Bist du mir böse, Großer?"

Nein, Icho Tolot war dem braunpelzigen Geschöpf nicht böse. Er hatte es längst in sein Herz oder in seine *Herzen* geschlossen. Gucky hatte es mit feinem Instinkt erkannt.

Er streckte die Arme aus, und Tolot setzte ihn auf seine linke Schulter. Gucky hielt sich am Faltkragen des Kampfanzuges fest.

„Na, endlich bin ich einmal größer als ihr", rief er Perry zu. „Was ist? Du machst ein Gesicht, als hätte deine Frau die Regierungsgewalt übernommen."

„Ah, eine gute Idee!" meinte Mory stirnrunzelnd.

Perry winkte ärgerlich ab.

„Unterlasse den Unfug, Gucky! Tolot, wir müssen die Sachlage besprechen. Ich bin nicht daran interessiert, noch länger in dieser gefährlichen Zone zu kreuzen. Die Ortung meldet schwere Hyperstürme aus dem Kerngebiet. Die CREST ist ein einzigartiges Schiff, aber ich möchte sie nicht bis zur letzten Schweißnaht belasten. Sind Sie sicher, daß Ihre Koordinaten stimmen? Die Verbindung mit den anderen Einheiten des Suchverbandes ist abgerissen. Je tiefer wir in den Kern vordringen, um so schwieriger wird die Situation. Wo hat Ihr Freund die beiden Raumfahrer aufgefischt?"

Tolot deutete mit zwei Armen auf das klarwerdende Fernbild des konzentrischen Kugelhaufens.

„Hier, ganz in der Nähe dieser violetten Gruppe. Ich irre mich nicht. Warum wollen Sie aufgeben? Das ist Ihrer unwürdig."

„Verzichten Sie bitte auf psychologische Tricks", fiel Atlan scharf ein. „So reizt man ein Kind, nicht aber einen Perry Rhodan."

„Das sind keine Tricks, Arkonide."

„Ihre Meinung – meine Meinung! Der Kommandant der DAUNTU hat Schwierigkeiten mit seinem Kalupkonverter. Das Aggregat setzte bei einem Probelauf aus. Diese Zone ist eine Todesfalle."

„Eben, Arkonide! Deshalb sind wir hier. Sie wollten doch wissen, wie die Gefahr aussieht, die bereits vier Terraschiffe verschlungen hat. Umfliegen Sie die violette Gruppe, und Sie werden ein Wunder sehen. Mehr darf ich Ihnen nicht sagen. Ich habe schon zuviel verraten."

„Ein Wunder?" wiederholte Rhodan gedehnt.

„Ja. Wir Haluter kennen es seit vielen Jahrtausenden, aber wir haben darauf verzichtet, uns näher darum zu kümmern."

„Erstaunlich für Überwesen Ihrer Art", spöttelte Atlan. Er war in gereizter Stimmung.

„Sie kennen unsere Mentalität nicht, Arkonide. Es gibt gewisse

Gesetze, die es uns verbaten und auch noch verbieten, uns mit Dingen zu beschäftigen, die wir nicht einwandfrei ergründen können. Dieses aber konnten wir nicht ergründen."

Tolot sprach die Wahrheit. Das Rätsel des Milchstraßenzentrums war für die Haluter immer ein Rätsel geblieben. Sie, die Mächtigen, waren dem Undeutbaren ausgewichen.

„Beenden wir die Diskussion", bat Rhodan. „Wir sind nicht argwöhnisch, Icho Tolot, aber wir zweifeln an der Richtigkeit Ihrer Daten. Oberst Rudo – bereiten Sie ein Linearflugmanöver vor. Die violette Ballung dürfte noch knapp einen Lichtmonat entfernt sein. Passen Sie auf, daß Sie nicht in den roten Riesen hineinfliegen. Er steht ziemlich nahe unserer Flugbahn."

Tolot sah dem davonschreitenden Terraner nach. Dann beobachtete er den Doppelkopfmutanten Iwan Iwanowitsch Goratschin, der kurz vor dem Start noch eingestiegen war. Iwans Gestalt, sonst beeindruckend durch ihre Klobigkeit, kam neben dem Haluter nicht mehr voll zur Geltung. Tolot war noch um einen Meter größer und wesentlich breiter. Der linke Kopf, Iwan der Ältere, meinte barsch:

„Brüderchen, wenn du eine Heimtücke im Sinn hast, werden wir dich in eine explodierende Bombe verwandeln. Du weißt doch wohl, daß wir in der Lage sind, Kohlenstoff- und Kalziumverbindungen durch einen paraphysikalischen Impulsstrom zur Kernreaktion zu zwingen."

„Versuche es", lachte Tolot.

„Laß den Unsinn", schalt der linke Kopf, Iwanowitsch der Jüngere. „Ich traue ihm."

Gucky beugte sich nach vorn und tippte mit dem Finger an das rechte Schläfenorgan des Haluters. Es wurde sofort von dem stufenlos bewegbaren Facettenlid verschlossen.

„Hast du es gehört, Großer?" kicherte der Mausbiber. „Soll ich den beiden Dummköpfen verraten, was du alles kannst? In eine Bombe wollen sie dich verwandeln, eh . . .? Freunde, dann bekommt ihr es mit mir zu tun."

Tolot schritt zu seinem Spezialsitz hinüber. Er war auf Opposite angefertigt worden und glich einem überdimensionalen Konturlager. Fünf Minuten später begann der Kalupsche Konverter zu dröhnen. Das entstehende Halbraumfeld schirmte die energetischen Einflüsse des Einsteinuniversums und jene des fünfdimensionalen Hyperraumes ab.

Die CREST II verschwand in einer irrlichternden Leuchterscheinung. Der USO-Schlachtkreuzer DAUNTU folgte unverzüglich.

Das Manöver dauerte nur wenige Augenblicke. Als die Positronik das Eintauchmanöver beendet hatte und die Bildschirme der Normalortung aufleuchteten, stand die CREST II nur vier Milliarden Kilometer querab von dem violetten Kugelhaufen.

Mächtige Energiestürme griffen die Schutzschirme des Giganten an. Die CREST begann zu vibrieren. Die Schwingungserscheinungen ließen erst eine halbe Stunde später nach. Die Sonnen wanderten nach dem Grünsektor aus. Andere Sterne, unübersehbar in ihrer verschiedenfarbigen Vielfalt, stellten sich dem mit nur knapp halber Lichtgeschwindigkeit fliegenden Schiff in den Weg.

Die Bordpositronik warnte vor den stärker werdenden Erscheinungen der Zeitdilatation. Als Rhodan den Befehl geben wollte, die Fahrt noch mehr zu verringern, meldete sich die Ortungszentrale. Major Enrico Notami erschien auf den Verbindungsbildschirmen.

„Entweder bin ich wahnsinnig geworden, oder die halbe Galaxis steht auf dem Kopf, Sir."

„Darf ich fragen, ob Sie das für eine Meldung halten?" schrie Oberst Rudo wütend.

„Verzeihung. Energieortung Sektor Rot, 28,34628 Grad Überhöhung. Schwerer Magnetsturm, konstanter Wert, Gravoschauer mit Stärke sieben Torst. Vor uns stehen sechs blaue Riesen. Sie verursachen die Störungen."

„Na und, was ist daran so ungewöhnlich? Hier gibt es zahllose blaue Riesen. Eine Extremballung aus violetten Sternen haben wir soeben erst passiert. Verlieren Sie nicht die Nerven, Notami."

Die farbige Bildübertragung verriet, daß der Major erblaßte. Stokkend entgegnete er:

„Das stimmt schon. Diese sechs Sterne sind aber keine Ballung; weder ein offener noch ein geschlossener Haufen. Die blauen Riesen stehen in der Form eines genauen geometrischen Sechsecks im Raum. Haargenau! Abstand zwischen den einzelnen Sternen etwa 5,4 Milliarden Kilometer. Das von ihnen gebildete Sechseck könnte nicht vollendeter sein. Das sieht aus, wie eine mit besten Geräten gezeichnete Graphik!"

„Sind Sie übergeschnappt?" fiel Oberstleutnant Brent Huise ein. Die für einen Normalterraner mächtige Gestalt des Ersten Offiziers füllte Notamis Bildschirm aus.

„Aber es ist ein geometrisch einwandfreies Sechseck", behauptete der Ortungschef weiterhin. „Sehen Sie es nicht? Wir haben es auf die Frontschirme eingeblendet. Rechts über uns."

Brent Huise lief rot an. Er wollte in seiner lauten Art lospoltern, schwieg aber, als er Rhodans befehlende Handbewegung bemerkte.

Der Großadministrator beugte sich nach vorn. Angestrengt versuchte er, das Sterngewimmel mit den Blicken zu durchdringen. Es war so dicht und kompakt, daß es einer Wand aus ineinander verschmelzenden Funken glich. Es war nur durch einen Zufall möglich, mit bloßem Auge eine bestimmte Konstellation zu erkennen. Wenn man die Leuchtwand auflösen wollte, brauchte man starke Teleskope oder erstklassige Masse- und Energietaster mit Bildumwandlungs-Schaltungen.

„Ich kann nichts entdecken, Notami", sprach Rhodan in die Mikrophone. „Notami – können Sie ein klares Echobild herbeizaubern?"

Die dreißig Männer der Ortungsbesatzung arbeiteten fieberhaft. In der gewaltigen CREST II war es plötzlich still geworden. Die unwahrscheinlich klingende Nachricht war auf allen Stationen des Superschlachtschiffes gehört worden.

Eine genaue geometrische Figur, gebildet aus sechs Sonnen mitten im Ballungskern mit seinen extremen Verhältnissen...? Lächerlich! Notami mußte sich irren.

Der Ortungschef gab gleich darauf ein neues Meßergebnis durch. Es klang noch unwahrscheinlicher, Notami bebte am ganzen Leib.

„Ortung an Chef. Sir, selbst wenn Sie mich ebenfalls für übergeschnappt halten – die sechs blauen Riesensonnen gleichen einander wie – wie Kugellager aus derselben Präzisionsserie. Verzeihen Sie den Vergleich. Es ist mir nichts Gescheiteres eingefallen."

„Unwichtig", lenkte Rhodan ab. „Was können Sie sonst noch feststellen?"

„Eine verblüffende Übereinstimmung in sämtlichen astrophysikalischen Werten. Das sind eineiige Sechslinge, wenn ich so sagen darf!"

„Gibt es nicht", meldete sich der Chefphysiker des Schiffes aus seiner Zentrale. Es war Dr. Spencer Holfing, ein korpulenter, cholerisch veranlagter Mann, der zu den besten Wissenschaftlern des Imperiums zählte. Holfing war ein Kalup-Schüler und neununddreißig Jahre alt.

Notami begann zu schwitzen. Holfings Bemerkung „gibt es nicht" bedeutete für ihn einen moralischen Nackenschlag.

„Ich bin doch nicht verrückt", schrie der Orter außer sich. „Meine Geräte arbeiten einwandfrei. Die geringen Störungen werden rechnerisch beseitigt. Hier laufen drei Spezial-Positroniken, Doktor. Kommen Sie doch nach oben und schauen Sie sich die Sache an."

„Worauf Sie sich verlassen können", brüllte Holfing zurück. Sein Gesicht unter den frühzeitig weißgewordenen Haaren wurde krebsrot.

„Geben Sie mir die Meßwerte durch, Notami", mischte sich der Chefmathematiker ein. Es war Dr. Hong Kao, ein kleiner, stiller Mann, der durch seine verwegenen Theorien bekannt geworden war. Er hatte meistens recht.

„Danke, Doktor", sagte der Orter erleichtert. „Achtung, ich leite die Impulswerte auf Ihre Großpositronik. Ich sage Ihnen nochmals, daß sich diese Sonnen so gleichen, daß man sie nicht unterscheiden kann. Das Sechseck mit einer Neigung von 22,758462 Grad im Rotsektor zu unserer Flugbahn."

„Wie sind die Sterne angeordnet?" fragte Hong Kao zurück.

„Das klingt noch verrückter. Sie stehen genau auf der gleichen Ebene, keinen Kilometer nach oben oder unten versetzt. Stellen Sie sich ein Rad mit sechs Speichen vor, das an den Speichenenden sechs Kugeln hat. Denken Sie sich jetzt die Speichen und die Radnabe weg, und Sie haben genau die Konstellation der Sechslinge."

Major Jury Sedenko, der Zweite Offizier, tat etwas, was ihm niemand befohlen hatte. Er drückte auf den roten Knopf des Katastrophenalarms. Das Heulen der Sirenen peitschte die Männer aus ihrer Erstarrung auf. Rennen und Hasten im Flottenflaggschiff des Solaren Imperiums.

Etwa viertausend druckfeste Schotts knallten zu. Die CREST II verwandelte sich in ein vieltausendfältiges verschachteltes Wabengebilde. In jeder Abteilung gab es nochmals Sicherungsmaßnahmen gegen plötzliche Druckverluste, Feuerherde und andere Gegebenheiten, die bei schweren Treffern und natürlichen Katastrophen vorkamen.

Rhodan griff automatisch nach seinem Raumanzug. In diesem Augenblick drehte sich Atlan mit seinem schwenkbaren Kontursitz um. Nur zehn Meter entfernt erblickte er einen riesigen Sessel von gleichen Konstruktionsprinzipien. In ihm ruhte Icho Tolot.

„Wollten Sie uns *das* zeigen, Haluter?" rief Atlan aus. „Nun reden Sie doch schon. Ich bitte darum."

„Das ist sehr nett von Ihnen."

Tolot erhob sich. In seinem eigenartig wiegenden Gang schritt er auf die Hauptkontrollen zu und blieb vor den Sitzen von Atlan und Rhodan stehen. Gucky und die beiden anderen Mutanten standen im Hintergrund, dicht neben dem Auswertungsgehirn.

Tolots linkes Herz pochte hart und laut. Seine Augen schienen sich an den Bildschirmen festsaugen zu wollen. Die Hyperimpulse der Masse- und Energietaster wurden in Bildsymbole umgewandelt.

Wilde, jubelnde Freude erfüllte den Haluter. Das größte Rätsel der bekannten Milchstraße lag vor ihnen; ein Rätsel, dem man nach einem uralten halutischen Beschluß immer ausgewichen war. Es war zu groß, zu gewaltig und zu undurchschaubar.

Es lag in Tolots Erziehung und Mentalität begründet, daß er in erster Linie an die Gesetze seines Volkes dachte. Hatte er sie bereits gebrochen, als er die Koordinatengruppe bekanntgegeben hatte?

‚Nein!' sagte sein Planhirn aus, das die Gegebenheiten durchgerechnet hatte. Trotzdem, das wußte Tolot, war noch etwas zu tun.

Er fand die eigenartigste Konstellation der Galaxis. Was andere Augen nicht erblicken konnten, das nahm er wahr.

„Tolot...!" mahnte Atlan. „Wollten Sie nicht etwas sagen?"

„Bitte, bestätigen Sie mir in aller Form, daß Sie das Sonnensechseck ohne mein Zutun entdeckt haben. Bitte, es ist für mich wichtig."

„Ich verstehe", fiel Rhodan ein. Ein sinnender Blick streifte den Giganten. „Ich bestätige also, daß unsere Ortung etwas gefunden hat, was wir jetzt noch für unwahrscheinlich halten. Sie haben keine Hinweise gegeben, sondern uns nur darüber aufgeklärt, wo mit großer Wahrscheinlichkeit der Schwere Kreuzer OMARON verschollen ist. Genügt Ihnen das?"

„Vollkommen. Ich bedanke mich. Verzichten Sie auf weitere Zweifel. Das, was Major Notami geortet hat, existiert wirklich. Ich beglückwünsche Sie zu Ihrer Entdeckung, jedoch möchte ich Sie gleichzeitig warnen."

„Wovor?" fragte Mory rasch. Ihre Wangen hatten sich vor Erregung gerötet. Dr. Spencer Holfing kam aus seinem Antigravlift und rannte durch die Zentrale.

Captain Don Redhorse, ein Terraner aus dem Volke der Cheyenne-Indianer, ging ihm aus dem Wege. Kopfschüttelnd blickte er dem weißhaarigen Mann nach, der wie eine lebendig gewordene Rakete durch das Schott der Ortung glitt.

„Verrückt", murmelte Redhorse vor sich hin.

Leutnant Orsy Orson grinste versteckt und schaute zu seinem Freund Finch Eyseman hinüber, dessen verträumte Braunaugen in einem inneren Feuer zu lodern schienen.

Eyseman war der größte Idealist an Bord der CREST II. Die Begriffe „Raumfahrt" und „Völkerfreundschaft" bedeuteten für ihn eine Einheit. Er bewunderte den Haluter, der soeben mit seiner dröhnenden Stimme erklärte:

„Wovor, Madam? Das kann ich Ihnen auch nicht sagen. Kein Haluter ist jemals so nahe an die sechs Sonnen herangeflogen, um genau sagen zu können, was sie darstellen."

„Darstellen?" griff Rhodan die Erklärung auf. „Tolot – Sie verbergen uns etwas. Wieso benutzen Sie ausgerechnet den Begriff ‚darstellen'? Im gebräuchlichen Interkosmo ist er mit einer bestimmten Handlung oder auch mit einem künstlerischen oder technischen Produkt verbunden. Diese sechs Sonnen können demnach nur dann etwas darstellen, wenn sie . . .!"

Rhodan unterbrach sich. Er bemerkte Atlans angespanntes Gesicht und Morys plötzliche Blässe. Die CREST II raste immer noch mit fast halber Lichtgeschwindigkeit auf etwas zu, was man mit bloßem Auge noch nicht sehen konnte.

„Ja, was wollten Sie sagen?" fragte Icho Tolot. Er war jetzt ganz ruhig. Er hatte die Gesetze seines Volkes nicht gebrochen. Sein Hinweis auf die galaktische Position, wo man die beiden terranischen Schiffbrüchigen gefunden hatte, war kein Hinweis auf die sechs Sonnen gewesen.

Rhodan suchte nach Worten. Er wurde von einer Lautsprecherstimme unterbrochen. Dr. Hong Kao war am Gerät.

„Mathematische Zentrale, Auswertung, Ortungsergebnisse sind richtig. Es handelt sich um ein Sonnensechseck. Alle Sterne gleichen sich aufs Haar. Die Positronik zieht Parallelen zu dem Pyramidensechseck, das vor einundsiebzig Jahren auf dem Planeten Kahalo gefunden wurde. Die Vergleichswerte sind eindeutig. Die Datenverarbeitung ergibt, daß diese Sonnen künstlich in die Sechseckposition gebracht wurden."

„Nein!" stöhnte Rhodan. „Das ist doch Wahnsinn!"

„Tatsache, Sir", fuhr der Chefmathematiker fort. „Dagegen steht es fest, daß die Sterne nicht ebenfalls willkürlich erzeugt wurden. Es handelt sich fraglos um echte Sonnen, die jedoch von unbekannten

Mächten nach einem Auswahlprinzip im galaktischen Kern zusammengebracht und anschließend zu diesem Sechseck gefügt wurden."

„Hören Sie auf", bat Mory bebend. „Sie – Sie wissen nicht, was Sie sagen."

„Leider doch, Madam. Ich beziehe mich auf die positronische Auswertung. Es kann keine natürliche Konstellation in dieser Form geben. Das ist physikalisch unmöglich. Jemand, gegen den wir im Verhältnis Steinzeitwilde sind, hat sechs Sterne von genau gleicher Größe, Masse und Oberflächentemperatur gesucht, gefunden, sie aus den Umlaufbahnen um das galaktische Zentrum herausgezerrt und sie an der Stelle, die wir jetzt entdeckt haben, zu einer geometrischen Figur vereint. Die Positronik geht sogar noch weiter. Sie stellt fest, daß die astrophysikalische Gleichheit der Sonnen auch nicht natürlich sein kann. Eben erhalte ich die letzten Daten. Sehen Sie selbst . . .!"

Zwei Diagrammstreifen wurden auf dem Bildschirm erkennbar.

„Sehen Sie? Die Auswertung zieht den logischen Schluß, daß die absolute Übereinstimmung nur durch eine physikalische Korrektur, durch ein Koordinierungs- oder Synchronisationsverfahren hergestellt worden sein kann. Anders läßt sich die Sechsling-Verwandtschaft nicht erklären. Wir stehen vor einem Phänomen."

„Ich habe es geahnt", sagte Rhodan leise. „Ich habe es geahnt, als der Haluter den Begriff ‚darstellen' gebrauchte. Oberstleutnant Huise –, holen Sie Dr. Holfing aus der Ortung. Der Mann soll sich beherrschen. Ich brauche meine Funker noch dringend. Atlan – du warst zusammen mit mir auf Kahalo. Weckt die Sechseckkonstellation auch in dir gewisse Erinnerungen?"

„Sogar ganz bestimmte", bestätigte der Arkonide mit wiederkehrender Ruhe. Er hatte jetzt ebenfalls die sechs leuchtenden Punkte aus der Masse der anderen Sterne herausgefunden. Es gab keinen Zweifel mehr – das war ein seitlich geneigtes Sechseck.

„Mir scheint, Perry, als hätten wir es nicht mehr nötig, die Welt der Bigheads zu suchen! Erinnerst du dich daran, daß ich damals die Theorie aufstellte, die sechs Pyramiden könnten eine Art von Transmitterstation sein? Alles, was in den strahlenden Kern geriet, verschwand. Diese Sonnen . . .!"

„Jetzt behaupten Sie nur nicht, wir hätten einen Giganttransmitter entdeckt, den ein unbekanntes Volk erbaut hat", brüllte Dr. Spencer Holfing, der von Huise mit sanfter Gewalt aus der Ortungszentrale geschoben wurde.

„Hören Sie, Sir – ich bin an allerlei gewöhnt, seitdem ich mich an Bord dieses Schiffes befinde. Die jetzt aufbrandenden Theorien schlagen aber dem Faß den Boden aus. Wenn Sie ernsthaft behaupten wollen, die sechs Sonnen wären ein halb künstlich und halb natürlich aufgebauter Transmitter, der seine Energie direkt von ihnen erhält, dann, dann...!"

„Was dann?" unterbrach Atlan gelassen. „Denken Sie an Ihren Blutdruck, Doktor. Ihr Terraner lernt es nie. Beherrschung, mein Guter, Beherrschung."

Holfing drohte zu explodieren. Er kämpfte um Luft. Dann trat er dem Ersten Offizier gegen das Schienbein, schlüpfte an dem fluchenden Mann vorbei und verschwand wieder in der Ortungsstation.

Tolot schlug seine vier Hände zusammen und wiegte den Titanenkörper auf den kurzen Säulenbeinen. Dabei lachte der Haluter so dröhnend, daß den Männern die Ohren schmerzten.

Die Reaktion der Terraner auf das galaktische Wunder war so, wie er es sich ausgemalt hatte. Für Tolot gab es keinen Zweifel mehr daran, daß die Vertreter dieses jungen galaktischen Intelligenzvolkes etwas wagen würden, was seine Vorfahren nie riskiert hatten. Tolot wußte jetzt, wie richtig er die Menschen eingeschätzt hatte. Sie verdienten es, vor Probleme gestellt zu werden. Sie würden auch mit dem Sonnensechseck fertig – so oder so.

Auswertung über Auswertung lief in der Zentrale des Superschlachtschiffes ein. Die Theorien häuften sich. Die wissenschaftliche Besatzung stritt erregt, die Soldaten diskutierten im Rahmen ihres Ausbildungsstandes.

Icho Tolot hielt sich zurück. Er hatte keine bestimmte Meinung. Das Sonnensechseck war auch noch zu weit entfernt, als daß man nähere Untersuchungen hätte durchführen können.

Eine Stunde nach der ersten Energieortung erklang die Stimme des Kommandanten aus allen Lautsprechern.

„Klar zum Manöver, Freiwache auf Stationen. Major Wholey – Nachricht an Kommandant DAUNTU. Der Schlachtkreuzer soll uns folgen. Abstand von zehn Milliarden Kilometern einhalten, volle Gefechtsbereitschaft herstellen."

Major Kinser Wholey, ein Terraner mit ebenholzschwarzer Haut, bestätigte. Seine Zähne leuchteten auf dem Bildschirm der Befehlsverbindung. Der Chef der Funkzentrale lachte gern und viel.

Sekunden später wurde die DAUNTU angerufen. Der USO-Kommandant leitete die Manöverkoordinaten in seine Linearpositronik weiter.

Der Kalup der CREST II begann zu dröhnen. Wieder verschwand die gigantische Kugel in der linearen Zwischenzone, um die wenigen Lichtmonate rasch überwinden zu können.

Der USO-Schlachtkreuzer folgte auf gleichem Kurs. Auf dem Spezialbildschirm leuchteten einige kaum erkennbare Punkte, um die sich zur Zeit alles drehte.

Icho Tolot sang vor sich hin. Es war ein Kampflied seines Volkes. Gucky hatte sich im Schoß des Riesen zusammengerollt. Bebend lauschte er auf die Töne, die über Tolots monströse Lippen kamen.

Die Menschheit schickte sich an, ein Rätsel zu lösen, dem die Haluter immer aus dem Weg gegangen waren. Icho Tolot bewunderte die Männer vom dritten Planeten der Sonne Sol.

Flammenspeere durchzuckten den Raum zwischen den Zentrumssternen. Die energetischen Entladungen wurden von der Außenbordoptik wahrgenommen und auf die Bildschirme übertragen. Im absoluten Vakuum wären die Lichtblitze infolge eines fehlenden Leiters unsichtbar geblieben. Hier konnte man sie sehen; ein Zeichen dafür, daß der Raum zwischen den Sonnen nicht wirklich leer war.

Die CREST II bremste mit vollster Gegenbeschleunigung von 620 km/sec^2. Unter der hermetisch abgeriegelten Zentrale, einer Kugel im Mittelpunkt der Schiffszelle, tosten die gigantischen Fusionsmeiler der Kraftwerke. Seit drei Sekunden wurde jedes Watt benötigt, um die plötzlich unter Vollast laufenden Schutzschirmprojektoren mit Arbeitsstrom versorgen zu können.

Es war, als wäre man in eine Hölle eingetaucht. Die gasförmige Materie, so fein verteilt, daß sie mit den empfindlichsten Meßgeräten kaum nachweisbar war, wurde schon bei halber Lichtgeschwindigkeit zu einer Wand aus Schmirgelpapier.

Die Partikel peitschten in die Schutzschirme hinein, versuchten sie zu durchdringen und den stählernen Körper des Superschlachtschiffes in einen aufglühenden Glutball zu verwandeln.

Der Kommandant der DAUNTU war im Schwerefeld eines roten Riesensterns aus dem Linearraum herausgekommen. Die Besatzung des wesentlich kleineren Schiffes kämpfte um ihr Leben. Die Hyperkomverbindung war abgerissen. Die Ortung der CREST konnte lediglich feststellen, daß die Eintauchfahrt des USO-Schlachtkreuzers nur fünf Prozent einfach Licht betrug. Wieso es zu einer solchen Geschwindigkeitsverringerung gekommen war, konnte niemand erklären. Fest stand nur, daß die DAUNTU ebenfalls mit halber Lichtgeschwindigkeit zum Linearflug angesetzt hatte. Unter normalen Umständen hätte sie damit auch wieder in den Einsteinraum zurückkehren müssen.

Der Alarm gellte durch die Stationen der CREST. Diesmal zeichnete sich tatsächlich eine Katastrophe ab. Das Flottenflaggschiff war nur knapp fünfzig Millionen Kilometer vom untersten Eckstern des Sechsersystems herausgekommen.

Ungeheure Gravitations- und Magnetstürme griffen die überlasteten Abwehrschirme an. Infolge der Notbremsung benötigten die Andruckneutralisatoren ebenfalls größere Energiemengen. Der Arbeitsstrom konnte jedoch nicht voll zur Verfügung gestellt werden, da die Schirmprojektoren fast hundertprozentig die Kapazität der Kraftwerke beanspruchten.

Chefingenieur Major Bert Hefrich hatte in einer manuellen Blitzschaltung die Reservestationen anlaufen lassen. Zur Zeit fuhr er die Meiler mit Katastrophenwerten hoch. Er konnte nochmals tausend Megawatt zur Verfügung stellen. Davon wurden jedoch fünfhundert MW auf die Schirmprojektoren geleitet. Den verfügbaren Rest erhielten die Andruckneutralisatoren.

Die Impulstriebwerke der CREST waren Selbstversorger. Die zum gefahrlosen Betrieb erforderlichen Reaktionskammer- und Düsenabstrahlungsfelder wurden von den synchron laufenden Hochleistungskonvertern der Triebwerke aufgebaut.

Die Einrichtung hatte sich bereits tausendfach bewährt. Jetzt hatte sie für die Erhaltung des Schiffes gesorgt. Hefrich nahm sogar das Risiko auf sich, die Sicherheits-Überschußleistung der Triebswerksaggregate auch noch auf die Schutzschirme zu schalten.

Rüttelnd und schüttelnd, mehr einem altertümlichen Radfahrzeug auf schlechten Straßen als dem modernsten Superriesen der Solaren Flotte gleichend, jagte die CREST II auf die deutlich erkennbaren Sonnen zu.

Sie standen tatsächlich nur knapp fünf Lichtstunden voneinander entfernt. Nicht die kleinste Unregelmäßigkeit im geometrischen Gefüge deutete darauf hin, daß es sich doch um eine unwahrscheinliche Zufallskonstellation handeln könnte. Dieses Gebilde *war* künstlich aufgebaut worden.

Wer war wissenschaftlich und technisch in der Lage, blaue Riesensterne, die pro Einheit wenigstens fünfhundertmal größer waren als die irdische Sonne, aufzuspüren, sie aus den ursprünglichen Umlaufbahnen zu zerren und sie anschließend zu einem Sechseck zu ordnen?

Das Aufspüren war dabei noch die geringfügigste Schwierigkeit. Die von der Positronik erwähnte Anpassung war dagegen überhaupt nicht zu begreifen. Der menschliche Verstand weigerte sich, das Ungeheuerliche als Tatsache zu akzeptieren.

In diesen Sekunden gab es an Bord der CREST aber niemand, der sich darüber Gedanken gemacht hätte. Jetzt ging es ums Leben.

Die Gravitationskräfte der sechs blauen Riesen zerrten das Schiff näher und näher heran. Tolots Planhirn rechnete mit gewohnter Schnelligkeit.

Schon zwei Sekunden später hatte der Haluter festgestellt, daß die zur Verfügung stehenden Schubkräfte im Einklang mit den aufgebauten Antigravitationsfeldern ausreichen mußten, um das Flottenflaggschiff aus dem Bann der Sechsergruppe herauszureißen – vorausgesetzt, man stieß nicht auf weitere Abnormalitäten!

Anschließend begann Tolot mit der Berechnung der Parabel, die bei dem bereits eingeleiteten Ausweichmanöver nach Rot entstehen würde. Die Werte veränderten sich durch die Fahrtverzögerung sehr rasch.

Rhodan hatte keinen Augenblick lang die Ruhe verloren. Der epsalische Kommandant ebenfalls nicht. Er, der für die Schiffsführung tatsächlich die Verantwortung trug, hatte ohne zeitraubende Rückfragen seine Befehle erteilt.

Rhodan hielt sich zurück. Er beobachtete nur. Es oblag dem Schiffskommandanten, Manöver aller Art durchzuführen. Rhodan, Atlan und Mory fungierten als übergeordnete Befehlsgeber für strategische und taktische Aufgaben. Die Ausführung war eine Sache von Oberst Cart Rudo.

Die Besatzung hatte die Druckhelme der Raumanzüge geschlossen. Bei dem Heulen und Tosen der unter Vollast laufenden Kraftwerke, Projektoren und Triebwerke war eine akustische Normalverständigung nicht mehr möglich. Die gewaltige Kugelzelle der CREST glich einer schwingenden Glocke.

„Manöver läuft", gab der Erste Offizier über Helmfunk durch. „Das sind aber sechs prächtige Burschen. Die wollen uns kurzfristig verdauen, was?"

Brent Huise lachte. Er war Galaktonaut aus Leidenschaft.

„Denen werden wir es zeigen", fügte er seinen Worten hinzu. Mit „denen" waren die blauen Sonnen gemeint. Der untere Eckstern flammte auf den Bildschirmen der Naherfassung in voller Größe. Die fünf anderen Sterne erschienen auf der Weitwinkelaufnahme.

Dann kamen die ersten Gravos durch. Die Neutralisatoren konnten die entstehenden Beharrungskräfte nicht mehr in vollem Umfange aufnehmen.

Die Kontursessel der Besatzungsmitglieder klappten mit steigender Belastung nach hinten zurück. Die Lager wurden immer flacher, bis die Männer mit leicht angewinkelten Beinen in den hydropneumatischen Polstern lagen und um Atemluft kämpften.

Icho Tolot rechnete fieberhaft. Moderne Schiffe vom Range der CREST waren auf solche Extremfälle vorbereitet. Wieso wurde die Ausweichkurve immer flacher, weshalb stimmten die vorher ermittelten Werte nicht?

Die Meßgeräte zeigten bereits 3,023 Gravos an. Tolot schaltete seinen Mikrogravitator ab.

Als er sich erhob, fühlte er sich trotz der steigenden Andruckbelastung noch immer leichter als auf Halut.

Mühelos, vorsichtig die Füße auf den Boden setzend, schritt er zu Rhodan und Atlan hinüber, die bereits in erheblichem Umfang mit den durchkommenden Andruckkräften zu kämpfen hatten.

Rhodans Gesicht war verzerrt. Er drehte mühevoll den Kopf und lallte etwas, was Tolot zuerst nicht verstehen konnte. Dann klangen einige Wortfetzen auf.

„Tolot – anomal, physikalisch unmöglich. Etwas tun – Notschaltung bei vier Gravos auf Absorber – Reibungshitze durch Schirmschwächung in Kauf nehmen – verstanden...?"

„Verstanden. Ich tue, was ich kann. Atmen Sie ruhiger. Nicht sprechen!"

Oberst Cart Rudo, der an hohe Schwerkrafteinflüsse gewöhnte Epsaler, war ebenfalls noch handlungsaktiv. Auch er hatte seinen Gravitator abgeschaltet.

In diesem Augenblick schlugen sämtliche Strukturtaster des Superschlachtschiffes durch. Nach dem Bersten und Krachen wälzten sich Qualmschwaden durch die Zentrale. Gleichzeitig entstand im Schnittlinienzentrum zwischen den sechs Sonnen eine flammende Energieballung, aus der ein orangeroter Strahl hervorzuckte.

Cart Rudo schrie. Die Normaloptik zeigte die Leuchterscheinung nicht an. Sie mußte lichtschnell oder noch schneller als der Lichtstrahl sein.

Lediglich die Hyper-Energieortung registrierte den titantischen Ausbruch und machte ihn auf den Reflexschirmen sichtbar.

Dann war der Strahl schon da. Er fing das Schiff ein, ließ es bis zu den letzten Verbänden erbeben und umhüllte es.

„Tolot, Linearmanöver, schnell!" schrie Cart Rudo.

Icho schaltete die Überlichtflugautomatik auf Manuellbetrieb um. Sein Daumen zertrümmerte die Schutzkappe über dem roten Katastrophenknopf, der gleichzeitig in Kontaktstellung gedrückt wurde.

Es geschah nichts! Der Kalup des Schiffes sprang nicht an. Dafür kam es aber zu einem anderen Phänomen!

Die Beharrungskräfte, die in den letzten Sekunden auf acht Gravos angestiegen waren, verschwanden unvermittelt. Die Schutzschirme hörten auf zu flammen. Die Zentraleautomatik schaltete die freiwerdenden Leistungsmeiler sofort auf die Andruckabsorber um.

Tolot erkannte jedoch, daß die plötzliche Entlastung keineswegs den nunmehr vollversorgten Neutralisatoren zuzuschreiben war.

Auf den Bildschirmen der CREST loderten die sechs Sonnen. Es war eindeutig, daß man mit einer unwahrscheinlichen Fahrtbeschleunigung angezogen und in das turbulente, violett und orangerot leuchtende Konzentrationsgebiet zwischen den Sternen hineingerissen wurde.

Da ahnte Icho Tolot, warum seine Vorfahren darauf verzichtet hatten, die rätselhafteste Konstellation der Milchstraße zu erforschen! Sie mußten gewußt haben, wie gefährlich die blauen Sechslinge waren.

Die CREST II war nicht mehr aufzuhalten. Sie wurde von unvorstellbaren Gewalten angezogen; von Kräften, deren Energiequelle die sechs Riesensterne waren. Dagegen waren die Kraftwerke des Superschlachtschiffes trübe Talglichter. Hier war die Natur selbst technisch nutzbar gemacht worden.

Selbst der reaktionsschnelle Haluter begriff noch nicht die wahre Sachlage. Als er sich einigermaßen erleichtert nach Rhodan umdrehen wollte, stieß sich der Großadministrator aus seinem Sessel, schleuderte die Arme in der Luft umher und begann wie ein Wahnsinniger zu schreien.

Auch Atlan, Mory, Cart Rudo und die anderen Besatzungsmitglieder wurden übergangslos von einem Psychoschock betroffen, der eindeutige Symptome des beginnenden Irrsinns zeigte.

Nochmals eine Sekunde später wurden die jählings Erkrankten von einer Welle des Verfolgungswahns übermannt. Rhodan tobte wie die beiden Raumfahrer, die Fancan Teik in diesem Gebiet aufgefischt hatte.

Atlan schrie etwas von einem hellen Licht. Es war die gleiche Aussage, die auch die anderen Kranken gemacht hatten. Da wußte der Haluter, wodurch sie den Verstand verloren hatten.

Das helle Licht – das konnte nur der orangerote Energiestrahl sein. Vielleicht war auch das Gluten im genauen Schnittlinienpunkt des Sechsecks gemeint.

Tolot wartete nicht mehr länger. Mühelos wehrte er die Rasenden ab, sprang zu seinem Sessel hinüber und ließ sich hineinfallen.

Auf den Bildschirmen loderte die energetische Zentrumsballung. Icho Tolot begann mit der Totalumstellung seiner Zellstruktur. Sein Körper verwandelte sich in einen kristallin hochverdichteten Metallblock, in dem nur noch wenige lebensnotwendige Zellgruppen organisch blieben.

Es war in letzter Sekunde geschehen. Tolot bemerkte noch das blendende Aufleuchten der Schutzschirme. Ein Entmaterialisierungsschock peinigte die wenigen Nervenzellen, die er nicht der Strukturumwandlung unterzogen hatte.

Die Körper der schreienden Terraner wurden zu nebelhaften Materiewolken. Die Zentrale wurde durchsichtig, löste sich schließlich ganz auf und verschwand aus dem Gefüge des vierdimensionalen Raumes. Das Dröhnen verebbte.

Dann war nichts mehr.

Die Triebwerke der DAUNTU liefen mit voller Schubleistung. Langsam schob sich der fünfhundert Meter durchmessende Schlachtkreuzer aus dem Gravitationsfeld der roten Riesensonne heraus und nahm wieder Fahrt auf.

USO-Kapitän Rono Batlos versuchte vergeblich, den abgerissenen Funkkontakt mit der CREST herzustellen.

Während der moderne Schlachtkreuzer unter Einsatz aller verfügbaren Kräfte eine in den Raum schießende Protuberanz durchstieß und auch noch dieses atomare Inferno abwehrte, blähten sich zwanzig Milliarden Kilometer entfernt die sechs Sonnen auf.

Kaum dem Unheil entronnen, wurde die DAUNTU schon wieder bis zur Festigkeitsgrenze belastet.

Batlos, der sich aus seinem Sessel erhoben hatte, um die Funkzentrale aufzusuchen, wurde durch die Aufprallwucht eines magnetischen Orkans so hart zu Boden geschleudert, daß er fast das Bewußtsein verlor. Ein Roboter half ihm auf die Beine und führte ihn zu seinem Konturlager zurück.

Die Anschnallgurte schnappten aus den Lehnen und fesselten den Kapitän an den Sitz.

Zu dieser Zeit gewann die DAUNTU schnell an Fahrt. Die rote Sonne konnte nicht mehr gefährlich werden. Mit knapp 600 km/sec^2 Beschleunigung raste der Kreuzer in die freie Zone zwischen den Sternen hinaus. Schon nach zwanzig Sekunden war die Entfernung zu dem roten Stern so angewachsen, daß die Hyperortung wieder zu funktionieren begann.

Das Flottenflaggschiff erschien auf den Echoschirmen. Die Meßwerte wurden ausgewertet und als optische Signale auf die Kontrollschirme eingeblendet.

„Sir...!" schrie der Erste Offizier der DAUNTU. Entsetzt deutete er auf den dreidimensionalen Positionsgeber, auf dem der Leuchtpunkt der CREST mit irrsinniger Geschwindigkeit auf die sechs Sonnen zuglitt.

Mitlaufende Leuchtskalen gaben die Daten an. Die CREST beschleunigte mit wenigstens zehntausend Kilometer pro Sekundenquadrat. Das war ein Wert, den kein Triebwerk erreichen und den kein Andruckneutralisator absorbieren konnte.

Kapitän Batlos wischte sich das Blut von der Stirn und starrte leichenblaß auf den Positionsgeber.

Ehe der Kommandant einen Entschluß fassen konnte, verschwand die CREST II im Zentrum zwischen den sechs Sonnen. Eine ungeheure Kugelblitz-Entladung blendete auf. Hyperenergetische Stoßfronten ließen die beiden Außenschutzschirme des Schlachtkreuzers zusammenbrechen. In sämtlichen Abteilungen gingen Geräte zu Bruch. Maschinen wurden von den Fundamentsockeln gerissen.

Gleichzeitig erfolgte ein Strukturschock, der nur im Umkreis von wenigen Lichttagen wirksam war, aber von derartiger Stärke, daß auf der DAUNTU die Taster durchbrannten.

Ein fast raumuntüchtig gewordenes Schiff rollte und schlingerte durch die Gefahrenzone zwischen den Ballungswelten.

Die Besatzung brauchte lange, ehe sie die Sachlage erfaßt hatte. Die gewaltige CREST war verschwunden. Sie war im Feuerorkan zwischen den Sonnen vergangen, als hätte es sie niemals gegeben.

„Jetzt wissen wir, wo die vier Forschungskreuzer verschollen sind", sagte der Erste Offizier tonlos. „Sir – die CREST kann nicht mehr ausgemacht werden."

Kapitän Batlos wagte es, bis auf zehn Milliarden Kilometer an die Sechsergruppe heranzufliegen. Als sich erste Anzeichen für ein erneutes Aufblähen der blauen Riesen ergaben, stieß Batlos, ohne eine Sekunde zu zögern, in den Linearraum vor.

Es war ein Blindmanöver, wie man es nur in Augenblicken höchster Gefahr wagen konnte. In dieser Zone konnte es die Vernichtung bedeuten.

Batlos blieb nur fünf Sekunden lang in der Zwischenzone. Als er in den Normalraum zurückkehrte, waren die sechs Sterne so weit entfernt, daß man sie im Gewimmel der anderen Sonnen mit bloßem Auge nicht mehr ausmachen konnte.

Die am dringendsten erforderlichen Reparaturen dauerten acht Stunden. Während dieser Zeit versuchten die Funker der DAUNTU, mit einem anderen Suchschiff des aufgelösten Verbandes Verbindung aufzunehmen.

Erst nach neun Stunden meldete sich das terranische Schlachtschiff HELOS unter dem Befehl von Kommodore Abd el Karit. Die HELOS stand nur zwanzig Lichtstunden entfernt. Kommodore Abd el Karit war der Chef der dritten Schlachtschiffgruppe aus der neunten Einsatzflotte. Ihm unterstanden außerdem zwei Aufklärungsverbände.

Die Bildverbindung war schlecht. Der Ton kam besser durch. Kapitän Batlos erstattete Bericht.

Der terranische Kommodore zögerte nicht lange. Er unterbrach die Durchsage, ließ sich die annähernde Position geben, forderte Peilsignale an und stieß zusammen mit zwei Leichten Kreuzern der Städteklasse in den Linearraum vor.

Zwei Stunden später wurde die DAUNTU von den Traktorstrahlern des Achthundert-Meter-Schlachtschiffes eingefangen und längsseits bugsiert.

Batlos und einige Offiziere stiegen auf die HELOS um. Sie hatten alle Unterlagen mitgenommen, die während der Suchaktion angefertigt worden waren.

Die letzten Ergebnisse wiesen aus, daß die CREST II in der Energieballung zwischen den sechs Sonnen verschwunden war.

Drei weitere Schiffe des Suchverbandes trafen ein. Darunter befand sich ein Kreuzer des Experimentalkommandos mit einer wissenschaftlich geschulten Besatzung.

Zusammen mit diesem Kreuzer stieß Abd el Karit im direkten Linearflug bis zu den sechs Sonnen vor. Die Messungen wurden mit größter Vorsicht vorgenommen.

Die CREST meldete sich nicht mehr. Kommodore Abd el Karit ermittelte endgültig die galaktische Position des Sonnensechsecks. Es stand 50 816 Lichtjahre von der Erde entfernt und befand sich nahe dem absoluten Zentrum.

Zwei schnelle Kreuzer wurden nach Opposite zurückgeschickt. Als drei Tage danach ein Spezialverband des Experimentalkommandos unter Mercants Führung eintraf, hatte man von der CREST noch immer nichts gehört.

„Mit der Vernichtung des Schiffes muß unter Umständen gerechnet werden, Sir", erklärte der Hyperphysiker Kalup, der bedeutendste Wissenschaftler der Erde.

Allan D. Mercant war blaß aber beherrscht. Er stand vor den großen Bildschirmen eines Forschungsschiffes.

„Sind Sie davon wirklich überzeugt?"

Professor Kalup, Aktivatorträger und Entdecker des nach ihm benannten Feldschirmkonverters, überlegte.

„Geben Sie mir einige Tage Zeit. Ich kenne Atlans Transmittertheorie. Diese Sechseckkonstellation ist so atemberaubend phantastisch und deutet auf das Wirken eines so hochstehenden Volkes hin, daß ich die Möglichkeit einer Supertransmitterschaltung nicht ausschließen möchte. Intelligenzwesen, in deren Macht es liegt, große Sterne zu einer geometrischen Figur zu ordnen, könnten es auch schaffen, die unvorstellbaren Energien dieser natürlichen Atommeiler technisch nutzbar zu machen. Ich brauche eine Blitzverbindung zum irdischen Mond. NATHAN muß sofort von allen anderen Aufgaben freigestellt werden. Ich benötige das Gehirn für meine Ermittlungen."

„Genehmigt, Professor. Die sechs Sonnen könnten nicht vielleicht eine Waffe sein?"

„Das ist kaum anzunehmen."

„Könnte es sein, daß der Haluter einen ungewöhnlichen Anschlag auf die . . .!"

„Unsinn", unterbrach Arno Kalup ärgerlich. „Lassen Sie den Haluter aus dem Spiel. Der wußte selbst nicht, in was er hineinflog. Die Daten müssen durchgerechnet und Experimente vorbereitet werden. Verfangen Sie sich nicht in abwehrstrategischen Mutmaßungen. Hier kann nur noch die Wissenschaft helfen. Ich gebe Ihnen eine Liste von Frauen und Männern, die ich dringend brauche. Mercant – wir sind vielleicht dem größten Geheimnis der Galaxis auf der Spur. Wenn ich das wüßte, was die Besatzung der CREST noch im letzten Augenblick erkannt hat, könnten wir sofort etwas unternehmen."

„Leben sie noch?" fragte Mercant tonlos. „Können sie noch leben? Besteht noch eine Chance?"

Kalup antwortete nicht mehr. Asthmatisch keuchend zwängte er seinen schweren Körper durch das Luk der Zenrale.

Mercant sah dem großen Hyperphysiker nach. Kalup hatte schon die unmöglichsten Dinge gelöst.

4.

Ein zweiter Schock, noch stärker fühlbar als die Entmaterialisierungswelle, peinigte Icho Tolots unbeeinflußt gebliebene Nervenzellen.

Er sah nichts, und er hörte nichts. Lediglich an dem brennenden Schmerz konnte er wahrnehmen, daß etwas eingetreten war, womit er schon kurz vor dem Unheil gerechnet hatte.

Es war eine rein logische Überlegung gewesen! Tolots Planhirn hatte ermittelt, daß die sechs Sonnen nicht deshalb zusammengefügt worden waren, um ungebetene Gäste in Atome zu verwandeln. Die aufwendige kosmische Einrichtung mußte einen anderen Sinn haben – einen realen wirtschaftlichen oder auch militärischen Sinn! Darum hatte Tolot kurz vor dem Auflodern der blauen Riesen eine Strukturumwandlung vorgenommen. Wahrscheinlich hätte er es auch getan, wenn er genau gewußt hätte, daß der Tod wartete.

In seiner derzeitigen Zustandsform konnte er sich kaum bewegen. Die Sinne seines Ordinärgehirns waren fast alle ausgeschaltet. Das Planhirn, der empfindlichste Teil seines Organismus, glich ohnehin einem Stahlblock.

Der Haluter versuchte, einige Überlegungen anzustellen. Es gelang ihm nicht ganz. In dieser Erstarrungsform waren gerade noch so viele Zellen wach, damit er durch einen Kurzimpuls die Rückverwandlung einleiten und gefühlsmäßig die wichtigsten Primitivbegriffe erfassen konnte.

Er wagte es! Die Situation war eindeutig. Sämtliche Symtome wiesen auf eine Transition von ungeheuerlichen Ausmaßen hin. Die zweite Schmerzempfindung, die so kurz nach der ersten aufgeklungen war, konnte nur mit einer Rematerialisierung identisch sein.

Tolot brauchte zehn Sekunden, um die Vollkristallisierung der Molekülketten aufzuheben. Eine leichte Übelkeit überflutete ihn. Dann sprang der Gigant auf, als wäre nichts geschehen.

Sein rachenartiger Mund öffnete sich zu einem Schrei der Überraschung. *Das* hatte vor ihm noch kein anderer Haluter gesehen!

Die Besatzung der CREST II lag in todesähnlicher Bewußtlosigkeit. Die beiden Schocks und der vorangegangene Irrsinnsanfall mußten die Hirnzellen der Menschen schwer angegriffen haben.

Tolot verzichtete vorerst auf Wiederbelebungsversuche. Dazu war jetzt keine Zeit. Die Bildschirme der optischen Ortung arbeiteten einwandfrei. Die Maschinen liefen, und die Kraftwerke schickten ihren Arbeitsstrom in die drahtlosen Verbindungen.

Das war es aber nicht, was den Haluter verblüffte.

Dicht hinter dem Superschlachtschiff, nur wenige Millionen Kilometer entfernt, leuchteten zwei gelbe Normalsonnen vom G-Typ, die aber so dicht beisammen standen, daß sie schon aus geringer Distanz betrachtet einem Stern glichen. Zwischen ihnen loderte eine orangerote Energieballung. Es sah aus, als würden sich die Energieströme der gelben Sonnen auf halbem Wege treffen und dort ein kugelförmiges Glutmeer erzeugen.

Tolot ahnte, daß die CREST aus dieser Energieballung hervorgekommen war! Dort war sie wiederverstofflicht und nach der Art eines jeden Transmitters ausgespien worden.

Also stellten auch die sechs blauen Riesen tatsächlich nichts anderes dar, als eine Transmitterstation von unvorstellbaren Ausmaßen. Atlans verwegene Theorie hatte sich bewahrheitet.

Tolot schaltete die Weitwinkelerfassung ein – und erstarrte!

Trostlose Schwärze, die nur vom Schimmer fernster Galaxien unterbrochen wurde, überzog die Bildschirme wie dunkle Watte. Das Sonnengewimmel des Milchstraßenzentrums war verschwunden.

Außer den beiden gelben Sternen, deren unwahrscheinliche Stellung ebenfalls auf eine künstliche Anordnung hinwies, war nichts zu entdecken.

„Nein . . .!" sagte Tolot laut. „Nein, das kann nicht möglich sein."

Wieder begann er zu schalten. Die Masse-, Materie- und Energietaster unterstützten die optische Beobachtung.

Die schnell einlaufenden ersten Ortungsergebnisse wiesen schier unglaubliche Daten aus. Demnach handelte es sich um zwei identische Sonnen, die einander glichen wie eineiige Zwillinge. Ihr Durchmesser betrug rund 1,1 Millionen Kilometer. Von Schwerpunkt zu Schwerpunkt gemessen standen die Sterne nur etwa fünf Millionen Kilometer voneinander entfernt. Sie rotierten mit hoher Geschwindigkeit um den gemeinsamen Schwerpunkt.

Acht weitere Himmelskörper wurden gleichzeitig geortet, angemessen und sichtbar gemacht. In der astrophysikalischen Abteilung liefen die Rechenmaschinen.

Zwei Minuten später lagen auch die folgenden Ergebnisse vor:

Die Twin-Sonne, wie Tolot die beiden Himmelskörper nannte, besaß acht Planeten. Sie umliefen den physikalisch unmöglichen Doppelstern in einer noch unmöglicheren Bahn. Die mittlere Entfernung zu der Zwillingssonne betrug achtzig Millionen Kilometer.

Alle acht Welten umliefen ihr Gestirn im genau gleichen Abstand und auf einer genau gleichartigen Kreisbahn.

Ein solches System konnte es in der Natur nicht geben. Trotzdem war es vorhanden. Es glich einem Ring aus acht Körpern, in dessen Mittelpunkt die Zwillingssonne stand.

Damit waren aber die Überraschungen noch nicht erschöpft. Neue Meßdaten wurden von der Automatik geliefert.

Alle Planeten standen mit ihren Polachsen senkrecht zur Umlaufbahn. Das bedeutete, daß es auf diesen Welten keine Jahreszeiten gab. Immer hatten sie die gleiche Temperatur.

Tolots Versuche, mit Hilfe der Ortungsgeräte näheres über die physikalischen Bedingungen der Planeten herauszufinden, scheiterten an von den Sonnen ausgehenden Störfeldern, die die Hypertaster beeinflußten und jede Detailerfassung unmöglich machten. Er konnte lediglich feststellen, daß die acht Welten von unterschiedlicher Größe waren, alles andere blieb vorerst noch ungewiß.

Als Tolot wieder auf die Heckbildschirme sah, waren die Sonnen schon weit entfernt. Die CREST II raste mit ansteigender Fahrt auf den kleinsten der acht Himmelskörper zu. Die Twinsonne glich jetzt einem ovalen Glutball, aus dem letzte Gaszungen in die Schwärze des Leerraumes hinauszuckten.

Auf allen anderen Bildschirmen war nach wie vor nichts zu sehen. Tolot sträubte sich gegen die Rechenergebnisse seines Planhirns, bis ihm keine andere Wahl mehr blieb, als einzusehen, daß die CREST von dem Sechsecktransmitter in die kosmische Einöde zwischen den Galaxien hinausgeschleudert worden war.

Weit entfernt glänzte eine Nebelballung von Postkartengröße. Es mußte die Milchstraße sein.

In noch weiterer Ferne zeichneten sich die Umrisse eines Spiralnebels ab, den Tolot sehr genau kannte. Es war der Andromedanebel.

Also befand sich das solare Flottenflaggschiff unwiderlegbar im Abgrund zwischen den Sterneninseln. Es lag nicht in der Mentalität eines Haluters, wegen solcher Erkenntnisse zu verzweifeln oder in Panik auszubrechen.

Icho Tolot registrierte zuerst, daß er und die Männer des Schiffes noch lebten. Nur das war vorerst wichtig. Ebenso gefaßt stellte er fest, daß man von der Milchstraße so weit fort war, daß es eine Rückkehr aus eigenen Kräften nicht mehr geben konnte. Die Entfernung mußte noch exakt berechnet werden; aber es stand jetzt schon fest, daß die CREST etwa neunhunderttausend Lichtjahre jenseits der Milchstraßengrenzen angekommen war.

Demnach war Andromeda etwa 1,3 Millionen Lichtjahre vom jetzigen Standort der CREST II entfernt.

Als sich der Haluter etwas zu hastig umdrehte, sprang er bis zur gewölbten Decke empor. Er fing sich ab und schaltete wieder seinen Mikrogravitator ein.

Die medizinische Robotstation des Schiffes gab Alarm. Tolot hatte nur wenige Augenblicke benötigt, um die Situation zu begreifen.

Nachdem die ersten Medorobots in die Zentrale gekommen waren, entdeckte Tolot den mächtigen Energiestrahl, der die CREST II anscheinend schon bei ihrem Rematerialisierungsmanöver oder unmittelbar danach eingefangen hatte. Er umhüllte die gewaltige Kugelzelle, ignorierte die Schubleistung der laufenden Triebwerke und zog das Schiff auf die kleinste der acht Welten zu.

Die Beschleunigung mußte sehr hoch sein. Trotzdem gelang es der automatischen Andruckneutralisation, die entstehenden Beharrungskräfte zu absorbieren.

Das Superschlachtschiff wurde immer schneller. Der Traktorstrahl ließ sich auch nicht abwehren, als Tolot die Schutzschirme aufbauen wollte. Die Kraftwerke brüllten kurz auf und schalteten sich dann wieder ab, da die Schirmprojektoren keine Energie aufnahmen.

Erneut begann das Planhirn des Haluters zu rechnen. Es gab zwei Möglichkeiten!

Wenn unbekannte Mächte mit Hilfe von noch unbekannteren Maschinen planten, den ungebetenen Ankömmling auf der Oberfläche der achten Welt zerschellen zu lassen, so gab es keine Rettung mehr.

Die Impulstriebwerke liefen nach Tolots Notschaltung mit voller Gegenschubleistung. Trotzdem wurde der stählerne Körper nicht langsamer. Der energetische Aufwand des achten Planeten war wesentlich stärker. Tolot nannte ihn Power.

Die zweite Möglichkeit, die Tolot als wahrscheinlicher einstufte, bestand in dem Versuch, die CREST II mit hoher Fahrt heranzuholen, sie im letzten Moment zu stoppen und sie zur weichen Landung zu zwingen.

Darin erblickte der Haluter die einzige Chance. Er gab es auf, weitere Recherchen anzustellen. Wenn die Zugkräfte nicht von selbst nachließen, mußte in spätestens einer halben Stunde der vernichtende Aufprall kommen.

Nur für einen Augenblick spielte der Haluter mit dem Gedanken, mit einem Beiboot aus dem Schiff zu fliehen. Er verwarf ihn wieder. Er konnte die zweitausend besinnungslosen Männer nicht ihrem Schicksal überlassen.

Tolot nahm die letzten Schaltungen vor und schritt zum Medikamentenautomaten hinüber. Er wählte die stärksten wiederbelebenden und kreislauffördernden Mittel, über die Terra verfügte.

Die Hochdruckspritzen glitten aus den Zuführungsöffnungen. In der tieferliegenden Schiffsapotheke arbeiteten die Roboteinrichtungen.

Tolot versorgte zuerst den Kommandanten. Der kräftige Epsaler würde wahrscheinlich der erste Mensch sein, der aus der Betäubung erwachte.

Anschließend betreute der Haluter Rhodan, Atlan, Mory und die wichtigsten Offiziere des Schiffes. Das Zischen der Hochdruckspritzen verklang. Die Terraner regten sich nicht. Auch der Arkonide lag blaß und wie leblos neben seinem Konturlager.

Als getan war, was in dieser Situation getan werden konnte, zwängte sich Tolot durch ein Sicherheitsschott und ließ sich im Antigravfeld des Schachtes nach unten gleiten.

Die Feuerleitzentrale des Schiffes empfing ihn mit schrillen Klingelzeichen. Die Automatik hatte längst Alarm gegeben.

Auch hier entdeckte der Haluter nur besinnungslose Menschen. Major Cero Wiffert, der Erste Feuerleitoffizier des Schiffes, saß angeschnallt in seinem Spezialsitz. Er hatte bei dem Irrsinnsanfall anscheinend nicht die Gurte lösen können.

Sämtliche Waffenkuppeln des Schiffes waren ausgefahren. Die grünen Lampen leuchteten auf dem abgeschrägten Hufeisenpult der sogenannten Feuerorgel. Dieser Begriff war auf terranischen Kampfschiffen schon vor einigen hundert Jahren geprägt worden.

Tolot zog Wiffert aus dem Sessel. Anschließend drückte er auf die Einfahrschalter der Transformkanonen. Das Dröhnen der Triebwerke wurde von dem polternden Geräusch zuschlagender Stahlklappen übertönt.

Die Impulskanonen, die Desintegratoren und die Paralysegeschütze ließ Tolot in Feuerstellung. Dann wartete er. Er konnte nicht mehr tun.

Wenn der Zugstrahl von Power schwächer werden sollte, würde die vorjustierte Katastrophenautomatik das Schiff ohnehin aus dem gefährlichen Kollisionskurs reißen. Tolot brauchte sich deswegen keine Sorgen zu machen.

Wurde der Zugstrahl nicht abgeschaltet, konnte es ohnehin keine Rettung mehr geben.

Tolot trug sich für einen Moment mit dem Gedanken, die verantwortliche fremde Kraftwerkstation mit den Waffen der CREST zu zerstören. Er verwarf ihn gleich wieder. Bis es ihm gelang, den Standort der Station zu finden, würde das Schiff längst auf der Oberfläche zerschellt sein, falls dies in der Absicht des unbekannten Gegners lag.

Icho Tolot dachte an seine Heimat und an die Terraner, die er indirekt zu diesem Abenteuer verführt hatte. Er war bereit, alles für die Rettung zu tun, was in seiner Macht lag.

Das plötzlich beginnende Bremsmanöver bewies eindeutig, daß man nicht daran dachte, die Besatzung der CREST zu schonen. Trotz der mit höchster Leistung laufenden Andruckabsorber kamen noch achtzehn Gravos durch. Die Fahrtverminderung geschah ungeheuer schnell.

Der Haluter lag auf dem Boden neben der Feuerorgel. Als er die ersten Anzeichen einer Gewaltbremsung bemerkt hatte, hatte er sechs Konturlager aus den Verankerungen gerissen, sie nebeneinander gelegt und seinen Titanenkörper darauf gebettet.

Die weiche Unterlage war ihm zustatten gekommen. Achtzehn Gravos bedeuteten für einen Haluter nicht viel. Icho Tolot konnte sich sogar noch bewegen, obwohl er darauf verzichtet hatte, die Beharrungskräfte durch eine Teilverwandlung seiner metabolischen Körperzellen aufzufangen.

Seine drei Augen schauten unverwandt auf die Bildschirme und Datenmarken. Die Feuerleitzentrale war mit dem Kommandoraum synchron geschaltet. Die wichtigsten Meßwerte waren auch hier unten zu sehen.

Die CREST II war immer langsamer geworden. Dann, vor einer Zehntelsekunde, hatte der Andruck plötzlich nachgelassen. Tolot sprang auf.

Auf den Bildschirmen leuchtete die wüstenhafte Oberfläche eines Trockenplaneten. Tolot erkannte schlagartig, daß er hier nicht auf andere Lebewesen treffen würde. Dies war eine tote Welt, auf der lediglich vollendete Maschinen regierten.

Das Superschlachtschiff hing immer noch im Bann des gigantischen Traktorstrahls, dessen Energiekapazität aber erheblich nachgelassen hatte.

Das, was der Haluter dann tief unter sich erblickte, war bestürzend!

Die CREST II schwebte in einer Höhe von nur zweieinhalbtausend Kilometern über dem nördlichen Pol des achten und kleinsten Planeten. Genau auf dem Pol, der von einer flachen Geröllwüste bedeckt wurde, standen drei gewaltige Pyramiden, in deren Schnittlinien ein Ballungsfeld loderte. Dort wurde der Fesselstrahl erzeugt und von dort aus wurde er auch in den Raum geschickt.

Tolot registrierte die Parallelen zu der Welt Kahalo. Dort hatte jemand sechs Pyramiden erbaut. Hier, auf Power, waren es nur drei Stück. Das schien aber für die systemgebundenen Zwecke auszureichen.

Etwa vierhundert Kilometer südlich der Polebene hatte die Ortung vier metallische Körper aufgespürt. Nach der durchgeführten Vergrößerungsschaltung erkannte Tolot einwandfrei vier Raumschiffe terranischer Bauart.

Erregung überflutete ihn. Hier also waren die vier verschollenen

Raumer angekommen. Was war aus den Besatzungen geworden? Der Transmittercharakter des Sonnensechsecks war nun ganz klar. Das Twinsystem schien eine Zwischenstation zu sein – höchstwahrscheinlich sogar eine Kontroll- oder Auffangstation, auf der alle Ankömmlinge getestet oder unschädlich gemacht wurden.

Aber eine Zwischenstation auf der Strecke wohin? Tolots Erregung wuchs, als er sich die Position des Systems vor Augen führte. Sollte es eine Transmitterstraße nach Andromeda geben?

Tolot wartete so lange, bis er plötzlich das Vibrieren wahrnahm. Die CREST II wurde mit Hochleistungspulsatoren beschossen; offenbar zu dem Zweck, eventuell handlungsaktiv gebliebene Besatzungsmitglieder auch noch auszuschalten.

In diesem Augenblick drückte der Haluter auf alle Feuerknöpfe, die er gleichzeitig erfassen konnte. Der Zielstachel der Zentralautomatik war auf die Polpyramiden eingeschwenkt.

Ein ungeheures Tosen erschütterte das Riesenschlachtschiff. Tolot hatte eine volle Breitseite aus drei verschiedenartigen Energiewaffen ausgelöst. Das Dröhnen hielt an. Zehn Meter durchmessende Thermobahnen peitschten mit annähernder Lichtgeschwindigkeit auf das Zielgebiet hinab. Die flimmernden Strahlungen der materieauflösenden Desintegratoren waren kaum zu sehen. Die Wellenfronten der Schwingungskanonen konnten überhaupt nicht wahrgenommen werden.

Um den Bruchteil einer Sekunde später schlug es unten ein. Das Land wölbte sich auf. Künstliche Sonnen entstanden dort, wo die Impulsbahnen auftrafen.

Zerschmelzende Gesteinsmassen bildeten riesige Blasen, die unter dem Gasüberdruck zerbarsten und feuerflüssige Materie in den Himmel schleuderten.

Das Polgebiet verwandelte sich sofort in einen kochenden Ozean, aus dem unvorstellbare Explosionssäulen hervorbrachen.

Tolot löste Salve auf Salve aus, bis die Sicherheitsautomatik die heißgeschossenen Waffen kurzfristig abschaltete.

Weit unter dem Superschlachtschiff war die Hölle ausgebrochen.

Der orangerote Fesselstrahl war verschwunden. Die vorjustierte Automatik wollte das Schiff in Fahrt bringen, als es von einer anderen Energiefront getroffen wurde. Es handelte sich ebenfalls um einen Traktorstrahl, der von einer unversehrt gebliebenen Feuerstellung an den Rändern der zerstörten Zone ausging.

Die CREST raste plötzlich erneut auf den Planeten zu. Tolot drückte nochmals auf die Waffenknöpfe, aber da war es beinahe zu spät.

Als unten auch das letzte Fort explodierte, begann die CREST II abzustürzen. Der Gigant von Halut raste durch die Feuerleitzentrale, sprang in den Antigravlift und stieß sich ab. Sekunden später erreichte er den Kommandoraum. Die Männer waren immer noch bewußtlos.

Tolot bediente die Notsteuerschaltung in stehender Haltung. Die Sessel waren für ihn viel zu klein.

Die Antigravitationsfelder wurden aufgebaut. Die Ringwulsttriebwerke brüllten in höchster Kraftentfaltung. Dann war der Wüstenboden greifbar nahe. Tolot konnte eben noch die Landebeine ausfahren, doch da schlug das Schiff bereits auf.

Der Haluter wurde zu Boden gewirbelt. Er klammerte sich am Sockelfuß des Zentralegehirns fest und wartete, bis die Stöße nachließen. Die CREST war schwer aufgeschlagen – fast zu schwer. Sie hatte sich etwas nach links geneigt und den letzten Aufprall mit dem Triebwerks-Ringwulst abgefangen. Die linksseitigen Landebeine waren entweder gebrochen, oder sie hatten sich dreißig Meter tief in das Gelände gebohrt. Zweifellos waren die Triebwerke beschädigt worden, so daß an einen sofortigen Start nicht zu denken war.

Es wurde still. Die Triebwerke und Strommeiler liefen aus. Die Sicherheitsautomatik funktionierte also noch.

Aus der Ferne klang ein Tosen auf. Es schien, als tobten dort mehrere tausend Gewitter zur gleichen Zeit.

Tolot erhob sich. Sein Körper hatte den Aufprall schadlos überstanden. Die Terraner waren auch unversehrt, da sie von den Medorobots vorher auf ihre Konturlager gebettet und festgeschnallt worden waren. Bei dem Irrsinnsanfall hatten sie fast alle ihre Sessel verlassen.

Tolot erfuhr durch sein Planhirn, daß die Rettung vorerst gelungen war. Die Nordpolstation war vernichtet worden. Anscheinend hatte niemand, selbst die wahrscheinlich vorhandenen Robotkontrollen, nicht damit gerechnet, daß ein aus dem Twintransmitter herauskommendes Schiff noch Widerstand leisten könnte.

Sicherlich war es zum erstenmal in der Geschichte dieser Abfangstation geschehen, daß ein Wesen im entscheidenden Augenblick nicht nur die Sachlage erfaßt, sondern auch schnell genug gehandelt hatte.

Icho Tolot lachte. Sein Kämpferblut wallte. Angriffslustig schritt er zu den Bildschirmen hinüber.

Draußen war alles still. Nirgends war ein Lebewesen zu sehen. Weit über dem nördlichen Horizont lohten ultrahelle Flammenzungen in den Himmel des Planeten. Die Twinsonne stand einsam in der Schwärze des Leerraumes.

5.

Atlan war nach menschlichen Maßstäben uralt. Zehntausend Jahre lang hatte ihm sein Zellaktivator Jugend und Gesundheit erhalten, aber die Reife des Geistes hatte er nicht beeinflussen können.

Der Arkonide, der sich von den Terranern biologisch unterschied und der außerdem schon wesentlich länger an die belebenden Impulse des Aktivators gewöhnt war als die menschlichen Aktivatorträger, war nur wenige Minuten nach Cart Rudo erwacht.

Der Epsaler stand fassungslos vor den Bildschirmen der Hyperortung. Er, der zehn Zentner schwere umweltangepaßte Terraner, glaubte noch immer nicht daran, daß man zwischen der Milchstraße und dem Andromedanebel herausgekommen war.

Andromeda stand nach neuesten Erkenntnissen 2,2 Millionen Lichtjahre von der Milchstraße entfernt. Dazwischen lag die Einöde des interkosmischen Leerraumes – der Abgrund zwischen den Sterneninseln.

Niemals zuvor war ein terranisches Raumschiff so weit vorgestoßen. Der Aktionsradius der modernsten Spezialraumer lag durch wesentliche Verbesserungen der Lineartriebwerke bei sechshunderttausend Lichtjahren. Da man schließlich auch wieder heimkehren mußte, hatte man niemals tiefer als dreihunderttausend Lichtjahre in die sternenleere Wüste eindringen können, etwa zur Hundertsonnenwelt. Wenn Schiffe nach einer solchen Gewaltfahrt ihre Ausgangshäfen erreicht hatten, waren ihre Maschinen schrottreif gewesen.

Nun befand sich die CREST II, deren Triebwerke für solche Distanzüberbrückungen keineswegs vorgesehen waren, neunhunderttausend Lichtjahre von der Heimatgalaxis entfernt und ohne jede Chance, diese aus eigener Kraft je wieder erreichen zu können.

Atlan hatte nur wenige Minuten gebraucht, bis er die verzweifelte Lage erkannt hatte.

Icho Tolot beobachtete den großen Arkoniden, dem die Menschheit sehr viel zu verdanken hatte. Oberst Cart Rudo nahm seine Zuflucht zu einigen handfesten Raumfahrerverwünschungen. Es schien ihn zu erleichtern.

„Wir haben uns bei Ihnen zu bedanken, Tolot", unterbrach Atlan die Stille. „Wenn Sie nicht sofort nach der Wiederverstofflichung erwacht wären und die richtigen Maßnahmen eingeleitet hätten, würde die CREST nun neben den vier verschollenen Raumschiffen liegen. Dieser Planet ist eine Falle ersten Ranges. Starren Sie mich nicht so an, Rudo! Ich verfüge bekanntlich über ein Extrahirn, dessen Logik nicht zu übertreffen ist."

Tolot lachte in sich hinein. *Und ob* es zu übertreffen war! Atlan wußte noch nichts vom Planhirn des Haluters. Gucky hatte bisher geschwiegen.

„Vergessen Sie es", bat der Gigant. „Ich habe getan, was zu tun war. Meinen Sie, die Besatzungen der vier Raumer wären nicht mehr am Leben?"

„Bestimmt nicht", behauptete der Lordadmiral gedrückt. „Dieser Hölle können sie nicht entronnen sein. Sie hatten schließlich keine halutische Kampfmaschine an Bord."

Tolot neigte seinen Oberkörper. Atlan ahnte nicht, welche ehrenden Worte er soeben ausgesprochen hatte.

„Wäre ich doch nur nicht an das Sonnensechseck herangeflogen", grollte der Epsaler. „Ich hätte den Befehl verweigern müssen! Ich hatte gleich ein ungutes Gefühl. Es fällt mir nicht leicht, Tolot – aber ich möchte mich ebenfalls bei Ihnen bedanken. Nehmen Sie mir meine Offenheit nicht übel. Ich brauche etwas Zeit, um mich an Ihre Aufrichtigkeit zu gewöhnen. Ich hatte Sie für eine zwielichtige Existenz gehalten."

„Das bin ich leider auch. Ich habe Sie indirekt in dieses Abenteuer hineingehetzt. Ich war zu neugierig. Ich hätte Sie noch viel intensiver warnen sollen. Meine Vorfahren haben stets vor einer Annäherung an die sechs Sonnen gewarnt."

„Unsinn", wehrte der Kommandant die Selbstanklage ab. Ein freundlicher Blick traf den Hünen. „Sie kennen doch die Terraner, oder? Meinen Sie wirklich, es wäre Ihnen noch gelungen, Rhodan von dem Erkundungsflug zurückzuhalten? Behalten Sie die Nerven. Ich brauche Sie dringend. Darf ich auf Ihre uneingeschränkte Hilfe rechnen? Das ist mein Schiff! Ich bin dafür verantwortlich."

Tolot fühlte sich erleichtert. Er hatte geglaubt, die Menschen sehr gut studiert zu haben. Nun bemerkte er, daß er ihre charakterlichen Qualitäten unterschätzt hatte. Sie waren es wert, Freunde genannt zu werden.

„Ich unterstelle mich Ihrem Befehl, bis der Großadministrator erwacht."

„Natürlich. Danke sehr. Augenblicklich bin ich noch ziemlich hilflos. Ich brauche wenigstens hundert Mann, um hier einigermaßen Ordnung schaffen zu können. Das sieht ja wüst aus. Na ja, lassen wir das. Tolot – ich müßte schleunigst wissen, was draußen los ist. Was wird hier gespielt? Gibt es Lebewesen? Wenn ja, wie sehen sie aus, und was wollen sie von uns? Können Sie eine Erkundung durchführen?"

„Das war mein Plan. Ich wollte nur Ihr Erwachen abwarten."

Cart Rudo atmete auf. In diesem Augenblick wurde das Schiff von einem schweren Beben erschüttert. Auf den Bildschirmen war zu sehen, daß sich draußen der Boden aufwölbte.

Tolot fing Atlan auf. Der Arkonide war noch geschwächt. Es war das fünfte Beben seit dreißig Minuten.

„Schon wieder", sagte der Epsaler leise. Seine Augen verengten sich. „Verdammt, hier stimmt doch etwas nicht! Sehen Sie das Glühen am nördlichen Horizont? Worauf haben Sie geschossen? Nur auf die drei Pyramiden? Oder haben Sie auch eine Arkon-Bombe zur Erzeugung eines Atombrandes abgestrahlt?"

„Nichts dergleichen", wehrte sich der Haluter. „Ich kann mir auch nicht erklären, wodurch die Bodenbewegungen hervorgerufen werden. Ich gehe sofort. Nein, bieten Sie mir nur keinen Gelände- oder Flugwagen an. Wir wissen über die hiesigen Bedingungen so gut wie nichts. Ich verlasse mich lieber auf meinen Körper."

„Was – Sie wollen laufen?" staunte der Kommandant. „Wir sind schätzungsweise sechshundert Kilometer vom Pol entfernt."

„Eine Sache von sechs Stunden", erklärte der Gigant lässig.

„Respekt, Respekt", klang eine Stimme auf. Atlan fuhr herum.

Rhodan schien schon einige Minuten wach zu sein. Er war der erste Normalterraner, der aus der tiefen Besinnungslosigkeit zurückfand.

Rhodan richtete sich ächzend von seinem Konturlager auf. Sein erster Blick galt den Bildschirmen.

„Lassen Sie nur", wehrte er Rudos Erklärungen ab. „Ich habe fast alles gehört. Da wären wir also, was? So weit hatte ich schon immer in den Leerraum vorstoßen wollen. Leider reicht es noch nicht ganz bis zum Andromedanebel."

„Deine Nerven möchte ich haben", begehrte der Arkonide auf. „Willst du nicht gleich weiterfliegen? Vielleicht mit gebrochenen Landebeinen, auslaufender Hydraulikflüssigkeit und startunklaren Maschinen? Freund – uns geht es offensichtlich an den Kragen. Diese Beben sprechen eine deutliche Sprache."

Rhodan stand auf. Er spreizte die Beine, neigte den Oberkörper nach vorn und kämpfte das Schwindelgefühl nieder. Oberst Rudo gab ihm noch eine Stabilisierungsspritze.

Rhodan fragte nach verschiedenen Dingen, über die er noch nicht informiert war. Dann sah er nach Mory. Ihr Puls ging noch flach. Vor einer Stunde konnte sie nicht erwachen.

„Die alten Aktivatorträger sind wieder einmal besser dran, wie?" spöttelte Perry bitter. „Schön, finden wir uns mit der Lage ab. Oberst Rudo, versuchen Sie mit allen Mitteln, wenigstens *einen* Arzt vorzeitig aufzuwecken. Machen Sie eine Pferdekur. Die Männer müssen schleunigst wieder auf die Beine kommen. Tolot – können Sie Atlan und mich mitnehmen? Auf Ihrem Rücken meine ich. Rudo hält hier die Stellung. Oder willst du auch im Schiff bleiben, Arkonide?"

Atlan lief rot an. Der hagere Terraner grinste.

„Du warst wohl lange nicht mehr besinnungslos, was?" erkundigte sich der Lordadmiral mit gefährlich klingender Sanftmut.

Tolot lachte dröhnend. Rhodan hielt sich die Ohren zu.

„Ich habe es gewußt", seufzte er. „Dieser uralte Mann hält sich für einen Jüngling, weil er wie einer aussieht. Nun gut, ich zähle auch nicht mehr zu den Jüngsten. Wie ist das, Tolot? Können Sie zwei ausgewachsene Männer mitschleppen? Oder sollen wir doch besser einen Shift nehmen? Kennen Sie die Allzweckfahrzeuge?"

Der Haluter winkte ab. „Ich habe sie mehr als einmal im Einsatz gesehen. Nein, ich kann Sie mühelos tragen. Sind Sie denn schon wieder kräftig genug, um die Strapazen überstehen zu können?"

„Solange wir nicht neben Ihnen herlaufen müssen, werden wir es wohl schaffen. Die Medikamente wirken schnell", erklärte Atlan. „In einer halben Stunde sind wir hundertprozentig fit. Ich möchte mir zuerst die vier Raumschiffe ansehen."

Rhodan nickte. Nur Atlan, der die Psychotarnung des Freundes am besten durchschauen konnte, erkannte seine bohrende Unruhe. Rhodan gab sich wieder einmal betont zuversichtlich.

„Die Mutanten sind wohl restlos ausgefallen, wie?" erkundigte er sich.

„Ja. Ihre besonders empfindlichen Gehirne und Nervenleiter sind sehr stark angegriffen, Sir", bestätigte Rudo.

„Schade. Ich hätte besonders Gucky gebrauchen können. Kümmern wir uns um Chefarzt Dr. Artur. Ehe ich nicht die Gewißheit habe, daß er wieder munter ist und meinen Männern helfen kann, bringt mich keine Macht der Galaxis aus dem Schiff. Rudo, Sie sind augenblicklich doch zur Tatenlosigkeit verdammt. Oder glauben Sie etwa, Sie können die Schäden allein beheben?"

Der Epsaler schüttelte den Kopf.

„Na also. Stellen Sie für Atlan und mich eine Ausrüstung zusammen. Schwerer Kampfanzug, Klapphelm für alle Fälle, Klimaanlage, druckfeste Hochisolator-Ausführung, Aggregattornister, Thermowaffen."

„Fluggerät?"

Rhodan zögerte. Tolot fiel rasch ein:

„Das ist nicht empfehlenswert. Ich habe mir eine bestimmte Theorie über den Lichtschein am Horizont gebildet. Ihre Fluganzüge sind doch wohl von einem Mikro-Antigrav abhängig, nicht wahr?"

Rhodan nickte.

„Dann verzichten Sie bitte auf die leicht einpeilbaren und außerdem störanfälligen Apparate. Das ist auch der Grund, warum ich keinen Shift benutzen möchte. Wenn wir wissen, was am Pol geschieht, können wir immer noch fliegen. Ich bin wesentlich unauffälliger, viel schwerer zu orten und außerdem schnell genug, um jeder Gefahr ausweichen zu können. Verlassen Sie sich auf meinen Körper."

„Er verspricht nicht zuviel", meinte Atlan ironisch. „Befolgen wir seinen Rat."

Cart Rudo legte die automatischen Analysen über die Oberflächenbedingungen des Planeten vor.

Daraus ging hervor, daß er eine dünne, gerade noch atembare Sauerstoffatmosphäre besaß. Seine Schwerkraft betrug 0,76 Gravos; das Land war durchweg wüstenartig. Wasser war nirgends entdeckt worden. Die Rotation betrug genau dreißig Stunden. Jahreszeiten gab es nicht.

Atlan lachte ärgerlich auf.

„Eine Höllenwelt, ich sagte es schon. Ich frage mich, wie es auf den anderen sieben Planeten dieses installierten Systems aussieht."

„Installiert ist gut gesagt", überlegte Rhodan. „Wo sind aber die Installateure? Kannst du dir vorstellen, was diese Leute können? Dagegen sind wir Stümper. Ihr Volk ebenfalls, Tolot."

Der Haluter neigte den Kopf. Dabei bemerkte Rhodan zum erstenmal, daß dieser anscheinend fugenlos mit den Riesenschultern verbundene Schädel auf einem beweglichen Hals ruhte. Das wie ein Ungeheuer aussehende Intelligenzwesen war von der Natur verschwenderisch ausgestattet worden. Alles war zweckbestimmt, enorm praktisch, fehlerfrei und in der Gesamtheit ausgereift. Wahrscheinlich mußte ein Volk viele hunderttausend Jahre der Entwicklung durchlaufen, bis es so vollendet war wie die Haluter. Die große Kunst bestand für jedes Volk aber darin, so lange zu überleben, bis das natürliche Maximum erreicht war. Der Mensch beispielsweise hätte sich beinahe in einem Atomkrieg ausgerottet, als er noch wesentlich primitiver war als im Jahre 2400.

Die mit ansteigender Intelligenz perfekter werdende Technologie schien nach dem Willen des Schöpfers ein nur schwer zu überwindender Prüfstein auf dem Weg zur höheren Reife zu sein.

Rhodan mußte um seine Beherrschung kämpfen, als er wieder auf die Bildschirme blickte. Die Fernortung zeigte nur den leeren Raum. Er war bedrückend, achtungheischend und von einem allgegenwärtigen Fluidum durchströmt, das dem Menschen klarmachte, wie klein und nichtig er war – trotz seiner großartigen Technik, die vielleicht er nur für großartig hielt.

„Fertigmachen", ordnete Rhodan mit belegter Stimme an. Er räusperte sich. „Tolot – irre ich mich in der Annahme, daß Sie bereits für alle Eventualitäten ausgerüstet sind? Ihre schwere Kombination scheint ein Allzweckanzug zu sein."

„Er ist vollkommen. Gehen wir?"

6.

Der Haluter raste durch die Wüste. Aus dem Halsteil der dunkelgrünen Kombination schaute ein tiefschwarzer Halbkugelkopf hervor. Die an kurzen Säulenbeinen angeordneten Füße wurden von Spezialschuhen mit hohem Haftvermögen verhüllt. Lediglich die Hände der vier Arme waren unbedeckt.

Die Pranken der beiden kürzeren Laufarme, durch die Tolot in seiner Sprungstellung zu einem Vierbeiner wurde, peitschten Sand und Geröll zur Seite. Unermüdlich hieben die strukturverdichteten und daher diamanthart gewordenen Finger in den Boden.

Die beiden Greif- und Handlungsarme, so lang und so dick wie der Körper eines kräftigen Terraners, berührten mit ihren Händen nur selten den Boden. Wenn es jedoch darauf ankam, fünfzig Meter breite Schluchten zu überspringen, so unterstützten sie noch den Anlaufschwung des Titanenkörpers.

Rhodan und Atlan saßen rechts und links auf den Schultern des Haluters. Sie klammerten sich an den Verschweißungswulsten des Kampfanzuges fest. Je ein Bein hatten sie um den Hals des Titanen geschlungen, um besseren Halt zu gewinnen.

Vor zwei Stunden war das stählerne Gebirge der CREST am Horizont verschwunden. Die Funkverbindung war abgerissen. Die kleinen Armbandgeräte konnten die von dem Nordpol ausstrahlenden energetischen Streufronten nicht mehr durchdringen.

Oberst Rudo verzichtete dagegen weisungsgemäß auf Anrufe mit den starken Schiffssendern. Rhodan wollte eine Einpeilung so lange wie möglich verhindern.

Icho Tolot hielt eine Dauergeschwindigkeit von hundert Kilometern pro Stunde ein. Kein bodengebundenes Fahrzeug, selbst moderne Prallfeldgleiter nicht, hätten die oftmals schroff aufragenden Bodenhindernisse so schnell und sicher überwinden können wie der halutische Riese.

Er jagte durch die öde Landschaft, als gälte es, sämtliche Rekorde der galaktischen Völker zu brechen. Wahrscheinlich brach er sie auch!

Eine Stunde nach dem Aufbruch waren die vorher schon beobachteten Beben immer häufiger und auch stärker geworden. Über dem fernen Pol war eine orangerote Energiesäule erschienen und mit annähernder Lichtgeschwindigkeit in die Schwärze des interkosmischen Raumes gezuckt.

Eine Kurzdurchsage von Rudo hatte die drei so verschiedenartigen Verbündeten darüber aufgeklärt, daß der Strahl zwischen den beiden gelben Sonnen ankam und in der dort entstehenden Feldballung verschwand.

Der Doppelstern hatte sich aufgebläht. Es sah aus, als wollte er sich in eine Nova verwandeln und mit alles vernichtender Wucht explodieren.

Nach dem anfänglichen Flattern hatte sich die Energiesäule stabilisiert. Seit einer Stunde schoß sie in den Raum hinaus. Mit ihrem Erscheinen waren die Bodenbewegungen heftiger geworden. Über dem fernen Pol schien ein Orkan zu toben. Die Sicht war verschleiert.

Hier und da bildeten sich unvermittelt breite Bodenrisse, aus denen zähflüssige Magmamassen hervordrangen und das Land überschwemmten.

Auf Power gab es nur wenige Gebirge. Die vielen Hügelgruppen waren schroff, jedoch nicht besonders hoch. Es schien sich um eine sehr alte Welt zu handeln, deren geologische Formations-Aufwerfungen im Verlauf der Jahrmillionen abgetragen worden waren.

Icho Tolot kannte solche Erscheinungen. Auf seiner Heimatwelt Halut vollzog sich der gleiche Vorgang. Verbrauchte Planeten sahen immer so aus.

Das Fehlen von Wasser deutete ebenfalls darauf hin, daß auf Power das letzte Stadium angebrochen war. Es war verwunderlich, daß er Reste seiner ehemaligen Atmosphäre hatte festhalten können.

Die Position der vier gesichteten Raumschiffe war bekannt. Sie waren außerdem von einer ausgeschickten Meßsonde registriert worden. Tolots Kurs führte schräg am Pol vorbei. Er hielt nordwestliche Richtung ein.

Atlan und Perry kamen kaum dazu, einige Worte zu wechseln. Ihnen war, als säßen sie in einem offenen Wagen, dessen hohe Geschwindigkeit einen so starken Fahrtwind erzeugte, daß eine Unterhaltung nicht mehr möglich war.

Der Haluter rannte unermüdlich. Er schien keine Erschöpfung zu kennen. Rhodan wurde allmählich klar, wieso es fünf Wesen von dieser Art hatte gelingen können, ein sicher schwerbewaffnetes arkonidisches Landungskommando in die Flucht zu jagen.

Nach fast drei Stunden pausenlosen Rasens hielt der Haluter auf einem Hügelkamm an. Sein Atem ging so gleichmäßig wie zuvor. Tolot hatte es noch nicht nötig, sein zweites Herz zur Verstärkung einzuschalten.

Er griff mit seinen langen Handlungsarmen nach hinten, umfaßte die beiden Männer vorsichtig an den Hüften und stellte sie auf den

Boden. Danach richtete sich der Gigant auf seinen kurzen Beinen auf, deren ungeheure Sprungkraft nur dann richtig zu erkennen war, wenn man sie in Tätigkeit sah.

Plötzlich wirkte das elegante, lebende Geschoß wieder plump und monströs. Tolot deutete nach vorn. „Die Schiffe liegen hinter der nächsten Bergkette. Wir können den Paßeinschnitt benutzen."

„Sind Sie sicher?" zweifelte Atlan. Er wich etwas zurück, als sich die drei Augen des Fremden auf ihn richteten. In ihnen war keine Gefühlsregung ablesbar.

„Ganz sicher. Ich habe die Luftaufnahmen im Kopf. Mein Kurs war richtig. Darf ich Sie darüber aufklären, daß ich ebenfalls eine Art Extrahirn besitze?"

Atlan verfärbte sich. Rhodan fuhr sich mit dem Handrücken über die spröden Lippen. Dann grinste er.

„Das dachte ich mir beinahe. Sie sind ein mathematisches Genie, Tolot. Für unseren arkonidischen Freund ist doch hoffentlich keine Welt zusammengebrochen?"

Atlan ballte die Fäuste.

„Wenn du damit eine Welt der überheblichen Selbsteinschätzung meinen solltest, so kannst du mir glauben, daß es nichts einzustürzen gibt. Mir wurde soeben klar, warum wir von fünf Halutern geschlagen wurden. In Ordnung, worauf warten wir noch? Oder rechnen Sie mit Widerstand?"

Tolot wiegte in der Art eines Bären seinen Körper.

„Nein", bekannte er zögernd. „Wenn man bis jetzt nichts unternommen hat, wird niemand etwas unternehmen."

Der Terraner und der Arkonide stiegen wieder auf ihr seltsames Transportmittel. Tolot raste weiter.

Er durchquerte den Paß und blieb auch nicht stehen, als sich die Umrisse der vier Raumschiffe plötzlich aus der Ebene hervorschälten.

Die OMARON war einwandfrei zu erkennen. Sie war das größte der verschollenen Raumfahrzeuge gewesen.

Tolot achtete nicht auf Rhodans gebrüllten Ruf. Er hielt es ebenfalls für selbstverständlich, dieses erst kürzlich auf Power angekommene Schiff zuerst zu untersuchen.

Kurz vor dem zweihundert Meter durchmessenden Kugelriesen ging der Haluter in Deckung. Aufmerksam spähte er zu dem Schweren Kreuzer hinüber.

Die OMARON war ein Wrack! In ihren Außenwandungen klafften breite Risse. Die Landebeine waren bei dem harten Aufschlag zerbrochen. Ihre Trümmer lagen weit verstreut in der Geröllwüste.

Der Triebwerkswulst war auf der Steuerbordseite zusammengedrückt worden. Die OMARON bot den käglichsten Anblick eines vernichteten Wunderwerks der Technik.

„Sie – sie haben unter Umständen den Absturz überleben können", sagte Rhodan mit plötzlich heiser klingender Stimme. „Wenn die Andruckneutralisatoren und die Auffangfelder noch funktioniert haben, kann der Aufprall nicht so schlimm gewesen sein, auch wenn es von außen betrachtet so aussieht, als müßte innen alles zerstört sein."

Atlan schwieg. Er schaute zu den drei anderen Fahrzeugen hinüber. Es waren schnelle Aufklärungskreuzer der Städteklasse, darunter ein USO-Schiff. Sie sahen nicht besser aus. Auch ihre Wandungen hatten sich aufgewölbt. Gähnende Öffnungen erlaubten den Blick ins Innere.

Tolot ergriff die beiden Männer und setzte sie wieder auf seine Schultern. Er fragte nicht lange nach einer Erlaubnis.

Mit wenigen Riesensprüngen hatte er die OMARON erreicht. Sie lag nach Steuerbord geneigt auf dem Boden. Die untere Polschleuse war verschlossen. Niemand schien den Schweren Kreuzer verlassen zu haben – bis auf jene zwei Männer, die der Haluter Fancan Teik nahe dem Sonnensechseck aufgefischt hatte.

Wahrscheinlich würde man nie rekonstruieren können, wieso sich die beiden mit einem Beiboot hatten absetzen können. Es war jetzt klar, daß die OMARON von dem gigantischen Zugstrahl erfaßt und in das Transmitterzentrum gezerrt worden war. Vielleicht hatten Leutnant Coul und Kanonier Borler vorher schon wegen der abgebrochenen Funkverbindung den Befehl erhalten, mit einer überlichtschnellen Space-Jet zurückzufliegen und den Kontakt mit Opposite wiederherzustellen. Das war die wahrscheinliche Theorie.

Rhodan sprang auf die schräge Fläche des äquatorialen Ringwulstes. Hinter den Rissen waren die Maschinen des Kreuzers zu erkennen. Nirgends war ein Lebewesen zu sehen, vor allem aber kein Mensch.

Sie drangen über die geneigten Stahlplatten vor und stiegen durch einen Spalt in Höhe des Hauptdecks ins Schiff ein.

Tolot brauchte keine Lampe. Seine nachtempfindlichen Augen sahen genug. Man fand zuerst die Besatzung der Nebenschaltzentrale

III. Von hier aus wurden die Stromwandler der Triebwerke I und II überwacht.

Rhodan blieb erschüttert stehen. Sie standen und lagen noch so, wie sie im Augenblick der Entmaterialisierung überrascht worden waren. Viele Männer hatten sich beim Einflug in den Sechsecktransmitter von ihren Kontursesseln erhoben. Dann waren sie zu Boden gestürzt. Offenbar waren sie ebenfalls von einem Irrsinnsanfall übermannt worden.

Nach der Wiederverstofflichung im Doppelsonnentransmitter von Twin waren sie anscheinend nicht mehr zu sich gekommen. Sie mußten aber trotzdem noch gelebt haben – ebenso wie die Besatzung der CREST.

Die Männer der OMARON waren in besinnungslosem Zustand von dem Power-Strahl herangeholt und anschließend sehr hart gelandet worden. Aber auch zu diesem Zeitpunkt, also nach dem Aufschlag, mußten wenigstens noch jene Männer gelebt haben, die sich bei dem vorangegangenen Anfall nicht von ihren Lagern entfernt hatten.

Die hochwertige Vollautomatik der OMARON hatte den Sturz fraglos noch erheblich mildern können. Die Kontrollmarken der Triebwerke standen jetzt noch auf Vollast. Sie hatten mit Gegenschub gearbeitet.

Tolot beugte sich über einen Toten. Er sah in das Gesicht einer Mumie. Der Körper war völlig ausgetrocknet; so, als wäre ihm jeder Tropfen Flüssigkeit entzogen worden.

Atlan beteiligte sich an der Untersuchung. Niemand sprach etwas. Rhodan stand an der Wand und ließ seine Blicke durch die Nebenschaltstation schweifen. Er fühlte, daß es in den anderen Abteilungen des Schweren Kreuzers nicht besser aussah.

Wieder wurde das weite Land von einem schweren Beben erschüttert. Die Wracks waren nur vierhundert Kilometer vom Nordpol entfernt. Dort entstanden die Beben.

Atlan erhob sich. Seine Stimme klang gepreßt.

„Mumifiziert – ausnahmslos! Die staubtrockene Luft dieses Planeten ist ohne weiteres dazu geeignet, Tote auszudörren – aber nicht in wenigen Tagen! Die OMARON ist aber erst wenige Tage vor uns angekommen. Außerdem steht es fest, daß die Männer zum Zeitpunkt der Bruchlandung noch gelebt haben. Sie waren nur bewußtlos gewesen. Was, oder wer hat sie ausgetrocknet?"

„Das ist Wahnsinn!" sagte Rhodan rauh. „Sie werden bei der harten

Landung innere Verletzungen erlitten haben, die schließlich zum Tode führten."

„Nein", meldete sich Tolot. „Sie haben noch gelebt. Etwas hat sie umgebracht. Wir sollten wenigstens einen Toten zur CREST mitnehmen. Eine Obduktion ist dringend erforderlich."

Rhodan winkte ab.

„Laßt sie vorerst, wo sie sind. Ich werde später ein Bestattungskommando schicken. Ich weiß in dieser Sekunde nur, daß wir ohne Ihr blitzschnelles Eingreifen nun ebenfalls mumifiziert wären. Dieser Planet ist eine Todesfalle; höchstwahrscheinlich eine Auffangstation, die jeden umbringt, der nicht berechtigt ist, den Sechsecktransmitter zu benutzen. Tolot, wir haben Ihnen unser Leben zu verdanken."

Der Haluter schwieg. Mitleidig blickte er auf den hageren Terraner nieder, der anscheinend um seine Fassung kämpfte. Perry Rhodan hatte noch nie zu jenen Staatsmännern gehört, die bereit waren, infolge politischer oder strategischer Erfordernisse Menschen zu opfern.

Sie drangen weiter ins Schiff vor. Je tiefer sie kamen, um so geringfügiger wurden die Schäden. Die innere Kugelzentrale war vollkommen erhalten. Hier waren nur die empfindlichsten Meßgeräte zersprungen. Aber auch dort entdeckte man nur mumifizierte Körper – und noch etwas.

Im ganzen Schiff gab es keinen Tropfen Wasser mehr. Rhodan zweifelte nicht daran, daß es in den anderen Wracks genauso war.

Nach zwei Stunden verließen sie die OMARON. Es geschah, als draußen die Doppelsonne hinter dem Horizont verschwand und die Landschaft mit blutrotem Licht überschüttete.

Man war sehr weit nördlich gelandet. Infolge der Polarachsenstellung wurde es nicht ganz dunkel. Die Korona der gelben Twinsonne lohte noch über den Horizont empor. Es entstand eine Zwielichtsonne.

Atlan stieß einen Alarmruf aus. Entsetzt deutete er nach Norden.

Über dem nicht mehr fernen Pol stand nach wie vor der orangefarbene Energiestrahl. Er hatte sich jedoch so erheblich verstärkt, daß er einer gigantischen Atomsäule glich, in der schattenhaft erkennbare Materieteile mitgerissen wurden.

Rhodan sah auf die Uhr. Man war erst seit fünf Stunden unterwegs. Die Besatzung der CREST mußte längst wieder auf den Beinen sein. Wahrscheinlich glich das Schiff einer Festung.

Perry verzichtete auf einen Funkanruf. Er wäre wahrscheinlich auch nicht durchgekommen.

„Tolot – fühlen Sie sich in der Lage, uns bis zum Pol zu tragen und anschließend zum Schiff zurückzukehren? Sie hätten dabei etwa neunhundert Kilometer zu laufen."

„Verlassen Sie sich auf mich. Entschuldigen Sie mich vorher für einige Minuten. Ich muß meinen Energiehaushalt auffrischen."

Sie bemerkten, daß der Haluter Felsgeröll in seinen Rachen steckte und mit seinem Mahlgebiß zu arbeiten begann. Rhodan wandte sich schaudernd ab.

„Grauenhaft", flüsterte Atlan. „Sie dir das an! Sie müssen Stoffverwandler sein. Ich bin davon überzeugt, daß er aus dem Gestein alles herstellt, was er für seinen Metabolismus benötigt."

„Warum ist er nicht in die vollen Verpflegungsdepots der OMARON gegangen?"

Atlan zuckte mit den Schultern.

„Er wird nicht auf tierische oder pflanzliche Verbindungen angewiesen sein. Er ist ein lebender Materiekonverter. Auch wir erzeugen mit unseren modernen Maschinen aus gewöhnlichem Erdreich die hochwertigsten Grundstoffe. Das ist eine Sache der kontrollierten Atomumwandlung. Frage ihn nicht danach, hörst du? Diese Haluter scheinen eigentümliche Ehrbegriffe zu besitzen."

Das Krachen und Bersten verstummte. Tolot hatte gegessen. Neue Energien durchströmten ihn. Sein organischer Materiekonverter begann sofort mit der Arbeit. Die in dem Gestein vorhandenen Mineralien und Spurenelemente wurden von den weniger wertvollen Bestandteilen getrennt.

Icho Tolot erkannte die peinliche Verlegenheit der Männer. Sachlich und ohne Pathos erklärte er:

„Ich bitte um Entschuldigung. Ich habe auf sie wohl abstoßend gewirkt. Diese Nahrungsaufnahme dient jedoch nur als Notbehelf. Auch wir lieben die organischen Grundstoffe, jedoch können wir sehr lange ohne sie auskommen. Glauben Sie nur nicht, auf Halut würde man nur Felsgeröll verspeisen. Wir besitzen vitaminreiche Gewächse aller Art und das wahrscheinlich beste Mastvieh der Galaxis."

Tolot lachte. Er amüsierte sich über den Gesichtsausdruck der Freunde.

Dann rannte der Haluter weiter. Auf seinem Rücken saßen zwei

Männer, die unverwandt zu der blendenden Energiesäule hinüberstarrten. Die Bodenerschütterungen wurden immer stärker. Es war, als wollte der Planet Power zerbersten.

Icho Tolot hatte keine vierhundert Kilometer zu laufen brauchen, um den Pol zu erreichen.

Nach etwa dreihundert Kilometern hatte die Entstofflichungszone begonnen. Niemand hatte sich bis dahin vorstellen können, was auf Power geschah. Jetzt sahen es die drei Intelligenzwesen, von denen eins auf Terra geboren war. Alle aber waren sie Kinder der gleichen Milchstraße. Das verband sie miteinander.

Die Polwüste hatte sich in einen zweihundert Kilometer durchmessenden Riesenkrater verwandelt, aus dem die ungeheure Energiesäule hervorbrach und im Raum verschwand. Der achte und kleinste Planet der Twinsonne löste sich auf! Es war der unglaublichste Vorgang, den der an viele Dinge gewohnte Haluter jemals erlebt hatte.

Die orangerote Säule war ein Transportstrahl, in dem Milliarden Tonnen planetarischer Materie zerpulvert und in den Raum gerissen wurde. Die Twinsonne glich einer Nova. Die ankommende Materie wurde zweifellos in ihrem Entstofflichungstransmitter aufgelöst und in unbekannte Tiefen des Universums verschickt.

Je näher sie dem Pol gekommen waren, um so heftiger war der Sturm geworden. Jetzt hatte er sich zu einem Orkan gesteigert.

Am Rande des Entstofflichungstrichters bröckelte der Boden ab. Unvorstellbare Mengen Materie rutschten nach unten, verschwanden in dem bereits kilometertiefen Schlund und wurden dort aufgelöst. Es schien sich um eine atomare oder halbatomare Vergasung zu handeln, die aber in ihrem energetischen Charakter noch einem vierdimensionalen Vorgang glich. Die fünfdimensionale Entstofflichung geschah erst im Ballungszentrum des Sonnentransmitters.

Icho Tolot hielt die beiden Männer fest. Der Orkan wurde immer stärker. Nur Tolot konnte sich noch verständlich machen. Die Stimmen von Atlan und Perry kamen gegen das Heulen des Sturmes und das Tosen im Auflösungstrichter nicht mehr an.

Tolots Planhirn rechnete fieberhaft. Was war geschehen? Er wußte sicher, daß er keinen künstlichen Atombrand erzeugt hatte. Die Impulskanonen und die Desintegratoren waren technisch nicht in der Lage, eine Welt in dieser Form zu vernichten.

Hier mußte sich ein Prozeß entwickelt haben, der mit der Explosion der Pyramiden zusammenhing. Tolots Planhirn ermittelte mit hundertprozentiger Gewißheit, daß diese Bauwerke nichts anderes gewesen waren als Kontrollstationen, die den Transmitterverkehr durch die Sonnen registrierten und regelten. .

In erster Linie hatten die drei Pyramiden aber als Waffe gedient. Es war ihre Aufgabe gewesen, unangemeldete Fremdschiffe oder sonstige Körper anzusaugen, sie auf Power zu landen und nach einem nochmaligen Test die Zerstörung einzuleiten.

Das System war tatsächlich eine Todesfalle! Es schien der erste Hemmschuh auf der langen Straße nach Andromeda zu sein, an deren Existenz der Haluter nun nicht mehr zweifelte.

Dann waren die Pyramiden durch Waffengewalt zerstört worden. Der Pol war in eine kochende Glutwüste verwandelt worden, in dem mehrere Millionen Hitzegrade geherrscht hatten.

Diese thermischen Energien mußten die unter den Pyramiden liegenden Maschinen und Vorratslager an hochenergetischen Reaktionsstoffen angegriffen haben. Es war eine künstliche Sonne entstanden, die nach den Eigenarten der gestapelten Kernbrennstoffe einen instabilen energetischen Austauschzyklus entwickelt hatte. Nur so hatte es zu der Selbstvernichtung kommen können.

Tolot sah einigermaßen klar. Rhodan und der Lordadmiral rätselten noch an den Dingen herum.

Als sich Perry aufrichtete, um noch etwas näher an den Rand des Kraters heranzukriechen, riß der Haluter plötzlich seine überschwere Kombiwaffe hoch.

Rhodan ging in Deckung. Ein armdicker Thermostrahl röhrte an ihm vorbei, durchbrach die vom Sturm aufgepeitschte Mauer aus Sand und kleineren Gesteinsbrocken, um etwa hundert Meter entfernt in die Breitseite einer Maschine einzuschlagen.

Tolot schrie eine Warnung. Da griffen auch Atlan und Rhodan zu den Waffen.

Drüben explodierte das flache, schildkrötenförmige Gebilde, dessen Oberfläche nur von einigen Höckern verziert wurde. Es war einwandfrei eine Maschine gewesen!

Plötzlich waren diese Konstruktionen überall zu sehen. Sie besaßen die verschiedenartigsten Formen. Manche rollten auf Ketten, andere auf breiten Walzen, mit denen sie jedes Hindernis überwinden konnten. Fast alle waren sie aber flach, langgestreckt, manchmal ellipsenförmig und dann wieder tellerrund.

Sie schossen aus den Sandwolken hervor, fuhren oder schwebten gleich Prallgleitern bis zum Trichterrand und begannen dort mit einer seltsamen Tätigkeit.

Atlan eröffnete ebenfalls das Feuer. Das Geräusch eines Energiestrahlers wurde von dem Orkan übertönt. Tolot riß die Freunde um etwa fünfzig Meter zurück. Der Boden gab plötzlich nach. Eine riesige Lawine aus Sand und Gestein stürzte in den Trichter hinunter, wo sie vom Sockel des orangeroten Energiestrahls sofort erfaßt und zerpulvert in den Weltraum gerissen wurde.

Mehrere Maschinen waren ebenfalls abgestürzt. Sie explodierten unten in blendenden Stichflammen.

Andere Roboter waren rechtzeitig zurückgewichen. Aus ihren Körpern schossen blaßblaue Strahlbahnen hervor. Sie waren breit gefächert und glichen dem perlenden Wasserguß einer Sprühdose.

Rhodan und Atlan begriffen plötzlich, was diese unermüdlichen Maschinen vorhatten. Tolot hatte es bereits logisch ausgewertet.

„Atomare Feuerwehr", brüllte der Gigant. „Sie reagieren auf die starke Hyperstrahlung der Feuersäule. Sie wollen den Brand löschen. Wenigstens halten sie den Vorgang für einen Brand. Vorsicht, gleich stürzt der Trichterrand wieder ein. Das Gelände wird von unten her ausgehöhlt. Gehen wir."

Sie gaben noch einige Schüsse ab, vernichteten die Robots, die hinter ihnen aus dem Dunst auftauchten und den Weg versperrten, und ergriffen die Flucht.

Tiefste Sorge erfüllte Rhodan. Wie lange würde es dauern, bis der eigentümliche Brand die CREST erreicht hatte? Das Schiff lag nach wie vor startunklar in der Wüste – knapp sechshundert Kilometer von dem Ort des Unheils entfernt. Nein – durch die rasche Ausdehnung des Trichters waren es nur noch fünfhundert Kilometer. Vielleicht sogar schon weniger.

„Schneller", schrie Perry dem davonrasenden Haluter zu. „Tolot – schneller! Schneller, oder wir sind doch noch verloren."

Major Kinser Wholey, der Mann, der so gern lachte, fluchte jetzt. Er drehte die Lautstärkeregler voll auf und versuchte, aus dem Pfeifen und Heulen der Empfänger eine Stimme herauszuhören.

Wholeys dunkles Gesicht hatte die Grautönung noch nicht verloren. Er war mit heftig wirkenden Mitteln aus der Schockbetäubung erweckt worden.

Dicht über seiner Funkzentrale feuerte eine schwere Thermobatterie des Grünsektors im Salventakt. Die ausgeschickten Glutbahnen hätten genügt, um einen kleineren Mond in Gase zu verwandeln. Es war nicht verwunderlich, daß Wholey auf die Schiffsführung und den Ersten Gunneroffizier schimpfte.

Die CREST II glich einem feuerspeienden Gebirge aus Stahl. Die pausenlos anrennenden Robotmaschinen, manche größer als ein terranisches Einfamilienhaus, waren vor etwa vier Stunden erstmals erschienen. Jetzt wurden sie bereits gefährlich.

Ihre Strahlungsfächer durchdrangen seltsamerweise die Energieschirme der CREST und wirkten sich schädlich auf die ohnehin stark angegriffenen Nervenzellen der Männer aus.

Mory Rhodan-Abro, die den Oberbefehl übernommen hatte, ließ auf alles schießen, was metallisch glänzte.

Weit vor dem Schiff, dort, wo die Geröllwüste blasenwerfend kochte, war ein Trümmerhaufen von ringförmiger Gestalt entstanden. Dieser Planet schien unerschöpfliche Reserven von Robotern aller Art aufbieten zu können.

Außer den blauen Streustrahlungen wurden von den Maschinen keine anderen Waffen eingesetzt. Das Flimmern genügte aber schon, um die erschöpften Besatzungsmitglieder des Superschlachtschiffes allmählich zu zermürben.

Wholey hatte rasende Kopfschmerzen, die sich durch kein Mittel beseitigen ließen. Chefarzt Dr. Artur hatte zur Beruhigung bekanntgegeben, die Strahlung würde nur bestimmte Mineralspuren in den Zellverbindungen angreifen. Eine tatsächlich organische Schädigung läge nicht vor. Als wäre diese Auskunft beruhigend gewesen!

„Fedderer – übernehmen Sie die Station", schrie Wholey einem Leutnant zu. „Ich gehe in die Zentrale."

Der dunkelhäutige Funkchef, ein Terraner aus dem Bundesstaat Afrika, rannte auf das offenstehende Schott der Antigrav-Direktverbindung zu. In dem Augenblick dröhnten die Lautsprecher der Interkom-Verbindung auf. Oberst Cart Rudo war am Apparat.

„Wholey – wo zur Hölle stecken Sie?"

Kinser sprang zu seinem Platz zurück und stellte sich vor die Aufnahme.

„Ich wollte gerade zu Ihnen kommen, Sir. Kann man das Feuer nicht mildern? Wenigstens die vierte Grünsektorbatterie? Die machen uns hier unten noch wahnsinnig."

Rudo lachte humorlos.

„Was Sie nicht sagen. Was denken Sie wohl, wie es uns ergeht? Wenn wir nicht bald einen guten Rat erhalten, dann *sind* wir wahnsinnig. Rufen Sie Rhodan an. Hypersender verwenden. Das Funkverbot wird ab sofort aufgehoben. Teilen Sie ihm mit, was hier los ist und erbitten Sie Anweisungen!"

Zwei Funker schalteten bereits. Als Wholey das Mikrophon vor den Mund zog, tauchten neue Wellen von Robotmaschinen auf. Die Schutzschirme der CREST flackerten kurz auf. Das war alles, was von einer Abwehr zu bemerken war. Wieder wurde das Schiff von Strahlungsschauern eingehüllt. Kinser glaubte, sein Kopf müsse bersten.

An eine Flucht war nicht zu denken. Die CREST war fluguntauglich. Neunzig Prozent der Männer waren mit den Reparaturen beschäftigt. Vor achtundvierzig Stunden konnte die Klarmeldung der Techniker nicht erwartet werden.

Major Wholey schickte den ersten Hilferuf aus. Ihm war es jetzt gleichgültig, ob die CREST eingepeilt wurde oder nicht. Rhodan und Atlan mußten schleunigst an Bord zurückkehren. Der Haluter natürlich ebenfalls.

„CREST an Stoßtrupp – CREST an Stoßtrupp. Chef bitte melden", gab er unablässig durch. „Verwenden Sie Ihren Hypersender. Das Schiff ist entdeckt worden und wird angegriffen. Ich wiederhole . . .!"

Nach der vierten Durchsage brüllten die Lautsprecher auf. Leutnant Federer sprang fluchend zu den Lautstärkereglern hinüber. Perry Rhodan war am Apparat. Wholey atmete auf.

„Rhodan an CREST – ich verstehe Sie schlecht. Die Hyperwellen werden gestört. Wir treffen in etwa einer Stunde ein. Was ist geschehen? Berichten Sie."

Wholey schilderte den Angriff der Roboter. Rhodan fragte nur einmal zurück. Er sah klar. Das waren die gleichen Maschinen, die auch am Pol erschienen waren. Ihre Vernichtung wäre nicht schwierig gewesen, wenn nicht ständig neue aufgetaucht wären.

„Und Sie leiden unter zunehmenden Kopfschmerzen?"

„Kaum noch auszuhalten", stöhnte der Funkchef. „Wir haben versucht, die CREST mit den noch intakten Triebwerken in die Luft zu bringen. Es gelang nicht. Die Schubleistung ist zwar ausreichend, aber wir können das Schiff nicht stabilisieren. Außerdem setzen die Schwerkraftneutralisatoren aus. Sie laufen kurz an, stottern und vorbei ist es wieder. Es gelingt uns nicht, die Masse des Schiffes von der planetarischen Gravitation abzuschirmen. Sonst kämen wir wohl mit den restlichen Triebwerken hoch."

„Das würde auch nicht viel nützen. Bauen Sie mir nur keine zweite Bruchlandung. Richten Sie Rudo aus, er soll mit der Abwehr fortfahren. Wir kommen. Noch etwas – der Pol gleicht einem Riesenkrater. Power löst sich auf. Die Materie wird in den Raum gerissen und zwischen den beiden Sonnen entstofflicht."

„Auch das noch", ächzte Wholey. „Ihrer Frau geht es übrigens gut, Sir. Nur Gucky und die Mutanten sind noch besinnungslos."

„Danke. Sonst noch etwas?"

Wholey schaltete ab. Er war ruhiger geworden. Ein verzerrtes Grinsen überzog sein Gesicht.

„Habt ihr schon einmal einen neugierigen Mann gesehen? Nein . . .? Dann schaut mich an. Ich bin verteufelt neugierig, wie wir aus dieser Falle herauskommen wollen."

Icho Tolot hatte die fünfhundert Kilometer vom polaren Trichterrand bis zur CREST in zirka fünf Stunden bewältigt. Rhodan bemerkte jedoch besorgt, daß der Gigant zu ermüden begann. Zu diesem Zeitpunkt tauchte aber schon die gewaltige Silhouette des Flottenflaggschiffes über dem Horizont auf. Es war immer heller geworden.

Vom Pol her lohte die Energiesäule in den sternlosen Himmel der Wüstenwelt. Die beiden gelben Sonnen schienen sich mehr und mehr aufzublähen. Obwohl sie jenseits der Planetenrundung standen und es eigentlich hätte Nacht sein müssen, leckten die flammenden Zungen von unvorstellbaren Gasausbrüchen über die Kimm empor und überschütteten das bebende Land mit blutroten Lichtfluten.

Dann, kurz bevor die CREST sichtbar wurde, hatte Tolot eine zweite Leuchtquelle ausgemacht. Sie entstand dort, wo das Schlachtschiff gelandet war. Erst nach dem Hyperanruf hatte man erfahren, daß dieses Leuchten von den verglühenden Robotmaschinen erzeugt wurde.

Tolot hatte zehn Minuten geruht, seinen Energiehaushalt aufgefrischt und war weitergerannt. Jetzt hielt er nur noch ein Tempo von neunzig Kilometern pro Stunde ein, nachdem er vorher mit hundertzehn Kilometern durch die Wüste gerast war.

Er hielt erneut an. Sein zweites Herz unterstützte die metabolischen Funktionen seines Körpers. Allmählich begann er das Gewicht von Rhodan und Atlan zu spüren.

Perry richtete sich auf dem Rücken des Haluters auf und sah zu dem glutflüssigen Kreis aus zerschmelzender Materie hinüber. Das Dröhnen der Geschütze war trotz des stärker werdenden Windes zu hören, der allmählich zum Sturm wurde.

Die CREST glich einem flammenspeienden Ungeheuer, das sich erbittert gegen zahllose Angreifer verteidigte.

„Ein prächtiges Feuerwerk", meinte Atlan mit Galgenhumor. „Woher kommen die vielen Maschinen? Der Glutring ist wenigstens vier Kilometer breit. Kommen Sie da durch, Tolot?"

„Selbstverständlich. Sie würden aber dabei verkohlen."

Atlan schluckte kräftig. Er glaubte, in den roten Augen des Giganten ein ironisches Funkeln zu bemerken.

„Rudo soll uns einen Shift schicken", lenkte Perry ein.

Der Haluter dachte schneller und logischer.

„Haben Sie vergessen, daß Wholey sagte, die Antigravmaschinen würden nicht anspringen? Verzichten Sie lieber auf den Flugwagen."

„Verd...!"

Perry biß sich auf die Lippen.

„Ich glaube, ich habe die Lösung", sprach Tolot gelassen weiter. „Es scheint, als würden die Robotmaschinen auf starke Hyperfelder ansprechen. Ihre verzweifelten Löschversuche am Pol wären damit erklärt. Rudo soll versuchsweise seine mit hyperenergetischen Krafteinheiten laufenden Maschinen und Schutzschirme abschalten. Wenn die Robots dann immer noch angreifen, haben wir verspielt. Sie sollten in diesem Falle Ihre Beiboote ausschleusen und einen Weg finden, sie allein durch Maschinenkraft zu starten."

Rhodan sprang vom Rücken des Haluters hinab. Atlan folgte ihm. Tolot richtete sich langsam auf und begann mit einer Konzentrationsübung, von der die Männer nichts bemerkten.

„Sind Sie etwa der Meinung, die Robots würden die CREST als zweiten Brandherd einstufen, nur weil in ihr Hyperkraftmaschinen laufen?" fragte Rhodan.

„So ist es. Ich kann mich natürlich irren. Meine Auswertung behauptet aber, das wäre die Lösung."

Der Terraner zog sein Minikom an die Lippen. Rudo meldete sich sofort. Trotz der geringen Entfernung wurde der Funkverkehr erheblich gestört.

„Was?" schrie der Epsaler entsetzt. „Ich soll meine Schirme abschalten? Das ist Selbstmord!"

„Tun Sie, was ich Ihnen befohlen habe. Oder haben Sie nicht ebenfalls Kopfschmerzen?"

„Auf Ihre Verantwortung, Sir."

„Natürlich auf meine."

„Ihre Gattin ist dagegen", erklärte Rudo in einem letzten Versuch, Rhodan umzustimmen.

„Ach! Tatsächlich? Ich bin aber dafür! Los, abschalten. Alles was etwas mit Hyperkraft zu tun hat!"

Eine Minute später fielen die leuchtenden Schutzschirme der CREST in sich zusammen. Das schwere Abwehrfeuer verstummte. Es wurde plötzlich ruhig. Nur der leuchtende Kreis aus verflüssigtem Gestein brodelte noch. Blutrote Gasschwaden stiegen empor, wurden von dem Sturm erfaßt und davongewirbelt.

„Na also!" sagte Icho Tolot nach weiteren zwei Minuten. Rhodan starrte gebannt nach vorn.

Mehrere tausend Robotmaschinen standen reglos vor dem Todeskreis. Die letzten blauen Strahlungsschauer erloschen. Schließlich nahmen die Maschinen Fahrt auf und verschwanden mit hoher Geschwindigkeit im Dämmerlicht. Ihr Kurs führte sie zum Pol.

Atlan war etwas fassungslos. Er blickte den Haluter an, als sähe er ihn zum ersten Male.

Rudo meldete sich wieder. Er war die Verblüffung in Person.

„Die – die Biester sind verschwunden, Sir", stotterte er. „Die sind wohl von unseren Feldern angelockt worden, wie?"

„Wie schön, daß Sie es auch bemerken, mein Freund", entgegnete Rhodan. „Würden Sie die Liebenswürdigkeit haben, einen Shift zu schicken? Ja...? Das ist aber nett. Vielen herzlichen Dank."

Atlan grinste. Wenn Rhodan in dieser Art zu sprechen begann, war er entweder mit seinen Kräften am Ende angekommen, oder er fing erst an. Das hing ganz von den jeweiligen Umständen ab.

Der Flugwagen landete. Tolot legte sich auf die Ladepritsche; Atlan und Perry stiegen ein. Wenig später wurden sie eingeschleust.

Die führenden Offiziere und Wissenschaftler der CREST II hatten sich im Hangar eingefunden. Rhodan blickte in Gesichter, die von den Anstrengungen der letzten Stunden gezeichnet waren. Nur Mory sah so frisch aus, als wäre überhaupt nichts geschehen.

Perry umarmte sie kurz. Zwischen diesen beiden Menschen genügte ein Blick zur Verständigung.

„Also noch achtundvierzig Stunden bis zur Startbereitschaft?"

wandte er sich an Chefingenieur Dr. Bert Hefrich. „Geht es nicht schneller?"

„Der Tag auf Power hat dreißig Stunden, Sir. Wenn die nicht reichen, nehmen wir noch die Nacht und die Mittagspause hinzu", erklärte der „Leitende" spitzfindig.

Rhodan nickte ernsthaft.

„Vergessen Sie nicht die Frühstückspause. Aber im Ernst – können wir die Reparaturen nicht forcieren?"

„Wir haben bereits alles aufgeboten, was aufgeboten werden kann", lehnte Dr. Hefrich ab. „Außerdem sind wir nach achtundvierzig Stunden bestenfalls bedingt flugtüchtig! Es tut mir leid."

Rhodan wußte, daß dieser tüchtige Mann schon alles veranlaßt hatte. Es war zwecklos, noch weiter zu reden.

„Schön, finden wir uns damit ab. Oberst Rudo – lassen Sie die Beiboote startklar machen. Stellen Sie Robotkommandos ab. Wenn uns die Auflösungsfront erreicht, ehe wir uns mit der CREST absetzen können, müssen wir in den sauren Apfel beißen. Hauptzahlmeister...!"

Major Curt Bernard trat vor. Sein schütteres Blondhaar war zerzaust. Kurzsichtig blinzelnd, baute er seinen stämmigen Körper vor dem Großadministrator auf. Bernards rotgeränderte Wangen zuckten. Wenn er eine militärische Haltung annehmen mußte, glich er stets einem verlegenen Pinguin. Er war ein unverbesserlicher Zivilist mit zwei linken Händen, wie sich der cholerische Erste Offizier einmal ausgedrückt hatte.

Zu Bernards Eigenarten zählte überdies noch eine aufregende Belehrungssucht, die schon manchen astronautischen Offizier an den Rand der Verzweiflung gebracht hatte. Bernard versuchte stets bei Zornausbrüchen seiner Kollegen, ihr Verhalten psychologisch zu erklären. Er hatte an Bord den Spitznamen „der Spätzünder", weil er dazu neigte, charakterlich nicht ganz einwandfreie Eigenarten anderer Leute mit einer zu spät eingetretenen Pubertät zu begründen.

„Sir...?" sagte der Hauptzahlmeister schwitzend.

„Räumen Sie Ihre Lager aus. Nahrungsmittel aller Art, Medikamente, Kleidungsstücke und was sonst noch alles zu Ihrem Versorgungsplan gehört. Stopfen Sie die Beiboote voll bis zum Rande. Wenn wir fliehen müssen, wollen wir wenigstens nicht auf alles verzichten."

Bernhard blinzelte heftiger.

„Sir!" beschwor er Rhodan. „Wenn das die Männer bemerken,

kommt es zu einer Katastrophe. Ich denke an Meuterei. Es wäre psychologisch geschickter, die Verladung erst im letzten Augenblick durchzuführen. Verstehen Sie bitte – ich denke an eine Aufpeitschung des Selbsterhaltungstriebes; an eine Aktivierung des Willens zum Durchhalten – einfach dadurch, indem wir so tun, als dächten wir nicht an die Aufgabe der CREST."

Der Major ballte die Fäuste, schüttelte sie voll Überzeugungskraft und sah sich lebhaft um.

„Spätzünder, wenn Sie nicht in einer Sekunde verschwunden sind, dann stelle ich Sie zum Geschützreinigen ab", brüllte der Erste Offizier.

Major Curt Bernard ging. Rhodan lachte Tränen. Es war seit der Bruchlandung das erste herzhafte Gelächter, das an Bord der CREST aufklang.

Der „Spätzünder" flüchtete durch den nächsten Verbindungsgang, hielt vorsichtig einen Fuß in das Antigravfeld eines Lifts, holte tief Luft und sprang schaudernd in die Leere des Schachtes.

Er war – wie immer – zutiefst erleichtert, daß diese technische Einrichtung noch funktionierte.

„Eines Tages wird der Aufzug versagen", überlegte Bernard. „Was dann? Ich werde abstürzen. Nur das nicht! Lieber die Boote ausrüsten."

Zweitausend Männer, die besten Spezialisten der Solaren Flotte, ließen sich durch diese Vorkommnisse nicht stören. Sie arbeiteten weiter an den Triebwerken und in anderen beschädigten Sektoren des Schiffes.

Nur noch wenige hundert Kilometer entfernt lohte die gelbrote Flammensäule. Der Planet Power lag im Todeskampf.

7.

Es wurden die härtesten achtundvierzig Stunden, seitdem die CREST II bemannt worden war. Es gab keinen Raumfahrer, der nicht mit irgendwelchen Reparaturarbeiten beschäftigt gewesen wäre. Wer in seiner Abteilung nicht gefordert wurde, half dort aus, wo Not am

Mann war. Doch diese schier übermenschlichen Anstrengungen angesichts des nahenden Verderbens machten sich endlich bezahlt. Noch ehe die Frist verstrichen war, hatten die Techniker die Impulstriebwerke des Flaggschiffes soweit repariert, daß ein Start riskiert werden konnte. Als der Kugelriese unter dem Jubel der Männer vom Boden abhob, hatte sich die Auflösungsfront bis auf wenige Kilometer genähert. Jede weitere Minute der Verzögerung hätte das Ende bedeutet.

Unter höchster Beanspruchung der notdürftig instandgesetzten Triebwerke verließ die CREST die Lufthülle Powers und ging in einer Entfernung von 90 Millionen Kilometern vom Zentrum des Twinsystems in Warteposition. Alle Ortungsgeräte waren auf den Planeten gerichtet, dessen Untergang sich in rasender Schnelle vollzog.

Es war deutlich zu erkennen, wie sich ländergroße Brocken aus der Oberfläche lösten und, von ungeheuren Magmaströmen getrieben, in das All hinausschossen. Von hier draußen war das Transportfeld selbst, der mittlerweile erdteildicke orangerote Strahl, nicht zu sehen. Um so deutlicher war jedoch das unaufhörliche Flackern und Blitzen im schmalen Zwischenraum zwischen den beiden Sonnen, wohin die entstofflichte Materie gezogen wurde, zum eigentlichen Transmitterpol. Von dort aus verschwand die Materie eines ganzen Planeten mit unbekanntem Ziel.

Mittlerweile nahmen die Reparaturarbeiten an Bord des Schiffes ihren Fortgang. Bert Hefrich veranschlagte die Zeit, die bis zur völligen Wiederherstellung benötigt wurde, auf rund zweihundert Stunden. Von da an sollte die CREST II wieder voll aktionsfähig sein, nur hatte sie selbst dann noch nicht die geringste Aussicht, aus eigener Kraft die Heimatgalaxis zu erreichen. Die Rettung mußte auf einem der übrigbleibenden sieben Planeten gefunden werden. Man wußte, daß Twin eine Transmitterstation war, die mit den Energien zweier Sonnen arbeitete. Das Problem war, den Schalter zu finden, mit dessen Hilfe der Transmitter in der gewünschten Richtung eingeschaltet werden konnte.

Rund zwei Tage nach dem Start war die Auflösung von Power beendet. Das letzte Stück Planetenmaterie verschwand. Die empfindlichen Geräte der CREST II konnten jedoch keine Veränderung der Schwerkraftverhältnisse feststellen. Obwohl ein ganzer Planet fehlte, war die Gravitation in der Umgebung des Achterrings immer noch dieselbe. Es mußte einen Mechanismus geben, der den Schwerkraftverlust ausglich und dem System weiterhin Stabilität verlieh.

Im Raum zwischen den beiden Sonnen hörte es auf zu wetterleuchten. Scheinbar ruhig und friedlich setzten die übrigen Planeten ihre Bahn fort. Niemand, der in diesem Augenblick Twin anflog, hätte erkennen können, daß es hier vor kurzem noch acht Welten gegeben hatte.

Einen Tag später war die CREST II wieder voll normalflugtauglich. Ihre Triebwerke befähigten sie zum Operieren im Einstein-Universum bis zu der vorgesehenen Normreichweite. Was noch zu beseitigen blieb, waren die Schäden am Linearantrieb. Perry Rhodan hatte sich entschlossen, auch diese Reparatur im Raum ausführen zu lassen. Die Welten des Twin-Systems bargen zu viele Gefahren, als daß man sich einer von ihnen ein zweites Mal hätte anvertrauen wollen.

Immerhin war die unmittelbare Todesdrohung von der Besatzung genommen, und das Leben an Bord verlor ein wenig von der bisherigen Gedrücktheit. Man hatte wieder Hoffnung.

Die Chronometer verzeichneten den 24. August 2400, 16 Uhr Terrania-Zeit, als mit niederschmetternder Deutlichkeit klar wurde, daß die Tücken des Twin-Systems mit der Entfernung von Power nicht aufgehört hatten zu wirken. Binnen weniger Sekunden wurden die zweitausend Mann an Bord des Flaggschiffes von der Höhe frischen Optimismus wieder in das Dunkel mutloser Niedergeschlagenheit zurückgeworfen.

Um diese Zeit führte Perry Rhodan eine formlose Besprechung mit Atlan. Die Zusammenkunft fand in Rhodans Privaträumen statt. Das Problem, das es zu klären galt, war die Arbeitsweise des Sonnentransmitters, über die Atlan und Perry Rhodan voneinander verschiedene Hypothesen aufgestellt hatten.

Die Unterhaltung wurde in lockerem, manchmal spöttelndem Ton geführt. Jeder gab sich den Anschein, als wolle er dem anderen nachweisen, daß er in Wirklichkeit von der Materie überhaupt nichts verstehe. Gegen 16 Uhr wurde das gemütliche Geplänkel durch einen Interkom-Anruf unterbrochen.

Auf dem Bildschirm erschien das Gesicht des Hauptzahlmeisters. Major Bernard befand sich offensichtlich im Zustand höchster Erregung. Etwas weniger korrekt als sonst leistete er die übliche Ehrenbezeugung und erklärte ohne Überleitung:

„Die Wassertanks sind leer, Sir. Im ganzen Schiff gibt es keinen einzigen Tropfen Wasser mehr!"

Perry Rhodan richtete sich halb auf und beugte sich nach vorn. Was er gehört hatte, war viel zu unglaublich, als daß er es ohne weiteres hätte hinnehmen können. Er bat Major Bernard, seine Aussage zu wiederholen.

Bernard tat das, und Perry Rhodan kannte ihn gut genug, um zu wissen, daß er es ernst meinte. Die routinemäßige Bestandsaufnahme und Masseregistrierung hatte ergeben, daß sämtliche Wassertanks leer waren. Durch diese Entdeckung alarmiert, hatte Bernard auch die sekundären Reservoirs überprüfen lassen, aus denen das Kühlwasser für eine Reihe von Geräten bezogen wurde. Auch diese Reservoirs waren leer.

Gleichzeitig war die Luftfeuchtigkeit an Bord unter den vorgeschriebenen Wert gesunken. Die Klimaanlage arbeitete auf vollen Touren, aber die Luft blieb trocken, weil von nirgendwoher Feuchtigkeit bezogen werden konnte.

Und um das Maß voll zu machen, erwiesen sich auch sämtliche flüssigen Medikamente und nahezu alle Lebensmittelvorräte als unbrauchbar, da auch ihnen die gesamte Flüssigkeit entzogen worden war.

„Was ist mit der Besatzung?" fragte Rhodan in scharfen Ton. Etwas gemäßigter fuhr er fort: „Gibt es irgendwelche Hinweise darauf, daß bereits Menschen betroffen sind?"

Sofort fielen ihm die bedauernswerten Männer der OMARON wieder ein, die er mit Atlan und Icho Tolot entdeckt hatte. Sollte die CREST jetzt dem gleichen unbekannten Effekt zum Opfer fallen, obwohl doch der Planet Power, den man dafür verantwortlich gemacht hatte, nicht mehr existierte?

Bernard schüttelte den Kopf.

„Nein, Sir. Es sind jedenfalls noch keine entsprechenden Meldungen eingelaufen."

„Danke", sagte Perry schlicht und unterbrach die Verbindung. Für Augenblicke blieb er nachdenklich vor dem Interkom sitzen. Atlan wagte es nicht, ihn zu stören.

Rhodan zweifelte nicht daran, daß es sich bei dem Phänomen um eine teuflische Abwehrwaffe der unbekannten Konstrukteure dieses Systems und des galaktozentrischen Sonnensechsecktransmitters gegen unerwünschte Besucher handelte, und er fragte sich, weshalb die Besatzungsmitglieder der CREST II vom Wasserverlust verschont blieben.

Oder anders gesagt: wie lange sie es noch bleiben mochten.

Die Nachricht vom Verschwinden allen Wassers hatte an Bord der CREST II wie eine Bombe eingeschlagen. Bert Hefrich saß in seinem Arbeitszimmer, als ihn der Anruf Rhodans über den Interkom erreichte.

Perry Rhodan forderte den Chefingenieur auf, zum Kommandostand zu kommen. Dort wurde Hefrich mitgeteilt, daß Icho Tolot um Rat gefragt werden sollte. Der Großadministrator wollte, daß Hefrich dabeisein sollte..

Icho Tolot bewohnte eine Reihe von Räumen in einem Winkel des Kommandostanddecks. Man hatte sie eigens für ihn hergerichtet und so ausstaffiert, daß er die Abwesenheit von seiner Heimatwelt nicht allzu deutlich zu spüren bekam.

Die beiden Besucher waren angemeldet. Die Tür, so hoch und so breit wie das Hauptportal einer Kathedrale, stand offen. Bert Hefrich sah den Haluter im Hintergrund des gewaltigen Raumes stehen und unterdrückte das Gefühl instinktiven Unbehagens, das ihn jedesmal befiel, wenn er Icho Tolot zu sehen bekam.

In einer Geste, die er von den Terranern gelernt hatte, verzog der Gigant den schmallippigen Mund zu einem freundlichen Lächeln.

„Treten Sie ein, meine Freunde", dröhnte seine tiefe volle Stimme. „Ich habe Sie erwartet."

Der Raum besaß nur wenige Möbelstücke. Drei davon waren bequeme Sessel terranischer Bauweise, auf denen Icho Tolot bestanden hatte, weil er seine Besucher stilvoll empfangen wollte. Außerdem gab es ein Gestell von den Ausmaßen eines herrschaftlichen Bücherschranks, auf dem Icho zu sitzen pflegte, wenn er Besuch hatte. An der Wand prangte der übliche Bildschirm. In der Nähe des Portals, auf einem hochbeinigen Tisch stand der Interkom. Das war alles. Icho Tolot liebte die Einfachheit.

Er bat seine Besucher Platz zu nehmen. Erst als Perry Rhodan und Bert Hefrich sich gesetzt hatten, ließ auch er sich auf seinem Gestell nieder. Dann erklärte er, noch bevor jemand anderes etwas sagen konnte:

„Sie kommen wegen des Wassers, nicht wahr?"

„Ja", antwortete Rhodan. „Ich hoffte, daß Sie uns vielleicht helfen könnten, denn wir stehen dem Phänomen ratlos gegenüber."

„Ich habe mir darüber Gedanken gemacht", gab Tolot zu.

„Und sind Sie zu einem Schluß gekommen? Ich meine, was diesen Wasserentzug bewirkt haben kann?"

„Das weiß ich nicht", erklärte der Haluter. „Es kann aber keinen Zweifel darüber geben, daß auf Power eine Anlage existiert hat, die für ihn verantwortlich gewesen ist. Als die CREST auf den Planeten hinabgezogen wurde, war sie deren Einfluß ausgesetzt, bis es mir gelang, die Station – und damit die Anlage – zu vernichten."

„Moment", unterbrach Hefrich und erschrak im gleichen Moment vor seiner Courage. Er fing sich rasch wieder. „Wenn es tatsächlich eine solche Anlage gab, warum treten die Erscheinungen dann erst jetzt auf? Warum kommt es erst jetzt, nachdem sowohl die Station als auch Power nicht mehr existieren, zum Verlust des Wassers?"

„Auch darauf weiß ich keine exakte Antwort. Ich kann nur vermuten, daß das Schiff dem Einfluß zu kurz ausgesetzt gewesen ist, um einen sofortigen Flüssigkeitsentzug zu erleiden. Aber dennoch auch lange genug, um einer Langzeitwirkung zu erliegen, die zweifellos vorhanden ist. Das, was die OMARON und die drei anderen terranischen Schiffe sofort getroffen hat, kommt hier erst mit zeitlicher Verzögerung zum Tragen. Die Anlage auf Power muß auf einer Basis gearbeitet haben, die eine Transformierung des Wassers zum Ziel hatte. Da sich die CREST II nur für kurze Zeit im Einflußbereich der Station befand, wurde dem natürlichen Aggregatzustand des Wassers lediglich ein neues Grundmuster aufgepfropft, ohne daß es dabei zur sofortigen Verflüchtigung kam. Doch dies reichte aus, um eine zwar verspätet einsetzende, aber dennoch vollständige Diffundierung des Wassers zu bewirken."

Rhodan legte die Stirn in Falten. Er erkannte, daß der Haluter schon mehr gesagt hatte, als er wissenschaftlich exakt hätte fundieren können. Umsonst wartete er auf weitere Ausführungen.

„Ein hübsches Abschiedsgeschenk, das uns Power da hinterlassen hat", sagte er grimmig. Es sollte sarkastisch klingen, aber sein Entsetzen konnte der Großadministrator nicht verbergen. „Und wie erklären Sie es sich, daß bisher kein Besatzungsmitglied betroffen ist? Wie Sie wissen, besteht der menschliche Organismus zum größten Teil aus Wasser. Wir müßten alle tot sein – ausgetrocknet wie die Männer der OMARON."

„Ich habe keine wissenschaftliche Erklärung", erwiderte der Haluter. „Ich kann nur vermuten, daß die kurze Zeitdauer, die die Menschen der CREST dem Einfluß ausgesetzt waren, in Zusammenhang mit einer aus dem Gewicht und Körpermasse resultierenden Resistenz, die Wirkung der Waffe minimalisiert hat. Wäre Ihr Schiff dem

Einfluß so lange wie die OMARON und die anderer Raumer ausgesetzt gewesen..." Tolot überließ seinen Besuchern die Schlußfolgerung.

„Und was tun wir nun?" fragte Rhodan provozierend.

„Ich fürchte", meinte der Gigant von Halut, „es wird uns nichts anderes übrigbleiben, als einen der anderen sieben Planeten anzufliegen und dort nach Wasser zu suchen, um die Tanks wieder aufzufüllen und die Lebensmittel und Medikamente wieder brauchbar zu machen."

Tolot sagte nichts mehr, als die beiden Terraner seine Räumlichkeiten verließen. Er konnte ihnen wirklich nicht helfen, und er machte sich insgeheim schwere Vorwürfe. Hatte er sie nicht in diese verzweifelte Lage gebracht?

Er lachte dröhnend, nachdem Rhodan und Hefrich gegangen waren. Sein Kämpferblut wallte in ihm. Den Terranern fehlte das Wasser, aber sie lebten. Und er war sicher, daß ihnen, den genialen Taktikern und Strategen, noch viel einfiel, um ihr Leben auch über diese kritische Situation hinüberzuretten.

Perry Rhodan war bei weitem nicht so überzeugt davon. Als er mit Hefrich die Kommandozentrale schon fast erreicht hatte, schien er auch prompt die Bestätigung für seine düsteren Befürchtungen zu erhalten. Der Interkom schrillte.

Eine aufgeregte Stimme, von einem Dutzend Lautsprechern längs des Ganges übertragen, rief voll nervöser Hast:

„Kommandant an Großadministrator! Sir, setzen Sie sich bitte mit dem Kommandostand in Verbindung! Ich wiederhole..."

Bevor die Wiederholung begann, öffnete sich schon das Schott des Kommandostands. Perry Rhodan sprang vom Band und eilte in den weiten, scheibenförmigen Raum, von dem aus der Koloß des Schiffes gesteuert wurde. Die Pulte ringsum waren von Offizieren besetzt. Cart Rudo brüllte mit seiner Donnerstimme in das Mikrophon des Interkoms. Er hielt aber abrupt inne, als er Perry Rhodan auf sich zukommen sah.

„Sir", rief er, „es ist etwas passiert!"

Perry Rhodan nickte ihm zu.

„Das dachte ich mir", hörte Hefrich ihn sagen. „Worum handelt es sich?"

Cart Rudo legte das Mikrophon nieder. Seine Stimme klang sachlich, als er antwortete:

„Alle Planeten des Systems haben sich vor wenigen Minuten schlagartig in ein orangerot leuchtendes Feld gehüllt. Wir nehmen an, daß es sich dabei um ein Schirmfeld handelt, das die Planeten von ihrer Umwelt abtrennt."

„Alle Planeten, sagen Sie?"

„Alle bis auf einen", antwortete Cart Rudo. „Hier, sehen Sie bitte."

Bert Hefrich packte die Neugierde. Er trat hinter Perry Rhodan, so daß er den Bildschirm sehen konnte, den Cart Rudo eingeschaltet hatte.

„Jeder Planet", erklärte der Epsaler, „befindet sich im Blickfeld einer Kamera. Sie sehen hier..."

Er brauchte nicht weiterzusprechen. Das Bild war trotz der Störstrahlung der Twin-Sonnen deutlich genug. Gegen den finsteren Hintergrund des Leerraums zeichnete sich eine kleine, orangefarbene Kugel ab. Die Kugelhülle war völlig konturlos.

Cart Rudo schaltete um. Ein zweiter Planet erschien, näher und größer, auch er in das merkwürdige Feld gehüllt. In kurzen Intervallen folgten die Bilder der übrigen Twin-Welten – bis schließlich als letzte eine in mattem Grünblau leuchtende Kugel erschien, auf deren Peripherie die Schatten von Landflächen und die hellen Flecke der Meere deutlich zu erkennen waren.

„Das ist der siebente?" fragte Perry Rhodan.

„Jawohl, Sir, Septim. So haben wir ihn getauft."

Die Welt fing an, sich um Bert Hefrich zu drehen. Nur verschwommen hörte er Rhodan fragen, ob man von Septim bereits eine Analyse angefertigt habe, und Cart Rudo antworten, nach den bisher vorliegenden Ergebnissen müsse Septim eine warme, erdähnliche Welt sein.

Er wandte sich ab. Die Absicht der unbekannten Gegner lag klar vor seinem geistigen Auge. Die CREST II war zuerst auf Power gelandet. Power war vernichtet worden, so daß das Schiff sich in den Raum zurückziehen mußte. Es besaß kein Wasser mehr. Es war gezwungen, auf einer der übrigen sieben Welten zu landen.

Als es soweit war, wurden sechs von den sieben Planeten abgeriegelt. Bert zweifelte keinen Augenblick lang daran, daß die orangefarbenen Feldschirme mit den Mitteln des Schiffes nicht zerstört werden konnten. Es blieb also nur noch Septim. Die CREST II wurde dazu gezwungen, auf Septim zu landen.

8.

Welch eine Frau, dachte Bert Hefrich und fand es schwierig, sich auf das gegenwärtige Problem zu konzentrieren.

Seine Bewunderung galt Mory Rhodan-Abro. Bert war zunächst überrascht gewesen, daß man sie zur Besprechung der leitenden Offiziere im Kommandostand überhaupt gebeten hatte. Aber je länger er ihr zuhörte, desto besser verstand er, daß Mory an Vorstellungs- und Entschlußkraft, an Eingebung und logischem Denkvermögen jedem Offizier gleichkam.

Zu den Teilnehmern der Besprechung zählten außerdem noch Cart Rudo, Atlan, Oberstleutnant Huise, Perry Rhodan selbst und schließlich der Haluter, Icho Tolot. Bert wußte nicht recht, welchem unverdienten Glück er es zu verdanken hatte, daß man ihn zur Konferenz lud. In Gegenwart der Großen, von denen einige schon fast zu Sagengestalten der irdischen Geschichte geworden waren, fühlte er sich ein wenig unbehaglich.

Mory war dabei, ein Projekt zu erläutern, wonach vom Körper ausgeschiedene Flüssigkeit eingesammelt und regeneriert werden sollte. Das Projekt würde zunächst die dringendste Not lindern.

Der Vorschlag fand allgemeinen Anklang und wurde sofort in die Tat umgesetzt. Dennoch konnte dies nur ein Tropfen auf den heißen Stein sein, denn mit der so gewonnenen Flüssigkeit konnten keine zweitausend Menschen versorgt und auf Dauer am Leben gehalten werden.

Die Lage an Bord war bedrohlich. Es hatte eine Reihe von Zusammenbrüchen gegeben. Das Lazarett war bis zum letzten Bett gefüllt, und die Ärzte befanden sich in kaum besserer Lage als ihre Patienten. Der einzige, der unter dem Mangel nicht zu leiden hatte, war Icho Tolot, dem sein eigenartiger Stoffwechsel über derartige Engpässe mit Leichtigkeit hinweghalf.

Inzwischen waren ein paar Beiboote ausgesandt worden, um die orangeroten Schirmfelder der sechs Twin-Planeten zu untersuchen. Die Felder stellten sich als dimensional übergeordnete Strukturen heraus, denen mit den Mitteln der CREST II nicht beizukommen war. Sechs Planeten des Systems waren im Augenblick unerreichbar, es blieb nichts anderes übrig, als den siebten anzufliegen, der als einziger kein Schirmfeld besaß.

Septim war eine merkwürdige Welt. Die Meßgeräte hatten ermittelt, daß von ihm ein energetischer Einfluß ausging, der alle übrigen Planeten erfaßte. Die allgemein gebilligte Hypothese war, daß es auf Septim eine Kraftstation gab, die die Energie für die orangefarbenen Schirmfelder der übrigen Planeten bereitstellte. Die Ortung vermochte ungefähr zu ermitteln, wo auf Septim die Station lag. Die Teleskope entdeckten jedoch an dieser Stelle nichts weiter als ein Stück blauen Ozeans. Natürlich war es möglich, daß die Station unterseeisch angelegt war.

Septims Anblick reizte zum Optimismus. Es war schwer, sich eine erdähnlichere Welt zu denken als diesen Planeten, dessen Durchmesser nur um zehn Prozent größer war als der Terras, dessen Oberflächengravitation bei 1,09-normal lag und der rund anderthalbmal mehr Wasser- als Landfläche aufwies. Allerdings hatte man an Bord der CREST II mittlerweile gelernt, mißtrauisch zu sein. Welchen Grund konnte ein Gegner haben, der sich bislang als unerbittlich erwiesen hatte, das terranische Schiff auf einen Planeten zu locken, mit dessen Umwelt die Besatzung vertraut war, weil sie der Umwelt ihrer Heimat bis aufs Haar glich?

Auch diese Fragen kamen während der Konferenz zur Sprache. Man verlor eine Menge Worte über die Möglichkeit, daß der unbekannte Gegner nach einer fremden Logik handele, die menschlichen Überlegungen nicht zugänglich war. Man verstrickte sich immer weiter in philosophische Betrachtungen, bei denen es Bert Hefrich, dem es schwerfiel, ihnen zu folgen, von Sekunde zu Sekunde unbehaglicher wurde. Während nämlich die CREST II sich auf Septim hinuntersenkte, war ihm eine Idee gekommen, die ihm gegenüber den abstrakten Überlegungen der anderen Konferenzteilnehmer den Vorzug zu haben schien, daß sie anschaulich war und, wenn man die technologischen Möglichkeiten des Gegners in Rechnung zog, nicht außerhalb des Vorstellbaren lag.

Er meldete sich schließlich zu Wort, und Perry Rhodan, der als Diskussionsleiter fungierte, forderte ihn auf, seine Meinung zu äußern.

„Es scheint mir", begann Bert Hefrich mit belegter Stimme, „als gäbe es eine viel einfachere Weise, das Rätsel Septim zu erklären. Wer sagt uns, daß wir von hier aus den Planeten so sehen, wie er wirklich ist? Er trägt kein Schirmfeld wie das der übrigen Twin-Welten. Wie wäre es, wenn er statt dessen ein Feld trüge, das uns das Bild einer erdähnlichen Welt vorgaukelt, während sich darunter eine völlig lebensfeindliche Oberfläche verbirgt – eine Wüstenwelt wie Power, oder eine Ammoniak-Methanhölle wie Jupiter und Saturn? Der Gegner, mit dem wir es zu tun haben, ist bestimmt in der Lage, Täuschungen zu erzeugen, die selbst unsere Geräte nicht durchschauen können."

Als er geendet hatte, war es still. Von soviel fähigen Gehirnen umgeben, hatte Bert eine unmittelbare Reaktion erwartet. Daß sie ausblieb, verwirrte ihn. War er wirklich der einzige, der diese Möglichkeit erkannt hatte?

Mory Abro fing plötzlich an zu lachen. Bert zuckte zusammen. Er fühlte sich verspottet. Aber bevor er darauf reagieren konnte, platzte es aus Mory hervor:

„Du liebe Güte, ich hatte die ganze Zeit Angst, davon zu sprechen." Sie nickte Bert dankbar zu. „Jetzt, da der wissenschaftliche Experte mit mir einer Meinung ist, können wir vielleicht darüber diskutieren. Sieht denn niemand ein..."

Sie wurde unterbrochen. Später betrachtete es Bert als eine außerordentliche Gunst der Vorsehung, daß die Orterstation der CREST II ausgerechnet in diesem Augenblick zur Erkenntnis des wahren Sachverhalts gelangte, denn dies entzog ihn der Notwendigkeit, seine Meinung zu verteidigen und zu belegen.

Das Interkom-Notsignal ertönte. Ein schrilles Summen ertönte dreimal kurz hintereinander. Der große Interkom-Schirm schaltete sich selbsttätig ein. Der Mann am anderen Ende der Leitung sah so aus, als wäre er vor einer Sekunde dem Teufel selbst begegnet.

„Ortung an Kommandant!" schrie er. „Sehen Sie sich Septim an! Der Planet hat sich verändert. Er ist... er ist... wie die Hölle selbst!"

Cart Rudo hastete zu seinem Schaltpult hinauf. Sekunden später flammten die Rundsichtschirme auf. Septim, noch fünfhunderttausend Kilometer entfernt, erschien auf den Bildflächen.

Bert erstarrte vor Schreck. Es dauerte eine Weile, bis er begriff, daß das, was er sah, die Wirklichkeit war, wie er sie selbst angekündigt hatte. Aus dem freundlichen, blaugrünen Globus war eine gelbgraue

Riesenkugel geworden. Septim füllte den ganzen Bildschirm. Es sah aus, als stürze er sich dem Schiff entgegen, um es zu zertrümmern. Die Wandlung war so plötzlich, daß Bert einen unwiderstehlichen Drang verspürte, vom Bildschirm zurückzuweichen und davonzulaufen, soweit ihn die Füße trugen.

Er zwang sich zu bleiben. Ruhiger geworden, versuchte er die neue Lage zu verstehen. Es bedurfte nur geringer astronomischer Kenntnisse und Erfahrungen, um abschätzen zu können, daß der wahre Septim ein Planetenriese von der vielfachen Größe Jupiters war. Den Abstand des Schiffes in Rechnung ziehend, schätzte Bert seinen Durchmesser auf vierhunderttausend Kilometer, also etwa das Dreifache des Jupiter-Durchmessers. Die atmosphärische Hülle des Giganten mußte von ungeheurer Dichte sein, und trotzdem erlaubte sie den Durchblick bis auf die Oberfläche. Selbst aus dieser Entfernung konnte das bloße Auge schon erkennen, daß dort unten die Hölle los sein mußte. Breite Magmaausbrüche zogen ihre grelleuchtende Bahn über den braunen Untergrund, kontinentweite Flächen waren von undurchdringlichen Schleiern bedeckt, die sich langsam bewegten, offenbar Sandstürme von unvorstellbarer Wucht. Von Wasser war keine Spur mehr zu sehen. Septim war ebenso tot, wie es Power gewesen war. Die Halluzination war verschwunden. Die Logik des Gegners erschien auf einmal nicht mehr so fremdartig. Die Falle, die er gebaut hatte, war alles andere als genial, aber wirkungsvoll.

Eine rasche Messung ergab, daß Septims Oberflächengravitation etwa 5,9-normal betrug. Die Atmosphäre bestand zur Hauptsache aus Inert-Gasen, jedoch war Sauerstoff in einer Menge vorhanden, die freie Atmung erlaubt hätte, wäre der Luftdruck an der Oberfläche des Planetenriesen nicht zu hoch gewesen.

Im Kommandostand war man noch damit beschäftigt, die plötzliche Wandlung der Dinge zu verarbeiten, als der Orter sich ein zweites Mal meldete. Diesmal gab er bekannt, daß die geheimnisvolle Kraftstation ausgemacht worden sei. Sie befand sich auf einer von Bergen umschlossenen Hochebene genau auf der Äquatorlinie und war durch ein orangefarbenes Schirmfeld geschützt, dessen Ausmaße auf die beträchtliche Größe der Station schließen ließen.

Ein direkter Angriff durch die Waffen der CREST schied aus. Sie vermochten das orangerote Feld nicht zu druchdringen. Rhodan traute ihm zu, daß es selbst eine Vernichtung des gesamten Planeten überstehen würde.

Wenige Minugen nach der Entdeckung sorgte die Ortungszentrale für eine weitere Überraschung. In dem Schirmfeld waren an verschiedenen Stellen Lücken festgestellt worden, teilweise mit einem Durchmesser von einigen Metern und unmittelbar über der Planetenoberfläche.

Wozu das? fragte sich Hefrich und dachte an eine neue Tücke. Es erschien ihm widersinnig, Lücken in einem Energiefeld zu finden, das die Aufgabe hatte, die Station von allen Außeneinflüssen total abzuriegeln. Für den aber, der nur noch nach dem Strohhalm greifen konnte, waren sie die einzige Chance, mit Landetrupps einzudringen und die Kraftstation zu vernichten.

Perry Rhodan richtete sich auf. Gebannt wartete Hefrich auf seine Entscheidung.

„Ganz gleichgültig, welche Verhältnisse uns dort unten erwarten", sagte er mit harter Stimme, „wir werden landen. Die einzige Aufgabe, die wir auf Septim zu erfüllen haben, ist, die Kraftstation zu vernichten, so daß die übrigen sechs Planeten ihre Schirmfelder verlieren. Nur dann können wir hoffen, das Wasser auf einem von ihnen zu bekommen. Bitte, kehren Sie an Ihre Posten zurück."

Bert Hefrich biß die Zähne aufeinander und kniff die Lippen zusammen. Es ging jetzt ums Ganze. Die CREST II würde um ihr Leben kämpfen müssen. Die Kraftstation war ohne Zweifel auch über den Schirm hinaus wirksam geschützt, und niemand wußte, wieviel Mühe und Verluste es kosten würde, den Schutz einzureißen und zu den Generatoren vorzudringen.

Normalerweise hätte sich Bert darum nicht gekümmert. Allerdings hätte er sich lieber mit einem Bauch voll Wasser in das Abenteuer gestürzt.

Die CREST II landete in unmittelbarer Nähe der Station. Bert Hefrich war von Perry Rhodan aufgefordert worden, das Landekommando zusammenzustellen. Sein eindeutiger Befehl: in die Station eindringen und sie ein für allemal unschädlich machen! Die Lücken im Schirmfeld waren groß genug, um Shifts passieren zu lassen.

Ehe die Kolonne aufbrechen konnte, erfolgte der erste Angriff auf das Flaggschiff.

Kugelförmige, offenbar halbenergetische Gebilde tauchten wie aus dem Nichts auf und stürzten sich auf den Giganten. Ob es sich um eine phantastische Art von Leben handelte oder um Roboter, war nicht zu erkennen. Jedenfalls besaßen sie unterschiedliche Größen und verschossen verheerende Blitze gegen die CREST. Die energetischen Entladungen konnten das Schiff nicht ersthaft gefährden. Seine Schutzschirme erwiesen sich als stark genug, und die Bordwaffen dezimierten die Angreifer, die zu Tausenden kamen.

Dann zogen sie sich schlagartig wieder zurück. Trügerische Stille trat ein. Rhodan wartete eine volle Stunde ab, bis er Hefrich das Zeichen zum Verlassen der CREST gab. Die aus fünfzehn Shifts bestehende Kolonne wurde von Leutnant Conrad Nosinsky angeführt, der in solchen Unternehmungen weit mehr Erfahrung besaß als der Chefingenieur. Bert Hefrich war froh darüber, die nun auf ihm lastende Verantwortung mit Nosinsky teilen zu können.

Jeder Shift hatte eine Reihe von Mikrodetonatoren geladen, und jede Shiftladung reichte aus, um den ganzen Gebäudekomplex der fremden Station in Pulver und Staub zu verwandeln. Es brauchte also nur ein einziges Fahrzeug ans Ziel zu gelangen, dann war der Zweck des Unternehmens erfüllt. Die Detonatoren sollten im Zentrum des Gebäudekomplexes abgeladen werden. Bert Hefrich befürchtete keinerlei Komplikationen von seiten des draußen tobenden Sturms, der durch das Schirmfeld der Kraftstation weitgehend abgehalten wurde. Er glaubte jedoch fest daran, daß es im Innern Sicherheitsvorrichtungen gäbe, die das Vordringen der Kolonne zu verhindern suchen würden.

„Vergessen Sie eines nicht", sagte Conrad zu Hefrich, „wir sind ein ganzes Stück weit von dem Schirmfeld entfernt. Von unserer Schleuse bis dort hinunter auf den Boden sind es siebenhundert Meter, außerdem müssen wir um fast den halben Umfang der CREST II herum. Das macht anderthalb Kilometer, und auf diesem Weg werden wir mehr als einmal von den Kugelballungen zu hören kriegen."

Bert Hefrich stimmte zu.

„Wir werden uns so lange wie möglich im Innern unseres eigenen Schutzschirms aufhalten. Cart Rudo wartet auf Anweisung. Er wird die Strukturlücke schalten, wo immer wir es wünschen."

Conrad wartete, bis die Shifts ausgeschleust waren, dann setzte er sich an die Spitze der Kolonne und führte sie in Richtung der Kraftstation auf den Boden zu.

Der Sturm jenseits des Schirmfelds hatte inzwischen an Wucht zugenommen. Wie eine Wand aus fester Materie lagen Staub- und Sandwolken rings um das Schiff herum. Conrad richtete sich nach

Orterangaben, die er von der CREST erhielt. Selbst das kräftige, orangefarbene Leuchten des Schirmfeldes war hinter der Finsternis des Orkans nicht mehr zu erkennen.

Dann erreichte er den Rand des CREST-Schutzschirms und wartete, bis die Shifts sich hinter ihm versammelt hatten. Das Schiff war bislang nicht wieder angegriffen worden, aber Conrad war sicher, daß die Energieblitze wieder aufleuchten würden, sobald sich die Fahrzeuge ins Freie trauten. Er bat Cart Rudo, eine möglichst weite Strukturlücke zu schalten.

Eine Sekunde später flammten die Umrisse der Öffnung vor ihm auf. Mit einem wütenden Druck auf den Fahrthebel trieb er den Wagen hinaus. Befriedigt sah er, daß die Shifts ihm in dichter Kolonne folgten. Dann packten ihn der Sturm und die Finsternis.

Er wußte nur, in welcher Richtung die Station lag. Er wußte, daß die Entfernung vom Schutzschirm der CREST II bis zum Schirmfeld der Station jetzt noch rund einen Kilometer betrug. Das war alles. Er sah keinen der Shifts mehr, aber auf dem kleinen Orterschirm tanzten eine Menge grüner Pünktchen. Das mußten sie sein.

Unvermittelt zerriß neben ihm die Finsternis in einem schmerzend hellen, weißglühenden Blitz. Er hatte den Empfänger noch eingeschaltet. Über das prasselnde Störgeräusch der Entladung hinweg hörte er entsetzte Schreie. Kurz danach war Ruhe. Dann meldete Bert Hefrichs harte Stimme:

„S-achtzehn ist ausgefallen. Der Rest ... weiter!"

Conrad biß die Zähne aufeinander.

Ein zweiter Blitz leuchtete auf. Für Bruchteile von Sekunden zog sich ein Kanal glühenden, verdampfenden Staubs durch die Finsternis. Conrad drückte den Shift weiter nach unten. Dicht über dem Erdboden ließ er ihn auf das Schirmfeld der fremden Station zugleiten. Das Manövrieren erforderte seine ganze Aufmerksamkeit. Manchmal drückte der Orkan mit aller Wucht zu und drohte, das Fahrzeug auf dem Boden zu zerschmettern. Dann riß Conrad das Steuer mit aller Gewalt nach hinten und brachte den Wagen aus der Gefahrenzone.

Unaufhörlich leuchteten jetzt ringsum die Blitze. Der Empfänger war voll von Schreien und wütend gebrüllten Befehlen. Drei Shifts waren mitsamt ihrer Besatzung verloren. Neunzehn Mann waren tot. Und noch immer konnte Conrad den orangefarbenen Schutzschirm nicht sehen.

Eine neue Entladung streifte das Schirmfeld des Shifts und brachte es zu buntem Flackern. Conrad riß das Fahrzeug zur Seite. Ließ es ein paar Meter weit in die Höhe schießen und drückte es wieder nach unten. Die Generatoren waren noch intakt. Er hörte es am Geräusch. Er hatte nur einen Streifschuß abbekommen.

Aber vor ihm in der Finsternis glomm ein Licht. Zunächst sah es aus wie der Funke eines halb erloschenen Feuers. Aber während er darauf zuglitt, wurde es heller, und schließlich strahlte es mit der ganzen Kraft weißglühenden Metalls. Conrad erschrak. Was er sah, waren die Überreste eines Shifts, den eine der energetischen Entladungen getroffen hatte. Er war halb schon dabei, Bert Hefrich den neuerlichen Verlust bekanntzugeben, da sah er die schwerfällige, unbeholfene Gestalt, die dort unten durch den Sturm kroch und mit aller Kraft versuchte, so rasch wie möglich von dem schmelzenden Wrack fortzukommen.

Conrad stieß hinunter. Er traute seinen Augen nicht. Der Mann trug einen Schutzanzug, der weiter nichts als Hitze und Staub von ihm abhielt. Er war der mörderischen Gravitation und der reißenden Wucht des Sturms voll ausgesetzt. Und trotzdem bewegte er sich noch. Trotzdem schleppte er einen korbähnlichen Behälter hinter sich her.

Conrad ging aufs Ganze. Er trieb den Shift bis dicht über den Boden. Er steuerte ihn so, daß er mit dem Kriechenden auf gleiche Höhe kam. Der Mann schien ihn nicht zu bemerken, doch dann endlich sah er ihn und verstand, was er zu tun hatte. Er zog den Korb dicht zu sich heran und krümmte sich zusammen. Conrad wagte es, seinen Schutzschirm für den Bruchteil einer Sekunde auszuschalten. Der Flugwagen machte einen Satz zur Seite, und als das Feld wieder entstand, da befand sich der Mann mit dem Korb innerhalb seines Einflußbereiches.

Conrad fuhr das Schleusenschott auf. Mit einer Kraft, die Bewunderung abverlangte, stemmte sich der Mann vom Boden, hievte zunächst den Korb in die Schleuse und stieg dann selbst hinterdrein. Während ringsums die Blitze der Energiegeschosse leuchteten und der Shift unter der Wucht des Orkans hin- und herschaukelte, kletterte er in den winzigen Schleusenraum und wartete, bis das Schott sich hinter ihm schloß. Dann raffte er sich auf und schob sich in aller Hast durch das Innenluk, das Conrad inzwischen geöffnet hatte. Conrad hatte keine Zeit, auch nur den Kopf nach ihm zu drehen. Der Shift war verloren, wenn er das Steuer nur eine Sekunde lang außer acht ließ.

Keuchend schwang sich der Mann neben ihn auf den Sitz. Seinen Korb schob er vorsichtig in die Ecke. Eine Weile beobachtete er schweigend, wie Conrad gegen den Sturm ankämpfte, und Conrad wußte immer noch nicht, wen er neben sich sitzen hatte. Dann schien ihm das Schweigen ungemütlich zu werden. Er räusperte sich zunächst, und dann hörte Conrad eine wohlvertraute Stimme:

„Danke, Sir. Ich muß verrückt gewesen sein, den Helden spielen zu wollen und in diesem Chaos vorauszufliegen, als die Energiekugeln wieder angriffen."

Conrad wandte trotz seines Vorsatzes den Kopf. Neben ihm saß Herb Bryan, sein Sergeant.

„Das war S-neununddreißig da unten", erklärte Bryan. „Nur ein leichter Treffer, aber im Nu glühte die Kiste wie ein Hochofen. Ich wäre noch drinnen, wenn ich nicht dicht hinter dem Schott gehockt hätte."

Conrad hörte ihm zu, ohne ihn anzusehen. Der Orkan tobte mit unverminderter Wucht, und die Blitze zuckten in unaufhörlicher Folge.

„Was ist in dem Korb?" fragte er.

„Detonatoren", antwortete Bryan. „Die ganze Ladung."

Conrad nahm das Mikrophon von der Gabel und meldete Hefrich den Verlust des Fahrzeugs S-39. Ein paar Sekunden später rief Hefrich zurück:

„S-fünf an alle! Kehren Sie sofort um. Es hat keinen Zweck mehr, wir haben vierundzwanzig Mann verloren und kommen kaum einen Schritt vorwärts. Sie erhalten Peilsignale vom Schiff. Ich wiederhole: Kehren Sie sofort um!"

Conrad kniff die Lippen zusammen. Vierundzwanzig Mann! Hefrich hatte recht. Der Einsatz wurde zu teuer. Wenn sie abwarteten, bis der Sturm vorüber war, kamen sie leichter an die Station heran. Allerdings mußte der Sturm vorüber sein, bevor an Bord alle verdurstet waren.

Vorsichtig begann er, den Shift zu wenden. Er hatte das erste Viertel der Drehung noch nicht geschafft, da schrie Herb Bryan neben ihm auf.

„Die Wand...! Dort, vor uns!"

Conrad sah durch die Bugscheibe schräg nach vorn. Fast kam er zu spät. Nur den Bruchteil einer Sekunde lang sah er den orangefarbenen

Schimmer durch eine Stelle, an der die Mauer aus Sand und Staub für einen kurzen Augenblick aufgerissen war. Und er sah noch mehr. Dort vorne klaffte eine etwa torgroße Strukturlücke in dem fremdartigen Schirmfeld, die breit genug für seinen Shift war. Sofort riß er das Fahrzeug wieder herum. Mit zitternden Fingern griff er nach dem Mikrophon und schrie hinein:

„Nosinsky an S-fünf! Der Schutzschirm liegt direkt vor mir! Ich fahre weiter!"

Bert Hefrich meldete sich nicht mehr. Conrad wußte nicht, ob er seinen Spruch überhaupt empfangen hatte. Das Leuchten war jetzt nicht mehr zu sehen, der Orkan hatte es wieder verschluckt. Aber Conrad wußte, in welche Richtung er sich zu halten hatte.

„Mach die Augen weit auf, Herb!" wies er seinen Nebenmann an, und Herb Bryan lehnte sich weit nach vorn, als könne er so besser sehen.

Das energetische Feuer der wieder überall auftauchenden Kugelgebilde schien jetzt dichter zu werden. Es sah aus, als hätte der Gegner einen Sperriegel dicht vor sein eigenes Schirmfeld gelegt. Die Finsternis, bisher nur von einzelnen Entladungen durchbrochen, wurde zum grellen, feuerspeienden Inferno.

Conrad drückte den Shift ganz nach unten, bis er fast auf dem Boden schleifte, dann riß er den Fahrthebel bis zum Anschlag zurück. Ruckend und schlingernd gewann das Fahrzeug an Tempo.

„Da ist es wieder!" brüllte Bryan voller Begeisterung.

In den kurzen Pausen zwischen den einzelnen Salven war jetzt die orangefarbene Wand des Feldes deutlich zu sehen. Mit jeder Sekunde wurde sie heller, und mit jeder Sekunde wuchs Conrads ungläubige Verwunderung, warum sie nicht schon längst eine der Energieentladungen getroffen hatte.

Er erinnerte sich später nicht mehr daran, wie er es eigentlich geschafft hatte, dieses Inferno hinter sich zu lassen und durch die torgroße Strukturlücke ins Innere der fremden Kraftstation einzudringen. Plötzlich waren der Staub und der Sand ringsum nur noch so dünn, daß die Umrisse der unter dem leuchtenden Schirmfeld liegenden Gebäudekomplexe deutlich aus den Schlieren hervortraten.

„Unter dem Feld!" triumphierte Nosinsky. „Wir haben es tatsächlich geschafft!" Aber noch war gar nichts gewonnen.

Conrad wollte keine Sekunde verlieren. Er befahl Bryan, den Korb bereit und die Augen offenzuhalten. Dann ließ er den Shift mit

Höchstgeschwindigkeit in den Wirrwarr von Bauwerken hineinschießen. Er hatte keine Ahnung, wo das Zentrum der Kraftstation lag. Er mußte sich darauf verlassen, daß die Detonatoren kräftig genug waren, um die Anlage von irgendeiner Position aus zu vernichten. Er wußte nicht, ob es Sicherheitsvorrichtungen gab, die vielleicht schon in diesem Augenblick den Shift aufs Korn nahmen. Alles, was er noch wußte, war, daß er die Detonatoren abladen und dann so schnell wie möglich zum Schiff zurückkehren mußte. Die Zünder waren auf eine Stunde eingestellt. Schaffte er es bis dahin nicht, zur CREST II zu gelangen, dann wurde der Shift in den Sog der Explosion gerissen.

Zwischen einem würfelförmigen und einem zylindrischen Bau hielt er an. Bryan brauchte keine weiteren Befehle. Er packte den Korb und kletterte durch die Schleuse hinaus. Conrad sah ihn den Korb an die Wand des Würfels lehnen und an einer Reißleine ziehen. Dann kehrte er um und kam zurückgelaufen. Hier in der Station herrschte fast normale Schwerkraft. Conrad setzte den Shift in Bewegung, sobald er Bryan in die Schleuse klettern hörte.

Der Orkan war noch so schlimm wie zuvor, aber die Blitze der Energieballungen waren wie von einem Moment auf den anderen erstorben. Conrad wußte nicht warum, aber er war glücklich darüber. Er rief die CREST II an, und Cart Rudo versprach ihm, er werde Peilzeichen geben. Den Zeichen folgend, sah Conrad den Schutzschirm schon ein paar Minuten später vor sich auftauchen. Der Shift neigte sich auf die buntleuchtende Strukturlücke zu. Das Fahrzeug schoß durch sie hindurch.

Conrad fühlte sich ausgelaugt und zerschlagen wie noch nie zuvor. Mit brennenden Augen steuerte er den Shift durch das große Luk der Lastschleuse und setzte ihn im Hangar ab. Er schaltete das Triebwerk aus und lehnte sich weit in das Polster zurück. Neben ihm öffnete Bryan das Schott des Ausstiegs. Conrad spürte das brennende, würgende Gefühl heftigen Durstes in der Kehle, aber weitaus eindrucksvoller war die bodenlose Müdigkeit, die ihn umfangen hielt. Er hörte Herb Bryan etwas rufen. Aber die Worte drangen ihm nur undeutlich ins Bewußtsein. Dann sank er in tiefen, ohnmachtähnlichen Schlaf.

Als er wieder zu sich kam, lag er in seinem eigenen Bett. Vor ihm auf der Kante hockte Bryan und starrte ihn mürrisch an. Conrad fuhr auf.

„Wo sind wir?" wollte er wissen.

Bryan machte eine wegwerfende Handbewegung.

„Hoch oben", brummte er. „Vielleicht hunderttausend Kilometer über Septim."

„Na und? Was weiter?"

„Die Station ist planmäßig in die Luft geflogen", antwortete Bryan mit einer Stimme, als sei ihm das gar nicht recht.

Trotz des mörderischen Durstes war Conrad begeistert. Er packte Bryan an den Schultern und rüttelte ihn.

„Ist das nichts?" krächzte er. „Dann sind wir doch aus dem gröbsten Dreck 'raus! Warum..."

Ein Blick in Bryans traurige Augen belehrte ihn, daß es da etwas gab, was er noch nicht wußte.

„Nur noch die Hälfte der Besatzung ist auf dem Posten", sagte Bryan müde. „Die andere Hälfte tobt im Durstdelirium. Und die Station ist zwar vernichtet, aber die Schirmfelder der anderen Planeten existieren immer noch. Wir können immer noch nirgendwo landen, außer auf Septim, und da will kein Mensch wieder hin."

Conrad sank zurück. Er weigerte sich zu glauben, was er gehört hatte.

„Sie haben nur die Farbe gewechselt", fuhr Bryan fort. Conrad wußte im ersten Augenblick nicht, was er meinte. „Früher waren sie orange, und als die Station in die Luft ging, wechselten sie auf Grün. Die Schirmfelder meine ich."

In einem Winkel des Kommandodecks saß der einzige Passagier der CREST II, dem der Durst das Denkvermögen noch nicht vernebelt hatte, und strengte sein Planhirn an, um eine Lösung des Problems zu finden.

Icho Tolot, der Haluter, hatte die Vorgänge inner- und außerhalb des Schiffes mit größter Wachsamkeit verfolgt. Er wußte, daß das Schiff in wenigen Tagen irdischer Zeitrechnung verloren sein würde, denn selbst Mory Rhodan-Abros verzweifelter Plan konnte die benötigten Wassermengen, wie erwartet, nicht mehr im erforderlichen Ausmaß bereitstellen.

Der Farbwechsel der planetaren Schirmfelder schien Icho zu beweisen, daß die Station auf Septim die Felder zwar nicht völlig erstellt, jedoch ihre Strukturaufladung bewirkt hatte. Mit anderen Worten: Die Felder waren, als die Station noch stand, vermutlich höherdimensional gewesen als im Augenblick.

Damit bot sich eine Möglichkeit der Rettung. Ein fünfdimensionales Schirmfeld müßte mit den Mitteln der CREST II zu durchdringen sein. Und hinter dem Schirmfeld gab es, wenn man sich den richtigen Planeten aussuchte, Wasser in Hülle und Fülle.

Der Kreis schloß sich. Wenn eines der Schirmfelder angegangen werden sollte, dann war dazu ein Schiff erforderlich, dessen Mannschaft bis zum letzten Mann auf Posten war. Die CREST II erfüllte diese Forderung nicht. Die Hälfte der Leute war ausgefallen, und von Minute zu Minute wurden es mehr, die ihren Posten verlassen mußten.

Auch Icho Tolot, der Haluter, hatte keine Ahnung, wie das Problem gelöst werden konnte.

Er hatte eine vage Hoffnung auf Hilfe aus der Galaxis. Dort würden die verantwortlichen Terraner zweifellos alle Hebel in Bewegung setzen, um herauszufinden, wohin es die CREST II verschlagen hatte, und falls das gelang, auch alles tun, um Hilfe zu organisieren.

Die Frage war nur, ob diese Hilfe auch rechtzeitig eintreffen würde.

Die Hoffnung war tatsächlich nur vage. Wer in der Milchstraße konnte etwas von der Transmitterstraße nach Andromeda und von Twin wissen?

Abermals machte der Haluter sich Vorwürfe. Doch auch das rettete niemand mehr.

9.

Auf Terra und den Welten des Solaren Imperiums schrieb man den 24. August 2400.

Sieben Männer und ein nichtmenschliches Wesen saßen um den länglichen Tisch herum. Von der Decke strahlte ein mildes und doch sehr helles Licht. Es beleuchtete nicht nur die Gesichter, sondern auch die Papier-Plastikakten, die in ganzen Stößen vor den einzelnen Personen lagen.

Der Raum war groß und kaum eingerichtet. Nur der Tisch, dazu die Stühle und an der einen Wand einige Bildschirme. Die breiten und hohen Fenster gaben die Sicht auf eine entfernte Riesenstadt und einen gigantischen Raumhafen frei. Darüber spannte sich ein grünlicher Himmel, klar und wolkenlos. Die Sonne, deren Strahlen in den Raum fielen, war auch grün. Ihr Schein wurde von den Gesichtern der Männer gespenstisch reflektiert.

Die sieben Männer waren:

Reginald Bull, Staatsmarschall und Chef der terranischen Explorerflotte. Solarmarschall Allan D. Mercant, Chef der Solaren Abwehr. Der stellvertretende Flottenbefehlshaber, Solarmarschall Julian Tifflor. Melbar Kasom, etrusischer USO-Spezialist und seines Zeichens Oberst. Der Mutant Wuriu Sengu, der japanische Späher. Professor Dr. Arno Kalup, der größte Experte auf dem Gebiet der Raumschiffsantriebe. Und Admiral Ontan Hagehet, der Leiter des Stützpunktes „Opposite".

Das nichtmenschliche Wesen war ein Mausbiber, der nicht mehr ganz unbekannte Gecko. Er hockte klein und etwas verloren zwischen Reginald Bull und Allan D. Mercant und bemühte sich, auf keinen Fall übersehen zu werden.

Der Anlaß der Sitzung auf dem Planeten Opposite war ernst genug.

Das Flaggschiff des Solaren Imperiums war seit fünf Tagen spurlos verschwunden, und es bestand Anlaß zu der Vermutung, daß es sich samt seiner Besatzung in größten Schwierigkeiten befand. Der USO-Schlachtkreuzer DAUNTU hatte beobachten können, wie die CREST II mit Rhodan, seiner Frau Mory und Lordadmiral Atlan an Bord in das geheimnisvolle Sonnensechseck im Zentrum der Milchstraße einflog und sich in einer Lichterscheinung auflöste. Diese Beobachtung und andere Daten waren dem Positronengehirn NATHAN auf dem irdischen Mond zur Auswertung vorgelegt worden.

Bully faßte noch einmal zusammen:

„NATHAN hat keinen Zweifel daran gelassen, daß wir eine Chance haben. Sonst wären wir hier nicht versammelt. Bis auf Admiral Hagehet wissen Sie über die Auswertung Bescheid. Ich will noch einmal kurz wiederholen, zu welchem Ergebnis NATHAN gekommen ist.

Die Daten, die uns zur Verfügung standen, waren mager, aber sie genügten NATHAN, einige Feststellungen und vielleicht sogar Tatsachen herauszufinden. Das biopositronische Superhirn behauptet, die sechs Sonnen seien nichts anderes als ein gigantischer Materietransmitter, der über unvorstellbare Entfernungen hinweg wirksam sei.

Dann aber, so NATHAN, muß es irgendwo einen ähnlichen Sonnentransmitter geben, der als Gegenstation arbeitet. Aus diesem Grund hält NATHAN es für sehr wahrscheinlich, daß eine Rettungsexpedition unversehrt am gleichen Punkt rematerialisiert, an dem auch die CREST II herauskam.

Als wir das Ergebnis erhielten, bot uns das Zentralplasma der Hundertsonnenwelt seine Hilfe an. Zur gleichen Stunde verließ dort ein Fragmentschiff voll ausgerüstet den Raumhafen und nahm Kurs auf Opposite. Wie erste Funksprüche ergaben, muß es noch heute hier landen. Wir werden sehen, was sich das Plasma und die Posbis ausgedacht haben. Jedenfalls steht fest, daß beide verläßliche Bundesgenossen sind, vielleicht die zuverlässigsten, die wir überhaupt besitzen."

Jemand räusperte sich vernehmlich. Als Gecko merkte, daß ihn alle fragend ansahen, wurde er sichtlich verlegen. Er grinste und zeigte seinen Nagezahn, und in diesem Moment war er wirklich nicht mehr von Gucky, seinem großen Vorbild, zu unterscheiden. Bully grinste zurück.

„Anwesende sind natürlich ausgeschlossen", beruhigte er den Mausbiber väterlich. „Daß wir uns auf die Ilts verlassen können, braucht nicht mehr extra betont zu werden." Er wurde wieder ernst. „Sobald der Fragmentraumer landet, treffen wir die restlichen Vorbereitungen. Niemand weiß, was das Plasma und die Posbis planen. Wir können also jetzt nichts anderes tun, als abwarten."

„Es ist schon viel zuviel Zeit nutzlos verstrichen", sagte Allan D. Mercant ruhig.

Julian Tifflor starrte gegen die Decke. Es war, als suche er die Antwort auf die Frage, was *wirklich* mit der CREST II geschehen war. Bis jetzt waren es doch nur Vermutungen, an die man sich klammerte. Ein Materietransmitter, der aus sechs Sonnen bestand! Die Vorstellung war so phantastisch und unbegreiflich, daß man einfach nicht an sie glauben konnte. Wer sollte einen solchen Transmitter je gebaut haben? Die Arkoniden oder ihre Vorfahren sicherlich nicht.

Aber wer sonst?

Gab es in der Milchstraße noch ein Volk mit derartigen Fähigkeiten, dem man bisher nicht begegnet war? Das schien fast ausgeschlossen. Und doch mußte es so sein, wenn nicht...

Julian Tifflor war zusammengefahren, als der Gedanke wie ein Blitz in ihm aufzuckte. Er sah die Männer an, die seinem Blick begegneten. Sie konnten nicht wissen, was Tifflor so erschreckt hatte.

„Was ist mit Ihnen, Tifflor?" fragte Allan D. Mercant.

„Wenn die sechs Sonnen wirklich ein Transmitter sind, dann kann ihn nur jemand gebaut haben, dem wir noch niemals begegneten, von dem wir niemals hörten und von dem niemand etwas weiß. Mit anderen Worten: Der Transmitter wurde von Intelligenzen errichtet, die nicht in unserer Milchstraße zu Hause sind."

Bully nickte betont gleichmütig.

„Das ist sogar ziemlich wahrscheinlich", sagte er gelassen. „NATHAN behauptet es ebenfalls. Aber das ändert nichts daran, daß wir uns in der Klemme befinden – und Rhodan mit seinen Begleitern sicherlich auch. Wenn das Ding ein Transmitter ist, befördert es Materie ohne Zeitverlust an ihren Bestimmungsort. Der Rückweg würde ebenfalls ohne Zeitverlust erfolgen. Aber die CREST II kehrte bisher nicht zurück. Damit dürfte bewiesen sein, daß sie in Schwierigkeiten geraten ist."

Julian Tifflor war in den Sessel zurückgesunken. Vielleicht hatte er sich eine andere Reaktion auf seine sensationelle Feststellung erwartet.

Admiral Hagehet hatte Bully zugenickt und war aufgestanden. Er ging zu der Wand mit den vielen Bildschirmen und drückte auf einen Knopf, der unter einem Lämpchen saß, das vor wenigen Sekunden angegangen war.

Auf dem betreffenden Bildschirm erschien das Gesicht eines Offiziers.

„Was gibt es, Hargery?"

„Eine wichtige Meldung, Sir."

„Schießen Sie los."

„Soeben hat das erwartete Fragmentschiff der Posbis Funkverbindung mit dem Raumhafen aufgenommen. Es bittet um Landeerlaubnis."

„Dann geben Sie sie."

„Bereits geschehen, Sir. Ich wollte Sie nur unterrichten."

„In Ordnung, Hargery. Veranlassen Sie alles weitere. Ich werde in zehn Minuten bei Ihnen sein. Ende."

Der Schirm erlosch und wurde dunkel.

Die Fragmentraumer waren fürchterliche Schiffe.

Dieser glich einem unregelmäßigen Würfel mit einer ungefähren Kantenlänge von nahezu zwei Kilometern. Auf der Hülle waren unsymmetrische Vorsprünge, runde Kuppeln, merkwürdige Antennen und zahlreiche Luken zu sehen. Eingebaute Generatoren erzeugten ein gewaltiges Antigravfeld, das dafür sorgte, daß die ungeheure Masse nur wenige Zentimeter schwerelos über dem Landefeld schwebte.

Als Bully mit seinen Begleitern den Raumhafen erreichte, öffneten sich gerade einige der Luken in dem Raumschiff. Heraus kamen die Posbis.

Sie unterschieden sich erheblich von den früheren Posbi-Robotern. Das Zentralplasma hatte einige Veränderungen mit ihnen vorgenommen und sie mit Kunststoff verkleidet. Rein äußerlich gesehen, waren sie nun menschenähnlich, wenn sie auch durchweg zweieinhalb Meter groß waren. Außerdem besaßen sie nicht nur zwei, sondern vier Arme.

Das Gehirn war unverändert geblieben. Der biologische Zusatz befähigte die Roboter sowohl zu Gefühlsempfindungen als auch – infolge der hypertoiktischen Verzahnung – zu wesentlich schnelleren Rechenvorgängen, als es normale Positroniken zu leisten imstande waren. Wie bisher erfolgte die Verständigung zwischen ihnen und den Terranern mit Hilfe der kleinen tragbaren Symboltransformer. Sie wandelten die Sprachimpulse der Posbis in menschliche Laute um und umgekehrt.

Eine Gruppe von drei Posbis kam zielbewußt auf Bull und seine Begleiter zu. Admiral Hagehet hatte sich bereits wieder zu ihnen gesellt. Der Robot in der Mitte war offensichtlich der Anführer, denn er blieb genau vor Bull stehen und sah würdevoll auf ihn herab. Er wartete, bis er angesprochen wurde.

Gecko, von dem Anblick der riesigen Gestalten ein wenig eingeschüchtert, hielt sich wohlweislich im Hintergrund.

„Willkommen in Hondro", begann Bully das Gespräch und deutete mit der rechten Hand in Richtung des Fragmentraumers. „Wie ich sehe, hat das Zentralplasma der Hundertsonnenwelt Wort gehalten."

„Es grüßt die Terraner", antwortete der Posbi. „Wir sind gekommen, um euch zu helfen, so wie ihr uns in der Vergangenheit geholfen habt. Ich bin Kommandant der BOX-8323. Mein Name lautet: P-1. Meine beiden Begleiter sind P-2 und P-3. Wir haben einen Plan mitgebracht, den ich euch erläutern werde, sobald ihr dazu bereit seid. Es ist ein Plan, der keinen weiteren Terraner in Gefahr bringt."

„Wir danken dir, P-1. Dürfen wir dich und deine beiden Begleiter bitten, uns in das Verwaltungsgebäude zu folgen? Dort werden wir in aller Ruhe über das sprechen können, was uns alle bewegt."

Der Plan der Posbis und des Zentralplasmas war genauso einfach wie phantastisch.

Die BOX-8323 war eins der modernsten Schiffe der Hundertsonnenwelt. Zwar hatte sich P-1 als Kommandant bezeichnet, aber in Wirklichkeit war er nur die ausführende Gewalt. In Wirklichkeit waren die Kommandanten vier Plasmagehirne, die in Form eines Vierecks in der Kontrollzentrale aufgestellt worden waren. Sie gaben die Anweisungen, die von P-1 empfangen und weitergeleitet wurden.

Der Fragmentraumer sollte, nachdem er entsprechend ausgerüstet worden war, ohne menschliche Besatzung in das Sonnensechseck vorstoßen, und zwar unter den gleichen Bedingungen wie die CREST. Wenn die sechs Sonnen wirklich eine automatisch funktionierende Transmitterstation waren, dann mußten sie das Riesenschiff weiterbefördern. NATHAN hatte vorausgesagt, daß es dann an derselben Stelle materialisieren würde wie die CREST.

Die BOX-8323 würde also in der Nähe der CREST auftauchen.

An dieser Stelle der Beratung ergriff Allan D. Mercant das Wort.

„Ich habe mich mit Dr. Kalup unterhalten. Wir sind beide der Meinung, daß die CREST sehr wohl in rein technische Schwierigkeiten geraten sein kann. Mit anderen Worten: Wenn der Fragmentraumer zu ihr stößt, bedeutet das noch lange keine Rettung, es sei denn, die BOX-8323 führte alle Ersatzteile mit sich, die notwendig wären, den Antrieb der CREST völlig zu überholen. Dazu Lebensmittel und Wasser. Kurz: Der Raumer muß alles mit sich nehmen, was zweitausend Menschen zum Leben benötigen. Was die technische Seite angeht, so kann Ihnen Dr. Kalup das besser erklären als ich. Bitte, Doktor."

Der fettleibige und schwer gebaute Mann blieb einfach sitzen. Er hatte bläulich geäderte Hängebacken und sah alles andere als genial aus. Und doch war er der größte Wissenschaftler, den die Erde je hervorgebracht hatte. Als Träger eines Zellaktivators war er relativ unsterblich, wie fast alle wichtigen Männer des Solaren Imperiums. Äußerlich gesehen schien er nicht älter als fünfzig Jahre alt zu sein.

„Wenn NATHAN recht hat", sagte er, „und wir gehen von der Voraussetzung aus, daß sich das Positronengehirn nicht irrt, ist die CREST mit ihrer Mannschaft in einen Materietransmitter unerhörten

Ausmaßes geraten. Wohin immer auch die CREST transportiert wurde, der Transitionsschock muß so gewaltig gewesen sein, daß mit schwersten Schäden gerechnet werden muß. Ich meine jetzt nicht nur Schäden am menschlichen Organismus, sondern vor allen Dingen Schäden mechanischer Natur. Der Linearantrieb ist empfindlich, wie wir alle wissen. Eine fachgerechte Überholung mit Bordmitteln ist so gut wie ausgeschlossen, wenn keine Austauschkonverter vorhanden sind. Die BOX-8323 muß also eine vollwertige Werkstatt an Bord haben, wenn sie der CREST Hilfe bringen soll. Doch nicht nur der Antrieb ist gefährdet. Wir müssen damit rechnen, daß jedes einzelne Teil der Ausrüstung zu Bruch gegangen ist. Die BOX muß daher alle lebenswichtigen Ersatzteile mitnehmen, damit eine Instandsetzung der CREST möglich ist. Sollte jedoch das nicht möglich sein, müssen Rhodan und seine Begleiter versuchen, mit der BOX zu uns zurückzukehren. Das wiederum hängt von der Entfernung ab, die zwischen der Galaxis und dem jetzigen Standort der CREST liegt. Wie das Positronengehirn NATHAN berechnet hat, ist der Transmitter – wenn es einer ist – für gewaltige Entfernungen errichtet worden. Vielleicht sogar für die Entfernung von hier bis Andromeda."

Endlich räusperte sich Bully. Seine Stimme klang unsicher.

„Bis Andromeda – ich glaube, eine solche Vermutung wäre zu phantastisch. Wer sollte eine solche Transmitterstation je erdacht und verwirklicht haben?"

„Auch NATHAN vermag nicht zu sagen, wie alt das Sonnensechseck ist", warf Mercant ein. „Es kann Jahrtausende, aber auch Jahrzehntausende alt sein. Vielleicht existieren die Erbauer längst nicht mehr. Aber wir sollten nicht darüber diskutieren, wer die Station erbaute, sondern wie wir Rhodan und den anderen helfen können. Es kann nicht allein damit getan werden, indem wir die BOX durch den Transmitter schicken."

An dieser Stelle ergriff wieder P-1 das Wort.

„Daran wurde gedacht", sagte er mit seiner mechanischen Stimme, die erst durch das Übersetzergerät verständlich wurde. „Es war ja vorgesehen, daß die BOX-8323 nur mit seiner Besatzung von zweitausend Posbirobotern in das Unbekannte vorstößt. Die Frage erhob sich, wie die Zurückbleibenden erfahren sollten, daß der Fragmentraumer sein Ziel erreicht hat."

„Ich bin gespannt", ließ Bull sich vernehmen, „was sich das Zentralplasma da ausgedacht hat."

„Etwas sehr Wirksames", antwortete P-1 trocken. „Zuerst eine Frage: Ist auf dem Planeten Opposite ein Kreuzer der Staatenklasse vorhanden und zu entbehren?"

Bully sah Admiral Hagehet an. Der Kommandant des Stützpunktes Opposite gab den Blick mit einem verzerrten Lächeln zurück.

„Was heißt hier entbehren? Natürlich sind Kreuzer der Hundert-Meter-Klasse in Hondro stationiert. Notfalls ist auch einer zu entbehren. Ich frage mich nur, was ein so kleines Schiff bei diesem Unternehmen für eine Rolle spielen soll."

„Es kann also ein solches Schiff zur Verfügung gestellt werden?"

Bully übernahm die Antwort.

„Selbstverständlich, P-1. Würdest du nun die Freundlichkeit haben, uns zu erklären, was mit dem Kreuzer geschehen soll?"

Der Posbi nickte.

„Darum bin ich hier. Es ist eine bekannte Tatsache, daß die Lineartriebwerke der terranischen Schiffe eine maximale Reichweite von rund 600 000 Lichtjahren besitzen, und diese wird nur von Ihren größten Schiffen erreicht. Die kleineren Einheiten haben eine weitaus geringere Reichweite, hundert Meter durchmessende Schiffe etwa 200 000 Lichtjahre. Für unsere Zwecke dürfte dies ausreichen. Der Kreuzer ist völlig zu entleeren. Sämtliche Einrichtungsgegenstände müssen entfernt werden. Platz für eintausend Gravitationsbomben."

„Was...?"

Bull starrte den Robot fassungslos an. Tausend Gravobomben...!

„Ich verstehe überhaupt nichts mehr", gab er zu.

Mercant und Kalup schwiegen. Erwartungsvoll sahen sie P-1 an und warteten auf die Erklärung.

Der Robot ließ sich nicht lange bitten.

„Der Plan sieht vor, daß die BOX-8323 den Kreuzer an Bord nimmt. Samt der tausend Bomben. Es ist höchst unwahrscheinlich, daß die Bomben durch eine Materietransmission gezündet oder unbrauchbar gemacht werden. Sie werden also zusammen mit dem Kreuzer und dem Fragmentraumer ihr Ziel erreichen, wo immer es auch sein wird. Sobald die CREST gefunden ist, wird die BOX-8323 den Kreuzer ausschleusen und in Richtung Milchstraße in Marsch setzen."

„In Richtung Milchstraße?" Bully machte ein verwundertes Gesicht. „Ihr glaubt also auch, daß die CREST sich nicht mehr in unserer Galaxis aufhält?"

„Das ist so gut wie sicher, Sir." Der Robot hielt sich nicht länger mit seiner Ansicht nach unwichtigen Tatsachen auf. „Mit einer durchschnittlichen Reichweite von zweihunderttausend Lichtjahren wird der Kreuzer eine gewaltige Strecke zurücklegen und wahrscheinlich unsere Milchstraße doch nicht erreichen. Aber selbst dann, wenn die Bomben simultan genau zwischen hier und Andromeda zünden, werden Sie den fünfdimensionalen Blitz wahrnehmen können, denn er benötigt keine Zeit, um den Hyperraum zu durchqueren."

Mercants Gesicht leuchtete auf. Kalup nickte anerkennend.

„Aha", sagte Bull nur.

„Wir haben eine Spezialzündvorrichtung mitgebracht", fuhr P-1 fort. „Der Kreuzer wird auf seinem Flug in regelmäßigen Zeitabständen ins Einsteinuniversum zurückfallen. Sonst hielte er keine zweihunderttausend Lichtjahre aus. Wenn er zum letztenmal aus dem Linearraum kommt und die Positronik feststellt, daß eine nochmalige Rückkehr über die Kräfte des verbrauchten Antriebs geht, wird sie die Bomben zur Zündung bringen.

Aufgrund der georteten Schockwelle sollte es Ihren Beobachtungsstationen am Rand der Galaxis möglich sein, den ungefähren Ursprungsort der Detonation zu errechnen. Unter Hinzurechnung der vom Kreuzer zurückgelegten Distanz von zweihunderttausend Lichtjahren ergibt sich dann die Entfernung der CREST II von der Milchstraße. Sie werden auf diese Weise erfahren, ob es uns oder Ihrem Flaggschiff möglich sein wird, aus eigener Kraft zurückzukehren, oder ob eine weitere Hilfsexpedition vorbereitet werden muß."

„Ein wohldurchdachter Plan", erkannte Kalup. „Ich glaube, daß er gute Chancen hat, realisiert zu werden."

„Wir werden alles Nötige veranlassen", erklärte Tifflor. An Admiral Hagehet gewandt, fuhr er fort: „Sorgen Sie bitte dafür, daß ein geeigneter Staatenkreuzer vorbereitet wird. Die benötigten Gravitationsbomben haben wir auf Opposite. Nehmen Sie Kontakt zu unseren am Rande der Galaxis stationierten Beobachtungsstationen auf."

Hagehet erhob sich, nickte knapp und verließ mit eiligen Schritten den Raum.

Der Posbi P-1 stand auf.

„Ich möchte die vorbereitenden Arbeiten beaufsichtigen, wenn Sie keine Einwände haben. Sie kennen nun den Plan, und ich nehme an, Sie möchten noch darüber diskutieren. Wenn Sie Fragen haben, erreichen Sie mich jederzeit über Funk. Außerdem stehe ich immer zur persönlichen Aussprache zur Verfügung. Es wäre gut, wenn die BOX-8323 in vier Tagen Erdzeit starten könnte."

„Bis dahin schaffen wir es leicht", versicherte Bull. „Du kannst gehen, P-1."

Der Roboter nickte ihnen zu und verließ den Raum.

Julian Tifflor blickte auf die geschlossene Tür.

Für einen Moment sahen sich die Zurückgebliebenen stumm an. Dann wurde die Stille von einem Auftritt des Mausbibers Gecko durchbrochen.

Er, der Kleinste in der Runde, glaubte wohl, sein körperliches Manko durch extravagantes Benehmen ausgleichen zu müssen. Mit einem entschlossenen Satz sprang er auf den Tisch, spazierte bis in die Mitte, stemmte die Arme in die Hüften und sah sich triumphierend nach allen Seiten um.

„Was willst du denn?" fragte Bull verdutzt und fühlte sich in die Zeiten zurückversetzt, in denen Geckos leuchtendes Vorbild, der Mausbiber Gucky, ihm oft auf der Nase herumgetanzt war. Die beiden sahen sich zwar zum Verwechseln ähnlich, aber Gecko hatte sich bisher gehütet, allzu frech zu werden. Schließlich war er nur ein einfacher Mausbiber, Gucky hingegen...

Aber das erwähnte man Gecko gegenüber lieber nicht.

Gecko sah auf Bull hinab.

„Was ich will? Etwas zu der ganzen Sache sagen, was sonst? Schließlich ist nicht nur Rhodan verschwunden, sondern auch Gucky. Ich fühle mich für seine Rettung verantwortlich."

Mercant kniff die Augen zusammen und betrachtete Gecko wie ein Studienobjekt. „Ich würde an deiner Stelle den Mund nicht so weit aufreißen. Willst du etwa mit deinen Andeutungen sagen, daß du die Posbis auf ihrem Flug ins Unbekannte begleiten möchtest? Wenn ja, dann bist du übergeschnappt, Gecko."

„Ob übergeschnappt oder nicht, ich werde die Posbis begleiten! Und ich werde Gucky finden – und mit Gucky natürlich auch Rhodan, Mory und die anderen Vermißten. Wollen wir wetten?"

Bull gab ein Stöhnen von sich.

„Alle Mausbiber wetten schrecklich gern – und es grenzt ans Unwahrscheinliche, aber sie gewinnen fast immer. Ich habe bisher jede Wette verloren. Aber diese hier verliere ich gern. Abgemacht, Zwerg. Wir wetten. Worum?"

„Daß ich Rhodan finde und heil zur Erde zurückbringe."

„Das war klar. Ich meine, um was wetten wir? Meinen Hut gegen deinen Nagezahn oder was?"

„Wenn ich gewinne, dann sorgt die Administration des Solaren Imperiums dafür, daß ich offiziell als Guckys Stellvertreter anerkannt werde."

Bull sank in den Sessel zurück. Er starrte Gecko wütend an.

„Blödsinnige Wette! Was soll das überhaupt heißen! Guckys Stellvertreter...?"

„Ist ja bloß eine Formsache", piepste Gecko und watschelte auf dem Tisch hin und her. „Mir geht es um das Prestige, sonst um nichts."

„Sonst um nichts?" Bull sah ihn voller Zweifel an, dann nickte er plötzlich. „Also gut, wir wetten. Die endgültige Entscheidung, ob man dich offiziell zum Stellvertreter Guckys macht, müssen wir allerdings Rhodan überlassen. Das siehst du wohl ein, was?"

„In Ordnung." Gecko stolzierte wieder auf und ab. „Ich werde also mit diesem Kasten mitfliegen, mit der BOX-8323. Mit den Posbis. Ich werde darauf achten, daß die Roboter nicht schlampig sind. Ich werde ihnen Beine machen, wenn sie einrosten wollen. Ich werde..."

„Moment mal!" unterbrach ihn Bull energisch. „Du wirst überhaupt nichts! Schließlich sind die Posbis freiwillig gekommen, um uns zu helfen. Wir dürfen ihnen in keiner Hinsicht Vorschriften machen. Wenn du schon mit unserer Erlaubnis mitfliegst, dann nur als Gast der Posbis. Ist das völlig klar?"

„Wie soll ich dann meine Wette gewinnen?"

„Das ist deine Sache. Ich will keinen Ärger mit den Robotern und schon gar nicht mit dem Zentralplasma. Wenn du uns keine entsprechende Zusicherung machst, ist es Essig mit deinem Separatabenteuer, Gecko."

„Bull hat recht", sagte auch Mercant. „Schon mal was von den Gepflogenheiten der Diplomatie unter Verbündeten gehört, Gecko?"

Der Mausbiber verzog das Gesicht.

„Mit so einem Quatsch können sich nur Menschen abgeben", quetschte er wütend hervor. Dann aber nickte er. „Also gut, ich füge mich der rohen Gewalt. Aber es ist eine glatte Erpressung, wenn ihr mich fragt. Ich darf also mit?"

„Ja."

In diesem Augenblick sagte Melbar Kasom:

„Aber nicht allein!"

Alle sahen Kasom an, erstaunt und fragend.

„Wie meinen Sie das?"

„Ich werde Gecko begleiten", erklärte der Spezialagent der USO. „Ich habe ebenfalls einen triftigen Grund. Gecko fühlte sich für Gucky verantwortlich, ich für Mory Rhodan-Abro. Es ist meine Pflicht, sie zu suchen und zu finden. Wenn Gecko der Mitflug erlaubt wird, dann habe ich auch das Recht mitzufliegen. Gibt es Einwände dagegen?"

Langsam wiegte Bull seinen Kopf. Er erinnerte sich daran, daß Atlan den USO-Spezialisten vor etwas mehr als siebzig Jahren zum persönlichen Schutz von Mory abgestellt hatte. Dieser Auftrag war nie offiziell zurückgenommen worden und galt daher auch heute noch. Kasom fühlte sich nach wie vor daran gebunden und machte sich schwere Vorwürfe, daß er Rhodans Frau nicht nach Opposite begleitet hatte, als sie Anfang August hierherkam.

Bull verstand Melbars Beweggründe. Deshalb sagte er schweren Herzens:

„Von mir aus also – fliegen Sie! Aber kommen Sie mir nicht ohne Rhodan zurück!"

„Meinetwegen darf er mitkommen", piepste Gecko großzügig, ging zu Melbar und klopfte ihm freundschaftlich gegen die mächtige Brust.

„Eigentlich", sagte Kalup in das Schweigen hinein, „sollten auch ein fähiger Techniker und Wissenschaftler mit von der Partie sein."

Mercant fuhr zusammen.

„Das kommt überhaupt nicht in Frage, Kalup! Sie bleiben hier!"

„Wer spricht denn von mir? Ich dachte nur an die Möglichkeit, daß ein Techniker benötigt wird. Niemand weiß, was mit der Besatzung der CREST geschehen ist, und wir sind uns doch darüber einig, daß in gewissen Situationen der Mensch nicht durch Roboter ersetzt werden kann. Der Physiker Dr. Reinhard Anficht ist genau der Mann, um Gecko und Melbar zu begleiten. Irgendwelche Einwände?"

„Anficht?" Bull sah Kalup forschend an. „Ist das der Lange mit dem Pferdegesicht? Die Franzosen hatten mal einen Filmkomiker..."

„Ja, das ist Anficht. Kennen Sie ihn?"

„Wer kennt den Langen nicht? Wenn der seine Zähne zeigt, muß man gleich an einen alten Klepper denken – so nannte man damals verbrauchte Pferde. Soll aber ein fähiger Mann sein. Noch jung, wenn ich nicht irre. Höchstens dreißig oder fünfunddreißig."

„Haben Sie etwas gegen seine Teilnahme?"

„Ich nicht", meinte Bull. „Fragt sich nur, ob er selbst nichts dagegen hat."

Wuriu Sengu, der Mutant, hatte bisher nichts gesagt. Ganz ruhig hatte er am Tisch gesessen und zugehört. Jetzt erhob er sich ein wenig schüchtern und hob die Hand, um gleich wieder in seinen Sessel zurückzusinken.

„Was ist, Sengu?" fragte Bull.

Der Japaner, untersetzt und kräftig gebaut, hatte eine relativ helle Stimme. Er wirkte immer noch schüchtern, als er sagte:

„Drei ist zwar eine hübsche Zahl, aber vielleicht wäre unter diesen Umständen die Vier günstiger. Ich möchte Melbar, Dr. Anficht und Gecko begleiten, wenn Sie nichts dagegen haben."

Bull klopfte mit der flachen Hand auf die Tischplatte.

„Wenn das so weitergeht, haben wir bald ein Spezialkommando zusammen. Will vielleicht noch jemand die Reise ins Ungewisse antreten?"

Es meldete sich niemand mehr.

Vier Tage später war es soweit. Die Beobachtungsstationen waren über ihre Aufgabe informiert. Alle Hyperortungsgeräte würden ständig besetzt sein. Die BOX-8323 stand startbereit auf dem Raumhafen von Opposite. In den vergangenen Tagen waren auch die Transitionstriebwerke des Fragmentraumers überholt worden. Er besaß nunmehr wieder eine Reichweite von knapp 600 000 Lichtjahren, etwas weniger, als man es von Posbischiffen gewohnt war. Doch der Austausch sämtlicher Triebwerke hätte Zeit gekostet, die man nicht mehr hatte.

Inzwischen waren auch die tausend Gravitationsbomben an Bord des ausgewählten Kreuzers gebracht worden, der den bedeutungsvollen Namen SIGNAL erhalten hatte.

Die Posbis brachten die Ermüdungs-Zünder an. Dann wurde der Kreuzer in dem riesigen Laderaum des Fragmentraumers untergebracht, und zwar so, daß ein einziger Befehlsimpuls genügte, ihn automatisch auszuschleusen und starten zu lassen. Alle Kursdaten waren im Navigationsgehirn gespeichert. Die SIGNAL würde, wo immer sich die BOX-8323 auch befinden würde, sofort Kurs auf die Milchstraße nehmen und so lange fliegen, wie die Antriebsaggregate aushielten.

Am Ende der Reise würde der Kreuzer detonieren, und mit ihm die tausend Gravitationsbomben.

Melbar Kasom, der von Bull zum Kommandanten der vier Freiwilligen ernannt worden war, weilte fast Tag und Nacht in dem Posbischiff, um es kennenzulernen. Das Schiff besaß schließlich einen Kubikinhalt von acht Kubikkilometern. Darin verlor sich eine Stammbesatzung von zweitausend Posbirobotern. Ganz zu schweigen von den vier Freiwilligen.

Gecko hatte es da leichter. Inzwischen teleportierte er genausogut wie sein Lehrmeister Gucky, und er war nicht weniger stolz darauf. Er sprang aus einem Teil des Raumers in den anderen und prägte sich die Entfernungen ein, um im Notfall keinen Fehlsprung zu riskieren. Manchmal nahm er auch Wuriu oder Melbar mit.

Dr. Reinhard Anficht trug seinen Namen zu recht. Nichts konnte ihn anfechten, nicht einmal die gelegentlichen Scherze des Mausbibers, der sich immer wieder darüber wunderte, daß ein Mensch so lang und dürr sein konnte. Äußerlich phlegmatisch kontrollierte er immer wieder die verladenen Ersatzteile für die CREST, notierte sich alles fein säuberlich in sein umfangreiches Notizbuch und überprüfte die Listen mehrfach. Nichts konnte ihn dabei aus der Ruhe bringen. Wie gesagt, nicht einmal Gecko.

Am 28. August des Jahres zweitausendvierhundert Terrazeit meldete P-1 den Fragmentraumer startbereit. Alle Roboter waren auf dem Landefeld angetreten. Am rechten Flügel standen die vier Freiwilligen.

Julian Tifflor, Mercant und Bull nahmen die Meldung entgegen.

Tifflor hielt eine kurze Ansprache, wünschte der Besatzung der BOX-8323 viel Glück und Erfolg und eine baldige Rückkehr mit den Vermißten.

P-1 erwiderte, daß sie niemals ohne Perry Rhodan und seine Gefährten zurückkehren würden.

Die Roboter marschierten über den breiten Laufsteg in die Hauptluke des Fragmentraumers. Melbar, Dr. Anficht, Wuriu und Gecko verabschiedeten sich von ihren Freunden und folgten den Robotern.

Dann schloß sich hinter ihnen die Luke.

„Feierabend", knurrte Melbar sarkastisch. „Von jetzt an hat die ganze Sache nicht mehr viel mit Mut oder Verstand zu tun, sondern nur noch mit Glück."

„Die Dummen haben immer Glück", dozierte Dr. Anficht und

versuchte, würdevoll auszusehen. „Betrachten wir die Sache einmal vom psychologischen Standpunkt, dann habe ich es besser als Sie, einschließlich unserem kleinen Gecko."

„Verstehe ich nicht, Doktor. Wie meinen Sie das?"

„Sengu ist unsterblich, denn er hat einen Zellaktivator. Wie alt ein Mausbiber wird, weiß kein Mensch. Allmählich verbreitet sich sogar die Auffassung, daß sie mindestens tausend Jahre alt werden. Auch ein Ertruser hat ein langes Leben. Ich hingegen bin ein ganz gewöhnlicher Sterblicher. Kurzum: der Tod ist für mich mit weniger Schrecken verbunden als für Sie. Darum habe ich es besser."

Gecko gab einen gequälten Laut von sich. Mit einigen Schritten Abstand watschelte er hinter den drei Männern her.

„Mann, das ist vielleicht eine Philosophie!" beschwerte er sich.

Ein Posbi begegnete ihnen. Der Korridor war breit genug, trotzdem trat er höflich beiseite und ließ sie passieren. Da er keinen Symboltransformer trug, begannen sie kein Gespräch mit ihm. Nicht alle Posbis trugen ein Übersetzergerät.

„Ich ziehe es jetzt vor", sagte Wuriu, der Späher, „einige Stunden zu schlafen. Den Augenblick des Eindringens in den Sonnentransmitter möchte ich nicht versäumen."

„Da werden Sie Pech haben", verriet ihm Melbar. Er blieb plötzlich stehen. „O je, fast hätte ich vergessen, Ihnen das zu sagen. Wir werden die zu erwartende Transition nicht miterleben, so leid mir das auch tut. Wir erhalten vor Erreichen des Sonnensechsecks von medizinischen Posbi-Robotern eine sogenannte Unterkühlnarkose. Unsere Körperzellen werden dadurch erstarren und gegen jeden Schock unempfindlich sein. Die Galaktischen Mediziner, die Aras, haben dazu geraten. So werden wir die Transition auf jeden Fall überstehen und sofort wieder erwachen, wenn wir am Zielort rematerialisieren."

Wuriu und Dr. Anficht machten bedenkliche Gesichter.

„Bewußtlos ins Unbekannte?" Der Techniker dehnte die Worte mehr als üblich. „Das gefällt mir aber ganz und gar nicht."

„Mir auch nicht", gab Melbar zu. „Aber wir haben keine andere Wahl, wenn wir jeden Sicherheitsfaktor einbeziehen wollen."

„Verschlafen wir eben das große Abenteuer", meckerte Gecko patzig. „Meine glorreiche Idee war es ja nicht, auf Eis gelegt zu werden."

Sie gingen weiter.

Wuriu und Dr. Anficht begaben sich in ihre gemeinsame Kabine.

Gecko hatte sich einen separaten Raum ausgebeten und ihn auch erhalten. Mit einer lässigen Ehrenbezeigung verabschiedete er sich von Melbar und verschwand.

Melbar ging bis zur Kommandozentrale des Fragmentschiffes.

Sie war genauso gewaltig und überdimensional gestaltet wie das ganze Schiff. Ein riesiger, fast quadratischer Raum nahm alle Kommandoeinrichtungen und die vier Plasmagehirne auf. Mindestens dreißig Roboter bewegten sich lautlos und mit fast traumwandlerischer Sicherheit hin und her. Auf rechteckigen Bildschirmen war die Umgebung des Fragmentraumers in plastischer Deutlichkeit zu erkennen. Die Vielzahl der Instrumente und Kontrollanlagen wirkte verwirrend. Es sah alles so ganz anders aus als in einem terranischen Schiff. Selbst die Zentralen der gigantischen Kugelraumer der Imperiumsklasse wirkten klein gegen das hier.

Einer der Roboter kam zu ihm. Es war P-1, wie an einem kleinen Abzeichen auf seiner Brust zu erkennen war.

„Sie möchten dem Start beiwohnen? Nehmen Sie bitte dort Platz, obwohl Sie kaum etwas spüren werden. Unsere Antigravfelder arbeiten fehlerfrei."

„Danke."

Melbar setzte sich in den breiten und bequemen Sessel, der unmittelbar vor einer Reihe von Bildschirmen halb im Boden eingelassen war.

Auf einem der Schirme sah Melbar die Stadt Hondro. Sie dehnte sich weit in die Savanne nach Norden aus. Darüber spannte sich der zartgrüne Himmel von Opposite.

Plötzlich sackten die Stadt, der Raumhafen, die Gebäude und die zahlreichen Schiffe auf dem Landefeld einfach nach unten weg, und nur der Himmel blieb. Er verfärbte sich zusehends und wurde schließlich dunkelviolett und schwarz. Die Sterne leuchteten auf.

Der Fragmentraumer war im All.

Melbar hatte wirklich nichts gespürt, und ihm schien, als säße er im Vorführungsraum eines Kinos und sähe einen Videofilm.

Auf anderen Bildschirmen rundete sich Opposite zum Planeten, wurde rasend schnell kleiner und verwandelte sich schließlich in einen grünlich schimmernden Stern, der bald darauf von der seitlich ins Bild kommenden Sonne verschluckt wurde.

P-1 verließ den Kontrollstand und kehrte zu Melbar zurück.

„Wir werden knapp zwanzig Stunden Terrazeit benötigen, um die befohlene Position zu erreichen. Vorerst warten wir auf das Flottenaufgebot, das uns begleiten soll. Da wir zusammenbleiben werden, kann die Flugzeit nicht weiter verkürzt werden."

Melbar nickte langsam. In seiner Ungeduld hatte er die Begleitschiffe fast vergessen. Bull hatte darauf bestanden. Er wollte sichergehen, daß der Entmaterialisierungsvorgang im Sonnentransmitter genau beobachtet und aufgezeichnet wurde.

Er stand auf.

„Gut, P-1. Sei bitte so freundlich und lasse mich wecken, wenn wir noch fünf Stunden vom Ziel entfernt sind. Darf ich dir sagen, daß ich mich noch nie in einem Raumschiff so sicher gefühlt habe wie in diesem?"

P-1 deutete eine leichte Verbeugung an. Er war um etwa dreißig Zentimeter größer als Melbar, der auf der Erde als Riese galt.

„Danke."

Melbar verließ die Zentrale und wanderte durch die Korridore und Antigravschächte. Er ließ sich Zeit.

Noch versäumte er nichts.

Als Oberst Melbar Kasom erwachte, wußte er im ersten Augenblick nicht, wo er sich befand. Die Umgebung war fremdartig und neu. Dann entsann er sich, daß er an Bord eines Posbi-Fragmentraumers war.

Das Summzeichen wiederholte sich, bis er aufstand und den Knopf des Interkoms neben der Tür eindrückte. Sofort leuchtete der darüber angebrachte Bildschirm auf. Das Gesicht eines Roboters erschien darauf.

„Sir, wir werden den Sonnentransmitter in fünf Stunden erreichen. Der Kommandant erwartet Sie in der Zentrale."

„Ich komme", sagte Melbar und drückte erneut auf den Knopf.

Der Schirm wurde dunkel.

Melbar zog sich an, nachdem er sich in der provisorisch eingerichteten Badekabine geduscht hatte. Dann weckte er Dr. Anficht und Wuriu Sengu.

„Ich will mir den Anblick des Sonnensechsecks nicht entgehen lassen. Außerdem werden die medizinischen Posbis bald mit ihren Vorbereitungen beginnen wollen. Ganz wohl ist mir ja nicht dabei, wenn ich ehrlich sein soll."

„Uns auch nicht", knurrte Dr. Anficht verdrossen.

Wenige Minuten später materialisierte Gecko, der einfach von seiner Kabine aus teleportiert war.

„Wollt ihr mich nicht mitnehmen?" erkundigte er sich hoheitsvoll.

„Wir hätten dich schon abgeholt, Kleiner." Melbar bückte sich und konnte gerade den Kopf des Mausbibers streicheln. „Was wären wir ohne dich?"

„Eben!" sagte Gecko und nickte befriedigt.

In der Zentrale erwartete sie P-1.

„Die Stunde der Entscheidung rückt näher", sagte er. „Sehen Sie dort auf dem Bildschirm – der Sonnentransmitter!"

Im ersten Augenblick war nicht viel zu erkennen. In der Nähe des Zentrums der Milchstraße standen die Sterne dichter als an jeder anderen Stelle. Konstellationen waren kaum noch zu unterscheiden. Sie verschoben sich bereits bei einer Standortänderung von wenigen Lichtstunden.

Doch dann, ganz allmählich, konnte Melbar sechs gleichartige Sonnen unterscheiden, die auf einer Ebene standen und der sich die BOX-8323 schräg von oben näherte. Es waren blaue Riesen. Ihre symmetrische Stellung war wegen der großen Nähe nicht mehr zu erkennen. Dazwischen funkelten andere Sonnen, aber sie waren weit entfernt.

Der Fragmentraumer flog genau auf den Mittelpunkt des Sechsecks zu.

Die Entfernung zur heimatlichen Erde betrug an dieser Stelle genau fünfzigtausendachthundertsechzehn Lichtjahre.

Auf den anderen Bildschirmen waren die Begleitschiffe zu erkennen. Wie vereinbart sammelten sie sich und blieben allmählich zurück. Sie hatten den Auftrag, das Verschwinden des Fragmentraumers zu beobachten und Bildaufzeichnungen aus verschiedenen Winkeln zu machen. Der Funkverkehr war durch die energetischen Ausstrahlungen der sechs Sonnen und deren Gravitationsstürme unterbrochen worden. Auch die hyperenergetischen Ortungstaster versagten.

„In der Galaxis ein einmaliges Phänomen", sagte P-1.

„Ein künstlich hergestelltes dazu", erwiderte Melbar. „Ich fürchte, uns stehen noch einige Überraschungen bevor, P-1."

„Damit müssen wir rechnen." Der Roboter ging zu den Plasmagehirnen und drückte einige Tasten der metallischen Verschalung.

„In drei Stunden werden nicht nur Sie in einen Unterkühlungszustand versetzt, auch der Plasmakommandant und alle anderen Plasmazusätze werden durch Paralysierung mit Narkosestrahlen in einen künstlichen Tiefschlaf versinken. Erst nach der Rematerialisierung wird die Paralyse wieder aufgehoben. Dadurch sollte gewährleistet sein, daß das hochempfindliche Plasma die bevorstehende Transmission heil übersteht. Zwar verfügen wir über Absorber zum Schutz des Plasmas vor Entzerrungsschmerzen, aber angesichts der unbekannten zurückzulegenden Entfernung müssen wir zusätzlich zu diesem Mittel greifen."

Die Terraner und Gecko wußten, daß das Posbischiff auch ohne Plasmakontrolle durch die rein mechanische Inpotronik funktionsfähig bleiben würde.

Die folgenden drei Stunden vergingen quälend langsam. Die sechs Sonnen waren nur auf dem Rundschirm zu erkennen. Da sie alle voneinander einen Abstand von fünf Lichtstunden hatten, waren sie unmöglich mit einem Blick zu übersehen. Von einer Konstellation konnte keine Rede mehr sein.

Dann wurden Melbar und seine drei Begleiter gebeten, sich in ihre Kabinen zu begeben.

Es war soweit.

Die BOX-8323 fiel mit ständig wachsender Geschwindigkeit unaufhaltsam dem Mittelpunkt des Sonnensechsecks entgegen.

Die Medoroboter kamen. Sie trafen die letzten Vorbereitungen, das Leben ihrer Passagiere vor dem zu erwartenden Transitionsschock zu schützen.

Als der unsichtbare Gravitationsmittelpunkt der sechs Sonnen nur noch wenige Lichtminuten entfernt war, begannen die Körperzellen der drei Männer und des Mausbibers zu erstarren.

Der Fragmentraumer raste mit seiner Besatzung von zweitausend Robotern, deren Plasmazusätze narkotisiert waren, und vier klinisch toten Lebewesen mitten in die Energieballung des Sonnentransmitters hinein.

Die beobachtende Raumflotte registrierte einen grellen Blitz, dann eine fürchterliche Strukturerschütterung.

Und dann nichts mehr.

Die BOX-8323 war spurlos verschwunden.

10.

Neunhunderttausend Lichtjahre von der Milchstraße entfernt kreiste die CREST II antriebslos und scheinbar ohne Besatzung um den gemeinsamen Schwerpunkt der beiden Sonnen des Twin-Systems. Ein Geisterschiff, das kein aktives Leben mehr beherbergte. Das Fehlen von Wasser hatte in den letzten fünf Tagen die Besatzungsmitglieder in die Bewußtlosigkeit getrieben. Die trockene Luft tat ein übriges.

Nur einer war noch wach: der Haluter Icho Tolot.

Aufopfernd kümmerte er sich um die Menschen, ohne ihnen helfen zu können. Vor einigen Stunden war der auf Epsal geborene Kommandant, Cart Rudo, als letzter ausgefallen. Seitdem war der Haluter allein.

Zum wiederholten Male begab er sich in Rhodans Kabine, um nach dem Zustand des Terraners und seiner Frau zu sehen.

Perry Rhodan und Mory lagen besinnungslos auf einem breiten Bett.

Der unbeholfen wirkende Haluter näherte sich ihnen und kniete neben dem Bett nieder. Zärtlich fast sah er in die beiden Gesichter, dann begann er, die heiße Stirn der Schlafenden leicht zu massieren.

Rhodan schlug nach einiger Zeit die Augen auf. Es dauerte fast zehn Sekunden, ehe er Tolot erkannte. Ein flüchtiges Lächeln glitt über seine Züge, dann drehte er mühsam den Kopf und warf einen Blick auf Mory.

Mory Rhodan-Abro war noch blasser als sonst. Ihr rotes Haar stach gegen die weiße Haut ab und bildete einen verführerischen Kontrast. Langausgestreckt lag sie auf dem Bett. Ihr Atem ging langsam und flach.

„Sie lebt", sagte Tolot leise. „Ruhig, Sie müssen liegenbleiben, Rhodan. Jede Bewegung kostet Energie. Sie müssen damit sparen." Er lächelte wissend. „Ich kenne doch die Terraner. Ich kenne sie seit tausend Jahren."

„Was ist mit den anderen?"

Rhodans Stimme war brüchig und heiser. Seit fünf Tagen war kein

Tropfen Flüssigkeit mehr über seine Lippen gekommen, wenn man von den dürftigen Regenerierungsversuchen absah, die vom Labor aus unternommen worden waren.

„Sie schlafen alle, ohne Ausnahme. Den Mutanten geht es besonders schlecht. Ihr Metabolismus ist schwächer als der Ihre. Gucky ist schon seit zwei Tagen ohne Bewußtsein."

Rhodan schloß die Augen.

„Besteht Aussicht auf Rettung?"

„Die Wahrscheinlichkeit spricht dafür, Rhodan. Das Verschwinden der CREST wurde beobachtet. Man wird sich Gedanken machen. Die Terraner besitzen das leistungsfähigste Positronengehirn der Galaxis. Mit den vorhandenen Daten wird es feststellen, daß wir in einem gigantischen Materietransmitter verschwanden. Ich bin davon überzeugt, daß NATHAN vorschlagen wird, ein zweites Schiff in den Transmitter zu schicken. Es müßte dann hier auftauchen."

Rhodan öffnete die Augen und sah Tolot an.

„Vielleicht haben Sie recht, Tolot. Aber wenn uns jemand helfen will, dann muß er es bald tun. In zwei Tagen ist es zu spät."

„Wir können nur warten."

„Warten..." Rhodan hatte die Augen wieder geschlossen. Seine Lippen waren spröde und ausgetrocknet. „Immer nur warten. Kümmern Sie sich um Mory, Tolot. Sie ist schwächer als ich. Versprechen Sie, daß Sie sich um sie kümmern, solange... solange es notwendig ist."

„Ein Versprechen ist unnötig, weil es selbstverständlich ist. Und nun schlafen Sie, Rhodan. Schalten Sie ab und ruhen Sie sich aus. Die Hilfe muß bald eintreffen. Ich weiß es bestimmt."

Er wartete, bis Rhodans Atem wieder ruhiger ging und er eingeschlafen war. Dann stand er auf, verließ die Kabine und schloß hinter sich leise die Tür.

Er setzte seinen sinnlosen Rundgang fort.

Der Mausbiber Gucky rührte sich nicht. Verkrampft lag er auf dem Bett seiner Kabine. Die Beine waren angezogen, und das Gesicht ruhte in den verschränkten Armen.

Tolot beugte sich zu ihm herab und lauschte mit aufgeklappten Ohren.

Der Herzschlag war noch zu hören, wenn auch sehr schwach. Noch lebte Gucky, aber es konnte nicht mehr lange dauern, bis der geschwächte Organismus den Kampf gegen den Tod verlor.

Tolot ging weiter und gelangte nach einer Stunde schließlich in die Kommandozentrale der CREST.

Der gewaltige Steuerraum war leer und verlassen. Niemand saß in den Sesseln vor den Kontrollen. Trotzdem glühten alle Bildschirme, und die automatischen Korrekturanlagen summten ihr ewiges Lied. Ein dichter Energieschirm umgab schützend das Schiff. Niemand konnte ihm etwas anhaben. Die Orterschirme waren in Betrieb, ebenso die Strukturtaster.

Tolot ließ sich im Sitz des Kommandanten nieder. Hier saß sonst der riesige Epsaler, Oberst Cart Rudo. Trotzdem war der Sessel eng und für den Haluter viel zu klein.

Er betrachtete die Bildschirme.

Da waren die beiden gelben Sonnen, die Twins, Zwillinge. Einige der Planeten waren ebenfalls sichtbar. Sie lagen alle unter hellgrünen Energieschirmen, durch die nur wenig von der eigentlichen Oberfläche zu erkennen war.

Sonst war der Raum leer.

Kein einziger Stern leuchtete, nur die verwaschenen Flecke ferner Galaxien verursachten Lichteindrücke auf den Schirmen. Die CREST stand inmitten des großen Nichts, inmitten des gefürchteten Abgrundes, der die Milchstraßen voneinander trennte.

Tolots Plangehirn arbeitete.

Er hatte Rhodan nicht angelogen. Er war fest davon überzeugt, daß die Hilfe bereits unterwegs war. Jeder logisch denkende Verstand mußte zu diesem Schluß kommen, wenn er die Terraner kannte. Wenn es so lange dauerte, dann nur darum, weil man nicht übereilt und unüberlegt handelte, sondern alle Fakten einkalkulierte. Man war demnach entschlossen, nur einen einzigen Versuch zu wagen, und der sollte hundertprozentig gelingen.

Ein Summen unterbrach Tolots Gedankengänge.

Er hatte in den vergangenen Tagen Gelegenheit genug gehabt, die Kontrollanlagen der CREST zu studieren, um sie notfalls bedienen zu können.

Der Strukturtaster hatte angeschlagen.

Etwas war aus dem fünfdimensionalen Raum in das Einsteinuniversum zurückgekehrt. Eine normale Transition oder eine Rematerialisation.

Tolot ließ die Bildschirme nicht aus den Augen. Auf einem der Orterschirme zeichneten sich die Konturen einer unregelmäßig geformten Masse ab, die mit annähernd Lichtgeschwindigkeit aus den beiden Sonnen herausstieß und dabei langsamer wurde. Dann änderte sie den Kurs und flog so, daß sie die Bahn der sieben Planeten kreuzen mußte.

Die Masse sah nicht wie ein Schiff aus.

Tolot erhob sich und verließ die Kommandozentrale.

Er eilte durch die Korridore, ließ sich in die Antigravlifte fallen und erreichte endlich sein Ziel.

Er betrat die Kabine und ließ sich vor dem Bett nieder.

Dann begann er damit, Gucky aus seinem tiefen Schlaf zu wecken.

Wie ein glühendes Phantom rematerialisierte die BOX-8323 in den frühen Morgenstunden des 29. August 2400 zwischen den Ballungsfeldern der gelben Sonnen den Twin-Systems.

Die Posbis spürten nichts von dem ungeheuren Transitionsschock, der diese Materialisation begleitete. Sie sahen nur auf den Bildschirmen, wie das Sonnensechseck verschwand und statt dessen eine neue Umwelt auftauchte. Kurz darauf erwachten der Plasmakommandant und alle Plasmazusätze aus der Paralyse. Der Kurs des Fragmentraumers führte auf eine der beiden Sonnen zu.

Er wurde schnell geändert und die Geschwindigkeit verlangsamt.

Dann erst begannen die Navigationsgehirne die Position festzustellen.

Sie ermittelten, daß sich die BOX-8323 etwa neunhunderttausend Lichtjahre vom Rand der Galaxis entfernt im intergalaktischen Raum befand. Rasch durchgeführte Vergleichsberechnungen ergaben, daß sie an einer Position herausgekommen war, die um etwa 25 Grad von einer gedachten direkten Linie zwischen der Milchstraße und Andromeda seitlich versetzt lag. Auf der anderen Seite dieser Linie, etwa um 45 Grad von der direkten Achse versetzt, befand sich die Hundertsonnenwelt mit ihren Stützpunkten. Das bedeutete, daß die Hundertsonnenwelt fast so weit fort war wie die Galaxis – und eine Rückkehr aus eigener Kraft nicht möglich.

Als Melbar Kasom erwachte, war ihm, als habe er nur eine Minute geschlafen. In Wirklichkeit hatte er fast eine volle Stunde in Narkose gelegen. Seine Kräfte kehrten schnell zurück. Er eilte in die Kabine von Dr. Anficht und Sengu. Die beiden Männer erhoben sich gerade von ihren Betten. Lautlos verschwanden die Medo-Robots der Posbis.

Fünf Minuten später war auch Gecko wach.

Die vier begaben sich in die Kommandozentrale und wurden informiert.

P-1 machte ihnen Platz. Dabei ließ er den mächtigen Frontalbildschirm nicht aus den Augen.

„Zwei Sonnen mit sieben Planeten, ein künstlich hergestelltes System. Die Empfangsstation für den Sonnentransmitter. Wenn die CREST den gleichen Weg nahm wie wir, muß sie in der Nähe sein. Die Ortergeräte laufen auf Hochtouren. Es kann nicht mehr lange dauern, bis wir das vermißte Schiff gefunden haben."

„Wenn es noch hier ist", meinte Kasom zweifelnd.

„Falls nicht, werden wir eine Spur finden und sie verfolgen. Wir haben den ersten Schritt getan und das Experiment wiederholt. Alles weitere wird sich finden."

Kasom gab keine Antwort. Er sah auf die Bildschirme, als könne er dort die CREST finden. Natürlich fand er sie nicht. Dabei war sie kaum zwanzig Millionen Kilometer entfernt.

Die gelben Sonnen waren zurückgeblieben. Der Fragmentraumer flog in der Umlaufebene der sieben Planeten und näherte sich deren Kreisbahn. Er durchstieß sie schließlich und paßte seine Geschwindigkeit den Gravitationsgesetzen des Systems an.

Gecko, der bisher still und abwartend in einer Ecke der Zentrale gestanden hatte, trat plötzlich an Kasom heran. Er griff nach der herabhängenden Hand des Ertrusers und war froh, sie erreichen zu können. Der USO-Agent bückte sich.

„Ist was, Kleiner?"

„Impulse! Gedankenimpulse. Sie stammen weder von dir noch von Sengu oder dem Doktor. Entschuldige mich, ich muß in meine Kabine. Komm nach."

Er entmaterialisierte.

Dr. Anficht starrte auf die Stelle, an der Gecko gestanden hatte.

„O sprich, was ficht ihn an?" erkundigte er sich trocken.

„Gecko hat Gedankenimpulse aufgefangen. Er wollte in seine Kabine, um sich besser konzentrieren zu können. Wenn die Impulse nicht von uns stammen, dann nur von der CREST. Ich glaube, wir haben es geschafft."

„Abwarten", knurrte Sengu skeptisch. „Hat er nicht gesagt, wir sollen nachkommen?"

„Das hat Zeit. Wenn der Mausbiber wirklich Kontakt mit der

CREST erhält, wissen wir es ein paar Sekunden später. Wozu ist er Teleporter?"

Ehe jemand darauf etwas erwidern konnte, entstanden die typischen Luftwirbel einer Rematerialisation. Gecko schälte sich aus dem Nichts und fuchtelte erregt mit beiden Armen.

„Gucky, ich habe ganz schwach Verbindung mit Gucky gehabt. Er hat mir nicht geantwortet, aber er scheint krank zu sein, oder fast tot. Die Impulse waren nur undeutlich und sehr schwach. Wir müssen sofort etwas unternehmen. Die Ortung, Melbar! Ich kann die Richtung ungefähr angeben, nicht aber die Entfernung. Vergleiche meine Ortung mit den Ortungsinstrumenten des Schiffes. So müßten wir die CREST doch finden...!"

P-1 hatte zugehört. Er ging zu den Kontrollgeräten auf der rechten Seite und stellte sie neu ein. Das Blickfeld der Bildschirme vergrößerte sich, und die Winkel wurden verschoben.

Dann kam endlich das erste Echo.

Es zeichnete eine Kugel auf den Orter.

Die sofort errechneten Maße ergaben, daß die Kugel einen Durchmesser von anderthalb Kilometer hatte.

Die BOX-8323 hatte die CREST gefunden.

Das vorausbestimmte Programm lief sofort an.

Zuerst wurde der Spezialkreuzer SIGNAL ausgeschleust. Melbar Kasom und Dr. Anficht unternahmen das schwierige Manöver mit einigen Posbis. Die weiten Hangarluken öffneten sich und gaben den Weg frei. Der automatische Antrieb der SIGNAL sprang an. Das Schiff hob sich schwerelos vom Metallboden ab und glitt langsam aus der riesigen Luke. Draußen im Raum orientierte es sich.

Dann raste der Kreuzer los.

Er war in wenigen Sekunden verschwunden und verlor sich in der unendlichen Weite des intergalaktischen Raumes. Minuten später würde er im Linearraum untertauchen. Alle dreißigtausend Lichtjahre kam er für eine gewisse Zeit ins normale Universum zurück, um die überlasteten Triebwerke auskühlen zu lassen.

Er würde der Milchstraße entgegenrasen, bis die Maschinen und alles Material verbraucht waren.

Dann würde er mit seinen tausend Gravitationsbomben explodieren und eine gewaltige Schockwellenfront auslösen, die von den terranischen Beobachtungsstationen am Rand der Galaxis angemessen werden mußte.

Wenn alles programmgemäß klappte.

Inzwischen flog die BOX-8323 auf die geortete CREST zu.

Gecko erhielt endlich einen schwachen, gegenseitigen Kontakt mit Gucky.

„Wir sind auf dem Weg, Gucky. Nicht mehr lange, und wir sind bei euch. Was ist passiert?"

Guckys Gedankenimpulse waren schwach und schlecht zu verstehen. „Kein Wasser! Bringt Wasser!"

Gecko berichtete Kasom davon. Der Agent schüttelte den Kopf.

„Wasser? Das verstehe ich nicht. Was meint Gucky damit? Auf der CREST muß soviel Wasser sein, daß zweitausend Mann darin baden können."

Auf den Bildschirmen erschien das solare Flaggschiff. Rein äußerlich schien es in Ordnung zu sein. Sogar der Energieschirm war vorhanden, wie ein Spezialreflektorschirm verriet. P-1 hielt den Fragmentraumer an. Er war nun genauso schnell wie die CREST. Beide Schiffe trennte nur noch ein Abstand von wenigen Kilometern.

„Ehe wir etwas unternehmen, muß der Schutzschirm ausgeschaltet werden." P-1 deutete auf die Funkeinrichtung. „Wollen Sie versuchen, Kontakt mit dem Kommandanten zu erhalten?"

Kasom nickte.

Er meldete sich dreimal und schaltete dann auf Empfang. Wenn drüben die Bildschirme eingeschaltet waren, mußte man den Fragmenter deutlich darauf erkennen.

Im Empfänger waren nur schwache Störgeräusche.

Dann meldete sich eine Stimme. Sie war dröhnend und überlaut. Kasom schaltete schnell leiser, damit er die Worte verstehen konnte.

„... CREST. Terranisches Flaggschiff CREST. Ich verstehe Sie gut."

„Spricht dort der Kommandant Oberst Rudo?"

„Nein, hier ist Icho Tolot, der Haluter. Es hat sich eine Katastrophe ereignet."

„Was ist mit Rhodan? Unser Mausbiber hatte kurzen telepathischen Kontakt mit Gucky. Ihnen fehlt Trinkwasser?"

„Rhodan ist sehr erschöpft, auch seine Frau. Wir haben seit fünf Tagen keinen Tropfen Wasser. Bringen Sie uns Wasser, so schnell wie möglich. Schicken Sie ärztliche Hilfe. Wie haben Sie uns gefunden?"

„Ich erkläre Ihnen alles später. Schalten Sie den Energieschirm ab, damit wir Boote schicken können. Ich komme selbst zu Ihnen."

„In Ordnung. Aber machen Sie schnell!"

Kasom schaltete das Funkgerät ab. Neben ihm stand Gecko.

„Ich springe 'rüber", sagte er mit seiner dünnen Stimme, die aber jetzt sehr entschlossen klang. „Sobald der Energieschirm ausgeschaltet ist, springe ich. Soll ich Wasser mitnehmen?"

„Wäre gut. Wenigstens soviel, daß Gucky sich erholt. Und Mory."

Mory war natürlich Kasoms erste Sorge, denn er war für ihre Sicherheit verantwortlich. Er sah auf die Bildschirme.

„Der Haluter hat den Energieschutzschirm abgeschaltet, Gecko."

Aber der Mausbiber war schon verschwunden. Er war in die Vorratsräume des Fragmentraumers teleportiert und ließ sich dort einen Behälter mit frischem Trinkwasser aushändigen. Mit beiden Händen hielt er ihn fest, dann sprang er in die Zentrale zurück, um die CREST auf Sicht anpeilen zu können.

Dann teleportierte er.

Er materialisierte genau im Zentrum des Flaggschiffes, mitten in der Kommandozentrale. Der Riese Icho Tolot erwartete ihn bereits. Er nahm ihm den Wasserkanister ab, aber er hatte nicht mit Geckos Entschlossenheit gerechnet. Mit einem Ruck wechselte der Kanister erneut seinen Besitzer.

„Wo ist Gucky? Das Wasser ist für ihn."

„Aber Rhodan..."

„Die Mutanten sind schwächer. Besonders Gucky. Ich weiß selbst, wie lange ein Mausbiber ohne Wasser existieren kann. Die Grenze ist bereits überschritten. Wo finde ich ihn?"

Tolot erklärte ihm die Lage der Kabinen.

„Gut. Ich kümmere mich um Gucky, Rhodan, Mory und Atlan. Sorgen Sie dafür, daß die eintreffenden Hilfsboote des Fragmentraumers eingeschleust werden. Sie bringen Wasser, Medikamente und Medo-Roboter."

Ehe der Haluter antworten konnte, war Gecko verschwunden.

Tolot schüttelte den Kopf, während er die Kontrollen bediente, mit denen sich die Luken der riesigen Hangars öffnen ließen.

Gecko fand Gucky auf Anhieb.

Da lag nun sein großes Vorbild, zu Tode erschöpft und zu schwach, sich aufzurichten. Mit weit geöffneten Augen sah er ihm entgegen.

„Ihr habt es also doch geschafft...?"

„Glaubtest du, wir ließen euch im Stich?" Gecko machte eine großartige Geste und füllte einen Becher mit Wasser. „Bitte trink vorsichtig. Wir haben genug davon, aber dein ausgetrockneter Körper muß sich langsam wieder an die Feuchtigkeit gewöhnen. Gleich kommen die Posbis mit ihren Medikamenten."

„Kümmere dich um Rhodan, Gecko."

„Bin gleich wieder da."

Der Mausbiber entmaterialisierte. Er versorgte auch Rhodan und seine Frau mit einer ersten Erfrischung, sprang von einer Kabine in die andere und war unermüdlich tätig, bis die ersten Medo-Robots ihre Tätigkeit aufnahmen.

Fünf Stunden später war die Besatzung der CREST wieder auf den Beinen.

Die Posbis hatten ganze Arbeit geleistet. Die Wasservorräte der CREST II waren wieder gefüllt und der Lebensmittelvorrat sowie die Medikamentenbestände erneuert. Nichts deutete nun noch darauf hin, daß das Flaggschiff noch vor Stunden ein Geisterschiff gewesen war. Während die Besatzungsmitglieder nach und nach an ihre Plätze zurückkehrten, begannen die Posbis damit, die umfangreiche Ausrüstung sowie die verschiedenen Ersatzteile in die CREST umzuladen.

Als Rhodan mit Atlan die Kommandozentrale betrat, stellte er fest, daß Icho Tolot neben Oberst Cart Rudo vor den Kontrollen stand. Im Hintergrund unterhielt sich Gucky leise mit einem Mausbiber, der ihm zum Verwechseln ähnlich sah. Das mußte Gecko sein.

Rhodan ging zu ihnen.

„Danke, Gecko. Du hast uns einen großen Dienst erwiesen. Gucky teilte mir mit, daß du uns geortet und erste Hilfe gebracht hast."

„War doch selbstverständlich", piepste Gecko gerührt. „Jeder andere hätte an meiner Stelle auch nicht anders gehandelt."

„Die Antwort habe ich erwartet." Rhodan beugte sich zu ihm hinab und streichelte ihn. „Trotzdem danke ich dir."

Er kehrte zu den anderen zurück.

Auf den Bildschirmen waren die beiden Sonnen kleiner geworden. Die sieben Planeten waren nur noch winzige Lichtpunkte, die an einem normalen Sternhimmel kaum noch aufgefallen wären. Hier, in der großen Leere, fand man sie mit einem Blick.

Die CREST entfernte sich immer mehr von dem gefährlichen Twin-System und flog in den interkosmischen Raum hinaus.

Rhodan blickte zu Icho Tolot, als erwartete er sich von diesem einen Vorschlag, was nun als nächstes zu tun sei.

Der Haluter kam der unausgesprochenen Aufforderung nach und

sagte: „Nach allem, was wir bisher wissen, ist das Twin-System eine tödliche Falle für jeden, der hier ungebeten erscheint. Weiter sind wir uns darüber einig, daß eine Rückkehr in die Milchstraße nur über den Sonnentransmitter möglich ist."

„Richtig", nickte Rhodan. „Dazu müßten wir aber erst die Schaltstation finden, die den Transmitter steuert, und ihn auf die Galaxis umpolen."

„Ich weiß", erwiderte Tolot. „Und diese Justierungsstation kann sich nur auf einem der sieben Planeten befinden. Die Frage ist nur, auf welchem? Septim dürfte ausscheiden, die anderen sechs sind durch Schutzschirme gesichert, deren Überwindung bestimmt nicht einfach ist."

„Es käme auf einen Versuch an."

Tolot schüttelte den Kopf.

„Sie wollen doch die CREST nicht noch einmal aufs Spiel setzen?"

Rhodan nickte langsam.

„Sie haben recht, Tolot. Wir werden vorsichtig sein. Welchen Planeten schlagen Sie vor?"

Tolot überlegte keine Sekunde.

„Wir nehmen den zweitgrößten Planeten, Sexta."

„Sexta?" Rhodan sah seine Getreuen der Reihe nach an. „Sexta hat ebenfalls einen mittleren Sonnenabstand von achtzig Millionen Kilometern, rotiert in dreißig Stunden um seine vertikal ausgerichtete Polachse und ist von einem hellgrünen Schutzschirm umgeben. Vielleicht ist auf ihm wirklich das zu finden, was wir suchen."

„Die Schutzschirme sind im Gegensatz zu früher durchsichtig", warf Cart Rudo ein. „Wenn der Augenschein nicht trügt, handelt es sich bei Sexta um einen alten Planeten, auf dem jedoch Wasser vorhanden ist. Die Schwerkraft beträgt nahezu zwei Gravos. Mehr ist vorerst nicht festzustellen."

„Energieabstrahlung?"

„Vorhanden, aber es ist nicht sicher, ob sie nur dem Aufbau des Energieschirms gilt, oder noch weitere Funktionen erfüllt."

„Also ist eine Station vorhanden." Rhodan nickte vor sich hin. Dann sah er Tolot an. „Sie sind dafür, eine Landung auf Sexta zu versuchen?"

„Ja. Wir haben keine andere Wahl. Eine Rückkehr zur Milchstraße ist nur mit Hilfe des umgepolten Sonnentransmitters möglich. Wir müssen ihn finden. Und umpolen."

Inzwischen waren Oberst Melbar Kasom, Dr. Anficht und Wuriu Sengu ebenfalls an Bord der CREST gekommen. Der Fragmentraumer stand in Funkverbindung mit dem Flaggschiff.

Oberst Rudo unterrichtete P-1 von dem Plan Rhodans. Der Posbi gab zur Antwort:

„Wir haben unsere wichtigste Aufgabe erfüllt. Sämtliche Ersatzteile und Ausrüstungsgegenstände sind bereits umgeladen. Wir ziehen uns nun in den Hintergrund zurück, sozusagen als Ihre Rückendeckung. Sind Sie damit einverstanden?"

Rhodan war es. Nachdem er die Verbindung zur BOX-8323 unterbrochen hatte, wandte er sich an Oberst Rudo.

„Geben Sie Anweisung, daß alle Besatzungsmitglieder, die nicht unmittelbar für die Aufrechterhaltung des Schiffsbetriebes notwendig sind, eine mehrstündige Ruhepause einlegen sollen. Ich glaube, daß dafür etwa 10 Stunden notwendig sind. Danach sollen die Reparaturarbeiten an den Lineartriebwerken aufgenommen werden, damit die CREST II ihre volle Funktionsfähigkeit erhält."

„Und was tun wir inzwischen?" erkundigte sich Tolot.

Rhodan überlegte kurz und sagte dann: „Wir werden inzwischen versuchen, den Schutzschirm des Planeten Sexta anzugehen. Soweit wir wissen, dürfte es sich dabei um einen fünfdimensionalen Schirm handeln."

„Ein fünfdimensionaler Schirm läßt sich nicht so ohne weiteres durchdringen", gab Kasom zu bedenken.

„Wir sollten es einmal mit Teleportation versuchen", piepste Gekko, der sich in einer Ecke der Zentrale aufhielt und rührend um den Mausbiber Gucky bemüht war.

Ehe noch jemand auf diesen Vorschlag eingehen konnte, war Gecko verschwunden.

Gecko blieb keine Zeit, sein Vorhaben gründlich zu überlegen. Kaum hatte er seinen Vorschlag unterbreitet, entmaterialisierte er und erschien im Bordobservatorium der CREST II. Er hatte nicht die Absicht, um Erlaubnis für seine Extratour zu fragen, da er wußte, daß er sie niemals erhalten würde. Also mußte er es auf eigene Faust versuchen. Dabei war ihm Gucky ein leuchtendes Vorbild. Auch Gucky hatte sich in der Vergangenheit so manche Extratouren geleistet und auf diese Art viele bedrohliche Situationen zugunsten Terras abgewendet. Was Gucky kann, kann ich schon lange, dachte Gecko.

Im Bordobservatorium hielt sich niemand auf. Gecko war allein. Auf einem der vielen Bildschirme leuchtete der grüne Energieschirm, der den Planeten Sexta lückenlos umspannte. Gecko schloß seinen Raumhelm, konzentrierte sich und sprang.

Was dann geschah, wußte er später nicht mehr genau zu beschreiben. Ein unerträglicher Schmerzimpuls überlagerte seine Empfindungen, und ein fremder Einfluß schleuderte ihn zurück. Er materialisierte wieder im Observatorium der CREST II und wand sich schreiend vor Schmerzen am Boden. Dann verlor er das Bewußtsein.

Er sah nicht mehr, wie mehrere Medoroboter in den Raum kamen, ihn behutsam auf eine Antigravliege betteten und dann, auf Anweisung von Rhodan, in die Zentrale der CREST II brachten. Er spürte auch nicht den Einstich der Injektionsdüse, die ihm ein hochwirksames Präparat in den kleinen Körper preßte, um seine Schmerzen zu lindern.

Als er wieder zu sich kam, hörte er Stimmengemurmel. Er schlug die Augen auf und blickte direkt in Guckys besorgtes Gesicht.

„Da ist er wieder!" piepste Gucky schrill und aufgeregt. „So ein leichtsinniger Kerl! Das hätte schiefgehen können, Gecko! Man sollte dir das Fell versohlen."

„Undankbares Volk!" hechelte Gecko empört und richtete sich mühsam auf. Der Schmerz raste immer noch durch seinen Körper. Ächzend sank er zurück. Er lag in der Zentrale auf der Couch. Um ihn herum standen Rhodan, Kasom, Tolot und einige Offiziere der CREST. Im Hintergrund machte Dr. Anficht ein ernstes Pferdegesicht. „Ich habe es doch für euch getan..."

Gucky zeigte seinen Nagezahn und grinste freundlich.

„War nicht so gemeint, Kleiner. Aber du hättest wenigstens fragen können."

„Ja, das hättest du", fiel Rhodan ein und beugte sich hinab, um Gecko zu streicheln. „Wie geht es dir? Besser?"

„Wenn ich gefragt hätte", sagte Gecko, „hätte ich die Erlaubnis nie erhalten. Man hätte Gucky springen lassen. Und Gucky ist wichtiger als ich. Was bin ich schon? Einer der unwichtigsten Mausbiber überhaupt, ein Maulheld, ein Angeber, ein..."

„Halt, jetzt ist es aber genug!" Gucky drückte Gecko auf die Couch zurück. „Deine Selbstanschuldigungen machen einen ja ganz fertig. Ich bin gerührt, Gecko. Aber vielleicht kannst du uns auch berichten, was draußen geschah. Geht es?"

Gecko richtete sich erneut auf.

„Ich fühle mich schon wieder ganz wohl", versicherte er mutig. „Ich bin auch überzeugt, daß sich der Schirm durchdringen läßt. Nicht durch einfache Teleportation. Aber durch Teleportation und etwas anderes, das fünfdimensional sein muß. Eine solche Zusammenwirkung der Kräfte müßte genügen."

Rhodan winkte ab.

„Teleportieren kommt nur als letzter Ausweg in Frage. Zuerst versuchen wir es mit den Geschützen. Die entsprechenden Anweisungen ergingen bereits an die Waffenzentrale. Ein konzentriertes Punktfeuer aus sämtlichen Geschützen sollte den Schirm sprengen. Wenn es nicht gelingt, wird uns schon was anderes einfallen."

„Hoffentlich", knurrte Gecko skeptisch und rutschte von der Couch. Großzügig ließ er es zu, daß Gucky ihn stützte. Er kam sich bereits wie ein uralter Veteran vor.

Auf den Bildschirmen war ein grausigschönes Schauspiel zu beobachten. Aus mehr als fünfzig Strahlgeschützen standen die grellen Energiebündel auf einem Punkt des grünen Energieschirms konzentriert, während die CREST Fahrt aufnahm und auf den Planeten zuraste.

Der Schirm reflektierte alle Energien im Aufschlagwinkel und zeigte keine Ermüdungserscheinungen. Der Angriff der CREST glitt einfach an ihm ab, das war alles.

Im letzten Augenblick erst änderte das Flaggschiff seinen Kurs und streifte fast den grünen Schirm. Dann kehrte es zu seiner Ausgangsposition zurück, diesmal nur eine halbe Lichtsekunde von dem Schutzschirm Sextas entfernt.

„Zwecklos", murmelte Rhodan enttäuscht. „Was ich überhaupt nicht verstehe, ist: warum dringen selbst die Transformgeschütze nicht durch?"

„Sie sind zwar fünfdimensional getragen", sagte Icho Tolot, „aber wahrscheinlich den Feldern des Energieschirmes nicht gegengerichtet. Das aber müßte der Fall sein, sollten sie sich gegenseitig aufheben oder gar zerstören."

„Gegengerichtet?" Rhodan sah den Haluter nachdenklich an.

„Genau das", nickte Tolot. „Und das bringt mich auf eine Idee. Warten Sie mit weiteren Angriffen. Ich glaube, ich habe einen Ausweg gefunden. Gestatten Sie mir eine Diskussion mit Ihren Physikern. Es ist mir nicht alles klar, aber ich denke, mit Hilfe Ihrer Leute wird es mir gelingen, die notwendigen Berechnungen in wenigen Minuten anzustellen. Und dann..."

Er wartete Rhodans Einverständnis nicht erst ab. Ehe jemand etwas sagen konnte, war er aus der Kommandozentrale verschwunden.

Die CREST stand wieder, relativ zum Planeten Sexta, stationär im Raum. In größerer Entfernung war die unregelmäßige Form der BOX-8323 mit bloßem Auge zu erkennen. Der Fragmentraumer wartete.

Es dauerte nicht lange, bis Tolot zurückkehrte. In seiner Begleitung war Dr. Anficht, der zusammen mit ihm die Zentrale verlassen hatte. Er grinste verzerrt, so daß man meinen konnte, er würde jeden Augenblick seine prächtigen Zähne verlieren.

„Vielleicht geht's", begann Tolot und blieb stehen. „Ich will versuchen, es Ihnen so einfach wie möglich zu erklären. Wir haben doch Gravitationsbomben, nicht wahr? Wirken ebenfalls fünfdimensional, aber die Spiralfelder, die man mit ihnen abstrahlen kann, wirken den fünfdimensionalen Feldern der Transformkanonen entgegen, somit wahrscheinlich auch den Feldern des grünen Energieschirms. Wenn wir also drei dieser Bomben als lichtschnelle Spiralfelder abstrahlen und an ein und demselben Punkt auf der Oberfläche des Schutzschirmes detonieren lassen, müßte unserer Meinung nach dort ein gegengerichtetes fünfdimensionales Kraftfeld entstehen. Eine Vernichtung des Planeten ist kaum zu befürchten; ohne den grünen Schirm allerdings müßte damit gerechnet werden."

Rhodan nickte.

„Klingt recht einleuchtend, aber wenn es wirklich klappt, was nützt uns das? Die Aufhebung des grünen Energieschirms würde höchstens Sekunden dauern. Glauben Sie im Ernst, daß wir das so genau mit der CREST abpassen könnten? Würde die Öffnung groß genug sein?"

„Wahrscheinlich nicht." Tolot lächelte. „Ich habe auch nicht an die CREST gedacht, um ehrlich zu sein. Ich habe einen anderen Vorschlag. Ich werde die beiden Mausbiber auf meine Schultern nehmen und genau im Augenblick der Detonation springen. Gucky und Gecko müssen eine Mentalverbindung eingehen und synchron handeln. Sie teleportieren und nehmen mich mit. Die psionische Kraft eines der beiden würde vielleicht nicht reichen, aber beide zusammen müßten es schaffen. Es wäre gelacht, wenn wir nicht durchkämen."

Gucky rutschte langsam von der Couch. Er blickte zu dem riesigen Haluter hoch.

145

„Ja", murmelte er unsicher. „Das wäre wirklich gelacht. Natürlich kommen wir durch."

„Sind Sie mit dem Experiment einverstanden, Rhodan? Die beiden Mausbiber müssen Raumanzüge tragen. Ich benötige keinen, weil ich meine Zellstruktur entsprechend verändern kann."

„Uns bleibt keine Wahl." Rhodan sah Atlan fragend an. „Ich bin einverstanden."

Die Vorbereitungen waren schnell getroffen. Als die Waffenzentrale die drei Gravitationsbomben abschußbereit meldete, nahm Tolot mitten in der Zentrale Aufstellung. Die beiden Mausbiber saßen rechts und links von seinem gewaltigen Kopf und hielten sich bei den Händen. Sie standen in telepathischer Direktverbindung. Tolots Körper hatte sich verwandelt. Er war hart wie Stahl geworden. Selbst der härteste Aufprall würde ihm nichts mehr anhaben können.

„Fertig", sagte der Haluter gepreßt.

Rhodan nickte ihm zu, dann sah er den Waffenoffizier an, dessen Gesicht ihm vom Bildschirm her entgegenblickte.

„Major Cero Wiffert – alles bereit?"

Der untersetzte Mann nickte zurück.

„Klar, Sir."

„Dann – Feuer!"

Auf den Bildschirmen war alles genau zu beobachten.

Die drei Spiralfelder an sich waren unsichtbar, aber sie trugen die Bomben mit Lichtgeschwindigkeit in ihr Ziel. Mit einem grellen Blitz detonierten sie im selben Punkt.

Der hellgrüne Schirm verfärbte sich an dieser Stelle sofort bläulich, aber er verschwand nicht vollständig.

„Jetzt!" rief Tolot.

Gucky und Gecko handelten in der gleichen Sekunde. Längst schon hatten sie sich auf den blauen Punkt konzentriert.

Alle drei verschwanden vor den Augen der Männer in der CREST.

Sie durchstießen den Schutzschirm von Sexta. Das Experiment war gelungen. Die neutralisierende Gravitationsenergie der drei Bomben hatte den Schirm an der getroffenen Stelle soweit neutralisiert, daß er für Teleporter durchdringbar wurde.

Und als die drei Wagemutigen schließlich rematerialisierten und wieder sehen konnten, war hoch über ihnen der grüne Schirm, lückenlos und erneut geschlossen. Dahinter stand die CREST, nur undeutlich wahrzunehmen.

Sie stürzten in die Tiefe, auf die Oberfläche von Sexta hinab.
Gucky bemühte sich, den Fall zu bremsen, aber es gelang ihm erst, als auch Gecko telekinetisch eingriff. Sie fielen langsamer und versuchten, sich zu orientieren. Unten waren abgeflachte Gebirge, eine Hochebene und ein Fluß. Da war sogar etwas Grün. Also doch Vegetation!

Den Rest des Weges teleportierten sie. Dann standen sie am Ufer des Flusses in spärlichem Gras. Tolot, der wieder seine normale Körperstruktur angenommen hatte, atmete tief ein, dann nickte er.

„Atmosphäre. Ihr könnt die Helme öffnen. Was ist mit der CREST?"

Zur CREST war keine Funkverbindung mehr möglich. Der Schutzschirm hatte sich geschlossen und ließ keine Wellen mehr durch. Sie waren isoliert und auf sich allein angewiesen.

Sie waren in der Nähe des Äquators gelandet, und die Temperatur war erträglich. Im Norden lagen die Gebirge. Im Süden erstreckte sich die Ebene bis zum Horizont. Der Fluß versickerte irgendwo in ihr, denn es gab keine Meere.

„Ihr könnt auf meinem Buckel sitzenbleiben, wenn ihr meint", sagte Tolot gemütlich. „Euch trage ich im Schlaf."

„Du Schnecke", piepste Gucky und sprang auf den Boden. „Erstens bist du uns zu langsam, und zweitens bin ich froh, mal wieder Gras unter den Füßen zu spüren. Was ist nun? Wo steckt die Energiestation?"

„Die werden wir bald haben", entgegnete Tolot und nahm die Spezialinstrumente aus den Taschen. Es waren empfindliche Energiedetektoren, mit denen sich jede Strahlung sofort feststellen ließ. Er baute sie auf. Die beiden Mausbiber halfen ihm dabei und gaben mehr oder weniger gute Ratschläge, die von dem Haluter wohlwollend beachtet oder mit einem Grinsen ignoriert wurden. Als die Zeiger ausschlugen, sagte er: „Da haben wir es schon. Starke Energiebestrahlung aus Osten. Die Station liegt also ebenfalls auf dem Äquator, wie bei Septim. Ihr habt recht. Wir teleportieren streckenweise, dann finden wir sie. Laufen würde zu lange dauern."

Zwei Stunden später hatten sie die Station gefunden.

Aus sicherer Entfernung betrachteten sie sie.

Sie stand auf einer riesigen Hochebene, die fast unnatürlich eben war und von gewaltigen Gebirgen eingeschlossen wurde. Der Durchmesser der Ebene betrug mehr als hundert Kilometer. Genau im

Mittelpunkt dieser Ebene standen zwölf halbkugelige Gebäude, mehr als hundert Meter hoch. Sie waren kreisförmig angeordnet und umschlossen ein Gebiet von vier Kilometern Durchmesser.

Wiederum genau in der Mitte dieser Anordnung erhob sich ein fünfhundert Meter hoher und fünfzig Meter dicker Metallturm. Auf ihm waren zahlreiche Kugelantennen angebracht. Im Gegensatz zur Station auf Septim wurde diese Anlage nicht durch ein Schirmfeld gesichert.

Tolots Instrumente besagten, daß die Energieabstrahlung von diesen Kugelantennen ausging. Der Turm also war es, der den Energieschirm um den Planeten errichtete.

„Geschafft!" knurrte Gecko. „Jetzt eine anständige Sprengladung, und die CREST kann landen."

Tolot schüttelte den Kopf.

„Nur nichts übereilen. Erstens haben wir keine Bombe solcher Sprengkraft dabei, und zweitens wäre es leichtsinnig, die Station zu zerstören. Das könnte den gleichen katastrophalen Effekt haben wie auf Power. Außerdem könnte die Station noch Funktionen haben, die später einmal lebenswichtig für uns sind. Wir müssen sie lahmlegen, das ist alles. Die Frage ist nun: wird die Station bewacht, und wenn ja, von wem?"

„Soll ich mal hineinspringen?" erbot sich Gucky lässig.

„Wohl lebensmüde, was?" Tolot packte die Instrumente wieder ein und verstaute sie sorgfältig. Er rückte seinen schweren Kombilader zurecht. „Wir gehen systematisch vor. Von der Erkundung der Station und von ihren Funktionen wird es vielleicht abhängen, ob wir zur Milchstraße zurückkehren werden oder nicht. Wenn möglich, sollten wir den Schutzschirm um Sexta beseitigen, damit die CREST landen kann. Unsere Wissenschaftler müssen gefahrlos die Station betreten und erforschen können. Ich bin jedoch davon überzeugt, daß Wächter vorhanden sind, wahrscheinlich wieder Roboter. Mit ihnen müssen wir zuerst fertig werden."

„Allein ist das schwieriger, als wenn die CREST hier wäre."

„Das weiß ich auch. Moment, Gucky. Bleib mal stehen und rühr dich nicht! Da drüben ist Bewegung. Ob sie uns schon entdeckt haben?"

Gucky sah in Richtung der Station, die etwas tiefer als ihr jetziger Standpunkt lag. Sie war etwa vier Kilometer entfernt.

„Du hast aber gute Augen. Ich sehe nichts."

„Aber ich!" Geckos Stimme klang überlegen und triumphierend. „Soll das ein Robot sein?"

„Dumme Frage!" knurrte Gucky empört. „Dabei sieht er überhaupt keinen Robot! Er will nur angeben."

„Wie sieht er denn aus?" fragte Tolot.

Gecko formte die Arme zu einem großen Ei.

„So etwa, mit Antennen und Kugeln oder Rollen darunter."

Tolot sah Gucky an.

„Genau das habe ich auch gesehen. Gecko hat gute Augen."

Gecko warf voller Stolz den Kopf derart in den Nacken, daß er sich fast den Hals gebrochen hätte.

„Eine rollende Kampfmaschine", sagte Tolot. „Sie kommt in unsere Richtung. Ich wette, man hat uns bereits bemerkt. Die kurze Schwächung des Energieschirms wurde bestimmt auch registriert. Bereiten wir uns darauf vor, mit den Wächtern zu kämpfen."

„Ich bin immer ein großer Kämpfer gewesen", dozierte Gecko.

„Ein kluger Kämpfer ist mir lieber", dämpfte Tolot seine Begeisterung. „Mit den Fäusten allein schaffen wir es diesmal nicht. Nur mit dem Kopf und einer gehörigen Portion Gehirn."

„Dann verlaß dich nur auf mich", riet Gucky und setzte sich auf einen Stein. Er machte ein gelangweiltes Gesicht. „Soll er kommen, der Robot!"

Tolot ignorierte die Angeberei seiner beiden Maulhelden, denn er wußte, wie sehr er sich auf sie verlassen konnte, wenn es wirklich darauf ankam.

Der eiförmige Robot kam mit hoher Geschwindigkeit quer durch die Ebene auf den flachen Hügel zugerollt, auf dem Tolot und die Mausbiber Quartier bezogen hatten. Es war, als könne er sie wittern, denn er behielt die Richtung auch bei, als sich die drei Freunde in eine Senke duckten und nicht mehr gesehen werden konnten. „Bin auf die Bewaffnung gespannt", knurrte Tolot. „Wenn wir ihm mit unseren Strahlern nicht beikommen können, müssen wir teleportieren."

Das Ei kam näher. Es rollte auf zwei elastischen Rädern, die sich in ihrer Form jeder Unebenheit des Geländes anpaßten. Nach allen Seiten ragten die Läufe von Strahlgeschützen. Das Ei war mindestens zwei Meter hoch und hatte einen Durchmesser von drei bis vier Metern. Immer noch hielt es genau auf das Versteck zu, in dem Tolot und die Mausbiber lagen.

„Wird langsam Zeit, daß wir etwas tun." Gucky fingerte nervös an seiner kleinen Strahlpistole herum. „Ich fürchte, damit kann ich nicht allzuviel anfangen."

„Haltet euch bereit zur Teleportation. Um mich kümmert euch nicht. Ich werde mit dem Ding schon fertig."

Tolot schob den Lauf seines Kombiladers über den Rand der Senke und zielte auf das anrollende Kampfei. Soweit er feststellen konnte, war das Ding lediglich gepanzert, besaß aber keinen Schutzschirm. Dann drückte er auf den Feuerknopf und ließ ihn nicht mehr los.

In rasender Folge rasten die Energieimpulse aus dem Lauf der Waffe und prallten gegen die Panzerung des Roboters. Der erwiderte sofort das Feuer aus allen Rohren, zielte jedoch nicht so genau wie Tolot, der bereits nach fünf Sekunden drei der gegnerischen Kanonen unbrauchbar gemacht hatte.

Gucky und Gecko wechselten einen Blick. Dann nickten sie und faßten sich bei den Händen. Aber sie teleportierten nicht, sondern telekinierten synchron.

Das Robot-Ei kam zu einem abrupten Halt.

„Jetzt kannst du mal was sehen", keuchte Gucky aufgeregt und nickte Gecko zu. „Ein fliegendes Ei, das in eine Felsenpfanne gehauen wird."

Tolot ahnte, was die Mausbiber vorhatten. Er verhielt sich abwartend und widersprach nicht. Um den Roboter würde es nicht schade sein.

Unsichtbare Hände ergriffen das Ei – die telekinetischen Kraftströme der Mausbiber vereinigten sich und wurden doppelt wirksam. Das Ei hob sich vom Boden ab und schwebte schwerfällig und unsichtbar nach oben. Es stieg immer höher, bis man es nur noch als kleinen Punkt sehen konnte. Die grellen Strahlschüsse waren gegen den grünen Himmel deutlich zu erkennen.

„Jetzt ist es soweit – noch ein bißchen seitwärts, damit er uns nicht auf den Kopf fällt..." Gucky gab seine Anweisungen mit zitternder Stimme, der man die Vorfreude anmerkte. „Ja, so ist's gut, Gecko. Und nun – los...!"

Sie ließen gleichzeitig los.

Der Punkt wurde schnell größer. Immer noch schoß der Robot sinnlos nach allen Richtungen, aber der Rückstoß bewirkte nur, daß er sich wie rasend um seine Achse zu drehen begann. Fliegen jedenfalls konnte dieser Wächter der Station nicht.

Er knallte mit aller Wucht auf das Felsgestein der Hochebene und detonierte. Nur ein Krater blieb übrig, und einige ausgeglühte Metallteile, die kilometerweit in der Umgebung verstreut waren.

„Telekinese ist besser als deine Schrotflinte, Tolot", murmelte Gukky und versetzte Gecko einen Rippenstoß. „Ich glaube, wir werden noch ein brauchbares Team."

Gecko stand auf und spähte in Richtung der Station.

„Das sind wir bereits", gab er stolz zurück. „Da hinten kommt das zweite Ei."

Tolot war aufgestanden.

„Ich bin von euren Fähigkeiten überzeugt", gab er zu. „Aber wir können nicht den ganzen Tag hier warten, daß sie uns einzeln angreifen, damit ihr sie fliegen lassen könnt. Wir müssen angreifen."

„Sag ich doch die ganze Zeit!" Gucky hopste auf den Rand der Senke und sah zu der Station hinab. „Wir springen auf den Turm, da kriegen uns die Wächter nicht so schnell. Außerdem werden sie sich hüten, ihre eigene Station zu gefährden."

Gecko stand breitbeinig da. Er nickte eifrig.

„Genau das werden wir tun! Und ich springe voran, um das Terrain zu sondieren. Wartet, ich bin gleich zurück."

Ehe jemand protestieren konnte, entmaterialisierte er. Gucky seufzte.

„Wirklich ein unternehmungslustiger Bursche. Dabei hatte ich ihn, unter uns gesagt, tatsächlich immer für einen Maulhelden gehalten. Ist er aber nicht. Im Gegenteil. Verdammt mutig ist er."

„Hoffentlich wird er nicht leichtsinnig!"

„Keine Sorge", beruhigte Gucky gelassen. „So mutig ist er nun auch wieder nicht..."

Zwei Minuten später war Gecko zurück und berichtete:

„Ziemlich bequeme Sache, der Turm. Oben ist eine Schaltkuppel, überdacht und mit Glaswänden. Sicht nach allen Seiten, auch nach unten. Ein Lift ist vorhanden; einziger Zugang. Außer für uns, versteht sich. Platz genug für uns da oben. Wir kontrollieren alles, ohne daß wir angegriffen werden können. Na, los! Worauf wartet ihr noch?"

Der Turm, der Mittelpunkt der Station, war in der Tat der sicherste Platz der ganzen Anlage. Hinzu kam der unbestreitbare Vorteil, daß natürlich noch niemand wußte, daß sie hier waren. Wie hätten sie auch hierherkommen sollen? Die Roboter ahnten bestimmt noch nicht, daß ihre Gegner Teleporter waren.

Wie Gecko gesagt hatte, war die Sicht nach allen Seiten frei, auch nach unten. Und gerade unten sammelten sich jetzt die merkwürdigen Roboter zu einem Ausfall in die Ebene, wo sie ihren Feind vermuten mußten.

Die Kugelantennen waren ebenfalls gut zu erkennen. Erst jetzt sah Tolot, daß sie symmetrisch angeordnet waren, nicht etwa willkürlich. Sie vibrierten.

Der Raum, in dem sich der Haluter und die Mausbiber befanden, war rund mit einem Kuppeldach aus Metall. Automatische Schalttafeln standen an den Wänden, dazwischen Maschinenblöcke und Gegenstände, die wie Isolatoren aussahen. Der Lift war oben – ein quadratischer Kasten mit einer Antigraveinrichtung.

„Vielleicht würde es genügen, wenn wir die Schaltzentrale außer Betrieb setzen", schlug Gucky vor, der Tolots Gedanken mehr riet als las.

„Ich möchte die Anlage an sich nicht beschädigen, Gucky. Glaubst du, daß es möglich sein wird, nur die Antennen draußen unbrauchbar zu machen? Vielleicht telekinetisch oder durch gezielte Strahlschüsse."

Die Kugelantennen ragten in bestimmten Abständen aus dem Metallgerüst des Turms schräg in den Himmel. Sie saßen auf dünnen, beweglichen Metallstangen.

Tolot sah plötzlich, wie sich eine dieser Stangen zu biegen begann, langsam und zögernd. Dann brach sie ab und fiel in die Tiefe.

„So etwa?" fragte Gucky und ließ seinen Nagezahn sehen.

Tolot nickte anerkennend.

„Genau so! Warte, ich muß die Instrumente hervorholen. Wir müssen sichergehen, daß ein Abbrechen genügt."

Es genügte, die Antennen abzubrechen, um den Schutzschirm um Sexta zusammenbrechen zu lassen. Doch im Augenblick gab es andere Sorgen. Ihre Ankunft in der Schaltkuppel war entgegen allen Erwartungen doch nicht unbemerkt geblieben.

„Flugroboter!" kreischte Gecko plötzlich erschrocken und deutete schräg nach unten. „Seht euch das an...!"

Draußen in der Ebene hätte eine Begegnung mit ihnen verhängnisvoll verlaufen können, aber hier im Turm waren sie einigermaßen sicher. Die Roboter wollten ihre eigene Anlage nicht zerstören. Sie stiegen höher und umkreisten im eleganten Gleitflug die Kuppel, wie Motten eine Lampe. Sie sahen aus wie winzige Flugzeuge mit Düsenantrieb. Aus dem Bug ragte der Lauf einer Strahlwaffe, die sie jedoch noch nicht einsetzten.

„Die tun uns nichts", sagte Tolot, nachdem er sie eine Weile beobachtet hatte. „Wenn sie allerdings bemerken, daß wir auf rätselhafte Weise ihre Kugelantennen außer Betrieb setzen..."

„Ich versuche mal eine Abwehr", piepste Gecko eifrig und starrte zu den Robotern hinaus. „Paßt mal auf, jetzt!"

Einer der Flieger änderte unerwartet seinen Kurs. Er scherte aus, stieg ein wenig höher und kippte dann über einen Flügel ab. In rasendem Sturzflug durchquerte er den Ring der anderen Flieger und krachte mit voller Wucht gegen eine der zahlreichen Kugelantennen. Ein greller Blitz schoß daraus hervor und verschwand im grünlichen Himmel. Der Roboter selbst detonierte. Die Trümmer stürzten in die Station hinab.

„Ausgezeichnet", erkannte Gucky an. „Man zerstört sie und tut noch ein gutes Werk dabei. Wieder eine Antenne weniger."

Die anderen Flieger ereilte das gleiche Schicksal. Ihre positronischen Gehirne schienen nicht mit der Tatsache fertig zu werden, daß die Steuereinrichtung ihnen nicht mehr gehorchte. Sie fanden keine logische Erklärung und reagierten daher auch nicht. Sie wehrten sich nicht und wurden vernichtet.

„Der Schirm!" rief Tolot plötzlich und deutete zum Himmel empor.

Das Grün flimmerte unsicher. An einigen Stellen verfärbte es sich, wurde blasser und schließlich bläulich. Dann verschwand auch das Blau.

Der Schutzschirm brach zusammen.

Gucky und Gecko zerbrachen noch einige der Antennen. Zahllose Blitze rasten hin und her, von Kugelantenne zu Kugelantenne und hinauf in den Himmel. Schließlich war es nicht mehr notwendig, einzugreifen.

Der Energieschirm erlosch.

Tolot schaltete das Funkgerät ein und rief die CREST. Die Antwort kam sofort.

„Schutzschirm ausgeschaltet! Ich glaube, die CREST kann landen. Aber Vorsicht! Die Station wird von Robotern bewacht. Ich gebe Ihnen die Koordinaten..."

„Nicht notwendig." Rhodan sprach schnell und abgehackt. „Haben wir bereits. Die CREST hat den ehemaligen Energieschirm schon durchstoßen. Die BOX-8323 bleibt in der Kreisbahn zurück. Geben Sie laufend Bericht wegen der Robotwächter. Sie dürfen auf keinen Fall Gelegenheit erhalten, ihre Stationen selbst zu zerstören. Verhindern Sie das!"

Gucky nahm Gecko bei der Hand.

„Du bleibst hier, Tolot. Wir springen nach unten und machen die Roboter verrückt. Vielleicht können wir sie aufhalten, bis die CREST gelandet ist."

„Seid vorsichtig!"

„Keine Sorge, Großer. Wenn Roboter sich zu wundern anfangen, sind sie als Kämpfer erledigt."

Die beiden Mausbiber materialisierten am Fuß des Turms. Erst jetzt war klar ersichtlich, wie gewaltig die Anlage der Station war. Die Kuppeln und der Turm waren nur das, was sichtbar über der Oberfläche lag, aber die Maschinen und Energieanlagen mußten tief im Felsen verborgen sein. Wahrscheinlich würde es Tage und Wochen dauern, ehe man das Labyrinth richtig erforschen konnte. Und Verstecke für die Roboter würde es dort auch genug geben.

„Wo sind sie denn?" fragte Gecko und ließ Guckys Hand los.

„Wer? Die Roboter? Hm, merkwürdig..."

Es war kein Roboter mehr zu sehen. Sie waren wie vom Erdboden verschwunden.

„He, ihr beiden!" Gucky fuhr zusammen und drehte sich um, aber es war nur Tolots Stimme im Funkgerät gewesen. „Was ist? Ihr steht da rum, als hätte euch jemand verloren. Von hier oben seht ihr aus wie zwei Flöhe."

„Selber Floh!" knurrte Gucky irritiert. Tolot mußte gute Augen haben, denn immerhin war der Turm ja fünfhundert Meter hoch. „Die Roboter sind weg. Hoffentlich sprengen sie die Station nicht in die Luft!"

„Ich glaube nicht daran, aber wer weiß, welchen Auftrag sie haben. Sucht sie gefälligst! Sie können sich ja nicht in Luft aufgelöst haben."

„Der hat gut reden!" Gecko ballte die kleinen Fäuste und schüttelte sie in Richtung des Kuppelturms. Dann sah er zu seinen Füßen hinab. „Wir sollten es dort unten versuchen."

Sie teleportierten zuerst zu einem der Kuppelbauten. Als sie keinen Eingang fanden, begaben sie sich auf dem Wege der Teleportation in das Innere der Kuppel.

Schon auf den ersten Blick war zu erkennen, daß der größte Teil der den beiden Mausbibern völlig unbekannten Anlage unter der Oberfläche liegen mußte. Frei lagen die Abstiege vor ihren Augen. Nicht Stufen führten in die Tiefe, sondern einfache Schrägflächen. Man konnte also auch mit normalen Fahrzeugen dorthin gelangen. Genau im Zentrum der Kuppelhalle war ein Antigravlift mit einer großen Plattform.

Gucky und Gecko zogen es vor, eine der Schrägen zu benutzen. Hier oben in der Halle waren bestimmt keine Roboter. Wenn, dann fand man sie nur in der unterirdischen Anlage.

Ihre Rechnung ging nicht auf.

Sie teleportierten von Stockwerk zu Stockwerk und fanden riesige Maschinenhallen, endlose Korridore, die wahrscheinlich zu den anderen Kuppeln und zum Turm führten, ein gigantisches Positronengehirn genau unter dem Turm, unzählige Einzelkammern und immer wieder Gänge, die weiter in die Tiefe führten.

Aber sie entdeckten nicht einen einzigen Roboter.

Die Anlage schien plötzlich ausgestorben zu sein.

Gucky atmete auf, als sie wieder im Freien unter dem Turm standen.

„Nichts, Tolot. Kein Roboter mehr. Sie haben sich verdrückt, aber wir wissen nicht, wohin."

„Kommt hoch, ihr beiden."

Sie teleportierten in den Kuppelsaal fünfhundert Meter über der Station. Tolot deutete hinauf in den Himmel.

„Die CREST wird in wenigen Minuten landen. Außerhalb der Station. Das beste wird sein, wir springen dann gleich von hier aus an Bord zurück. Der Energieschirm ist erledigt, und wir haben unsere Aufgabe erfüllt."

„Mir machen die verschwundenen Roboter Kopfzerbrechen", gab Gucky etwas bedrückt zu.

„Was wissen wir von ihrem Auftrag? Du weißt, daß wir in diesem System der Zwillingssonnen eine Art Falle für ungebetene Gäste sehen, die vielleicht durch Zufall oder durch ein uns unbekanntes Wissen die Transmitterstraße nach Andromeda gefunden haben. Diese Anlage könnte mit der Justierungsstation des Sonnentransmitters identisch sein."

Gucky starrte den Haluter an. Dann nickte er.

„Ja, möglich wäre es. Danach suchen wir ja. Springen wir zur CREST, sobald sie gelandet ist."

Die Funksendungen unterrichteten sie über den Anflug des Schiffes. Dann tauchte der Kugelraumer am Horizont auf und näherte sich langsam in geringer Höhe der Station. Drei Kilometer von dem Turm entfernt landete die CREST schließlich.

Gucky und Gecko setzten sich wieder auf Tolots Schulter und teleportierten in die Kommandozentrale, wo Rhodan und die anderen sie bereits erwarteten.

Besonders ein Mann fiel auf, der vorher nicht in der Zentrale gewesen war. Er war etwa ein Meter neunzig groß, hatte glatte, fast blau schimmernde Haare und mochte siebenundzwanzig Jahre alt sein. In seinen dunklen Augen schimmerte es fast schwermütig, aber dicht neben der Schwermut funkelte Draufgängertum und waghalsiger Mut.

Es war Captain Don Redhorse, ein Nachkomme der Cheyenne-Indianer, Chef des speziellen Landungskommandos der CREST.

Tolot berichtete in kurzen Worten, was geschehen war. Redhorse hörte aufmerksam zu. Seine Aufgabe würde es sein, als erster mit seinen Leuten das Schiff zu verlassen und die Station nach Robotern abzusuchen. Von ihm würde es abhängen, ob die Nachfolgenden den Planeten in Sicherheit betreten oder ob sie Überraschungen erleben würden.

Rhodan nickte dem Haluter zu, als dieser seinen Bericht beendet hatte.

„Sie glauben, Tolot, daß wir das Spezialkommando losschicken können?"

„Ja, Sir. Wir haben keine Roboter mehr gesehen. Sie müssen sich in das Innere der Station zurückgezogen haben. Aber warten wir ab, was Redhorse mit seinen Leuten herausfindet."

Kurz darauf verließ Redhorse mit zwanzig Männern und drei Flugpanzern die CREST. Die feuerbereiten Geschütze des Schiffes deckten ihn, aber es erfolgte kein Überfall. Ohne behelligt zu werden, erreichte die Gruppe den ersten Kuppelbau.

Sie drangen ein. Durch Funk wurden Rhodan und die Offiziere in der Kommandozentrale ständig unterrichtet. Die beiden Mausbiber saßen einsatzbereit auf der Couch. Tolot stand in ihrer Nähe.

Aber nichts geschah.

Unangefochten untersuchten Redhorse und seine Leute den Kuppelbau, drangen ein Stück in die Tiefe vor und entdeckten ein Laufband, das sie unter den Turm brachte. Von dort aus unternahmen sie in kleineren Gruppen Vorstöße in die anderen Kuppelbauten.

Nach vier Stunden stand fest: es gab in der Station keinen einzigen Roboter. Sie waren spurlos verschwunden, als hätte es sie nie gegeben.

Rhodan gab Redhorse den Befehl, sofort in die CREST zurückzukehren.

„Was halten Sie davon, Oberst Rudo?"

Der Kommandant der CREST zuckte die mächtigen Schultern.

„Ich weiß es nicht, Sir. Diese unheimliche Ruhe, die über der Station und über dem ganzen Planeten lastet – ich weiß wirklich nicht. Sie erscheint mir künstlich, Sir. Unheilverkündend, wenn Sie mich fragen."

Rhodan nickte und sah auf die Bildschirme.

Cart Rudo hatte recht.

Der Planet war wie ausgestorben. Der Blick reichte bis zum Horizont, wo sich die mächtigen Gebirge auftürmten, kahl und ohne Vegetation. Davor die Ebene, flach und glatt wie ein Brett. Mitten darin die Station mit dem Turm und seinen zwölf Kuppelbauten. Nichts rührte sich. Nicht einmal ein Wind ging.

„Unheimlich", murmelte Dr. Anficht etwas benommen. „Wirklich unheimlich. Und in einer Stunde wird es dunkel."

„Heute bleiben wir im Schiff", entschied Rhodan nach einigem Nachdenken. „Morgen werden die Wissenschaftler die Station erforschen. Starke Wacheinheiten werden sie begleiten. Wir werden keine Vorsicht außer acht lassen und keinerlei Risiko eingehen. Wir müssen wissen, wozu diese riesige Station dient. Vielleicht birgt sie den Schlüssel, der uns den Weg zurück zur Milchstraße öffnet."

„Oder den Schlüssel nach Andromeda", sagte Tolot ruhig.

Rhodan sah ihn an, schwieg aber. Vielleicht wußte der Haluter von der Herausforderung, die die Nachbargalaxis für Perry Rhodan bedeutete. Doch der Schritt dorthin war zu unvorbereitet gekommen.

Bald darauf ging die Doppelsonne unter. Sexta stand so, daß von ihm aus gesehen die beiden Sonnen so dicht beieinanderstanden, daß sie wie eine wirkten – etwas länger und verformt.

Die Nacht senkte sich über die fremde Welt.

Eine tödliche Ruhe strahlte diese fremde Welt aus. Abseits vom Turm und den zwölf Kuppelbauten ruhte die CREST auf ihren Teleskopstützen, feuerbereit und abwartend. Die Besatzung schlief, nur die Wachen patrouillierten durch die Gänge oder standen auf ihren Posten.

Das Schiff war ihre Welt, die sie mit sich genommen hatten, um leben zu können. Es war ihre Heimat, die sie gegen jeden Gegner verteidigen mußten.

Ihre wirkliche Heimat war fast eine Million Lichtjahre entfernt, ein Staubkorn in dem hellen Lichtfleck, den man die Milchstraße nannte.

Unendlich weit weg und mit der bekannten Technik nicht mehr zu erreichen.

Die terranische Beobachtungsstation EINSTEIN, ein fünfzehnhundert Meter durchmessender Kugelriese, stand antriebslos etwa fünfzigtausend Lichtjahre tief im intergalaktischen Leerraum. Alle Ortungsgeräte waren besetzt. Vor drei Tagen war die BOX-8323 von Opposite gestartet. Inzwischen mußte sie längst jenen Ort erreicht haben, wo sich die CREST II befand. Die SIGNAL dürfte demnach die Reise in Richtung Milchstraße bereits angetreten haben, vorausgesetzt, die BOX-8323 hatte die CREST II gefunden. Niemand an Bord der EINSTEIN wußte, wann die Explosion der SIGNAL erfolgen würde. Es konnte in den nächsten Minuten geschehen, ebenso konnte es noch Tage dauern.

Eine erwartungsvolle Spannung hatte sich der Besatzung bemächtigt. Jedermann schien auf das bevorstehende Ereignis zu warten.

Dann, während überall an Bord der Beobachtungsstation darüber diskutiert wurde, ob es der BOX-8323 gelungen war, die CREST II zu finden, geschah es. Auf Terra schrieb man den 31. August 2400, als die Strukturtaster der EINSTEIN eine heftige fünfdimensionale Entladung registrierten. Die Auswertungen ergaben, daß sie ohne Zweifel von der explodierenden SIGNAL ausgelöst worden war. Das Fragmentschiff hatte demnach die CREST gefunden.

Nachdem die Berechnungen abgeschlossen und mit den Beobachtungen von einigen anderen Beobachtungsstationen verglichen worden waren, stand fest, daß die SIGNAL etwa siebenhunderttausend Lichtjahre vom Rand der Milchstraße entfernt explodiert war. Da die SIGNAL zu diesem Zeitpunkt bereits zweihunderttausend Lichtjahre zurückgelegt hatte, mußten sich die CREST II und das Fragmentschiff etwa neunhunderttausend Lichtjahre tief im intergalaktischen Leerraum befinden. Der menschliche Verstand weigerte sich, diese Tatsache zu akzeptieren, aber die Meßergebnisse waren eindeutig. Damit wurde klar, daß weder die CREST II noch das Posbischiff aus eigener Kraft zur Milchstraße zurückkehren konnten.

Drei Stunden später wurden die Auswertungsergebnisse über die Relaisstationen nach Terra gefunkt.

11.

Der Anblick der kopfschüttelnden Wissenschaftler genügte Perry Rhodan, um zu wissen, daß auch diese Untersuchung wiederum zu keinen Ergebnissen geführt hatte. Die Kraftstation auf dem Planeten Sexta ließ sich ihre Geheimnisse nicht entreißen.

Dr. Spencer Holfing, der Chefphysiker der CREST II, löste sich von der Gruppe der Wissenschaftler und kam zu Rhodan herüber, der sich mit Major Bert Hefrich unterhielt.

Holfing war ein dicker Mann mit schlohweißem Haar. Er war einer der besten Physiker, die die Menschheit jemals hervorgebracht hatte.

„Er macht nicht den Eindruck eines Mannes, der Erfolg hatte", meinte Hefrich sarkastisch.

„Nein", stimmte Rhodan zu. „Ich habe auch nicht erwartet, daß die Wissenschaftler den Stein der Weisen in ein paar Tagen finden würden."

Major Hefrich glaubte, einen unausgesprochenen Verweis in Rhodans Worten zu erkennen und schwieg.

„Wir haben wieder einige Maschinen von der Funktion her erfassen können, aber etwas, das mit der Justierung des Sonnentransmitters zu tun haben könnte, war nicht dabei", sagte Holfing als Einleitung, nachdem er die beiden Männer erreicht hatte. „Das bedeutet jedoch nicht, daß wir die Anlage vollkommen verstehen – im Gegenteil: mit jeder Maschine, die wir erklären können, kompliziert sich das Gesamtbild."

Rhodan hatte nie erwartet, daß ein Volk, das solche Transmitterstationen zu schaffen imstande war, *unkomplizierte* Maschinen bauen würde. Bisher hatten sie nur herausgefunden, daß alle Geräte auf

Sexta jenen glichen, die Rhodan und Atlan bereits auf dem Planeten Kahalo gefunden hatten. Das erklärten die Wissenschaftler damit, daß Kahalo vermutlich eine Pyramiden-Transmitterstation zwischen dem gigantischen Sonnensechseck der Galaxis und dem Twin-System war. Niemand vermochte zu sagen, ob Kahalo eine bedeutende oder eine untergeordnete Relaisstation war.

„Wissen Sie, woran ich immer mehr denken muß?" fragte Rhodan Holfing und Hefrich. Er ließ ihnen keine Zeit zum Nachdenken, sondern beantwortete seine eigene Frage. „An das galaktische Rätsel, das wir zu Beginn der Raumfahrt in den Jahren 1971 bis 2000 lösen mußten. Es sieht so aus, als sei der Weg nach Andromeda mit unzähligen Fallen durchsetzt, die bewältigt werden müssen. Und wir wären unter Umständen schon auf Power gescheitert, hätte uns nicht durch einen Zufall Icho Tolot zur Seite gestanden."

„Das ist kein Grund zur Resignation", meinte Holfing. „Wir können annehmen, daß diese Transmitterstation, die ein ganzes Sonnensystem umschließt, für uns die schwierigste Prüfung bleiben wird."

„Wie kommen Sie auf diese Idee?" erkundigte sich Hefrich.

„Ganz einfach", erwiderte Holfing. „Jenes Volk, das diese bewundernswerten Anlagen gebaut hat, konnte nicht wissen, welche Wesen sich jemals anschicken würden, die Galaxis zu verlassen und nach Andromeda zu fliegen. Sie mußten sich also auf alle Eventualitäten vorbereiten. Die Skala der Lebensformen, die uns die moderne Biochemie offenläßt, reicht vom Humanoiden über den Methanatmer bis zu Geschöpfen, die völlig fremdartig sind. Jene, die die Transmitter errichteten, konnten nicht voraussehen, daß es Humanoide sein würden, die den Sprung nach Andromeda wagten. Sie mußten also Fallen errichten, die für jede Lebensform wirksam sind. Der Flüssigkeitsentzug, der uns auf Power traf, ist unter Umständen für ein Volk, das sich auf Hitzeplaneten entwickeln konnte, völlig bedeutungslos."

„Ich weiß, worauf Sie hinauswollen", warf Rhodan ein. „Sie wollen damit ausdrücken, daß andere Fallen, die es zweifellos gibt, für uns vielleicht ungefährlich sind."

Holfing nickte bestätigend. „Ich will die Gefahr nicht verniedlichen", sagte er. „Sicher wird uns noch Schlimmeres widerfahren als auf Power, aber wir dürfen damit rechnen, daß verschiedene Stationen ungefährlich für uns sind."

„Wenn wir sie je erreichen...", unkte Major Hefrich.

„Kehren wir zur CREST zurück", schlug Rhodan vor. Sie befanden sich im Vorraum der fremden Kraftstation auf Sexta. Die Wissenschaftler hatten seit dem 30. August 2400 versucht, das Rätsel der Transmitterschaltung zu lösen. Heute, am 12. September, war ihnen das noch immer nicht gelungen. Offensichtlich gab es hier kein Weiterkommen.

„Vielleicht interessiert Sie meine persönliche Ansicht, Sir", bemerkte Holfing, als sie zusammen die Kraftstation verließen. Die CREST II stand mit aufgebauten Schutzschirmen und feuerklar auf dem weiten Gelände außerhalb der ringförmigen Energiestation.

„Sprechen Sie", forderte Rhodan den Physiker auf.

„Wir wissen alle, daß es schwer ist, das Solare Imperium zu stärken und zu verteidigen", begann Holfing. „Nun haben wir eine Spur gefunden, die uns vielleicht nach Andromeda führen kann." Holfing strich verlegen über seine weißen Haare. „Manchmal habe ich bei dem Gedanken an Andromeda ein Furchtgefühl. Allein die Vorstellung der unermeßlichen Leere, die uns von dieser benachbarten Galaxis trennt, läßt mich vorschlagen, daß wir es nicht riskieren sollten, die Herausforderung anzunehmen, die Andromeda für jeden geistig regen Menschen darstellen muß."

Rhodan lächelte schwach. „Ich verstehe Ihre Gefühle, Doc. Seit ihrem Bestehen hat die Menschheit eine gewisse Furcht vor dem nächsten Schritt in die Zukunft. Trotzdem – gegen alle Widerstände – stehen wir heute an dieser Stelle. Es entspricht nicht der menschlichen Mentalität, sich mit dem Erreichten zufriedenzugeben."

„Sehen Sie einen Sinn in unserem Vorstoß – in unserem Versuch eines Vorstoßes – nach Andromeda?"

„Ich möchte Ihnen eine Gegenfrage stellen: Wenn wir nicht nach Andromeda gehen – besteht dann nicht die Möglichkeit, daß eines Tages jemand von dort zu uns kommt? Und das mit Absichten, die unsere eigenen Pläne durchkreuzen könnten?"

„Die Antwort kann uns wahrscheinlich nur die Geschichte geben", sinnierte Holfing.

Sie stiegen in das vor der Station wartende Beiboot, das sie zur CREST II zurückbrachte. In Gedanken versunken, blickte Rhodan über die fremde Landschaft unter ihnen. Welches Volk hatte hier einst eine Station errichtet? Hatten schon andere Lebensformen versucht, die Kluft zwischen den Milchstraßen zu überbrücken?

Der Pilot steuerte das Beiboot in den Hangar der CREST II. Das Flaggschiff war inzwischen wieder voll aktionsfähig. Die Männer waren froh, daß sie endlich wieder unter normalen Schwerkraftbedingungen sein konnten. Mit fast zwei Gravos machte Sexta den Aufenthalt auf seiner Oberfläche ohne technische Hilfsmittel nicht gerade angenehm.

Kaum, daß Rhodan in der Zentrale des Flaggschiffes angekommen war, gab das im Raum stehende Posbiraumschiff BOX-8323 Alarm. Es handelte sich nicht um einen Notalarm, aber es mußte irgend etwas Unvorhergesehenes geschehen sein, das die Posbis veranlaßte, ihre Verbündeten anzurufen.

Rhodan erfuhr, daß um die fünf Planeten, auf denen sie bisher noch nicht gelandet waren, die grünen Schutzschirme nicht mehr bestanden. Sie waren nach Aussage der Posbis plötzlich verschwunden.

Sofort rief Rhodan alle wichtigen Männer in die Zentrale. Oberst Cart Rudo erhielt den Befehl, einen Start vorzubereiten.

Rhodan informierte die in der Zentrale auftauchenden Männer über die von den Posbis beobachteten Geschehnisse.

„Das kann nur bedeuten, daß der Weg jetzt für uns frei ist", sagte Atlan. „Wenn die Planeten ihre Schutzschirme abgelegt haben, können wir mit dem Schiff landen."

„Verlockend, nicht wahr?" lächelte Rhodan.

„Sie denken an eine Falle?" fragte Melbar Kasom. „Dann, so müßte man nach den bisherigen Ereignissen annehmen, hätte nur ein Planet zum Anflug frei werden dürfen, nämlich jener, auf dem man uns zu vernichten trachtet."

„Vielleicht kann man uns auf allen Welten vernichten", meinte Gucky, der gerade hereinkam und den Anfang der Unterhaltung auf telepathischem Wege mit gehört hatte.

„Wahrscheinlich", nickte Rhodan. „Auf jeden Fall glaube ich nicht, daß die Schutzschirme durch einen Zufall oder durch eine Beschädigung irgendeiner Anlage verschwanden. Sie wurden aufgelöst, weil irgend jemand keine Möglichkeit mehr sieht, uns auf Sexta anzugreifen. Also versucht man, uns auf einen anderen Planeten zu locken."

„Was also wäre klüger, als sich von diesen fünf Welten fernzuhalten?" fragte der Arkonide mit leichtem Spott.

„Du vergißt, daß wir hier irgendwie herauskommen wollen", erinnerte Rhodan. „Dazu *müssen* wir einfach nach neuen Möglichkeiten suchen." Er wandte sich an Oberst Rudo.

„Wir starten, Oberst!"

Wenige Augenblicke später hob sich die CREST II von der Oberfläche des Planeten Sexta ab. Perry Rhodan war sich noch nicht darüber im klaren, was er nun unternehmen würde. Sicher war es falsch, aufs Geratewohl auf einer anderen Welt zu landen. Rhodan ließ Oberst Rudo das Flaggschiff auf die leere Außenseite der ringförmigen Planetenfamilie steuern. Von dort konnte sich die CREST II unter Umständen schneller in Sicherheit bringen.

Als sich das Schiff dem viertgrößten Planeten des Twin-Systems näherte, kam Gucky an Rhodans Seite.

„Ich empfange Mentalimpulse", berichtete der Mausbiber. „Sie müssen von jener Welt kommen, auf die wir zufliegen."

„Bist du sicher?" erkundigte sich Rhodan.

Gucky blinzelte beleidigt. „Vielleicht ist es dir entgangen: meine bisherigen Erfahrungen gestatten mir, einen Irrtum auszuschließen."

„Er hat recht!" rief Gecko von seinem Sitz herüber. „Auch ich kann die mentalen Strömungen spüren."

Rhodan gab Rudo einen kurzen Wink. Der Epsalgeborene wußte genau, was dieser zu besagen hatte. Langsam flog das Flaggschiff der Welt entgegen, von der die Mentalströmungen aufgefangen wurden.

Rhodan stellte keine weiteren Fragen an die beiden Mausbiber. Er wollte sie in ihrer Konzentration nicht stören. Sobald sich etwas Ungewöhnliches ereignete, würden sie ihn unterrichten.

Während die Zeit verstrich, wuchs die Spannung in der Zentrale. Den Besatzungsmitgliedern waren die Schrecknisse von Power noch gut in Erinnerung. Sie rechneten nicht damit, daß innerhalb dieses Systems auch erfreuliche Dinge geschehen könnten.

Schließlich sagte Gucky: „Ich kann eine derart verworrene Fülle von Impulsen empfangen, daß es mir unmöglich ist, zu sagen, wer oder was dort unten lebt."

„Was bedeutet das?" fragte Icho Tolot.

„Es kann bedeuten, daß dort unten Angehörige mehrerer intelligenter Völker versammelt sind", erklärte Gucky.

„Quarta scheint der einzige Planet zu sein, der Leben trägt", sagte Rhodan. „Das macht mich zuversichtlich, denn es zeigt uns, daß man auf diesem Planeten leben kann."

„Von meinem Standpunkt aus ist das kein besonderer Vorteil", dröhnte Tolot. „Im Gegenteil – wir sollten diese Welt meiden."

Rhodan schüttelte den Kopf. „Nein", entschied er. „Wenn es hier Intelligenzen gibt, dann müssen diese über die Funktion des Transmitters unterrichtet sein. Auf jeden Fall können wir Hinweise erhalten."

„Sofern man sie uns gibt", warf Atlan ein.

„Gewiß", murmelte Rhodan. „Wir werden feststellen, wie man uns empfängt."

Atlans Stimme veränderte sich nicht, aber Rhodan kannte den Freund lange genug, um die Mißbilligung aus der Frage des Arkoniden zu hören: „Willst du mit der CREST landen?"

„Nein, das würde bedeuten, daß wir uns mit allem, was wir haben, in die Hände eines eventuellen Gegners begeben. Deshalb wird nur eine Korvette ausgeschleust, die als Vorhut auf Quarta landen wird."

Niemand hatte dagegen etwas einzuwenden. Die CREST als Sicherheit im Raum zurückzulassen, erschien nach den bisher gemachten Erfahrungen als durchaus vernünftig.

Messungen von Quartas Atmosphäre wurden vorgenommen. Die Auswertungen ergaben, daß es sich um eine sehr heiße Welt mit starkem Erdcharakter handelte. Quarta besaß große Meere und nur drei Kontinente, von denen einer nicht größer als Australien war. Die Gravitation lag etwas über der der Erde, doch die Differenz war so gering, daß sie kaum hinderlich sein würde. Die Atmosphäre schien atembar zu sein.

Obwohl die Mentalimpulse für die Mausbiber immer deutlicher wurden, vermochten sie nicht, einzelne Strömungen zu lokalisieren. Das „mentale Durcheinander", wie Gucky es nannte, ließ die Männer vermuten, daß sich verschiedene Lebensformen auf Quarta aufhielten.

Rhodan machte sich nicht die Mühe, den Grund dafür herauszufinden. Die Möglichkeiten für eine Erklärung waren unerschöpflich. Sie konnten die Wahrheit nur erfahren, wenn sie auf Quarta landeten.

Rhodan wählte die Besatzung für die Korvette aus. Neben Atlan und dem Haluter Icho Tolot würden er selbst, Melbar Kasom, Doppelkopfmutant Iwan Goratschin und Gucky sich zusammen mit fünfzig Spezialisten der CREST II an Bord der C-5 begeben. Das Kommando über die Korvette würde diesmal Captain Sven Henderson erhalten.

Bewußt ließ Rhodan seine Frau und die Mutanten Wuriu Sengu, Ralf Marten und Gecko auf der CREST II zurück. Er wollte eine Eingreifreserve haben, wenn die Beibootbesatzung Hilfe benötigte.

Rhodans Abschied von seiner Frau war ebenso knapp wie der von den Männern in der Zentrale, die nicht mitfliegen würden. Mory Rhodan-Abro wußte nur zu gut, daß ihr Mann Dinge tun mußte, die sein Leben bedrohten. Rhodans Stolz hätte nie zugelassen, daß er den

Raumfahrern in regelmäßigen Abständen den Anblick eines sentimentalen Abschieds bot.

So vollzog sich das Verlassen des Flaggschiffes sachlich.

Die C-5 wurde ausgeschleust, und das Mutterschiff bezog Warteposition im Raum. Außerdem flog das Posbischiff BOX-8323 eine Kreisbahn um den Planeten. Die Transformkanonen des Fragmentschiffes waren feuerklar. Einen besseren Schutz konnte man dem sechzig Meter durchmessenden Beiboot nicht geben. Allerdings war innerhalb des Twin-Systems jeder Schutz eine zweideutige Angelegenheit. Niemand wußte, was nun bevorstand, und es konnte geschehen, daß die BOX-8323 ebenso wie die CREST II einfach ausgelöscht wurden, bevor von den Männern des Solaren Imperiums auch nur ein einziger Schuß abgegeben werden konnte.

Die Korvette tauchte in die heiße Atmosphäre Quartas ein. Es war ein oft geübter Vorgang für die Raumfahrer, aber irgendwie war diesmal etwas Besonderes dabei. Vielleicht lag das an dem Gefühl naher Gefahr, das sich in den Männern ausbreitete.

Captain Henderson führte zwei Umkreisungen aus, bevor sie auf dem kleinsten der drei Kontinente die Riesenstadt entdeckten. Die Stadt bedeckte praktisch den gesamten Kontinent, wie ein Zuckerguß aus Stahl, Beton, Glas, Plastik, Holz und allen anderen möglichen Materialien erstreckte sie sich von Ufer zu Ufer. Lediglich ein etwa fünfzig Kilometer breiter, mit gelbem Sand und Felstrümmern bedeckter Küstenstreifen wies keinerlei Gebäude auf und war offenbar unbewohnt.

Aber es war nicht die Größe der Stadt, die Rhodan und die anderen Beobachter beeindruckte – es war ihr Aussehen.

Schon die ersten Beobachtungen zeigten, daß die Gebäude dort unten ungewöhnlich waren. Tausend oder mehr Architekten verschiedener Völker schienen um die ideale Bauform gewetteifert zu haben. Es gab keine klare Linie im Baustil, die Stadt bestand aus unzähligen verschiedenartigen Gebäuden. Eine Drohung ging von diesem Anblick aus, aber nicht allein das, sondern auch die Faszination des Unbegreiflichen. Jedes Bauwerk schien eine Herausforderung zu sein, ein stummes Drängen für jeden Neuankömmling, sein eigenes Bauwerk in diese skurrile Wirrnis zu bauen.

Irgendwie war die Stadt geprägt vom Überlebenswillen fremder Intelligenzen, obwohl niemand wußte, wer sie waren und was sie hier taten.

„Was halten Sie davon, Sir?" fragte Melbar Kasom.

„Was für eine Stadt", sagte Rhodan. In seinen Worten lag alles, was es zu sagen gab, weniger in der Bedeutung als in der Art, wie er sie aussprach.

„Was sollen wir tun?" erkundigte sich Henderson, als sei er plötzlich ratlos.

Rhodan brauchte nur in die Gesichter der übrigen Männer innerhalb der Zentrale zu sehen, um zu erkennen, daß die meisten von ihnen die Verwirrung des Captains teilten.

„Gehen Sie etwas tiefer", ordnete Rhodan an.

„Die Gebäude bestätigen meine Mentalortungen", warf Gucky ein. „Dort unten muß es Angehörige vieler Völker geben."

„Wollen wir umkehren?" erkundigte sich Icho Tolot.

Rhodan begriff, daß der Haluter keinen Rückzug antreten wollte. Wahrscheinlich interessierte er sich dafür, wie weit die Terraner gehen würden. Seiner Mentalität entsprechend wäre der Riese allein gegen die Stadt losgegangen – davon war Rhodan überzeugt. Doch Tolot war fair genug, die Terraner nicht beeinflussen zu wollen. Vielleicht war es auch keine Fairneß, sondern ein unumstößlicher Standpunkt eines jeden Haluters. Wer weiß, dachte Rhodan. Der Haluter sprach viel und wußte fast alles, aber niemand wußte etwas über ihn. Das hieß, man wußte nur das, was das Wesen kundzugeben bereit war.

Rhodan hoffte, daß es ihm schließlich gelingen würde, diese Mauer wohlwollender Vorsicht niederzureißen, mit der sich Tolot umgab. Im Augenblick jedoch galt es, sich über die Vorgänge auf Quarta zu unterrichten.

Als die C-5 weiter an Höhe verloren hatte, sahen die Raumfahrer, daß der erste Anblick getäuscht hatte. Die Stadt bedeckte nicht überall die Oberfläche, sie war aber so weiträumig angelegt, daß dieser Eindruck aus der großen Höhe entstehen mußte.

„Wir nennen sie Bigtown", schlug Rhodan vor. „Es ist der einzig zutreffende Name, der mir im Augenblick einfällt."

„Es ist der beste", stimmte Iwan Goratschin zu.

Immer deutlicher konnte man die zum Teil phantastischen Konstruktionen erkennen, die dort unten standen. Schließlich entdeckten sie etwas, das wie eine Robotfabrik aussah.

Rhodan wandte sich an Gucky.

„Wie wäre es mit einem kurzen Erkundungssprung, Kleiner?"

Gucky rieb sich die Pfoten. Rhodan mußte grinsen.

„Nur die Fabrik", mahnte er.

„Natürlich", sagte Gucky und verschwand.

Als wäre sein Teleportersprung ein geheimes Signal gewesen, begannen die Männer innerhalb der Zentrale alle auf einmal zu reden. Jeder entledigte sich seiner aufgestauten Theorien über Bigtown, bis Rhodan die Diskussion mit weiteren Befehlen abbrach.

„Behalten Sie unsere jetzige Position bei, bis Gucky zurückkehrt, Captain", sagte er zu Henderson.

Der Kommandant der Kaulquappe nahm die nötigen Manipulationen vor. Ruhig hing die C-5 über der Stadt, ohne daß etwas Beunruhigendes passierte. Bigtown kümmerte sich nicht um die Existenz des fremden Raumschiffes. Das, sagte sich Rhodan im stillen, war alles andere als beruhigend. Irgendwelche Aktionen von seiten der Fremden hätten ihnen Hinweise geben können, wie sie sich zu verhalten hatten. Doch Bigtown lag ruhig im Licht der tiefstehenden Sonne, die erst vor wenigen Stunden aufgegangen war.

Rhodan schaute auf die Uhr. Vier Minuten war Gucky bereits unterwegs.

Rhodan hatte keinen Grund, sich wegen des Mausbibers Gedanken zu machen, aber ab und zu ging der Mutant Risiken ein, die Rhodan nicht guthieß.

Captain Henderson wies auf den Panoramabildschirm.

„Sehen Sie dort unten, Sir!" rief er aufgeregt. „Dort, in der Nähe der Küste, wo kaum Gebäude stehen."

Rhodan konzentrierte seine Aufmerksamkeit auf die angegebene Stelle.

„Ein Feuer", sagte er, die Augen zusammenkneifend. „Ein blaues Feuer. Ich möchte sagen, daß man es unter Kontrolle hat. Es scheint sich nicht auszubreiten."

Während Rhodan über die Bedeutung der blauen Flammen nachdachte, kam Gucky zurück.

„Nun?" fragte Rhodan.

„Vollautomatische Fabriken", berichtete der Mausbiber knapp. „Sie dienen offenbar zur Herstellung chemischer Nahrungsmittel auf der Basis der Photosynthese."

Drei Männer schrien zu gleicher Zeit auf. Rhodan fuhr herum und blickte auf die Ortungsgeräte. Er sah sofort, was passiert war. Und er erkannte, daß sie einen Fehler gemacht hatten. Einen Fehler, den jemand vorausberechnet und eingeplant hatte.

Der grüne Schutzschirm hatte sich wieder um Quarta gelegt.
Und die C-5 befand sich *innerhalb* des Schirmes.
Die Falle der Unbekannten hatte sich geschlossen.

Der Augenblick der Panik war kurz und betraf nur die Hälfte der Besatzung. Die erfahrenen Männer begannen sofort zu handeln, obwohl sie mit Sicherheit wußten, daß sie in letzter Konsequenz nur auf den nächsten Schachzug des unbekannten Gegners warten konnten.

Jetzt erwies es sich, daß Rhodans Entscheidung, die CREST II und das Posbiraumschiff als Eingreifreserve zurückzulassen, vollkommen wirkungslos war. Was nützten beide Schiffe, wenn sie nicht zur C-5 vorstoßen konnten? Auch Gecko hatte ohne Gucky keine Chance, bei einem erneuten Einsatz von Gravitationsbomben den Schirm zu durchdringen. Rhodan verschwendete jedoch keine Zeit mit Selbstvorwürfen. Er wußte, daß man an Bord der beiden großen Schiffe alles tun würde, um der Besatzung der Korvette zu helfen. Rhodan hatte jedoch nicht vor, darauf zu warten, daß sie unterstützt wurden. Noch waren sie voll aktionsfähig und konnten sich verteidigen.

„Wir verschwinden hier, Captain!" rief er Henderson zu. „Wir werden versuchen, auf einem der unbewohnten Kontinente zu landen. Vielleicht können wir von dort aus etwas unternehmen."

Henderson bestätigte und wollte das Boot beschleunigen. Gleich darauf verzog sich sein Gesicht in sorgenvolle Falten.

„Wir kommen nicht weg, Sir", klagte er erbittert. „Es sieht ganz so aus, als würden wir mit Gewalt festgehalten."

Rhodan blickte auf die riesige Stadt unter dem kleinen Schiff. Mit Hilfe eines Kraftfeldes wurden sie festgehalten. Auf jeden Fall schien der Gegner nicht zu beabsichtigen, sie sofort zu vernichten.

Langsam begann sich die Korvette zu bewegen. Henderson fluchte lautlos. Rhodan erkannte den Grund. Das Beiboot der CREST II wurde allmählich der Oberfläche entgegengezogen, ohne daß man etwas dagegen unternehmen konnte. Rhodan befahl dem Captain, seine sinnlosen Versuche aufzugeben.

Gucky unternahm einen Versuch, den Schutzschirm um Quarta zu durchdringen und an Bord der CREST II zu teleportieren. Er scheiterte jedoch. Niedergeschlagen kehrte er an Bord der C-5 zurück. Seine Hoffnung, von *innen* könnte der Schirm zu überwinden sein, hatte sich nicht erfüllt. Allerdings hatte er kaum Schmerzen gespürt.

Je tiefer das 60-Meter-Schiff sank, desto schneller wurde es. Den

Maschinenanlagen wurden durch einen Zapfstrahl, der seinen Ursprung in Bigtown hatte, jede Energie entzogen. Besorgt beobachteten die Männer in der Zentrale, wie die Gebäude immer größer wurden. Die C-5 flog gezwungenermaßen auf jene Stelle zu, an der das blaue Feuer brannte. Dort gab es keine Gebäude.

Mit ihrer augenblicklichen Beschleunigung mußte eine Zwangslandung zu schweren Schäden führen. Henderson, der das genau erkannte, versuchte alles, um die Korvette unter Kontrolle zu bringen. Doch die Kräfte, die von den Unbekannten eingesetzt wurden, erwiesen sich als stärker.

Sie waren bereits so tief, daß sie nur noch eine Küste des Kontinents erkennen konnten.

„Festschnallen!" befahl Rhodan der Besatzung. Überall im Schiff begannen hektische Vorbereitungen, um die Wucht des zu erwartenden Aufpralls zu vermindern.

Rhodan fragte sich, warum man sie nicht bereits in der Luft vernichtet hatte, wenn man nun versuchte, sie auf der Oberfläche Quartas zerschellen zu lassen.

Tiefer sank die C-5, bis das blaue Feuer sie einzuhüllen schien. Rhodan hoffte, daß sie den Aufprall überleben würden. Die Stadt wurde zu einer dunklen Masse, über der die blauen Flammen hinwegzuschlagen schienen.

Der Aufschlag brachte den schimpfenden Henderson zum Schweigen. Die Landestützen der C-5 knickten ein und warfen das Schiff um. Das große Polgeschütz riß aus der Verankerung und zerstörte das obere Deck. Der größte Teil der Besatzung verlor das Bewußtsein.

Icho Tolot, der sich auf die Bruchlandung vorbereitet hatte, blickte sich in der Zentrale um. Er versuchte, seine tiefe Befriedigung über den Verlauf des Unternehmens zu unterdrücken, da er sich nicht vorstellen konnte, daß die Terraner seine Freude über ungewöhnliche Abenteuer teilten. Er sah, daß sich Melbar Kasom ebenfalls aufrichtete. Alle anderen schienen verletzt oder ohne Bewußtsein zu sein.

Kasom ging zu Rhodan und schüttelte ihn, bis der hagere Terraner den Kopf hob.

Rhodan machte eine schwache Handbewegung. Sofort verstand Tolot, was der Mann beabsichtigte. Er ging hinüber und hob Rhodan mit Leichtigkeit auf.

„Wir gehen ins Freie. Kommen Sie, Kasom."

Der USO-Spezialist warf einen zweifelnden Blick auf Rhodans

verzerrtes Gesicht, doch als dieser entschlossen nickte, zuckte er mit den Schultern und schloß sich Tolot an, der Rhodan wie ein Kind durch die Zentrale trug. Als sie hinausgingen, begegnete ihnen ein Arzt mit einer klaffenden Kopfwunde. Der Mediziner schien das überhaupt nicht zu bemerken. Er hatte zwei Medo-Roboter bei sich, die Verbandsachen trugen. Er blickte Tolot an, als wollte er ihn aufhalten, doch der Haluter schob ihn mit sanftem Druck zur Seite.

„Kümmern Sie sich um die Männer in der Zentrale, Doc", sagte Rhodan beruhigend.

Der Arzt wischte sich Blut aus dem Gesicht und verschwand durch den Eingang des Kommandoraumes. Kasom hustete, als Brandgeruch spürbar wurde. Überall innerhalb der C-5 knisterte es. Die Zerstörungen waren schlimmer, als Rhodan angenommen hatte. Zu ihrem Erstaunen funktionierte der Antigravschacht noch. Sie glitten bis zum Verladedeck hinab. Dort ließ sich Rhodan wieder auf den Boden setzen. Tolot betrachtete ihn mißtrauisch, doch der Terraner hatte sich entweder schnell erholt, oder er verbarg seine Schwäche geschickt.

Sie begegneten einer Gruppe von sieben Männern, die versuchten, sich durch die Trümmer des Verladedecks zu wühlen. Zwei von ihnen waren verletzt. Offenbar lagen unter den losgerissenen Lasten weitere Verletzte. Rhodan befahl ihnen, sich um diese Männer zu kümmern. Die Schleuse stand offen. In der ersten Panik mußte sie jemand geöffnet haben. Heiße Luft drang herein. Rhodan sah hellen Sand und den abgebrochenen Unterausleger einer Landestütze, dessen Verstrebungen zum Teil in den Verladeraum ragten. Icho Tolot schob die Trümmer, die ihnen im Weg lagen, auseinander, als handelte es sich um Papier. Alles, was der Haluter liegen lassen mußte, wurde ein Opfer von Kasoms großen Händen. Auf diese Weise arbeiteten sie sich bis zur Schleuse vor. Ein Blick genügte Rhodan, um festzustellen, daß an ein Ausfahren des Landesteges nicht mehr zu denken war. Doch das erwies sich nicht als tragisch, da die C-5 so umgekippt war, daß die Schleusenöffnung nur wenige Meter von der Oberfläche Quartas entfernt war.

Kasom sprang hinaus. Tolot packte Rhodan und folgte dem Ertruser. Das umgestürzte Schiff bot einen traurigen Anblick. Rhodan ließ seine Blicke jedoch nur kurz darauf verweilen. Dann schaute er zwischen den verbogenen Landestützen auf das fremde Land hinaus. Das große Feuer bildete eine Wand zwischen ihnen und Bigtown, so daß sie kaum etwas sehen konnten. Die Luft war heiß und drückend, und der Geruch des Feuers lag beißend in jedem Atemzug, den die Männer taten. Rhodan war überzeugt, daß das dem Haluter nichts ausmachte, aber er selbst und Kasom litten darunter.

„Wir müssen auf die andere Seite des Feuers", drängte Rhodan. Wieder ging Tolot voraus, um eventuelle Hindernisse aus dem Weg zu räumen. Gegenüber dem schwarzhäutigen Koloß erschien sogar Kasom schwächlich.

Tolot zerschlug eine Verstrebung und wandte sich zu den beiden Männern um. Er grinste und zeigte dabei eine Reihe von Zähnen, die härter als Terkonitstahl waren. Ein Wesen, das anstelle eines empfindlichen Magens eine Art organischen Konverter besaß und praktisch alles verdauen konnte, benötigte solche Zähne.

Sie langten neben dem Feuer an.

Tolot blieb stehen. Im Schein des Feuers ähnelte er einem angriffslustigen Bären. Mit einem seiner Greifarme zeigte er auf eine Unterbrechung im Sand.

„Ein Loch", sagte er ruhig. Dann stapfte er darauf zu.

Rhodan und Kasom beeilten sich, mit dem Haluter Schritt zu halten. Fast gleichzeitig erreichten sie den Rand der Grube.

Ein etwas über einen Meter großes Wesen lag mit dem Gesicht nach unten darin. Sand und Ascheflocken bedeckten seinen bepelzten Körper. Rhodan runzelte die Stirn. Was hatte dieses Feuer zu bedeuten? In welchem Zusammenhang stand es mit diesem Wesen, das in dem Loch lag und offenbar tot war? Wurden sie Zeugen einer Bestattungszeremonie?

Tolot schwang sich in die Grube und zerrte den Unbekannten herum.

Sie blickten in ein kindliches Gesicht, das von graublauen Haaren umrahmt wurde. Dann sah Rhodan die Einschußstellen von Energiewaffen. Man mußte aus nächster Nähe auf den Fremden gefeuert haben. Rhodan fühlte, daß Übelkeit in ihm aufstieg.

„Es ist tot", sagte Tolot dumpf. „Erschossen." Man spürte den Zorn aus seiner Stimme gegen jene heraus, die das getan hatten. Als Tolot aus der Grube sprang, hatte er einen Gegenstand bei sich, der wie eine Schaufel aussah.

„Es hat sein eigenes Grab geschaufelt", stellte Kasom fest. „Dann hat man es getötet."

Tolot begann das Loch zuzuschaufeln. Er benötigte dazu nur wenige Minuten. Rhodan hielt ihn nicht davon ab. Er sah nach Bigtown hinüber. Die helleren Dächer flimmerten unter der Sonne. Auf zwei großen Gebäuden brannten eine Reihe sich langsam drehender Lichter. Die Gebäude waren stufenförmig gebaut und glichen überdimensionalen Geburtstagstorten mit Kerzen darauf. Ein Ring von S-förmigen Häusern schloß die Stadt ab. Das tollste Gebilde war eine Art Haube, die auf nur einer Stange ruhte. Wer immer das errichtet hatte, mußte, außer großem Können, auch über einzigartige Hilfsmittel verfügen.

Tolot und Kasom traten das geschlossene Grab platt. Dann steckte der Haluter den Spaten in den Sand.

„Das tote Wesen gefiel mir", erklärte er.

Für einen Haluter war das eine weitgehende Sympathieerklärung.

„Da kommt jemand", warf Kasom ein. „Vor der Stadt – eine Staubfahne!"

Die Männer erstarrten in ihren Bewegungen. Zwischen den S-förmigen Häusern bog ein Fahrzeug ins freie Land ein und bewegte sich langsam auf die Absturzstelle zu. Es war noch zu weit entfernt, so daß die Männer nicht feststellen konnten, wer es steuerte.

Rhodan und Kasom überprüften ihre Waffen. Tolot ließ sich auf die Arme nieder. Rhodan durchschaute sofort die Absicht des Haluters.

„Warten wir hier auf sie!" sagte er schnell.

„Drei Burschen sitzen innerhalb des Fahrzeuges", sagte Tolot, der die besten Augen besaß. „Sie haben es anscheinend nicht sehr eilig."

Wieso kamen aus einer Stadt, in der schätzungsweise fünfzig Millionen Wesen leben mußten, nur drei Einwohner zu ihnen heraus?

Endlich konnte auch Rhodan die drei Fremden sehen. Sie hockten zusammengekauert nebeneinander, so dicht, daß man glauben konnte, sie müßten sich trotz der Hitze des Tages noch gegenseitig warm halten. Die Ankömmlinge waren groß, ihre Körper wurden von roten Pelzen bedeckt. Im Aussehen unterschieden sie sich nicht. Ihr Fahrzeug wurde von kleinen Rädern getragen, die sich auch für Fahrten im Gebirge eignen mußten. Rhodan nahm aufmerksam alle Einzelheiten in sich auf. Er hatte schon oft die Erfahrung gemacht, daß gerade die unbedeutend erscheinenden Dinge sich später oft als wichtig erwiesen. Die drei Bewohner von Bigtown schienen so von ihrer Stärke überzeugt zu sein, daß sie keinerlei Vorsichtsmaßregeln trafen. Erst kurz vor der kleinen Gruppe brachten sie das Fahrzeug zum Halten. Das Dröhnen des Motors verstummte.

Langsam kletterten die drei Wesen aus dem Wagen. Sie trugen

stangenförmige Waffen, die sie mit großer Lässigkeit herumschwingen ließen. Sie machten einen unbekümmerten Eindruck. Sie blieben bei ihrem Wagen stehen und starrten die drei Schiffbrüchigen an.

Tolot zeigte auf das Loch, das er zugeschaufelt hatte.

Die Wesen kümmerten sich nicht um ihn. Fast gleichzeitig mit der zornigen Bewegung des Haluters spürte Rhodan, daß ein schwacher hypnotischer Druck von den drei Einwohnern Bigtowns ausging. Er war an solche paranormalen Angriffe gewöhnt, so daß sie ihm nichts ausmachten. Tolot war immun. Auch bei Kasom zeigten die Impulse keine Wirkung. Eine Weile versuchten die Fremden, die Männer aus der C-5 zu hypnotisieren. Als sie bemerkten, daß sie keinen Erfolg damit hatten, änderten sie ihre Verhaltensweise.

Sie schossen auf Tolot.

Daß sie sich ausgerechnet den Haluter ausgesucht hatten, entsprach wahrscheinlich dem Wunsch, ihre Stärke am größten Gegner zu beweisen. Doch damit erlitten sie eine klägliche Schlappe. Tolot knurrte verächtlich, ging auf die drei Fremden zu und hob drohend die Arme. Schnell erholten sich die Angreifer von ihrer Überraschung. Sie sprangen in den Wagen, dessen Oberteil herumschwenkte. Eine Öffnung wurde sichtbar, die sich auf Tolot richtete.

„Bleiben Sie stehen!" rief Rhodan. „Was hilft uns *Ihre* Stärke, wenn sie auf *uns* schießen?"

Der Haluter winkte Rhodan zustimmend zu. Gespannt beobachtete Rhodan jede Bewegung der Unbekannten. Als diese sahen, daß Tolot sich nicht weiter auf sie zubewegte, legte einer von ihnen die Waffe auf den Boden des Fahrzeuges und kletterte mit ausgestreckten Händen heraus. Es war eine einfache aber eindeutige Geste, mit der die Wesen ihre Verhandlungsbereitschaft zeigten. Rhodan atmete erleichtert auf.

Der Parlamentär kratzte sich mit offensichtlicher Verdrossenheit am Hinterkopf. Er schien keine Freude an seiner Aufgabe zu haben. Mit einem seiner krallenartigen Zehen malte er einen Kreis in den Sand. Dann deutete er zur Stadt hinüber.

Rhodan begriff sofort. Der Kreis sollte Bigtown darstellen.

Bevor sie sich auf diesem Wege weiter verständigen konnten, materialisierte Gucky zwischen Kasom und Rhodan. Unbeeindruckt verfolgten die drei Unbekannten das Erscheinen des Mausbibers. Sie schienen weder dem Aussehen des Mutanten eine besondere Bedeutung beizumessen, noch der Art, wie er auftauchte.

„Wir haben gerade mit der Unterhaltung angefangen, Kleiner", sagte Rhodan. „Du kannst uns helfen, bevor es zu Streitigkeiten kommt."

Gucky watschelte einige Schritte auf das Fahrzeug zu. Er machte eine großartige Geste.

„Das sind die Herren von Bigtown", erklärte er. „Sie nennen sich die Roten Dreier und besitzen neben der Suggestion auch telepathische Fähigkeiten."

Der telepathische Kontakt schien ausgezeichnet zu funktionieren.

Rhodan fragte sich jedoch, wie es diese drei Wesen geschafft hatten, eine solch große Stadt mit all ihren Bewohnern unter ihre Gewalt zu bringen?

„Finde heraus, was sie von uns wollen", forderte Rhodan von Gucky.

„Sie begrüßen uns", sagte Gucky. „Sie wollen wissen, welches Verbrechen wir begangen haben, daß man uns hierhergebracht hat?"

Kasom und Rhodan tauschten einen verständnislosen Blick.

„Verbrechen?" wiederholte Rhodan. „Was meinen die Burschen damit?"

Der Mutant zeigte nach Bigtown hinüber. „Wenn ich die Roten Dreier richtig verstehe, leben dort drüben nur Verfemte. Der Planet Quarta ist eine gewaltige Sammelstation für Verbrecher aller Völker von Andromeda. Hier müssen sie den Rest ihres Lebens verbringen."

Rhodan runzelte die Stirn. Eine Stadt von fünfzig Millionen Verbrechern. Nun kam es darauf an, was jene, die diese Gefangenen hierhergebracht hatten, unter einem Verbrechen verstanden.

„Wenn wir kein Verbrechen nachweisen können, töten sie uns", sagte Gucky hastig.

„In Ordnung", murmelte Rhodan. „Sage ihnen, daß wir gestohlen haben."

„Sie möchten wissen, *was* wir gestohlen haben?"

Rhodan deutete auf das Wrack der C-5.

„Das da", erklärte er.

Offenbar gaben sich die Roten Dreier mit dieser Erklärung zufrieden, denn sie wechselten das Thema.

„Sie erteilen uns die Genehmigung, auf Quarta zu bleiben", sagte Gucky. „Aber nur dann, wenn wir nach ihren Gesetzen leben. Und diese Gesetze scheinen ziemlich willkürlich zu sein. Sie haben Zeiten der Jagd, während denen es zwei ausgeloste Gruppen gibt: Jäger und Gejagte. Sie bestehen darauf, daß wir uns an diesem System beteiligen."

„Natürlich", sagte Tolot erfreut.

Gucky verzog das Gesicht.

„Bis wir uns eingelebt haben, sind wir Gejagte", sagte er. „Sie machen uns darauf aufmerksam, daß ab sofort jeder Jäger uns erledigen kann, wenn er Lust dazu verspürt."

Rhodan fühlte Ärger in sich aufsteigen. Er dachte nicht daran, sich an einem solch unmenschlichen Spiel zu beteiligen. Wenn die Einwohner von Bigtown sich gegenseitig umbrachten, dann war das ihre Sache. Die Besatzung der C-5 würde jedoch nicht daran teilnehmen. Rhodan ahnte, daß hier die Erklärung für die Macht der Roten Dreier lag. Wahrscheinlich waren alle anderen Wesen so mit Kämpfen beschäftigt, daß sie keine Zeit hatten, sich um ihre Anführer zu kümmern.

„Was geschieht, wenn wir uns weigern?" erkundigte sich Rhodan.

„Dann bringen sie uns um", verkündete Gucky.

„Wir sind nicht schwach", entgegnete Rhodan. „Sage ihnen, daß wir gefährliche Waffen haben. Tolot ist praktisch unangreifbar."

„Sie besitzen Möglichkeiten, uns zu überwältigen", sagte Gucky. „Zudem sind sie gegen Psi-Kräfte immun. Es hilft uns wenig, wenn sie den Haluter nicht bezwingen können. Mit uns werden sie fertig. Ich schlage vor, daß wir zum Schein auf ihre Forderungen eingehen. Meinetwegen soll man Jagd auf uns machen. Wir werden uns wehren und inzwischen nach der Kraftstation Quartas suchen."

Rhodan dachte nach. Gucky hatte nicht unrecht. Tolot war der einzige, der sich ausreichend schützen konnte. Die übrigen Besatzungsmitglieder waren den Herren von Bigtown ausgeliefert.

„Du mußt versuchen, eine Frist für uns herauszuholen", sagte Rhodan zu dem Mausbiber. „Erkläre ihnen, daß wir mit allem einverstanden sind, daß wir jedoch ein paar Stunden zur Vorbereitung benötigen."

Gucky richtete eine telepathische Anfrage an die Roten Dreier. Die Antwort, die er erhielt, war alles andere als befriedigend.

„Sie geben uns keine Frist, Perry. Zwei von uns sollen mit ihnen in die Stadt kommen, auf alle anderen wird sofort Jagd gemacht."

Rhodan richtete seine Aufmerksamkeit auf die Roten Dreier. Die Wesen waren groß und schlank. Roter Pelz bedeckte ihre Körper.

Arme und Beine waren kurz und viergliedrig. Die kugelrunden Schädel waren ungewöhnlich klein und wurden von wachsamen Augen beherrscht.

Rhodan sah, daß er hier keine Gnade zu erwarten hatte. Diese Wesen würden auf ihren Forderungen bestehen. Wahrscheinlich besaßen sie Möglichkeiten, ihre Wünsche mit Gewalt zu erfüllen, wenn es notwendig war. Rhodan hatte nicht vor, es zu einem Angriff auf die Besatzung der C-5 kommen zu lassen.

„Nun gut", sagte er. „Kasom geht mit mir in die Stadt. Inzwischen muß hier alles in Ordnung gebracht werden. Tolot soll Wache halten. Gucky, du kümmerst dich darum, daß die Männer auf alles vorbereitet sind. Atlan soll Waffen ausgeben. Bleibt vorerst hier, wenn nichts geschieht, was euch zwingt, das Wrack zu verlassen."

„Gut", nickte Gucky. „Ich werde eure Gedanken mitverfolgen und so über das informiert sein, was euch begegnet. Solltet ihr in ernsthafte Gefahr geraten, hole ich euch heraus."

Entschlossen schritt Rhodan auf das Fahrzeug der Roten Dreier zu. Tolot beobachtete schweigend, wie er und Kasom einstiegen. Es war ihm nicht anzusehen, was er von der Entwicklung hielt.

Kasom und Rhodan nahmen auf dem hinteren Sitz Platz. Vorn kauerten sich die Roten Dreier zusammen. Sie schoben ihre Waffen sorglos unter den Sitz. Der Wagen ruckte an. Staub wirbelte auf. Sie glitten an dem großen Feuer vorüber. Rhodan mußte sich festhalten, um während der rasenden Fahrt nicht das Gleichgewicht zu verlieren.

Er blickte zurück zur C-5. Gucky war nicht mehr zu sehen, doch Tolot stand noch immer an seinem Platz. Wahrscheinlich verfolgte er das Fahrzeug mit seinen Blicken und trauerte einem verlorenen Abenteuer nach. In jeder Unebenheit des Bodens machte der Wagen einen Satz. Der Motor heulte so laut, daß es für Kasom und Rhodan unmöglich war, sich zu unterhalten. Die Körper der Roten Dreier schwankten.

Das Fahrzeug raste auf Bigtown zu, eine Stadt, die angeblich von fünfzig Millionen Verbrechern bewohnt wurde. Rhodan ahnte, daß es ihm schwerfallen würde, sich an den Gedanken zu gewöhnen, daß die Besatzung der C-5 ab sofort zu den Verfemten gehörte.

12.

Das Losglück hatte dem Irrsucher geholfen und ihn in die Gruppe der Jäger eingereiht. Das bedeutete, daß er praktisch überall hingehen konnte. Jedes Wesen in Bigtown wußte, daß es die Gejagten vorzogen, sich überall in den Schlupfwinkeln der Stadt zu verbergen, bis die Jagd vorüber war. Natürlich gab es Ausnahmen, daß die Gejagten stärker als ihre Jäger waren und ruhig auf die Ankunft jener warteten, die sie im Kampf töten wollten.

Der Irrsucher machte sich keine Gedanken über die Verwerflichkeit solcher Gesetze.

Jetzt war die Zeit gekommen, da er seine Eier ablegen mußte. Als sich vor Wochen die ersten Anzeichen eingestellt hatten, war der Irrsucher beinahe verzweifelt. Wie sollte er auf dieser heißen Welt Trockeneis finden, um seine Eier darin abzulegen? Er hatte damit begonnen, Trockeneis herzustellen. Doch die Roten Dreier hatten ihre Spione überall und waren gekommen, um seine Anlage wieder zu zerstören. Niemand in Bigtown durfte seine Nachwuchssorgen mit Hilfe technischer Anlagen lösen. Das hätte früher oder später dazu geführt, daß sich die Mitglieder einzelner Völker gegenüber den anderen einen Vorteil verschafft hätten. Das sorgfältig abgewogene Gefüge der Stadt wäre in Unruhe geraten. Die Jagdzeiten mußten genügen, um aufgestaute Gefühle abzureagieren. Es war nicht einfach für Hunderte von verschiedenen Lebensformen, auf engstem Raum zusammenzuleben.

Als Jäger konnte der Irrsucher sich seine Opfer überall suchen. Bei der letzten Jagd hatte er ebenfalls zu den Jägern gehört und drei Shingels getötet. Sie hatten ihm einen Kampf geliefert, wobei ein ganzer Gebäudeblock in Brand geraten war, bis er sie im Antigravlift gestellt hatte. Er hatte die Hauptsicherung kurzgeschlossen. Der Lift war vom obersten Stockwerk in die Tiefe gerast. Die Shingels waren tot gewesen, als der Irrsucher sich ins Erdgeschoß abgeseilt hatte.

Diesmal ging er jedoch nicht auf Jagd. Er suchte Trockeneis. Bisher hatte er wenig Hoffnung gehabt, welches zu finden. Doch die Bruchlandung des unbekannten Raumschiffes gab ihm neue Hoffnung. Wenn es ihm gelang, die Besatzung zu töten, konnte er sich an Bord begeben und dort eine neue Eismaschine bauen, die von den Roten Dreiern nicht entdeckt werden konnte.

Das Raumschiff mußte unmittelbar neben dem Leuchtfeuer aufgeschlagen sein. Der Irrsucher beglückwünschte sich zu der Tatsache, daß seine Wohngrube in jenem Stadtteil lag, wo er den Absturz des Schiffes hatte verfolgen können. Auf der anderen Seite des Kontinents hätte er wahrscheinlich überhaupt nichts davon bemerkt.

Das Leuchtfeuer brannte während der gesamten Jagddauer. Erst wenn es erlosch, würden sich die Opfer wieder aus ihren Schlupfwinkeln wagen.

Der Irrsucher spürte, wie Schmerzen durch seinen mächtigen Körper rasten. Die Zeit der Eiablage rückte näher. Er mußte sich beeilen. Er fragte sich, wieviel Wesen angstvoll seinen Weg verfolgten, seitdem er seine Wohngrube verlassen hatte. Als Jäger waren die Irrsucher gefürchtet, weil sie ohne Rücksicht auf ihr eigenes Leben kämpften. Doch der Irrsucher kümmerte sich um niemand.

Am Stadtrand stieß er auf einen der Kontrolleure, die von den Roten Dreiern eingesetzt wurden, um darauf zu achten, daß niemand gegen die Gesetze verstieß. Der Kontrolleur war ein Hugna, dessen glühend wirkender Körper den Irrsucher an ein Feuerrad erinnerte. Der Hugna trug einen durchsichtigen Atemschutz, denn die Sauerstoffatmosphäre war Gift für ihn. Er richtete seine Translatorlampe auf den Irrsucher.

Verschiedene Leuchtbuchstaben flammten auf.

„Wohin gehst du?" las der Irrsucher.

In Bigtown gab es mehr als dreißigtausend Kontrolleure. Es erschien dem Irrsucher unwahrscheinlich, daß der Hugna ihn den Roten Dreiern melden würde, nur weil er die Innenstadt verließ. Das war zwar ungewöhnlich, aber es kam immer wieder vor.

„Ich jage außerhalb der Stadt", erklärte der Irrsucher mit verhaltener Erregung. Der Hugna konnte ihn zwar hören, aber er war nicht in der Lage, auch nur den leisesten Ton zu erzeugen.

Die Leuchtbuchstaben purzelten durcheinander und wurden durch neue ersetzt.

„Name?"

Schweigend zeigte der Irrsucher dem Kontrolleur seine Losmarke. Dort war sein Name, seine Volkszugehörigkeit und seine Bedeutung während der Jagd eingeprägt. Der Hugna veränderte die Stellung seines stabförmigen Augenbandes. Wieder erschienen neue Buchstaben auf der Lampe.

„Weitergehen!" las der Irrsucher erleichtert. *„Gute Jagd!"*
„Gute Jagd!" gab Krash zurück.

Er beeilte sich, an den letzten Gebäuden vorbeizukommen. Vielleicht wäre er über die Gedanken des Hugnas erstaunt gewesen. Der angebliche Kontrolleur war nicht weniger erleichtert als Krash, aber er amüsierte sich gleichzeitig über das Gelingen seines Planes. Ein als Kontrolleur verkleidetes Opfer besaß eine echte Chance, den Jägern zu entkommen. Der Hugna ahnte jedoch, daß er diese Maske nicht während der gesamten Jagd benutzen konnte, denn die Roten Dreier würden ihn töten lassen, wenn sie je davon erfuhren.

Inzwischen hatte Krash das offene Land erreicht. Er blickte nicht zurück. Das blaue Leuchtfeuer war weithin sichtbar. Dicht daneben konnte er das fremde Raumschiff sehen. Es war nicht sehr groß, aber das konnte ihm nur recht sein. Je weniger Fremde sich dort aufhielten, desto schneller würde der Kampf vorbei sein.

Plötzlich sah Krash eine Staubfahne aufwirbeln. Abrupt blieb er stehen. Zwischen Schiff und Leuchtfeuer bewegte sich etwas. Waren die Neuankömmlinge bereits auf dem Wege zur Stadt? Krash zischte ärgerlich. Hoffentlich kam er nicht zu spät.

Wenige Augenblicke später erkannte er, daß es das Fahrzeug der Roten Dreier war, das sich von der Unfallstelle her Bigtown näherte. Krash ging kein Risiko ein. Er kauerte sich flach in eine Bodenmulde. Schneller als er erwartet hatte, kümmerten sich die Roten Dreier um die Fremden. Der Irrsucher hatte damit gerechnet, daß die Roten Dreier die Gefangenen ohne Warnung in die Stadt kommen lassen würden.

Krash dachte angestrengt darüber nach, wieviel die Fremden bereits über die Verhältnisse auf dem Planeten der Verfemten erfahren haben mochten.

Es gehörte zu den Gepflogenheiten der Roten Dreier, daß sie Neuankömmlingen die Gesetze von Bigtown schilderten. Doch dabei waren sie nicht immer ehrlich. Es kam ganz darauf an, wie wichtig ihnen die jeweiligen Wesen erschienen. Der Irrsucher war entschlossen, seinen Plan auf jeden Fall durchzuführen. Er war der letzte seines Volkes auf Quarta. Nur wenn es ihm gelang, seine Brut abzulegen, konnte er hoffen, seine Art auf dieser Welt zu erhalten.

Warum mußte der Strafplanet ausgerechnet eine Welt sein, die eine so heiße Atmosphäre besaß, daß es nicht zu Eisbildungen kommen konnte? Der natürliche Trieb des Irrsuchers war stärker als jede warnende Vernunft. Krash würde jederzeit sein Leben opfern, um seine Brut zu retten.

Am Boden hingeduckt, wartete er, bis der Wagen der Roten Dreier zwischen den ersten Gebäuden verschwunden war. Die Herren von Bigtown hatten zwei Fremde bei sich. Die Neuankömmlinge wirkten nicht gefährlich, aber Krash wußte genau, daß er nicht allein vom Aussehen auf die Fähigkeiten der Wesen schließen konnte.

Krash kroch aus der Mulde. Seine Augen, die wie hervorquellende Glasmurmeln weit auseinander in der flachen Stirn saßen, glitten unruhig hin und her. Es gab keine Anzeichen für Gefahr. Die faltenartige Haut an Krashs Sprungbeinen zog sich zusammen. So zusammengekauert glich der Irrsucher einer überdimensionalen Kröte. Sein Kopf jedoch lief spitz nach unten zu, so daß der Eindruck entstand, Krash hätte einen Bart.

Mit mächtigen Sprüngen hüpfte der Irrsucher dem abgestürzten Raumschiff entgegen. Bald erkannte er eine einsame Gestalt zwischen Wrack und Leuchtfeuer. Offenbar hatten die Verfemten einen Wächter ausgestellt. Das Wesen war so groß wie Krash, aber nicht so breit gebaut. Krash gab sich nicht der Illusion hin, daß er sich unentdeckt dem Schiff nähern könnte. Er mußte sich mit Hilfe eines Tricks Zugang verschaffen. Auf keinen Fall durfte der Wächter die anderen Insassen warnen.

Verbittert dachte der Irrsucher an seine Strafe, die ihn lebenslänglich auf diese Welt verbannte. Hier war der Kampf ums Dasein härter als in seiner Heimat.

Der Fremde vor dem Wrack stand bewegungslos. Er glich einer Statue, deren Körper das Licht des Feuers reflektierte. Krashs Sprünge wurden kürzer, er bremste seine Geschwindigkeit mit den stämmigen Vorderbeinen ab, die er gleichzeitig als Greifarme benutzen konnte. Sand wirbelte auf. Der Irrsucher tat, als sei er nur am Leuchtfeuer interessiert. Er achtete darauf, daß er sich so bewegte, daß der Wächter glauben mußte, er sei gekommen, um sich um das Feuer zu kümmern.

Der Wächter sah nicht bedrohlich aus. Krashs Selbstbewußtsein stieg. Er langte neben dem Feuer an. Der Fremde verhielt sich ruhig. Er schien seine ganze Aufmerksamkeit der Stadt zu widmen. Der

Irrsucher machte sich am Gestell zu schaffen, auf dem man das Feuer entzündet hatte. Die Hitze rief Übelkeit in ihm hervor, aber er gab nicht auf. So kam er allmählich auf die andere Seite der Flammen. Der Wächter der neuen Gefangenen von Bigtown konnte nicht wissen, welche Sprünge Krash auszuführen imstande war. Der Irrsucher bemühte sich, jede seiner Bewegungen schwerfällig aussehen zu lassen. Noch einmal blickte er zum Schiff hinüber. Dort war alles ruhig.

Ich habe nur einen Sprung, dachte Krash.

Behutsam, als könnte jedes Zucken einer Sehne ihre Absichten verraten, kauerte sich die riesige Kröte zusammen. Da Krash direkt vor dem Feuer hockte, konnte der Wächter nichts von diesen Vorbereitungen erkennen; er mußte von den Flammen geblendet werden, wenn er wirklich zu Krash herüberblickte.

Die Hitze loderte über den Irrsucher hinweg. Einen Augenblick verschwamm das Bild seines Opfers vor seinen Augen.

Jetzt, dachte Krash ruhig.

Er stieß sich ab, eine geballte Masse von Muskeln und Fleisch. Noch im Sprung wunderte er sich über die Kraft, die er entwickelt hatte.

Der Fremde schien von unten auf ihn zuzufliegen, obwohl es in Wirklichkeit Krash war, der durch die Luft schoß. Der Aufprall mußte jedes Lebewesen von der Größe des Wächters zusammenbrechen lassen.

Noch im Sprung warf sich Krash etwas zur Seite, um den Gegner aus dem Gleichgewicht zu bringen. Dann zielte er voll auf den Unbekannten, der keine Abwehrreaktion gemacht hatte.

Im gleichen Augenblick schrie Krash in maßloser Wut und Enttäuschung auf. Wo eben noch der Wächter gestanden hatte, zeigte sich nackter Boden. Der Irrsucher bekam keine Zeit, um darüber nachzudenken, was er verkehrt gemacht hatte. Mit einem dumpfen Schlag prallte er auf den Boden. Er erhielt einen Hieb, der ihn herumriß und einen stechenden Schmerz durch seinen Rücken trieb. Grüne Flüssigkeit schoß aus seinen Erregungsporen. Er sah den Feind hinter sich, ein großer dunkler Schatten, der schneller als jedes andere Wesen war, das Krash bisher gesehen hatte.

Die Tatsache, daß er einfach am Boden liegenblieb, rettete dem Irrsucher das Leben. Der Wächter verhielt sich abwartend. Während er gegen die Schmerzen ankämpfte, erwartete Krash den Todesstoß. Er hatte Jagd gemacht und verloren. Das konnte nur sein Ende bedeuten. Doch nichts geschah.

Krash begann zu hoffen. Bot sich ihm eine Möglichkeit, mit diesen Wesen zu verhandeln? Wußten sie noch nichts von den Gesetzen der Stadt?

Er sah, daß sich mehrere Fremde aus dem Schiff näherten. Sie waren nicht so groß wie ihr Wächter. Wahrscheinlich war der Bezwinger des Irrsuchers ein Roboter.

Blitzschnell überlegte Krash. Solange er am Leben blieb, hatte er eine Chance, das Schiff zu erobern. Der leichte Sieg des Wächters konnte die Neuankömmlinge dazu verleiten, Krash zu unterschätzen.

Besorgt lauschte der Irrsucher in sich hinein. Die Brut mußte gerettet werden. Hoffentlich hatte der kurze Kampf den empfindlichen Eiern nicht geschadet.

Ganz langsam, so daß man seine Bewegungen nicht falsch deuten konnte, richtete sich Krash auf. Er war einer der gefürchtetsten Jäger von Bigtown. Sieben Jagdzeiten hatte er abwechselnd als Jäger und Opfer überstanden. Auch diesmal würde er noch als Sieger in die Stadt zurückkehren. Aber nur dann, wenn er einen Platz für seinen Nachwuchs fand.

Die Fremden unterhielten sich miteinander. Sie trugen Gegenstände aus Metall bei sich, die zweifellos Waffen waren. Der Irrsucher tat, als sei er halbtot. Die Wesen mußten glauben, daß er nichts mehr unternehmen konnte.

„Daraus wird nichts, alter Junge", sagte da eine Stimme direkt in seinen Gedanken.

Ein winziges Wesen schob sich zwischen den Fremden hindurch. Es trug einen Pelz und starrte Krash aus glänzenden Augen an. Ein Nagezahn von abgrundtiefer Häßlichkeit rundete das ungewöhnliche Bild ab.

Telepathie, dachte Krash und blockierte seine Gedanken. Er besaß selbst diese Fähigkeit, wenn auch nur in geringem Maß. Wieviel hatte der Kleine schon herausgefunden? Der Irrsucher erkannte, daß er seine Pläne ändern mußte. Offenbar waren mit dem Schiff Angehörige verschiedener Völker auf Quarta abgesetzt worden. Zwischen diesen Verbrechern schien eine Art Bündnis zu bestehen. Krash spürte, wie das Pelzwesen in seine Gedanken einzudringen versuchte.

Im Augenblick war seine Situation hoffnungslos.

Aber noch immer hatte er seine fürchterlichste Waffe nicht eingesetzt.

Mory Rhodan-Abro zeigte keinen Augenblick, wie sehr sie das unverhoffte Auftauchen des Energieschirmes um Quarta schockiert hatte. Mit Ausnahme von Septim und Sexta waren auch um die anderen Planeten wieder die grünen Energieschirme entstanden. Die Besatzung der C-5, unter der sich ihr Mann befand, war auf Quarta abgeschnitten.

In der Zentrale des Flaggschiffes kamen sofort alle Verantwortlichen zusammen, die nicht auf Quarta gelandet waren.

Wenn einer der führenden Männer innerhalb des Schiffes Mitleid mit der jungen Frau hatte, dann zeigte er es nicht. Rhodans Frau wurde von allen wie ein Mann behandelt, und sie stand in ihrer Tapferkeit und Entschlußkraft den Männern in nichts nach.

„Die C-5 ist in eine Falle geraten", begann sie sachlich. „Wir müssen versuchen, ihr zu Hilfe zu kommen. Ich schlage vor, daß wir es auf dieselbe Weise tun, wie beim Planeten Sexta. Wir haben zwar nur Gecko zur Verfügung, aber dennoch müssen wir den Versuch wagen, auch wenn er noch so aussichtslos erscheinen mag." Sie blickte zu dem Mausbiber hinüber und fragte dann: „Was hältst du davon?"

„Ich werde alles versuchen, um meinem Freund Gucky und selbstverständlich auch den anderen zu helfen. Aber wie soll ich allein das können? Wir wissen doch, daß der Schirm für Raumschiffe auch dann undurchdringbar bleibt, wenn er mit Gravobomben aufgeweicht ist."

„Das ist richtig, Kleiner", sagte Mory. „Aber es geht vorerst nur darum herauszufinden, ob es dir allein gelingt, den Schirm zu überwinden. Deine Aufgabe wird es also sein, dies in Erfahrung zu bringen. Falls der Versuch gelingt, mußt du sofort wieder zu uns zurückkehren. Der Beschuß durch die Gravobomben wird eine Minute dauern, genügend Zeit also, um dir die Rückkehr zu ermöglichen. Wenn dieses Experiment gelingt, können wir uns weitere Maßnahmen überlegen."

Morys Vorschlag wurde von allen widerspruchslos akzeptiert. Es gab keine andere Möglichkeit, als dieses Experiment zu wagen.

Knapp zwanzig Minuten später begannen die Bordgeschütze mit dem Punktfeuer auf den grünen Schirm. Gleichzeitig mit der ersten Salve teleportierte der Mausbiber – um Sekundenbruchteile später wieder zu materialisieren.

„Es geht nicht!" stieß er gequält hervor. Jedermann sah, daß er unter starken Schmerzen litt und sich nur mühsam auf den Beinen halten konnte. „Der Schirm hat mich zurückgeschleudert."

Die Feuerleitzentrale stellte ihren Beschuß ein. Tiefe Resignation bemächtigte sich der Menschen.

„Wir sollten es nochmals versuchen", sagte Cart Rudo gepreßt. „Wer sagt denn, daß Icho Tolot mit seiner Behauptung, daß Raumschiffe den aufgeweichten Schirm nicht durchdringen können, recht hat? Schließlich haben wir es noch nicht versucht. Wir sollten es mit einer unbemannten Space-Jet wagen."

Als ob er mit seiner Wortmeldung ein Signal gesetzt hätte, brach in der Zentrale der CREST eine laute Diskussion aus. Man schöpfte neue Hoffnung und verdrängte kurzfristig das Scheitern des Mausbibers aus dem Bewußtsein.

Mit nahezu euphorischem Eifer wurde dieser zweite Versuch in Angriff genommen. Jeder trachtete danach, irgendeine Tätigkeit zu verrichten, nur um seine Gedanken abzulenken. Und so manchem kam gar nicht in den Sinn, daß es zum Großteil sinnlose Tätigkeiten waren, die da verrichtet wurden.

Es dauerte nicht lange, bis eine geeignete Space-Jet gefunden und startklar gemacht worden war.

Gebannt verfolgten die Männer und Frauen in der Zentrale des terranischen Flaggschiffes das Geschehen im Raum auf den Bildschirmen. Als die Space-Jet schließlich den grünen Schirm erreichte, explodierte sie in einer grellen Lichtentladung.

Ein dumpfer verzweifelter Aufschrei begleitete den Untergang des unbemannten Raumschiffes. Jedem war die Verzweiflung ins Gesicht geschrieben. Niemand vermochte zu sagen, ob die Strukturaufweichung des Schutzschirms zum Zeitpunkt der Explosion noch vorhanden war oder ob sich der Schirm in diesen Sekundenbruchteilen, die zwischen dem Ende des Beschusses und dem Aufprall des Beibootes lagen, wieder vollständig regeneriert hatte und die Space-Jet deshalb explodiert war. Aber das war auch nicht mehr wichtig. Entscheidend war, daß auch dieser Versuch gescheitert war.

Mory Rhodan-Abro ließ es sich nicht anmerken, wie tief sie erschüttert war. Scheinbar ruhig und gelassen sagte sie: „Es sieht so aus, als ob wir warten müßten, bis der Schutzschirm um Quarta zusammenbricht. Freiwillig wird er das sicherlich nicht tun. Bleibt nur noch die Hoffnung, daß es der Besatzung der C-5 gelingt, die Kraftwerkstation, die für die Aufrechterhaltung dieses Schirmes verantwortlich ist, zu finden und außer Betrieb zu setzen. Wir bleiben vorerst im Orbit um Quarta."

Sie nickte den Anwesenden zu und verließ die Zentrale.

Die Zurückbleibenden blickten ihr nach, und so mancher mochte ahnen, welche Gefühlsstürme in diesem Moment in Mory tobten.

13.

Das Motorengeräusch verstummte, als der Wagen auf ein Gleitband fuhr und von diesem davongetragen wurde. Die Verschiedenartigkeit der Gebäude wirkte inmitten der Stadt noch grotesker als von außerhalb. Und die Stadt wimmelte von verschiedenartigem Leben. Überall wurde gekämpft.

Rhodan sah zwei schlangenförmige Wesen, die mit einem stachelbewehrten Körper um den Besitz eines Gegenstandes kämpften, der wahrscheinlich eine Waffe war. Die Roten Dreier blieben durch solche Ereignisse völlig unbeeindruckt. Vorn am Wagen brannte jetzt ein Signallicht, vor dem alle anderen zur Seite wichen. Das Fahrzeug und seine Insassen wurden nicht belästigt. Auch in verschiedenen Gebäuden wurde gekämpft. Einmal mußte das Fahrzeug das Gleitband verlassen, weil ein riesiges Wesen im Weg war. Das Monstrum war tot. Auf seinem Rücken hockte sein Bezwinger, ein dürrer, knochiger Vogelmann. Als er die Roten Dreier sah, verschwand er hastig.

Rhodan fragte sich, wie der Vogel das Ungeheuer hatte töten können.

Der Wagen schaukelte und quietschte, als er auf dem rauhen Boden neben dem Band weiterfuhr. Eine Horde verschiedener Lebewesen versperrte ihnen gleich darauf die Weiterfahrt. Offensichtlich waren es Zuschauer eines Kampfes, der inmitten des lebendigen Ringes ausgetragen wurde. Die Roten Dreier betätigten die Signallampe, ohne die Menge auseinandertreiben zu können. Niemand schien das Fahrzeug zu bemerken. Gelassen griff einer der Herren von Bigtown unter den Sitz und zog seine Waffe hervor. Dann feuerte er einen Schuß über die Köpfe der Zuschauer hinweg ab.

Die Masse teilte sich. Zwischen den Gleitbändern rangen zwei untersetzte Dickhäuter miteinander. Der Boden war von ihren Füßen aufgewühlt. Es war ein Kampf auf Leben und Tod.

Der Wagen ruckte an. Glühende Augen verfolgten seine Fahrt.

„Es sieht so aus, als würde hier jeder mit jedem kämpfen, Sir", sagte Melbar Kasom. „Und das mit voller Billigung der Regierung." Er machte ein Zeichen in Richtung auf die Roten Dreier.

„Es sind Wesen mit einer Mentalität, die wir nicht verstehen können", erwiderte Rhodan. „Was wir als grausam empfinden, sehen sie vielleicht als Vergnügen an."

Kasom schüttelte sich. Es war ein unbegreiflicher Gedanke, daß hier die Einwohner einer Stadt gnadenlose Jagd aufeinander machten. Rhodan hoffte, daß es ihnen erspart blieb, sich in dieses Chaos stürzen zu müssen. Hinter ihnen schloß sich die Zuschauermenge. Der Kampf ging weiter. Einige Zeit kam das Fahrzeug auf dem Gleitband voran, ohne aufgehalten zu werden. Sie kamen durch einen ruhigen Stadtteil mit flachen Bauwerken und ausgedehnten Parkanlagen mit Seen und Brunnen. Doch das friedliche Bild konnte nicht über die wahren Ereignisse in Bigtown hinwegtäuschen. Die Roten Dreier fuhren mitten durch den Park. Unmittelbar neben einem großen Brunnen sah Rhodan die Leiche eines unbekannten Lebewesens. Er machte Kasom darauf aufmerksam.

„Wir müßten herausfinden, wie lange die Jagd dauert", knurrte der Ertruser. „Sie können doch nicht so weitermachen, bis sie sich alle gegenseitig umgebracht haben."

Rhodan kämpfte gegen die Abscheu an, die er für die Bewohner von Bigtown empfand. Es war wichtiger, diese Wesen zu verstehen, zu erfahren, aus welchem Antrieb heraus sie das taten.

Nach menschlichen Gesetzen waren die Verfemten von Quarta zu verurteilen, aber wer wollte entscheiden, ob menschliche Gesetze auf sie anzuwenden waren?

Hinter dem Park mündete das Gleitband in einen beleuchteten Tunnel. Die Roten Dreier steuerten dort hinein. Andere Fahrzeuge begegneten ihnen. Unterhalb der Tunneldecke flogen fledermausähnliche Wesen einen Angriff auf einen parkenden Wagen, in dem ein breitschultriger Humanoide mit einer langläufigen Waffe um sein Leben kämpfte. Helle Blitze schossen aus seiner Waffe und blendeten Rhodan und Kasom. Als das Fahrzeug der Roten Dreier vorbeihuschte, gelang es dem Humanoiden, einen seiner Gegner zu treffen. Die Riesenfledermaus, oder was immer es war, stieß einen schrillen Schrei aus und sank mit verzweifelten Flügelschlägen tiefer. Sie torkelte so dicht über den Wagen hinweg, daß die Insassen die Köpfe einziehen mußten. Die Roten Dreier beschleunigten das Tempo. Das Krächzen der Fledermäuse verfolgte den Wagen, bis der Tunnel eine scharfe Kurve machte.

Nach einigen hundert Metern gabelte sich der Tunnel. Eine Strecke war freigegeben, die andere durch eine Sperre gesichert. Die Roten Dreier hielten auf die Sperre zu. Kurz davor betätigten sie dreimal die Signallampe. Die Sperre glitt auf. Zu beiden Seiten sah Rhodan die drohenden Mündungen automatischer Waffen aus den Wänden ragen. Er fragte sich, was mit ungebetenen Gästen geschah, die sich hier hereinwagten.

Das Gleitband hörte auf. Der Wagen rollte aus eigenem Antrieb über glatten Boden weiter, der langsam aber stetig in die Tiefe führte. Die Temperatur jedoch blieb unangenehm warm. In regelmäßigen Abständen erhellten Lampen den Tunnel. Niemand begegnete den Roten Dreiern und den beiden Schiffbrüchigen. Ab und zu tauchte ein Seitengang auf, doch die Herren von Bigtown ignorierten diese Möglichkeiten zur Richtungsänderung. Unzählige Nischen, die mit geheimnisvollen Geräten angefüllt waren, erweckten Rhodans Aufmerksamkeit.

Man brachte sie offenbar tief unter die eigentliche Oberfläche Quartas.

Endlich brach der Tunnel ab und mündete in eine Halle. Die ganze Zeit über hatten die Roten Dreier kein Wort miteinander gewechselt. Sie schienen auch so zu wissen, was zu tun war.

Unwillkürlich hatten sich Rhodan und Kasom diesem Schweigen angepaßt. Hinzu kam das niederdrückende Bewußtsein, daß sie sich immer weiter von der C-5 entfernten. Nun, wenn es darauf ankam, konnte Gucky sie auch hier unten finden.

Am meisten wunderte sich Rhodan über die Selbstsicherheit der Roten Dreier. Es war, als bezögen diese Wesen ihre Ruhe von einer übergeordneten Macht, von der Rhodan nichts wußte. Manchmal hatte Rhodan den Eindruck, daß die Roten Dreier von irgend etwas gesteuert wurden. Doch er mußte sich täuschen. Schließlich hatten sich die Roten Dreier als die Herren von Bigtown ausgegeben.

Der Wagen glitt durch die Halle, bis er vor einer dreieckigen Einfahrt anhielt. Die Roten Dreier sprangen aus dem Fahrzeug. Mit einer Handbewegung forderten sie die beiden Gefangenen auf, ihnen zu folgen. Es war vollkommen still. Als die drei Herrscher von Bigtown dicht vor das spitzwinklige Tor traten, sank dieses in den Boden.

Eine kuppelförmige Halle wurde sichtbar. Sie war im Gegensatz zur Vorhalle so hell, daß es schien, als reiche das Licht der Doppelsonne bis hierher. Hinter den Roten Dreiern traten Rhodan und Kasom ein.

Der erste Eindruck, den Rhodan hatte, war das Gefühl, von mehreren hundert Augen beobachtet zu werden. Doch es waren keine Augen. Es waren Bildschirme, die sich glitzernd und oval geformt in zwei Metern Höhe fast rund um die Kuppelhalle zogen. Auf allen Geräten sah Rhodan Bildausschnitte von Bigtown. Von hier aus konnten die Roten Dreier alles beobachten, was sie zu beobachten wünschten – und das war sicher nicht wenig.

Die Halle selbst war mit Maschinen und Geräten ausgefüllt. Eine Statue, die einen Roten Dreier zeigte, nahm sich beinahe unwirklich inmitten dieses technisierten Raumes aus.

An einem länglichen Tisch blieben die Roten Dreier stehen. Einer ergriff ein eiförmiges Gebilde, das, als er es hochzog, durch ein Spiralkabel mit dem Tisch verbunden blieb.

Ein Mikrophon, dachte Rhodan.

Der Rote Dreier sprach einige unverständliche Worte in das Mikrophon.

Gleich darauf kam aus dem Hintergrund ein zartgliedriges Wesen mit großen, feuchten Augen. Es war so groß wie ein Mensch, aber spindeldürr. Trotz der innerhalb der Halle herrschenden Hitze schien das Wesen zu frieren. Seine feinen Hände tasteten sich über den Tisch, als sei es blind.

„Ich bin der Dolmetscher", sagte das Wesen. Seine Stimme klang brüchig. Jedes Wort schien ihm Mühe zu bereiten. Rhodan war einen Augenblick so verblüfft, daß er sich nicht auf eine Antwort konzentrieren konnte. Die Roten Dreier standen abwartend dabei.

„Wie funktioniert es?" brachte Rhodan schließlich hervor. „Telepathie?"

„Nein", sagte das Wesen. „Jedes Gehirn sendet Wellen aus. Ich nehme sie als Symbole wahr. Aber ich kann alles verstehen."

„Um Himmels willen", dröhnte Kasom. „Ein lebender Symboltransformer. Das sollten die Posbis einmal sehen."

Die Roten Dreier waren mit dem Fortgang der Unterhaltung offenbar nicht einverstanden. Sie redeten heftig auf den Dolmetscher ein. Das Wesen schien unter ihren Stimmen einzuschrumpfen. Kasom wollte eingreifen, doch Rhodan hielt ihn zurück.

„Ich bin Blan", sagte der Dolmetscher schließlich. „Ich soll Ihnen sagen, daß die Roten Dreier nicht glauben, daß Sie Verbrecher sind. Für Ihr Hiersein muß es andere Gründe geben."

Und ob, dachte Rhodan. Sofort unterdrückte er diesen Gedanken. Laut sagte er: „Wir wollen eine Erklärung haben, warum man uns hierhergebracht hat!"

Blan lächelte traurig. Rhodan sah sich und Kasom in den Augen des Dolmetschers wie in einem Spiegel – so groß waren sie und so glänzend. Was immer sie schon gesehen hatten, es konnte nichts Angenehmes gewesen sein.

„Sie können erfahren, warum Sie hier sind", sagte Blan. Mitleid schwang in seiner Stimme mit. Er schien bereits zu wissen, was den beiden Männern bevorstand. Wahrscheinlich hatte er solche Dinge schon oft genug erlebt.

„Sie müssen beweisen, daß Sie tatsächlich ausgesetzte Verbrecher sind", fuhr Blan fort. „Da Sie behaupten, Diebe zu sein, werden Sie einen Diebstahl begehen müssen."

Rhodan und Kasom wechselten einen schnellen Blick. In Rhodan stieg Widerwillen gegen die Methoden der Roten Dreier auf, die selbstherrlich entschieden, wer auf Quarta aufgenommen wurde.

Die Roten Dreier sprachen auf Blan ein.

„Was wollen wir tun, Sir?" erkundigte sich Kasom.

„Abwarten", erwiderte Rhodan. „Noch wissen wir nicht genau, was man von uns verlangt. Sobald es schwierig wird, können wir uns immer noch etwas ausdenken."

Blan nahm von den Roten Dreiern eine Zeichnung in Empfang. Er übergab sie Rhodan. Rhodan nahm das Blatt entgegen. Mit feinen Linien war ein Gebäude darauf gezeichnet. Als Rhodan seine Finger bewegte, veränderte sich das Bild, das offenbar aus vielen hauchdünnen Schichten bestand. Jetzt sah er einen Raum, in dessen Mitte sich ein Sockel befand. Auf dem Sockel lag ein dreieckiger Stein- oder Metallbrocken.

„Dieses Haus müssen Sie finden", erklärte Blan. „Aber das genügt nicht. Sie müssen diesen Stein stehlen und ihn hierherbringen, um zu beweisen, daß Sie fähige Diebe sind."

Rhodan verzog das Gesicht.

„Wie können wir dieses Haus in einer solchen Riesenstadt finden?" erkundigte er sich. „Wir sind fremd, aber selbst für einen Einheimischen wäre diese Aufgabe unlösbar."

„Sie haben recht", sagte Blan. „Aber ich habe keinen Einfluß auf die Pläne der Roten Dreier."

„Was geschieht, wenn wir keinen Erfolg haben?" knurrte Kasom.

Blan senkte den Kopf – und das sagte mehr als Worte.

„Wie lange haben wir Zeit?" erkundigte sich Rhodan.

„Solange das blaue Leuchtfeuer brennt, solange dauert die Jagd", gab Blan zurück. „Wenn es am Erlöschen ist, müssen Sie wieder hier sein."

„Wie viele Tage wird es' brennen?" wollte Kasom wissen.

„Drei", sagte Blan. „Ein Tag ist bereits zur Hälfte verstrichen."

Rhodan blickte auf die Zeichnung. Durch eine Reibbewegung ließ er das Bild des Gebäudes zurückkehren. Es handelte sich um ein auffälliges Bauwerk. Es glich einer Pyramide ohne Spitze. An jeder der vier Seitenflächen gab es halbrunde Auswüchse.

„Der Stein wird bewacht", sagte Blan in diesem Augenblick.

„Bewacht?" echote Rhodan. „Wer bewacht ihn?"

Der Dolmetscher trat zurück und schwieg. Kasom wollte ihn verfolgen, doch die Waffen der Roten Dreier hielten ihn davor zurück. Rhodan schob die Zeichnung in die Tasche, die sie zu der Pyramide bringen sollte. Er bezweifelte jedoch, daß sie das Gebäude je erreichen würden. Was mochte inzwischen an Bord der C-5 geschehen?

Machte man bereits Jagd auf die Besatzung? Rhodan war überzeugt, daß die Korvette noch ein sicherer Aufenthaltsort war.

Bevor er weiter darüber nachdenken konnte, erhielt er einen Stoß. Wütend fuhr er herum, doch er blickte genau in die Mündung einer Waffe. Die Roten Dreier zeigten zum Ausgang, der noch immer offenstand.

„Wir müssen gehen", sagte Rhodan.

„Aber wir haben keine Chance, Sir", stieß Kasom erbittert hervor. „Wie können sie von uns etwas Unmögliches verlangen?"

„Versuchen Sie nicht, etwas zu verstehen, was auf dieser Welt geschieht", empfahl Rhodan dem USO-Spezialisten. „Gesetzlose besitzen ihre eigenen Gesetze."

Kasoms große Hände glitten an den Hüften abwärts.

„Wir haben noch nicht einmal Waffen", sagte er, als sie sich in Bewegung setzten.

„Sicher erwarten die Roten Dreier, daß wir uns diese ebenfalls stehlen", meinte Rhodan ironisch.

Er warf einen Blick zurück, als sie aus der Kuppelhalle traten. Auf einem der Bildschirme glaubte er das pyramidenförmige Bauwerk zu sehen, das sie suchen mußten.

Mit weitausholenden Schritten gingen sie den Tunnel hinauf, bis sie zur Sperre an der Gabelung kamen. Das Hindernis glitt zur Seite, als die beiden Männer auftauchten. Rhodan deutete auf das strahlende Gitter, das langsam in der Wand verschwand.

„Sie beobachten uns", stellte er fest. „Wahrscheinlich können sie jeden unserer Schritte verfolgen. Auf die Dauer wird ihnen das jedoch zu langweilig werden. Ich kann mir schlecht vorstellen, daß sie nichts anderes zu tun haben, als uns nachzuspionieren."

Kaum hatten sie die Sperre hinter sich gelassen, als das Gitter den Weg in die Tiefe wieder versperrte. Ohne zu zögern, sprangen die beiden Raumfahrer auf das Gleitband, das nach oben führte. Im Tunnel war es still. Nach einigen hundert Metern begegnete ihnen ein Wagen, der in die entgegengesetzte Richtung fuhr. Er war jedoch vollkommen leer.

Plötzlich packte Kasom Rhodan am Arm. „Hören Sie, Sir!"

Rhodan wußte, daß der USO-Mann ein scharfes Gehör besaß. Er konzentrierte sich auf die vor ihnen liegende Tunnelstrecke. Dann hörte er es auch.

Das krächzende Geschrei der Fledermäuse!

„Ob Sie noch kämpfen?" fragte Kasom.

Sie verließen das Band und blieben zwischen den beiden Gleitbahnen stehen. Der einzige Weg nach oben führte an den fliegenden Riesen vorbei.

„Wenn sie noch beschäftigt sind, werden sie sich nicht um uns kümmern", meinte Rhodan.

Kasom breitete die Hände aus, wie ein Spieler, der sein schlechtes Blatt demonstrieren will.

„Ohne Waffen kommen wir nicht durch", meinte er.

Rhodan starrte in den hell erleuchteten Tunnel hinein. Er erwartete, jeden Augenblick den Schatten eines Flugwesens an der Decke zu sehen. Doch nur das Gekrächze deutete auf ihre Anwesenheit hin.

„Kommen Sie, Kasom", forderte Rhodan. „Hier können wir auf keinen Fall bleiben."

Sie gingen zum Band zurück und ließen sich weiter nach oben tragen. Dann kam die Kurve, hinter der sie die Fledermäuse sehen mußten. Kasoms Körper versteifte sich. Das Band wurde unruhig, als es in die Kurve hineinglitt.

Das erste, was Rhodan sah, war der Wagen des fremden Humanoiden, der während ihrer Ankunft gegen die fliegenden Geschöpfe gekämpft hatte. Das Fahrzeug lag jetzt zwischen den Gleitbändern, die Räder zeigten nach oben. Der Humanoide hing über den herausgefallenen Sitzen. Seine Hände umklammerten die Waffe, und eine breite, dunkle Spur zeugte davon, daß er bis zum bitteren Ende gekämpft hatte.

Zwei Fledermäuse hockten auf den Achsen des Wagens: düstere Silhouetten gegen die Helligkeit des Tunnelhintergrundes. Sie gaben krächzende Laute von sich und falteten ihre Flügel übereinander, als wollten sie deren Flugfähigkeit prüfen. Drei weitere schwebten über dem Kampfort. Die Sitze des Fahrzeuges waren von Krallen- und Schnabelhieben aufgefetzt worden, und die Füllung quoll überall hervor. An einer Stelle berührte das Band den Wagen und erzeugte einen Schleifton, als zerre jemand einen schweren Körper über Geröllboden.

Kasom stieß einen ertrusischen Fluch aus und sprang vom Band herunter. Rhodan folgte ihm sofort. Hier wurden sie Zeuge eines Schauspiels, das nur hatte stattfinden können, weil es auf Quarta unmenschliche und brutale Gesetze gab. Rhodan hatte Mühe, seinen aufsteigenden Zorn unter Kontrolle zu halten. Er mußte sich zwingen, diese Szene mit der Objektivität eines Bewohners der Milchstraße zu betrachten, der auf eine Zivilisation gestoßen ist, die er nicht verstehen kann.

Träge strichen die drei Fledermäuse über den Wagen hinweg.

Von welchem Planeten mochte man diese Wesen hierhergebracht haben?

„Was nun?" flüsterte Kasom.

„Vielleicht ist ihre Jagdlust im Augenblick befriedigt", sagte Rhodan. „Wir versuchen, möglichst dicht an den Wagen heranzukommen. Vielleicht gelingt es uns, die Waffe in die Hände zu bekommen."

Kasom nickte grimmig. Rhodan wünschte, sie hätten Tolot bei sich gehabt oder wenigstens Gucky.

„Jetzt!" knurrte Rhodan, und sie begannen zu rennen.

Die beiden Fledermäuse auf den Achsen stießen schrille Laute aus und hoben sich ab. Noch unentschlossen kreisten sie jetzt zusammen mit den anderen unter der Tunneldecke. Offenbar wußten sie nicht, wie sie sich gegenüber den neuaufgetauchten Männern verhalten sollten.

Kasom und Rhodan erleichterten ihnen die Entscheidung. Mit gewaltigen Sprüngen kam der Ertruser zuerst neben dem Fahrzeug an. Er riß dem Toten die Waffe aus der Hand und warf sie Rhodan zu, der sie geschickt auffing. Sofort begann er den Mechanismus zu untersuchen. Es gab keinen Abzugshebel, aber als Rhodan einen Knopf unterhalb des Schaftes berührte, verließ ein flammender Strahl den Lauf.

Die Fledermäuse schrien und senkten sich langsam tiefer.

Rhodan sah den Fremden jetzt zum erstenmal aus der Nähe. Seine Hand war silbrig, und er war vollkommen haarlos. Selbst im Tod strahlte er eine ruhige Würde aus.

Vor ihm schnellte sich Kasom mit einem mächtigen Satz auf das Gleitband hinauf. Eine Fledermaus stieß mit ausgestreckten Krallen auf ihn herab. Der Kopf glich fast dem eines Wolfes, nur wenn sich der kurze, ungemein starke Schnabel öffnete, milderte sich dieser Eindruck. Rhodan wagte nicht, einen Schuß abzugeben, denn er konnte mit der fremden Waffe leicht den Ertruser treffen. Kasom duckte sich; das Flugwesen krächzte zornig, als es über den Ertruser hinwegflog und fast gegen die Tunnelwand geprallt wäre. Da warf sich Kasom nach vorn, so schnell, daß Rhodans Augen kaum der Bewegung folgen konnten. Mit beiden Händen packte Kasom den Angreifer von hinten. Das Wesen schrie.

Da erhielt Rhodan einen Stoß in den Rücken und taumelte gegen den Wagen. Instinktiv ließ er sich fallen. Das rettete ihn vor dem zustoßenden Schnabel eines Angreifers. Er kroch unter den Wagen und brachte die Waffe in Anschlag. Die Anwesenheit des toten Fremden mit der Silberhaut machte ihn unruhig. Auf dem gegenüberliegenden Gleitband tauchte einer der Gegner auf. Rhodan zielte und schoß. Die Fledermaus kippte vom Band und stürzte auf den Boden hinab. Zorniges Krächzen kam von der Tunneldecke herab.

Wie eine Schlange kroch Rhodan auf die andere Seite des Wagens. Er sah Kasom flach auf dem nach oben führenden Band liegen. Das Krächzen dröhnte in Rhodans Ohren.

„Schnell, Sir!" schrie Kasom, die Hände vor dem Mund zu einem Trichter formend.

Mit einem Satz kam Rhodan auf die Beine. Er warf sich herum und feuerte auf zwei Schatten, die im Sturzflug auf ihn herabkamen. In der flammenden Helligkeit der ausströmenden Energie sah er die Feinde fast wie auf einer Röntgenaufnahme. Kasom war schon fünfzig Meter weiter davongeglitten. Wieder schoß Rhodan, doch die Angreifer kamen näher. Dann gab es nur noch krächzende Ungeheuer um ihn herum. Er fühlte, wie das Blut in seinen Adern pochte. Immer wieder drückte er auf den Feuerknopf, ohne noch richtig zu zielen. Dann packte er den heißen Lauf der Waffe und schwang den Schaft über dem Kopf. Er traf, und er traf wieder. Sein eigener Schwung riß ihn mit und schleuderte ihn für Sekunden aus dem Kreis der Fledermäuse heraus. Er atmete mit geöffnetem Mund. Nur unbewußt verfolgte er, wie Kasom mit einem zornigen Aufschrei vom Band hüpfte und zur Unterstützung herbeieilte.

Ein Schnabelhieb traf Rhodan an den Oberarm. Krallen zerfetzten seine Jacke. Doch die ganze Zeit über wurde er von einer wilden Entschlossenheit durchdrungen, lebend an die Oberfläche dieser Welt zu kommen. Die Gedanken an den Toten mit der Silberhaut gaben ihm Kraft. Kasom erreichte den Kampfplatz. Mit bloßen Händen ging er gegen die Angreifer vor.

Dann war mit einem Schlag alles vorbei. Irgendwo aus dem Tunnel drang enttäuschtes Krächzen. Kasom stand mit hängenden Schultern neben dem Wagen. Vier tote Fledermäuse lagen zwischen den Bändern.

„Sie sind weg", sagte Kasom ruhig.

Rhodan fuhr sich mit der Hand über den brennenden Nacken. Die Wunden, die ihm die Gegner geschlagen hatten, schmerzten. Er ging zum Mann mit der Silberhaut und beugte sich zu ihm hinab. Welches Schicksal mochte dieses Wesen nach Quarta verschlagen haben? Jede Lebensform auf dieser Welt hätte wahrscheinlich eine Geschichte erzählen können – und es wären viele unglückliche Geschichten gewesen, schätzte Rhodan.

Er hörte, daß Kasom neben ihn trat.

Einige Sekunden betrachteten sie schweigend den Toten. Schmerzhaft empfand Rhodan die Kluft, die zwischen ihm und diesem Wesen lag. Was mochte der Silberhäutige vor seinem Tode empfunden haben?

Rhodan erhob sich.

„In jedem intelligenten Wesen lebt die Sehnsucht nach Freiheit", sagte er. „Es ist gleichgültig, aus welcher Galaxis es kommt."

„Freiheit", wiederholte Kasom traurig. „Dieses Wort scheint auf dieser Welt nicht zu existieren."

Gemeinsam kehrten sie zum Gleitband zurück, das sie schnell der

Oberfläche entgegentrug. Bald erreichten sie den ausgedehnten Park. Die Luft war fast unerträglich heiß. Drückende Stille breitete sich überall aus.

Rhodan bemühte sich, im Schatten der Bäume zu bleiben. Jeden Augenblick rechnete er mit einem Angriff. Das Plätschern der Brunnen klang wie das Murmeln ferner Stimmen. Am Himmel brannte die Doppelsonne. Es war jetzt Mittag auf Quarta.

Die Suche nach der Pyramide hatte begonnen.

Captain Hendersons Finger glitten über die Tastatur des Beobachtungsbildschirmes, als berührten sie die Saiten eines Musikinstrumentes. Atlan sah die Entschlossenheit des Offiziers, auf das fremde Wesen draußen vor der Korvette mit den Paralysewaffen feuern zu lassen, und er sah gleichzeitig Hendersons Verwirrung, die das eigenartige Gebaren der Riesenkröte in dem Captain hervorrief.

„Eines wissen wir mit Sicherheit", sagte Atlan ruhig, so daß Henderson sich zu ihm umwandte. „Der Fremde will ins Schiff. Er hat sich von diesem Plan auch nicht durch Tolots Attacke abbringen lassen."

„Nachdem er den Parablock aufgebaut hat, kann ich nicht mehr zu ihm durchdringen", bemerkte Gucky verärgert.

Henderson befeuchtete nervös mit der Zunge die spröden Lippen. Er wünschte, man hätte ihn nicht daran gehindert, sofort auf den Unbekannten dort draußen das Feuer eröffnen zu lassen.

Gucky hatte nur noch herausfinden können, daß der Bewohner von Bigtown den sehnlichen Wunsch hatte, in das Schiff zu gelangen. *Warum*, das wußte der Mausbiber nicht. Und der starke Parablock verhinderte jede weitere Entfaltung des Mutanten auf paranormaler Basis. Deshalb konnte er auch nicht zu Perry Rhodan und Melbar Kasom durchdringen. Niemand an Bord der C-5 wußte, wie es den beiden inzwischen ergangen war.

Icho Tolot hielt sich noch im Freien auf, obwohl die Schleuse jetzt notdürftig geschlossen worden war. Der Haluter hatte sich freiwillig bereit erklärt, das Krötenwesen zu bewachen.

„Wir müssen herausfinden, was das Wesen innerhalb der Korvette vorhat", sagte Atlan. „Wir dürfen den Angriff auf Tolot nicht unbedingt als Beweis betrachten, daß es nur hier ist, um uns alle zu töten. Es muß eine Möglichkeit geben, sich mit diesem Burschen zu verständigen."

Gucky watschelte ungeduldig durch die Zentrale. Er drängte darauf, daß sie irgend etwas unternahmen. Im Augenblick war er unfähig, seine Psi-Kräfte einzusetzen. Der Parablock des Unbekannten war stärker als der mehrerer Antis.

„Mit Tolot wird er nicht fertig", stellte Henderson befriedigt fest. „Solange unser halutischer Freund dort draußen ist, kann nichts passieren."

Atlan gab sich einen Ruck.

„Wir müssen handeln", entschied er.

Er hörte Henderson aufatmen. Ein leichtes Lächeln glitt über sein Gesicht. Wahrscheinlich würde der Captain enttäuscht sein, wenn er erfuhr, daß er nicht hinausgehen durfte. Atlan war entschlossen, es selbst zu versuchen. Er mußte mit der Riesenkröte Kontakt aufnehmen.

Captain Henderson schob seine Waffe nachdrücklich in den Gürtel.

„Immer mit der Ruhe, Captain", empfahl Atlan. „Sie sind ein verwegener junger Mann, aber ich glaube, diesmal bin ich an der Reihe."

Henderson hatte Mühe, seine Enttäuschung zu verbergen.

„Ich gehe hinaus", kündigte der Arkonide an. „Ohne Waffen."

Er wartete, bis der Proteststurm verklungen war. „Vernünftige Verhandlungen wurden noch nie mit Waffen geführt", setzte er dann hinzu. „Außerdem ist Tolot an meiner Seite."

Er wartete nicht darauf, daß weitere Einwendungen erhoben wurden, sondern verließ die Zentrale.

Als Atlan sich durch die mühsam reparierte Schleuse schob, sah er, daß Icho Tolot verschwunden war. Auch der Irrsucher war nicht zu sehen. Über dem Sand jedoch, direkt bei dem Leuchtfeuer, schwebten zwei leuchtende Kugeln von über zwei Metern Durchmesser.

Im gleichen Augenblick hörte der Arkonide die Stimme von Captain Henderson in allen Lautsprechern des Interkoms aufklingen.

„Kehren Sie um!" rief Henderson beschwörend. „Kehren Sie um, bevor es zu spät ist."

Atlan starrte ungläubig auf die Leuchtkugeln. Er versuchte, zu verstehen, was geschehen war. Er hatte die Panik aus Hendersons Stimme herausgehört.

Er beobachtete, wie die größere der beiden Kugeln auf die Korvette zuschwebte. Die andere blieb zurück. Sie tanzte unruhig neben dem Feuer auf und nieder. Plötzlich bekam sie Beine. Sie begann zu erlöschen und wurde zu Icho Tolots Gestalt, die langsam dem Boden zufiel.

Atlan stieß einen Warnschrei aus und rannte ins Innere des Schiffes zurück. Die große Kugel war dicht hinter ihm und machte erst vor der gesperrten Schleuse halt.

Der Brunnen unterschied sich nicht von unzähligen anderen, die es im Park gab, und doch blieb Rhodan stehen, als er zufällig einen Blick auf die Statue warf. Das Standbild störte den Gesamteindruck des Brunnens.

„Was ist los, Sir?" erkundigte sich Kasom und hielt neben Rhodan an.

„Der Brunnen", murmelte Rhodan und zeigte unauffällig in die Richtung der Statue. „Etwas stimmt daran nicht."

Der obere Teil des Brunnens bestand aus einem ovalen Becken und einem Sockel. Auf dem Sockel stand die Figur einer Echse. Von den Innenseiten des Beckens strahlten Düsen Wasser auf die Statue, von deren bronzefarbener Außenfläche es in glitzernden Bächen herunterlief.

„Bei allen anderen Brunnen dieses Modells trafen sich die Wasserstrahlen in der Mitte und bildeten eine Fontäne", erinnerte sich Rhodan. „Der Bursche dort paßt nicht auf den Sockel."

„Das mag schon sein", nickte Kasom mißtrauisch. „Aber warum sollen wir uns darum kümmern? Die Einwohner von Bigtown können ihre Brunnen nicht nach unseren Vorschlägen bauen."

Rhodan schüttelte den Kopf. Er blickte krampfhaft auf den Boden. Sie befanden sich noch dreißig Meter vom Brunnen entfernt.

„Die Figur, Kasom, ist überhaupt keine Figur", sagte er.

„Sie glauben, daß das Ding lebt?"

„Ja", Rhodan machte unauffällig die erbeutete Waffe schußfertig. „Es sieht nach einer Falle aus."

Der mysteriöse Brunnen stand inmitten einer Wiese. Auf der gegenüberliegenden Seite schloß sich ein mit Blumen übersäter Hang an. Die Wiese wurde von mittelgroßen Bäumen umgeben. Es gab keinen Weg, aber stellenweise zeigte das Gras Spuren anderer Wesen.

„Kehren wir um", schlug der Ertruser vor.

„Das bedeutet Verfolgung", sagte Rhodan sachlich. „Nein. Wir behalten unsere bisherige Richtung bei."

„Es scheint eine Panzerechse zu sein", sagte Kasom nervös. „Wenn sie lebt, versteht sie es vollkommen, sich totzustellen."

Sie gingen weiter. Der Boden war weich und verschluckte jedes Geräusch. Als sie sich dem Brunnen bis auf fünfzehn Meter genähert hatten, sprang die falsche Statue vom Sockel ins Becken und schoß aus einer kleinen, breitläufigen Waffe. Wasser schwappte über den Beckenrand, und die Energie des Schusses ließ die feinen Tropfen rund um die Düsen verdampfen. Weißliche Wolken bildeten sich.

Bei der ersten Bewegung der Echse hatten Rhodan und Kasom sich bereits auf den Boden geworfen. Der Schuß strich über die Männer hinweg. Rhodan feuerte seinerseits. Er sah, wie der Angreifer langsam in das Becken zurückfiel. Ein platschendes Geräusch ertönte. Kasom sprang auf und raste auf den Brunnen zu. Rhodan blieb mit schußbereiter Waffe liegen. Als der Ertruser das Becken erreicht hatte, erschien der Kopf der Echse abermals. Zugleich wurde der häßlich aussehende Lauf der Energiewaffe sichtbar.

Kasom handelte sofort. Mit beiden Handflächen hieb er in das Wasser. Ein Wasserschwall ergoß sich über den Gegner. Die Echse riß ihre Waffe herum, um auf Kasom zu schießen. Rhodan sah sie deutlich zwischen zwei Wasserstrahlen auftauchen. Er zielte sorgfältig und schoß. Auch die Echse gab noch einen Schuß ab, doch dieser traf nur den Sockel, der mit einem Knacken zersprang und in das Becken fiel. Kasom schwang sich auf den Brunnen und watete mit wenigen Schritten auf die bewegungslose Gestalt zu. Erst als er winkte, stand Rhodan ebenfalls auf und kam zum Brunnen.

Kasom war völlig durchnäßt. Er winkte Rhodan mit der Waffe des Gegners.

„Der Bursche ist nur bewußtlos", sagte er. „Er wird jedoch ertrinken, wenn wir ihn hier im Wasser liegenlassen."

Ohne zu überlegen, sagte Rhodan: „Schaffen Sie ihn heraus, Kasom."

Der Ertruser zögerte. Zu lebhaft war noch die Erinnerung an die Absichten dieses Wesens.

„Wir sind keine Einwohner Bigtowns", sagte Rhodan ruhig.

„Natürlich, Sir", murmelte Kasom. Er zerrte den Bewußtlosen an den Beckenrand. Es war ein aufrecht gehendes Reptil, mit dicken Rückenplatten und dunklen Augen, die hoch in der Stirn saßen. Über der Brust und an den Gelenken der Echse war der Panzer weniger stark entwickelt. Arme und Beine schienen aus einzelnen Spiralen zu bestehen, doch das war eine Täuschung, die durch die eigenartige Musterung des Panzers entstand.

Kasom sprang auf den Boden herab. Dann hob er den Unbekannten aus dem Becken. Das Wesen kam zu sich und hustete einen Liter stinkenden Wassers auf ihn. Dann schien es sich der Anwesenheit seiner Gegner bewußt zu werden. Sein erster Griff galt dem Köcher, worin er seine Waffe aufbewahrt hatte.

Kasom grinste und hielt sein Beutestück in die Höhe, so daß der Fremde es sehen konnte.

„Quextrel", sagte die Echse, spuckte aus und verbeugte sich.

Dann rammte sie dem erstaunten Kasom ihren Kopf in den Magen. Kasom brüllte wie ein wilder Stier und schwankte. Rhodan nahm die Waffe des Silberhäutigen am Lauf und holte aus. Bevor die falsche Brunnenfigur wieder angreifen konnte, traf sie der Schaft in den Nacken. Das Wesen brach zusammen.

Kasom holte ächzend Luft. Er warf Rhodan einen vorwurfsvollen Blick zu und zielte mit der erbeuteten Waffe auf den Gegner, der sich langsam aufzurichten begann.

„Nein", sagte Rhodan.

Das Wesen schüttelte sich. Es blickte von Kasom zu Rhodan. Dann faltete es die klauenartigen, viergliedrigen Hände. Es war eine so menschliche Geste, daß Rhodan unwillkürlich erwartete, er würde nun menschliche Worte hören. Doch die Echse schwieg. Sie unternahm auch keinen Angriff mehr.

Rhodan deutete auf die andere Seite der Wiese und versetzte der Echse einen schwachen Stoß, um sie zum Weitergehen zu ermuntern.

„Bronk!" zischte der Fremde.

Kasom rieb seinen Magen und beobachtete den Bewohner Bigtowns argwöhnisch.

Schließlich deutete das Wesen abwechselnd auf Rhodan und Kasom.

„Grenzter Barget", sagte es mit Nachdruck.

„Was?" fragte Kasom verständnislos.

„Er meint offenbar, daß *wir* hier verschwinden sollen – wenn es ein *Er* ist. Offenbar möchte er in den Brunnen."

„Der Sockel ist zerstört", erinnerte Kasom. „Er will etwas anderes von uns. Er ist der heimtückischste, bösartigste..."

„Ja, ja", unterbrach ihn Rhodan hastig. Er packte den Ertruser an der Schulter. „Kommen Sie, Kasom. Wir gehen."

Sie ließen den Brunnen hinter sich, wobei Kasom ständig zurückblickte. Schließlich sagte der Ertruser: „Es folgt uns."

Sie hielten an, bis die Echse wieder neben ihnen stand. Das Wesen rieb sich über das Gesicht, sagte: „Bronk!" und zeigte eine Reihe gelber Zähne.

„Ich glaube, ich weiß jetzt, was er will", sagte Rhodan.

„Uns", erklärte Kasom säuerlich. „Und zwar tot."

Rhodan zeigte zunächst auf sich, dann auf Kasom. Dann deutete er auf die Echse.

„Bronk", nickte der Fremde zufrieden. „Bronk! Bronk!"

„Bronk, bronk!" knurrte Kasom. „Ist das alles, was er sagen kann?"

„Er wird uns begleiten", sagte Rhodan. „Sein Ehrenkodex scheint ihm vorzuschreiben, daß er jedem dient, der ihn bezwungen hat, ohne ihn zu töten."

Kasom schnitt eine Grimasse. „Er will uns umbringen, das ist alles", prophezeite er. „Wir schicken ihn fort."

„Nein", lehnte Rhodan ab. Er zog die Zeichnung der Pyramide aus seiner Jacke. Er rieb daran, bis das richtige Gebäude auftauchte, dann zeigte er es der Echse. Die dunklen Augen des Unbekannten hefteten sich darauf. Er schien zu überlegen. Endlich nickte er. Sein Arm zeigte in Richtung auf die bereits tiefer stehende Sonne.

„Er weiß, wo es ist", stellte Rhodan zufrieden fest. „Er wird uns führen." Er schlug ihrem ehemaligen Gegner auf die Schulter. „Also los, Bronk. Geh voraus!"

Die Echse spuckte gezielt auf Kasoms Stiefelspitze, grunzte verächtlich und trottete über die Wiese davon.

„Ein Bandit!" schrie Kasom. „Wir haben uns mit einem Verbrecher zusammengeschlossen."

„Er bringt uns zur Pyramide", sagte Rhodan. „Das ist wichtig."

Kasom schüttelte skeptisch den Kopf. Mit beiden Händen drückte er seine durchnäßte Jacke aus. Für ihn war es unbegreiflich, daß Rhodan der Echse vertrauen konnte. Vergaß der Terraner, daß Bronk sie angegriffen hatte?

Sie folgten dem Bürger von Bigtown quer über die Wiese. Bronk schien sich gut auszukennen, denn er bewegte sich zielstrebig auf die Bäume zu, die den Park umschlossen.

„Er hat keine Waffe", sagte Rhodan bedauernd. „Wenn wir in einen Hinterhalt geraten, ist er verloren."

„Soll ich ihm vielleicht diese hier zurückgeben?" erkundigte sich Kasom voller Empörung.

Rhodan mußte lachen. „Keineswegs, aber wir müssen unserem Freund etwas beschaffen, womit er sich helfen kann."

Kasom murmelte etwas von übertriebener Humanität. Am Rande der Wiese blieb Bronk stehen und wartete, bis die beiden Männer neben ihm angekommen waren. Seine Klaue zeigte in die Wipfel der Bäume hinauf. Rhodan sah, daß dort Baumhütten verankert waren. Bronk versetzte einem der Bäume einen Tritt. Ein faltiges Gesicht erschien in der Hüttenöffnung. Gleich darauf hagelte ein Bombardement runder Gegenstände auf die Echse herunter. Kasom hob die Waffe, doch Bronk schrie, und Rhodan drückte den Arm des Ertrusers herunter. Hastig sammelte die Echse die Kugeln ein. Rhodan erkannte, daß es Nüsse waren. Bronk grunzte triumphierend und zerbiß eine Nuß zwischen den Zähnen. Er überreichte eine Hälfte Rhodan, die andere Kasom.

„Abgesehen davon, daß ein vernünftiger Mensch davon nicht satt werden kann, vermute ich, daß die Dinger vergiftet sind", sagte der Ertruser.

Eine zweite Nuß zerbarst zwischen den Zähnen Bronks. Schmatzend schob er die einzelnen Stücke in den Rachen. Widerwillig begann auch Kasom zu essen.

„Eine seltsame Art der Nahrungsbeschaffung", sagte er.

Bronk zerbiß noch vier Nüsse und verteilte sie.

„Appetithäppchen", knurrte Kasom.

Sie gingen weiter. Hinter dem Park gelangten sie auf eine breite Straße, durch die mindestens sieben Gleitbänder führten. Zu beiden Seiten standen ovale Bauwerke mit flachen Dächern. Riesige Gerüste aus Metall ragten weit über die Dächer hinaus. Rhodan nahm an, daß es sich um Antennen handelte, obwohl er nicht glaubte, daß man auf Bigtown noch solche monströsen Ausführungen benötigte. Bronk wählte ein in der Straßenmitte liegendes Band, das in die Stadt hineinführte. Auf der Außenfläche der Häuser sah Rhodan seltsame Symbole, die in Leuchtbuchstaben aufgetragen waren. Es gab auch Fenster, die jedoch mehr Bullaugen ähnelten und ungewöhnlich dick zu sein schienen. Die Bänder waren sämtlich unbelebt, die Straße lag wie ausgestorben vor ihnen.

„Mir gefällt das nicht", verkündete Kasom, als er hinter Bronk und Rhodan auf das Band hinaufsprang. „Es ist mir zu ruhig."

Als sie vier Häuserreihen hinter sich hatten, hielt das Band an. Bronk begann aufgeregt zu schimpfen, aber seinen Handzeichen war nicht zu entnehmen, was passiert war. Dann sah Rhodan aus einem Haus schräg vor ihnen einen Tank rollen. Es war ein wuchtiges Fahrzeug, mit einer winzigen Kuppel direkt im Mittelpunkt. Es schien mehrere, unabhängig voneinander angetriebene Räder zu besitzen, denn es glitt unaufhaltsam über die Lücken zwischen den Bändern hindurch. Dabei bewegte es sich vollkommen lautlos. Rhodan erkannte sofort, daß die Häuser und der Tank denselben Wesen gehören mußten. Farbe und Bauweise waren gleich. Die Kuppel glich den Bullaugen in den Häuserwänden.

Bronk deutete auf den Tank. Dann verließ er das Band und hastete auf ein anderes hinüber, das noch in Funktion war. Er schrie zu den beiden Männern herüber. Er wollte sie offenbar veranlassen, daß sie ihm folgten.

Der Tank hatte das mittlere Band erreicht und änderte jetzt die Fahrtrichtung. In seinem lautlosen Vorwärtsrollen lag eine spürbare Drohung. Unter der Kuppel glaubte Rhodan eine Bewegung zu erkennen, aber das konnte auch ein durch die Sonne hervorgerufener Reflex sein. Rhodan fragte sich, ob er ein robotgesteuertes Fahrzeug vor sich hatte, oder ob es eine Besatzung gab. Er hielt das letztere für wahrscheinlicher. Jemand hatte sein Haus mit der Riesenantenne verlassen und ging auf Raub aus. Rhodan verspürte wenig Neigung, das Opfer zu sein. Ohne zu zögern, folgte er Bronk auf das andere Gleitband.

Der Tank schoß plötzlich vorwärts. Aus zwei Einbuchtungen an seiner Vorderseite schraubten sich zwei Stangen hervor, die mit dreigliedrigen Metallklauen ausgerüstet waren. Die Stangen besaßen verschiedene Gelenke, so daß sie praktisch jeden Punkt innerhalb eines gewissen Radius um den Tank erreichen konnten.

Kasom vergaß sein Mißtrauen gegenüber der Echse. Im Augenblick gab es einen gefährlicheren Feind. Der USO-Spezialist warf einen letzten Blick auf das heranschießende Ungetüm, dann rettete er sich ebenfalls auf das andere Band hinüber. Mit unglaublicher Beweglichkeit wendete das Fahrzeug. Sekunden später blieben alle Gleitbänder stehen. Ein Blick zurück überzeugte Rhodan, daß der Tank sie früher oder später einholen mußte, wenn sie auf der Straße blieben. Bronk schien die gleiche Meinung zu haben. Er hüpfte vom Band und strebte zwischen dem Geländer, das die Straße abschloß, und den Häusern entlang. Vor jedem Haus war das Geländer unterbrochen. Sie legten etwa fünfzig Meter zurück, während der Verfolger stetig aufholte. Schweratmend blieb Bronk stehen. Er streckte die Hand aus und zeigte auf Rhodans Waffe. Rhodan wußte, daß er ihr Leben in die Hand eines Unbekannten gab, aber er überreichte Bronk den fremdartigen Blaster. Bronk verlor keine weitere Zeit, als er die Waffe in den Klauen hielt. Er fuhr herum und legte auf eines der Bullaugen des nächsten Hauses an. Er gab einen Schuß ab, der unmittelbar über dem Fenster die Außenfläche anschmorte.

Sofort blieb der Tank stehen. Bronk winkte drohend mit der Waffe. Er bedeutete Rhodan und Kasom, einen Blick durch das Fenster zu werfen. Mit unsicheren Schritten kam Rhodan der Aufforderung nach. Die Hauswand war noch warm von Bronks Schuß. Als er sein Gesicht dicht an das Bullauge heranbrachte, sah er einen Lichtschimmer. Er hatte den Eindruck, in eine milchfarbene Flüssigkeit zu schauen, die durchsichtig wirkte. Dann fuhr er zurück.

Es *war* eine Flüssigkeit.

Er sah es an dem Wesen, das im Innern schwamm.

Das Wesen glich einer Kaulquappe. Da das Fenster offenbar den Blickwinkel verzerrte, konnte Rhodan nicht feststellen, ob das breite, schlaffe Maul nur eine Täuschung war. Träge glitt das Wesen durch sein Element. Es kam bis dicht zum Fenster. Rhodan sah starre, kalte Augen, die ihn zu durchbohren schienen. Die Schuppenhaut des Fremden hatte die Farbe alten Elfenbeins. Er besaß flossenähnliche Glieder, vier an der Zahl, die an ihren Enden gespaltene Verdickungen aufwiesen. Rhodan wandte sich ab. Bronk deutete vom Tank zum Haus. Er wollte damit ausdrücken, daß sich innerhalb des Fahrzeuges ebenfalls eines dieser Wesen aufhielt. Erst die Bedrohung seines Artgenossen hatte es veranlaßt, die Jagd abzubrechen.

„Dagegen ist unser Freund Bronk eine Schönheit", ließ sich Kasom vernehmen, nachdem er ebenfalls einen Blick ins Innere des Hauses geworfen hatte.

Nachdem die Echse festgestellt hatte, daß ihre Methode Erfolg zeigte, wollte sie sich ihrer ein zweites Mal bedienen. Wieder zielte Bronk auf das Fenster. Doch er mußte nicht mehr abdrücken. Der Tank drehte sich und rollte zurück. Gleichzeitig begannen die Bänder wieder zu funktionieren.

„Trexnat", erklärte Bronk befriedigt. Er gab die Waffe an Rhodan zurück und schüttelte sich.

„Der Bursche ist mit allen Wassern gewaschen", sagte Rhodan. „Ohne ihn wären wir hier nie durchgekommen."

Kasom brummte widerwillig. Er schien seine Abneigung gegen Bronk nicht aufgeben zu können. Das Gleitband beförderte sie jetzt ohne Zwischenfall durch die Straße. Sie kamen an mehreren Kreuzungen vorüber. Dort liefen mehrere Gleitbänder übereinander, so daß es keine Verkehrsprobleme gab. Immer häufiger begegneten ihnen jetzt fremde Wesen. Doch ein weiterer Angriff erfolgte nicht.

Zu beiden Seiten der Straße hatte man Hochhäuser errichtet, die nur aus Glas zu bestehen schienen. Doch das Material war ebensowenig durchsichtig wie Stein oder Stahl. Auf den Dächern standen schlanke Luftgleiter, die viel zu zerbrechlich aussahen, als daß Rhodan sie zum Fliegen zu benutzen gewagt hätte. Die Straße lag jetzt im Schatten der großen Häuser. Von irgendwoher kam gedämpfte Musik, in langanhaltenden, traurigen Melodien. Jedes Hochhaus schien mehrere Lautsprecher zu besitzen. Rhodan fragte sich, wer solche Musik komponierte oder spielte. Sie war von Einsamkeit durchdrungen. Vielleicht bedeutete sie für ein anderes Lebewesen Fröhlichkeit und Lebenslust.

Sie kamen an eine Stelle, an der alle Gleitbänder beschädigt waren. Sie ächzten und stöhnten. Sie holperten über ausgeschlagene Halterungen, wanden sich an verbogenen Geländern vorüber und zwängten sich über ausgeglühte Gleitrollen. Inmitten der Straße gab es einen Krater, den die Bänder nur mühsam überbrückten. Hier mußte einst ein erbarmungsloser Kampf stattgefunden haben.

Kasom machte Rhodan auf ein dunkles Flugzeug aufmerksam, das auf einem Dach auf der rechten Seite landete. Zwei Wesen, von denen man nur die Konturen sehen konnte, sprangen heraus. Wenige Augenblicke später hatte sich hoch über den Köpfen der Männer eine Schlacht entwickelt.

Bald darauf kamen die Bänder wieder in einwandfreies Gelände. Die Straße glitt ruhig dahin, wie eine Woge, die durch nichts auf dem Weg zum Ufer aufgehalten werden kann.

Doch die Ruhe trog.

Der Angriff kam so unerwartet, daß nicht einmal der schlaue Bronk Zeit zum Reagieren hatte.

Unmittelbar hinter Rhodan machte etwas *Plopp!*

Er fuhr herum – und diese instinktive Bewegung rettete ihn vor der zweiten Glashülle, die auf das Band herunterfiel. Er hörte Bronk aufschreien und sah ihn unter das Band tauchen. Er hatte keine Zeit, sich zu fragen, wohin die Echse verschwunden war, denn Kasom hockte unter der ersten Glashülle und hämmerte verzweifelt mit den Fäusten dagegen. Die Hülle war etwas über drei Meter hoch und maß zweieinhalb Meter im Durchmesser. Von ihrer Spitze aus führte eine Schlinge zu einem merkwürdigen Flugzeug. Die Maschine bestand praktisch nur aus zwei Stangen mit einem Brett darüber, auf dem ein Motorblock befestigt war.

„Antigravantrieb", murmelte Rhodan.

Kasom hörte auf, mit den Fäusten gegen die Innenwand zu schlagen. Er verdrehte die Augen und sackte zusammen. Er schien jedoch nur betäubt zu sein.

Ein weiteres Flugzeug erschien. Rhodan preßte sich eng gegen die Hülle, die Kasom gefangenhielt. Er wünschte, Bronk wäre noch hier gewesen. Die Echse war irgendwo unter das Band geflüchtet.

Rhodan schaute zögernd zum Himmel hinauf. Drei Flugapparate schwebten über ihm. Drei Schweber, das bedeutete noch drei Glashüllen.

Einer der Antigravschweber erschien unmittelbar neben der Maschine, die Kasom gefangen hatte. Langsam senkte sich die andere Glocke auf das Band herab. Sie berührte die Außenwand der bereits erfolgreichen Glocke. Auf diese Weise kam sie immer tiefer. Rhodan spürte, wie ihm der Schweiß aus allen Poren brach.

„Bronk!" schrie er verzweifelt. Er wagte nicht, seinen Platz zu verlassen und einen Schuß abzugeben. Die Glocke wäre sofort auf ihn herabgestürzt. Und innerhalb der Falle hätte es Selbstmord bedeutet, einen Schuß abzufeuern.

Warum erschien Gucky nicht, der doch in Rhodans Gedanken sehen mußte, in welcher Gefahr die beiden Männer waren?

Rhodan befürchtete, daß etwas an Bord der C-5 nicht stimmte. Er blickte starr nach oben.

Die Glocke war jetzt so nahe, daß er sie berühren konnte, wenn er die Hand ausgestreckt hätte.

Im gleichen Augenblick packte ihn jemand am Fuß, zerrte heftig und warf ihn um.

14.

Das Bewußtsein, daß er seine Chance nicht genutzt hatte, raubte Krash fast den Verstand. Er fühlte, daß der Wächter der Fremden aus dem *Cares* rematerialisierte. Gleichzeitig begann auch das Einsetzen der Stoffwerdung bei ihm. Es gelang ihm, noch bis an die Schleuse des Schiffes zu gelangen, dann wurde das Zerren so stark, daß er ihm nicht widerstehen konnte. Er spürte, wie er langsam aus dem *Cares* glitt und wieder zu dem wurde, was er in Wirklichkeit war: zu einem Irrsucher.

Er hatte sich durch das Auftauchen des zweiten Fremden ablenken lassen, und der Wächter war der Kontrolle des *Cares* entglitten. Von da an hatte er nur noch Fehler begangen.

Krash landete unsanft auf dem Boden. Lange Zeit würde vergehen, bis er genügend Kraft besaß, einen neuen *Cares,* eine n-dimensionale Zustandsebene, zu errichten. Seine stärkste Waffe war zu einer Waffe gegen ihn selbst geworden, denn die Fremden würden von nun an noch vorsichtiger sein, ja, ihn vielleicht sogar töten. Sein eigenes Ende kümmerte ihn wenig, aber es war gleichbedeutend mit dem Ende für die Brut – und dieser Gedanke war so unerträglich, daß er sich wie unter Schmerzen wand.

Er bemerkte, daß der Wächter herangekommen war. Der starke Fremde beobachtete ihn ruhig, als könne er sich nicht schlüssig werden, was nun zu tun sei.

Plötzlich bekam Krash ein übermächtiges Heimweh nach den weiten Eisfeldern seiner Heimatwelt. Das Urteil, sein Leben auf Quarta zu beschließen, erschien ihm schlimmer als der Tod, zumal er überhaupt nicht wußte, wer dieses Urteil über ihn gefällt hatte und warum. Eines Tages war er abgeholt und hierhergebracht worden.

In wilder Verzweiflung sprang der Irrsucher auf und warf sich gegen die verschlossene Schleuse des Schiffes. Er prallte zurück und war ernüchtert. Noch immer beobachtete ihn der Wächter der Fremden. Krash starrte ihn an. Was für ein Wesen! Wahrscheinlich hätte es einen Kampf mit den besten Jägern der Stadt wagen können.

Der Fremde machte eine Bewegung. Er zeigte in Richtung auf die

Stadt. Die Geste war ultimativ. Sie forderte Krash dazu auf, sich zurückzuziehen.

„Ich brauche das Schiff", sagte Krash eindringlich, aber im gleichen Moment wußte er, daß seine Worte für den Wächter nur unbedeutende Laute darstellten.

Unerbittlich wies der Arm des Wächters auf die Stadt. Krash spürte die Schmerzen durch seinen Körper wallen. Die Zeit der Eiablage kam näher. Noch bevor die Jagd vorüber war, mußte er einen Platz gefunden haben, oder er würde zusammen mit seiner Brut sterben.

Langsam kam der Fremde auf ihn zu. Er sah entschlossen aus.

Krash erkannte, daß es nur noch eine Möglichkeit für ihn gab, die Situation zu seinen Gunsten zu verändern: Er mußte den Parablock abbauen und die Fremden um Hilfe bitten.

Krash erschauerte.

Er schwor, daß sie alle sterben würden, weil sie ihn zwangen, seine Würde aufzugeben.

Rhodan sah Bronks Gesicht am Rand des Gleitbandes auftauchen. Mit beiden Händen stützte sich die Echse ab. Rhodan lag flach auf dem Band. Die durchsichtige Glocke senkte sich rasch auf ihn herab. Doch jetzt erwies es sich als Vorteil, daß sie so dicht an der ersten herunterkam. Da die Fallen rund waren, berührten sie sich nur an einer Stelle. Wer immer das eigenartige Flugzeug steuerte, er hatte keine Möglichkeit zu verhindern, daß die herabsinkende Glocke auf die andere Seite pendelte.

Der Antigravschweber zog die Falle wieder hoch. Sofort glitt Rhodan Meter um Meter davon. Bronk schwang sich auf das Band. Ein anderes Flugzeug näherte sich, doch die Echse handelte unglaublich schnell. Bronk zog ein stilettähnliches Ding aus seinem Waffenköcher und hieb auf die Glocke ein, unter der Kasom gefangen war. Zu Rhodans Erstaunen entstanden in der durchsichtigen Fläche Öffnungen. Bronks Stilett glühte, als bezöge es von irgendwoher Energie.

Kasom begann sich zu bewegen.

Da war der nächste Gleiter heran. Bronk machte einen Satz und verschwand abermals unter dem Band. Rhodan sprang hinter dem Wesen her. Er landete jedoch zwischen den Bändern und mußte hilflos zusehen, wie die Glocke mit Kasom davongetragen wurde. Zu seiner Erleichterung folgte das Flugzeug der ersten Falle, so daß er sich wieder auf das Band ziehen konnte. Lauernd verhielt der Schweber über der ersten Glocke. Offenbar wollte der Pilot verhindern, daß Bronk abermals gegen die Falle vorging. Keuchend kam Rhodan auf die Beine. Er sah, daß Kasom sich aufrichtete. Wahrscheinlich bekam er durch die von Bronk geschlagenen Löcher frischen Sauerstoff. Rhodan hob die Waffe des Silberhäutigen und zielte sorgfältig auf die Schnur, die die Glocke mit dem Schweber verband. Dann drückte er ab. Der Gleiter torkelte davon. Um die Glocke herum begann es zu dampfen. Rhodan befürchtete schon, Kasom in Bedrängnis gebracht zu haben, als der Ertruser aus den aufsteigenden Dämpfen hervorkam und einen Gleiter aus Bronks Waffe unter Beschuß nahm.

Die Echse hüpfte wieder auf das Band und führte eine Art Kriegstanz auf, als sie Kasom erblickte. Rhodan beeilte sich, seine Verbündeten zu erreichen. Die Antigravgleiter zogen sich zurück. Sie schienen keinen weiteren Versuch unternehmen zu wollen.

„Nachdem die Verbindung zwischen Glocke und Gleiter gerissen war, löste sich das Ding einfach auf", berichtete Kasom. „Dabei war es härter als Stahl."

Rhodan mußte wieder an Bronks seltsame Waffe denken. Woraus mochte diese bestehen, wenn die Echse damit Löcher in die Fallen der Unbekannten stechen konnte?

Das Band trug die drei so gegensätzlichen Wesen weiter davon. Daß Gucky noch immer nicht auftauchte, konnte die Stimmung nicht gerade heben. Zur Sorge um das eigene Leben kam nun auch noch die um die Korvette. Rhodan bedauerte, daß sie sich mit Bronk nicht verständigen konnten. Sie hätten viel erfahren können.

Wenige Minuten später gelangten sie an einer ausgedehnten Kreuzung an. Bronk sprang vom Band herunter. Er zeigte auf einen Tunnel, der unter der Straße hindurch in die Stadt führte.

„Kommen Sie, Kasom", sagte Rhodan.

Der Ertruser schien sein Mißtrauen gegenüber dem fremden Wesen aufgegeben zu haben, denn er protestierte nicht. Innerhalb des Tunnels begegneten sie mehreren Bürgern Bigtowns, wurden aber nicht angegriffen. Als sie aus dem Tunnel kamen, blickte Rhodan in eine schmale Straße. Hier gab es keine Gleitbänder. Er sah einige Fahrzeuge in den Einfahrten der Häuser stehen. Hier herrschten Kuppelbauten vor. Bronk blickte sich unsicher um. Er knurrte leise vor sich hin und trieb die beiden Männer zu größerer Eile an. Rhodan nahm an, daß die Echse einen Angriff befürchtete. Doch nichts geschah. Schließlich führte sie Bronk in eine Seitenstraße.

Einen kurzen Augenblick hatte Rhodan das Gefühl, in einen Lichtkanal zu blicken, doch dieser Eindruck wich schnell der Gewißheit, daß leuchtende Bogen über der Straße diesen Effekt hervorriefen. Die Straße stieg leicht an. An ihrem Ende, auf einem Hügel, stand die Pyramide.

Die Gebäude zu beiden Seiten der Straße waren kleinere Ausführungen dieses gewaltigen Komplexes.

„Ternt", sagte Bronk gelassen und spie aus. „Ternt Davor."

Er griff in seinen Waffenköcher und zog einen Stift heraus. Damit zeichnete er einen Strich vor sich auf den Boden. Er deutete auf die Pyramide, dann auf sich. Er schüttelte heftig den Kopf.

Rhodan verstand.

„Er folgt uns nicht zur Pyramide", sagte er zu Kasom.

„Fürchtet er sich?" fragte der Ertruser.

Rhodan hob ratlos die Schultern. Wie sollten sie etwas über Bronks Gefühle erfahren? Er legte der Echse sanft eine Hand auf den Rücken und nickte zur Pyramide hinauf.

„Bronk", sagte er ruhig.

Die dunklen Augen des Wesens schienen ihn durchbohren zu wollen. Rhodan hielt dem Blick stand. Zum erstenmal nahm er bewußt die unzähligen feinen Linien in Bronks Gesicht wahr. So fremdartig das Gesicht auch war, es zeigte Intelligenz und – Gutmütigkeit. Damit hätte Rhodan nicht gerechnet. Bisher hatte er die Echse für kaltblütig gehalten, doch nun mußte er seine Meinung revidieren. Er hielt es beinahe für unmöglich, daß dieses Wesen im Brunnen gestanden und ihnen aufgelauert hatte, um sie zu töten. Bronk unterstand den barbarischen Gesetzen Bigtowns. War er deshalb zu verurteilen? Waren es nicht eher jene Unbekannten, die diese unzähligen Angehörigen der verschiedensten Völker hierhergebracht hatten und zum Überlebenskampf zwangen? Und wer war diese Macht im Hintergrund – die gleiche, die Twin mit seinen Fallen geschaffen hatte?

Rhodan erwachte aus seinen Gedanken, als Bronk leicht den Kopf schüttelte.

„Ternt Davor Growat", erklärte er traurig.

„Geben Sie ihm seine Waffe zurück", befahl Rhodan dem Ertruser. „Er hat es nicht verdient, ohne Bewaffnung hier zurückzubleiben."

Kasom streckte der Echse die Waffe entgegen. Unschlüssig starrte Bronk sie an. Dann nahm er sie mit einem schnellen Griff an sich. Er schob sie in den Köcher zurück. Rhodan beobachtete erstaunt, daß sich Bronk vor dem Strich, den er in den Boden geritzt hatte, niederließ.

„Ob er auf uns warten will?" wollte Kasom wissen.

„Es sieht ganz so aus", gab Rhodan zurück. „Die Gegend hier sieht unbelebt aus, aber das hat nichts zu bedeuten. Wahrscheinlich ist man über unsere Ankunft bereits informiert. Wir müssen ohne Bronks Unterstützung versuchen, in die große Pyramide zu gelangen."

Das Licht der Bogenlampen war so stark, daß es die beiden Männer blendete, als sie in die Straße eindrangen. Bewegungslos hockte Bronk am Boden und blickte ihnen nach. Die kleineren Gebäude zu beiden Seiten der Straße schienen keine Fenster zu besitzen. Sie bestanden aus unbekanntem Material, das so glatt poliert war, daß es im Licht wie geschliffenes Metall funkelte. Auf jeder Pyramide gab es unerklärliche Wulste und Erhöhungen. Die Gebäude besaßen keine Spitze, sondern waren abgeplattet.

„Warum vergeuden die Burschen in den Pyramiden am hellen Tage ihre Energie?" fragte Kasom, um die Stille zu durchbrechen.

Rhodan, der unentwegt die große Pyramide beobachtete, zuckte mit den Achseln. Vielleicht waren die Bewohner dieses Stadtviertels besonders anspruchsvoll.

„Es gefällt mir nicht", eröffnete Kasom. „Es ist zu ruhig hier."

Rhodan konnte dem Ertruser nicht widersprechen. Irgendwer schien jeden Schritt, den sie taten, zu beobachten. Die Bogenlampen standen so dicht hintereinander, daß sie wie eine Decke wirkten – eine Decke aus Licht. Der Himmel blieb unsichtbar. Am Anfang der Straße schimmerte ein kleiner, dunkler Punkt inmitten der Helligkeit: Bronk, die Echse.

Das rief Rhodan ins Bewußtsein zurück wie tief sie bereits in diese Straße eingedrungen waren. Und es schien, als seien sie der großen Pyramide noch nicht näher gekommen. Kaum spürbar stieg die Straße an. War das Bauwerk Monument einer unbekannten Religion, das sich über alle anderen Gebäude erhob, oder lebten dort die Herrscher der unbekannten Baumeister? Rhodan zwang sich, solche Gedanken zu unterdrücken. Die vielen möglichen Antworten auf alle Fragen machten es zu einem Problem, eine Theorie zu finden. Sie konnten nur weitergehen und darauf warten, daß etwas geschehen würde.

Ihre Schritte erzeugten keinen Lärm. Auch wenn sie sprachen, schien sich die Kraft ihrer Stimmen irgendwo zu verlieren, die Laute klangen, als seien sie nur geflüstert.

„Sollen wir wirklich noch weitergehen?" erkundigte sich Kasom. „Ich werde das Gefühl nicht los, daß wir geradewegs in eine teuflische Falle marschieren."

„Schon möglich", gab Rhodan zu.

Er blickte zu den Bogenlampen hinauf.

„Jetzt können wir nicht feststellen, wann die Nacht beginnt", sagte er. „Die Sonne muß inzwischen untergegangen sein."

Obwohl sie die letzten hundert Meter schneller zurückgelegt hatten, schien die Pyramide auf dem Hügel sich nicht vergrößert zu haben. Kasom kniff die Augen zusammen.

„Was halten Sie davon?" fragte er.

Auch ohne Erklärung verstand Rhodan, was der Ertruser meinte. Der Straßenanfang war kaum noch zu erkennen, aber das große Bauwerk schien immer noch in weiter Ferne zu stehen.

„Vielleicht handelt es sich um eine optische Täuschung. Das Licht der Lampen und die Krümmung der Straße können unter Umständen einen trügerischen Effekt hervorrufen." Rhodan biß sich auf die Unterlippe. „Bald werden wir wissen, ob wir uns der Pyramide genähert haben."

„Eine Fata Morgana", knurrte Kasom gereizt. „Wir sind wie Verdurstende, die kurz vor dem Ende eine Oase inmitten der Wüste zu sehen glauben.'

„Unsinn", widersprach Rhodan. „Die Pyramide existiert. Bronk hat uns direkt zu dieser Straße gebracht. Wir dürfen uns nicht irreführen lassen."

Schweigend gingen sie weiter. Die Stille auf der Straße wirkte niederdrückend.

„Warum untersuchen wir nicht eine der kleineren Pyramiden?" erkundigte sich Kasom ungeduldig, als sie längere Zeit dahingegangen waren, ohne daß sich das Bild geändert hatte.

„Der Gegenstand, den wir den Roten Dreiern bringen müssen, liegt dort oben", erwiderte Rhodan. „Warum sollen wir uns mit einer Untersuchung anderer Bauten aufhalten?"

Wieder gingen sie weiter. Als Rhodan schon auf Kasoms Vorschlag eingehen wollte, hatte er plötzlich das Gefühl, durch eine flimmernde Wand zu treten. Im gleichen Augenblick machte die große Pyramide einen scheinbaren Ruck nach vorn und stand nur noch wenige hundert Meter von den Männern entfernt. Rhodan hörte sich aufatmen. Seine Vermutung, daß sie einem technisch raffinierten Trick zum Opfer gefallen waren, hatte sich bewahrheitet. Er gestand sich ein, daß das Bauwerk auf diese Weise gut gegen Eindringlinge abgesichert wurde. Nicht jeder würde soviel Energie aufbringen und unentwegt auf etwas losmarschieren, das immer die gleiche Entfernung zu behalten schien.

„Bei allen Planeten", stieß Kasom hervor. Er rieb sich den Magen.

„Jetzt könnte ich ein Ochsenviertel verdrücken", erklärte er. „Solche Dinge machen mich immer hungrig."

Höflicherweise verzichtete Rhodan auf den Hinweis, daß Kasom praktisch durch *alles* hungrig wurde. Er machte den Ertruser nur darauf aufmerksam, wie schwierig es unter den gegenwärtigen Umständen sein konnte, einen Ochsen zu beschaffen.

„Natürlich, Sir", seufzte Kasom ergeben. „Ich habe mich allmählich an diese Hungerkuren gewöhnt."

Sie benötigten nur wenige Minuten, um den Rest des Weges zurückzulegen. Aus der Nähe wirkte die Pyramide weniger imposant, doch der Eindruck ihrer Fremdartigkeit verstärkte sich.

Das gesamte Gebäude schien aus einem Stück gearbeitet zu sein. Selbst die halbrunden Auswüchse schienen mit den Seitenflächen ineinanderzufließen. Das Bauwerk schimmerte blau, aber an verschiedenen Stellen gab es rote Kreise, die wie Lachen von Blut aussahen.

Die Pyramide stand genau im Zentrum des Hügels. Gewaltige Bogenlampen überspannten das Gelände wie eine alles umfassende Kuppel. Die Bestrahlung war so geschickt angelegt, daß es nirgends Schatten gab. Außer dieser Straße schien es keinen anderen Zugang zu geben.

Der Hügel war von kleineren Pyramiden und Bogenlampen umsäumt, so daß man nicht auf Bigtown blicken konnte. Der Boden um das Monumentalbauwerk war von einer dunklen Masse überzogen. Alles wirkte peinlich sauber. Die Stille ließ Rhodan an ein gewaltiges Grabmal denken.

„Was nun, Sir?" Kasoms Stimme klang dumpf.

Gewaltsam löste Rhodan seinen Blick von der Pyramide. Er überlegte. Bisher hatte sie niemand angegriffen oder den Versuch gemacht, sie am Weiterkommen zu hindern. Es bestand kein Grund anzunehmen, daß sich das ändern würde.

„Wir müssen einen Weg finden, um ins Innere zu gelangen", sagte Rhodan entschlossen. Sein hagerer Körper straffte sich.

„Es sieht nicht so aus, als gäbe es irgendwo einen Eingang", murmelte Kasom. „Vielleicht finden wir etwas, wenn wir das Gebäude einmal umrunden!"

Doch bald wußten sie, daß sie sich getäuscht hatten. Alle vier Seitenflächen der Pyramide sahen gleich aus. Es gab keine Unterschiede.

„Ob der Eingang dort oben auf der abgeplatteten Spitze angebracht wurde?" Kasom sah seinen Begleiter fragend an.

„Haben Sie eine Idee, wie wir dort hinaufgelangen könnten?"

„Nein", mußte Kasom zugeben. „Ich könnte einen Kletterversuch riskieren, wenn ich überhaupt einen Halt auf der glatten Oberfläche finde."

Rhodan zeigte auf die halbrunden Erhöhungen. „Ich glaube, daß wir dort finden, was wir suchen."

Nebeneinander gingen sie dichter an die Pyramide heran.

Da erlosch das Licht.

Mit einem Schlag war es vollkommen dunkel.

„Sir", sagte Kasom mit verzerrter Stimme.

„Alles in Ordnung", beruhigte ihn Rhodan. „Nicht die Nerven verlieren. Jemand will uns angst machen."

Rhodan bewegte sich weiter auf die Pyramide zu und zog den Ertruser mit sich. Dann spürte er, wie er mit den Füßen die Außenfläche des Bauwerks berührte.

„Wir müssen ungefähr an jener Stelle sein, wo sich oberhalb eine Erhöhung befindet", erinnerte sich Rhodan. „Kasom, Sie müssen versuchen, mit einem kurzen Anlauf dort hinaufzukommen. Halten Sie sich fest, sobald Sie Ihr Ziel erreicht haben. Ich hoffe, daß ich Ihnen folgen kann."

„Glauben Sie, daß es gut ist, wenn wir uns trennen?" fragte Kasoms Stimme aus der Finsternis.

„Wollen Sie warten, bis es hell wird?" erkundigte sich Rhodan spöttisch.

Er trat zur Seite, um dem Ertruser Platz zu machen. Gleich darauf raste Kasom an ihm vorüber.

Rhodan hörte einen Fluch, dann rutschte jemand schimpfend auf ihn zu.

„Es ist glatt", knurrte Kasom grimmig. „Ich kann mich nicht festhalten."

„Wiederholen Sie den Versuch", befahl Rhodan.

Schimpfend kehrte Kasom zur Ausgangsposition zurück. Wieder lief er an. Diesmal kam er nicht zurückgerutscht. Rhodan hörte ihn befriedigt schnauben.

„Geschafft!" rief Kasom. „Nun sind Sie an der Reihe."

Was für ein Gefühl, dachte Rhodan. Er mußte geradewegs in die Dunkelheit springen, ohne sein Ziel vor den Augen zu haben. Er ging einige Meter zurück und rannte los. An der Pyramidenwand wurde er langsamer und wäre fast nach hinten gekippt. Dann griff Kasoms Hand zu und erwischte ihn an der Seite. Rhodan spürte, wie er allmählich hochgezogen wurde. Der Ertruser brummte wie ein Bär. Er zerrte Rhodan neben sich auf die Erhöhung.

Bevor Rhodan Atem schöpfen konnte, bewegte sich der Boden unter ihren Füßen. Rhodan hatte das Gefühl, daß die Erhöhung der Pyramide versank. Es wurde kühler. Rhodan streckte beide Hände aus, aber er tastete nur ins Leere.

„Das Ding bewegt sich", stellte Kasom fest. „Wollen wir abspringen?"

„Nein", lehnte Rhodan ab. „Warten wir ab, was weiter geschieht."

Die Erschütterungen wurden stärker. Rhodan hielt sich an Kasom fest, der seinerseits versuchte, den Halt auf dem halbrunden Höcker zu bewahren.

„Es gleitet abwärts", erkannte Kasom. „Wohin bringt es uns?"

Rhodan lächelte schwach. „Wo immer man uns hintransportiert – gebratene Ochsenviertel gibt es dort bestimmt nicht für Sie."

„... und er möchte die C-5 in ein Eisstadion verwandeln", schloß Gucky seinen Bericht, nachdem die Riesenkröte ihren Parablock aufgegeben hatte.

„Nachwuchssorgen also", sagte Atlan nachdenklich. „Nun, wir können dem Wesen nicht helfen. Das mußt du ihm klarmachen."

„Es wird glauben, daß ich es belüge", sagte Gucky. „Es ist auch im Augenblick nicht wichtig. Jetzt, da der Parablock des Fremden nicht mehr besteht, muß ich mich um Perry kümmern."

„Das ist richtig", gab Atlan zu. „Es wird besser sein, wenn du nach Bigtown teleportierst, um zu sehen, was dort inzwischen geschehen ist. Sei jedoch vorsichtig."

Gucky nickte und entmaterialisierte. Zusammen mit dem Mutanten Iwan Goratschin verließ Atlan die C-5. Das fremde Wesen hockte erwartungsvoll vor der Schleuse.

„Der Mausbiber hat ihm erklärt, daß wir ihm nicht helfen können", begrüßte Tolot die beiden Ankömmlinge. „Trotzdem scheint er nicht gewillt zu sein, hier zu verschwinden."

Atlan starrte in die untergehende Sonne. Er empfand Bedauern mit der Kröte, die auf einer solchen Welt nach Trockeneis suchen mußte.

„In der Stadt muß es doch eine Möglichkeit geben, Eis künstlich herzustellen", überlegte er laut. „Warum also taucht dieser Bursche hier auf?"

„Die Möglichkeiten der Stadt müssen noch lange nicht allen Bürgern zur Verfügung stehen", sagte Tolot. „Schließlich kann auch nicht jeder Terraner mit einem Raumschiff fliegen, wann er gerade die Neigung dazu verspürt."

Atlan lachte. „Woher wollen *Sie* das wissen, Tolot? Doch Ihr Einwand ist berechtigt. Ich würde diesem Wesen jedoch gern helfen. Schade, daß wir keine Möglichkeit haben, ihn hier wegzubringen."

Iwan Goratschin, der Doppelkopfmutant, fragte: „Soll ich das Wesen verjagen, Sir?"

Atlan verneinte. „Wir warten, bis Gucky zurückkommt."

15.

Mit einem Ruck kam das eigenartige Transportmittel zum Stehen. Rhodan lauschte in die Dunkelheit hinein.

„Ich frage mich, wohin man uns gebracht hat", sagte Kasom. Seine Stimme klang hohl, als befänden sie sich innerhalb eines Gewölbes.

Vorsichtig tastete sich Rhodan von dem halbrunden Sockel herunter. Seine Füße berührten jetzt ebenen Boden. Das konnte nur bedeuten, daß sie sich nicht länger auf der Außenfläche der Pyramide befanden. Irgendwie waren sie ins Innere gelangt.

„Kommen Sie herunter", forderte Rhodan seinen Begleiter auf.

„Wollen wir aufs Geratewohl in die Dunkelheit marschieren?" verlangte der USO-Spezialist zu wissen.

„Wir müssen uns orientieren. Vor allem müssen wir herausfinden, ob es aus diesem Raum – oder was immer es ist – einen Ausgang gibt."

„Also los", sagte Kasom mit wenig Enthusiasmus. „Es ist schließlich gleichgültig, wo wir angegriffen werden."

Meter um Meter drangen sie in die Finsternis vor. Überall konnte ein Abgrund lauern. Kein Luftzug regte sich. Mehr und mehr wurde Rhodan an ein Grabmal erinnert. Er erschauerte. Was für ein Gedanke, mit vielleicht unzähligen unbekannten Toten in einem Gewölbe zu sein. Aber das war nur eine Theorie, die rasch von der Wirklichkeit widerlegt werden konnte.

Schließlich fand Kasom eine Wand. Sein überraschter Ausruf brachte Rhodan an seine Seite. Behutsam ließ der Terraner seine Hände über die Wand gleiten. Das Material fühlte sich kühl an. Es schien ebenso glatt zu sein wie die Außenflächen der Pyramide.

„Wir gehen nun an der Wand entlang", sagte Rhodan. „Auf diese Weise müssen wir feststellen können, wie groß dieser Raum ist."

Sie tappten hintereinanderher. Rhodan wußte nicht, wieviel Zeit verstrichen war, als sie eine Ecke erreichten. Sie bogen ab und gingen weiter. Rhodan begann seine Schritte zu zählen. Als sie ungefähr weitere zweihundert Meter zurückgelegt hatten, griffen Rhodans Hände ins Leere.

In der Wand war eine Öffnung!

Mit ausgestreckten Händen glitt Rhodan hinein. Es schien eine Nische zu sein, denn bald stießen Rhodans Fingerspitzen wieder auf festen Stoff. Rhodan suchte mit ausgebreiteten Händen die gesamte Wand ab, um irgendeine Unebenheit zu entdecken.

Da berührte jemand von hinten seine Schulter.

Kasom stand links neben ihm, konnte es also nicht gewesen sein.

Rhodans Magen schnürte sich zusammen. Seine Hände sanken langsam herunter. Kasom schien sein Zögern zu spüren.

„Haben Sie etwas gefunden?"

Die Stimme des Ertusers gab Rhodan die alte Sicherheit zurück.

„Da ist jemand mit uns in der Nische", berichtete Rhodan, darauf vertrauend, daß ein fremdes Wesen diese Worte nicht verstehen konnte. „Ich wurde soeben angefaßt."

Kasom schob sich an Rhodan vorüber.

„Wenn etwas hier ist, werde ich es finden", sagte er entschlossen.

Rhodan schluckte trocken. Er hatte sich noch nie in völliger Dunkelheit gefürchtet, aber das Bewußtsein, daß irgendein Unbekannter in ihrer Nähe weilte, der sich offenbar gut in dieser Umgebung auskannte, beunruhigte ihn.

Er hörte Kasom in der Finsternis herumschleichen.

Da wurde er mit unwiderstehlicher Gewalt gepackt und auf den Boden gezogen. Er wollte sich wehren, aber die Umklammerung erwies sich als stärker. Kasom begann zu schimpfen. Es gab einen dröhnenden Laut, als der schwere Körper des USO-Spezialisten ebenfalls auf den Boden fiel.

Glühende Drähte schienen Rhodan zu umfassen. Sie schnitten in sein Fleisch und umgarnten ihn wie einen Kokon. Er hörte Kasom ächzen und stöhnen, im verzweifelten Bemühen, sich zu befreien.

Rhodan lag ganz still. Er hatte gleich herausgefunden, daß der Druck sich sofort verstärkte, wenn er sich wehrte. Nach einer Weile wurde auch der Ertruser ruhig. Ein Geräusch wurde hörbar, als rieben zwei gewaltige Steine gegeneinander. Dann begann Rhodan vorwärtszurollen. Er hätte nicht zu sagen vermocht, wie diese Bewegung entstand, er spürte nur das Gleiten seines Körpers auf dem glatten Boden. Wenn sein Orientierungssinn nicht trog, wurde er durch die Nische transportiert. Das bedeutete, daß die Wand, die sie aufgehalten hatte, jetzt verschwunden war. Er fühlte keine Angst, denn er sagte sich, daß jene, die ihn gefesselt hatten, ihn ebenso leicht hätten töten können. Aber das war offenbar nicht die Absicht der Unsichtbaren.

Eine endlose Zeit des Vorwärtsgleitens verstrich, dann kam Rhodans Körper zur Ruhe. Er lag da und versuchte, irgend etwas aus der Umgebung wahrzunehmen. Aber er hörte nichts außer Kasoms und seinem eigenen Atem.

„Wir sitzen ziemlich tief in Schwierigkeiten", ließ sich Kasom schließlich vernehmen. „Ja, Sir, da sind wir in eine Falle geraten."

Bevor er den Satz beendet hatte, war es hell geworden. Rhodan schloß geblendet die Augen. Als er sie wieder öffnete, fand er sich auf einer goldenen Fläche, die scheinbar in die Unendlichkeit reichte. Er konnte den Kopf leicht heben, was ihm zeigte, daß die Ebene vor ihm anstieg. Als er mühsam nach rechts blickte, sah er Kasom. Der Ertruser lag auf einer dünnen Platte, aus der sich unzählige Spiralarme um seinen Körper geschlungen hatten. Rhodan ahnte, daß er sich in derselben Lage befand. Kasom grinste schwach, als er zu Rhodan herüberblickte.

Rhodan schaute nach oben, doch das gleißende Licht zwang ihn sofort zum Wegsehen. Unendlich langsam drehte er den Kopf auf die andere Seite. Wenige Meter von ihm entfernt stand der Sockel mit dem dreieckigen Metallbrocken, den sie den Roten Dreiern bringen sollten. Obwohl der Gegenstand in greifbarer Nähe lag, fühlte Rhodan, daß er weiter davon entfernt war als je zuvor.

Die goldene Fläche kräuselte sich an einer Stelle direkt neben dem Sockel, und ein junger Mann erschien. Er hatte Rhodans Figur und Rhodans Gesicht.

Aber er bewegte sich wie ein Fremder.

Kasom stieß einen krächzenden Laut aus, als er das Wesen ebenfalls erblickte. Auf der goldenen Ebene warf Rhodans Ebenbild einen langen, verzerrten Schatten, jede Bewegung schien den Goldboden erzittern zu lassen.

Als der Mann näher kam, stellte Rhodan fest, daß das Duplikat nicht völlig gelungen war. Es gab genügend Unterschiede, die ein aufmerksamer Beobachter festgestellt hätte. Vor allem war der Fremde jünger.

Wieder kräuselte sich der Boden, und ein zweites Wesen erschien.

„Blan!" stieß Rhodan überrascht hervor, als er den Dolmetscher der Roten Dreier erkannte.

Die großen Augen starrten ihn traurig an. Goldene Funken schienen in ihnen zu tanzen.

„Ich bin nicht Blan", sagte das Wesen. „Sie können mich Ogil nennen."

Es schien, als besäßen nicht nur die Roten Dreier einen Dolmetscher. Die Anwesenheit Ogils deutete jedoch darauf hin, daß man mit ihnen verhandeln wollte.

Der junge Fremde, der Rhodan so stark ähnelte, wandte sich an Ogil und sagte etwas in einer völlig fremdartigen Sprache.

Ogils magere Ärmchen zeigten auf Rhodans Doppelgänger.

„Er benutzt diesen einfachen Trick, um Sie durch sein wahres Aussehen nicht zu erschrecken." Sein Gesichtsausdruck veränderte sich. „Da er annimmt, daß Sie erfahren möchten, wie es funktioniert, erinnert er sie an die Spiegelung der Pyramide. Sie können auf diesem Gebiet praktisch alles machen. Nichts was Sie hier sehen, muß der Realität entsprechen. Nur Dinge, die Sie fühlen, sind echt. Aber es ist für einen Uneingeweihten unmöglich, sich durch ein optisches Labyrinth zu bewegen."

Rhodan fühlte schwache Heiterkeit in sich aufsteigen.

„Kommen sie her, Ogil. Ich möchte Sie *fühlen.*"

Der Dolmetscher blieb ernst. „Ich bin echt", versicherte er. „Ich kann Ihnen jedoch nicht sagen, ob es der Boden ist, auf dem ich stehe. Vielleicht ist es in Wirklichkeit schwarzer Fels."

„Ich verstehe", sagte Rhodan. „Aber es gefällt mir nicht. Jemand, der solche Dinge baut, muß ein Feigling sein. Er versteckt sich hinter Luftspiegelungen und Lichteffekten." Er hoffte, daß er mit diesen Worten den Fremden genügend provozieren konnte, um etwas von ihm zu erfahren.

„Feigheit ist ein relativer Begriff", sagte Ogil. „Wir könnten lange Zeit darüber diskutieren, ohne herauszufinden, in welcher Beziehung dieses Wort auf *verschiedene* Lebensformen angewandt werden kann. Jedes Wesen ist auf eine besondere Art mutig."

„Nun gut. Vielleicht besitzt unser Freund genügend Mut, um uns zu erklären, was er mit uns vorhat. Fragen Sie ihn, ob er darüber unterrichtet ist, daß wir hier sind, um diesen Stein dort zu holen."

Ogil unterhielt sich eine Zeit mit Rhodans Doppelgänger. Dann wandte er sich wieder an die beiden Gefangenen.

„Die Situation ist sehr kompliziert. Der Gegenstand, den Sie als Stein bezeichnen, ist alles andere als ein gewöhnliches Ausstellungsstück. Betrachten Sie ihn als den Schlüssel, mit dessen Hilfe man die Energiestation dieses Planeten erreichen kann."

Rhodans Gedanken wirbelten durcheinander. Deshalb also wollten sich die Roten Dreier in den Besitz des dreieckigen Körpers bringen. War es möglich, daß die Herren von Bigtown keine Gewalt über die Bewohner der Pyramide besaßen?

„Natürlich werden Sie diesen Stein nicht erhalten", fuhr Ogil fort. „Man ist jedoch bereit, Sie mit einem ähnlichen Gegenstand freizulassen, der jenem auf dem Sockel vollkommen gleicht. Damit können Sie die Roten Dreier eine gewisse Zeit irreführen, bis Sie sich in Sicherheit gebracht haben."

„Sinnlos", entfuhr es Rhodan. „Solange der Schutzschirm über Quarta existiert, gibt es für uns keine Sicherheit. Fragen Sie unseren Freund, ob er den Schutzschirm für kurze Zeit ausschalten kann."

„Nein", sagte Ogil sofort. „Es käme für ihn einer Blasphemie gleich, wollte er den automatischen Ablauf abstoppen oder verändern."

„Also eine Art Religion?"

„Wenn Sie es so bezeichnen wollen. Diese Wesen dienen der Station seit Generationen. Ich glaube noch nicht einmal, daß sie die Funktion der einzelnen Geräte begreifen."

Rhodan blickte sein freundlich lächelndes Ebenbild starr an. Er begriff, daß er nur unter Gewaltanwendung in die Station vordringen konnte. Ein solches Vorgehen widerstrebte ihm unter den gegenwärtigen Umständen, aber er sah keine andere Möglichkeit, um ihr Entkommen von Quarta zu gewährleisten.

„Was geschieht, wenn wir versuchen, die Station so zu beschädigen, daß der Schutzschirm sich auflöst?" fragte er Ogil.

„Ohne den Schlüssel könntet ihr die Station nie erreichen", erklärte der Dolmetscher lakonisch.

„Wir müssen also für alle Zeiten auf Quarta leben?"

„Ja", sagte Ogil. „Bis Sie während einer Jagd getötet werden."

„Geben Sie uns den Ersatzstein und lassen Sie uns frei", forderte Rhodan.

Ogils magerer Körper krümmte sich, als empfände er Schmerzen.

„Nein, nein", stammelte er. „Sie sprechen nicht die Wahrheit. Sie sind eines dieser wilden, unnachgiebigen Wesen, wie es sie auch in Bigtown gibt. Sie werden nie aufhören, um den Schlüssel zu kämpfen – jetzt, da Sie wissen, daß es die einzige Möglichkeit ist, um in die Station zu gelangen."

„Ja!" dröhnte Kasom dazwischen. „Wir werden kämpfen. Und wir werden einen Weg finden, diesen faulen Zauber hier zu entlarven."

Ogil hatte sich wieder gefaßt. Das Lächeln im Gesicht des Unbekannten war verschwunden.

„Sie verkennen Ihre Situation", sagte der Dolmetscher. „Sie sind völlig in der Gewalt der Stationswächter." Die goldene Ebene, auf der er stand, schien einen Augenblick zu flackern. „Wir müssen Sie töten."

Kasom schrie auf und stemmte sich gegen die stählernen Fesseln. Er gab es jedoch auf, als er feststellen mußte, daß er nichts ausrichten würde.

Der Boden um Ogil kräuselte sich. Gleich darauf war der Dolmetscher verschwunden. Rhodans Doppelgänger schüttelte nachdenklich den Kopf.

Rhodan spürte plötzlich, wie es um ihn herum heiß wurde. Sie bringen die Platten zum Glühen, auf denen wir liegen, dachte er entsetzt.

Die Hitze nahm schnell zu.

„Aufhören!" brüllte Kasom. „Wir müssen ihnen sagen, daß wir mit allem einverstanden sind."

„Das hätte wenig Sinn", erwiderte Rhodan ruhig. Die Unterseite von Kasoms Platte begann bereits dunkelrot zu glühen. Der Wächter tauchte ebenfalls in der goldenen Ebene unter.

Da sah Rhodan einen dunklen Punkt ganz oben auf der schimmernden Fläche. Der Punkt kam rasch näher. Rhodans Augen weiteten sich, als der gesamte Boden nach unten kippte. Übelkeit stieg in ihm hoch. Die goldene Farbe verschwand und machte einem fahlen Gelb Platz. Doch der Punkt blieb und wurde immer größer. Die Hitze stieg an.

Die gesamte Umgebung veränderte sich.

Nur Dinge, die Sie fühlen, sind echt!

Was konnte ein Mann fühlen, der an eine Platte gefesselt war, die sich allmählich erhitzte?

Ein Regen leuchtender Kugeln ergoß sich von oben auf die beiden Männer herab. Als sie zerplatzten, wurden sie zu Säulen, die irgendwo in die Unendlichkeit ragten.

Doch der Punkt blieb. Er bewegte sich scheinbar durch das Nichts – durch gelbes Nichts. Er wurde zu einer Gestalt. Zu einer aufrecht gehenden Gestalt mit dicken Schutzplatten auf dem Rücken. Die Gestalt zitterte vor Furcht.

„Bronk!" schrie Rhodan. „Hierher!"

Die Echse schien ihn nicht zu hören. Sie tappte durch den unwirklichen Raum, der ständig sein Aussehen veränderte. Da begriff Rhodan. Bronk hockte noch immer am Eingang zur Pyramidenstraße. Durch irgendwelche Effekte erzeugten die Wächter der Station das Bild der Echse innerhalb dieses Raumes. Rhodan schloß die Augen.

Da berührte ihn etwas.

Er blickte auf und sah Bronks Gesicht über sich. In den dunklen Augen des Jägers stand der Wahnsinn. Bronk hatte sein eigenartiges Stilett in den Klauen und machte sich damit an Rhodans Fesseln zu schaffen.

Rhodan konnte es *spüren*.

Inmitten dieser Spiegelwelt gab es eine Realität.

Bronk.

Rhodan taumelte von der glühenden Platte herunter, und vor ihm tat sich ein Abgrund voll bodenloser Schwärze auf. Bronk fiel in eine wahnsinnige Perspektive zurück, aber als Rhodan zugriff, fühlte er den harten Panzer der Echse, fühlte die hastigen Bewegungen, mit denen das Wesen sich auf Kasoms Lager zuarbeitete. Rhodan zwang sich dazu, den Abgrund, der mit seiner Körperdrehung vor ihm herumschwang, einfach zu ignorieren, aber es war ein schreckliches Gefühl, stets das Nichts vor sich zu haben. Einen kurzen Augenblick sah er Bronks schwarze Augen aufleuchten, in natürlicher Größe und voller Furcht. Kasom war ein winziges Etwas zwischen tanzenden Feuerbällen. Wände stürzten über ihm zusammen, aber er durchschnitt sie, wie ein heißes Messer Fett durchschneiden würde. Die Wände wurden breitflächig, verschoben sich und rasten in einen unfaßlichen Trichter hinein, der alles zu verschlingen drohte.

Allein die Berührung von Bronks Körper rettete Rhodan vor dem Irrsinn.

Das Zucken der Arme und das Zittern des Körpers hielt Rhodan aufrecht, und der Echse ging es wahrscheinlich ebenso. Wie aus dem Nichts tauchte eine Glutwand vor Kasoms Platte auf, die Flammen waren wie Pfeile aus Licht, und zwischen ihnen sah Rhodan die aufgerissenen Rachen gewaltiger Ungeheuer. Bronk schien zu zögern, aber Rhodan trieb ihn vorwärts. Sie schoben sich durch die Feuerwand, ohne etwas zu spüren. Die Täuschung sank zurück, aber Kasom blieb. Rhodan erreichte ihn schließlich. Er beugte sich zu ihm hinab und ... griff ins Leere.

Er schrie vor Schmerz und Enttäuschung auf. Man hatte Bronk und ihn ins Irre geführt. Sie waren auf Kasoms Spiegelbild zugegangen.

„Melbar!" schrie Rhodan. „Melden Sie sich!"

„Hier!"

Rhodan fuhr herum. Die Stimme kam von links. Er hörte Bronk husten, die Töne klangen wie das Gerassel einer alten Maschine. Rhodan strebte zur Echse zurück. Sie klammerten sich wieder aneinander fest.

„Rufen Sie, Kasom", stieß Rhodan hervor. „Wir müssen Sie finden."

Kasom begann die dritte Strophe des *Sternenfahrers* zu singen, eines alten Liedes. Bronk konnte den Ertruser nicht verstehen, aber merkwürdigerweise hörte sein Zittern auf.

Der Trichter, der die herabstürzenden Wände verschlungen hatte, spie plötzlich eine Masse wirbelnder Räder hervor, die sich wie ein Konfettiregen über den Boden ergossen, aufprallten und auf Rhodan zugerollt kamen. Ein Abhang bildete sich, und die Räder rasten herab. Rhodans Füße spürten, daß es keinen Abhang gab, aber seine

Augen sahen die Anhöhe, und unwillkürlich hob er seine Beine. Die Räder wurden schneller. Alles in Rhodan drängte zur wilden Flucht, doch er bewegte sich weiter in jene Richtung, aus der Kasoms Gesang kam.

Die Räder lösten sich kurz vor Rhodan auf, sie glitten hinweg, als seien sie nie dagewesen.

„... und hinauf in das Nichts führt unser Suchen..." sang Kasom.

Bronk strauchelte, als der Boden zu einem Geröll blutroter Höcker wurde. Rhodan biß auf die Zähne und schob seine Beine *durch* die Auswüchse am Boden. Dann bildete sich ein reißender Fluß unmittelbar vor ihnen, das Wasser schäumte an ihren Füßen vorüber, ohne daß sie etwas hörten. Rhodan zog Bronk mit sich in die Fluten hinein, und vor ihren Füßen verschwanden die Wellen.

Mit einem Schlag kam die goldene Ebene zurück und mit ihr der Sockel, auf dem der dreieckige Brocken lag, Kasom lag nur zehn Meter von Rhodan entfernt auf der Platte und sang, während er vor Schmerzen das Gesicht verzog. Bronk stürzte auf den Ertruser zu und benutzte sein seltsames Messer. Gleich darauf war der USO-Spezialist frei. Mühsam richtete er sich auf. Er rieb die Beine, um die Blutzirkulation wieder in Gang zu bringen.

Seine Kleider waren auf dem Rücken versengt.

Bronk schob das Messer in seinen Köcher zurück. Er spuckte herzhaft auf die glühende Platte, von der Kasom entkommen war. Es zischte.

„Quextrel", erklärte Bronk voller Inbrunst.

Kasom hob den Kopf und sog die Luft ein.

„Sir", sagte er und blickte Rhodan an. „Es riecht nach gebratenem Ochsen."

Vor ihnen kräuselte sich der Boden, und Ogil erschien. Er beachtete Bronk nicht, sondern wandte sich an Rhodan.

„Haben Sie Ihre Pläne aufgegeben?"

Rhodan schüttelte den Kopf. Es hatte keinen Sinn, das Wesen belügen zu wollen.

„Die Wächter der Station könnten Sie sofort töten", sagte Ogil. „Doch sie verzichten darauf, wenn Sie freiwillig in die Stadt zurückkehren."

Rhodan legte eine Hand auf Bronks harte Schulter.

„Was geschieht mit ihm?"

„Er hat ein Tabu gebrochen", erklärte Ogil teilnahmslos. „Er muß hierbleiben. Er weiß Dinge über die Pyramide, die in der Stadt nicht bekanntwerden dürfen."

„Wir gehen zusammen – oder überhaupt nicht", sagte Rhodan fest.

„Sie sind sehr starrsinnig", sagte Ogil bedauernd. Er sagte etwas in einer unbekannten Sprache. Im gleichen Augenblick kräuselte sich der Boden an acht verschiedenen Stellen. Acht Roboter, massiv aussehende, kleine Gestalten erschienen. Ihre Waffen waren auf Rhodan, Kasom und Bronk gerichtet.

„Talirksa", knirschte Bronk.

Ogils Blicke wanderten von den Robotern zu Rhodan zurück.

„Nun?" klang seine Stimme auf.

„Wir sind keine ausgesetzten Verbrecher", sagte Rhodan schnell. „Interessiert es die Wächter der Station nicht, woher wir kommen?"

„Sie wissen es", erwiderte der Dolmetscher. „Ihr kommt von der anderen Seite der großen Leere."

„Wir können euch helfen", sagte Rhodan. Wenn ihm nur etwas einfiel, um diese Maschinen zu stoppen. „Wir können euch Raumschiffe zur Verfügung stellen, damit ihr den Strafplaneten verlassen könnt."

Ogil lachte lautlos. Verächtlich deutete Rhodan auf die Roboter.

„Wahrscheinlich sind es wieder nur Spiegelungen, die uns Furcht einjagen sollen", meinte er.

„Sie werden noch lange genug leben, um sich vom Gegenteil zu überzeugen", antwortete Ogil leidenschaftslos. „Ich gebe Ihnen zum letztenmal Gelegenheit, sich zu entscheiden. Sie können zur Stadt zurück, aber ohne Ihren Freund." Er wechselte die Sprache und redete auf die Echse ein.

Geduldig hörte Bronk zu, dann verneigte er sich vor Rhodan und Kasom.

„Derrat Gonger", sagte er feierlich.

Dann rannte er auf seinen krummen Beinen auf die Roboter zu. Sie zerstrahlten ihn, bevor er nur die Hälfte des Weges zurückgelegt hatte. Er wurde zu einer Wolke feinen Staubes, der langsam zur leuchtenden Decke emporstieg. Rhodan stand wie gelähmt.

„Er hat Ihnen die Entscheidung abgenommen", sagte Ogil gelassen.

Rhodan starrte auf die Stelle, an der Bronk vor wenigen Sekunden noch gestanden hatte. Er fühlte sich vollkommen ausgehöhlt. Ogils

Worte nahm er wie etwas wahr, das völlig bedeutungslos war. Erst jetzt spürte er, wie fest das Band war, das zwischen ihm und der Echse innerhalb kurzer Zeit entstanden war.

„Mord", hörte er Kasom sagen. „Dafür gibt es auch auf Quarta keine andere Bezeichnung."

„Ihr Denken verläuft zu sehr in emotionellen Bahnen", warf ihnen Ogil vor. „Sie sollten vernünftig sein und sich nach den Gegebenheiten richten. Verlassen Sie die Pyramide und versuchen Sie, in der Stadt Unterschlupf zu finden. Wenn Sie Glück haben, erwischen die Roten Dreier Sie nicht."

Gucky! dachte Rhodan völlig verzweifelt. Es geschah rein instinktiv. Er glaubte nicht mehr wirklich daran, daß der Mausbiber ihn espern konnte. Er wollte gerade zu einer Antwort ansetzen und Ogil mitteilen, daß er und Kasom die Pyramide verlassen würden, als das nicht mehr Erwartete eintrat.

Gucky materialisierte unmittelbar neben ihm.

Rhodan und Kasom schrien auf.

Danach geschahen mehrere Dinge gleichzeitig. Rhodan und Kasom warfen sich zu Boden. Die Roboter feuerten, doch die Energiestrahlen ihrer Waffen fluteten über die beiden Gefangenen hinweg.

Rhodan wälzte sich herum. Er sah, wie die Roboter sich unter dem telekinetischen Einfluß des Mutanten vom Boden abhoben und hilflos durch die Luft schwebten.

Kasom brüllte triumphierend. Die Roboter begannen damit, sich gegenseitig abzuschießen. Schwer krachten ihre Körper auf die goldene Ebene.

Ogil verschwand in einer kräuselnden Schicht des Bodens. Rhodan sprang auf und rannte auf den Sockel zu. Er packte den dreieckigen Metallbrocken und wollte ihn hochheben. Doch das Symbol der Pyramide war fest verankert.

Rhodan drehte versuchsweise. Das Dreieck gab nach. Je weiter es Rhodan herumschraubte, desto größer wurde eine Öffnung im goldenen Boden des Raumes.

Mit aufgerissenen Augen schraubte Rhodan weiter. Er hatte den Schlüssel zur Station Quartas in der Hand. Eine quadratische Öffnung entstand, die mindestens fünfzig Meter durchmaß. Rhodan blickte in strahlende Helligkeit. Der Boden verschwand bis dicht vor seine Füße.

Rhodan starrte hinab in die Tiefe.

Ein heller Schacht tat sich vor ihnen auf. Rhodan nahm die Bewegungen gewaltiger Maschinen wahr. Der Schacht führte an verschiedenen Ebenen vorbei, von denen Rhodan nur den Rand sehen konnte.

Kasom entwaffnete drei der zerstörten Roboter und brachte die Waffen zu Rhodan.

„Die dritte Ebene scheint die wichtigste zu sein", piepste Gucky aufgeregt, als er neben Rhodan erschien.

„Bleiben Sie hier oben, Kasom", befahl Rhodan dem Ertruser. „Ich werde mich zusammen mit Gucky um die Station kümmern."

Er hielt sich an Gucky fest, und der Mausbiber setzte zu einem neuen Teleportersprung an. Sie materialisierten unmittelbar zwischen zwei gewaltigen Maschinen. Ein Geruch wie nach verbranntem Öl lag in der Luft. Kein lebendes Wesen war zu sehen.

Rhodan trat zwischen den Maschinen hervor. Er blickte in eine riesige, unterirdische Halle. Sofort erkannte er, daß die Bauweise der Maschinen jener auf Sexta glich. Etwa fünfzig Meter von ihnen entfernt stand eine Leuchtsäule mitten im Raum: der Schacht, der an den verschiedenen Ebenen vorüber in die Höhe führte.

Rhodan wich zurück, als eine Gruppe von fünf Stationswächtern hinter einer Maschine auftauchte. Zum erstenmal sah Rhodan die Wesen in ihrer wirklichen Gestalt. Sie waren entfernt humanoid. Auf ihren kahlen Köpfen gab es zwei Auswüchse, die rot leuchteten. Ihre Gestalten waren verzerrt, so daß sie häßlichen Zwergen ähnelten.

Rhodan drängte Gucky zurück, der sich an ihm vorbeischieben wollte. „Sie haben uns noch nicht gesehen", flüsterte er. „Offenbar wollen sie den Schacht absichern. Sie nehmen an, daß wir dort auftauchen."

„Soll ich sie ein bißchen durch die Luft wirbeln lassen?" fragte Gucky eifrig.

Rhodan lehnte entschieden ab. „Wir wollen sie nicht auf uns aufmerksam machen. Sicher wimmelt es hier unten von diesen Burschen. Wir können nicht mit allen fertig werden." Er packte die von Kasom erbeutete Waffe fester. „Wir müssen den Hauptenergieleiter finden, damit wir den Schutzschirm um den Planeten zum Zusammenbrechen bringen können."

Geduckt schlichen sie weiter. Sie gelangten in einen Zwischengang, der an einer Reihe von Maschinen vorbeiführte. Überall waren Kontrollanlagen installiert. Das Flimmern der Lampen glich dem Blinzeln unzähliger Augen. Hier unten war nichts von der Stille zu spüren, die in der oberen Pyramide herrschte. Das Summen der verschiedenen Apparate erfüllte die Halle.

Stimmen klangen auf. Blitzschnell zogen sich Gucky und Rhodan hinter ein Podest zurück. Wenige Augenblicke später rannten zwei Wächter vorbei. Sie trugen blaue Umhänge, die schlaff an ihren verunstalteten Körpern hingen. Rhodan bezweifelte, daß er die Wächter in ihrer ursprünglichen Form vor sich sah. Wahrscheinlich waren sie nach mehreren Generationen durch Strahleneinwirkung mutiert.

Die Wächter verschwanden. Vorsichtig drangen Rhodan und Gucky tiefer in die Halle ein. Schließlich stießen sie auf ein halbrundes Monstrum aus glitzerndem Metall. Es erinnerte Rhodan an den Rücken eines Ungeheuers. Die einzelnen Abdeckplatten glichen organischen Öffnungen. Rund um das Gebilde zog sich eine Art Geländer aus durchsichtigen Dreiecken, die an Drähten aufgehängt waren. Unzählige Kabelstränge führten von der Maschine in allen Richtungen davon. Überall flackerten Kontrollampen. In regelmäßigen Abständen standen Anzeigetafeln hinter dem Geländer, die mit Hebeln übersät waren.

„Das Herz der Station", flüsterte Rhodan grimmig.

Sie standen neben einem Träger, der bis zur Decke hinaufführte. Ohne Mühe konnten sie sich im Profil der Stütze verstecken. Vor der Riesenmaschine patrouillierten mindestens dreißig Stationswächter mit Waffen. Man spürte die gespannte Aufmerksamkeit der Wesen.

„Ich könnte mich *auf* die Maschine teleportieren und von dort aus versuchen, sie zu zerstören", schlug Gucky vor.

„Schlecht", erwiderte Rhodan knapp. „Sie würden dich sofort entdecken und auf dich schießen. Sie sind jetzt gewarnt. Wahrscheinlich wissen sie sogar, daß wir uns hier unten befinden. Es gibt nur eine Möglichkeit, an die Maschine heranzukommen: wir müssen sie weglocken."

Gucky entblößte seinen Nagezahn.

„Was hast du vor?" erkundigte er sich.

„Du mußt sie ablenken. Teleportiere dich zu den Maschinen zurück, wo wir angekommen sind. Sorge dort für Durcheinander. Sie werden annehmen, daß wir uns in der Bedeutung der Anlagen getäuscht haben und sich weglocken lassen. Dann habe ich die Gelegenheit, die Hauptzufuhren der Maschine, die nach oben führen, zu vernichten."

Gucky kratzte sich skeptisch hinter den Ohren.

„Sie werden bald merken, was in Wirklichkeit geschieht", sagte er. „Was willst du tun, wenn sie zurückkommen?"

„Du mußt vor ihnen hier sein", sagte Rhodan einfach.

„Ich wette um zehn Karotten, daß es schiefgeht", meinte Gucky.

„Die Wette gilt", sagte Rhodan.

Rhodan spürte die Kälte des Metalls durch seine zerrissene und halb verbrannte Jacke. Angespannt preßte er sich gegen den Pfeiler. Gucky war verschwunden, um die Wächter abzulenken.

Rhodan war kein Freund von willkürlichen Zerstörungen, doch in diesem Fall blieb ihm keine andere Wahl, wenn er eine Möglichkeit schaffen wollte, diese Welt zu verlassen. Der Schutzschirm um Quarta mußte fallen. Schließlich wollten sie nicht den Rest ihres Lebens auf einem Strafplaneten der Erbauer des künstlichen Fallensystems verbringen, die höchstwahrscheinlich mit den Konstrukteuren des Sonnentransmitters identisch waren. Kamen sie aus Andromeda? Waren sie vielleicht die Beherrscher der Nachbargalaxis?

Eine Detonation riß ihn aus seinen Gedanken. Gucky leistete ganze Arbeit. Sein Ablenkungsmanöver bestand in einem Feuerwerk auf der anderen Seite der Halle. Die Wächter wurden unruhig, riefen sich gegenseitig zu und stürmten schließlich davon.

Rhodan huschte aus seinem Versteck hervor. Dicht vor der Maschine hob er die fremde Waffe. Er hatte genügend Zeit gehabt, ihren Mechanismus verstehen zu lernen.

Ruhig zielte er auf einen Kabelstrang, der direkt vom höchsten Punkt der Anlage zu den höherliegenden Ebenen hinaufführte. Er war sich darüber im klaren, daß er bereits nach dem ersten Schuß mit der Rückkehr der Wächter rechnen mußte. Er suchte sich drei weitere Ziele aus, bevor er feuerte. Nach den Geräuschen zu schließen, die zu Rhodan herüberdrangen, tobte sich Gucky am anderen Ende der Halle gewaltig aus.

Rhodan drückte ab. Das Kabel zerschmolz in reiner Energie. Eine Qualmwolke stieg unter die Decke. Rhodans Arm schwang herum. Er visierte das nächste Ziel an und schoß erneut. Innerhalb weniger Sekunden zerstörte er sieben Kabelstränge. Die Maschine begann zu brodeln. Unwirkliche Geräusche kamen aus ihrem Innern. Ein Knattern wurde hörbar. Das Trampeln von Schritten kam schnell näher. Rhodan fuhr herum und sah sieben Wächter mit vor Entsetzen aufgerissenen Augen um eine Maschine stürmen. Mit einem Satz übersprang der Terraner das Geländer um die Anlage und raste in Deckung. Zwei ungezielte Schüsse strichen über ihn hinweg und trafen einen der Stützpfeiler. Glühendes Metall tropfte auf den Boden. Schweratmend blickte Rhodan sich um. Im Augenblick verbarg ihn die Maschine vor den Blicken der Verfolger.

„Gucky!" rief er.

Der Mausbiber erschien wenige Schritte vor ihm.

Da bogen die Wächter um das Geländer. Sie schrien und schwangen die Waffen. Rhodan fiel vornüber und packte den Mutanten am Bein. Gucky verschwendete keine weitere Sekunde. Er teleportierte sich mit Rhodan direkt auf das Dach der Pyramide hinauf.

Hinter ihnen zerbarst die Maschine in einer einzigen Explosion und brachte die gesamte Ebene zum Einsturz. Die Pyramide wurde erschüttert.

Rhodan starrte auf die Stadt, die sich im Dunkel der Nacht vor ihm ausbreitete. Leichter Wind strich über ihn hinweg. Gucky war bereits wieder verschwunden, tauchte aber sofort wieder mit Kasom auf. Der Ertruser war bewußtlos.

Rhodan wußte, daß der Mausbiber jetzt an der Grenze seiner paranormalen Fähigkeit angelangt war. Er konnte sie nicht alle zur C-5 bringen, bevor er sich nicht erholt hatte.

Rhodan beugte sich zu Kasom hinab, um ihn zu untersuchen. Der Ertruser atmete in kurzen Zügen. Rhodan tastete über seinen Kopf und entdeckte eine blutende Schwellung. Er rüttelte den USO-Spezialisten sanft. Nachdem er sich einige Zeit vergeblich bemüht hatte, gab Kasom ein dumpfes Krächzen von sich. Schließlich hob er den Kopf. Sofort preßte er beide Hände gegen die Schläfen.

„Wenn dies das Paradies ist", brachte er mühsam hervor, „verlange ich sofort woanders hingebracht zu werden. Hier rieche ich keinen Bratenduft."

„Können Sie einen Augenblick einmal an etwas anderes denken als immerzu an Essen?" wollte Rhodan wissen.

„Nein, Sir", sagte Kasom und stand auf.

Rhodan mußte ihn festhalten, als er sich einen Augenblick vergeblich um das Gleichgewicht bemühte. Dann war der Ertruser wieder fest auf den Beinen. „Was ist geschehen?" erkundigte er sich.

In knappen Worten berichtete ihm Rhodan von der Zerstörung der Energieanlage.

„Bei der Explosion muß mir etwas auf den Kopf gefallen sein", berichtete Kasom. „Glauben Sie, daß der Schutzschirm nicht mehr existiert?"

„Ich hoffe es", sagte Rhodan. „Wäre es Tag, könnten wir es auch ohne Hilfsmittel feststellen."

Obwohl es dunkel war, konnte Rhodan sehen, daß Kasom den Mausbiber beobachtete.

„Wir sitzen fest?" mutmaßte Kasom.

„Vorläufig ja", sagte Rhodan. „Gucky hat sich überanstrengt, aber er wird Sie bald zur C-5 bringen können. Unterrichten Sie die Besatzung, was geschehen ist. Ich nehme an, daß die CREST bereits auf dem Anflug ist, wenn der Schutzschirm nicht mehr besteht."

„Ich kann Sie hier nicht allein lassen, Chef", protestierte Kasom.

„Sicher wird man nicht hier oben nach uns suchen", meinte Rhodan. „Sie sind verletzt. Gucky wird bald kräftig genug sein, um auch mich zu holen." Er deutete in die Nacht hinein. „Wahrscheinlich wird die CREST bald landen. Dann steht uns auch Gecko zur Verfügung."

„Alle Lichter über der Pyramide sind erloschen", registrierte Kasom. „Anscheinend haben Sie die gesamte Anlage außer Betrieb gesetzt, Sir." Seine Stimme wurde drohend. „Doch sie haben Bronk ermordet."

„Sie haben ihn getötet, gewiß", sagte Rhodan. „Ich habe inzwischen festgestellt, daß wir unsere Ansichten über Recht und Unrecht auf Quarta nicht anwenden können. Die Einwohner Bigtowns halten ihre Gesetze für ebenso richtig wie wir die unseren."

„Ich glaube, daß ich Melbar jetzt schaffen kann", mischte sich Gucky ein. „Halte dich fest, Kasom. Es geht los."

Unwillkürlich zog sich Kasom etwas zurück. Rhodan spürte, wie der ertrusische Riese ihn zweifelnd anblickte. Doch Gucky watschelte auf ihn zu, klammerte sich an ihm fest und entmaterialisierte.

Rhodan war allein. Er blickte auf die riesige Stadt hinaus. Vereinzelt sah er Lichter brennen. Ab und zu blitzte es an verschiedenen Stellen auf. Wahrscheinlich wurde dort gekämpft. Rhodan glaubte die Gedanken von fünfzig Millionen Wesen zu spüren, und er fühlte, wie sich ein dumpfer Druck auf seine Brust legte. Irgendwie gab es eine Verantwortung, die er für diese Stadt hatte. Doch wie sollte er den Verfemten von Quarta helfen? Unbekannte Richter hatten sie verurteilt. Warum und weshalb, würde ein Terraner wahrscheinlich nicht verstehen können. Und hier waren sie gezwungen, nach barbarischen

Gesetzen um ihr Leben zu kämpfen. Bronk war nicht böse gewesen. Waren die anderen es? Waren sie Verbrecher oder nicht vielmehr jene, die sie hierher deportiert hatten? Rhodan fand darauf auch jetzt keine Antwort.

Hinter ihm entstand eine Bewegung. Er fuhr herum, die Waffe des Roboters im Anschlag. Es war nicht vollkommen dunkel, so daß er eine dürre Gestalt ausmachen konnte.

„Ogil!" stieß er überrascht hervor.

Der Dolmetscher der Stationswächter hob einen seiner mageren Arme.

„Ich bin unbewaffnet. Schießen Sie nicht."

Rhodan ließ die Waffe sinken. Er wußte nicht warum, aber er glaubte den Worten des Bürgers von Bigtown.

„Wie kommen Sie hier herauf?" wollte er wissen.

Ogil kicherte wie ein Greis, doch es lag keine Zuversicht in diesem Kichern, eher grenzenlose Müdigkeit.

„Die Station existiert nicht mehr", sagte er. „Die Explosion hat alles zerstört. Ich habe von Anfang an gewußt, daß Sie eines jener starrsinnigen Wesen sind, die ihren Willen um jeden Preis durchsetzen." Er schwieg einen Moment, um dann fortzufahren: „Ich bin über die Außenfläche der Pyramide auf das Dach gelangt. Ich hatte nicht erwartet, Sie hier zu finden."

„Was wollen Sie hier?" erkundigte sich Rhodan mißtrauisch.

„Nachts ist die Stadt schön", sagte Ogil. „Man merkt nichts von ihrer Wildheit und von ihrer Bösartigkeit. Der Wind ist ihr Atem, und er trägt die Geschichten zu mir heran, die sich am Tage ereignet haben."

„Was sind Sie für ein Wesen?" fragte Rhodan leise.

Ogil bewegte sich leicht in der Dunkelheit. „Ist das so wichtig? Sie glauben, daß Sie einen Sieg errungen haben. Sie werden diese Welt verlassen und Ihre Niederlage mit sich nehmen."

Rhodan wurde sofort hellwach.

„Wie soll ich das verstehen?"

„Sie werden es bald merken", antwortete Ogil rätselhaft. „Ich könnte Sie warnen, aber ich weiß, daß nichts Sie aufhalten kann."

„Wollen Sie mit uns kommen?"

„Die Stadt verlassen?" Ogil ließ sich auf dem kalten Boden nieder und legte den Kopf auf die verschränkten Arme. Selbst in der Finsternis meinte Rhodan das Funkeln der großen Augen sehen zu können.

„Nein, ich verlasse die Stadt nicht."

„Was sind Sie für ein Wesen?" fragte Rhodan wieder. „Sie stammen aus Andromeda, nicht wahr? Gehören Sie zu den Beherrschern dieser Galaxis?"

„Ich bin nichts", sagte Ogil ruhig. „Ich könnte davongehen, ohne etwas zu hinterlassen – noch nicht einmal eine Erinnerung."

„*Ich* werde mich an Sie erinnern", versprach Rhodan.

„Es bedeutet mir nichts", sagte Ogil. „Was ist ein Gedanke in dieser großen Leere zwischen den Milchstraßen? Ich bin nur ein Deportierter, ein Nichts im gewaltigen..." Ogil hob den Kopf etwas an und schien weit in die Ferne zu starren. Dann drehte er sich halb zu Rhodan um. „Sie fragen nach den Herren von Andromeda? Also kennen Sie die Meister der Insel nicht?"

Durch die scheinbare Interesselosigkeit des Wesens glaubte Rhodan plötzlich totales Unverständnis hindurchzuhören.

Er schüttelte den Kopf.

„Sollte ich sie kennen?"

„Jeder kennt die Meister der Insel!" Mit einemmal war Ogils Stimme nur noch von Haß erfüllt. „Und sollten Sie diesen Planeten tatsächlich verlassen und nicht in den Transmitterfallen umkommen, dann vielleicht treffen Sie eines Tages auf sie. Zutrauen würde ich es Ihnen nun. Aber freuen Sie sich nicht auf diese Begegnung."

Rhodan packte Ogil an den Schultern, zog ihn in die Höhe und rüttelte ihn.

„Wer sind diese Meister der Insel?" fragte er heftig. Ogil gab keine Antwort. Sein Blick war wieder entrückt.

„Dann sagen Sie mir wenigstens, wo sich die Schaltstation befindet, die den Twin-Transmitter steuert, Ogil!"

Ogils Stimme klang so interesselos, als fühlte er sich schon nicht mehr auf dieser Welt und nur im geringsten mit ihr verbunden.

„Soviel ich weiß, auf dem fünftgrößten Planeten dieses Systems, einer Wasserwelt mit einem hufeisenförmigen Kontinent, der den nördlichen Pol bedeckt."

16.

Die CREST II stieß auf das Leuchtfeuer hinab und landete auf dem breiten, unbewohnten Küstenstreifen. Die Hangarschleuse öffnete sich. Eine von Captain Redhorse kommandierte Korvette startete in die Dunkelheit hinein und näherte sich langsam der Absturzstelle der C-5. Mary Rhodan-Abro hielt sich ebenfalls an Bord auf.

Captain Henderson hatte sich bereits über Funk gemeldet. Er hatte von den Vorfällen berichtet:

„Mit Perry Rhodan ist alles in Ordnung. Er befindet sich irgendwo auf einer Pyramide inmitten der Stadt und wartet, daß er von Gucky abgeholt wird."

Mory atmete erleichtert auf.

„Wir landen und nehmen Sie alle an Bord", gab Redhorse an die Besatzung der C-5 durch. „Halten Sie sich bereit."

„In Ordnung" bestätigte Henderson. „Passen Sie während der Landung jedoch auf. Hier lungert ein Wesen aus der Stadt herum, das die C-5 gern als Brutstätte benutzen würde."

Redhorse grinste. „Soll ich Gecko vorausschicken?" erkundigte er sich.

„Gucky will Rhodan persönlich abholen", erwiderte Henderson. „Sie brauchen also den Mausbiber nicht aus seiner Ruhe zu schrecken."

Sicher brachte Captain Redhorse die C-3 auf der anderen Seite des Leuchtfeuers auf den Boden.

„Hoffentlich werden wir nicht angegriffen", sagte er zu Mory. „Wenn man in der Stadt feststellt, daß noch ein Schiff gelandet ist, wird man vielleicht an eine Invasion glauben."

„Wir verlassen jetzt die C-5", gab Henderson durch.

„Wir erwarten Sie", nickte Redhorse.

Icho Tolot übernahm die Bewachung des Irrsuchers, während die Männer von der C-5 in die C-3 umstiegen. Das große Wesen rührte sich nicht. Wie leblos lag es im Sand und beobachtete die Vorgänge. Niemand schien sich um das zweite Schiff zu kümmern.

Dann jedoch hörte Redhorse, der in der offenen Schleuse stand und die Schiffbrüchigen empfing, Motorengeräusch, das sich von der Stadt aus näherte.

„Die Roten Dreier", vermutete Atlan, der neben Redhorse stand. „Das sind die Herrscher dieser Welt. Wahrscheinlich wollen sie die Neuankömmlinge begrüßen und über die Gesetze Bigtowns aufklären."

„Sie sollen nur kommen", sagte Redhorse grimmig. „Wir werden ihnen eine Kostprobe *unserer* Gesetze geben."

„Nein", lehnte Atlan ab. „Bis sie uns erreicht haben, sind alle Männer, bis auf Rhodan, bereits im Schiff. Wir werden starten und über der Stadt warten, bis Gucky Perry Rhodan geholt hat."

Redhorse schien verwirrt zu sein. „Fürchten Sie diese Wesen?"

Stumm schüttelte Atlan den Kopf. Er gab dem Captain keine Erklärung. Wie sollte er Redhorse die Gewohnheiten der Einwohner Bigtowns klarmachen?

Die letzten Männer kamen durch die Schleuse. Der Motorenlärm wurde stärker. Atlan warf einen letzten Blick in die Umgebung, dann zog er Redhorse mit ins Innere. Widerwillig folgte ihm der Captain.

„Geben Sie den Startbefehl", ordnete Atlan an.

Wenige Augenblicke später hob die C-3 vom Boden ab. Unter ihr zurück blieb das Wrack der C-5, das Leuchtfeuer, der Irrsucher und ein ruckartig bremsender Wagen mit drei rotbepelzten, vor Enttäuschung heulenden Wesen.

„Ich bedaure, daß es zur Zerstörung der Station gekommen ist", sagte Rhodan zu dem wieder bewegungslos hingekauerten Ogil. „Ich weiß nicht, ob Sie unsere Beweggründe verstehen können."

„Natürlich", erwiderte der Dolmetscher. „Sie kämpfen um Ihr Leben. Und das, obwohl es sinnlos ist."

„Wollen Sie mir nicht erklären, was Sie damit ausdrücken wollen?"

„Wenn ich es wollte – ich könnte es nicht", gab Ogil zurück. Seine Stimme klang jetzt leiser. Rhodan beugte sich zu dem Wesen hinab. Ein eigenartiger Geruch strömte von Ogil aus. Rhodan bereute es jetzt, ihn vorhin so unsanft angefaßt zu haben. Er berührte ihn. Seine Finger wurden feucht.

„Sie sind verletzt", sagte Rhodan bestürzt. „Warum haben Sie mir es nicht gesagt. Man kann Ihnen an Bord unseres Schiffes helfen."

Schweigend stand Ogil auf. Rhodan versuchte angestrengt, die Dunkelheit zu durchdringen, um sich vom Ausmaß der Verletzung zu überzeugen.

„Ich gehe nicht mit Ihnen", entschied Ogil. „Nicht einmal, um mich behandeln zu lassen."

„Sie können nicht in die Pyramide zurück", stellte Rhodan fest. „Es wird zu weiteren Explosionen kommen. Sie wird ausbrennen, vielleicht sogar einstürzen."

„Ich werde nirgends hingehen", murmelte Ogil.

Gucky materialisierte unmittelbar neben ihnen. Rhodan spürte die warme Pfote des Mausbibers in seiner Hand.

„Die CREST ist an der Küste gelandet. Redhorse ist mit der C-3 gekommen und hat die Besatzung der C-5 übernommen. Danach ließ Atlan ihn wieder starten, denn die Roten Dreier waren in Anmarsch. Die Korvette kreist über der Stadt. Wir können uns an Bord teleportieren."

„Warte noch", sagte Rhodan hastig.

Er wandte sich an Ogil. „Ich könnte Sie zum Mitgehen zwingen", sagte er zu dem Dolmetscher. „Aber ich will es noch einmal so versuchen."

„Sie sind sehr starrsinnig", klagte Ogil. Es schien ein abschließendes Urteil zu sein. Bevor Rhodan es verhindern konnte, machte er zwei Schritte auf den Rand des Daches zu und stürzte sich in die Tiefe. Rhodan zuckte zusammen, als er den Aufprall des Körpers hörte.

„Das hat er nicht freiwillig getan", sagte Gucky. „Etwas hat ihn gezwungen."

„Wie meinst du das?"

„Mehr als dieses Gefühl konnte ich nicht wahrnehmen", sagte der Mausbiber.

Rhodan fragte sich unwillkürlich, ob Ogil vielleicht zum Selbstmord gezwungen worden war, weil er ihm Dinge gesagt hatte, die besser unausgesprochen geblieben wären – zumindest aus der Sicht Ogils und der geheimnisvollen Unbekannten, die er ‚Meister der Insel' genannt hatte. *Meister der Insel!* Dieser Begriff brannte sich in diesem Moment unauslöschlich in Rhodans Bewußtsein.

„Was ist?" fragte Gucky. „Wie lange wollen wir hier noch warten?"

„Du hast recht", sagte Rhodan. „Man wird bereits auf uns warten."

Gucky brachte sie mit einem Teleportersprung zur C-3. Rhodan gab einen kurzen Bericht über die Geschehnisse innerhalb der Pyramide. Ogils Ende erwähnte er nicht.

Die C-3 beschleunigte und raste zum Mutterschiff zurück.

Endlich wieder zurück an Bord der CREST II, erstattete Rhodan ausführlich Bericht, und diesmal wiederholte er alles, was er von Ogil gehört hatte. Dem Planeten hatte er den Namen Quinta gegeben.

„Eine grausame Welt ist das hier", sagte Mory erschüttert. „Wir sollten so schnell wie möglich verschwinden – bevor es vielleicht wieder zu spät ist." Sie drehte sich zu Icho Tolot um. Der Haluter stand etwas im Hintergrund und hatte bisher schweigend zugehört.

„Wissen Sie etwas über die Meister der Insel, Tolot?" fragte sie.

Der Gigant verneinte.

„Ich habe wie Sie gerade zum erstenmal von ihnen gehört. Solange wir Haluter die Galaxis beobachten, tauchte niemals ein Volk oder eine Gruppe auf, die sich so bezeichnete."

„Nicht in unserer Galaxis", stimmte Rhodan zu. „Auf Quarta leben nur Wesen aus Andromeda. Ogil erkannte, daß wir aus der Milchstraße sind, aber dann mußten seine Gedanken schon so getrübt gewesen sein, daß er es für einen Augenblick vergaß. Daher sein Erstaunen über meine Frage. Wir haben nach wie vor das gleiche Ziel. Wir wollen nach Hause. Doch sollte das Schicksal es anders mit uns meinen, sollte unser Weg nach Andromeda führen, dann..."

Eine schnelle Handbewegung des Mausbibers unterbrach ihn. „Ich empfange seltsame Impulse", verkündete Gucky aufgeregt. „Sie scheinen nicht von den Stadtbewohnern zu stammen."

Es war niemand in der Nähe. Auch die Roten Dreier hatten sich nicht wieder blicken lassen.

„Ich sehe nach dem Rechten!" rief der Ilt aus. „Kommst du mit, Großer?"

Er wartete nicht lange auf Tolots Antwort, ergriff eine Hand des Haluters und entmaterialisierte mit ihm.

„Was will er noch hier?" fragte Mory erzürnt. „Wir haben endlich einen Hinweis auf die Transmitterschaltstation und sollten nach Quinta!"

Doch Gucky und Tolot waren bereits in der Sandwüste des Küstenstreifens.

„Wir warten noch", sagte Rhodan.

Der Irrsucher wartete geduldig, bis die Roten Dreier wieder in ihr Fahrzeug gestiegen waren. Er hörte sie schimpfen, aber den größten Teil ihrer Worte konnte er nicht verstehen. Ihr Zorn war verständlich, denn das fremde Schiff hatte alle Neuankömmlinge an Bord genommen und war verschwunden. Krash machte sich keine Gedanken über die Herkunft dieser Fremden. Er erwartete nicht, daß sie noch einmal in Bigtown auftauchen würden. Wahrscheinlich würde es für alle Zeiten ein Rätsel bleiben, wer diese Fremden waren.

Sollten sich die Roten Dreier mit diesem Problem auseinandersetzen.

Er, Krash, hatte eigene Sorgen.

Der Wagen der Roten Dreier beschleunigte und raste zur Stadt zurück. Krash lag still neben dem Wrack, bis das Motorengeräusch verklang. Dann kroch er auf das Schiff zu. Kein Fremder hielt sich noch innerhalb des Schiffes auf. Alles war still.

Krash stellte fest, daß die Schleuse offenstand. Hatten die Unbekannten eine Falle für ihn zurückgelassen? Er mußte das Risiko eingehen. Ohne das Schiff war er dem Tod geweiht.

Er schlich durch die Schleusenkammer. Das Leuchtfeuer gab nur wenig Licht, aber Krash sah, daß in verschiedenen Gängen Helligkeit herrschte. Das konnte nur bedeuten, daß ein Teil der Energieerzeugungsanlagen noch in Ordnung war.

Krash atmete heftig. Das Glück war auf seiner Seite. Er konnte die Fremden nicht für die Demütigungen töten, die sie ihm zugefügt hatten, aber er besaß ihr Schiff. Die Maschinen mußten ihm ermöglichen, die nötige Menge Trockeneis herzustellen. Er war sich darüber im klaren, daß er sie nur nach großen Schwierigkeiten bedienen lernen konnte.

Doch er war entschlossen, alle Probleme zu meistern.

Er bewegte sich durch einen beleuchteten Gang, bis er den Eingang der Hauptzentrale erreichte. Der Irrsucher war klug genug, um sofort zu erkennen, daß hier das Zentrum des kleinen Raumschiffes lag.

Er drückte den Eingang auf und blickte ins Innere des erleuchteten Raumes.

Was er sah, ließ ihn geblendet die Augen schließen und zurücktaumeln.

Der Boden des Kommandoraumes war mit Eis bedeckt.

Ungläubig kroch Krash näher. Es gab keinen Zweifel, die Fremden hatten ihm geholfen, bevor sie verschwunden waren. Was mochte sie dazu bewogen haben?

Krash glitt auf das Eis. Er spürte die angenehme Kälte, ein Gefühl, das er seit langer Zeit vermißt hatte. Nun hatte er einen sicheren Platz für seine Brut gefunden.

Krash richtete seinen massigen Kopf nach oben.

Wo immer die Unbekannten jetzt waren, er fühlte Dankbarkeit ihnen gegenüber. Sie hatten ihm geholfen, obwohl er beabsichtigt hatte, sie zu töten.

Er kauerte sich auf das Eis nieder und gab der Müdigkeit nach, die jetzt von ihm Besitz ergriff. Er fühlte die Schmerzen durch seinen Körper ziehen, doch er empfand sie jetzt nicht länger als Belastung.

17.

Das Dull bewegte den bisher starren Panzer der Zeitschale ein wenig, und die Wirkung konnte den Eindruck hervorrufen, als vollführten Tausende und aber Tausende winziger Staubkörnchen einen wesenlosen, irren Tanz.

Das vierarmige, in eine dunkelgrüne Kombination gehüllte Wesen blieb ruckartig stehen. Wie eine Geschützkuppel, so mechanisch wurde der gleich einer Halbkugel auf dem Rumpf aufsitzende Kopf gedreht. Drei rotglühende Augen starrten dorthin, wo, mitten im gelben Sand, Bewegung entstanden war.

Das Dull brachte die Zeitschale in Ruhestellung. In seinen peripheren alogischen Bewußtseinszentren entstand das Gefühl der Heiterkeit. Wenn das vierarmige Ungeheuer da draußen ahnte, daß es beobachtet wurde ...

Neben dem „Ungeheuer" entblößte eine graupelzige, kleinere Gestalt einen gelblich blinkenden Nagezahn.

„Hier denkt wer ...!" lispelte der Kleine. „Ich empfange es wieder."

Das „Ungeheuer" sah sich unsicher zu dem riesigen Raumschiff um.

„Und dieser Jemand amüsiert sich über uns, Icho!" entrüstete sich der Kleine.

Der Vierarmige winkte ab. „Du siehst Gespenster, Gucky. Hier ist nichts als Sand. Laß uns endlich in die CREST zurückkehren."

Das Dull begann sich zu langweilen. Die Wesen, die es beobachtete, hatten für seinen Geschmack zu wenig Phantasie. Das Dull hätte sich wieder vollends hinter seine Zeitschale zurückziehen können, doch da es sich selten genug herausbegab, zog es vor, die Störenfriede zu verscheuchen, so, wie etwa ein Mensch eine Mücke verscheucht hätte. Nur verfügte es über keine materiellen Gliedmaßen. Es wandte dafür einen winzigen sechsdimensionalen Impuls an.

Der Effekt war entsprechend.

Dort, wo eben noch der Haluter Icho Tolot und der Mausbiber Gucky gestanden hatten, war – nichts mehr.

Dafür dauerte es nicht lange, und Gucky rematerialisierte am Rande des neuentstandenen Kraters, während von unten, aus etwa fünfzig Meter Tiefe dröhnendes Gelächter erscholl. Der Boden zitterte vom Aufprall des Haluters.

Das Dull zuckte irritiert zusammen. Wie sollte es auch wissen, daß es für einen Haluter erst dort interessant zu werden begann, wo andere ihr Leben beendet hätten!

Guckys Nackenfell sträubte sich in jähem Entsetzen. Er wußte genau, dort, auf jenem von Regen und Wind glattgeschliffenen Felsblock, mitten im Sand, war vorher höchstens eine dünne Staubschicht gewesen. Jetzt hockte dort ein grünlich schillernder Klumpen von unbestimmter Form.

Im nächsten Augenblick griff Guckys telekinetische Kraft zu – und im anderen Moment fand er sich auf jenem Fels sitzend, dort, wo er eben noch das grüne Ding gesehen hatte. Es war nicht mehr da.

Jedenfalls nicht mehr in Guckys Zeitebene. Das Dull hatte es vorgezogen, seine Zeitschale zu schließen, und Guckys telekinetische Energie war wie eine Seilrolle um die unwirkliche Schale gerollt worden und hatte den Mausbiber nachgezogen.

Icho Tolot lachte noch immer. Mit einem gewaltigen Satz schnellte er aus dem Krater heraus, direkt vor Guckys Füße.

Gucky zuckte zusammen. Dann faßte er sich wieder und schleuderte den Haluter telekinetisch in den Krater zurück.

„Tolpatsch!" piepste er schnell.

Als Tolot rachedürstend wieder oben anlangte, hatte Gucky sich längst entmaterialisiert. Tolot warf noch einen Blick in den Krater, dann stapfte er mit schweren Schritten auf die gigantische Kugel aus Terkonitstahl zu, die sich vom Hintergrund der riesigen Stadt Bigtown abhob wie ein blitzender Stern. Das langsam anschwellende gleichmäßige Rumoren deutete darauf hin, daß die Stromreaktoren der Kraftwerke vorschriftsmäßig in Startbereitschaft versetzt wurden.

Icho Tolot beeilte sich ...

„Perry, das halten meine Nerven nicht mehr aus! Ob du es glaubst oder nicht, das grüne Ding war da und zugleich auch nicht da!"

Gucky hockte auf Rhodans Knien und starrte den Großadministrator des Solaren Imperiums mit schreckgeweiteten Augen an.

Perry Rhodan streckte die Hand aus und kraulte Gucky gedankenverloren hinter den Ohren. Er sah müde aus, müde und gealtert, obwohl der Zellaktivator ihm die relative Unsterblichkeit verlieh. Aber das, was er in den letzten Wochen erlebt hatte, war selbst für ihn zuviel gewesen.

„Laß es gut sein, Gucky. Sei froh, wenn du mit heiler Haut davongekommen bist. Wir sollten uns daran gewöhnen, Wesentliches von Unwesentlichem zu trennen, sonst müßten wir ewig auf der Stelle treten – und wesentlich ist für uns im Augenblick, daß wir das Höllentor Twin recht bald in umgekehrter Richtung durchstoßen können, sonst nichts."

Gucky schien förmlich in sich zusammenzusinken.

„Der Gedanke an den Gigant-Transmitter stimmt mich nicht gerade fröhlicher, Perry!"

Neben ihnen schien ein Elefantenmagen zu kullern. Melbar Kasom hatte sich geräuspert.

„Hat der Knirps Angst?" hallte die gedämpfte Stimme des ertrusischen USO-Spezialisten.

Rhodan hob die Hand, weil er sah, daß Gucky zu einer Schimpfkanonade ansetzen wollte.

„Laßt es sein!" Seine Stimme hatte energisch geklungen. Kasom zog sich mit verlegenem Grinsen zurück, während Gucky sich hinwegteleportierte.

Drei Stunden, nachdem die Besatzung der als Wrack auf Quarta zurückbleibenden Korvette C-5 wieder an Bord der CREST zurückgekehrt war, dröhnten die Maschinen des terranischen Flaggschiffes auf. Das Ziel stand fest. Für die meisten, die Guckys und Tolots kurzen

Ausflug mitbekommen hatten, bedeutete dieser nicht mehr als vergeudete Zeit. Kaum jemand glaubte an das grüne „Ding", das der Mausbiber gesehen haben wollte. Und als die CREST II mit eingeschaltetem Antigrav scheinbar leicht wie eine Feder in den Himmel hinaufschwebte und den Weltraum erreichte, war dieses Zwischenspiel vergessen. Oberst Cart Rudo zündete die Impulstriebwerke und ließ das Schiff Kurs auf Quinta nehmen.

Quinta stand zur Zeit auf der anderen Seite des System-Schwerpunktes. Der kürzeste Weg dorthin wäre sicher der durch den Innenkreis zwischen Planetenring und Zentralsonnen gewesen, aber dort drohten unbekannte Gefahren. So steuerte der Epsaler das Schiff in einer Außenbahn dem fünften Planeten entgegen.

Rhodan überflog das laufende Ortungsdiagramm auf seinem Kontrolltisch. Befriedigt registrierte er jene Linie, die den Kurs der BOX-8323 anzeigte. Das Fragmentraumschiff folgte der CREST II in weitem Abstand und hatte die Aufgabe übernommen, die Menschen vor Überraschungen aus dem Hinterhalt abzusichern. Rhodan konnte beruhigt sein. Auf die Posbis konnte er sich verlassen.

Der Melder des Interkoms summte. Gleichzeitig flackerte die Signalscheibe auf.

Perry Rhodan meldete sich.

„Hier Oberst Rudo, Sir", ertönte es aus dem Lautsprecher. „Soeben wurde Quinta auch optisch gesichtet. Soll ich eine Projektion auf Ihren Schirm legen?"

„Danke. Ich komme zu Ihnen hinüber."

Rhodan schaltete ab und erhob sich. Atlan und Icho Tolot begleiteten ihn zum Pult des Kommandanten. Dann blickten sie auf die Ausschnittvergrößerung des Bildschirms. Die eingeblendete Analyseauswertung der Fernbeobachtung ergab, daß Qinta eine atembare Sauerstoffatmosphäre und eine Schwerkraft von 1,76 Gravos besaß. Jeder, der dort unten zum Einsatz kam, würde einen Schwerkraftneutralisator benötigen.

Zwar konnte Quinta als Wasserwelt bezeichnet werden, doch besaß der fünftgrößte Planet des Twin-Systems immerhin einen Kontinent, genau wie Ogil gesagt hatte. Schon aus dieser Entfernung erkannte man ortungstechnisch und dann optisch das typische Rundbaukraftwerk, das die Energie für den grünen Schutzschirm lieferte. Zwölf halbkugelige Gebäude, jedes von ihnen mindestens hundert Meter hoch, waren zu einem Kreisring von viertausend Meter Durchmesser angeordnet. Genau im Mittelpunkt erhob sich ein fünfhundert Meter hoher und fünfzig Meter starker Metallturm mit zahlreichen Kugelantennen. Von diesen Antennen wurden die Energien für den grünlich schimmernden Schutzschirm abgestrahlt.

„Orbit aufheben", sagte Perry Rhodan zum Kommandanten. „Über dem Kraftwerk Warteposition einnehmen!" Dann, nach einer kurzen Pause: „Geben Sie mir die Funkzentrale!"

Eine Sekunde später flimmerte der Interkom-Bildschirm und zeigte ein breites, kaffeebraunes Gesicht mit blauschwarzem Kraushaar: Major Kinser Wholey, der Chef der Funkzentrale. Wholey machte Meldung, danach zeigte er erwartungsvoll sein prächtiges Gebiß.

„Steht der Kodekanal zur BOX-8323 noch, Wholey?"

„Ja!" Wholey warf einen raschen Blick auf eine Kontrollplatte. „Kodekanal steht."

„Geben Sie mir die Zentrale der BOX!"

Der Major schaltete unglaublich rasch, und diesmal dauerte es weniger als eine Sekunde, da entstand auf dem Bildschirm das Symbol der vier Plasmakommandanten des Posbiraumschiffs.

„CREST II, Rhodan ruft BOX-8323, bitte melden!"

„Hier BOX-8323. Wir hören Sie."

„Verzögern Sie Ihre Fahrt und gehen Sie auf eine weite Kreisbahn um Quinta. Nehmen Sie eine natürliche Kreisbahn, aber halten Sie die Maschinen startbereit. Ich bitte Sie, unsere Aktion zu decken."

„Verstanden."

Rhodan schaltete ab. Höflichkeitsphrasen kannten die Posbi-Roboter nicht. Sie würden immer nur das Wesentliche zur Instruktion verlangen. Er wartete, bis die Ortungsgeräte das Einschwenken des Fragmentraumers anzeigten, dann ließ er über die allgemeine Bordverständigung nach Gucky und Gecko rufen.

Der Ruf war noch nicht einmal eingeleitet, als zwei kleine Gestalten neben Rhodan materialisierten.

„Aha, wieder gelauscht?" fragte Rhodan sarkastisch, wartete aber die Antwort nicht ab, sondern fuhr fort: „Hört beide zu. Seht ihr dort unten am Ozean die Kraftstation?"

Gucky winkte verächtlich ab.

„Längst gesehen. Die schaffen wir im Handumdrehen."

„Schön." Rhodans Gesicht war ernst. Wenn er Teleporter wäre, er hätte selbst getan, was getan werden mußte. Es widerstrebte ihm, immer wieder Gucky, einen der treuesten Freunde, die er je kennengelernt hatte, in Gefahr zu bringen. „Ich mache euch darauf aufmerksam, daß ich euch keine Befehle gebe, sondern nur eine Frage stelle: Wäret ihr bereit, die Schirmfeldprojektoren jener Station zu zerstören?"

„Mach es nicht so feierlich", sagte Gucky fast beleidigt. „Schließlich will auch ich wieder nach Hause, und wenn ich nicht dort hinunterspringe, komme ich nie heim. Was soll die ganze Fragerei dann?"

Rhodan räusperte sich.

„Entschuldige, Kleiner. Aber wir haben keine Zeit für unnütze Worte. Ihr macht das gleiche wie schon auf Sexta. Seht euch bitte vor! Und dann nehmt euch in acht, daß ihr keine überflüssigen Zerstörungen anrichtet. Die Justierungsstation für den Sonnentransmitter muß dort unten sein, und wenn wir sie beschädigen..."

Er sprach den Satz nicht zu Ende, aber das war auch nicht nötig. Jeder an Bord der CREST II wußte nur zu gut, was das für Folgen haben mußte. Niemand war mit den Funktionsdetails des Gigant-Transmitters vertraut, niemand konnte helfen, wenn die geringste Kleinigkeit der Transmitterjustierung ausfiel.

„Wir halten uns bereit. Und... Perry, auf mich kannst du dich verlassen, das solltest du wissen."

Rhodan strich Gucky über das seidige Nackenfell. Es war eine Geste, aber sie zeigte, wie stark beide Wesen auch emotionell verbunden waren.

Im nächsten Augenblick hatte Rhodan sich abgewandt. Sein Gesicht hatte jede Weichheit verloren, es war verkörperter Wille geworden. Eigenhändig stellte er eine Verbindung zur Feuerleitzentrale her.

„Major Wiffert!" meldete sich eine knappe Stimme.

Rhodan holte tief Luft.

„Halten Sie drei Gravitationsbomben auf Abruf feuerbereit, Wiffert! Sobald ich Ihnen das Kommando gebe, strahlen Sie die Bomben gleichzeitig auf einen Punkt des gegnerischen Schutzschirms ab. Haben Sie verstanden?"

„Jawohl!"

Rhodan nickte ernst.

„Es darf keine Fehler geben. Melden Sie Abrufbereitschaft zu Oberst Rudo!"

Er nickte dem Epsaler zu, und der nickte zurück.

„Sollen wir nicht ein Landekommando bereitstellen? Ich dachte an Captain Redhorse."

„Nein, Rudo. Diesmal bleiben wir zusammen. Sobald die Schutzschirme erlöschen, landen wir in der Nähe des Kraftwerks unter Einhaltung aller Vorsichtsmaßregeln."

Die Lampe des Interkoms flackerte auf.

„Feuerleitzentrale", murmelte Oberst Rudo nach einem Blick auf die Nummer der Anzeigetafel, dann stellte er die Verbindung her.

„Hier Major Wiffert. Drei Gravitationsbomben, abstrahlbereit, auf Zielpunkt einjustiert."

Rhodan hatte mitgehört. Er beugte sich zum Mikrophon.

„Abstrahlung in zwei Minuten, Wiffert. Achtung... Zeit zählt ab jetzt. Klar?"

„Klar, Sir."

Rhodan blickte sich nach den Mausbibern um. Er sah, daß jegliche Anweisung überflüssig war. Die beiden starrten wie hypnotisiert auf den Suchschirm. In dem Augenblick, in dem die geballte Kraft der Gravitationsbomben dort unten einschlug, würden sie das Ziel erfaßt haben und teleportieren.

Mit unbewegtem Gesicht ließ sich Rhodan erneut mit der BOX-8323 verbinden.

„Was besagt Ihre Ortung?"

„Keine Fremdortung", hörte er.

„Gut! Noch einmal: Sie greifen nicht in die Geschehnisse auf Quinta ein, solange die CREST II nicht in direkter Gefahr schwebt. Ihnen obliegt nur die Sicherung gegen den Raum hin. Bei eventuellen Angriffen, gleich welcher Art, setzen Sie alle Mittel zur Abwehr ein, und zwar so, daß die CREST II möglichst ungestört ihre eigentliche Aufgabe erfüllen kann!"

„Befehl verstanden und gespeichert."

Als Rhodan abschaltete, waren es noch fünfundvierzig Sekunden bis zum Beginn der Aktion. Er fühlte, daß sich seine Stirn mit kleinen Schweißperlen bedeckte, aber ansonsten war er jetzt die Ruhe selbst. Lächelnd drehte er sich zu Gucky um.

„Macht eure Sache gut, Kleiner. Aber denkt auch an euch selbst. Ich möchte die Heimreise nicht ohne euch antreten."

„Okay, Chef!" piepste Gucky ungehalten. „Störe uns jetzt nicht!"

Rhodans Lächeln erstarb. Mit beiden Händen umklammerte er die Lehne von Rudos Sessel.

Er sah nicht, daß Oberst Rudo die Empfangskapazität des Interkoms verstärkte. Dafür aber hörte er die Stimme des I. Feuerleitoffiziers um so deutlicher.

„Drei Spiralfelder auf feststehenden Zielpunkt: Feuer frei!"

Rhodan beugte sich vor.

Der Ausdruck „Spiralfeld" für eine Gravitationsbombe war durchaus korrekt. Zwar stellte eine Gravitationsbombe rein äußerlich ein materiell stabiles Gebilde dar, solange sie „ruhte", wie es in der Fachsprache hieß. In Wirklichkeit war sie nur die Hülle einer fünfdimensionalen Energieballung, die sich in ihrer eigenen Struktur speicherte. Die Zündung „öffnete" diese Struktur nach einer ganz bestimmten Richtung, nach der Richtung nämlich, nach der die Abstrahlvorrichtung einjustiert worden war. Die fünfdimensionalen Energien wurden in Form eines lichtschnellen Spiralfeldes abgestrahlt und schleuderten das Ziel aus dem vierdimensionalen Kontinuum, wenn es nicht durch neutralisierende Schutzschirme geschützt war.

Drei solcher Spiralfelder trafen jetzt, im Augenblick der Abstrahlung, auf den anvisierten Punkt des Quinta-Schutzschirmes.

Perry Rhodan beobachtete mit angehaltenem Atem, wie der grünliche Schirm um den Planeten sich an einer eng begrenzten Stelle bläulich verfärbte. Der Energieausbruch der Spiralfelder neutralisierte dort die fünfdimensionale Energiestruktur. Dadurch wurde der Schirm durchlässig für Teleporter – so hoffte Rhodan jedenfalls.

Als er sich umwandte, war die Stelle leer, an der eben noch Gucky und Gecko Hand in Hand gestanden hatten. Nur ein kaum spürbarer Luftwirbel zeigte an, daß dort ein jäh entstandenes Vakuum ausgefüllt wurde.

18.

Es ging fast zu glatt.

Gucky war mit geschlossenen Augen gesprungen. Als er sie wieder öffnete, befanden Gecko und er sich in rasendem Sturz auf die Oberfläche des Planeten. Gucky drückte Geckos Hand und sagte damit: Ich werde jetzt uns beide teleportieren; du unterstützt mich nur dabei.

Dann entmaterialisierten die Mausbiber erneut.

Sie materialisierten außerhalb des durch die halbkugeligen Gebäude gebildeten Kreisringes, mitten auf einer welligen, teilweise von Kurzgras bedeckten Ebene. Sofort warfen sie sich auf den Boden. Mikrogravitatoren ließen sie die hohe Schwerkraft des Planeten nicht spüren. Nach den ausbleibenden fremden Gedankenströmen zu urteilen, war diese Welt unbewohnt.

Die nächste Kuppel war etwa zwei Kilometer entfernt, und in vier Kilometer Entfernung ragte der schlanke Stahlturm in die unbewegte Luft.

„Noch kein Roboter zu sehen", bemerkte Gecko.

Gucky winkte ab.

„Als ob deine Weisheit gefragt wäre! Schließlich sind wir teleportiert und außerdem noch weit von der Anlage entfernt."

„Mag sein", erklärte Gecko nervös, „aber ich glaube, wir sollten auch damit rechnen, daß die Roboter der einzelnen Planetenstationen untereinander in Verbindung stehen. In diesem Fall weiß man auf Quinta genau, was die Verfärbung des Energieschirmes zu bedeuten hat."

„Und wenn schon! Notfalls teleportieren wir wieder, und zwar diesmal sofort in die Schaltkuppel des Turmes."

„Warum warten wir dann überhaupt noch?"

Gucky gab einen zwitschernden Ton von sich.

„Vielleicht, weil ich mit der von dir angedeuteten Möglichkeit von Anfang an rechnete, mein Junge. Mich interessiert, ob diese Robots anders reagieren."

„Du weißt ja noch gar nicht, ob es hier ebenfalls Robots gibt!"

„Doch!" sagte Gucky und deutete auf den Rundbau, aus dessen Schatten sich jetzt ein flaches, scheibenförmiges Objekt entfernte und auf sie zukam.

Man konnte noch keine Einzelheiten ausmachen, aber es schien sich um keine Flugmaschine zu handeln, sonst wäre es sicher schneller gewesen. Dicht über dem Boden segelte es dahin, bis die Mausbiber gleichzeitig bemerkten, daß es sich um ein Bodenfahrzeug handelte, das auf einem einzigen Rad fuhr.

„Soll ich ihm das Rad verbiegen?" fragte Gecko.

„Wir sind nicht zum Spielen hier!" wies Gucky ihn zurecht. Dann aber dachte er daran, wie gern und leidenschaftlich er selbst ‚gespielt' hatte, als er schon weit über Geckos Alter hinaus war. „Na meinetwegen!" sagte er herablassend. „Aber paß auf, daß du ihm nicht zuviel über uns verrätst."

Die Scheibe hatte sich ihnen inzwischen auf tausend Meter genähert. Jetzt blitzte es drüben auf, und im gleichen Augenblick schlug ein Glutstrahl hinter ihnen in den Boden. Aber er lag mindestens hundert Meter seitab. Offensichtlich wußte der Robot ihre genaue Position noch nicht.

Das konnte sich jedoch sehr schnell ändern.

Und es änderte sich auch – allerdings zugunsten der Mausbiber. Der nächste Glutstrahl zuckte schräg in den Himmel hinein und rief einen schwachen Lichtblitz an der Innenseite des Energieschirmes hervor. Die glänzende Scheibe taumelte noch ein Stück vorwärts, dann verschwand sie in einer Bodensenke. Gleich danach verriet ein Explosionsblitz ihr unrühmliches Ende. Der Mechanismus war nicht in der Lage gewesen, auf Geckos Eingreifen zweckentsprechend zu reagieren. Darum hatte das Energiegeschütz weitergefeuert, selbst als die Scheibe sich in den Boden bohrte. Naturgemäß brachte das sowohl einen Energiestau im Mantelfeld des Geschützes mit sich sowie eine Überhitzung der Außenverkleidung.

„Wenn man nicht mehr einzusetzen hat...", bemerkte Gecko.

„Doch, man hat", sagte Gucky trocken. Im gleichen Augenblick packte er Geckos Hand und teleportierte sich mit ihm zusammen in die Schaltkuppel des Turmes.

Kaum waren sie rematerialisiert, als sie draußen in der Ebene einen Feuerorkan toben sahen.

Geckos Barthaare zitterten.

„Was ist das?"

„Ja, was ist das wohl, du Schlauberger!" schimpfte Gucky. „Wir haben genauso reagiert, wie die Roboter es vorausgesehen hatten. Während wir deine artistische Leistung beobachteten, sahen wir die Tiefflug-Raketen nicht. Um ein Haar hätte es uns erwischt."

„Nun, dann sitzen wir auch hier in der Falle", sagte Gecko.

Gucky begriff schnell. Natürlich, wenn die Robots vorhin mit ihren Kalkulationen recht hatten, dann mochten sie auch die Teleportation in die Schaltkuppel vorausgesehen und sich entsprechend vorbereitet haben.

Wieder packte er Gecko an der Hand.

Ein schwaches Zischen, das ihm unter anderen Umständen nicht aufgefallen wäre, lag in der Luft.

„Auf das Kuppeldach!" befahl Gucky.

Das Dach war so glatt, daß die Mausbiber sich nur mittels ihrer telekinetischen Kräfte halten konnten.

„Was war los?" japste Gecko aufgeregt.

„Gas", erwiderte Gucky lakonisch. Dann deutete er auf die symmetrisch angeordneten Kugelantennen, die wie aufgespießte Kürbisse an langen Stielen saßen und unter dem beständigen Energiefluß vibrierten. Der ganze Turm war von den Antennen bedeckt. Von ihnen kam die Energie, die den grünen Schutzschirm aufbaute. Sie mußte man zerstören, wollte man auf Quinta landen.

„An die Arbeit, Gecko!"

Beide Mausbiber wußten ja schon vom Planeten Sexta her, daß ein Verbiegen und Abbrechen der Antennenstiele genügte, um den Schutzschirm zusammenbrechen zu lassen. Sie setzten nun ihre telekinetischen Kräfte ein, wobei sie allerdings nicht vergessen durften, sich gleichzeitig oben auf der glatten Kuppel festzuhalten.

Schon waren drei oder vier Kugelantennen abgebrochen, als beide Mausbiber wie auf Kommando aufsprangen.

Im nächsten Augenblick stürzten sie in die Tiefe – dann waren sie verschwunden.

Gucky tauchte dicht neben einer der zwölf Kuppelbauten auf, die das vier Kilometer durchmessende Terrain der Kraftstation begrenzten. Er fiel ziemlich hart auf den Boden und wimmerte leise, aber nicht wegen des unsanften Aufpralls, sondern wegen der Brandflecken, die er an den Körperstellen davongetragen hatte, die in Berührung mit der Schaltkuppel des Turmes gekommen waren.

Man hat die gläserne Kuppel erhitzt, dachte er.

Doch im nächsten Augenblick mußte er sich seiner Haut wehren. Im Kuppelbau klaffte plötzlich eine Öffnung. Spinnenartige Roboter quollen daraus hervor. Sie waren nicht groß, aber in ihrer Masse ganz sicher auch dann gefährlich, wenn sie keine Energiewaffen besaßen.

Die Angst verlieh Gucky Riesenkräfte. Mit einem wuchtigen telekinetischen Angriff wirbelte er die nur halbmetergroßen Spinnenrobots gegen die Wand der Kuppel. Der größte Teil von ihnen blieb liegen, aber immer neue quollen aus der Luke.

Während Gucky sich wehrte, versuchte er die Gedankenimpulse Geckos zu erreichen.

Vergeblich.

Die Sorge um den Gefährten überlagerte jetzt die eigene Angst. Mit einem verzweifelten Teleportersprung begab er sich in die Schaltkuppel des Turmes zurück, nicht ohne diesmal seinen Druckhelm zu schließen.

Bevor er seine Umgebung richtig wahrnehmen konnte, umklammerten ihn stählerne Tentakel, drohten ihn zu erdrücken. Er teleportierte sich aus der gefährlichen Nähe des kugelförmigen Robots, dessen Tentakel für Sekunden hilflos umherruderten. Diesen Moment der Überraschung nutzte Gucky aus. Bevor der Robot zum nächsten Angriff übergehen konnte, waren seine Tentakel verdreht, herausgerissen und bewegungsunfähig.

Gucky wußte genau, was er jetzt riskierte, als er erneut damit begann, die Antennen des Turmes abzubrechen. Seine telekinetischen Kräfte arbeiteten fieberhaft, dennoch hatte er nicht einmal die Hälfte der Antennen beschädigt, als nach einem wilden Flackern der grüne Schutzschirm über Quinta erlosch.

Die Verblüffung war vollständig, als plötzlich Gecko materialisierte. Dann wich das Staunen dem Zorn.

„Warum hast du dich nicht telepathisch gemeldet?" fragte Gucky.

Gecko zeigte seinen Nagezahn.

„Ich konnte nicht, großer Meister. Nachdem ich von der heißen Kuppel gefallen war, teleportierte ich mitten in eine zum Angriff ansetzende Roboterkolonne. Ich kam nicht dazu, mich mittels Telekinese zu wehren. Ich mußte springen – und zwar wieder blind." Er hob klagend seine linke Pfote, die einen tiefen, blutenden Riß aufwies. „Ich landete mitten in den ‚Eingeweiden' eines Robots und verletzte mich dabei. Glücklicherweise war der Robot groß genug, aber mich schaudert jetzt noch, wenn ich daran denke, wie leicht ich in einem Atommeiler hätte rematerialisieren können. Der Robot bemerkte mich nicht. Aber sein Dach war durchsichtig, wahrscheinlich diente er früher der Beförderung lebender Wesen. Während der winzige Tank auf den Turm zurollte, zerstörte ich die Antennen. Was sagst du nun?"

„Ich habe die andere Hälfte zerstört", entgegnete Gucky beleidigt. „Schau dir einmal diese Kugel hier . . ." Er sprach nicht weiter, denn in diesem Augenblick sprach sein Armband-Telekom an. Er meldete sich.

„Hier Rhodan!" kam es aus dem winzigen Empfängerteil. „Wo steckt ihr, Gucky? Es hat recht lange gedauert."

„Hier ging es ganz schön rund", gab Gucky zur Antwort. Eine Weile lauschte er wieder der Stimme Rhodans, dann sagte er entrüstet: „Wie bitte? Ich soll mir Bullys Ausdrücke abgewöhnen? Du lieber Himmel! Ich denke, du wärst froh, wenn du den Dicken jetzt bei dir hättest."

„Das wäre ich nicht, Gucky. Im Gegenteil, ich freue mich, daß wenigstens Bully diesmal zu Hause geblieben ist. Aber lassen wir das! Meinst du, daß wir neben dem Turm landen können?"

Gucky warf einen langen Blick durch die Glaskuppel.

„Es sieht hier genauso aus wie auf Sexta nach der Ausschaltung der Antennen. Ich nehme an, das Kraftwerk hat auch hier seine Funktionen automatisch eingestellt. Die Roboter sind verschwunden. Bringt die CREST II ruhig hier herunter. Aber seid vorsichtig, ja?"

Gucky schaltete mit einem zornigen Piepser den Telekom ab.

„Was hat der Chef gesagt?" erkundigte sich Gecko.

Guckys Barthaare zitterten erregt.

„Er meinte, die CREST wäre nicht so empfindlich wie ein Mausbiber. Aber soll er doch einmal versuchen, mit dem Schiff zu teleportieren!" Offenbar belustigte dieser Gedanke den Mausbiber sehr, denn er zeigte seinen Nagezahn in voller Größe.

Droben am Himmel begann es zu röhren und zu donnern. Dann senkte sich ein fünfzehnhundert Meter durchmessendes Ungeheuer aus Terkonitstahl und geballter Energie hernieder.

Es war still geworden in der großen Zentrale des Schiffes.

Die Menschen hatten ihre Aufgabe erfüllt – vorläufig jedenfalls. Sie saßen auf ihren hochgeklappten Kontursesseln vor den Geräten, an denen sie noch Sekunden zuvor fieberhaft gearbeitet hatten, und blickten stumm hinaus auf die Landschaft und auf die Bauwerke unbekannter Wesen.

Die Außenmikrophone arbeiteten normal. Dennoch herrschte Totenstille. Es war eine Stille, die das Blut zu Eis gefrieren ließ, eine drohende Stille. Der Schirm, der die Tele-Übertragung von einer der ausgesandten Flußsonden wiedergab, zeigte eine im Sonnenlicht glitzernde, von wabernder Luft bedeckte Fläche, die im ersten Augenblick wie flüssiges Blei anmutete. Doch es war kein Blei, es war der Ozean Quintas

Hinter Perry Rhodan war ein leises Geräusch. Er wandte den Kopf – und lächelte verzerrt.

„Auftrag erledigt, Chef!" meldete Gucky. Dann nahm er seine Hand aus der Geckos und watschelte schwerfällig, den breiten

Schwanz als Stütze benutzend, zu seiner Liege. „Für heute habe ich genug, Perry. Mögen andere ihre Nasen dort hineinstecken."

„Vielen Dank, Gucky!"

Rhodan wandte sich zu Captain Don Redhorse um, dem 1,90 Meter großen draufgängerischen Chef des Landungskommandos der CREST II, einem Nachfahren der Cheyenne-Indianer.

„Sind Sie bereit, Captain?"

Redhorse's Augen blitzten unternehmungslustig.

„Immer. Können wir aufbrechen?"

„Eine Minute noch!"

Rhodan ließ sich eine Interkomverbindung mit dem Chef des Robotkommandos geben. Captain Kagatos ewig lächelndes Gesicht tauchte auf dem Schirm auf.

„Schleusen Sie die erste und zweite Robotgruppe aus, Captain!"

„Jawohl."

Nachdem Rhodan die Verbindung unterbrochen hatte, wartete er noch eine halbe Minute. Dann ertönte von draußen das erste Geräusch, seit die CREST II gelandet war. Es war das rhythmische Stampfen von Robotern.

Die ersten zwei Meter hohen Gestalten tauchten auf den Bildschirmen auf. Im Gleichschritt marschierten sie vorwärts, bildeten einen lockeren Kordon um den Turm und um die Schleuse, durch die das Landungskommando das Schiff verlassen sollte. Waffenarme wurden geschwenkt, dann standen die Gestalten still und lautlos wie stählerne Figuren.

„Jetzt...", Rhodan lächelte Redhorse unergründlich zu, „... können wir gehen, Captain!"

Sie verließen die CREST II in Schwebepanzern.

Perry Rhodan saß mit Atlan zusammen in der Panzerplastkuppel von CT-1, einem der mit umfangreicher Gefechtspositronik ausgerüsteten Kommandopanzer.

Captain Don Redhorse dagegen setzte sich mit seinem CT-2 an die Spitze des Panzerkeils, der die beiden nördlichsten Kuppeln des Rundbaukraftwerkes nehmen und so für die nachfolgenden Truppen sichern sollte.

Captain Kagato hätte überall zugleich sein müssen, um seine Aufgabe zu erfüllen, denn seine Kampfroboter wurden an jeder Stelle eingesetzt. Er mußte aus diesem Grund die „Fliegende Verbindungszentrale" benutzen, eine schwergepanzerte und mit Nachrichtengerät aller Art ausgerüstete Space-Jet.

Kommandant Rudo blieb in der CREST II zurück. Ihm oblag in erster Linie die Sicherung des Schiffes, und das war eine der verantwortungsvollsten Aufgaben überhaupt. Ohne Schiff würde es keine Rückkehr geben. Sein I. Offizier, Oberstleutnant Brent Huise, war abgestellt für die Leitung fliegender Einsätze vom Schiff aus. Ihm unterstanden dafür sämtliche Beiboote.

Gucky und Gecko sollten nur im äußersten Notfall eingreifen, desgleichen der Doppelkopfmutant Iwan Iwanowitsch Goratschin.

Icho Tolot hatte auf eigenen Wunsch einen gepanzerten flugfähigen Shift zur Verfügung gestellt bekommen.

Mory Rhodan-Abro hatte ursprünglich ihren Mann begleiten wollen. Doch dann hatte sie sich schweren Herzens davon überzeugen lassen, daß ihr Verbleib auf der CREST wichtiger war. Sollte Rhodan etwas zustoßen, mußte jemand zur Erde zurückkehren, der nicht nur ein kluger Kopf war, sondern ein Symbol. Und das war Mory. Weder Reginald Bull noch Julian Tifflor, so gut sie die irdische Menschheit zu führen vermochten, würde eine Garantie für den Verbleib der Plophoser im Solaren Imperium darstellen können; Mory Rhodan-Abro konnte es; sie war zugleich Obmann von Plophos.

Alle verantwortlichen Männer blieben in permanenter Sprechfunkverbindung; die Fäden liefen letzten Endes in CT-1 zusammen.

Im Augenblick sprach Rhodan mit Dr. Reinhard Anficht.

Der kluge Physiker mit dem Pferdegesicht war zusammen mit Dr. Spencer Holfing unter dem Schutz eines starken Roboterkommandos in den Antennenturm des Rundbaukraftwerkes eingedrungen.

Anficht hörte Rhodan mit halboffenem Mund zu, seine gelblichen langen Zähne erweckten tatsächlich den Eindruck eines Pferdegebisses.

Als Rhodan geendet hatte, nickte der Physiker.

„Wir werden selbstverständlich weitersuchen. Aber ich möchte, daß Sie die Lage real einschätzen. Hier oben in der Schaltkuppel ist alles genauso wie auf Sexta. Folglich dürfte hier ebenfalls keine Transmitterjustierung vorhanden sein."

Rhodan lächelte über Anfichts versteckten Vorwurf.

Dann stellte er eine Verbindung mit Redhorse her.

„Meldung, Captain!" verlangte er.

Redhorse aber verzog die Lippen lediglich zu einem geringschätzigen Lächeln.

„Es ist die Meldung eines Spaziergängers. Verzeihung, Sir! Aber was anders als ein Spaziergang ist es, ohne jeglichen Widerstand zwei Kuppelbauten zu besetzen und das Tor nach Norden zu öffnen? Übrigens: Meine Aufklärungssonden haben in achtzig Kilometer Nordnordwest eine Stadt ausgemacht, anscheinend unbelebt und zerfallen."

„Eines Tages...", Rhodans Stimme klang hart und tadelnd, „...werden auch Männer wie Sie, Captain, einsehen, daß der Sinn eines Soldaten des Imperiums nicht in der Vernichtung von Gegnern besteht." Er räusperte sich. „Fordern Sie eine Robotgruppe von Captain Kagato an. Sie soll ohne Verzögerung die strategisch wichtigen Stellen vor und in der Stadt besetzen. Melden Sie sich, wenn Sie selbst in der Stadt sind – oder wenn Sie nicht hineinkommen. Ende!"

Mit zusammengepreßten Lippen sah er zu, wie draußen, bereits außerhalb des Kuppelringes, Staubwolken aufwirbelten und dann plötzlich abbrachen, als die Panzer sich in die Luft erhoben. Sekunden später jagten vier vollbesetzte Antigravplatten an CT-1 vorüber. Die Plattformen waren mit schweren Desintegratorgeschützen bestückt und mit Kampfrobotern besetzt.

„Du solltest Männer wie Redhorse nicht zu hart tadeln, Freund", meinte Atlan leise. „Sie sind schließlich zum Kämpfen ausgebildet worden, und schließlich sollen sie auch selbst nachdenken."

„Sie denken in zu kleinem Maßstab", entgegnete Rhodan. „Ich werde versuchen, im Ausbildungsgang einen entsprechenden Riegel vorzuschieben. Wir müssen immer damit rechnen, daß solche Leute ganz allein auf Vertreter einer fremden Intelligenz stoßen. Eine solche Begegnung aber ist immer entscheidend."

„Nun, jedenfalls habe ich unterdessen dem Fahrer befohlen, uns in eine der besetzten Kuppelbauten zu bringen", wechselte Atlan das Thema.

„Du hast also meine Absicht erraten?"

„Das war nicht schwer, Perry. Weshalb sonst haben wir nur einen relativ langsamen Schwebepanzer genommen, wenn wir nicht eine Untersuchung in der nächsten Umgebung vorhätten?"

Perry Rhodan nickte. Er weilte mit seinen Gedanken bereits in der Kuppel.

Würden sie hier das Geheimnis von Twin entdecken?

Neiderfüllt sah Don Redhorse die Antigravplatten der Robotergruppe über seine Abteilung hinwegjagen.

Er wandte sich zu Leutnant Orson um und musterte das gleichgültige, selbstzufrieden wirkende Gesicht des jungen Mannes mißmutig. Er ahnte, weshalb man ihm Orsy Orson als Adjutanten mitgegeben hatte. Orson war das genaue Gegenteil von Redhorse, was das Temperament anbetraf. Redhorse war der Meinung, Leute wie Orson wären bestenfalls für den Etappendienst gut, Leute, denen alles egal ist, wenn es ihnen nur im Augenblick gutgeht.

„Sie befinden sich nicht auf einem Spaziergang, Leutnant!" grollte es tief aus seiner Kehle.

„Oh!" Orson tat überrascht. „Dann habe ich mich vorhin verhört, als Sie mit Perry Rhodan sprachen. Ich bitte um Verzeihung."

Redhorse lachte plötzlich.

„Vielen Dank für die Abfuhr, junger Mann. Aber nun sollten wir Verbindung mit den Robots aufnehmen, finde ich."

Orson nickte und aktivierte den entsprechenden Telekom-Kanal.

„Kommandopanzer Landungskommando ruft Robotgruppe X-Stadt. Bitte melden!"

Der Bildschirm flammte auf und zeigte in Weitwinkelaufnahme einen Teil der Innenstadt – oder dessen, was einmal die Innenstadt der fremden Ansiedlung gewesen war.

Orson und Redhorse sahen unkrautüberwucherte Schuttkegel, von Spalten und Rissen überzogene Straßen und halbeingesunkene, schräggeneigte Mauerreste.

„Die Stadt ist genommen und abgesichert", gab eine Roboterstimme den Kommentar dazu. „Keine Feindberührung. Keine Gefahr. Auch nicht in der näheren Umgebung der Stadt. Ihre Befehle, Sir?"

Redhorse nahm Orson das Mikrophon aus der Hand.

„Chef Landungskommando an Robotgruppe X-Stadt. Gruppe bleibt in ihrer Stellung und wartet Eintreffen der Panzergruppe IA ab. Ende!"

Redhorse schaltete die Kommandowelle seiner Abteilung ein.

„An Panzer der Gruppe IA. Schließen Sie auf zur Durchmarschkolonne. Die Fahrzeuge T-12 und T-13 übernehmen Flankensicherung in Beobachtungshöhe. T-14 und T-15 schließen auf zu CT-2 und bilden zusammen mit dem Kommandopanzer die Vorausabteilung. Wir durchqueren die Stadt auf dem schnellsten Wege. Weitere Weisungen folgen. Ende!"

Während sich die Kolonne, insgesamt dreißig Fahrzeuge, zu zwei Reihen formierte und T-12 und T-13 sich nach links und rechts absonderten, schossen T-14 und T-15 heran und paßten sich dem Tempo des Kommandopanzers an, der nunmehr mit Höchstbeschleunigung dicht über die ersten Ruinen zog und in zwanzig Meter Höhe die Stadt überquerte.

Orson stellte inzwischen wieder die Verbindung mit den Aufklärungssonden her.

„Meldung!" wandte er sich kurz darauf an Redhorse.

Der Captain unterbrach seine Berechnungen sofort.

„Was gibt es?"

„Aufklärungssonden melden zweite Ruinenstadt nur zwanzig Kilometer nordöstlich."

Redhorse überlegte nicht lange. Er befahl dem kommandierenden Robot der Gruppe, einen Gleiter mit Besatzung in X-Stadt zurückzulassen und mit allen anderen Kräften die nächste Stadt, vorläufig mit Y bezeichnet, anzugehen. Dann ließ er eine Gruppe von X-Stadt nach Nordosten abschwenken und in Richtung Y-Stadt vorgehen.

Die Vorausabteilung schwenkte ebenfalls auf den neuen Kurs ein.

Für Schwebepanzer waren zwanzig Kilometer natürlich keine große Entfernung. Dennoch würden die Antigravplatten der Robotergruppe früher in Y-Stadt eintreffen. Redhorse ärgerte sich darüber, aber er war vernünftig genug einzusehen, daß die Sicherheit seiner Leute vorrangig war.

Es kam der Augenblick, in dem er froh war, so und nicht anders gehandelt zu haben.

Die kleine Vorausabteilung befand sich noch drei Kilometer von der Stadt entfernt, als die gespenstische Szenerie durch zuckende Blitze erhellt wurde. Blitze, die nicht vom Himmel kamen, sondern zwischen Trümmerhaufen und Ruinen hin- und herzuckten.

Gleich darauf traf der Donner der Entladungen bei der Vorausabteilung ein.

„Hier Robotgruppe Y-Stadt!" meldete sich die unmodulierte Stimme erneut. „Feindberührung! Feindliche Roboter unterschiedlicher Konstruktion greifen in kleinen Kampfgruppen unsere Flankensicherungen an. Erster Angriff abgeschlagen. Verluste auf unserer Seite: drei Roboter, auf Feindseite: neunzehn Roboter. Ich habe in Kette ausschwärmen lassen, Sir."

„Danke!" erwiderte Redhorse. „Kämmt die Stadt abschnittsweise durch und zieht bei erneuter Feindberührung die Geschütze vor. Wir greifen von unserer Seite aus mit Keil und Halbmond an."

Keil und Halbmond, das hieß: Die Schwebepanzer wurden in Halbmondform zum Einschließungsring entwickelt, während die Vorausabteilung keilförmig in die Stadt hinein vorstieß. Redhorse gab die entsprechenden Befehle an seine Gruppe, danach informierte er Perry Rhodan. Er erhielt den Befehl, menschliches Leben unter keinen Umständen zu riskieren und außerdem noch die beruhigende Zusicherung, daß zwei Space-Jets von der CREST II aus in einer Minute an Ort und Stelle sein würden.

Ungeduldig wartete er, bis die Fahrzeuge der eigenen Gruppe sich im Halbkreis links und rechts der Vorausabteilung postiert hatten. Dann stieß er mit den beiden Begleitpanzern in die Stadt vor.

Von der Robotergruppe hörte man zur Zeit nur hin und wieder einen einzelnen Schuß, sonst blieb es ruhig.

Aber die Vorausabteilung war noch nicht hundert Meter in die Ruinenstadt eingedrungen, als ihr heftiges Feuer aus mittleren Impulsstrahlern entgegenschlug. Die Schutzschirme der Panzer glühten auf, aber sie hielten.

Redhorse ließ das Feuer erwidern.

Ein feindlicher Roboter nach dem anderen verging in greller Glut.

Doch dann hüllte plötzlich blaues Feuer den Kommandopanzer ein.

Redhorse und Orson hielten sich gerade noch rechtzeitig fest, um nicht von ihren Sitzen gerissen zu werden. Der Panzer war offenbar auf eine Mauer aus purer Energie geprallt.

„Zehn Meter nach rechts ausbrechen, dann im rechten Winkel wieder nach vorn. Angriff!" befahl Redhorse dem Fahrer von CT-2 und gleichzeitig den Kommandanten der beiden Begleitpanzer.

Die Taktik hatte Erfolg.

Als CT-2 sich erneut nach vorn wandte und beschleunigte, barst die Glutmauer. Captain Redhorse erkannte jetzt die Geschützstellung des Gegners. Sie bestand aus einer fahrbaren Panzerkuppel, aus deren drei Geschützen das blaue Feuer zuckte.

Pausenlos schossen jetzt die Schwebepanzer. Die Geschützkuppel begann zu glühen, dann explodierte sie und überschüttete die Panzer mit glühenden Trümmerstücken.

Aber im nächsten Augenblick wimmelte es um die kleine Vorausabteilung von spinnenförmigen Robots. Sie hatten keine Chance gegen die Geschütze der Panzer, aber sie kamen in so großer Zahl, daß einige von ihnen durchaus die Schutzschirme der drei Fahrzeuge erreichen konnten. Wenn sie sich dann selbst sprengten ...

Redhorse entsann sich der Anweisung Rhodans und befahl den Rückzug. Ununterbrochen feuernd, schwebten die Panzer langsam rückwärts, aus der Stadt hinaus. Sie hielten dabei genau die Geschwindigkeit der Spinnenrobots ein, so daß sie ihre überlegene Feuerkraft ohne Gefährdung voll zur Geltung bringen konnten.

Schon wollte Redhorse erneut den Befehl zum Vorgehen erteilen, denn es existierten nur noch einzelne Angreifer, als der Panzer links neben CT-2 von einer Salve der blauen Strahlen getroffen wurde. Der Schutzschirm brach zusammen, und mit Pfeifen wirbelten die zerrissenen Gleisketten über die Kanzel von CT-2.

Sofort ließ Redhorse den eigenen Panzer dicht an den beschädigten aufschließen. Das beschädigte Fahrzeug wurde somit gedeckt, und als der dritte Panzer ebenfalls heran war, schien die Gefahr behoben zu sein.

Doch immer noch verstärkte sich das Feuer aus unzähligen Geschützkuppeln. Sie mußten bisher in Reserve gelegen haben. Als Redhorse die hundertprozentige Belastung des Schutzschirmes gemeldet wurde, schloß er im stillen mit dem Leben ab.

Plötzlich ging ein heftiger Ruck durch die auf den Boden gesunkenen Schwebepanzer. Schutt und glühende Trümmer prasselten auf sie herab, und durch den Schuttregen sah Redhorse mindestens ein Dutzend grellweißer Glutbälle durchschimmern. Es folgte ohrenbetäubendes Krachen und danach infernalisches Pfeifen.

Die blaue Glut aber war erloschen. Redhorse wußte, was das bedeutete: Die angekündigten Space-Jets waren da!

„Noch mal gutgegangen, was?" sagte er grinsend zu Orson.

Was jetzt kam, war Routine für ihn. Er nahm Verbindung mit den Space-Jets auf und leitete die Durchkämmung der Stadt. Nach einer Viertelstunde war alles vorüber.

Redhorse wollte gerade Meldung an Rhodan erstatten, da traf von Orson, der seinen Platz wieder eingenommen hatte, eine Hiobsbotschaft ein.

„Die Aufklärungssonden melden sich nicht mehr, Sir!"

Redhorse pfiff durch die Zähne.

„Also war das hier erst der Anfang!" Er aktivierte die Verbindung zu CT-1.

„Erste Feindberührung...", Redhorses Stimme klang dunkler als sonst, und Perry Rhodan preßte unwillkürlich die Lippen zusammen, „... Sergeant Ganter gefallen, Leutnant Worrobs leicht verletzt, T-14 bewegungsunfähig, wird abgeschleppt, siebzehn Kampfroboter ausgefallen. Die Gegenseite verlor hundertacht Kampfroboter, vierundzwanzig fahrbare Geschützkuppeln und eine Flugscheibe. Eigene Aufklärungssonden vermißt. Ende!"

„Danke, Captain!" erwiderte Rhodan gepreßt. „Sammeln Sie Ihre Gruppe nördlich von Y-Stadt. Sie werden dort, einschließlich der Roboter, von der C-7 aufgenommen, die dann unter Ihrem Kommando den Verbleib der Aufklärungssonden feststellt. Gehen Sie gegen feindliche Roboter vor, aber schonen Sie Gebäude. Ende!"

Rhodan schaltete mit unbewegtem Gesicht zur CREST II. Oberst Rudos dröhnende Stimme meldete sich.

„Neuer Einsatzplan!" sagte Rhodan. „Ab sofort fliegen zwei Drittel der Korvetten und drei Viertel der Space-Jets Aufklärungseinsätze über dem ganzen Kontinent." Er gab dem Epsaler eine Schilderung der ersten Feindberührung und schloß: „Was mich besonders interessiert, ist eine Übersicht über die Stärke des Widerstandes. Ich nehme an, daß er nach Norden zunimmt. Stellen Sie das fest. Lassen Sie jeden Widerstand brechen, wir kämpfen nur gegen Roboter, aber vermeiden Sie eine unnötige Gefährdung unserer Leute. Captain Kagato erhält Anweisung von mir, die Schiffe durch Robotergruppen als Landekommandos bemannen zu lassen. Zu meiner Verwendung möchte ich die C-8. Die Mutanten bleiben weiterhin in Reserve, und zwar lassen Sie die Mausbiber, Goratschin und Sengu in einer startbereiten Korvette Platz nehmen. Ende!"

„Die Situation steuert langsam dem Höhepunkt zu", sagte Atlan ironisch.

Rhodan warf dem Freund einen kurzen Blick zu.

Als er seine Anweisungen an Kagato gegeben hatte, stand vor der Kuppel bereits die C-8, und Major Jury Sedenko, der II. Offizier der CREST II, meldete sich als Kommandant der Korvette bei Rhodan.

Eine Minute später saßen Rhodan und Atlan auf den Reservesesseln der Zentrale.

„Gehen Sie auf zehntausend Meter!" befahl Rhodan.

Das Beiboot hob mit donnernden Triebwerken ab und raste als glühendes Phantom in den Himmel über Quinta.

Mit einem solchen kleinen Schiff habe ich zum ersten Mal das Son-

nensystem verlassen, erinnerte sich Rhodan. *Vor fast vierhundertdreißig Jahren...*

„Befohlene Position erreicht, Sir!" meldete Sedenko.

„In gleicher Höhe Kurs Nordpol nehmen, Major. Lassen Sie die Ortung auf Hochtouren laufen!"

Sonderbar! spann Rhodan den Faden weiter. *Damals erschienen die Probleme in einem ganz anderen Licht. Ihre Lösung schien relativ einfach und heute... heute regiert die Einsicht, daß ein Volk allein niemals alle Probleme lösen kann. Wir haben Siege errungen und ebenso viele Niederlagen hinnehmen müssen, und alles war nur der Anfang. Andromeda...! War es das endgültige Ziel, oder würde es sich wiederum nur als eine Etappe auf einem Weg in die Ewigkeit erweisen?*

„Nun, kleiner Barbar, sinnst du über die ‚Meister der Insel' nach? Glaubst du daran, daß wir das Rätsel lösen können? Sieht es nicht vielmehr so aus, als wäre der lange Weg schon hier zu Ende?"

Rhodan wollte Atlan antworten, aber da kam Sedenkos harte Stimme dazwischen.

„Heftiges Feuergefecht in Nordnordost, Sir. Offenbar kämpft dort unten ein Landekommando gegen feindliche Roboter."

Schweigend betrachtete Rhodan die Ortungsauswertungen. Demnach hatte dort unten eine Korvette Roboter ausgeschleust, um eine weitere Ruinenstadt zu untersuchen. Die Roboter stießen auf heftigen Widerstand, und die Geschütze des Beibootes waren dabei, sich auf den Gegner einzuschießen. Ganz offensichtlich würden die Leute dort allein fertig werden.

„Kurs wird unverändert fortgesetzt!" entschied Rhodan.

Aber im selben Augenblick schloß er geblendet die Augen.

Wie ein blauweißer, orangerot geäderter Ball leuchtete links unter ihnen der Schutzschirm des anderen Beibootes auf.

„Leichte Raketen mit Fusionssprengkopf", registrierte Sedenko laut. „Boden-Geschosse. Jetzt greifen zwei weitere Raketenbatterien ein. Ziel erkannt. Soll ich das Feuer eröffnen lassen?"

„Feuer frei auf erkanntes Ziel!" befahl Rhodan.

Gespannt beobachtete er die sich soeben vom Boden lösende Korvette, die bis jetzt noch keinen Schuß auf die Raketenstellungen abgegeben hatte. Wahrscheinlich konnte sie von dort unten nicht genügend gut orten, denn jetzt lösten sich die ersten Energiebahnen von ihr. Im gleichen Augenblick schlugen aber auch die Salven der C-8 in den feindlichen Stellungen ein.

Eine halbe Minute nach dem Raketenangriff war der Kampf vorüber.

Rhodan nahm Verbindung mit dem Kommandanten des anderen Beibootes auf.

„Redhorse, Sie . . .?" sagte er erstaunt.

Die blauschwarzen Haare hingen dem Captain wirr in die Stirn.

„Jawohl, Sir. Meine Aufklärungssonden sind in diesem Gebiet verschwunden."

„Nun, jetzt wissen Sie warum", lächelte Rhodan. „Verluste?"

„Sämtliche Kampfroboter der C-7, Sir", erwiderte Redhorse mit säuerlichem Gesicht. Wahrscheinlich war ihm jetzt eingefallen, daß ausgerechnet er es war, der immer wieder Verluste melden mußte.

„Roboter können wir verschmerzen", beruhigte Rhodan ihn. Etwas anderes machte ihm Sorge. „Neuer Befehl für Sie: Kümmern Sie sich darum, wo Icho Tolot steckt. Er ist nur mit einem Shift losgeflogen, und gegen Fusionsraketen dürfte auch sein Metabolismus wehrlos sein."

„Ich mache mir wirklich Sorgen um deinen speziellen Freund", sagte er ernst, nachdem er abgeschaltet hatte.

Atlan schien den leisen Spott zu überhören.

„Ich auch, Barbar. Du magst mich als Pessimisten betrachten oder nicht, Perry, aber ich habe so das Gefühl, als würden wir bald wieder ausschließlich auf Tolots Metabolismus angewiesen sein."

„Im Gegenteil!" Rhodan behielt den Frontbildschirm im Auge. „Ich halte dich fast für einen Optimisten."

Ein rhythmisches Signal ertönte vom Kommandopult her. Perry Rhodan stand im nächsten Augenblick neben Sedenko, der den einlaufenden Kodespruch nur kurz abhörte.

„Notruf von der C-12. Ein Fesselfeld zieht sie zur Oberfläche hinab. Gleichzeitig eröffnen schwere Raketenbatterien das Feuer. Der Schutzschirm wird überlastet."

„Position anfordern!" sagte Rhodan entschlossen. „Sofort entsprechende Kursänderung vornehmen!" Er wandte sich an den Funker. „Haben Sie Oberst Rudo?"

Der Funker reichte ihm das an einem Spiralarm befestigte schwenkbare Mikrophon.

„Oberst Rudo . . .!"

Rhodan griff zu.

„Hier Rhodan! Blitzstart durchführen. Mit den notwendigen Mitteln die C-12 unterstützen. Sie haben ja den Notruf ebenfalls empfangen...?"

„CREST II startet bereits. Wir kommen!"

„Vielen Dank. Wer kommandiert die C-12?"

„Captain Henderson."

Rhodan gab das Mikrophon an den Funker zurück. Er schien etwas erleichtert.

„Nun, Henderson wird sich schon halten!"

In diesem Augenblick durchlief ein heftiger Ruck die C-8. Rhodan stürzte gegen den Kommandantensessel, klammerte sich mit einer Hand fest und konnte gerade noch zugreifen, um Atlan vor einem Sturz gegen eine hervorstehende Hebelserie abzuhalten.

„Das Fesselfeld, Sir!" schrie Sedenko.

„Kein Widerstand!" schrie Rhodan zurück. Er mußte schreien, denn die Maschinen der C-8 liefen auf Hochtouren, um dem Fesselfeld zu entkommen. Sedenko schaltete sie mit dem Nothebel ab.

„Wir lassen uns heranziehen", erläuterte Rhodan, „dann eröffnen Sie das Feuer mit allen Waffen!"

Sedenko nickte nur. Am Horizont tauchten mindestens zwanzig schillernde Energieblasen auf – und über ihnen schwebte ein grellglühender Punkt, einen Kurs einhaltend, der ihn immer näher an die Energieblasen heranbringen mußte.

Perry Rhodan wußte, was diese Energieblasen bedeuteten. Es waren die feindlichen Raketenstellungen, deren Schutzschirme offenbar das verzweifelte Feuer der C-12 mühelos abwehrten.

Sedenko hatte es ebenfalls begriffen, denn im Augenblick des Auftauchens waren seine ersten Befehle bereits zum Feuerleitstand der Korvette gegangen.

In kurzen Intervallen rasten die Energiebahnen des Salventaktes aus sämtlichen verfügbaren Waffen der C-8, schlugen beim Gegner ein – und blieben ohne Wirkung. Kaum merkbar erhellten sich die Energieblasen nur. Dafür meldeten die Orter jetzt die ersten anfliegenden Raketen. Die Hälfte der Energiegeschütze mußte zur Abwehr verwendet werden. Wenige Kilometer vor dem Beiboot entstanden die Glutbälle atomarer Explosionen. Immer zahlreicher wurden sie, und Perry Rhodan ahnte, daß sie der C-8 zur Gefahr würden, wenn das Fesselfeld sie noch näher heranzog.

„Fesselfeld durch eigenen Antrieb unterstützen!" befahl er mit blassem Gesicht.

Verwundert drehte Sedenko sich um. Dann begriff er.

Die C-8 beschleunigte – und verdoppelte jetzt ihre Geschwindigkeit. Innerhalb weniger Sekunden war sie über den Energieblasen und darüber hinweg. Aber der von Rhodan erhoffte Erfolg trat nicht ein. Allmählich wurde das Fesselfeld wieder wirksam und zog die C-8 zurück.

Im Suchschirm sah Rhodan die angeschlagene C-12 auf den Boden zutaumeln.

Wo blieb nur Rudo?

Wie zur Antwort zuckte zwischen den Energieblasen ein blendend heller Blitz auf. Zuerst wirkte die Lichterscheinung harmlos, aber dann blähte sich eine gigantische Blase aus Gasen, Staub und glühenden Trümmern auf, schluckte die Energieblasen der feindlichen Stellungen und ließ, als sie zurücksank, nichts als einen kochenden, brodelnden Krater zurück.

Die CREST II hatte nur ein einziges Mal zugeschlagen – und im Bruchteil einer Sekunde die Entscheidung herbeigeführt.

Perry Rhodan sah schon nicht mehr hin. Er beobachtete auf den Bildschirmen die unsichere Landung der C-12, deren Schutzschirme in Nachwirkung der Überlastung immer noch von energetischen Gewittern durchtobt wurden.

Rhodan verzichtete darauf, den voll auf eine sichere Landung konzentrierten Henderson anzurufen. Er befahl Sedenko, neben der C-12 zu landen, und forderte gleichzeitig eine Rettungsmannschaft für das angeschlagene Beiboot von der CREST II an.

Drei Minuten später stürmte er zusammen mit Atlan und den Medo-Robots der C-8 die Rampe der allmählich auskühlenden C-12 hinauf. Die Außenhaut der Korvette wies große Flecken bläulicher Verfärbung auf, die Stellen, an denen Energie von den explodierenden Raketen den Schirm durchdrungen hatte. Es gab jedoch keinerlei Verformungen. Dennoch war Rhodan nicht eher beruhigt, bis er sich mit eigenen Augen davon überzeugt hatte, daß außer leichten Quetschungen und Prellungen die gesamte Besatzung der C-12 unverletzt geblieben war.

„Wie haben Sie das fertiggebracht?" fragte er in der Zentrale den hünenhaften, blonden Sven Henderson, den Chef des Jägerkommandos der CREST II.

Um Hendersons Augen bildeten sich unzählige Fältchen in der wie gegerbtes Leder wirkenden Haut.

„So etwas wie ein sechster Sinn. Ich weiß, es klingt wie Jägerlatein, aber ich habe sofort nach Einsetzen des Fesselfeldes die Mannschaft mit geschlossenen Raumanzügen in die vollen Wassertanks verfrachtet – außer der Zentralbesatzung, und bis hierhin wirkte sich die Erschütterung weniger schlimm aus."

„In die Wassertanks...?" rief Atlan ungläubig. Dann lachte er. „Ich fürchte, ich habe euch Terraner immer noch nicht richtig einschätzen gelernt. Wenn man glaubt, ihr seid am Ende, dann verfallt ihr auf die ausgefallensten Ideen!"

„Es war eine ausgezeichnete Idee, auf die ich nicht gekommen wäre", sagte Rhodan und drückte dem Captain impulsiv die Hand.

„Nun", sagte Henderson leicht verlegen, „ohne das Eingreifen des Flaggschiffes hätte das auch nicht lange genützt."

Rhodan nickte.

„Ich glaube, den weiteren Weg nach Norden müssen wir mit der CREST ebnen."

Er wandte sich um, als wollte er die Zentrale verlassen, kam aber nicht weit.

Eine Erschütterung schleuderte ihn in hohem Bogen quer durch die Zentrale und gegen Atlan. Beide stürzten auf Henderson. Rhodan lag einen Moment wie erstarrt, dann, als er die eingetretene Pause der Erschütterung registrierte, schnellte er hoch und schlug den Notstarthebel der C-12 herunter. Mit brüllenden Triebwerken stieg das Schiff in die Atmosphäre.

Im Subschirm sah Rhodan, wie die Ebene dort unten sich in wellenförmigen Zuckungen wand. Er stellte den Telekom auf die allgemeine Notrufwelle und befahl allen gelandeten Mannschaften, unverzüglich zu starten und beschädigten Fahrzeugen Hilfe zu leisten.

Inzwischen hatte die C-12 eine Höhe von hundertachtzig Kilometern erreicht und erlaubte einen Überblick auf den Landstreifen zwischen ihr und dem Ozean.

Rhodan erschauerte.

Die teilweise über zweihundert Meter hohe Steilküste des Kontinents wurde von einer gewaltigen Schaumwoge überrollt, und weiter draußen in der Wasserwüste gischteten gigantische Schaumberge empor, als wollte Quinta den gesamten Ozean in die Leere des Weltraums schütten.

Einigermaßen beruhigt vernahm er mit halbem Ohr die Meldungen der ausgeschleusten Beiboote. Keines der Fahrzeuge wies ernsthafte

Schäden auf, und alle sammelten mit großer Geschwindigkeit die Mannschaften zerstörter Shifts ein.

Es wurde allerdings auch höchste Zeit dafür.

Ein vielstimmiger Entsetzensschrei gellte durch die Zentrale, als dort, wo der Nordpol des Planeten sich befinden mußte, ein orangeroter Energiestrahl in den Raum hinausraste.

Perry Rhodans Gesicht verlor jegliche Farbe.

„Power!" Das war alles, was er hervorstoßen konnte.

Würde Quinta das gleiche Schicksal erleiden wie der Planet Power? Würde sich die Wasserwelt ebenfalls auflösen und ihre zu Energie umgewandelte Masse in den Raum zwischen den beiden Sonnen abstrahlen...?

Die Menschen waren stumm geworden.

Perry Rhodan fühlte ebenfalls, wie die Angst seine Kehle zuschnüren wollte. Er wußte, wenn Quinta verging, würde es nie mehr eine Heimkehr für die in dieses System verschlagenen Menschen geben.

Denn mit Quinta mußte unweigerlich die Justierungsstation vergehen. Und noch immer war dieser Schlüssel zur Heimkehr unauffindbar.

Doch trotz aller eigenen Verzweiflung verlor Perry Rhodan nicht eine einzige der so kostbar gewordenen Sekunden. Er zwang sich zur Ruhe und gab über die von allen gehörte Notwelle Befehle durch.

Die Menschen fingen sich wieder.

Fünf Minuten nach der ersten Bebenwelle sammelten sich die Beiboote, die ihren Bergungsauftrag erfüllt hatten, über einem bestimmten Punkt des Kontinents, gruppierten sich zu sogenannten Einschleusungsgruppen, die dann der zum Nordpol rasenden CREST II folgten.

Perry Rhodan und Atlan befanden sich wieder im Mutterschiff. Es flog dicht über dem Boden der Stelle zu, an der der orangerote Energiestrahl den Pol verließ und im Raum zwischen den beiden Twin-Sonnen verschwand, wo sich jetzt eine gigantische Energieballung bildete.

Die weite Ebene hatte sich in eine amorphe, schwankende Masse verwandelt, in der unablässig neue Spalten entstanden und wieder verschwanden. Staubschwaden legten sich wie eine Mauer über den Boden, und in den Heckschirmen war eine Ansammlung turbulenter Schaumsäulen zu sehen, die teilweise bis in die Ionosphäre reichten.

Geisterhaft hohl scholl durch die relative Stille der Zentrale die aus einem Lautsprecher tönende Stimme Major Wifferts. Der I. Feuerleitoffizier fragte an, ob er das Feuer auf einen noch undefinierbaren Gegenstand eröffnen dürfe, der sich schlingernd am oberen Rande des kreisenden Staubmeeres fortbewegte und offensichtlich auf die CREST II zuhielt.

Perry Rhodan gab einen Aufschub. Aber während er noch überlegte, was die Erscheinung zu bedeuten habe, schrillte Guckys Stimme auf.

„Halt, Perry! Auf gar keinen Fall schießen lassen!"

„Tolot . . .?" Rhodan blickte den Mausbiber hoffnungsvoll an.

„Ja, der Tolpatsch ist es! Er bekommt den Shift nicht höher, da die Antigrav-Generatoren beschädigt sind."

„Verwenden Sie einen Traktorstrahl!" rief Rhodan dem Epsaler zu. „Holen Sie den Shift heran." Wenige Minuten später war der Shift eingeschleust und Tolot gerettet. „Gott sei Dank!" flüsterte er leise.

„Hier Ortungszentrale!" schallte es erneut aus einem Lautsprecher. „Major Notami spricht. Eindeutige Energieanmessungen starker Kraftwerke. Richtung: Nordpolares Gebiet des Energiestrahl-Ausgangs."

Perry Rhodan setzte sich in Bewegung. Atlan folgte ihm. Beide Männer stürmten im Laufschritt zur Ortungszentrale. Noch unter dem Panzerschott trat ihnen mit dröhnenden Schritten die wuchtige Gestalt Icho Tolots entgegen.

„Kommen Sie bitte mit, Tolot!" Das waren Rhodans Worte an einen Totgeglaubten.

„Es besteht kein Zweifel mehr", meldete Major Enrico Notami beim Eintreten Rhodans, „das sind Energien, wie sie in geringer Abweichung von dem galaktozentrischen Sechsecktransmitter freigegeben wurden, bevor er unser Schiff zum Twin-System beförderte."

„Wie ist es mit der freiwerdenden Energiemenge?" fragte Atlan.

„Sie ist etwas geringer. Genaue Angaben kann ich Ihnen leider nicht machen, da verschiedene Meßgeräte beim Durchgang durch den Sechsecktransmitter ausfielen, so daß uns der Vergleich fehlt."

Vor Perry Rhodans Augen zog die Wahnsinnsfahrt auf die Energieballung im Sonnensechseck des heimatlichen Milchstraßenzentrums vorüber. Die Sechseck-Konstellation hatte damals eindeutig an die sechs Pyramiden auf Kahalo erinnert, die das gleiche Muster eingenommen hatten. Nur waren es beim ersten Tor zur Straße nach Andromeda nicht Pyramiden, sondern gigantische Sonnen gewesen, die die Energie für den Transmitter geliefert hatten.

Welche Bedeutung hatte das Anspringen der Kraftwerke von Quinta...?

„Ich befand mich in der Nähe des Pols, als es losging." Icho Tolots Stimme röhrte wie eine alte Schiffssirene. Der Haluter schüttelte sich, und das wollte etwas heißen. „Wenn Sie mich fragen", wandte er sich an Rhodan, „ich tippe darauf, daß dieses Höllentor Energie sammelt, um etwas hierherzuholen."

„Was sollte es holen?" fragte Notami rasch – ein wenig zu rasch, wie es Rhodan schien.

Icho Tolot zuckte in menschlicher Manier die Schultern.

„Major Notami!" Rhodan musterte den Cheforter.

„Ja, Sir...?"

„Spannen Sie uns nicht auf die Folter. Sprechen Sie Ihre Vermutung aus. Sie haben doch eine, nicht wahr?"

„Es ist wirklich nur eine Vermutung...", begann Notami zögernd. „Ich erinnere mich...", Notamis Stimme klang dunkel, als wollte ihn die Erinnerung an durchgestandenes Grauen übermannen, „...daß der Energiefluß während unseres Eintauchens in den Sechsecktransmitter umgekehrt verlief wie hier."

„Da waren Sie noch bei Bewußtsein?" fragte Atlan ungläubig.

„Ich... ich weiß nicht, ob man es so nennen kann. Ich habe nur das vage Bild eines Meßinstrumentes vor mir. Aber vielleicht war das nur eine durch den Schock hervorgerufene Halluzination. Ich sagte ja gleich, daß..."

„Also habe ich recht!" dröhnte des Haluters Stimme. „Etwas kommt auf dieses Höllentor zu."

„Wahnsinn!" murmelte Atlan.

„Du sagst es, Freund!" Rhodans Gesicht wirkte kantig und hart wie selten.

Der Eindruck vertiefte sich noch, als die automatisch arbeitenden Orter Alarm gaben. Major Notami eilte zu seinem Auswertungsgerät, während Rhodan noch zögerte, ob er noch warten oder sofort wieder die Zentrale aufsuchen sollte.

Der Interkom enthob ihn einer Entscheidung. Oberst Rudos Gesicht schälte sich heraus.

„Vollalarm von BOX-8323! Wissen Sie..."

„Noch nicht, Oberst. Geben Sie ebenfalls Raumwarnung für die CREST. Augenblick, ich glaube, Notami hat das Ergebnis der Ortung!"

„Nur ein Teilergebnis!" Notami keuchte vor Erregung. „Die Energieballung zwischen den Sonnen spuckt etwas aus. Offenbar ein Raumschiff, aber was für eins!"

„Sie werden poetisch!" spottete Rhodan ohne eine Spur von Humor. „Was sagt der Silhouettenschreiber?"

Er orientierte sich nur kurz, dann hatte er den Bildschirm gefunden, einen von Dutzenden Silhouettenschirmen, der das Zentrum der Energieballung zeigte.

Er mußte Notami recht geben.

Aus dem sich unter konvulsivischen Zuckungen aufblähenden Feuerball zwischen den Twin-Sonnen schälte sich unglaublich langsam ein unglaublich dünnes, schwarzes Raumschiff hervor.

Als es sich vollends von der Energieballung gelöst hatte, glich es einem fliegenden Bleistift.

„Länge zirka tausend Meter, Durchmesser nur hundert Meter", las Major Notami von den Skalen der Ortungspositronik ab.

Rhodan kniff die Augen zusammen.

„Weißt du, was ich vermute, Arkonide?" fragte er Atlan. „Der ‚Bleistift' gehört in dieses System hinein. Jemand, den wir nicht kennen, hat jemanden, den wir ebenfalls nicht kennen, zu Hilfe gerufen für etwas, das wir nicht begreifen."

Oder sollten dies die geheimnisvollen Meister der Insel selbst sein? überlegte er. Es wollte ihm nicht einleuchten. Jemand, der eine ganze Galaxis beherrschte, stand zu weit über den Dingen.

Abrupt wandte er sich um und ging zum Interkom.

„Wie lange noch zum Pol?" fragte er, als Rudos Gesicht auf der Bildscheibe erschien.

„Noch fünf Minuten. Ich schlage vor, nicht näher als bis auf fünf Kilometer an den orangeroten Strahl heranzugehen. Wenn sein Umfang plötzlich zunehmen sollte, reißt er die CREST mit."

„Einverstanden. Bleiben Sie in Bodennähe!"

Cart Rudos Gesicht war kaum verblaßt, als die Automat-Orter erneut Alarm schlugen. Diesmal wußte Notami auf den ersten Blick Bescheid.

„Schwere Energieentladungen zwischen Ballungszentrum Twin und Planetenring, Sir!"

Diesmal zögerte Rhodan nicht länger. Er wirbelte auf dem Absatz herum und rannte, so schnell er konnte, die kurze Strecke bis zur Zentrale zurück.

Oberst Rudo wartete schon auf ihn.

"Neuer Alarm der Posbis, Sir. Sie werden von dem ‚Bleistift' angegriffen."

Perry Rhodan setzte sich auf einen der kleinen, ausziehbaren Notsessel und beobachtete die Ausschnittvergrößerung, die der Epsaler ihm herangeholt hatte.

Mit angehaltenem Atem verfolgte er die ersten Breitseitentakte des Bleistifttraumers. Schwachgrüne Strahlenfronten rasten in dichter Folge auf den Fragmentraumer der Posbis zu und schienen das unsymmetrische und gigantische Gebilde zu verschlingen, als sie auftrafen und ihre Leuchtkraft sich ins Unermeßliche steigerte.

Doch so schnell konnte man einem Fragmentraumer nicht beikommen. Die Posbis strahlten einige Tausend-Gigatonnen-Geschosse ab. Der Bleistifttraumer wurde von einer strahlend hell aufgehenden Sonne verschluckt. Genau zwanzig lange Sekunden stand die künstliche Sonne unbeweglich im Raum, dann schälten sich die Konturen des schwarzen „Bleistiftes" erneut klar heraus.

Im ersten Augenblick sah es aus, als wäre der Bleistifttraumer völlig unversehrt aus dem Energieinferno hervorgegangen. Doch dann zeichnete sich am laufenden Kursdiagramm ein ruckhaftes Schlingern ab.

Und wieder schlugen Transformgeschosse gegen das dünne Schiff. Diesmal hatten die unbekannten Angreifer ihre Selbstsicherheit eingebüßt. Sie blieben nicht mehr auf der Stelle stehen, sondern beschleunigten, um aus der Vernichtungszone herauszukommen. Es gelang ihnen nur zum Teil. Das Heck wurde so heftig herumgerissen, daß es normalerweise hätte abbrechen müssen. Der „Bleistift" wirbelte mehrmals um seine Achse, dann schoß er blitzartig davon.

Aber bevor die Posbis ihm eine neue Salve hinterherschicken konnten, änderte das schwarze Schiff seine Taktik erneut. Es griff frontal an.

Diesmal waren es tiefblaue Strahlen, die in einer Bündelstärke von etwa zwanzig Metern dem Fragmenter entgegenrasten. Als sie erloschen, hatte ein Teil des unsymmetrischen Kantengebildes die gleiche tiefblaue Färbung angenommen.

Perry Rhodan war beunruhigt. Er ließ sich eine Verbindung zur Zentrale des Posbischiffes geben.

„Rhodan spricht. Ich rufe BOX-8323! Wie ist die Lage im Schiff?"

Wieder wurde das schwarze Schiff von einer künstlichen Sonne verschluckt und schien vernichtet. Doch diesmal schossen wie zum Hohn die blauen Strahlen sogar aus dem Feuerball heraus.

„Hier Zentrale BOX-8323 an Rhodan. Beschleunigen Sie Ihre Aktionen. Noch können wir uns halten, aber wir wissen nicht, wie lange. Der Gegner scheint über Schutzschirme zu verfügen, die in ihrer Struktur denen der Twin-Planeten gleichen. Seine Waffen sind uns unbekannt."

„Aber ihr habt ihn ebenfalls angeschlagen."

„Er dürfte nicht mehr aus dem Twin-System herauskommen. Wir versuchen, die Front zu halten. Mehr können wir..." Die Stimme brach ab. Statt dessen knirschte es im Lautsprecher des Symboltransformers, als bräche ein Planet auseinander. Aber die Stimme eines der vier Kommandanten kam wieder. „Achtung! Ich breche die Sendung ab. Gesamte Kapazität wird zur Koordinierung der Verteidigung benötigt, Ende!"

„Wir sind da, Sir", meldete Oberst Rudo im selben Augenblick. „Ich bitte um Landeerlaubnis!"

„Ist erteilt, Oberst!"

Perry Rhodans Stirn war gefurcht, als er sich umwandte. Welche unheimlichen Waffen setzte der Gegner gegen BOX-8323 ein? Er seufzte. Darum konnte er sich jetzt nicht kümmern. Solange die Posbis die Front im Raum hielten, so lange hatte er Zeit, die Justierungsstation zu entdecken und zu benutzen.

Er brauchte den Interkom nicht zu benutzen, um seine nächsten Befehle zu erteilen. Die Mutanten waren vollzählig in der Zentrale versammelt und in Einsatzanzüge gekleidet.

„Gucky, Gecko, Goratschin, Sengu!"

Die Aufgerufenen eilten herbei und warteten.

„Tolot!"

Der Haluter stellte sich zwischen Gucky und Gecko auf.

Rhodan lächelte.

„Soweit ist es noch nicht, Tolot. Im Hangar wartet die C-8 auf uns." Er überlegte kurz. „Aber wir könnten hinteleportieren. Gucky und Gecko! Zuerst Tolot und Goratschin nehmen, danach Sengu und mich. Ziel: Hangar der C-8!"

Als die Mausbiber mit Tolot und Goratschin verschwunden waren, wandte er sich an Melbar Kasom.

„Sie kennen Ihre Aufgabe." Er nickte seiner Frau beruhigend zu. „Jetzt geht es ums Ganze, Mory. Du weißt Bescheid für den Fall, daß wir nicht zurückkommen sollten. – Sie auch, Oberst", wandte er sich an Cart Rudo.

Mory Rhodan-Abro nickte gefaßt und mit einem aufmunternden Lächeln. Sie war wirklich eine prachtvolle Frau und Gefährtin, dachte Rhodan. Er drängte die Welle der Angst zurück, die ihn wie eine Ahnung überschwemmen wollte. Auf Kasom konnte er sich verlassen. Der bärenstarke Ertruser würde Mory besser beschützen können als jeder andere.

Als die Mausbiber wieder auftauchten, stand plötzlich Atlan neben ihnen.

„Ich komme natürlich mit", sagte er bestimmt.

Rhodan widersprach nicht, sondern nickte Gucky nur bestätigend zu. Der Mutant verschwand mit Sengu und Atlan. Danach ergriff Rhodan Geckos Arm.

In der Zentrale der C-8 tauchten sie wieder auf.

Hinter den Sesseln der Zentrale-Besatzung standen diesmal schmale, zerbrechlich wirkende Robotkonstruktionen. Sie waren eine Neukonstruktion und würden im Falle des Ausfalls der organischen Mannschaft das Schiff übernehmen. Rhodan wollte nichts dem Zufall überlassen. Aus diesem Grunde warteten in den Schleusen auch bereits die Spezialisten des Landungskommandos, mit schweren Waffen behängte Epsaler.

Kommandant der C-8 war wieder Captain Don Redhorse. Der schwarzhaarige Hüne räkelte sich lässig in seinem Sessel.

Rhodan trat neben den Telekom, dessen Verbindung mit der CREST II während des folgenden Einsatzes offenbleiben würde.

„Was machen die Posbis, Oberst?"

„Sie schlagen sich gut."

„Hoffentlich noch recht lange", murmelte Rhodan. Er trat einen Schritt zurück und nickte Redhorse zu.

„Start! Zielanflug wie befohlen!"

Die Synchronautomatik hatte underdessen das Hangartor geöffnet, und nun schleuderte das gravitatorische Abstoßfeld die Kugel der C-8 horizontal hinaus.

In einer Entfernung von einem Kilometer und einer Höhe von nur zweihundertachtzig Metern begannen die Impulstriebwerke im Ringwulst des Beibootes ihr dröhnendes Lied zu singen.

Im Frontschirm wuchs der orangerote Energiestrahl geisterhaft schnell und lautlos an.

19.

Die Ringwulsttriebwerke arbeiteten mit nach oben gerichteten Felddüsen – und doch vermochte Don Redhorse die C-8 nur mit Mühe in der Waage zu halten.

Der in die Augen beißende orangerote Energiestrahl, der unverändert in das Ballungszentrum der Twin-Sonnen hineinraste, schien die C-8 in seinen Sog zerren zu wollen.

„Mit halber Kraft zurück!" befahl Rhodan. Seine Augen waren zu schmalen Schlitzen zusammengekniffen. Er beobachtete das seltsame Gebilde, das vor fünf Minuten aufgetaucht war und jetzt nur zweihundert Meter von der C-8 entfernt auf dem Boden lag wie eine umgestülpte Glasglocke.

Nur war diese Glocke trotz ihrer Ähnlichkeit mit Glas undurchsichtig für normale menschliche Augen und auch für die infrarotempfindlichen Augen Icho Tolots.

Nur nicht für die Wuriu Sengus, des Späher-Mutanten.

„Was sehen Sie?" fragte Rhodan, während Redhorse die C-8 millimeterweise zurückbugsieren konnte.

„Eine hufeisenförmige Schaltbank." Sengus Stimme klang tonlos, als spräche er die Worte in einer Art Dämmerzustand aus. Das war die Nebenwirkung einer angespannten Konzentration.

Perry Rhodan machte ein enttäuschtes Gesicht. Sollte er sich geirrt haben? Aber er glaubte nicht an einen Irrtum; nicht nur, weil ein solcher Glaube tödlich gewesen wäre, sondern auch, weil ihm ein sechster Sinn, den er für solche Situationen besaß, sagte, daß hier und nirgendwo anders die Justierungsstation des Twin-Transmitters liegen müsse.

Hier und nirgendwo anders ...

Eine Glocke von siebzig Metern Höhe, aus undefinierbarem Material, bedeckte eine kreisrunde Bodenfläche von nur fünfzig Metern Durchmesser. Über ihr zitterte die Luft, und ringsum tobte ein Orkan, dem auf die Dauer nicht einmal die starken Triebwerke eines Beibootes widerstanden hätten. Ursache des Orkans schien der Sog des in etwa hundert oder auch fünfhundert Metern Höhe – hier versagten die Meßinstrumente – aus dem Zittern und Wabern auftauchenden orangeroten Energiestrahls zu sein, der sich im Raum zwischen den beiden Sonnen verlor und dort eine wahrhaft gigantische Energieballung hervorrief.

„Nein, hier ist es!"

Unwillkürlich hatte Perry Rhodan laut gesprochen. Atlan drehte sich mit maskenhaft starrem Gesicht zu ihm um. Seine Augen sonderten wässerige Flüssigkeit ab, eine biologische Besonderheit der Arkoniden, die stets in Erregungszuständen auftrat.

„Du bist sehr sicher, Freund", flüsterte er. „Aber bist du es wirklich?"

Rhodan schaute ihn ernst an. Dann machte er eine weitausholende Gebärde, die zuerst auf den in der Ausschnittvergrößerung abgebildeten und vom Feuer der Tausend-Gigatonen-Geschosse umgebenen Bleistiftraumer und danach auf die Energieballung zwischen den Sonnen wies.

„Er ist aus dem Ballungszentrum gekommen – und hier...", seine ausgestreckte Rechte fuhr an dem orangeroten Energiestrahl hinab bis zur Kuppel, „... und hier entspringt die Kraft, die alles bewirkt."

„Gigantische Kraftwerksanlagen", flüsterte Wuriu Sengu.

Rhodan fuhr wie elektrisiert herum.

„Wo?"

Der Mutant schien in weite Ferne zu blicken.

„Tief unter der Kuppel. So etwas habe ich noch nie gesehen. Es ist verwirrend."

„Keine Justierungsanlagen?" fragte Rhodan gespannt.

„Nichts. Aber...", er stockte, und seine Stirn bedeckte sich mit einem mattglänzenden Netz feiner Schweißperlen, „... irgendwie steht alles mit der Glocke in Verbindung. Es ist schwer, dort etwas Genaues zu erkennen. Immer nur die Schaltbank, hufeisenförmig, einfach, sehr einfach in ihrer Konstruktion..."

Der Späher-Mutant stöhnte. Wuriu Sengu besaß die Fähigkeit, mittels seines Para-Sinnes jegliche feste Materie zu durchdringen und das zu „sehen", was dahinter lag. Er hatte keine Ahnung, weshalb er nicht mehr sehen konnte als diese einfache Schaltbank. Aber er ahnte nicht, daß er durch das Geheimnis hindurchsah, weil er es niemals dort vermutet hätte, wo es lag.

Icho Tolot gab den ersten Hinweis.

„Rhodan, bitte sagen Sie Ihrem Mutanten, er soll nicht nur in die Glocke hineinsehen!"

„Wie meinen Sie das, Tolot?"

„Ich habe eine bestimmte Vorstellung davon, wie eine Justierungsstation für einen Sonnentransmitter derartiger Reichweite aussehen müßte. Zum reinen Schaltvorgang muß die hufeisenförmige Bank genügen. Ich käme sogar mit einem einzigen Schalter aus, Rhodan – wenn irgendwo eine Orientierungsmöglichkeit für den Schaltenden vorhanden ist..."

Perry Rhodans Verstand schaltete sehr rasch.

„Sengu! Kontrollieren Sie unverzüglich die Innenseiten der Glockenwandung!"

„Sie haben es begriffen!" Tolot lächelte.

„Wir waren Narren!" stöhnte Atlan. „Natürlich: Ein so weitreichender Transmitter braucht eine Übersichtskarte, und was eignet sich besser zur Darstellung des Weltraums als eine Hohlkugel?"

„Ein Abbild!" Sengus Stimme war noch leiser geworden. „Ein naturgetreues Abbild des Leerraums und zweier Galaxien: Andromeda und Milchstraße!"

Rhodan sog scharf die Luft durch die Nase.

„Gucky, Gecko! Nehmt Tolot und Sengu und teleportiert in die Station! Tolot! Werden Sie es schaffen?"

„Wenn Ihre Mutanten mich hineinbringen..."

Gucky lachte schrill.

„Er gibt zu, ohne uns hilflos zu sein!"

„Sei still, Kleiner!" Rhodans Lippen waren nur noch dünne, blutleere Striche. Gucky duckte sich unwillkürlich. Doch da hatte Rhodan sich bereits wieder entspannt. „Sei vorsichtig, Kleiner. Lieber bleibe ich hier, als daß du dort..."

Wortlos packte Gucky den Haluter und überließ Sengu Gecko. Dann verschwanden die drei Mutanten und Tolot in einem winzigen Luftwirbel.

Im gleichen Augenblick ging draußen im Raum eine dritte Sonne auf.

Das Raumschiff der Posbis war nicht mehr.

Sie materialisierten im Innern der Glockenkuppel. Tolot ließ seine Blicke über seine Umgebung streifen. Decken und Wände der Glockenkuppel wurden von einem getreuen Abbild des Leerraums und der beiden Galaxien Andromeda und Milchstraße ausgefüllt. Für Tolot stand es fest, daß die Schaltbank und das Abbild zusammengehörten, daß hier eine optische Zieljustierung installiert war, die man nur richtig zu verstehen brauchte, um die Doppelsonnen als Transmitter verwenden zu können.

Es war ein ungeheuerlicher Gedanke, daß vielleicht schon die Betätigung weniger Schalter genügte, um zwei Sonnen zu steuern und nutzbar zu machen.

Leider gab es nichts, was an einen Schalter erinnert hätte.

"Suchen Sie, Sengu! Suchen Sie!" drängte Tolot.

Sengu stand unbeweglich vor der hufeisenförmigen Bank. Ströme von Schweiß rannen über sein Gesicht. Er stöhnte.

"Der Energiestrahl!" flüsterte Gucky. "Vielleicht hindert er Sengu an der vollen Entfaltung seiner Fähigkeit."

"Spürst du etwas?"

"Nein, Tolot. Ich nicht. Aber ich kann ja auch nicht durch feste Materie sehen. Wahrscheinlich beeinflußt der Energiestrahl nur bestimmte paranormale Fähigkeiten."

"Dann beruht seine Wirkung auf Zufall."

"Ein schwacher Trost für Verzweifelte. Ich fürchte, wir haben nicht mehr viel Zeit. Hast du vorhin die Entstehung der künstlichen Sonne im Raum beobachtet? Ich nehme an, das war der Fragmentraumer."

"Ich habe sie gesehen, und ich habe die gleiche Schlußfolgerung daraus gezogen. Wir waren uns von Anfang an klar darüber, daß die Posbis dem Bleistiftschiff nicht ewig würden standhalten können."

"Aber jetzt wird es die CREST II angreifen!"

"Wir müssen den Transmitter vorher justieren."

"Aber Sengu..."

Die Haltung des Mutanten lockerte sich. Er wischte sich mit einer geistesabwesenden Geste den Schweiß von der Stirn, drehte sich um und schaute Tolot aus brennenden Augen an.

"Die Schaltung ist nicht erreichbar." Sengus Stimme klang rauh und kratzig. "Sie befindet sich unter der Oberfläche der Bank. Deshalb habe ich auch so lange vergeblich gesucht."

"Beschreibe mir die Schaltung!" drängte Gucky. "Ich will sehen, daß ich sie telekinetisch betätigen kann."

Wuriu Sengu beschrieb dem Mausbiber die wichtigsten Einzelheiten. Er tat es mit müder Stimme, als sei er innerlich leer und ausgebrannt.

Gucky starrte die Schaltbank an und konzentrierte sich.

Nichts geschah.

Nach einer Weile entspannte sich Guckys Haltung.

„Entweder hat Sengu etwas gesehen, was es nicht wirklich gibt, oder aber die Schaltung ist gegen Paraeinflüsse geschützt. Ich komme einfach zu keinem Ergebnis. Dabei bin ich sicher, die ganze Bank telekinetisch hochheben zu können, wenn ich das wollte."

„Laß das sein!" sagte Tolot. „Damit würdest du möglicherweise nur die Verbindung zum Transmitterkraftwerk zerstören." Er trat an die Schaltbank heran und legte seine sechsfingrigen Pranken darauf. Sein dunkelgrüner Kampfanzug, enganliegend und den ganzen Körper umschließend, spannte sich.

„Kraftakt des Riesen, erster Teil!" zwitscherte Gecko.

Tolots rötlich glühende Augen rollten, und die schwarze, lederartige Haut des Halbkugelkopfes bekam einen stahlharten Schimmer.

Die Mutanten wußten, was das bedeutete. Der Haluter hatte seine molekulare Zellstruktur willentlich umgeformt. Wahrscheinlich war sie schon jetzt so hart wie Terkonitstahl. Das Wesen vom Planeten Halut hätte normalerweise ein Schaltpult aus dem in terranischen Raumschiffen verwendeten Material mit bloßen Händen zerdrücken können. Hier schien es zu versagen.

Mit einem röchelnden Laut trat Tolot zurück.

Gucky hatte den Haluter bewundernd beobachtet. Er fühlte sich mit dem Giganten stärker als je verbunden, auch wenn er ihn manchmal durch seine makabren Scherze neckte. Jetzt, in diesen Sekunden, war Gucky alles andere, nur nicht zu Scherzen aufgelegt. Aber nun zeigte sich, daß er auch ein guter Psychologe war.

„Ich frage mich", sagte er, „weshalb Perry uns diesen Tolpatsch mitgegeben hat. Melbar Kasom hätte die Schaltbank längst geknackt."

Icho Tolot wirbelte herum, und Gucky brachte sich erschrocken mit einem kurzen Teleportersprung in Sicherheit. Tolot ließ die ausgestreckten oberen Arme sinken. Sein Zorn verrauchte schnell, und Gucky hatte den Eindruck, als durchschaute der Haluter seine Taktik.

Nichtsdestoweniger setzte Tolot zu einem zweiten Versuch an. Es wurde schon in der ersten Sekunde offenbar, daß er diesmal besser vorbereitet war als beim ersten Mal. Den breiten Rücken straffgespannt wie einen Bogen, so trat er gebückt an die Bank heran, schlug die Pranken gegen die Seitenwände und richtete sich blitzartig auf.

Gucky sah etwas schemenhaft an sich vorüberfliegen.

Im ersten Schreck teleportierte er – und fand sich im Freien wieder, von einem unwiderstehlichen Sog gepackt und mitgerissen. Mit Entsetzen erkannte er, daß er sich im Sogorkan des orangeroten Energiestrahls befand.

Perry Rhodan und Atlan sahen den schnell expandierenden glühenden Gasball, wie er sich inmitten der Schwärze des Raumes aufblähte.

Noch konnten sie nicht wissen, ob es der Posbi- oder der Bleistiftraumer gewesen war, der dort verging, aber sie ahnten, daß es das Fragmentschiff gewesen war.

„Rufen Sie BOX-8323!" befahl Rhodan über Telekom Oberst Rudo.

Die Antwort kam nach fünf bangen Sekunden.

„BOX-8323 meldet sich nicht mehr. Es muß angenommen werden, daß die beobachtete Explosion das Ende der BOX-8323 anzeige."

„Danke!" war alles, was Rhodan darauf erwiderte. Er sah noch, wie Rudo erneut zum Sprechen ansetzen wollte, doch da knatterte ein dichtes Netz elektromagnetischer Störungen über den Schirm. Es war kein Wort zu verstehen.

Rhodan blickte auf und sah sofort, weshalb die Telekomverbindung auf diese kurze Entfernung versagt hatte.

Der orangerote Energiestrahl hatte sich ausgedehnt. Sein Leuchten war greller, intensiver geworden, und die C-8 begann erneut, gegen die Glockenkuppel hin abzutreiben.

Captain Redhorse reagierte wie ein Automat.

Er ließ die C-8 mit gerade so viel Schub zurücklaufen, daß die stärkere Sogwirkung des Energiestrahls kompensiert wurde. Dann balancierte er sie erneut mit den Antigravfeldern aus.

Besorgt musterte Atlan die Kuppel.

„Es scheint nicht alles so zu gehen, wie Tolot es sich vorgestellt hatte, wie?"

Rhodan wölbte die Brauen und sah zur Uhr.

„Sie sind erst knapp dreißig Sekunden drin, Atlan!" meinte er vorwurfsvoll. „Wunder darfst du auch von Tolot oder den Mutanten nicht erwarten."

Guckys Lage glich der eines Schwimmers, der überstürzt ins Wasser gesprungen ist und zu spät bemerkt, daß er sich bisher auf einem Felsen befunden hatte, der von Strudeln umgeben ist.

Weshalb er teleportiert hatte, wußte der Mausbiber: vor Schreck nämlich. Was er nicht wußte, war, wovor er eigentlich so erschrocken war. Er hatte auch gar keine Zeit, darüber nachzudenken. Er sah nur, daß dicht neben ihm eine orangerote Mauer dahinglitt. Daran, daß sie nicht nach unten, sondern nach oben glitt, folgerte er, daß sie oder ihre Substanz sich viel schneller als er nach oben bewegte.

Die Nähe des Lichtes hätte ihn eigentlich verbrennen müssen, dachte er. Zweifellos handelte es sich um den Energiestrahl, der den Sonnentransmitter Twins versorgte. Aber er fühlte weder Hitze noch Schmerz. Dennoch wußte er, daß seine Situation einen unbedingt tödlichen Ausgang nehmen mußte, denn er wurde mit rasender Schnelligkeit durch die Atmosphäre in den Weltraum hineingerissen.

Das gab den Ausschlag.

Gucky konnte zwar die Glockenkuppel nicht sehen, aber das war auch nicht unbedingt nötig. Er konzentrierte sich auf das Bild, das er von der Kuppel und ihrem Innern besaß – und teleportierte.

Als nach der Rematerialisation seine Augen sich an die veränderte Umgebung gewöhnt hatten, glaubte er, in einer zähen, opalisierenden Flüssigkeit zu schwimmen.

Er bereute seinen Leichtsinn, in der Glockenkuppel mit offenem Raumhelm herumgelaufen zu sein, denn jetzt widerstand die „Flüssigkeit" seinen verzweifelten Anstrengungen, den Helm zu schließen.

Er getraute sich nicht, Luft zu holen. Aber da er auf einer Welt geboren war, die Wasserflächen überhaupt nicht kannte, war er völlig ungeübt im Tauchen. Es währte noch nicht einmal eine halbe Minute, dann hatte er das Gefühl, ersticken zu müssen. Sekundenlang kämpfte er noch gegen den naturgegebenen Drang an, dann schnappte er verzweifelt nach Luft.

Die opalisierende „Flüssigkeit" geriet in Bewegung, drang ihm in Mund und Nase und rief das Gefühl des Ertrinkens hervor.

Erst nach einiger Zeit wurde Gucky sich bewußt, daß er noch atmen konnte. Sein Verstand arbeitete wieder klarer.

Und in diesem Augenblick empfing er den Gedankenimpuls.

Es war ein Impuls, der ihm bekannt vorkam. Es schien, als amüsiere sich jemand über seine, Guckys, Lage.

Wenn der Mausbiber von Tramp etwas ganz und gar nicht vertragen konnte, so war es dies. Er wurde wütend, und plötzlich stand er aufrecht auf seinen Beinen. Er wußte jetzt, daß das, was er für eine zähe Flüssigkeit gehalten hatte, in Wirklichkeit keine war, sondern ein atembares und offenbar für seinen Metabolismus verträgliches Gas.

Er schwebte also nicht in unmittelbarer Gefahr.

Dennoch wußte er, daß er so schnell wie möglich hier verschwinden mußte, nicht nur, weil hier unbekannte Gefahren lauern mochten – die hielt er jetzt nicht mehr für unüberwindlich –, sondern weil in der Glockenkuppel die Gefährten auf ihn warteten, weil sie ihn brauchten.

Aber er zögerte noch.

Zweimal hatte er jetzt teleportiert, und zweimal war er dadurch in unangenehme Situationen geraten. Vielleicht würde die dritte Teleportation ihn in unmittelbare Lebensgefahr bringen. Woher sollte er das wissen. Aber wie sollte er ergründen, ob sein Verdacht richtig oder falsch war?

Da war wieder das unhörbare Lachen.

Gucky drehte sich um seine Körperachse, bemüht, etwas zu entdecken, das er mit telekinetischen Kräften bewegen konnte. Die Zeit lief ihm davon, und er wußte, daß sie unwiederbringlich davonrinnen würde, wenn er nicht etwas unternahm. Gab es keine Möglichkeit, den unsichtbaren Lacher zu provozieren, damit er dessen Natur erkannte?

Bald mußte Gucky einsehen, daß er den anderen nicht aus seiner Reserve locken konnte. Das Medium, in dem er sich befand, war scheinbar undurchsichtig, *scheinbar* deshalb, weil er nicht wußte, ob dieser Eindruck etwa an der unendlichen Ausdehnung des opalisierenden Gases lag.

Aber, so sagte sich Gucky, das Medium konnte nicht unendlich sein, denn woher er gekommen war, existierte es nicht. Also besaß es eine Grenze. Am Ende seiner fruchtlosen Überlegungen angelangt, blieb Gucky nichts anderes übrig, als einen neuen Versuch zu unternehmen, mittels Teleportation wieder in die Glockenkuppel zurückzugelangen.

Er konzentrierte sich auf das Bild seiner Erinnerung – und sprang.

Als er seine Augen auf die neue Umgebung eingestellt hatte, zweifelte er plötzlich daran, überhaupt an einen anderen Ort gelangt zu sein. Um ihn war immer noch das opalisierende Medium, und andere Anhaltspunkte gab es nicht.

Wieder tauchte das Lachen glucksend in seinem Unterbewußtsein auf.

„Was ist los?" fragte Gucky.

„Nichts", kam die Antwort, und ihr Inhalt verwunderte ihn weniger als die unbegreifliche Tatsache, daß er überhaupt eine Antwort bekommen hatte.

„Heilige Milchstraße!" stöhnte er. „Was soll ich hier, wenn nichts los ist? Woher ich komme, ist allerhand los, und wenn ich nicht bald dorthin komme, kriegst du es mit Perry Rhodan zu tun!"

„Wenn ich es nicht will, wirst du weder dorthin zurückkommen, woher du kamst, noch wird jemand wissen, wo du dich befindest." Wieder ertönte das amüsierte Gelächter.

„Wo bin ich denn überhaupt?"

„Ganz nahe an deiner Welt und doch eine Ewigkeit davon entfernt. Aber ich ersehe aus deinen Gedanken, daß du jetzt nicht zu Späßen aufgelegt bist. Ich werde meine Zeitschale an der gleichen Stelle für dich öffnen. Den Rest mußt du allein besorgen. Vielleicht treffen wir wieder einmal zusammen."

Gucky wollte fragen, was der oder das Fremde mit einer Zeitschale gemeint hatte, aber er befand sich plötzlich nicht mehr in dem opalisierenden Gefängnis, sondern hockte auf einem von Wind und Regen in Jahrmillionen glattgeschliffenen Felsblock. Um ihn her war das eintönige Gelb der Sandwüste.

Gucky wußte plötzlich, wer das Wesen gewesen war und wo er sich befand.

Es war das, was ihn vor dem Start der CREST II genarrt hatte, ein Etwas, das für Sekundenbruchteile als grünlich schillernder Klumpen auf diesem Felsblock, auf dem er jetzt saß, aufgetaucht und wieder verschwunden war.

Doch weder von dem grünlichen Klumpen noch von dem schachtähnlichen Krater war noch etwas zu sehen.

Und als Gucky sich umwandte, sträubte sich sein Nackenfell.

Denn dort, vor dem düsteren Hintergrund Bigtowns, wölbte sich die glänzende Hülle der CREST II in den Himmel!

Er befand sich wieder auf Quarta!

Die Furcht vor dem Unbegreiflichen legte sich rasch wieder. Gucky hatte im Laufe seiner Zusammenarbeit mit den Terranern so viel Unbegreifliches kennengelernt, daß er den Verstand nicht mehr dabei verlieren konnte. Er wußte, daß niemals alle Rätsel des Universums gelöst werden konnten, sondern daß alles auf dem Wege zurückbleiben mußte, was ohne Einfluß auf die Erreichung des jeweils nächsten Zieles war.

Aber war das, was er eben erlebt hatte, wirklich ohne Einfluß auf die Suche nach dem jetzt wichtigsten Ziel, der Transmitterschaltung?

Hatte nicht das Fremde eingegriffen, indem es entweder die CREST II nach Quarta zurückversetzte – oder ihn in die Zeit, in der das Superschlachtschiff noch auf diesem Planeten weilte...?

Gucky beschloß herauszufinden, was wirklich geschehen war.

Es gab nur eine einzige Möglichkeit dazu, nämlich in die CREST II zu gehen und nachzusehen. Ein wenig fürchtete Gucky sich davor, eventuell dort seinem Ebenbild zu begegnen. Das würde Probleme heraufbeschwören, die selbst ihn zum Wahnsinn treiben könnten.

Der Mausbiber sollte bald merken, daß er sich vor einer Unmöglichkeit gefürchtet hatte.

Für einen Teleporter wie ihn gab es keine Frage, wie die Entfernung zur CREST II zurückzulegen sei. Er teleportierte – oder wenigstens versuchte er es.

Gucky kam keine hundert Meter weit.

Es war, als glitte er während des Sprunges, also in der übergeordneten Dimension, von einem glatten Hindernis ab. Unsanft schlug er auf den Boden auf.

So ging es also nicht.

Gucky seufzte, dann begann er zu laufen. Zuerst schien es, als käme er recht gut vorwärts, trotz der Tatsache, daß Mausbiber schlecht zu Fuß waren. Doch als er nach zehn Minuten die CREST II immer noch in der unverändert gleichen Größe erblickte, begann er zu ahnen, daß er in Wirklichkeit nicht einen Zentimeter zurückgelegt hatte.

Er blickte sich verzweifelt um.

Der Felsblock, auf dem er in diese Dimension oder auch diese Zeit zurückgekehrt war, lag weit, weit hinter ihm. Das irritierte Gucky so sehr, daß er trotz aller düsteren Ahnungen noch einmal den Versuch machte, das Schiff zu Fuß zu erreichen.

Doch obwohl der Felsblock weiter zurückblieb, kam Gucky dem Schiff keinen Zentimeter näher.

Erst jetzt besann er sich auf seine Fähigkeit der Telepathie. Es mußte doch gelingen, Gecko zu erreichen!

Erst nach diesem Versuch sah Gucky die Nutzlosigkeit aller seiner Bemühungen ein.

Eine ganze Zeitlang hockte er überlegend auf dem sandigen Boden. Dann entblößte er zögernd seinen Nagezahn. Natürlich! Die CREST II konnte gar nichts anderes sein als ein Phantom, eine künstlich hervorgerufene Halluzination. Weshalb war er nicht gleich daraufgekommen! Wenn es einen Ort gab, an dem die CREST II wirklich existierte, so war es Quinta.

Vorsichtshalber, weil er die Streuwirkung des orangeroten Energiestrahls fürchtete, stellte Gucky sich die CREST II auf Quinta vor und aktivierte den Gehirnteil, der für die Ausübung der Teleportation entscheidend war.

Gucky kam in dem Augenblick am Zielort an, in dem er von Quarta verschwand.

Mit einem winzigen Fehler.

Er befand sich nicht in der Zentrale der CREST II, sondern auf einer teilweise mit Moos bedeckten felsigen Ebene.

Im ersten Schreck glaubte er, das Schiff sei nach der Justierung des Sonnentransmitters einfach auf und davon und vielleicht schon wieder in dem Sechsecktransmitter im galaktischen Zentrum herausgekommen.

Doch dann wußte er, daß es nicht sein konnte.

Perry Rhodan hätte ihn niemals im Stich gelassen, solange er Einfluß auf das Geschehen nehmen konnte. Und ohne Rhodans Befehl wäre die CREST II nicht gestartet.

Gucky wurde langsam ruhiger.

Es gab Dinge, die man hinnehmen mußte, weil man sie nicht ändern konnte. Aber man konnte versuchen, das Beste daraus zu machen. Das hatte Gucky vor.

Er musterte den nördlichen Himmel. Der organgerote Energiestrahl war nicht zu entdecken. Aber das durfte nicht entscheidend sein. Entscheidend war jetzt, die Glockenkuppel wiederzufinden. Mit vorsichtigen Sprüngen teleportierte Gucky nach Norden, jedesmal nach einer neuen Rematerialisation scharf ausschauend, ob er die Kuppel nicht bald entdecken konnte.

Nach dem fünften Sprung tauchte sie dicht vor ihm auf.

Bevor er hineinteleportierte, musterte der Mausbiber aufmerksam und wachsam die Umgebung. Er sah nichts, was seinen Verdacht erregt hätte. Ein wenig erleichtert setzte er zum Sprung an – und fand sich in der Kuppel wieder.

Die Schaltbank war so, wie er sie in Erinnerung hatte: unversehrt und ohne sichtbare Schaltmöglichkeit. Zum erstenmal bekam Gucky einen Hinweis darauf, daß er sich in der Vergangenheit befand. Andernfalls hätte hier einiges anders sein müssen. Gucky hatte es zwar nicht mehr gesehen, aber er wußte, daß Tolots zweiter Versuch, die undurchdringliche Deckschale der Schaltbank zu entfernen, einen gewissen Erfolg erzielt haben mußte. Die unberührte Bank zeugte davon, daß Tolot noch nicht hiergewesen war – und Gucky auch nicht!

Wieso er auch nicht? Er *war* doch hier!

Gucky schob diese zwecklosen Grübeleien beiseite und begann mit der Arbeit. Er hoffte etwas zu erreichen und stellte sich bereits im Geiste Icho Tolots verblüfftes Gesicht vor, wenn er die entfernte Deckschale vorfände. Das stimmte ihn fast fröhlich.

Aber diese Stimmung verging sehr rasch, nachdem er eine halbe Stunde vergeblich mit seinen telekinetischen Kräften an der Deckplatte gezerrt hatte.

Nun, mit dieser Überraschung war es also nichts.

Aber – nun entblößte Gucky seinen Nagezahn völlig – einen Gag konnte ihm niemand nehmen: den Beweis, früher als alle anderen hiergewesen zu sein! Gucky streifte seinen Spezialchronographen ab, weil er ihm als derjenige Gegenstand seiner Ausrüstung erschien, den er einige Zeit entbehren konnte, und legte ihn deutlich sichtbar auf den Boden.

Wenn er sich der Mühe unterzogen hätte, nach der Uhr zu sehen, wäre ihm zumindest eine neue Enttäuschung erspart geblieben.

Denn als Gucky nach einem neuen Teleportersprung auf Quarta auftauchte, fand er die CREST nicht mehr!

Gucky war maßlos verwirrt.

Deshalb sprang er bedenkenlos dorthin, wo beim letztenmal die unerreichbare CREST II gestanden hatte.

Er fand die riesigen Löcher, die die Stützbeine des Schiffes in einem Umkreis von über anderthalbtausend Meter Durchmesser hinterlassen hatten.

Und er entdeckte auch den riesigen Sand- und Steinwall, der sich nach dem Verebben des Startorkans gebildet hatte und den Ausblick auf Bigtown verwehrte.

Panik ergriff ihn.

Auf Quinta befand sich die CREST II nicht – aber auch nicht auf Quarta!

Gucky teleportierte zu der Stelle, an der er aus dem Banne des opalisierenden Mediums gekommen war. Er fand einen schachtförmigen Krater von etwa fünfzig Metern Tiefe – und die Spuren von Tolot und von ihm selbst.

Während er auf Quinta weilte, war er also hiergewesen und hatte nach der Quelle der von der CREST II aus georteten Gedankenimpulse gesucht. Konnte es so etwas überhaupt geben?

Gucky versank derartig in fruchtloses Grübeln, daß ihn erst ein jählings aufflammendes Licht wieder in die Wirklichkeit zurückreißen konnte.

Er blickte erschrocken auf und sah den schon vertrauten orangeroten Energiestrahl zwischen den Doppelsonnen verschwinden und eine glühende Energieballung bilden.

Bevor er sich zur Tat aufraffen konnte, entstand im Raum eine dritte, künstliche Sonne.

Das Posbischiff!

Jetzt wußte Gucky genau, was zu tun war. Erneut teleportierte er – und diesmal landete er dort, wo er hingewollt hatte: in der Justierungsstation des Sonnentransmitters und mitten unter seinen Gefährten.

Auf den ersten Blick erkannte er, daß die Deckschale der Schaltbank verschwunden war. Sie lag an der Wand, und Tolot, Gecko und Sengu beugten sich über die freigelegte Schaltung.

Gecko bemerkte seine Rückkehr zuerst.

„Himmel! Gucky! Wo hast du gesteckt? Ich habe schon das Schlimmste befürchtet!"

Tolot reagierte ganz anders.

„Du hast unsere Arbeit um mindestens eine Minute verzögert und Gecko in Lebensgefahr gebracht, Gucky. Was dachtest du dir dabei, so einfach zu verschwinden? Gecko hat dich draußen gesucht und wäre dabei bald in den Sog des Energiestrahls geraten!"

„Ich *bin* hineingeraten!" behauptete Gucky. Er fühlte aber selbst, daß es nicht sehr überzeugend klang. Deshalb schaute er sich nach seinem Chronographen um.

Wuriu Sengu bemerkte den suchenden Blick. Er lächelte und zog einen schmalen Gegenstand aus der Außentasche seines Einsatzanzuges.

„Wenn du deinen Zeitmesser suchst, Gucky, hier ist er. Du hast ihn bei deinem überstürzten Sprung vorhin verloren."

Guckys Nagezahn, der sich triumphierend hervorgewagt hatte, wurde enttäuscht zurückgezogen. Nun war es nicht einmal etwas mit seinem Beweis für das unglaubliche Abenteuer. Die anderen fanden das Auftauchen des Chronographen völlig natürlich.

Gucky zog es unter diesen Umständen vor, seine Erlebnisse für sich zu behalten.

Doch er vermochte es nicht ganz, denn ihm fiel plötzlich ein, was er im Unterbewußtsein entdeckt hatte, als er – in welcher Zeit auch immer – in die Justierungsstation teleportierte.

Es war etwas, das sie alle aufs höchste gefährdete!

Guckys schriller Warnschrei kam in dem Augenblick, in dem Icho Tolot seine sechsfingrige Pranke auf eine Schaltplatte legte, auf eine Schaltplatte, die nach seiner Meinung die Justierungsschaltung unter Strom setzen würde.

Der Schrei kam um den Bruchteil einer Sekunde zu spät.

Die sechsfingrige Hand wurde mit solcher Wucht zurückgeschleudert, daß der riesenhafte Haluter einmal um seine Achse wirbelte und dann, wie von einer Sehne geschnallt, über die Schaltbank schoß und mit dem Kopf gegen die andere Seite der Glockenkuppel prallte.

Die Kuppel dröhnte und bebte, als wäre eine Bombe auf ihr explodiert.

Tolots schwerer Körper krachte dumpf auf den Boden.

Die Mutanten waren vor Entsetzen wie gelähmt. Aber während Sengus und Geckos Entsetzen vom Schreck über den fürchterlichen Sturz des Haluters herrührte, galt Guckys Entsetzen der wirklichen Gefahr.

Langsam, wie in Zeitlupe, drehte er sich herum und starrte dorthin, wo die Terkonitkugel der C-8 schwebte – schweben sollte.

Das Beiboot war so spurlos verschwunden, als hätte es nie existiert, und, ohne daß er einen Beweis brauchte, wußte Gucky, daß das gleiche mit der CREST II geschehen war.

Obwohl eigentlich nichts von beidem stimmte...

Icho Tolot stand fast so schnell wieder auf den Beinen, wie er gefallen war. Allerdings verdankte er es nur seinem bereits vorher strukturell umgewandelten Körper, daß er noch lebte. Ein Mensch wäre nach diesem Sturz niemals mehr aufgestanden.

Wuriu Sengu faßte sich als erster wieder, und eigentlich nur deshalb, weil er das Ausmaß des Unglücks noch nicht überschauen konnte.

„Was war mit dem Schalter, Gucky? Du hast etwas geahnt, nicht wahr?"

Gucky antwortete nicht. Er sah fasziniert auf Tolot, der abwechselnd mit der Rechten und Linken seiner Langarme den Körper betastete. Nahm er die linke Hand dazu, dann schien alles normal zu sein, benutzte er dagegen die rechte Hand, so hatte es den Anschein, als ginge sie durch alles, was sie berührte, hindurch: durch die beiden mehr nach der Brust zu sitzenden Sprung- und Laufarme, den fast ovalen Rumpf und die kurzen, säulenförmigen Beine. Dieser Eindruck täuschte jedoch; in Wirklichkeit trat nicht die rechte Hand durch die anderen Körperteile hindurch, sondern vielmehr bot die Hand keinem Körperteil einen Widerstand, es war, als bestünde sie aus einem Gas, das die Konturen der Hand angenommen hatte.

Endlich wurden auch Sengu und Gecko aufmerksam.

„Was ist mit deiner Hand?" lispelte Gecko.

„Das ist nicht meine Hand", sagte Tolot. „Hier...", er griff blitzschnell nach Gecko, und zuerst sah es so aus, als würde er ihn mit einem Griff zu sich heranziehen, doch dann glitt seine Hand durch den erschrockenen Mausbiber hindurch. „...sie sieht zwar so aus wie meine Hand, sie bewegt sich auch nach meinem Willen wie meine Hand, aber sie ist nicht mehr als eine Halluzination. Und das ist nicht einmal alles. Konnte ich vorher mittels meines Metabolismus alle meine Glieder strukturell umwandeln, so macht meine rechte Hand jetzt eine Ausnahme."

Wuriu Sengu tastete die „Hand" vorsichtig ab, während sein Blick sie zu durchleuchten schien.

„Wenn Sie von mir wissen wollen, Tolot, was das wirklich ist, so kann ich nur sagen, es ist nichts Materielles, denn mit meinen Parasinnen kann ich nichts, absolut nichts erkennen. Aber es ist auch keine Halluzination." Er hob seine behandschuhte Rechte, die eben noch Tolots immaterielle Hand betastet hatte. Die anderen erkannten einen feinen, mehlstaubartigen Überzug an den Fingerkuppen. „Oder meinen Sie, eine Halluzination erzeugt Kälte?"

„Was es auch immer sei", meinte Gucky scheinbar pietätlos, „es ist nur halb so wichtig wie die Tatsache, daß wir alle nicht mehr dort weilen, wo wir eigentlich zu sein hätten."

Die anderen blickten ihn verständnislos an.

„Wie meinst du das?" fragte Sengu.

„Seht hinaus, wenn ihr mir nicht glaubt!" Er wartete, bis die Erregung wieder abklang, dann fragte er: „Nun, was sagt ihr dazu?"

Tolots schnelldenkender Verstand begriff es als erster.

„Wir sind nicht mehr in unserer Zeit. Das meinst du doch, Gucky?"

„Es gibt keine bessere Erklärung, wenn man nicht annehmen will, die C-8 und die CREST II wären gestartet."

„Wirklich, das ist unwahrscheinlich. Bleibt nur noch die Frage, ob du uns mit deinem Schrei vorhin *davor* warnen wolltest?"

Gucky nickte betrübt.

„Ganz recht. Ich wollte euch warnen. Leider erkannte ich die Gefahr zu spät. Doch das ist wahrscheinlich gleichgültig."

„Gucky!" rief Sengu strafend. „Ich muß doch sehr bitten! *Mir* jedenfalls ist unsere jetzige Lage nicht gleichgültig. Vielleicht erklärst du uns einmal, wie du zu deiner seltsamen Auffassung kommst!"

„Ich tue es nicht gern", sagte Gucky zögernd. „Denn es ist wirklich nichts Erfreuliches, was ich euch zu sagen habe. Ich muß allerdings ein wenig weit ausholen, sonst versteht ihr mich nicht."

Er unterbrach sich und fixierte den Haluter scharf. Icho Tolot stieg plötzlich mit wild rudernden Armen zur Decke der Glockenkuppel empor und blieb oben schweben, als wäre er an einem Haken aufgehängt.

„Das ist dafür, daß du meinen scharfsinnigen Verstand mit der Bezeichnung ‚Mausgehirn' tituliert hast!" kreischte Gucky.

Er ließ den strampelnden Riesen hängen und widmete ihm nur ein Quentchen seiner Aufmerksamkeit. Danach berichtete er über sein Abenteuer mit dem seltsamen Wesen von Quarta.

„Ihr hättet mir gleich glauben sollen", schloß er, „dann wäre nichts passiert."

„Du hast uns doch gar nichts gesagt!" protestierte Gecko.

„Natürlich nicht. Ihr hättet mich sowieso nur ausgelacht." Nach dieser Mausbiberlogik fuhr er fort: „Als ich in der Vergangenheit vor der Schaltbank stand und vergeblich versuchte, die Schaltung telekinetisch zu aktivieren, erfaßte ich mit dem Unterbewußtsein einen

Zipfel der Wahrheit. Leider maß ich dieser Wahrheit zuerst keine Bedeutung zu, denn ich glaubte ja zu wissen, daß Tolot die Deckschale mit seinen Körperkräften entfernt hatte – und damit schien das Hindernis beseitigt. Erst vorhin, als Tolots Hand sich auf den Schalter senkte, begriff ich, daß er nur ein materielles Hindernis beseitigt hatte, aber nicht das *entscheidende* Hindernis, ein Hindernis freilich, das nur zum Schutze der Justierungsstation und ihrer rechtmäßigen Benutzer eingebaut worden war. Wir können den Sonnentransmitter jetzt ohne weiteres einjustieren, nur würde das niemandem nützen, der nicht ein auf gleicher Basis wirkendes Gerät besitzt, so daß er sich in die gleiche Zeit versetzen kann wie wir."

„Also", sagte Sengu tonlos, „hat Tolot..."

„... eine Zeitsicherung aktiviert!" schloß Gucky mit einem resignierenden Seufzer.

20.

„Ich möchte wissen, weshalb es sich nicht von der Stelle rührt!" Atlan blickte mit gerunzelter Stirn auf die Ausschnittvergrößerung, die den schwarzen Raumer unbeweglich gegen den Hintergrund des zerflatternden Explosionsballes der BOX-8323 zeigte.

Perry Rhodan sah unruhig auf die Uhr.

„Sei froh, daß es so ist. Ich wüßte nicht, was ich tun sollte, wenn das Bleistiftschiff plötzlich angriffe. Was nur mit Gucky und den anderen los sein mag?"

Captain Redhorse wandte sich vom großen Panoramaschirm ab.

„Alles unverändert."

„Nicht ganz", meldete sich der junge Leutnant neben ihm, der die laufenden Ortungsdiagramme auswertete. „Die Massetaster kommen nicht mehr zur Kuppel durch."

Rhodan fuhr herum.

„Und das sagen Sie erst jetzt? Zeigen Sie mir die Diagramme der letzten fünf Minuten!" Nach einem kurzen Blick darauf wurde er blaß.

„Was ist los?" fragte Atlan.

„Eben das frage ich mich auch. Der Leutnant hatte übrigens nicht ganz recht. Der Massetaster kommt recht gut durch – sogar durch die Glockenkuppel."

„Das ist doch nicht möglich!"

„Überzeuge dich selbst!"

Atlan studierte eingehend die letzten Diagramme, dann sah er Rhodan nachdenklich an.

„Da stimmt doch etwas nicht, Freund..."

„Sehr scharfsinnig!" bemerkte Rhodan mit ätzendem Spott. „Vielleicht kannst du mir auch sagen, was nicht stimmt. Dieser Zustand besteht erst seit einer halben Minute. Wenn der Sog wenigstens nicht so stark wäre, damit wir näher an die Kuppel herankönnten..."

Perry Rhodan fuhr sich mit den Fingern durch sein Haar. Während er die Hand wieder herabsinken ließ, stutzte er. Die Hand blieb auf halbem Wege in der Luft stehen.

„Captain!" Seine Stimme klang hochgradig erregt, so wie man es bei ihm selten erlebte. „Captain, sehen Sie sofort nach, wie stark der Sog des Energiestrahlers augenblicklich ist!"

Captain Redhorses Schulterzucken zeigte deutlich an, daß ihm Rhodans Befehl unverständlich war. Der Energiestrahl war unverändert, weshalb sollte der Sog es dann nicht ebenfalls sein? Nichtsdestoweniger führte er den Befehl schnell und exakt aus. Doch dann entrang sich seiner Kehle ein Fluch.

„Verzeihung, Sir!" sagte er erschrocken. „Der Energiestrahl zeigt nicht die geringste Sogwirkung. Die C-8 wird automatisch von den Antigravprojektoren ausgependelt, deshalb bemerkte ich erst jetzt, daß die Leistungszufuhr beim Normalwert liegt."

Rhodan atmete tief.

„Wir haben uns benommen wie unerfahrene Grünschnäbel! Anstatt alle Anzeigen doppelt aufmerksam auszuwerten, sehen wir uns nur die Optik-Schirme an. Als ob wir uns hier allein auf unsere Augen verlassen könnten!"

„Ist dir klar, daß du nicht weniger behauptest, als daß die Kuppel mitsamt dem Energiestrahl verschwunden sei?" fragte Atlan.

„Nein. Sie ist noch da, aber nicht mehr materiell. Ich hoffe nicht, daß das auf das gleiche herauskommt. Redhorse!"

„Ja, Sir...?"

„Übergeben Sie an Ihren Vertreter! Atlan, Sie und ich sehen uns die Sache aus der Nähe an!"

Nachdem der Leutnant den Platz des Kommandanten eingenommen hatte, befahl Rhodan:

„Steuern Sie die C-8 allein mit dem Antigrav bis dicht an die Kuppel heran, Leutnant. Dann öffnen Sie die Nebenschleuse für uns. Anschließend rufen Sie Oberst Rudo. Er soll die CREST II dicht über dem Boden und ebenfalls nur mit den Antigrav-Projektoren hierherbringen und die C-8 wieder aufnehmen!"

„Sofort!"

„Kommen Sie, Redhorse!" Rhodan überprüfte mit unmißverständlicher Gebärde seine beiden Handwaffen. „Sehen wir uns das da draußen genauer an!"

Das schwere Panzerschott der Nebenschleuse glitt kaum hörbar in die Wandung des Beibootes.

Perry Rhodan, Atlan und Redhorse schritten durch die Gasse, die von den in Bereitschaft wartenden epsalischen Kommandoleuten gebildet wurde.

Dicht vor der Schottöffnung blieb Rhodan stehen.

„Wer führt hier das Kommando?"

Einer der Epsaler trat vor.

„Leutnant Afg Moro, Sir!"

„Ich brauche einen Ihrer Männer, Leutnant! Nicht Sie, Sie müssen hier auf den Einsatzbefehl warten."

Leutnant Moro drehte sich um.

„Sergeant Man Hattra, begleiten Sie den Großadministrator!"

Ein nur 1,60 Meter hoher, aber fast ebenso breiter Epsaler stapfte mit dröhnenden Schritten heran und baute sich dicht vor Perry Rhodan auf. Er trug den üblichen Einsatzanzug, war allerdings mit einem überschweren Desintegrator sowie mit einem Impulsblaster bewaffnet, den ein Terraner nur mit beiden Händen hätte tragen können. Der Epsaler trug den Impulsblaster in einem Spezialhalter und den ebenso schweren Desintegrator lässig in der Armbeuge.

„Sergeant Hattra zur Stelle!" – Wahrscheinlich glaubte der Epsaler, leise gesprochen zu haben. Dennoch zuckte Redhorse unwillkürlich zusammen.

Perry Rhodan lächelte versteckt.

„Dämpfen Sie bitte Ihr Organ, wenn Sie mit uns armen Terranern sprechen. Aber nun schließen Sie Ihren Druckhelm und kommen Sie mit!"

Rhodan trat aus der Schleuse hinaus. Die Nebenschleusen einer Korvette mündeten sämtlich auf das Oberteil des Äquator-Ringwulstes mit den 18 Feldprojektoren. Rhodan ging bis zum äußeren Rand des Ringwulstes, wartete, bis seine Begleiter neben ihm waren, dann schaltete er den Anzug-Antigrav ein und stieß sich leicht ab.

Sanft und lautlos schwebte er davon. Es war ein Schweben wie im Vakuum des Raumes, denn der Antigrav hob jegliche Schwerkraft auf. Erst als die C-8 zwanzig Meter hinter ihm lag, verringerte Rhodan die Leistung des Antigravs. Er sank allmählich auf den Boden, vorbei an der undefinierbaren Wandung der Glockenkuppel – einer Kuppel, die laut Ortungsdiagramm immateriell geworden sein sollte.

Dann standen sie alle vier am Fuße der Kuppel.

„Körperschirme einschalten!" befahl Rhodan.

Schwach knisternd, wenn Staubteilchen im stabilen Energiefeld ihrer Schirme vergingen, legte sich eine fast unsichtbare „Haut" um die Männer. Sergeant Hattra stand da wie ein Klotz, wie eine Festung auf zwei Beinen, und musterte das Gelände mit schußbereiter Waffe.

Rhodan streckte seine Hand aus. Sie fand keinen Widerstand, sondern stieß durch die Wandung der Glockenkuppel hindurch, als bestünde diese aus Gas.

Rhodan warf noch einen Blick zurück. Das sechzig Meter durchmessende Kugelschiff schwebte, gehalten von der Kraft seiner Antigrav-Projektoren, mit ausgefahrenen Teleskoplandestützen dicht über dem rissigen Felsboden, der noch immer von Bebenwellen erschüttert wurde, allerdings von Bebenwellen, die kaum mehr zustande brachten als ein schwaches Zittern des Bodens. Am Horizont, in weit über tausend Metern Höhe, wurde das Sonnenlicht von glattem Plastikmetall reflektiert. Das war die im Anflug befindliche CREST II.

Perry Rhodan trat entschlossen in die Kuppelwand hinein – und durch sie hindurch.

Verblüfft verhielt er den Schritt.

Dort, unter dem beleuchteten Abbild zweier Galaxien, bewegten sich vier nur zu gut vertraute Gestalten: Icho Tolot, Wuriu Sengu und die beiden Mausbiber.

„Hallo, Gucky!"

Nichts rührte sich. Das heißt, die Gestalten bewegten sich weiter, als ob sie nichts gehört hätten. Es war ein geisterhafter, erschreckender Eindruck. Hinter Rhodan, der weiter in die Kuppel hineingegangen war, stöhnte Don Redhorse.

Rhodan wußte bereits, was mit den Gestalten los war. Dennoch mußte er völlige Gewißheit haben. Er trat an Gucky heran und versuchte, ihn festzuhalten.

Seine Hand fuhr durch den Mausbiber hindurch.

„Also genauso immateriell wie die Glockenkuppel selbst", bemerkte Atlan. Der Arkonide griff mit beiden Händen in die Schaltbank hinein. „Da stehen wir nun und können nichts anfangen mit dem größten Geheimnis Twins. Oder weißt du einen Ausweg?" wandte er sich an Rhodan.

„Erwarte keine Wunder von mir. Ich merke soeben, daß ich nicht mehr bin als ein armseliger Mensch, der eben erst die Schwelle zum wirklichen Wissen betreten hat und nun nichts damit anfangen kann."

„Armer Barbar!" spöttelte Atlan. Doch sein Gesicht strafte den Ton seiner Worte Lügen. Auf der ungewöhnlich hohen Stirn unter dem silberweißen Haarschopf stand eine tiefe, steile Falte. Die rötlichen Albino-Augen des Arkoniden blickten ratlos.

Beide Männer fuhren herum, als Redhorse einen entsetzten Schrei ausstieß.

Unwillkürlich führte Perry Rhodan die Rechte mit dem Desintegrator hoch. Es war eine blitzschnelle Reflexbewegung, die aber nicht notwendig gewesen wäre. Aber das Entsetzen kroch ihm jetzt wie mit eiskalten Fühlern den Rücken hinauf.

Denn Captain Redhorse hielt die rechte Hand von Tolots immateriellem Körper krampfhaft – und diese Hand war wirklich!

Es war und blieb gespenstisch.

Redhorse hatte Tolots Hand nicht lange halten können, denn sie bewegte sich mit dem immateriellen Körper des Haluters näher zum Schaltpult.

Jetzt konnte man auch erkennen, daß die Deckschale entfernt war und daß erst darunter die Schaltungen lagen.

Perry Rhodan entdeckte die Deckschale an einer Wand des kreisrunden Raumes und reimte sich die Ereignisse zusammen, die sich hier abgespielt haben mochten.

„Der Haluter hat die Deckschale entfernt. Jetzt frage ich mich, ob das einen verborgenen Schutzmechanismus aktivierte."

„Anders hätte er nicht an die Schaltung herankommen können, Freund", meinte Atlan resignierend.

Perry Rhodan schüttelte den Kopf. Er verstand genug von hyperenergetischen Schaltsystemen, um das Prinzip jener Schaltung zu erkennen, und er wußte in dem Augenblick Bescheid, in dem er den seltsam fluoreszierenden Feldleiter entdeckte. Der Leiter führte zu einer grünlichen Schaltplatte.

„Das könnte die Schaltung sein, die die Schutzvorrichtung aktivierte. Wenn ich nur wüßte, wie man sie wieder stillegt?"

Atlan lachte nervös. „Was wäre damit gewonnen? Alles hier – bis auf Tolots Hand – ist immateriell. Du kannst aber nichts bewegen, was nicht wirklich vorhanden ist."

Perry Rhodan wandte dem Arkoniden das Gesicht zu. Er lächelte plötzlich und scheinbar unmotiviert.

„Ganz recht, Arkonide. Alles ist immateriell – bist auf Tolots rechte Hand..."

„Du meinst...?" Atlan atmete heftig. „Du meinst, wir könnten die Hand dazu benutzen, um Tolot auf den richtigen Schalter aufmerksam zu machen?"

„Wenn wir den richtigen Schalter finden", schränkte Rhodan ein. „Immerhin haben wir einen Vorteil. Wir können mit dem Kopf in das Gerät hineinkriechen und alles genau untersuchen. Das ist besser, finde ich, als selbst Sengus Begabung. Außerdem besitzt der Späher nicht das gleiche technische Wissen wie wir und würde vielleicht die Desaktivierungsschaltung übersehen!"

Das leuchtete Atlan ein. In den nächsten Minuten suchten die beiden Männer fieberhaft, während Redhorse und Hattra dabeistanden und sich ziemlich überflüssig vorkamen.

„Ich glaube, das ist es!" Atlan zog seinen Kopf hervor und blickte auf einen unscheinbaren Schalter, der zwischen den anderen lag, als käme ihm nur untergeordnete Bedeutung zu.

Rhodan erhob sich ebenfalls. Er betrachtete den Schalter mit zusammengekniffenen Augen.

„Bist du sicher?"

„Völlig! Von hier führt ein Feldleiter tiefer – und er ist mit dem Leiter gekoppelt, der unserer Meinung nach die Schutzschaltung aktivierte."

„Nun gut!" Rhodan überlegte kurz. „Wir müssen es versuchen. Allerdings hängt alles davon ab, ob unsere Annahme, die imaginären Gestalten befänden sich am äquivalenten Ort einer anderen Dimension oder Zeit, sich als richtig erweist!

Hattra, Redhorse! Kommen Sie her! Sie haben alles mithören können. Ganz gleich, ob Sie auch alles verstanden haben, helfen sie uns, die *wirkliche* Hand Tolots an diesen Knopf zu führen!" Er zeigte auf den Schaltknopf, der – so hoffte er – die Glockenkuppel und die vier Vermißten wieder in die ursprüngliche Dimension holen konnte, wenn man ihn betätigte.

Sie wollten alle zugleich zupacken, doch Hattra schüttelte den Kopf.

„Sir, wenn ich meine volle Kraft einsetzen soll, muß ich Tolots Hand allein haben."

Rhodan nickte und trat zurück.

Der Epsaler legte seine Pranken, die in Größe denen des Haluters nicht nachstanden, um die Rechte Tolots. Er zog daran. Zuerst schien die Aufgabe wirklich leicht zu lösen zu sein. Aber dann zuckte Tolots Hand zur Seite, und Hattra wurde wie ein getretener Gummiball davongeschleudert. Er hielt jedoch fest. Tolots imaginärer Körper bewegte sich. Rhodan sah, daß der Haluter in der anderen Dimension sich zu einer gewaltigen Anstrengung spannte. Schon wollte er Hattra, der allmählich den Boden unter den Füßen verlor, eine Warnung zurufen, da lockerte sich Tolots unwirklicher Körper. Hattra wurde wieder auf dem Boden abgesetzt.

„Endlich hat er begriffen", murmelte Atlan zwischen zusammengebissenen Zähnen hindurch.

Jetzt fiel es dem Epsaler nicht mehr schwer, die Hand des Haluters zum richtigen Knopf zu lenken.

Der Daumen Icho Tolots verharrte den Bruchteil einer Sekunde über dem Knopf, dann senkte er sich nieder. Ganz deutlich war zu sehen, wie der Schalter sich bewegte.

Im nächsten Augenblick ertönte ein grausiger Schrei.

Vier Lebewesen standen vor dem Problem, wie sie ihren in einer anderen Zeitdimension zurückgebliebenen Freunden und Gefährten helfen könnten.

Ein Haluter, zwei Mausbiber und ein Mensch...

„Wir sind zur Untätigkeit verurteilt, fürchte ich", meinte Wuriu Sengu nach einiger Zeit resignierend. „Das einzige, was ich tun kann, ist, die Schaltbank weiterhin zu untersuchen."

„Und wenn du ihr Geheimnis ergründet hast", sagte Gecko, „so wird es weder uns noch der CREST II nützen, denn wir haben kein

Raumschiff, um nach Justierung des Sonnentransmitters die Energieballung zwischen den Doppelsonnen zu erreichen, und die anderen haben keine Justierungsstation mehr."

„Ganz abgesehen davon", sagte Gucky, „daß weder Rhodan noch wir aus diesem System flüchten werden, ohne die anderen mitzunehmen. Wodurch sich der Kreis geschlossen haben dürfte."

„Er hat sich nicht geschlossen", sagte Icho Tolot, den Gucky inzwischen wieder auf festen Boden gesetzt hatte. „Sie alle haben nämlich etwas übersehen."

Fragend richteten sich die Blicke der Gefährten auf die drei rotglühenden Augen des Haluters.

„Ich habe die Zeitsicherung eingeschaltet. Das geschah aufgrund eines verhängnisvollen Irrtums. Vielleicht sollten wir uns jetzt einmal anstrengen und, davon ausgehend, daß jedes technische Gerät nicht nur ein-, sondern auch ausgeschaltet werden kann, den zweiten Schalter der Zeitsicherung suchen!"

Gucky versuchte, auf seinem einzigen Nagezahn zu pfeifen, was ihm jedoch gründlich mißlang.

„Du hast es erfaßt, Tolot. Ich werde dich künftig nicht mehr Tollkopf, sondern Schlaukopf nennen. Aber vielleicht verrätst du uns erst einmal, welcher dieser vielen Schalter derjenige ist, der die Zeitschaltung desaktiviert."

„Wozu haben wir Wuriu Sengu!" grollte Tolot.

„Ja, wozu haben wir den Mann mit den Röntgenaugen!" spottete Gecko in einer Art verzweifeltem Galgenhumor.

Sengu schüttelte langsam und bedächtig den Kopf.

„Bitte, baut nicht auf mich allein. Ich bin kein Zauberer, auch wenn meine Parafähigkeit es mir erlaubt, durch feste Wände hindurchzusehen. Ich will euch gern erklären, was ich sehe, aber ich bin nicht Techniker genug, um auch alles zu verstehen."

„Du hast eine Spezialausbildung hinter dir!" erinnerte Gucky.

Sengu lächelte schmerzlich.

„Die mich befähigt, die meisten bekannten technischen Prinzipien zu durchschauen, lieber Gucky. Aber diese Technik hier ist nicht bekannt, folglich nützt mir meine Spezialausbildung nicht allzuviel. Ja, wenn Rhodan dabei wäre, der hat nicht nur Kenntnisse, sondern etwas mehr, nämlich Kombinationsvermögen mit Phantasie."

„Unsinn", sagte Gucky trocken. „Das hast du auch."

Sengu zuckte die Schultern.

„Schön, ich will es versuchen. Mehr bleibt mir ohnehin nicht übrig, nicht wahr?"

„Mehr bleibt uns nicht übrig", berichtigte Tolot ihn. „Wir werden uns nämlich alle mit anstrengen müssen. Sengu, Sie beobachten bitte, und Sie sagen alle Ihre Gedanken, Vermutungen und Feststellungen laut, so daß wir sie ebenfalls verarbeiten können. Wenn wir gemeinsam an das Problem herangehen, wird uns die Lösung gelingen. Notfalls müssen wir eben einige Experimente wagen."

„Nein!" schrillte Gecko entsetzt. „Nein! Nur das nicht! ich habe genug von euren Experimenten!"

Gucky seufzte vernehmlich.

„Wenn du nicht noch so grün wärst, mein Junge, dann wüßtest du, daß fast jedes Unternehmen der Menschheit aus einer Fülle von gewagten Experimenten bestanden hat. Hätten wir nicht immer umfangreiche Risiken einkalkuliert, wir wären kaum über das Solsystem hinausgekommen. Also los, Sengu. Fang an!"

Wuriu Sengu ließ sich mit übereinandergeschlagenen Beinen vor der Schaltbank nieder und schien in Trance zu versinken. Die anderen standen neben der Bank, lauschten auf das, was Sengu leise sagte, und versuchten dabei, die Informationen anhand der sichtbaren Schaltungen zu einem System zu verarbeiten. Es war wie das Spiel mit Tausenden Mosaiksteinchen, die man zu einem Bild unbekannter Form, jedoch mit bekannter Wirkung, zusammensetzen wollte.

Jetzt erwies sich die Überlegenheit von Tolots Plangehirn.

Der Haluter umkreiste die Schaltbank wie ein Tiger die gewitterte Beute. Ab und zu trat er näher heran, streckte seine Augen auf den Stielen hervor und ließ sie dicht über den Schaltungen pendeln. Dabei drehte sich sein halbkugeliger Kopf unablässig in den Halsgelenken.

Wuriu Sengus Worte kamen ohne sichtbare Lippenbewegung aus seinem Munde, so, als spräche der Späher-Mutant sie nicht bewußt aus, sondern im Schlaf. Dennoch waren sie präzise und verständlich.

Plötzlich zuckte Icho Tolot zusammen.

„Halt!"

Wuriu Sengu hob mechanisch den Kopf.

„Sie haben mich auf eine Idee gebracht, Sengu. Ich glaube, den richtigen Schalter für den Energiefluß jetzt zu kennen." Bevor die anderen Einwände erheben konnten, drückte Tolot eine schmale Schaltleiste nieder. Im selben Augenblick leuchteten alle Schaltknöpfe, -leisten und -platten auf.

„Herzlichen Glückwunsch, Schlaukopf!" rief Gucky begeistert.

„Heilige Milchstraße!" ächzte Gecko. „Ich habe vor Schreck fast einen Herzschlag bekommen."

Alle lachten. Tolots Erfolg stimmte sie zuversichtlicher.

„Weiter!" befahl der Haluter.

Die Sekunden schlichen träge dahin, während die Spannung immer mehr anstieg. Besonders in Gucky schwelte die Sorge um die Freunde in der anderen, der richtigen, Dimension. Würden sie, selbst wenn sie in den nächsten Minuten Erfolg hätten, nicht viel zu spät in die richtige Zeit zurückkehren, zu spät jedenfalls, um dem Angriff des Bleistiftraumers zuvorzukommen?

„Halt!" kommandierte Tolot wieder.

Gucky richtete sich erwartungsvoll auf.

„Hast du die andere Zeitschaltung gefunden?"

„Ich weiß es nicht genau", erwiderte der Haluter. „Eher glaube ich, endlich hinter das Geheimnis der Transmitterjustierung gekommen zu sein." Er starrte mit seinen drei Augen auf eine halbkugelförmige Erhöhung inmitten der anderen Schalter. „Wenn wir die Kugel dazu brächten, vollends aus ihrer Versenkung herauszukommen..."

Tolot sprach den Satz nicht zu Ende. Statt dessen blickte er verblüfft auf seinen rechten Langarm, der sich plötzlich ohne seinen Willen, ja, gegen seinen Willen zu bewegen begann. Für einen Haluter, der gewohnt ist, seinen Körper voll und ganz mit dem Intellekt zu beherrschen, mußte das ein gewaltiger Schock sein.

Gucky sah, daß die Bewegung ihren Ursprung in der imaginären Hand des Haluters hatte. Aber bevor er etwas sagen konnte, warf Tolot sich herum. Es ging nicht ganz so schnell, wie Gucky es von ihm gewöhnt war.

Etwas hemmte den Riesen.

Etwas, so schlußfolgerte Gucky blitzschnell, was die in der richtigen Zeit zurückgebliebene Hand des Haluters umklammert hielt.

Jetzt spannte sich Tolots Körper. Gleich würde er alle seine Kraft in den rechten Arm legen, um das abzuschütteln, das aus einer anderen Dimension nach ihm griff.

Da hatte Gucky den eigenen Schreck überwunden und die Lösung für das Phänomen gefunden.

„Halt!" schrie er. „Nicht bewegen, Tolot! Den Körper entspannen, die Gelenke lockern! Jemand will uns führen!"

Tolot hatte offenbar seinen Schock noch nicht überwunden, denn seine Linke griff nach dem Impulsblaster, aber unwillkürlich gehorchte er Guckys Aufforderung – und jemand, der unsichtbar blieb, leitete die Hand des Haluters über einen unscheinbaren Schaltknopf.

Automatenhaft zuckte Tolots Daumen nach unten...

Icho Tolot wälzte sich noch immer schreiend auf dem Boden, während Rhodan, Atlan, Redhorse, Hattra und die drei Mutanten hilflos zusehen mußten, wie das Ungetüm sich quälte.

Endlich verklang der letzte Schrei, und es trat das ein, worauf Rhodan beinahe inbrünstig gehofft hatte: daß nämlich der Haluter den Schock überwinden und die Kontrolle über seinen Metabolismus wiedererlangen möge.

Einmal wieder unter den Willen des Geistes gezwungen, regenerierte Tolots Metabolismus sehr rasch, gespenstisch rasch für die Zuschauenden, die rechte Hand. Eben noch ein langgezogenes, deformiertes Gebilde, zog sie sich in normale Dimensionen zurück.

Perry Rhodan lächelte den Haluter an.

„Das war hart, was? Aber ich glaube, es gab keine andere Möglichkeit."

Überraschend stieß der Haluter ein brüllendes Lachen aus.

„Genial haben Sie das hinbekommen, Rhodan!" Er wurde wieder ernst und schüttelte sich. „Geist steuert Hand über Geisterhand. Zwei Zeitebenen arbeiten zusammen."

Ein hartes, trockenes Knacken ließ alle zu Hattra herumfahren.

Der klobige Epsaler hielt sein linkes Handgelenk und lächelte verlegen.

„Verzeihung! Ich habe nur mein Handgelenk wieder eingerenkt. Viel hätte nicht gefehlt, und Tolot hätte mir die ganze Hand abgerissen."

„Bedanken Sie sich bei Gucky dafür, daß ich es nicht tat. Er hat ein wenig schneller gedacht als ich."

Gucky winkte großzügig ab.

„Bitte jetzt keine Komplimente. Ich habe sie ohnehin nicht nötig. Mein Ruhm..."

„Halt die Luft an, Kleiner!" stoppte Atlan Guckys Redefluß. „Dein Ruhm in allen Ehren, aber was mich jetzt interessiert, ist die Transmitterjustierung. Wie steht es damit?"

„Ich glaube, die richtige Schaltung gefunden zu haben", sagte Tolot. Er trat wieder näher an die Schaltbank heran. Seine Rechte legte sich über die halbkugelförmige Erhöhung. In dem Moment, in dem er sie berührte, begann die Kugel aus ihrer Versenkung zu steigen. Von einer rätselhaften Kraft gehalten, schwebte sie frei über der Bank.

Und nun leuchtete an der Innenseite der Glockenkuppel ein Leuchtpfeil auf. Seine Spitze wies auf einen Punkt inmitten des dunklen Leerraumes zwischen den beiden sichtbaren Galaxien.

Icho Tolot packte erneut zu. Die Kugel verschwand in seiner Pranke. Vorsichtig bewegte Tolot die Hand. Der Leuchtpfeil begann zu wandern.

„Phantastisch!" hauchte Atlan. „Und um das herauszufinden, haben wir so lange gebraucht!"

„Versuchen Sie, die Spitze auf das Zentrum unserer Milchstraße zu lenken, Tolot!" sagte Rhodan nach einem hastigen Blick auf die Uhr. „Es ist sowieso ein Wunder, daß der Gegner uns bisher in Ruhe ließ. Ich fürchte..."

Was Perry Rhodan in diesem Augenblick fürchtete, hörte niemand mehr. Das schrille Summen des Armband-Telekoms übertönte ihn.

„Das Alarmzeichen!" rief Gucky.

Auch das hörte niemand. Aber Perry Rhodan stellte sofort die Verbindung zur CREST II her, und jetzt verklang das Alarmzeichen mit wimmerndem Tonfall. Rhodans Gesicht verhärtete sich.

„Hier Rhodan!"

„Hier Oberst Rudo! Der Bleistifttraumer greift an. In zwei Minuten kann er auf Schußweite sein!"

„Als ob er nur auf die Inbetriebnahme der Station gewartet hätte", murmelte Atlan.

„Ich komme!" antwortete Rhodan knapp. „Sorgen Sie für Start- und Gefechtsbereitschaft!"

Er wandte sich an Tolot.

„Wir verlassen Sie jetzt. Nur Gucky, Gecko und Sengu bleiben hier. Notfalls muß ich mit der CREST II in den Raum vorstoßen, auch ohne Sie. Die Mausbiber bringen Sie auf jeden Fall an Bord der CREST zurück. Und... beeilen Sie sich!"

Tolot konzentrierte sich noch stärker auf die Justierung.

„Starten Sie augenblicklich, Rhodan!" drängte er. „Es kann hier nicht mehr lange dauern."

Rhodan reagierte nicht mehr darauf. Ein Blick von ihm hatte genügt, und die Mausbiber handelten. Sie packten zu. Gucky hielt Rhodan und Hattra, Gecko Atlan und Redhorse. Da die Glockenkuppel keinen Eingang besaß, konnte man nur mittels Teleportation hinausgelangen.

Als die Mausbiber allein zurückkehrten, brüllten draußen die Impulstriebwerke der CREST II auf.

Gecko drückte sich zitternd an Guckys Seite...

Mit einem befriedigten Rundblick stellte Perry Rhodan fest, daß jeder Mann in der Zentrale an seinem Platz war.

„Start!" befahl er hart. „Kurs auf den Gegner!"

Es war, als löste sich ein gigantischer Berg von Quintas Oberfläche und würde von dem Glutausbruch eines Vulkans in den Himmel getrieben. Und die CREST II war ja, was ihre Größe anbetraf, tatsächlich ein Berg, ein Berg von tausendfünfhundert Metern Durchmesser, aber zugleich ein Berg, der mit der Energie einer Sonneneruption in den Weltraum raste, angefüllt mit den Wünschen, Sehnsüchten und Hoffnungen der Menschen in ihr.

Und mit ihrem unbeugsamen Willen, sich als stärker zu erweisen als ihr Gegner!

Angesichts des schnell näherkommenden Bleistifttraumers besaß Perry Rhodan genügend Kaltblütigkeit, sich mit Dr. Hong Kao über Sprechfunk zu unterhalten.

„Was sagt Ihre Positronik zu dem Auftauchen des Raumers, Kao?"

„Sie ist zu der gleichen Schlußfolgerung gekommen wie Icho Tolot." Kao lachte leise. „Wir beide meinen, das Bleistiftschiff gehört zu einem besonderen Wachgeschwader der ‚Meister der Insel'. Diese Fremden sind nicht dumm. Irgendwo muß der entstofflichte Planet Power herausgekommen sein, und man wird sich daraus einen Reim auf die Geschehnisse im Twin-System gemacht haben..."

Perry Rhodan konzentrierte sich.

Offenbar unterschätzte man an Bord des Bleistiftschiffes die Kampfkraft der CREST II, denn der schwarze Raumer hatte zur gleichen Taktik gegriffen, die er beim ersten Zusammenstoß mit der BOX-8323 angewandt hatte. Er zeigte der CREST II die Breitseite.

Dann flammten die Schutzschirme der CREST II auf.

„Schirmbeanspruchung?" fragte Rhodan in die Interkomleitung, die ihn mit allen wichtigen Stationen des Superschlachtschiffes verband.

„Neunundachtzig Prozent, Sir."

„Danke." Rhodan lachte grimmig und nickte Mory, die ihm gegenübersaß, zu. „Wir haben ein klein wenig mehr aufzubieten als die Posbis, denke ich, obwohl die BOX in der Außenzelle größer war und sicher gefährlicher wirkte."

Mory antwortete, aber ihre Stimme wurde vom Tosen der Energiekonverter übertönt.

Die CREST II hatte die erste volle Breitseite auf den Gegner abgefeuert.

Danach hörte das Tosen, Dröhnen und Rütteln nicht mehr auf. Die automatischen Zieljustierungen hatten den Gegner gepackt und ließen ihn trotz aller Ausweichmanöver nicht mehr los. Ungeheure Energien wurden von den verschiedenen Waffen der CREST II dem Angreifer entgegengeschleudert.

Das schwarze Schiff wurde von schwersten Explosionswellen geschüttelt. Rhodan, der gehofft hatte, die BOX-8323 hätte den Gegner bereits schwer angeschlagen, sah sich jedoch enttäuscht. Entweder waren die von den Posbis verursachten Schäden nur zweitrangiger Natur gewesen – oder man hatte „drüben" die winzige Pause zur völligen Instandsetzung genutzt.

Jedenfalls verstärkte sich das Feuer des Bleistifttraumers noch. Bald mußte der Mann an den Energieschirmkontrollen die hundertprozentige Belastung des Schutzschirmes melden.

Perry Rhodan biß die Zähne zusammen.

„Wir greifen weiter an. Oberst Rudo! Bevor Tolot und die Mutanten nicht zurück sind und uns die einwandfreie Justierung des Sonnentransmitters melden, gibt es auch für uns kein Zurück!"

„Schneller, Tolot!" drängte Gucky. Der Mausbiber vibrierte vor Erregung. Er ahnte, daß Rhodan draußen seinen Kampf ausfocht.

„Es geht nicht schneller!" stöhnte der Haluter. „Ich kann die Kugel nur langsam bewegen. Offenbar muß das so sein, damit die ungeheuren Energien des Sonnentransmitters unter Kontrolle der Schaltung bleiben." Er drehte verzweifelt an der Kugel, aber die gab nur millimeterweise nach.

Unverkennbar schob sich der Leuchtpfeil mit der Spitze voran auf die heimatliche Milchstraße zu. In dieser selbst flimmerte eine Vielfalt farbiger Lichter. Jedes Leuchtzeichen schien ein Symbol für eine bestehende Transmitterstation zu sein. Es mußte ihrer Dutzende geben!

Am deutlichsten jedoch trat im genauen Zentrum der Milchstraße der gigantische Sechsecktransmitter heraus, durch den die CREST II in die Hölle des Twin-Systems geschleudert worden war. Trotz seiner Kleinheit trat innerhalb des entsprechenden Lichtsymbols die typische Sechseckkonstellation hervor.

Unglaublich langsam schwenkte der Leuchtpfeil darauf ein; viel zu langsam!

Icho Tolot keuchte und stöhnte in dem vergeblichen Bemühen, die Schaltkugel schneller zu bewegen. Schließlich ließ er sie völlig erschöpft los. Die Arme hingen schlaff am Körper herunter.

„Ich kann nicht mehr!"

Gucky watschelte entschlossen auf seinen kurzen Beinen heran.

„Ich werde weitermachen!" Er richtete seine Kulleraugen fest auf die Kugel.

„Halt!" rief da Sengu.

Irritiert wandte der Mausbiber sich zu dem Späher-Mutanten um.

„Wir brauchen die Kugel nicht weiterzudrehen", erklärte Sengu hastig. „Seht ihr! Der Leuchtpfeil bewegt sich unaufhaltsam weiter auf den Sechsecktransmitter zu. Ich glaube, Tolot hat bereits den Punkt der Schaltung überschritten, an dem sie noch auf eine andere Station einschwenken kann. Der Rest wird offenbar von einer automatischen Feinjustierung besorgt."

„Ich warte, bis die Einstellung vollendet ist!" erklärte Tolot grimmig. „Rhodan verläßt sich auf uns, und wir werden ihn nicht enttäuschen!"

Doch es kam anders.

Wieder summten die Telekome im Alarmintervall.

Gucky meldete sich.

„Hier Rhodan!" dröhnte es unter krachenden Störgeräuschen aus allen Empfängern. „Die CREST kann sich nur noch Sekunden halten. Wie weit seid ihr?"

„Leuchtpfeil schwenkt auf den Sechsecktransmitter ein, Perry. Wir glauben, daß jetzt nur noch eine automatische Feinjustierung stattfindet. Sie geht ohne unser Zutun vor sich."

„Sofort zurückkommen!" In Rhodans Stimme schwang das Entsetzen mit. „Hier ist die Hölle. Wir müssen schnellstens weg!"

„Wir kommen!" piepste Gucky. Er klammerte sich an den Haluter, während Gecko Sengu festhielt.

Gleich darauf war die Glockenkuppel leer.

Nur ein leuchtender Pfeil drehte sich langsam weiter...
Sie materialisierten in einer Hölle.

Keiner der in der Kommandozentrale der CREST II anwesenden Menschen war noch in der Lage, sich aus seinem Kontursitz zu erheben und den ankommenden Mutanten und Tolot zu helfen. Das blaue Energiefeuer aus dem Bug des schwarzen Raumers vermochte den Schutzschirm nicht völlig zu durchdringen, aber es versetzte ihn in derartig starke Schwingungen, daß ein Teil der Absorberenergie automatisch entzogen wurde.

Die Andruckabsorber arbeiteten nicht mehr exakt genug, um jeden heftigen Stoß kompensieren zu können.

Doch Rhodan hatte vorgesorgt.

Es waren nur Bruchteile von Sekunden, die die Ankömmlinge der schnell wechselnden Belastung voll ausgesetzt waren. Dann wurden sie von bereitstehenden Robotern ergriffen und auf freien Konturlagern festgeschnallt. Nur Icho Tolot besaß trotz der Anstrengung in der Justierungsstation genügend Energie, um auf Hilfe verzichten zu können. Bedächtig schob er den ihm zugedachten Roboter weg, drehte sich um und stampfte auf seinen Spezialsessel zu, in Rhodans unmittelbarer Nähe.

„Auftrag ausgeführt", berichtete er überlaut. „Wir haben getan, was wir konnten. Der Zeiger schwenkte mehr und mehr auf das Zentrum des Sechsecktransmitters zu, als wir die Station verließen. Ich denke, wir schaffen es."

Rhodan nickte. Er deutete stumm auf die Anschlußkupplung für den Kehlkopfinterkom. Diese Bezeichnung war allerdings nicht ganz zutreffend; das Gerät nahm, gleich an welcher Körperstelle es angelegt war, die durch den Knochenbau weitergeleiteten Schallwellen auf und leitete sie über die Knochen des Gesprächspartners zum Gehör.

Tolot begriff und kuppelte seine Kabelverbindung ein.

„Vielen Dank, Tolot", sagte Rhodan. „Hoffentlich ist es nicht schon zu spät. Oberst Rudo versucht seit vierzig Sekunden, die CREST II aus dem Bann des blauen Energiestrahlers herauszuziehen, bisher erfolglos."

„Dann wehren Sie sich, Rhodan!"

„Wir tun es die ganze Zeit." Rhodans Stimme klang belegt, und Tolot verstand, daß jetzt eine Kraftprobe zwischen den beiden feindlichen Schiffen stattfand, der sich keine Seite mehr entziehen konnte.

Unablässig dröhnte der Salventakt der CREST II. Akustisch wahrnehmbar gemacht durch das entsprechende Anschwellen des Konverterlärms, klang es wie der rasende Rhythmus Tausender Trommeln.

Plötzlich mischte sich ein anderer Klang in das Inferno.

Es war, als wenn in einem von vielen Tausenden Musikinstrumenten gespielten Höllenkonzert jählings ein Instrument die Oberhand gewönne. Noch wußte keiner, was das zu bedeuten hatte.

Da tönte ein Schrei in den Interkomempfängern.

„Der blaue Energiestrahl!"

Niemand wußte hinterher zu sagen, wer den Schrei ausgestoßen hatte, aber hinterher interessierte es auch niemanden mehr.

Rhodans Blick hatte sich an dem abgefilterten Bild des schwarzen Bleistiftraumers festgesaugt. Jetzt sah er, wie der blaue Energiestrahl schwächer und schwächer wurde. Es hatte den Anschein, als kröche er dahin zurück, woher er gekommen war.

Das hohle Wimmern der überlasteten Andruckabsorber ließ schlagartig nach. Die CREST II lag wieder ruhig. Dennoch tanzte das Bild des Bleistiftraumers unablässig auf und ab, hin und her.

Dafür gab es nur eine Erklärung: Der Gegner, von dem man nur das Äußere des Schiffes und seine Waffen kannte, war schwer angeschlagen, so schwer, daß er den Kampf aufgab. Immer noch schwankend und taumelnd, aber mit beachtlicher Geschwindigkeit, zog der schwarze Raumer sich zurück.

Rauhe Kehlen begrüßten diesen Anblick mit erleichtertem Gebrüll.

Es verstummte jählings, als die beiden Twin-Sonnen gleich Novae zu flammen begannen.

Melbar Kasom umklammerte die Tischkante mit seinen breiten Ertruserfäusten und beugte seinen Oberkörper Rhodan entgegen.

„Ich rate Ihnen dringend, die gesamte Besatzung in Unterkühlungsnarkose versetzen zu lassen!" beschwor er Rhodan. „Glauben Sie mir. An Bord der BOX-8323 haben wir damit ausgezeichnete Erfahrungen gemacht. Sie kennen den furchtbaren Transitionsschock, der von den Sonnentransmittern hervorgerufen wird."

„Sie brauchen ihn nicht zu beschreiben", erwiderte Rhodan tonlos. Er drehte den Kopf und blickte hinaus zu den flammenden, zuckenden Ungeheuern, die noch vor Sekunden den Eindruck normaler gelber Sonnen gemacht hatten.

„Es ist eine Vorsichtsmaßnahme, Sir", drängte Kasom weiter. „Wir wissen nicht, wie viele derartige Schocks die Mannschaft aushalten kann. Liegt sie aber in Unterkühlungsnarkose, garantiere ich die psychische Unversehrtheit."

„Also gut, Kasom. Sie haben die größte Erfahrung damit. Geben Sie unseren medizinischen Robotern den Befehl, die gesamte Besatzung in Tiefkühlnarkose zu versetzen."

Melbar Kasom schien erleichtert.

„Vielen Dank." Der Ertruser schritt mit wiegendem Gang hinüber zum Hauptschaltpult.

Als die ersten Medo-Robots in der Kommandozentrale der CREST II auftauchten, als die ersten Hochdruck-Injektionsdüsen zu zischen begannen und einer nach dem anderen auf sein zurückgeklapptes Konturlager sank, als die Klimaanlage bereits merklich kältere Luft umwälzte, wandte Atlan sich noch einmal zu Rhodan um.

Eine Hochdruckdüse zischte.

Atlan sank zurück und entspannte sich. Auf seinem Gesicht stand ein glückliches Lächeln.

„Auf Wiedersehen in der Heimat, Barbar!"

Die letzten Worte konnte Rhodan nur noch von seinen Lippen ablesen. Dann stand auch vor ihm ein Medo-Robot. Nur Tolot brauchte keine Injektion.

Perry Rhodan warf einen letzten Blick hinaus, auf das im Hypertasterschirm dahintaumelnde bleistiftdünne Gebilde, auf die beiden flammenden Sonnen und auf die zu gespenstischer Aktivität erwachende Energieballung im Transmitterzentrum.

Mit gefühllosen Gliedern sank er zurück.

21.

Der Schmerz peinigte ihn.

Die Fremden hatten sein Fahrzeug so gut wie vernichtet. Mit letzter Kraft war das Schiff in die Atmosphäre des fünftgrößten Planeten gesunken und über der Schaltstation zum Stillstand gekommen. Er wußte, daß er niemals mehr nach Hause zurückkehren würde. Im Triebwerkraum tobte der Kernbrand. Wenn er die Feldgeneratoren erreichte, mußten die gewaltigen Energien sich spontan entladen. Von dem schlanken, walzenförmigen Schiff würde nichts weiter übrigbleiben als nuklearer Staub und, für ein paar Zeiteinheiten, ein greller Blitz in der Schwärze des intergalaktischen Leerraums.

Er begann zu handeln. Was immer die Fremden im Sinn hatten, es konnte nicht im Interesse seiner Auftraggeber liegen, und er war verpflichtet, es zu verhindern.

Er betätigte seine Meßgeräte, um zu ermitteln, welche Richtung und Stärke das Transportfeld im Schnittpunkt der Feldlinien am Massenschwerpunkt des Doppelsonnensystems im Augenblick besaß. Die Meßergebnisse überraschten ihn keineswegs. Sie bestätigten seine Vermutung. Blieb die Einstellung unverändert, dann würde es den Fremden gelingen, in ihre Heimatgalaxis zurückzukehren.

Es galt, diese Rückkehr zu verhindern und sie an einen Ort zu versetzen, wo andere das vollenden konnten, woran er, der Wächter der Doppelsonnenstation, gescheitert war.

Für ihn war das leicht. Er nahm ein paar Einstellungen vor, während die Temperatur an Bord seines Fahrzeugs ständig wuchs und der Kernbrand sich auf den Generatorenraum zufraß.

Die Hyperfunkimpulse, die kurz darauf die Antennen des bleistiftähnlichen Raumschiffes verließen, wirkten ihrerseits auf Geräte ein, die unter der glockenförmigen Kuppel standen. Die Geräte veränderten ihre Funktion, der Leuchtzeiger an der Innenseite der Kuppelwandung verließ langsam die Sechseckmarkierung und kroch auf ein anderes Ziel zu. Entsprechend änderten sich Richtung und Stärke des Felds im Feldlinienzentrum.

Die Arbeit war getan.

Es würde den Fremden nicht gelingen, den Rückweg zu ihrer Galaxis zu finden.

Dafür hatte er gesorgt.

Während er sich Rechenschaft ablegte und feststellte, daß er seinen Auftrag nach anfänglichen Schwierigkeiten schließlich doch noch erfüllt hatte, erreichte der Kernbrand die Feldgeneratoren.

Das Bleistiftschiff verging in einem Ball bläulichweißen Feuers.

22.

Unaufhaltsam stürzte die CREST II der Energieballung zwischen den Twin-Sonnen entgegen.

Nur ein einziger noch war bei Bewußtsein.

Icho Tolot verfolgte mit reglosem Blick die beiden Glutbälle der Zwillingssonne, wie sie sich aufblähten und gleichzeitig auf die Ränder des großen Bugbildschirms zuwanderten. Das Schiff gewann von Sekunde zu Sekunde an Geschwindigkeit. Die Triebwerke arbeiteten mit Höchstleistung, und Twins Gravitation tat das übrige.

Icho Tolot zweifelte keine Sekunde lang daran, daß er in den nächsten Augenblicken das weite Sternenband der Milchstraße auf den Bildschirmen zu sehen bekommen würde. Aber er wußte, daß eine Transition über neunhunderttausend Lichtjahre hinweg die Materie in ihren Grundfesten erschütterte.

Er traf seine Vorbereitungen.

Starr wie eine Statue stand der halutische Koloß mitten im Kommandoraum. Nachhaltig und eindringlich wuchs in Icho die Begeisterung über das neue Abenteuer, das er im Begriff war zu erleben. Ein Wirbel von Emotionen tobte durch eines der beiden Gehirne, während das andere sachlich und ruhig die Bilder auswertete, die der komplizierte Sehmechanismus ihm von den Fernsehschirmen zuführte.

Weißglühende Streifen aus Licht, verschwanden die beiden Sonnenränder nach links und rechts vom Bugbildschirm. Gemächlich schob sich der schimmernde Arm einer Protuberanz von rechts oben her ins Blickfeld. Die Protuberanz schwoll an, während die CREST auf den Massenschwerpunkt der beiden Sonnen zustürzte, und verlor an Leuchtkraft.

Icho Tolot gebot dem wirbelnden Strom der Gedanken Halt. In Apathie versunken, ließ er die letzten Sekunden verstreichen. In absoluter Ruhe erlebte er den Augenblick der Transition.

Durch seine Körperumwandlung spürte er kaum etwas von dem fürchterlichen Entmaterialisierungsschock. Lediglich einige wenige, von der Umwandlung unbeeinflußt gebliebene Nervenzellen vermittelten ihm den Eindruck eines brennenden Schmerzes. Die Bildschirme fielen schlagartig aus. Icho Tolot sah die Menschen in ihren Sesseln und erinnerte sich an die Szenen, die sich beim Eintauchen in das galaktische Sonnensechseck zugetragen hatten.

Diesmal war es ganz anders.

Und auch anders, als er es nach dem Wiederverstofflichen des terranischen Flaggschiffes erwartet hatte.

Als die Bildschirme wieder aufleuchteten, sah Tolot auf ihnen das flammende Wabern eines gewaltigen, glühenden Sonnenballes.

Er gab einen erstickten Laut von sich.

Die automatische Steuerung brachte die CREST II innerhalb kürzester Zeit zum Stillstand. Icho Tolot stellte seinen normalen Metabolismus wieder her und ging, vor Erregung bebend, zum Kommandopult, vor dem Oberst Cart Rudo in seinem Konturlager ruhte. Die CREST entfernte sich scheinbar noch immer von der Sonne, offenbar eine optische Täuschung, denn die Instrumente zeigten keine Fahrt an. Während die Medo-Roboter sich überall an Bord um die Besatzung zu kümmern begannen, versuchte der Haluter, die Entfernung von dem flammenden Stern zu bestimmen.

Da schlug das automatische Ortungsgerät Alarm. Der Haluter wirbelte herum und schaltete den Informationsspeicher ein. Der Speicher warf einen Druckstreifen aus, und als Icho den Streifen gelesen hatte, fing er an, an seiner Vernunft zu zweifeln.

Trotzdem richtete er eines der Teleskope nach den erhaltenen Daten aus und ließ das Teleskopbild auf einen der Bildschirme projizieren.

Da sah er es.

Weit voraus, vom Licht der fremden Sonne in merkwürdigen Schimmer gehüllt, lag die Oberfläche eines Planeten. Flache Wüsten und die zerrissenen Ketten staubgrauer Gebirge zogen sich von rechts nach links, so weit das Blickfeld reichte. Icho Tolot bewegte das Teleskop ein wenig zur Seite. Das Bild setzte sich fort. Nur wenn er das Instrument noch weiter drehte, erreichte er schließlich eine Stelle, an der die Umrisse verschwammen und die Konturen der Oberfläche sich im Nichts verloren. Diese Stelle wurde sichtbar, wenn er das Teleskop gegenüber der Normalstellung um mehr als dreißig Grad schwenkte.

Icho Tolot hatte vom ersten Augenblick an gewußt, daß die Transition fehlgeschlagen war. Als aber jetzt sein kombinatorisches Gehirn die Daten der Beobachtung zu verarbeiten begann, da erkannte er, daß es sich nicht schlechthin um einen Mißerfolg handelte. Die CREST II war an einem Ort in den Normalraum zurückgekehrt, dessen Gegebenheiten aller wissenschaftlichen Erfahrung ins Gesicht schlugen. An einem Ort, den es nach den Regeln der Wahrscheinlichkeit überhaupt nicht geben durfte.

Die Beobachtungsergebnisse ließen sich nur so deuten, daß der fremde Planet sich nicht nur vor dem Schiff, sondern *rings* um die CREST *herum* befand.

Mit anderen Worten: Die Transition hatte im Innern einer Hohlwelt geendet.

Langsam kehrte das Bewußtsein zurück. Funken der Erinnerung blitzten auf. Twin, die Doppelsonne...

Von einer Sekunde zur andern war Perry Rhodan hellwach. Die Transition war vorüber. War der Sprung erfolgreich gewesen?

Verbissen kämpfte Perry die Mattheit nieder, die das Tiefschlafmedikament hinterlassen hatte. Er fühlte sich zerschlagen und ausgepumpt. In den ersten Sekunden, nachdem er aufgestanden war, mußte er sich an Gegenständen der Umgebung festhalten, um nicht umzufallen.

Er mußte wissen, wie es der CREST ging. Er blickte sich verwirrt um. Offenbar hatten ihn Roboter in seine Privatkabine gebracht, wo er doch im Kommandostand sein sollte. Er fluchte in sich hinein.

Er schaltete den Interkom ein und verband sich mit dem Kommandostand. Der Ruf wurde empfangen, aber lange Zeit meldete sich niemand. Erst nach einer Minute erschien Icho Tolots mächtiger Halbkugelschädel auf dem Bildschirm.

Perry Rhodan war es niemals gelungen, aus Ichos Miene eine Gefühlsregung herauszulesen. Aber in diesem Augenblick hätte er geschworen, daß das schwarzhäutige Gesicht mit den drei großen Augen Besorgnis ausdrückte.

„Wie steht es?" fragte er knapp.

Icho Tolot wich zur Seite. Melbar Kasom, der Ertruser, tauchte auf. Mit seiner massiven Statur hatte er die Folgen des Schocks rascher überwunden als jeder andere. Sein grobgeschnittenes Gesicht war unbewegt und ebenso schwer deutbar wie das des Haluters.

„Die Transition ist beendet", erklärte er. „Nach allem, was wir bis jetzt wissen, haben wir das vorgesehene Ziel jedoch nicht erreicht."

„Wo sind wir?" wollte Rhodan wissen.

„Sir...", brachte Kasom hervor, „...es wäre besser, wenn Sie zum Kommandostand kämen und sich die Dinge selbst ansähen. Ich...ich glaube nicht..."

Perry Rhodan unterbrach ihn mit einer knappen Geste.

„Ich komme sofort", stieß er hervor und beendete das Gespräch.

Sekunden später war er auf dem Weg zum Kommandostand. Melbar Kasoms unklare Andeutungen hatten ihn beunruhigt. Was, um alles in der Welt, konnte es sein, das den Ertruser derart aus der Fassung brachte?

Im Kommandostand waren Melbar und der Haluter eifrig mit Messungen beschäftigt. Auch Oberst Cart Rudo hatte inzwischen das Bewußtsein wiedererlangt. Perry Rhodan blieb unter dem Schott stehen und starrte fassungslos auf den Bugbildschirm und die gleißende Kugel der fremden Sonne. Es erschien unglaublich, daß die CREST II in so geringer Entfernung von irgendeinem Himmelskörper, gleichgültig, ob Sonne, Komet oder interstellarer Nebel, in das Einstein-Universum zurückgekehrt sein sollte.

Mit raschen Schritten durchquerte er den Raum. Melbar Kasom wandte sich ihm zu. Der Haluter fuhr unbeirrt in seiner Beschäftigung fort. Ohne einen Befehl abzuwarten, nahm der Ertruser einen Stapel Druckstreifen vom Kommandopult und reichte sie Perry. Rhodan überflog sie rasch, und seine Gedanken gerieten in wirres Durcheinander, als er die Schlußfolgerungen erkannte, die die Bordpositronik aus den Beobachtungsergebnissen gezogen hatte.

Die CREST II stand im Innern einer Hohlwelt. Die Glutkugel auf dem Frontschirm war nicht eine Sonne im üblichen Sinne. Sie war ein Energieball, der auf vorläufig noch ungeklärte Art und Weise in den Hohlraum des fremden Himmelskörpers gelangt war – ein Energiekern.

Ohne sich bei dem Gedanken, wie unmöglich ein solches Gebilde war, länger aufzuhalten, versuchte Rhodan, die Bedeutung der mißlungenen Transition zu erkennen. Es gab Anhaltspunkte, zwar spärlich, aber unmißverständlich. Die CREST II war nicht im freien Weltraum aufgetaucht, sondern im Innern eines gewaltigen Hohlkörpers. Ob dieser seinerseits im allgemeinen Zielgebiet lag, mußte noch bestimmt werden.

Perry Rhodan bezweifelte es. Die Tatsache, daß die CREST II durch die Transition aus dem Twin-System mitten in eine unglaubliche

Hohlwelt geschleudert worden war, wies unübersehbar darauf hin, daß hinter den Vorgängen ein System verborgen lag. Ein zufälliger Fehler führte nicht zu derart erstaunlichen Resultaten. Es war anzunehmen, daß dieselben Unbekannten, die für die Vorgänge im Twin-System verantwortlich waren, auch den merkwürdigen Transitionssprung bewirkt hatten.

Mit anderen Worten: Jemand hatte die Einstellung des Twin-Sonnentransmitters verändert, als die CREST II schon auf den Feldlinienschnittpunkt zuraste. Unwillkürlich mußte Rhodan an den bereits besiegt geglaubten Bleistiftraumer denken. Und an die mysteriösen Meister der Insel.

In diesem Fall waren die Aspekte alles andere als angenehm. Die Unbekannten hatten auf Power damit begonnen, Schiff und Besatzung in Schwierigkeiten zu bringen und seitdem in diesem Bemühen niemals nachgelassen. Es war mehr als plausibel, daß sie hier das gleiche versuchen würden.

Gefahr war im Verzug. Die augenblickliche Ruhe würde nicht lange andauern. Und die Besatzung des Schiffes lag noch weitgehend im Tiefschlaf.

Rhodan wandte sich um. Er wollte einen Befehl geben.

Da ging es los.

Die roten Warnlampen der Fahrtanzeige blinkten in rasendem Rhythmus. Das Schiff hatte sich in Bewegung gesetzt.

Niemand hatte das Triebwerk eingeschaltet. Die Kraft, die die CREST II bewegte, kam von außen.

Der Haluter meldete sich zu Wort.

„Es könnte ein ähnliches Manöver sein", sagte er mit seiner ruhigen dunklen Stimme, „wie das, das uns zur Landung auf Power zwang."

Perry Rhodan nickte.

„Könnte sein", gab er zu. „Aber wir dürfen nicht damit rechnen. Vielleicht ist es gefährlicher. Icho ... bestimmen Sie bitte den Kurs. Oberst Rudo und Melbar ... ans Kommandopult. Ich übernehme die Ortung."

Es schien ein sinnloses Unterfangen, sich gegen Kräfte zu stemmen, die niemand kannte und die mächtiger waren als alles, was die CREST II an Abwehrmitteln zu bieten hatte. Oberst Rudo sank wieder in seinem Sitz zusammen und preßte die Hände an die Schläfen. Offenbar stand er doch noch zu sehr unter den Nachwirkungen des Tiefschlafs, ganz im Gegensatz zu Kasom. Er war jetzt keine Hilfe.

Eine Sekunde lang war Perry Rhodan bereit, dem Gefühl der Verzweiflung nachzugeben und geschehen zu lassen, was auch immer da geschehen wollte. Dann erinnerte er sich an Power – an die ungeheuren Energien, die einen ganzen Planeten in wenigen Tagen aufgefressen hatten.

Wir müssen raus, dachte er in aufwallendem Zorn. Die Müdigkeit fiel von ihm ab. Was die Medikamente an Nachwirkung hinterlassen hatten, verschwand.

Als Icho Tolot sich wieder zu Wort meldete, hatte er den Kurs genau bestimmt.

„Das Schiff wird zwei verschiedenen Beschleunigungen unterworfen", erklärte er ruhig, „nämlich Bahn- und Radialbeschleunigung. Es scheint sich im Augenblick auf einer Kreisbahn um den Energiekern im Zentrum des Hohlraums zu bewegen. Ich nehme jedoch an, daß die Kreisbahn zu einer Spirale entartet, sobald die Geschwindigkeit weiter wächst. Die Spirale wird sich wahrscheinlich vom Energiekern entfernen."

Betroffen sah Perry von seinen Instrumenten auf. Vom Kommandopult her starrte Melbar Kasom ihn an.

„Das klingt...", stieß er hervor.

„Wie ein Synchrotron", vollendete Perry den angebrochenen Satz. „Ein Elementarteilchen wird auf einer Kreisbahn beschleunigt."

Staunend versuchte er, die Bedeutung der Analogie zu erfassen. War es möglich, aus der Ähnlichkeit der Vorgänge auf die Anordnung der Kraftfelder zu schließen, die den Synchrotron-Effekt hervorriefen? Von welcher Struktur mußten die Felder sein, um auf den Plastikmetallkörper des Schiffes in dieser Weise zu wirken?

In Sekundenschnelle entwickelte der trainierte Verstand die Grundzüge eines Modells. In seine Gedanken versunken, ohne die Instrumente zu beachten, erwog Rhodan Für und Wider seiner Hypothese.

Dann sprang er auf – so schnell, daß selbst der stoische Haluter zu erschrecken schien.

„Vielleicht gibt es eine Möglichkeit", sagte er hastig, „den Einfluß abzuschirmen. Ich muß dazu ein paar Berechnungen anstellen. Halten Sie das Schiff, solange es geht. Ich brauche alle Informationen. Icho, halten Sie bitte die Leitung zum Rechenraum offen. Melbar – legen Sie einen automatischen Rundspruch auf, daß jeder, der aus dem Tiefschlaf erwacht, sich sofort im Kommandostand zu melden hat."

Mit weiten Schritten eilte er quer durch die Halle auf das Schott des

Positronikraums zu. Dicht vor dem Schott blieb er noch einmal stehen und wandte sich um.

„Icho..."

Ohne den Körper zu bewegen, drehte der Haluter den kuppelförmigen Schädel und sah ihn aus einem der Schläfenaugen an.

„Ich übersehe die Lage, mein Freund", antwortete er gutmütig. „Ich werde tun, was in meinen Kräften steht. Und zu Ihrem Projekt: Ich glaube, ich kann in Kürze eine wertvolle Information liefern."

Rhodan nickte ihm zu, dann öffnete er das Schott. Er war nicht erstaunt, daß der Haluter seine Idee durchschaute. Es wäre verwunderlich gewesen, hätte sein Plangehirn die Zusammenhänge nicht wenigstens ebenso schnell erkennen können wie der wesentlich unkompliziertere Denkmechanismus des Terraners.

Im Schaltraum der großen Bordpositronik herrschte jene von feinem Singen und Summen erfüllte Stille, wie sie für moderne Rechenautomaten charakteristisch ist. Die Anlage war aktionsbereit. Das Summen war das der Wandler, die sie mit Energie versorgten. In wenigen Sekunden würde das Zirpen der Relais den Raum mit einem wirren Konzert positronischer Musik erfüllen.

Rhodan ließ sich vor dem Hauptschaltpult nieder. Ohne zu zögern begann er, die vorhandenen Daten dem Programmspeicher zuzuführen. In zielbewußter Eile huschten Finger und Hände über die Speichertasten, und die Positronik erwachte zum Leben.

Rhodans Gedanken flogen. Die Schirmfeldanlage war unbesetzt. Zwar war Melbar Kasom ein in jeder Hinsicht beweglicher Mann, der im Notfall zwei Posten auf einmal betreuen konnte. Trotzdem mochte der Fall eintreten, daß sowohl Schirmfeldanlage als auch Kommandopult volle Aufmerksamkeit erforderten, und an zwei Plätzen zur selben Zeit konnte auch Melbar Kasom nicht sein.

Zweifelnd sah Rhodan auf die Lichterwand der Positronik, über die in verwirrender Buntheit die Blitze der Kontrollampen zuckten. Konnte er es verantworten, hier zu sitzen und ein Problem nachzurechnen, von dem er nicht einmal wußte, ob die Lösung sich auf die augenblickliche Lage überhaupt anwenden ließ? War es richtig, eine Hypothese allein auf der Analogie zweier Vorgänge aufzubauen?

Vor ihm leuchtete die grüne Schalttaste der Hauptprogrammlinie. Die Maschine war bereit, das Programm entgegenzunehmen.

Rhodan ballte die Hand und öffnete sie wieder. Dann drückte er entschlossen auf die Taste. Das grüne Licht erlosch.

„Problem", sagte Perry heiser, „Erstellung der Strukturformeln für zwei Sechs-Komponenten-Kraftfelder. Analogie: die Anordnung von Kraftfeldern in einem Synchrotron-Teilchenbeschleuniger..."
Sekunden darauf war die Maschine an der Arbeit.

Eine Minute später betrug die Geschwindigkeit der CREST II fünftausend Kilometer pro Sekunde, und der Abstand vom Energiekern war auf zweitausend Kilometer angewachsen.

Zunächst war die Bahnbeschleunigung, die die Umlaufgeschwindigkeit des Schiffes stetig wachsen ließ, von beiden Beschleunigungseffekten weitaus der bedeutendere gewesen. Vor wenigen Sekunden jedoch war sie hinter der Radialbeschleunigung zurückgefallen, und der Antigrav verwandte nun den größten Teil seiner Leistung darauf, die immer drückender werdende Zentrifugalkraft zu absorbieren. Um die Lage noch zu verschlimmern, hatte die CREST II außerdem begonnen, sich um die eigene Achse zu drehen. Allerdings handelte es sich dabei nur für kurze Zeit um einen beschleunigten Vorgang. Nachdem die Schiffshülle eine gewisse Umlaufgeschwindigkeit erreicht hatte, blieb die Eigendrehung konstant.

Melbar Kasoms Ruf hatte bisher keinen Erfolg gehabt. Noch keiner an Bord war aus dem Tiefschlaf erwacht – wenigstens nicht so weit, daß er der Aufforderung folgen konnte.

Die Lage begann kritisch zu werden. In wenigen Minuten mußte der Zeitpunkt erreicht sein, in dem der Antigrav den Andruck nicht mehr zu beseitigen vermochte. Kasom starrte auf die toten Kontrollampen auf seinem Schaltpult. Noch arbeiteten die Triebwerke nicht. Waren sie in der Lage, der feindlichen Kraft Widerstand zu leisten?

Wie Icho Tolot vorhergesagt hatte, erweiterte sich die Spirale langsam. Die CREST II näherte sich der Schale der Hohlwelt. Der Gesamtdurchmesser des Hohlraums war inzwischen zu 7800 km bestimmt worden. Zweitausend davon trennten das Schiff von der weißglühenden Kugel des Energiekerns, neunzehnhundert Kilometer unter ihr lagen die zerklüfteten Gipfel und die weiten Wüsten des Hohlplaneten.

Kasom war nicht dazu gekommen, eine Analyse des oberflächennahen Raumes anzufertigen. Wenn es dort unten eine Atmosphäre gab, dann war die CREST II noch eher verloren, als er bis jetzt angenommen hatte.

Das Ziel des unbekannten Gegners war klar.

Er wollte den Eindringling vernichten.

Mit der Fülle an Mitteln und Energien, die ihm zur Verfügung standen, war es ihm gleichgültig, wie er diesen Zweck erreichte. Ob er das Schiff mit unabwehrbaren Geschossen bombardierte oder es nach Art eines Elementarteilchens beschleunigte, bis es zerbarst oder auf der Oberfläche der alptraumhaften Hohlwelt zerschellte – alles war ihm recht, solange er den Eindringling nur beseitigte.

Icho Tolot sprach ununterbrochen Daten in das Mikrofon des Interkoms. Hinter verschlossenem Schott saß Perry Rhodan und wertete sie aus. Melbar Kasom sandte ein Stoßgebet zum Himmel, daß er dabei Erfolg hätte.

Er hatte den Gedanken noch nicht zu Ende gedacht, da schrillte der Alarm.

Der Andruck hatte die kritische Grenze überschritten.

Die Generatoren waren überbelastet.

Immer dieselbe Antwort. Eine Gleichung mit sechs Variablen und ihren Ableitungen, die Koeffizienten unbekannt.

Rhodan speicherte Icho Tolots Angaben und fütterte sie in die Maschine, sobald sie einen Programmdurchgang beendet hatte. Aber keine der Bewegungen des Schiffes war charakteristisch genug, daß sich daraus die sechs Koeffizienten hätten ableiten lassen.

Die Zeit verschwamm. Vor Sekunden oder Minuten hatten draußen die Sirenen aufgeheult. Perry hatte nicht zu fragen brauchen, warum. Unmittelbar darauf senkte sich der Andruck auf ihn und preßte ihn nach unten in den Sessel.

Der Antigrav schaffte es nicht mehr.

Icho Tolot meldete sich plötzlich.

„Ich gebe meinen Posten jetzt auf, mein Freund", sagte er gemächlich. „Aus den Kursdaten werden wir weiter nichts ermitteln können. Es gibt wichtigere Dinge zu beobachten."

Rhodan hatte sich schon lange abgewöhnt, über des Haluters plötzliche Entschlüsse nachzudenken. Es ließ sich nicht leugnen, daß Icho in jeder Lage genau wußte, was er tat.

Rhodans Verstand arbeitete fieberhaft. Das Suchen nach den Dingen, die er vielleicht übersehen haben mochte, war eine Sache, die er selbst zu tun hatte. Die Maschine konnte ihm nicht helfen. Sie hatte das Programm ein weiteres Mal abgetastet und war zum selben Ergebnis gelangt:

Die Koeffizienten sind unbestimmbar!
Rhodan stützte den Kopf in beide Hände und schloß die Augen. Nur *eine* charakteristische Bewegung. Nur *ein* kritischer Zahlenwert.

Nach Sekunden zwang ihn der Andruck, seine Position zu ändern. Die Arme konnten das Gewicht des Schädels nicht mehr tragen. Rhodan hatte Schwierigkeiten mit dem Atmen. Der Andruck begann, gefährlich zu werden.

Da war Icho Tolots Stimme wieder.

„Wir haben eine neue Art der Bewegung angefangen." Mein Gott, wie brachte er es fertig, so gemächlich daherzureden! dachte Perry Rhodan. „Wir bewegen uns nicht mehr in ein und derselben Ebene. Wir beschreiben eine Spirale nicht nur vom Energiekern weg, sondern außerdem eine engere, die uns wie ein Korkenzieher um unsere bisherige glatte Bahn herumführt."

Rhodan verstand sofort. Die Analogie wurde noch deutlicher. Auch Elementarteilchen bewegen sich innerhalb des Synchrotrons auf einer spiraligen Bahn. Der Gedanke, der ihm bei dem Vergleich kam, nahm ihm den Atem.

„Tolot...", stieß er keuchend hervor, „... läßt sich feststellen, ob das Schiff irgendeine Art von Strahlung abgibt?"

Der Haluter antwortete ohne Zögern, und seine Stimme klang amüsiert.

„Ich deutete schon an, daß ich Ihnen in Kürze eine wertvolle Information liefern wollte. Meine Geräte registrieren eine Ausstrahlung. Sie erfassen zwar nur die fünfdimensionale Streukomponente der Strahlung, aber eine Korrelation zwischen Winkelgeschwindigkeit in Hyperfrequenz besteht durchaus. Ich gebe Ihnen die Daten..."

So schnell Rhodan sie verarbeiten konnte, lieferte der Haluter die Informationen, die die Instrumente und sein Plangehirn ermittelt hatten. Rhodan reichte sie an die Maschine weiter, und die Positronik begann aufs neue, das Programm durchzurechnen.

Rhodan wartete voller Ungeduld. Die Auswirkung der engspiraligen Bewegung war jetzt deutlich zu spüren. Die Richtung des Andrucks wechselte in regelmäßigen Intervallen. Perry fragte sich, wie lange er das noch aushalten würde. Sein Sinn für Zeitempfinden war schon längst dahin. Die Positronik schien ihm Stunden zu brauchen, dabei konnten nicht mehr als Sekunden vergehen, bis sie das Programm einmal durchgerechnet hatte.

Unbeeinflußt von der drohenden Gefahr waren allein seine Gedanken. Immer noch suchte er fieberhaft nach einer Lösung des Problems. Tolots Informationen würden, wenn sie die richtigen waren, nur drei der sechs Koeffizienten bestimmen. Zur Lösung der Gleichung mußten *fünf* bekannt sein, der sechste ermittelte sich von selbst. Zum hundertsten Male fragte er sich, ob er noch etwas übersehen hätte.

Da präsentierte die Positronik das neue Resultat.

Die Gleichung hatte sich verändert.

Drei Koeffizienten waren bestimmt.

Rhodan riß das Mikrofon zu sich heran. Mit hastigen Worten informierte er den Haluter. Die Projektoren der Schirmanlage konnten jetzt ausgerichtet werden. Drei Komponenten der feindlichen Kräfte waren bekannt, gegen die die Schirmfelder ankämpfen konnten.

Würde es nützen?

Konnten die Felder unschädlich gemacht werden, wenn nur drei ihrer sechs Komponenten lahmgelegt waren?

Icho Tolot handelte ohne Zögern, und wenige Sekunden nachdem er die Daten erhalten hatte, kam seine Antwort:

„Es nützt nichts, mein Freund. Um die Kraftfelder auf drei Komponenten auszuschalten, müßte ich sämtliche Energie des Antigravs haben. Zapfe ich ihn an, dann werdet ihr alle an den Wänden zerquetscht."

Der gewaltige Druck preßte Rhodan nach vorn, mit dem Gesicht auf die Platte des Schaltpults.

Aus...!

Es gab keine Hoffnung mehr.

Er hatte nicht einmal mehr genug Kraft, um den Kopf vom Pult zu heben. Jedenfalls nicht, bevor ihm einfiel, was er vergessen hatte.

Wie ein Blitz schoß ihm der Gedanke durchs Gehirn. Er gab ihm neue Kraft. Er konnte sich plötzlich in die Höhe stemmen, und obwohl ihm bunte Ringe vor den Augen tanzten, fand er das Mikrofon. Die Stimme wollte ihm nicht mehr gehorchen, aber er zwang sie dazu, und krächzend stieß er hervor:

„Tolot... die Eigendrehung des Schiffes... welche Frequenzen?"

Auf einmal war alles so einfach. Das Schiff besaß einen Eigendrehimpuls. Als einzige Bewegungsform der CREST II war er unbeschleunigt. Es war merkwürdig, daß er bislang nicht daran gedacht hatte, die Analogie zum Elementarteilchen zu Ende zu denken. Es gab zwei

Sorten von Teilchen, solche mit und solche ohne Eigendrehimpuls, auch Spin genannt. Der Spin war eine charakteristische Größe. War er von Null verschieden, dann war er dem Halb- oder Ganzzahligen eines Elementarquantums gleich, in der dreidimensionalen Physik war dieses Elementarquantum das Plancksche Wirkungsquant, mit einer numerischen Konstanten multipliziert.

Begeisterung packte den einsamen Rechner. Viel zu langsam kamen ihm Icho Tolots Antworten, Zahlen auf Zahlen...

Er fütterte sie in die Positronik.

Mit einer Hand, die so schwer war wie Blei, drückte er die Taste des Hauptprogramms. Klickend und singend fing die Maschine an zu rechnen. Rhodan schloß die Augen, um die Funken und Ringe nicht zu sehen, die der mörderische Andruck vor ihn hinzauberte.

Als die Relais schwiegen, sah er auf.

Die Maschine hatte das Elementarquant der fremden Physik errechnet und mit ihm die drei fehlenden Koeffizienten bestimmt.

Die Gleichung war gelöst. Die Strukturformel der Kraftfelder stand vor Rhodan auf dem Leuchtschirm.

Schwerfällig drückte er sich aus dem Sessel. Er hatte das Bedürfnis, sich auf den Boden fallen zu lassen und liegenzubleiben. Ein merkwürdiger Drang, auch in diesen Augenblicken der Gefahr, die Würde zu wahren, hielt ihn aufrecht.

Das Schott sprang vor ihm auf. Taumelnd stolperte er in den Kommandoraum hinaus. Etwas Schwarzes, Schweres war plötzlich vor ihm und fing ihn auf, als er zu stürzen drohte. Icho Tolot, der Haluter!

Rhodan verlor für Augenblicke das Bewußtsein. Als er wieder zu sich kam, saß er im Sessel vor der Schirmfeldanlage. Neben ihm stand Tolot, ein Fels in der Sturmflut. Ringsum ächzten und schrien die Wände. Der Andruck war mörderischer als je einer, an den Rhodan sich erinnern konnte. Er hatte Mühe, die Schalter und Knöpfe vor sich zu erkennen. Ein merkwürdiges Bild hielt ihn gefangen. Ein weißer Glutball, der wie ein Blitz von Bildschirm zu Bildschirm wanderte und in weniger als einer Sekunde den ganzen Kommandostand umrundete.

Der Energiekern! Die rasende Bewegung des Schiffes erzeugte das Bild.

Mit letzter Kraft raffte er sich noch einmal zusammen. Keuchend und ächzend stieß er abgerissene Worte hervor, und es kam ihm vage zum Bewußtsein, daß Icho Tolot sich neben ihm bewegte und an den

Knöpfen hantierte. Er selbst bewegte nur einen einzigen Hebel. Danach brauchte er eine Ruhepause, um neue Kraft zu schöpfen.

Das Innere des Schiffes war jetzt ein Inferno aus kreischendem Gebrüll, zuckendem Licht und unerträglichem Schmerz. Rhodan fühlte sich in die Höhe gehoben und im nächsten Augenblick mit Wucht tief in seinen Sessel gedrückt, eine Sekunde später riß ihn eine mörderische Kraft zur Seite und zerbrach die Armlehne unter dem Gewicht des willenlosen Körpers. Er spürte, wie ihm das Bewußtsein wich. Er hatte keine Kraft mehr, um es zurückzuhalten. Er war zu spät gekommen.

Von irgendwoher aus dem Durcheinander von Licht, Lärm und Schmerz kam Icho Tolots Stimme.

„Ein Teil der Generatorenleistung muß umgeleitet werden!" In Rhodans Ohren rauschte es. Er verstand nur noch Bruchstücke. „...Andruck größer... wenn alles gutgeht... nur sehr kurze Zeit..."

Dann traf ihn ein Schlag von ungeheurer Wucht.

Er versank in warmer, weicher Finsternis...

Er erwachte mit einem Schrei.

Vor ihm bewegte sich Melbar Kasom über die glatte Fläche des Bodens. Weiter vorn war Icho Tolots mächtiger Körper zu sehen.

Es war ruhig ringsum. Die Bildschirme leuchteten stumm und zeigten eine Landschaft von beeindruckender Öde und Einsamkeit, aus beträchtlicher Höhe gesehen. Rhodan stellte außerdem fest, daß er selbst auf dem Boden lag, daß sein Körper sich anfühlte, als hätte ihn ein Dampfhammer bearbeitet – und daß im übrigen alles in Ordnung zu sein schien.

Er richtete sich auf. Die Mühe, die es ihn kostete, allein auf die Ellbogen zu kommen, trieb ihm den Schweiß auf die Stirn. Er keuchte. Der Ertruser hörte es und kam auf ihn zugelaufen. Eine Sekunde später hing Perry Rhodan in den mächtigen Armen Melbar Kasoms. Er war sicher, daß er zusammenbrechen würde, wenn es Kasom einfiele, ihn loszulassen.

„Was ist los?" fragte er leise.

„Das Schiff ist vorläufig in Sicherheit", erklärte Icho Tolot mit dröhnender Stimme. „Im Augenblick der höchsten Gefahr haben Sie mir die Daten für die Einstellung der Schirmfeldprojektoren zugerufen. Ich konnte danach die Antennen ausrichten. Der Erfolg war phänomenal. Für Bruchteile von Sekunden arbeitete der Antigrav zwar mit verminderter Energie, und selbst unser Freund Melbar Kasom wurde kurzzeitig bewußtlos. Aber der Fremdeinfluß war sofort ausgeschaltet. Ich hatte weiter nichts zu tun, als das Schiff wieder zum Stillstand zu bringen."

Rhodan hatte eine deutliche Vorstellung davon, was in einem solchen Falle „weiter nichts" bedeutete.

„Wie sieht es im Schiff aus?" wollte er wissen.

Icho Tolot überließ Melbar Kasom das Antworten.

„Wir hatten noch keine Zeit, uns umzusehen", erklärte der Ertruser. „Bis jetzt liegen noch keine Meldungen von der Besatzung vor. Eine Menge Leute werden Verletzungen davongetragen haben, besonders durch den letzten Andruckschock. Aggregate funktionieren dagegen einwandfrei. Sie selbst brauchen einen Arzt."

Rhodan winkte ab. Er dachte an Mory. Wie hatte sie das Inferno überstanden? Und die anderen?

Er befreite sich aus Kasoms Griff. Die Sorge um das Schiff und seine Besatzung gaben ihm Kraft genug, sich vorläufig auf den Beinen zu halten.

„Wird der fremde Einfluß nur abgeschirmt, oder besteht er nicht mehr?" fragte er, um sich zu vergewissern.

„Hat aufgehört", antwortete Melbar knapp. „Der Gegner muß eingesehen haben, daß er den Schutzschirm nicht durchdringen kann."

Rhodan betrachtete die Bildschirme. Icho Tolot bemerkte seinen Blick.

„Ich habe einige Messungen gemacht, die Sie vielleicht interessieren", sagte er leichthin. „Die Innenzone dieser Hohlwelt besitzt einen Durchmesser von siebentausendachthundert Kilometern, wie wir schon wußten. Die Innenwandung, also was wir als Oberfläche der Hohlschale sehen, erhält Wärme und Licht von jenem weißglühenden Energiekern, über dessen Natur ich mir noch im unklaren bin. Es gibt dort unten eine atembare Atmosphäre, die von der Oberfläche aus einige Kilometer weit in den Hohlraum reicht...", Perry fuhr auf, aber das beeindruckte den Haluter nicht, „... und eine Gravitation von rund eins-normal nach Ihrer Rechnung. Wo sie herkommen, die Gravitation und die Atmosphäre, wissen wir nicht. Spuren von organischem Leben lassen sich nicht finden. Die ganze Hohlwelt scheint eine einzige Wüste zu sein."

Das Bild der graugelben Sandflächen und der zerrissenen Bergketten erfüllte Rhodan mit Unbehagen. Ohne zu wissenschaftlicher Analyse greifen zu müssen, wußte er, daß eine solche Welt auf natürlichem Wege nicht entstehen konnte. Jemand hatte sie also gebaut. Er hatte sie mit einer Sonne versehen, mit Gravitation und einer atembaren Atmosphäre. Die „Sonne" aber, der gewaltige Energiekern, konnte nichts anderes sein als ein Transmissionsfeld, aus dem die CREST II herausgekommen war. Es mochte in seinen Randzonen geschehen sein, oder knapp außerhalb des glühenden Balles, Rhodan wußte es nicht. Noch nicht.

Eine andere Frage drängte sich auf.

Was lag außerhalb der Hohlwelt?

Sobald Wuriu Sengu, der „Späher", wieder bei Bewußtsein war, wollte Perry ihn anweisen, einen Blick durch die Kugelschale hinaus in den freien Raum zu werfen. Wuriu sollte in der Lage sein, benachbarte Himmelskörper zu erkennen – wenn es welche gab. Auf jeden Fall jedoch würde er die Dicke der Schale ermitteln können.

Zunächst galt es jedoch abzuwarten, bis die Besatzung wieder auf den Beinen war und sich von den Nachwirkungen der Andruckkräfte erholt hatte, denen sie ausgesetzt gewesen war. Cart Rudo kam zum zweitenmal zu sich. Kasom kümmerte sich um ihn, während Rhodans ganze Sorge Mory galt.

23.

Einige Stunden später war es soweit. Cart Rudo konnte die CREST II wieder voll aktionsfähig melden. Inzwischen hatte er sich von Medo-Robots untersuchen lassen müssen, wobei sich ergeben hatte, daß sein Metabolismus auf das vor dem Verlassen des Twin-Systems verabreichte Tiefschlafmittel unvorhergesehen empfindlich reagierte, was seine Schwäche und sein Zusammenbrechen nach dem ersten Erwachen erklärte.

Perry Rhodan entschloß sich dazu, ein Kommando mit einer Space-Jet auszuschleusen, das die Oberfläche der Hohlschale erkunden und einen vorläufigen Landeplatz für die CREST finden sollte. Auch wenn das öde Gelände auf den ersten Blick fast überall gleich aussah, war man durch die Erfahrungen auf den Planeten Twins hinreichend gewarnt.

Drei Freiwillige hatten sich für das Unternehmen gemeldet. Sergeant Fed Russo, 33 Jahre alt, klein und stämmig. Sergeant Josh Bonin, Afroterraner, knapp zwei Meter groß und auffallend dünn. Der dritte Mann war Korporal Sturry Finch, ebenfalls schlank und mit lebhaften, blauen Augen. Sie kannten einander gut.

Perry Rhodan verfolgte das Ausschleusen der Space-Jet auf einem der Bildschirme. Dann wandte er sich Wuriu Sengu zu, der sich konzentrierte und die Welt um sich herum zu vergessen begann.

Langsam, aber unaufhaltsam drang Sengus Geist durch die Finsternis vor. Von den unglaublichen Gaben des mutierten Gehirns geleitet, drang sein Blick dorthin, wohin kein menschliches Auge zu sehen vermochte.

Die innere Wandung des Hohlplaneten setzte Wuriu Widerstand entgegen. Der Blick versank in formloser Dunkelheit und verlor die Orientierung. Eine Zeitlang irrte er in der Finsternis umher, stieß hier und dort auf schwache Konturen, die von Erzlagern, Wasseradern und kleinen Hohlräumen herrührten, und brach schließlich wieder zur Helligkeit durch.

Der Schock, den der „Späher" erlitt, als er die neue Umwelt erkannte, war so groß, daß er beinahe das Bewußtsein verloren hätte.

Im letzten Augenblick wurde er wieder Herr des verwirrten Verstands und zwang sich dazu, das merkwürdige Gebilde zu betrachten, das sein paraphysischer Blick erfaßt hatte.

Er blickte auf eine grasbewachsene, von Büschen und Bäumen durchsetzte Ebene. Ein seichter Fluß schlängelte sich durchs Gelände. Im Hintergrund ragten Berge auf – aber was für Berge! Wuriu konnte ihre Höhe nicht abschätzen, aber sicherlich betrug sie mehrere hundert Kilometer. Der Himmel schwamm in diffusem, grünem Licht. Es schien keine Sonne zu geben. Alle Helligkeit kam von der grünen Strahlung, deren Quelle Wuriu nicht erkennen konnte.

Er stellte fest, daß die Gipfel der Berge in das grüne Licht hineinragten. Sein Blick tastete sich noch weiter und sah, daß die Felsspitzen gegen eine Decke aus solidem Material stießen.

Erst da wurde ihm völlig klar, was er entdeckt hatte.

Was ihn beim ersten Anblick der merkwürdigen Welt verwirrt hatte, war die Tatsache, daß der ebene Boden am weitesten von ihm entfernt war, während sich die Berge seinem Blick entgegenzurecken schienen. Wäre er an die Oberfläche des Planeten vorgedrungen, hätten die Dinge umgekehrt liegen müssen.

Jetzt begriff er.

Was er sah, war nicht die Oberfläche des Planeten. Es war eine Welt zwischen zwei Kugelschalen. Die Wandung der Hohlkugel, in der die CREST II schwebte, schätzte der Späher auf rund einhundert Kilometer Dicke. Ihre Außenseite bildete den Himmel jener grünen Welt, auf die er jetzt hinuntersah. Der Boden, auf dem die Berge wuchsen, war die Innenwandung einer zweiten, größeren Hohlkugel.

Wuriu hielt sich nicht lange auf. Er stieß weiter vor.

Es überraschte ihn kaum, jenseits der zweiten Schale eine dritte zu finden, die wiederum eine Welt für sich war. Sie lag unter blutrotem Licht, und auch hier ragten die Berge Hunderte von Kilometern weit in die Höhe.

Weiter drang der Blick des Spähers. Eine neue Welt tauchte auf, zwischen der dritten und vierten Schale eingebettet. Es war eine Welt des Aufruhrs, in gelbes Licht gebadet. Wuriu hielt sich nicht auf. Er durchstieß auch die vierte Schale... und erstarrte vor dem Anblick des freien Raumes, der sich plötzlich vor ihm auftat.

Es gab innerhalb des Planeten genug wunderliche Dinge, aber es war die Ganzheit dieser merkwürdigen Welt, die das größte Wunder darstellte. Wuriu, der Späher, brauchte eine Weile, bis er verstand, was er sah.

Die Oberfläche des Planeten lag unter dem Licht dreier Sonnen. Der Planet, nicht die Sonnen, war der beherrschende Bestandteil dieser Konstellation. Die Sonnen bildeten ein regelmäßiges Dreieck, und der Planet stand dort, wo die drei Seitenhalbierenden einander schnitten.

Wuriu war erschöpft. Er spürte, wie das Blickfeld sich verdunkelte. Er war durch Hunderte Kilometer festes Gestein und durch Tausende von Kilometern an Hohlräumen hindurchgestoßen, und jetzt verließen ihn die Kräfte.

Er schloß die Augen. Der Verstand, bis jetzt völlig im Bann der paraphysischen Seherkraft, kehrte zu normaler Tätigkeit zurück.

Kurz darauf waren die Beobachtungsergebnisse den verantwortlichen Offizieren bekannt. Es ergab sich die nicht gerade einmalige, aber doch äußerst seltene Lage, daß eine Gruppe von unvoreingenommenen und sorgfältig geschulten Männern an der geistigen Kompetenz eines Mutanten zweifelte.

Man hielt Wuriu Sengus Beobachtungen für die Ausgeburt einer kranken Phantasie. Eine Hohlwelt waren die Männer bereit hinzunehmen, aber eine Hohlwelt in vier Etagen erschien ihnen ein ebensowenig ernstzunehmendes Objekt wie die um das Horn des Mondes geschlungene Bohnenranke, an der sich seinerzeit jemand auf die Erde herabgelassen haben wollte.

Bezeichnenderweise waren es vor allem die jüngeren Offiziere, die Wuriu Sengus gesunden Verstand in Zweifel zogen. Es bedurfte der Autorität des Großadministrators, um die Zweifel, wenn auch nicht zu beseitigen, so doch wenigstens in den Hintergrund zu drängen.

Von da an galt es offiziell als feststehend, daß die unbekannte Welt aus vier konzentrischen Hohlkugeln bestand und daß es insgesamt fünf planetarische Oberflächen gab. Die erste war die, über der die CREST II schwebte. Die zweite war der Boden der grünen Welt. Darüber lag die Oberfläche der roten Welt, danach kam der Schalenzwischenraum, der nach Wuriu Sengus Beobachtung von gelbem Licht erfüllt war – und schließlich die eigentliche Oberfläche des Planeten, die unter dem Licht dreier Sonnen lag.

Die Frage, wie ein solches Ungetüm von Himmelskörper entstanden sein mochte, wurde nicht gestellt, geschweige denn beantwortet.

Die Aufregung über Wuriu Sengus Entdeckungen hatte sich noch nicht gelegt, als sich die Ortungszentrale meldete und von einem neuen Phänomen berichtete. Fast gleichzeitig kam eine Meldung von der Funkzentrale, die in ständiger Verbindung mit der ausgeschleusten Space-Jet stand.

Die Berge waren zu Ketten gestaffelt. Zwischen je zwei Ketten zog sich mehr oder weniger geradlinig ein tief eingeschnittenes Tal dahin. Die Felseinöde war trostlos und verlassen.

Fed Russo ließ die Space-Jet den sanften Windungen eines Tales folgen. Zwei Bergketten lagen zwischen ihnen und der Wüste. Die CREST II wurde über das Vordringen des Beibootes ständig auf dem laufenden gehalten. Der Orter an Bord des Schiffes meldete, daß er es vor ein paar Minuten aus dem Blickfeld verloren habe. Die Funkverbindung war jedoch ausgezeichnet.

„Was willst du eigentlich hier?" fragte Josh Bonin in klagendem Ton. „Wir haben schon alles gesehen. Hinter der zweiten Kette sieht es so aus wie hinter der ersten und hinter der dritten so wie hinter der zweiten. Ich verstehe nicht, was..."

„Wenn du nichts verstehst", fuhr Fed ihn gereizt an, „dann halt den Mund!"

Ein paar Minuten lang herrschte bedrücktes Schweigen. Sturry Finch hatte dicht neben der Tür zum Laderaum einige Instrumente aufgebaut und machte fortwährend Messungen. Mit diesen Geräten, so meinte er überzeugt, sollte er der Hohlwelt wenigstens einige ihrer Geheimnisse entreißen können. Russo belächelte ihn. Für ihn hatte der Korporal mit seinen heißgeliebten Instrumenten ganz einfach einen Tick. Obwohl Sturry mit allem Eifer bei der Sache war, hatte er bis jetzt noch nicht mehr gefunden als elektromagnetische und sonstige Störungen, die allerdings gleich in Hülle und Fülle.

Das Boot näherte sich jetzt einer Stelle, an der das Tal sich kesselförmig weitete. Es sah so aus, als hätte es hier vor undenklichen Zeiten einen See gegeben, der von einem Zufluß oberhalb des Kessels gespeist wurde und sich in einen Wasserlauf unterhalb entleerte.

Fed hielt den Ort zum Landen für geeignet. Er dirigierte die Space-Jet in die Tiefe und setzte sie dicht neben einer Felswand in den grobkörnigen Staub. Es gab selbst hier in der unmittelbaren Nähe der Wand keinen Schatten. Der Energiekern stand genau senkrecht über allem, was es auf dieser Welt gab.

Sturry sah überrascht auf, als bemerkte er jetzt erst, daß das Boot gelandet war. Er hockte auf dem Boden.

„Können wir raus?" wollte er wissen.

Fed nickte.

„Wir vertreten uns die Beine", entschied er.

Sturry packte aufgeregt ein paar Instrumente zusammen und eilte damit zur Schleuse.

„Versprichst du dir etwas davon?" fragte ihn Fed.

„O ja!" Sturrys blaue Augen leuchteten vor Begeisterung. „Es gibt eine ganze Reihe schwachwirkender Einflüsse, die durch die Hülle des Bootes völlig abgeschirmt werden."

Fed war mißtrauisch.

„Und obwohl sie schwach wirkend sind, kannst du sie in diesem Tohuwabohu von Störungen empfangen?"

Sturry lachte.

„Ja, natürlich. Dafür gibt es Methoden."

„Gehen wir!" meldete sich Josh.

Sie stiegen aus. Von der Höhe der Schleusenkante aus war der steinige Boden des Tals kein besonders sanfter Landeplatz. Sturry, der als erster sprang, stürzte hin und rollte sich mit der Behendigkeit einer Katze auf den Rücken, um die Geräte zu schützen, die er mit beiden Händen gegen den Leib drückte. Als Fed hinabsprang, hatte er sich schon wieder aufgerichtet und war dabei, seine Instrumente in Position zu bringen.

Josh landete elegant, federte mit den langen Beinen und stöhnte entsetzt:

„Mein Gott, ist das heiß!"

Niemand achtete auf ihn. Fed Russo schritt an der Felswand entlang und betrachtete nachdenklich die seltenen, dünnen Flächen tiefschwarzen Schattens, die sich dort bildeten, wo ein Stück der Wand ein wenig überhing und den darunterliegenden Boden vor der sengenden Hitze des Energiekerns schützte.

Er kniete auch nieder und durchwühlte den kiesigen Boden mit den Händen, bis ihm fast die Haut auf den Fingern briet. Aber er fand nichts. Unter der obersten Schicht Geröllstaub lag wieder eine Schicht Geröllstaub, und so ging es wahrscheinlich weiter, bis...

Bis wohin?

Ein Paar Stiefel erschien plötzlich in Feds Blickfeld. Fed sah auf. Josh Bonin stand vor ihm und schaute auf ihn herab.

„Hast du schon mal überlegt", fragte er, „wie tief du graben mußt, um die Leute an der Fußsohle zu kitzeln, die auf der Oberfläche dieser Welt herumlaufen?"

Merkwürdig, schoß es Fed durch den Sinn, ich habe gerade dasselbe gedacht. Sie befanden sich auf der Innenwandung eines Hohlplaneten, das hatte er für einen Augenblick vergessen. Die Hohlwelt mußte auch eine äußere Oberfläche haben. Wenn er hier anfing zu graben, dann würde er theoretisch irgendwann, und wenn es tausend Jahre dauerte, auf der Außenschale des Planeten herauskommen. Von Sengus Entdeckungen wußten er und seine Begleiter noch nichts. Daher glaubten sie natürlich an nur *eine* Schale.

Er schüttelte den Kopf und stand auf.

„Merkwürdige Welt", murmelte er. „Wer soll sich da zurechtfinden?"

Josh war der gleichen Ansicht.

„Wir sollten sie Horror nennen", schlug er vor.

Fed lachte bitter.

„Ruf den Chef an und sag es ihm. Vielleicht gefällt ihm dein Vorschlag."

Josh machte eine wegwerfende Handbewegung. Er wollte noch etwas sagen, aber bevor er dazu kam, geschah etwas Erstaunliches.

Ein roter Blitz zuckte über den weißen Himmel. Für den Bruchteil einer Sekunde füllte sich das felsige Tal mit schmerzender, roter Helligkeit. Die Erscheinung war lautlos. Die heiße Luft blieb reglos. Kein Donner folgte dem Blitz. Das Leuchten verschwand so schnell, wie es gekommen, und nur die tanzenden Ringe vor den Augen bewiesen Fed, daß er das Ganze nicht geträumt hatte.

Dann schrie Sturry Finch.

So schnell hatte sich Fed Russo noch nie in Bewegung gesetzt. Mit gewaltigen Schritten umrundete er die Felsnase, die Sturry vor seinem Blick verbarg. Sturry kniete im Geröll und hatte beide Arme hoch erhoben, als leiste er eine Andacht. Aus dem Boden vor ihm stieg Rauch auf, und Sturrys Gesicht war vor Schmerz verzerrt.

Fed riß ihn fast um.

„Was ist los?" stieß er hervor.

Sturry beugte sich nach vorn und barg die rechte Hand unter dem linken Ellbogen. Er gab stöhnende Laute von sich und wiegte den Oberkörper hin und her.

„Au verdammt!" hörte Fed schließlich. „Das tut weh!"

Verstört sah Fed um sich. Von einem der Geräte, die Sturry im Halbkreis um sich herum aufgebaut hatte, war nur noch ein rauchendes, unförmiges Etwas übriggeblieben. Der Rauch war graublau und stank. Fed begriff endlich, was geschehen war.

Sturry stand auf. Er zog die Hand unter dem Ellbogen hervor und musterte sie mißtrauisch. Die Finger waren von roten Flecken bedeckt. Brandblasen begannen sich zu bilden. Sturry sah Fed unglücklich an. Aus dem Hintergrund näherte sich Josh mit bequemen, stelzenden Schritten, als ginge ihn das Ganze nichts an.

„Das war der Blitz", klagte Sturry. „Er war so kräftig, daß der Empfänger schmolz. Und ich hatte gerade die Finger dran."

„Was für ein Empfänger?" fragte Josh unbeteiligt.

„Übergeordnete Energiestrukturen", antwortete Sturry. „Der Blitz war das äußere Anzeichen einer Energieentladung auf höherdimensionaler Ebene."

„Sagst *du*", meinte Fed. „Und was heißt das?"

Sturry sah ihn wütend an.

„Warum fragst du *mich?* Ruf die CREST an und sieh nach, ob sie etwas beobachtet haben!"

Fed konnte einen guten Rat von einem schlechten unterscheiden. Er kehrte zur Space-Jet zurück, schwang sich in die Schleuse und klemmte sich in den Pilotensitz. Sekunden später war die Verbindung hergestellt.

„Kommando Russo an Mutterschiff", fing er an. „Wir haben vor etwa drei Minuten ..."

Er berichtete, was geschehen war. Ohne es zu wollen, gebrauchte er den Namen, den Josh Bonin der Hohlwelt gegeben hatte. Und jetzt erst erfuhr er, was Wuriu Sengu inzwischen herausgefunden hatte.

Von der CREST II aus war folgende Beobachtung gemacht worden:

Um 15h 26' 12" drangen aus dem Glutball des Energiekerns zwei rotleuchtende, offenbar scharf gebündelte Strahlen und schossen mit hoher Geschwindigkeit auf die Oberfläche des Hohlplaneten zu. Der Winkel, den die beiden Strahlen miteinander einschlossen, betrug 180 Grad, das heißt, sie bewegten sich in entgegengesetzter Richtung. Während der Auftreffpunkt des sich von der CREST II fortbewegenden Strahls nicht ermittelt werden konnte, lagen über den Zielpunkt des anderen genaue Aufnahmen vor. Der rote Strahl war etwa vierzig Kilometer vom derzeitigen Standort der ausgeschleusten Space-Jet entfernt auf die Oberfläche getroffen und dort verschwunden, ohne sichtbare Spuren zu hinterlassen. Der Auftreffpunkt lag mitten in zerrissenem Berggelände, und Details der Oberflächengestaltung konnten von den Schiffsteleskopen wegen ungünstiger Lichtverhältnisse nicht aufgelöst werden.

Sergeant Russo erhielt den Auftrag, sich mit dem Boot in die Nähe des Zielpunkts zu begeben und Beobachtungen anzustellen. Die Ergebnisse, die sowohl die Ortungszentrale der CREST als auch Korporal Finch mit seinen Geräten erzielt hatte – oder vielmehr mit dem einen Gerät, das ihm unter den Fingern zerschmolz –, waren ohne Zweifel bedeutungsvoll, jedoch ließen sie sich vorerst nicht erklären.

Mit allen nötigen Informationen versehen, machten Fed Russo und seine zwei Leute sich wieder auf den Weg. Die Verbindung mit dem Mutterschiff blieb ständig eingeschaltet, so daß Peilanweisungen empfangen werden konnten. Die Space-Jet folgte zunächst dem Verlauf des Tals, dann jedoch mußte Fed einen weiteren Bergzug überqueren, und um der besseren Übersicht willen blieb er von da an mit den Berggipfeln auf gleicher Höhe.

Josh Bonin betätigte sich als Beobachter, das heißt, er hielt die

Augen offen. Sturry Finch dagegen war nach wie vor mit seinen Instrumenten beschäftigt. Seine rechte Hand hatte er notdürftig behandelt und bandagiert. Die Verletzung tat seinem Eifer offenbar keinerlei Abbruch. Der Verlust des Detektors jedoch traf ihn schmerzlich. Alle anderen Geräte waren den Störeinflüssen des Energiekerns ausgesetzt, und Sturry rechnete nicht damit, verborgene Energiequellen zu entdecken, wenn sie nicht in unmittelbarer Nähe des Kurses lagen.

Die Space-Jet hatte etwa zwanzig Kilometer zurückgelegt, als Fed Russo bemerkte, daß das Triebwerk nicht mehr einwandfrei arbeitete. Vor sich hatte er eine senkrecht ansteigende Felswand, die er überqueren mußte, um ans Ziel zu gelangen. Die Wand ragte etwa anderthalb Kilometer weit in die Höhe. Die Space-Jet bewegte sich, als Fed den Defekt bemerkte, mehr als tausend Meter unterhalb des Kamms. Fed riß das Steuer herum und ließ das Fahrzeug längs der Wand dahinstreichen. Es erschien ihm zu riskant, den Aufstieg zu wagen.

Er überprüfte die Instrumente. Das Triebwerk verzehrte Energie in einem Maß, als arbeite es unter Vollast. Von den Warngeräten schien keines die Ursache des Defekts zu erkennen. Die roten Signallampen blieben tot. Nur die Leistungsanzeige kroch beharrlich auf die rote Marke zu, die die obere Belastungsgrenze des Generators kennzeichnete.

Fed drückte die Space-Jet nach unten und horchte. Aus dem Triebwerkschacht kam das ruhige Summen der Geräte. Nichts deutete darauf hin, daß eine Funktion gestört oder eines der Aggregate ausgefallen war.

Fed drehte sich um.

„Josh, steig in den Schacht und sieh nach, was los ist", rief er. „Das Triebwerk frißt zuviel Leistung."

Josh nickte und stand auf, ohne den Blick vom Bugschirm zu wenden. Fed hörte, wie er die Bodenklappe öffnete. Als er sich umsah, war nur noch der schwarze, kraushaarige Kopf zu sehen, wie er stoischen Blicks in den schrägen Schacht hinein verschwand.

Das Boot flog jetzt fünfzig Meter über der Talsohle. Fed hielt nach einem geeigneten Landeplatz Ausschau für den Fall, daß Josh einen schwerwiegenden Schaden entdeckte.

Josh blieb ziemlich lange. Der Leistungsmesser hatte die Warnmarke fast schon erreicht. Fed wurde ungeduldig.

„Sturry, sieh nach, was er da unten macht!" befahl er.

„Schon dabei!" antwortete Sturry.

Die Klappe stand noch offen. Aus den Augenwinkeln sah Fed, wie Sturry sich über das Loch beugte und in den Schacht hinunterstarrte. Er zog die Beine an und schob die Füße über den Rand des Einstiegs.

„Mach schnell", knurrte Fed. „Wir haben nicht mehr viel Zeit."

Sturry nickte wortlos. Er hangelte mit den Fußsohlen nach den Sprossen der Schachtleiter. Als er Halt gefunden hatte, stieg er schnell hinab.

Sekunden später gellte sein entsetzter Schrei aus der Tiefe. In einer Art Reflexbewegung drückte Fed die Space-Jet nach unten. Hinter ihm kam Sturry Finch wieder aus dem Schacht geklettert, die blonden Haare wirr im Gesicht und so blaß, wie Fed ihn noch nie gesehen hatte. Mit einem kräftigen Ruck warf er den Schachtdeckel zu.

„Landen!" schrie er voller Entsetzen. „Sofort runter!"

Es gab einen kräftigen, knirschenden Ruck, als das Boot mitten im Tal aufsetzte. Fed schnallte sich los und sprang auf.

„Josh...", brachte Sturry stammelnd hervor, „...ist dort unten. Hinter dem Generator, ohnmächtig oder tot... weiß nicht. Und außerdem ist da..."

Fed sah, wie seine Augen sich in ungläubigem Schrecken weiteten. Wie ein kalter Wind strich der Eindruck unmittelbarer tödlicher Gefahr durch den kleinen Raum. Der Schock lähmte Feds Bewegungen. Langsam, wie in Zeitlupe, drehte er sich um und starrte auf den Bugschirm.

Da sah er es.

Es war eine Flamme oder etwas Ähnliches. Ein zitterndes, leuchtendes Gebilde, das frei in der Luft schwebte und seltsame Bewegungen ausführte. Es schien zu tanzen – vorwärts, rückwärts, von rechts nach links, von unten nach oben. Es war von blasser Farbe, und wenn es sich zu schnell bewegte, verlor Fed es für eine Sekunde aus den Augen. Es schien kein bestimmtes Ziel zu haben, und Fed begriff nicht, weshalb Sturry sich so erregte.

Immerhin kehrte er zu seinem Pult zurück und schaltete jetzt, da das Triebwerk nicht mehr lief, den Schirmfeldprojektor ein. Die Kontrollampen leuchteten auf. Fed atmete auf. Was die Flamme auch immer vorhatte, an die Space-Jet kam sie jetzt nicht mehr heran.

Er zuckte zusammen, als grelles, rotes Leuchten über den Bildschirm huschte. Unwillkürlich spannte er die Muskeln. Aber wie vor ein paar Minuten, als sie den roten Blitz zum erstenmal gesehen hatten, blieb draußen alles ruhig. Fed hatte lediglich den Eindruck, die Leuchterscheinung sei diesmal kräftiger gewesen.

Hinter ihm stöhnte Sturry Finch wie unter heftigem Schmerz.

„Was ist...", fing Fed an und unterbrach sich mitten im Satz.

Sturry starrte immer noch auf die zuckende Flamme, als hätte er einen Geist vor sich. Sein Arm hob sich kraftlos. Die Hand zitterte, als er auf das Gebilde deutete und hervorstieß:

„Das dort... genauso eines... da unten im Triebwerkschacht!"

24.

Um 15 Uhr 39 Bordzeit beobachtete Major Notami auf dem Kontrollschirm der Orteranlage eine Reihe von konturlosen Reflexen, die mit hoher Geschwindigkeit auf das Zentrum des Schirms zuschwebten. Eine Konzentration der Suchgeräte auf den Raumwinkel, aus dem die Reflexe kamen, trug nicht dazu bei, die Anzeige zu verstärken.

Enrico Notami war trotz seiner Lebhaftigkeit, die mit seinem südländischen Aussehen in wohlgewähltem Einklang stand, ein Mann, der wußte, was er in kritischen Situationen zu tun und zu lassen hatte. Etwas näherte sich dem Schiff, daran bestand kein Zweifel. Die Ortungszentrale war nicht in der Lage, die Natur des unbekannten Objekts zu definieren.

Da in einer Situation wie dieser jede unerklärte Beobachtung Gefahr bedeutete, gab Enrico allgemeinen Alarm.

Der Alarm kam um ein paar Sekunden zu spät.

Was auch immer sich dort draußen herumtrieb, es hatte angefangen, die Energie von den Schirmfeldern des Schiffes abzusaugen.

Der Kommandostand war der erste, der das zu spüren bekam. Von einer Sekunde zur anderen schnellten die Zeiger der Leistungsmeßgeräte in die Höhe. Von einem Augenblick zum nächsten vervierfachte sich der Leistungsausstoß der Generatorenstation, die für die Aufrechterhaltung des Schutzschirms verantwortlich war.

Melbar Kasom nahm die Meldung der Ortungszentrale entgegen. Fremde Objekte hatten sich von dem sonnenähnlichen Energiekern her auf die CREST II zubewegt. Es war mehr als wahrscheinlich, daß die Überlastung der Generatoren mit dem Auftauchen jener Objekte zusammenhing.

Im Kommandostand ging man zur Direktbeobachtung über. Bildgeräte tasteten die Peripherie der Schirmfeldhüllen ab. Und was Enrico Notamis komplizierten Ortungsgeräten nicht gelungen war, das erwies sich für das menschliche Auge als Kinderspiel.

Flackernde, zuckende Leuchterscheinungen waren an mehreren Punkten in der Umgebung des Schiffes zu beobachten. Konturenlos und fast ohne Farbe, wie die Phänomene sich zuerst zeigten, begannen sie nach kurzer Zeit in tiefem, sattem Rot zu strahlen und nahmen fließende, aber deutlicher erkennbare Formen an. Die Farbe war ständigem Wechsel unterworfen. Aus Rot wurde Gelb. Gelb wechselte nach Grün hinüber, und während schließlich die Umstellung von Grün nach Blau und Violett sich vollzog, schienen die merkwürdigen Erscheinungen träger zu werden und ihre Beweglichkeit zu verlieren. Im freien Raum, wie von einer Zeitdehnung eingefangen, zogen sie sich ein Stück weit vom Schiff zurück und explodierten schließlich in einem grellen, weißen Blitz. Der Energiekern dagegen sandte jedesmal, wenn sich eines der fremdartigen Gebilde aufgelöst hatte, einen scharfgebündelten, roten Energiestrahl zur Oberfläche des Planeten hinunter. Es handelte sich dabei um die gleiche Erscheinung, die schon zuvor beobachtet worden war. Die beiden Enden des roten Strahls trafen die Oberfläche, ohne eine erkennbare Wirkung zu hinterlassen. Jetzt folgten die Strahlen mit Abständen von wenigen Sekunden aufeinander. Jede Explosion eines Leuchtgebildes löste einen Strahl von etwa einer halben Sekunde Dauer aus.

Die Zahl der Leuchterscheinungen in der unmittelbaren Umgebung der CREST II nahm ständig zu, obwohl die Explosionen immer dichter aufeinanderfolgten. Der Energiekern und die staubigbraune Oberfläche der gewölbten Hohlkugel des Planeten verschwanden hinter einem zuckenden Vorhang aus grellem, buntem Licht.

Für Perry Rhodan, der die Vorgänge mit gespannter Aufmerksamkeit verfolgte, bestand kein Zweifel daran, daß es sich hier um einen mit fremdartigen Mitteln, jedoch wirksam vorgetragenen Angriff handelte, der das Schiff seiner Energiereserven berauben sollte. Die Leuchterscheinungen, was immer sie auch sein mochten, erfüllten keine andere Funktion als die, Energie aus den Feldschirmen der CREST II zu saugen. Der Energiestau in ihren schemenhaften Körpern erzeugte den raschen Farbwechsel. Die Explosion schließlich setzte die abgesaugte Energie wieder frei und strahlte sie dem Energiekern zu. Dieser wiederum gab sie in Form eines rotleuchtenden Strahls sofort wieder ab – wohin und zu welchem Zweck, das blieb vorläufig unbekannt.

Während in den Aggregatschächten die Generatoren unter höchster Beanspruchung dröhnten und rumorten, versuchte Perry Rhodan systematisch alle an Bord vorhandenen Mittel, um die Gefahr zu bannen. Die größten Schiffsgeschütze fielen von vorneherein aus, da die Sicherheitsvorrichtungen es nicht erlaubten, einen Punkt in so unmittelbarer Nähe des Schiffs, wie die Peripherie der Feldschirme es war, unter starkes Feuer zu nehmen. Kleinere Geschütze jedoch schienen dem Gegner eher zu nützen als zu schaden. Die Energie der Desintegratoren und Blaster wurde von den Leuchterscheinungen wie mit Begierde absorbiert. Ströme hochenergetischer Korpuskeln wurden ebenso verarbeitet wie die dichten Lichtbündel von Ultraviolett-Lasern. Jeder Versuch, den Angriff abzuwehren, schien im Gegenteil die Zahl der Angreifer zu vergrößern und das Schiff in noch höhere Gefahr zu bringen.

Als die erste Kette von Generatoren unter der mörderischen Beanspruchung zusammenbrach, befahl Perry Rhodan den Rückzug. Die CREST II setzte sich in Bewegung und senkte sich auf die Oberfläche der Planeteninnenschale hinab. Den Leuchterscheinungen machte das wenig aus. Sie folgten dem Schiff, und grelle Blitze in immer dichterer Folge zuckten durch den Innenraum der Hohlwelt.

Die Logik des Gegners war leicht durchschaubar. Er konnte es sich nicht leisten, schwere Waffen gegen die CREST einzusetzen, weil eine Explosion des Schiffes größere Energien freigesetzt hätte, als Horrors zerbrechliche Struktur vertragen konnte. Der Angriff diente also dem Zweck, den Energiegehalt der CREST soweit wie möglich zu verringern, so daß bei der endgültigen Vernichtung des Schiffes nicht mehr Energie frei wurde, als Horror verdauen konnte. In diesem Zusammenhang war Perry Rhodans Befehl zum Rückzug ein äußerst geschickter Schachzug, auch wenn die Wucht des gegnerischen Angriffs keineswegs nachließ. Denn der Schaden, den die explodierende CREST anrichten konnte, war in unmittelbarer Nähe der planetarischen Hülle gewiß größer, als wenn das Schiff sich mitten im freien Hohlraum befunden hätte. Perry Rhodans Taktik vermochte das Schicksal nicht zu wenden, aber sie zögerte den Zeitpunkt des Untergangs hinaus.

Schließlich, als das Schiff sich schon mit beachtlicher Geschwindigkeit auf die braune Fläche einer Wüste hinabsenkte, kam jemand auf die Idee, einfache Schallenergie gegen die Leuchtwesen einzusetzen. Da das übertragende Medium fehlte, wurden die Feldschirme selbst in Schwingung versetzt, und die Schwingungen teilten sich den Leuchterscheinungen mit, sobald sie die Schirme berührten.

Der Erfolg war verblüffend. Was die tödlichen Energien der hybriden Waffen nicht vermocht hatten, das gelang der energiearmen Schallstrahlung im Handumdrehen. Die Leuchtgebilde ergriffen die Flucht. Zum erstenmal seit einer halben Stunde wurde die schwarze Tiefe des Raums wieder sichtbar, und der Energiekern hörte auf, in ununterbrochener Folge rotleuchtende Energiebündel zu versenden. Zum erstenmal konnten die Einzelheiten der Planetenoberfläche auf den optischen Bildschirmen wieder eindeutig ausgemacht werden.

Die CREST hatte eine Schlacht gewonnen. Ob es daran lag, daß der Gegner zwar auf den Einsatz komplizierter Waffen vorbereitet war, nicht aber auf einen Gegenschlag mit einem atavistischen Schallstrahler – oder vielmehr daran, daß er von selbst des Spiels überdrüssig wurde und sich nun eine neue Taktik überlegen wollte, das wußte niemand.

Jedenfalls gelang es dem Schiff, auf einer weiten Wüstenebene anstandslos und sicher zu landen. Sofort nach der Landung begannen die Reparaturarbeiten in den Aggregatschächten. Mit Hilfe der Ersatzteile, mit denen das Schiff bis fast in den letzten Winkel vollgepfropft war, wurden die durchgebrannten Generatoren in fliegender Eile wieder instand gesetzt.

Inzwischen wollte man die Zeitspanne bis zur Beendigung der Reparaturen nützen, um Weiteres über die Hohlwelt zu erfahren. Ein Dutzend Space-Jets wurden ausgeschickt, um die Kugelschale der inneren Ebene weitergehend zu erkunden und nach dem Verbleib von Sergeant Russo und seiner beiden Begleiter zu suchen, zu denen der Funkkontakt kurz vor dem Angriff durch die Energiegebilde abgebrochen war. Drei Beiboote flogen in jenes Gebiet, aus dem die letzten Peilsignale der Vermißten gekommen waren.

Während die Space-Jets die CREST verließen, wollte auch Gucky nicht untätig bleiben. Aus Gründen, die eigentlich nur mit der Streustrahlung des Energiekerns im Zusammenhang stehen konnten, war er nicht in der Lage, die Vermißten telepathisch zu erfassen, obwohl seine Telepathiefähigkeit nicht zum Erliegen gekommen war, denn *innerhalb* der CREST vermochte er jeden Gedankenimpuls wahrzunehmen. Sobald er seine Telepathiefühler jedoch nach *draußen* richtete, versagte seine Kunst. Den anderen Telepathen erging es ebenso. Offenbar war nur Sengu imstande, seine Parafähigkeit voll nutzen zu können. Doch Gucky wollte es genau wissen, deshalb beschloß er herauszufinden, ob auch seine Teleportationsfähigkeit unter dem Einfluß des Energiekerns litt, falls dieser tatsächlich eine paranegierende Streukomponente besaß. Das mußte er herausfinden.

Der Versuch endete beinahe tödlich. Er hatte sich auf einen Punkt der Kugelwandung, nur wenige Kilometer von der CREST entfernt, konzentriert. Als er rematerialisierte, fand er sich in der unmittelbaren Nähe des Zentrumskerns. Es war sein Glück, daß er vor der Teleportation einen Raumanzug angelegt und den Helm geschlossen hatte. Kaum war er materialisiert, spürte er die mörderische Hitze, die vom Energiekern ausging und die von der Klimaanlage des Anzugs nur unvollkommen neutralisiert werden konnte. Der Helmfunk funktionierte nicht. Die Streustrahlung des Energiekerns störte die Funkverbindung.

Es blieb ihm keine Zeit, sich über die Ursache seiner mißlungenen Teleportation den Kopf zu zerbrechen, denn plötzlich wurde er von einem Kraftfeld erfaßt, das ihn in eine Umlaufbahn um den Energiekern beschleunigte. Er schaltete seinen Andruckabsorber ein. Für schreckliche Augenblicke befürchtete er, das gleiche Schicksal erleiden zu müssen wie die CREST, als sie um den Kern gewirbelt wurde, aber urplötzlich erlosch das fremde Kraftfeld. Eine zweite Teleportation wagte er nicht mehr, aus Angst, sie könnte ihn direkt in den Energiekern hineinbefördern. Statt dessen betätigte er die Rückstoßaggregate seines Anzugs. Die auf vollem Schub wirksam werdenden Andruckkräfte raubten ihm fast die Besinnung. Dann trieb er halb ohnmächtig in etwa 5000 km Höhe über die Kugelwandung dahin. Mit letzter Kraft versuchte er, Funkverbindung zur CREST herzustellen – und diesmal gelang es. Anscheinend wirkte sich der Störfaktor des Zentrumskerns hier nicht mehr so stark aus. Dann verlor er endgültig das Bewußtsein.

Als er wieder zu sich kam, befand er sich in der Medostation der CREST II.

„Was war los, Kleiner?" fragte Rhodan teilnahmsvoll.

„Ich wäre beinahe im Energiekern materialisiert", antwortete Gucky mit schwacher Stimme.

„Anscheinend läßt die n-dimensionale Strahlung des Transmissionsfeldes eine zielgerichtete Teleportation im Zentrumsbereich der Hohlwelt nicht zu", sagte Atlan nachdenklich. „Und sie lähmt auch fast alle anderen Para-Fähigkeiten unserer Mutanten."

„Du wirst wohl auf deine Psi-Fähigkeiten verzichten müssen", stellte Rhodan fest.

Gucky schloß die kleinen Augen. Er fühlte sich so hilflos wie nie zuvor.

Fed Russo besaß eine gewisse Gabe alogischer Intuition. Ohne etwas von den Dingen zu verstehen, leuchtete ihm sofort ein, daß es nur das merkwürdige Flammengebilde sein konnte, das die Energie vom Triebwerk abzapfte. Und wenn das sich so verhielt, dann bestand kein Zweifel daran, daß die leuchtenden Gebilde jenseits des Schirmfelds – mittlerweile waren es drei geworden – dasselbe Ziel verfolgten, nämlich die Energieversorgung der Space-Jet lahmzulegen.

Fed schob Sturry Finch mit einer ärgerlichen Bewegung zur Seite.

„Halt die Augen offen!" wies er ihn an. „Ich sehe mir das an. Laß den Feldschirm auf alle Fälle eingeschaltet."

Er schwang sich in den Schacht und kletterte ein paar Stufen weit nach unten. Das schwache Deckenlicht zeigte ihm die Konturen der Generatoranlage und hinter einem der Generatorenklötze Josh Bonins lange, reglose Gestalt. Die Flamme schwebte mittem im Raum, zwei Handbreit über einer kleinen, quadratischen Fläche, von der aus schmale Gänge zwischen den einzelnen Aggregaten hindurchführten. Es schien Fed, als habe das Leuchtgebilde ihn bemerkt. Es kam ihm so vor, als warte es auf seinen nächsten Schritt. Ein Schauder lief ihm über den Rücken, als ihm klar wurde, daß er es hier unter Umständen mit einer intelligenten Lebensform zu tun hatte.

Er traf eine rasche Entscheidung. Von den Waffen, die er bei sich trug, konnte in der Enge des Triebwerkschachts nur der Schallprojektor verwendet werden. Fed zweifelte daran, daß er auf das Leuchtwesen überhaupt einen Eindruck machen werde.

Er wandte sich halb zur Seite, um im Fall eines Mißerfolgs so rasch wie möglich ausreißen zu können. Dann legte er an und schoß.

Der Erfolg war verblüffend. Der Vibrator entlud sich unter dröhnendem, mit schrillem Wispern vermischtem Summen, und die Flamme begann augenblicklich, sich unter dem Einfluß der Schallstrahlung zu winden und zu drehen. So eindeutig zeigte sie die Reaktion, daß

Fed die Leistung der Waffe verdoppelte, selbst auf die Gefahr hin, daß ihm die Trommelfelle dabei platzten. Das Leuchtwesen geriet in helle Panik. Es floh von seinem bisherigen Standort und wich zwischen die Generatoren zurück. Die Vibratorstrahlung folgte ihm unerbittlich. Die Flamme schoß in die Höhe, prallte elegant von der Decke ab und kam auf Fed zu. Fed stemmte sich mit beiden Füßen gegen die Sprossen der Leiter und packte den Strahler mit beiden Händen. Er schrie vor Wut, ohne es zu merken. Die Flamme geriet in den Brennpunkt höchster Strahlwirkung und floß auseinander. Eine Zehntelsekunde später war sie wieder geschrumpft, aber nun trat sie endgültig den Rückzug an. Dicht über Fed Russos rundem Schädel hinweg schoß sie zur Schachtöffnung hinauf und verschwand.

In der nächsten Sekunde ertönte oben Sturry Finchs entsetzer Schrei.

„Nimm den Vibrator!" brüllte Fed. „Ich komme...!"

Mit einer Behendigkeit, die er nie zuvor besessen hatte, schwang er sich die Leiter hinauf. Sturry stand mit dem Rücken gegen das Pilotenpult und war eben dabei, seinen ersten Strahlschuß abzufeuern. Fed kam ihm zuvor. Mit zornigem Dröhnen entlud sich seine Waffe gegen das hilflose Leuchtgebilde.

„Schleuse auf!" schrie Fed über den Lärm hinweg.

Sturry begriff. Ein paar Sekunden später stand das Schott der Mannschleuse offen. Das Leuchtwesen schlug ohne Zögern den angebotenen Weg ein. Wie aus der Pistole geschossen, brach es aus der geöffneten Schleuse hervor und befand sich, als Sturry das Schott wieder geschlossen hatte, im engen Raum zwischen der Bootshülle und dem schützenden Feldschirm.

Fed schaltete den Schirm aus, ohne vorher lange zu überlegen. Eine Sekunde lang schien das Wesen unklar zu sein, ob es noch weiter fliehen solle. Dann setzte es sich wieder in Bewegung, und kurze Zeit später stieß es zu den drei anderen Erscheinungen, die sich wie auf ein lautloses Kommando zurückgezogen hatten. Schnell schaltete Fed den Schirm wieder ein.

Fed ließ die Schultern sinken und atmete auf. Sturry sah ihn fragend an. Fed wurde wütend.

„Halt den Mund!" fuhr er Sturry an, bevor der etwas sagen konnte. „Ich weiß genausowenig wie du. Geh und sieh nach Josh. Wir..."

„Danke", kam Joshs Stimme aus der Tiefe. „Bin schon wieder da. Bei dem Lärm, den ihr macht..."

Sein wollhaariger Schädel erschien im Schachtloch.

„Was ist eigentlich los?" fragte er verwundert.

Fed war nicht in der Laune, lange Erklärungen zu geben.

„Du bist da hinuntergeklettert", stellte er fest. „Was geschah dann?"

Josh griff sich an den Kopf.

„Dann...", murmelte er verwirrt, und es war ihm anzusehen, daß er es schwer hatte, sich zu erinnern. „Ich sah eine Art Licht, und dann bekam ich einen elektrischen Schlag. Muß gleich bewußtlos geworden sein."

Fed nickte grimmig.

„Das Ding saugt Energie auf. Wahrscheinlich kann es sie durch einfache Berührung in der Form elektrischer Schläge wieder von sich geben."

Josh kletterte vollends aus dem Schacht.

„Was für ein Ding?" fragte er klagend.

Sturry zeigte auf den Bildschirm.

„Das Ding dort...", fing er an, dann unterbrach er sich mitten im Satz.

Die vier Leuchtwesen waren näher gekommen. Sie schwebten jetzt dicht vor den Aufnahmegeräten. Ihre Farbe hatte sich verändert. Waren sie vorher meist durchsichtig und konturenlos gewesen, so leuchteten sie jetzt in sattem Rot, und ihre Formen ließen sich deutlich erkennen.

Gleichzeitig heulten die Generatoren im Triebwerkschacht wütend auf.

Fed Russo blieb ruhig.

„Sie zapfen uns an", erklärte er. „Sie nehmen die Leistung vom Feldschirm ab. Die Generatoren versuchen, den Schirm aufrechtzuerhalten, aber die Biester können rascher saugen, als Energie nachkommt."

Er sah sich um, und in seinem Blick lag leises Bedauern, als bereite es ihm Schmerzen, Abschied zu nehmen.

„Wir haben hier nichts mehr verloren", sagte er leise. „Uns selbst können sie nichts anhaben, solange die Vibratoren funktionieren. Von hier aus können wir sie nicht erreichen. Also steigen wir aus. Die CREST wird irgendwo in der Nähe sein."

Sturry Finch packte in aller Eile seine Geräte zusammen. Aus dem Triebwerkschacht stieg ein Schwall heißer, stinkender Luft. Einer der

Generatoren gab mit einem heftigen Knall den Dienst auf. Eine Stichflamme schoß in die Höhe und versengte Josh Bonin am Bein.

„Los", drängte Fed. „In ein paar Minuten fängt das Ding an zu brennen!"

Hintereinander stolperten sie durch die Schleuse hinaus. Der Feldschirm war nur noch ein unruhiges, formloses Flackern, das ihnen kaum mehr Widerstand entgegensetzte. Die heiße Luft des sonnendurchglühten Tals drang auf sie ein, aber sie scherten sich nicht darum. Mit vereinter Kraft nahmen sie die vier Lichtgebilde unter Schallfeuer. Die Flammen leuchteten mittlerweile grünlichblau. Die Schallstrahlung schien ihnen jetzt weniger auszumachen, aber immerhin reichte sie aus, um sie ein Stück weit zu verjagen.

Fed und seine Begleiter beeilten sich, aus der Nähe des halbwracken Bootes zu kommen. Die Leuchtwesen kehrten zurück, sobald der Schallbeschuß schwächer wurde. Mit unverminderter Heftigkeit zehrten sie von den Energien des Schirmfelds und veränderten dabei weiter ihre Farbe.

Der letzte Generator brannte schließlich durch. Aus der Schleusenöffnung drang ein Schwall schwarzen Rauchs. Der letzte Rest des Schirmfelds verschwand, und eine der Landestützen knickte ein. Das Boot legte sich auf die Seite, ein trauriger Zeuge menschlicher Anwesenheit auf einem unheimlichen Planeten.

Die Leuchtwesen, jetzt beinahe reizvoll anzusehen in ihrer strahlenden, violetten Pracht, schwebten eine Zeitlang wie unentschlossen über der Stelle, an der sie vor kurzem noch von den Energien des Feldschirms gesaugt hatten. Fed hob seinen Vibrator und gab mit höchster Leistung ein paar rasch aufeinanderfolgende Schüsse ab. Selbst über die beträchtliche Entfernung hinweg war der Erfolg beeindruckend. Die Flammen stoben auseinander. Nach anfänglicher Verwirrung entschieden sie sich endgültig für die Flucht. Mit rasch wachsender Geschwingkeit schossen sie senkrecht in das blasse Firmament hinauf und waren wenige Augenblicke später verschwunden.

„So", brummte Fed, „das war das." Er wischte sich die Hände in der Art eines Saalwächters, der soeben einen unliebsamen Gast vor die Tür befördert hat. Dann sah er Josh und Sturry der Reihe nach an. „Hat jemand eine Idee", wollte er wissen, „was wir jetzt unternehmen sollen?"

Seit der gewaltsamen Landung hatte er keine Sekunde mehr Zeit gehabt, über ihre Lage nachzudenken. Jetzt, da er endlich die nötige

Ruhe dazu fand, schien es ihm, als wollten sich die Dinge keinesfalls auf die leichte Schulter nehmen lassen. Vor allem besaßen sie keine Möglichkeit mehr, sich mit der CREST zu verständigen. Die Kapazität ihrer Armbandfunkgeräte hätte unter normalen Umständen ausreichen müssen. Jetzt war nur ein Rauschen aus ihnen zu hören. Fed schob es auf die energetische Ausstrahlung der Leuchtwesen.

Es bestand kein Zweifel daran, daß die CREST nach den Vermißten suchen würde, sobald sie den Abbruch der Funkverbindung bemerkte. Aber erstens wußte niemand, wie lange das Schiff in der Lage sein mochte, sich frei zu bewegen, und zweitens war die Suche nach drei Mann in einem mehrere tausend Quadratkilometer großen, von zerklüfteten Bergen durchsetzten Gelände keineswegs eine Kleinigkeit.

Sturry Finch kniete nieder und begann, seine Kleininstrumente auf dem Boden auszubreiten. Er betrachtete sie der Reihe nach und murmelte dann:

„Wenn ich ein paar davon auseinandernehme, kriege ich vielleicht genug Einzelteile zusammen, um einen schwachen Morsesender zu bauen."

Fed nickte aufmunternd.

„Das ist wenigstens etwas", lobte er Sturry. „Aber vielleicht warten wir noch ein bißchen, bis wir sicher sind, daß es wirklich keinen anderen Ausweg gibt."

Er sah Josh herausfordernd an.

„Was für einen Vorschlag hört man von dir?" fragte er spöttisch.

Josh sah über ihn hinweg auf die steile Felswand.

„Ich habe keinen", antwortete er.

„Gerade das, was man von einem pflichtbewußten Unteroffizier verlangt", brummte Fed.

„Es sei denn...", fuhr Josh fort.

„Es sei denn... was?"

Josh sah ihn von oben herab an und schmunzelte.

„Die Stelle, wo die roten Blitze aufschlagen", erklärte er, „muß irgendwo hier in der Nähe liegen, nicht wahr? Wahrscheinlich jenseits der Felswand. Man hat uns dorthin geschickt, damit wir uns die Lage ansehen. Wenn die CREST anfängt zu suchen, wird sie es zuerst *dort* tun. Also sehen wir zu, daß wir hinkommen."

Fed sah in die Höhe.

„Prachtvolle Idee", spottete er. „Willst du mir vormachen, wie man da hinaufkommt?"

Die Wand war eine fast fugenlose, senkrechte Fläche hellbraunen Gesteins. Josh zuckte mit den Achseln.

„Umgehen", sagte Sturry. „Wenn wir ein Stück weiter das Tal entlangmarschieren, finden wir vielleicht eine Stelle, an der die Wand manierlicher wird."

Fed stimmte zu. Sie nahmen ihr geringes Gepäck auf und setzten sich in Bewegung. Bevor sie sich jedoch weiter als hundert Meter vom letzten Ruheplatz ihrer Space-Jet entfernt hatten, begann über ihnen der weißliche Himmel glühendrote Blitze zu speien.

Fed ließ sich einfach vornüberfallen. In einem Anflug von Panik kniff er die Augen fest zusammen, aber die zuckende rote Helligkeit drang selbst durch die geschlossenen Augenlider.

Die Stille, die das rote Gewitter begleitete, war unheimlich. Kein Lüftchen regte sich. Kein Laut war zu hören. Fed begann schließlich zu glauben, daß es nicht unmittelbar um seinen Hals ging, und wagte einen kurzen Blick zur Seite und schräg nach oben.

Der weiße Himmel war verschwunden. Grellrote Leuchtbahnen zogen sich darüber hinweg, Bündel roten Lichts, die scheinbar senkrecht von oben kamen und jenseits der Felswand verschwanden. Fed hatte keine Ahnung, was die Ursache des Gewitters war und wie lange es dauern würde. Er sah aber, daß ihm und seinen Gefährten keine Gefahrt drohte, solange die Lichtbündel hinter der Felswand niedergingen.

Er stand also auf und stieß Josh und Sturry, die beide noch flach auf dem Boden lagen, mit der Stiefelspitze in die Seite.

„Steht auf! Es passiert euch nichts."

Die Welt hatte sich verändert. Wellen roten Lichts huschten durch das Tal, das vor wenigen Sekunden noch in eintöniger Helligkeit dagelegen hatte. Das ruhige Firmament schien gänzlich verschwunden. Die Augen hatten Schwierigkeiten, sich an die neue Lage zu gewöhnen. Es sah aus, als wankten die Berge, und der Boden schüttelte sich in wilden Zuckungen. Eine Zeitlang kam Fed sich vor wie seekrank, dann hatte er sich an die merkwürdigen Lichtverhältnisse gewöhnt.

Die roten Blitze kamen wahrscheinlich aus dem Energiekern. Fed besaß nicht den geringsten Anhaltspunkt für seinen Verdacht, aber irgendwo tief im Unterbewußtsein wuchs in ihm die Überzeugung, daß die CREST II die Ursache des ganzen Aufruhrs sei.

Wenn aber die CREST vernichtet wurde, was dann?

Fed Russo warf einen zornigen Blick in die Höhe, dann schritt er weiter. Josh und Sturry folgten ihm ohne Aufforderung. Im Gehen versuchte Sturry, zwei seiner Meßgeräte in Gang zu setzen. Das gelang ihm auch schließlich, aber außer den schwachen Energien, die dem roten Licht innewohnten, erhielt er keine Anzeige.

Nach halbstündigem Marsch erreichten sie schließlich eine Stelle, an der sich eine kaminartige Kluft schräg durch die Felswand zog. Es schien Fed außerdem, als läge die obere Kante der Wand nun in geringerer Höhe als zuvor. Er durchquerte das Tal, um den Kamin von der gegenüberliegenden Seite besser überblicken zu können. Als er zurückkehrte, war die Befriedigung von seinem Gesicht abzulesen.

„Führt bis hinauf", sagte er knapp. „Nicht immer bequem, aber gangbar. Wir werden's versuchen – nach einer kleinen Pause."

Sie stiegen in den Kamin ein. Der Spalt hatte eine Neigung von etwa sechzig Grad, aber die Wände waren rauh und boten Händen und Füßen ausreichend Halt. Etwa zwanzig Meter über der Talsohle beschrieb der Kamin einen Knick und bildete dabei eine Felsplatte von vier mal sechs Metern Fläche. Die Kaminwände schützten die Platte vor dem grellen Licht des Energiekerns – falls das rote Gewitter jemals aufhören sollte und das Kernlicht wieder durchdrang. Auf jeden Fall hielt Fed die Platte für einen geeigneten Lagerplatz und entschied, daß hier wenigstens vier Stunden lang ausgeruht werden sollte.

Sein Beschluß stieß auf keinen Widerspruch. Der Marsch durch das glühendheiße Tal hatte die Männer ausgelaugt. Sie legten das Gepäck ab und waren kurz darauf eingeschlafen.

Sie schliefen so fest, daß sie nicht bemerkten, wie das rote Gewitter plötzlich aufhörte und der weiße Himmel wieder erschien.

Fed Russo erwachte als erster aus dem kurzen, aber tiefen Schlaf. Er schüttelte sich und stand auf. Es war erfrischend kühl im Kamin. Fed sah sich um und hatte den Eindruck, die Umwelt hätte sich, seitdem er sich niederlegte, grundlegend verändert. Die Blitze waren verschwunden. Fed Russo zuckte mürrisch mit den Achseln und drehte sich um, um Josh und Sturry aufzuwecken.

Die Ruhepause hatte zwar ihre Kräfte gestärkt, gleichzeitig aber auch den Hunger geweckt. Sie nahmen einen Teil der Rationen zu sich, die sie im Gepäck mitführten, und nach der Mahlzeit kletterte Fed auf einen aus dem Kamin hinausragenden Felsblock hinaus, um sich im Tal umzusehen. Ruhig und tot lag die Felswüste unter ihm. Am weißen Firmament zeigte sich keine Spur des Raumschiffs. Fed schätzte, daß sie mit den Rationen noch etwa zwei Tage irdischer Zeitrechnung aushalten könnten. Rechnete er, daß ihre Naturen kräftig genug seien, um zwei weitere Tage ohne alle Nahrung durchzustehen, dann blieben insgesamt vier Tage, die sie ohne Unterstützung der CREST II auskommen konnten. Sturry würde etwa einen Tag brauchen, um aus den Einzelteilen seiner Geräte einen Morsesender zu basteln, falls es überhaupt klappte. Fed war skeptisch.

Er sagte das Sturry, als er von seinem Ausguck wieder hinunterkletterte. Sturry verzog das Gesicht und zuckte mit den Achseln. Seine Meßgeräte waren ihm so lieb wie anderen Leuten ihre Hauskatze.

Sie setzten den Aufstieg fort. Von der Talsohle aus hatte Fed die Gesamthöhe der Wand auf knapp einen Kilometer geschätzt. Im Bergsteigen ziemlich unerfahren, hatte er keine Ahnung, wie lange es dauern könnte, bis sie das obere Ende des Kamins erreichten. Deswegen nahm er jede Gelegenheit wahr, ihren Fortschritt zu überprüfen, indem er von exponierten Stellen aus hinunter ins Tal und hinauf zum Rand der Felsmauer sah. Die Methode erwies sich als zwielichtig. Während ihm der Blick nach unten zu beweisen schien, daß sie schon himmelhoch über dem Talboden seien, belehrte ihn die Ausschau nach oben, daß sie dem Ziel scheinbar noch um keinen Meter näher gekommen waren.

Fed gab das Ausschauhalten schließlich auf und widmete sich der Kletterei mit verbissener Wut. Es war ein Glück, daß die Wände des Kamins viele Stellen, manchmal sogar lange Strecken, vor der Strahlung des Energiekerns schützten. Die Hitze hielt sich dadurch in erträglichen Grenzen. Unten im sonnendurchfluteten Tal wäre ein Marsch unter ähnlicher Kräftebeanspruchung völlig unmöglich gewesen.

Später wußte Fed nicht mehr, wieviel Zeit inzwischen verstrichen war. Er hatte Fuß vor Fuß gesetzt, Hand über Hand gegriffen und war den Kamin hinaufgestiegen. Er schwitzte am ganzen Körper, aber die Flüssigkeit verdunstete, sobald sie aus den Poren trat. Sturry und Josh waren ein paar Meter weit zurückgefallen, aber Fed hielt sein Tempo unvermindert bei.

Er erreichte schließlich eine Felsplatte ähnlich der, auf der sie vor wer weiß wieviel Stunden gerastet und geschlafen hatten, und legte eine kleine Pause ein. Der Kamin beschrieb hier eine Wendung in der

Art eines Korkenziehers. Fed drehte den Kopf nach hinten und versuchte, ob er das obere Ende des Spalts schon sehen könnte.

Vor seinen Füßen schob sich Josh Bonins schwarzer Kopf über den Rand der Platte. Josh hatte den Mund offen und schnappte nach Luft.

Dann krallte er die starken Finger in den Fels und zog sich vollends hinauf. Er rollte über die rechte Schulter und blieb keuchend liegen. Fed sah aus den Augenwinkeln, wie auch Sturry erschöpft ankam. Er selbst spürte schon wieder eine Rastlosigkeit, die ihm fast unheimlich vorkam.

Er ließ die Augen wandern, Zentimeter für Zentimeter. Und schließlich fand er etwas.

Es lag dort, wo die Kaminwand sich zu winden begann. Er hatte es bis jetzt nicht sehen können, weil es im Schlagschatten lag und zudem noch von der Wandkante halb verborgen wurde.

Es war ein Spalt oder vielmehr ein längliches Loch, ungefähr anderthalb Meter hoch und gerade so breit, daß ein stämmiger Mann wie Fed Russo sich hindurchzwängen konnte.

Hinter dem Loch gähnte schwarze Finsternis, aber dem sonnengeblendeten Auge galt alles als finster, was nicht im hellen Licht des Energiekerns glänzte.

Fed stand auf.

„Schon wieder weiter?" fragte Sturry müde.

Fed schüttelte den Kopf.

„Ruht euch aus", antwortete er. „Ich sehe mich ein bißchen um."

Sturry war einverstanden und lehnte sich gegen die Felswand. Josh rührte sich nicht. Nach Feds Ansicht war er eingeschlafen.

Fed zog sich an dem glatten Stück der Wand in die Höhe. Der untere Rand des Lochs bot seinen Fingern günstigen Halt. Sekunden später hing er zwei Meter hoch über der Felsplatte und schob seinen Schädel vorsichtig durch die schmale Öffnung.

Zunächst sah er nichts als Finsternis. Erst nach einer halben Minute begannen die Augen sich an die neuen Lichtverhältnisse zu gewöhnen. Das Loch war die Mündung eines nicht allzu langen Stollens. Der jenseitige Ausgang des Stollens erhielt aus einer Quelle, die Fed vorläufig nicht kannte, ausreichend Helligkeit, um wenigstens seine Umrisse erkennen zu lassen.

Fed stützte sich auf die Ellbogen, zog den Kopf aus dem Loch und rief nach unten:

„Ich sehe mich dort drinnen ein wenig um! Kommt mir nach, wenn ich zu lange wegbleibe!"

Ohne eine Antwort abzuwarten, schob er sich in den Stollen hinein. Als er das andere Ende erreichte, nahm der Ausblick seine Aufmerksamkeit so sehr gefangen, daß er die Gefährten völlig vergaß.

Jenseits des Stollens zog sich ein schmaler Spalt durch den Fels. Auf der Sohle, die nur wenige Handbreit unterhalb des Stollenausgangs lag, nicht breiter als anderthalb Meter und dazu mit parallel ansteigenden Wänden, zog er sich bis in schwindelnde Höhe. Die Quelle der Helligkeit war der weiße Himmel selbst. Zwei- oder dreihundert Meter weiter oben durchbrach der Spalt die Decke der Felswand, und das Licht des Energiekerns fand Zutritt in die Tiefen der Kluft.

Fed zögerte einige Sekunden. Das Bild war zu unwirklich. Ihn fröstelte in der ungewohnten Kühle. Der Blick drang nur wenige Meter weit, dahinter verschwand alles im Dämmerlicht. Fed erinnerte sich schließlich an seine Waffen. Er machte den Blaster schußbereit und nahm sich vor, ihn nicht aus der Hand zu lassen.

Dann richtete er sich auf und schritt in den Spalt hinaus.

Die Kluft zog sich etwa zehn Meter weit schnurgerade durch den Fels, dann begann sie eine sanfte Biegung zu beschreiben. Mitunter warf Fed einen Blick in die Höhe, aber außer dem bleistiftdünnen Strich weißer Helligkeit war da oben nichts zu sehen. Ein paar Schritte weiter öffnete sich der Spalt plötzlich und unerwartet. Er mündete in eine Art Kessel, etwa zweihundert Meter im Durchmesser und mit Felswänden, die ebenso senkrecht anstiegen wie die der Kluft. Die Lichtverhältnisse waren hier ein wenig besser, aber trotzdem machte es den Augen Mühe, das Halbdunkel zu durchdringen. Fed brauchte ungefähr eine Minute, um zu erkennen, daß sich im Hintergrund des Kessels ein Gebäude erhob.

Ein Gebäude wies auf die Existenz intelligenten Lebens hin. Horror hatte Bewohner.

Ohne daß er sich dessen bewußt wurde, schritt Fed langsam auf das Gebäude zu. Die Form des Bauwerks war fremdartig. In Gestalt einer Kuppel ragte es mehr als sechzig Meter weit in die Höhe. Die kreisförmige Basisfläche durchmaß rund fünfzig Meter. Alles in allem war es ein Bau von beeindruckender Größe, nur litt der Eindruck unter den weitaus gewaltigeren Maßstäben des Felsenkessels.

Fed wagte sich bis auf zwanzig Meter an die Kuppelwandung heran, dann blieb er stehen.

Die Kuppel war grau und undurchsichtig. Nirgendwo schien es eine Tür zu geben.

Er schritt weiter auf das Bauwerk zu. Aus zehn Metern Entfernung glaubte er, in der Kuppelwandung Rillen und Fugen zu erkennen. Er war sicher, daß die Fugen eine Tür abgrenzten. Er blieb noch einmal stehen, um sich umzuschauen. Der Kessel hinter ihm lag öde und dunkel. Er war allein. Mit dem festen Entschluß, dem Rätsel der Kuppel auf den Grund zu gehen, drehte er sich wieder um und ging weiter. Er merkte kaum, daß Josh und Sturry plötzlich wieder hinter ihm waren.

25.

Einige Stunden nach Guckys mißglückter Teleportation waren die Reparaturarbeiten an den beschädigten Generatoren der CREST II beendet. In dieser Zeit war kein weiterer Angriff erfolgt, so daß man in aller die Ruhe die inzwischen gewonnenen Daten über die Hohlwelt ordnen und auswerten konnte. Die Männer der Ortungszentrale hatten fieberhaft gearbeitet.

Es stand nun mit ziemlicher Sicherheit fest, daß der Zentrumskern der Hohlwelt, zuerst für eine künstliche Sonne gehalten, in Wirklichkeit nichts anderes war als ein Transmissionsfeld, in dem alle hier ankommenden Gegenstände materialisierten und ausgespien wurden. Die dazu notwendige Energie bezog der Energiekern auf eine vorerst noch nicht genau definierbare Weise von den drei Sonnen dieses Systems. Wie die Energie in das Zentrum der Hohlwelt gelangte, war noch ungeklärt. Vieles deutete außerdem darauf hin, daß dieses Transmissionsfeld im Zentrumsbereich der Hohlwelt lediglich ein Ableger eines größeren Transmitters war, der sich irgendwo im Weltraum zwischen den drei Sonnen befinden mußte. Dies ließ den Schluß zu, daß der Zentrumstransmitter nur als Einbahnstraße funktionierte und lediglich als Empfangsstation arbeitete. Der Verdacht lag nahe, daß alle von den Meistern der Insel autorisierten Benutzer des Transmitters oben im Weltraum materialisierten, hingegen unbefugte und ungebetene Besucher ohne Zwischenstation direkt ins Zentrum der

Hohlwelt abgestoßen wurden, wo es keine Möglichkeit gab, den Transmitter umzupolen, um diese Schreckenswelt auf demselben Weg, wie man hierhergekommen war, wieder zu verlassen.

Doch der Energiekern war nicht nur ein Transmissionsfeld, sondern erfüllte tatsächlich auch die Funktion eines Energielieferanten für die verschiedenen Etagen des Hohlplaneten. Die roten Strahlenblitze, die man beobachtet hatte und die senkrecht auf den Boden der inneren Hohlkugel auftrafen, dienten vermutlich dem Energietransport an die oberen Etagen. Auf welche Weise diese Energie an die Bestimmungsorte gelangte, war ebenfalls noch unklar. Man glaubte jedoch, daß sie von Generatoren aufgefangen, transformiert und durch entsprechende Verbindungen in spezielle Anlagen in den anderen Ebenen abgestrahlt und dort wieder rücktransformiert wurde.

In diesem Zusammenhang mochte die Entdeckung, die eine der ausgeschickten Space-Jets gemacht und an die CREST weitergeleitet hatte, von besonderer Bedeutung sein. An verschiedenen Stellen der Kugelwandung waren poröse Flächen entdeckt worden, die die Kugelschale bis hinauf zur nächsten Etage durchzogen. Diese porösen Flächen waren durchsetzt mit Kanälen, Schächten und Höhlen und hatten einen Durchmesser von etwa 20 Kilometern. Ihre Existenz konnte damit erklärt werden, daß sie der Ventilation dienten und für den Austausch der Atmosphäre innerhalb der einzelnen Hohlraumebenen verantwortlich waren.

Es war nicht auszuschließen, daß es daneben auch noch andere Verbindungen zwischen den einzelnen Etagen gab. Verbindungen, die groß genug waren, um ein Raumschiff wie die CREST aufzunehmen und als Transportkanal in die nächsthöhere Etage benutzt zu werden. Rhodan befahl daher, nach derartigen Schächten Ausschau zu halten. Die ausgeschleusten Space-Jets schwärmten weiträumig über die Oberfläche der Innenschale aus.

Der weitere Weg der CREST schien vorgegeben. Nach wie vor galt es, einen Weg zu finden, um in die Milchstraße zurückzukehren, was offensichtlich noch nicht gelungen war, wie Wuriu Sengus Bericht zeigte. Horror stand ebenfalls im intergalaktischen Leerraum. Es war daher zunächst notwendig festzustellen, an welcher Position man sich derzeit befand und wie weit man von der Milchstraße entfernt war. Dazu aber war es notwendig, sich einen Weg an die Oberfläche dieses Wahnsinnsplaneten zu suchen. Dort oben befand sich vermutlich auch eine Schaltstation zur Transmitterjustierung, mit der es gelingen könnte, den Sonnentransmitter entsprechend umzupolen – falls die Entfernung zur Galaxis zu groß war, um sie aus eigener Kraft zu überwinden.

Sollte die Suche nach einem natürlichen Durchgang zur nächsthöheren Etage keinen Erfolg haben, so war Rhodan bereit, sich diesen Durchbruch gewaltsam zu verschaffen. Die schweren Desintegratorgeschütze des terranischen Flaggschiffes waren durchaus in der Lage, die gewaltige Dicke der Materie, die die einzelnen Etagen voneinander trennte, zu durchbrechen. Vor allem dann, wenn man diesen Durchbruch an den porösen Stellen versuchte, deren Materiedichte infolge der Hohlräume weitaus geringer war als die der Umgebung.

Die Stabilität des Hohlplaneten würde dadurch nicht gefährdet werden, wie die Statiker der CREST glaubhaft versicherten. Die Frage war nur, welche Abwehrmaßnahmen des Kunstplaneten eine derartige Aktion auslösen würde.

Zunächst jedoch wollte Rhodan abwarten, ob die Suche nach einem passierbaren Stollen Erfolg hatte. Außerdem waren da noch die drei Vermißten, ohne die er nicht aufbrechen würde.

Ohne Zwischenfall erreichten sie das Gebäude und hatten fast ebenso leicht den Öffnungsmechanismus der Tür gefunden. So leicht, daß sich in Fed Russo bereits Unbehagen auszubreiten begann. Doch es trieb ihn weiter. Nun standen sie in einer Halle, die den gesamten Innenraum der Kuppel ausfüllte.

Unter warmem, gelbem Licht, das aus einer Reihe im Zenit angebrachter Leuchtkörper kam, standen endlose Reihen von Maschinen und Schaltpulten. In einer spiralenförmigen Anordnung setzte sich dieses Maschinenarsenal rund um die inneren Wände der Halle bis zur sechzig Meter hohen Decke fort. Schmale Stege säumten das Ganze und gewährleisteten, daß man jede einzelne Maschine innerhalb der gigantischen Halle erreichen konnte.

Die Maschinen waren Erzeugnisse einer unbekannten, fremden Technologie, so daß weder Russo, noch seine Begleiter in der Lage waren, den Zweck auch nur einer einzigen Apparatur zu erkennen. Jedes einzelne Gerät und jede Maschine war von einem grünen Schutzschirm umgeben, wie er sich schon im Twin-System als nahezu unbezwingbar erwiesen hatte.

„Welchem Zweck mag das alles dienen?" fragte Sturry leise, als ob er Ehrfurcht vor dieser sich ihnen bietenden Kulisse hätte.

Fed zuckte die Achseln. „Ich weiß es nicht", gab er zu. „Dafür sind Spezialisten zuständig, falls die CREST uns je hier findet."

Schmerzhaft wurde es ihm bewußt, daß ihnen die Zeit unter den Fingernägeln verrann. Da es selbst den Telepathen anscheinend nicht möglich war, ihre Gedanken zu erfassen, standen die Chancen nicht besonders gut. Dennoch waren sie nicht bereit aufzugeben.

Fed nickte grimmig und wischte mit einer Hand durch die Luft.

„Was stehen wir hier herum wie angewurzelt. Bisher wurden wir nicht angegriffen. Weder Roboter noch Fremde. Niemand scheint von unserem Eindringen überhaupt Notiz zu nehmen."

„Vielleicht", flüsterte Sturry, „weil wir hier ohnehin nichts ausrichten können. Ich meine, die grünen Schirme und..."

Fed legte ihm hart eine Hand auf die Schulter.

„Wenn du meinst, daß die unbekannten Herren von Horror sich so überlegen fühlen, daß wir für sie gar nicht zählen, dann sind sie verdammt im Irrtum, mein Junge. Irgendwann findet uns die CREST. Es *muß* so kommen, oder es war alles umsonst. Bis dahin sehen wir uns hier soweit um, wie wir können – oder wie man uns läßt. Wir verteilen uns, bleiben aber in Sichtverbindung."

Josh nickte müde. Die drei trennten sich. Fed holte eine Miniaturkamera aus einer Tasche seiner Montur hervor und begann, die fremdartigen Maschinen und Geräte zu filmen.

Bei fast jedem Geräusch, selbst seinen eigenen Schritten, zuckte er zusammen. Doch er sah sich nicht um. Er filmte wie ein Roboter und redete sich ein, daß dieser Alptraum irgendwann einmal vorbei sein müßte.

Irgendwann hörte er auf, daran zu glauben.

Die Suche nach einer direkten Verbindung zur nächsthöheren Etage der Hohlwelt brachte überraschend bald den von vielen bezweifelten Erfolg. Nur eine knappe Stunde nach Beendigung der Reparaturarbeiten hatte eine der Space-Jets eine riesige Öffnung in der Innenschale gefunden, mitten in einem Bergmassiv und zwar dort, wo man vorher die vom Energiekern ausgehenden Energieblitze im Boden verschwinden gesehen hatte. Das Loch besaß einen Durchmesser von exakt fünfzig Kilometern. Ob der Schacht lediglich die innere Kugelschale durchstieß oder sich durch die weiteren Schalen fortsetzte, um bis zur eigentlichen Oberfläche des künstlichen Himmelskörpers zu führen, ließ sich noch nicht feststellen.

Die Begeisterung über den Fund war allerdings von kurzer Dauer. Weitere Messungen ergaben, daß der Schlund in etwa hundert Kilometern Tiefe von einem optisch unsichtbaren Schirmfeld hermetisch abgeriegelt wurde. Wenn die CREST zur ersten Zwischenschale durchstoßen wollte, mußte sie zunächst den Schirm beseitigen. Ob das innerhalb der Möglichkeiten der Bordgeräte lag, stand im Augenblick noch zur Debatte.

Auf jeden Fall startete das Schiff. Es erhob sich von seinem Landeplatz in der Wüste und glitt in sanftem Flug über die zerrissene Bergwildnis dahin. Aus zehn Kilometern Höhe wurde das Plateau gesichtet, hinter dessen Rand sich der fünfzig Kilometer weite Schlund verbarg.

Kurze Zeit später wurde eine weitere Entdeckung gemacht. Unmittelbar hinter dem Rand des Schlundes durchbrach ein exakt kreisförmiges Loch von etwa zweihundert Metern Durchmesser die Oberfläche des sonst glatten Plateaus. Das Loch erwies sich als dreihundert Meter tief, und auf seinem Grund stand ein kuppelförmiges, fremdes Bauwerk. Perry Rhodan spürte, wie die Spannung an Bord der CREST nun fast unerträglich wurde. Ohne lange zu zögern, beorderte er die Space-Jet, die mit der Suche nach den drei Verschollenen beauftragt war, in den Kessel.

Mittlerweile schwebte die CREST hoch über dem Rand des Schlundes, der die zentrale Hohlkugel von der ersten Zwischenschale trennte. Im Kommandostand und in den Meßlaboratorien begannen Versuche, die Struktur des Feldschirms zu ermitteln und eine Methode zu finden, die dem Schiff den Durchbruch ermöglichte.

„Kommt einmal, ich habe etwas entdeckt!" hallte die Stimme von Josh Bonin durch die riesige Halle.

Fed Russo zuckte zusammen. Mit raschen Schritten eilte er dorthin, von wo der Ruf gekommen war. Als er bei Josh ankam, war Sturry Finch ebenfalls schon da.

Kommentarlos deutete Josh auf zwei Bildschirme. Der eine hatte die Ausmaße von drei mal vier Metern. Der andere war bedeutend kleiner. Fassungslos starrte Fed auf das, was sie ihm zeigten. Er spürte, wie es ihn eiskalt überlief.

An den beiden Rändern der Längsebene des großen Schirmes waren unzählige Lichtpunkte zu sehen. Die Mitte des Schirmes, sowie der obere und untere Bereich waren schwarz. Lediglich an einigen

Stellen waren weitere Lichter zu erkennen, hier jedoch vereinzelt. Diese Stellen befanden sich auf der linken Seite des Schirmes, nur knapp vom Mittelpunkt der Bildfläche entfernt. Der kleine Bildschirm hingegen zeigte das Computerbild eines Planeten, um den drei Sonnen gruppiert waren. Der Planet war in vier Etagen unterteilt und stellte eindeutig Horror dar.

„Kann mir jemand sagen, was das bedeuten soll?" fragte Josh in die betretene Stille hinein.

„Ich habe einen bestimmten Verdacht", antwortete Russo nachdenklich. „Diese beiden Lichtflecken an den Längsrändern des Bildschirmes dürften die Milchstraße und Andromeda sein. Die Schwärze dazwischen ist der Leerraum, der die beiden Galaxien voneinander trennt. Die vereinzelten Lichtpunkte darin dürften die verschiedenen Transmitterstationen der Meister der Insel sein. Und der kleine Bildschirm zeigt uns eindeutig das System, in dem wir uns befinden."

Josh und Sturry sahen sich bedeutungsvoll an.

„Denkst du, daß diese Anlage eine Schaltstation für den Transmitter ist?" fragte Josh.

„Schwer zu sagen", erwiderte Fed. Er nahm seine Kamera zur Hand. „Ich werde auf jeden Fall alles filmen."

Keiner der drei Männer bemerkte den fremdartigen Roboter, der aus dem Hintergrund der Halle lautlos auf sie zuschwebte. Während Russo mit dem Filmen beschäftigt war und seine beiden Begleiter ihre Augen nicht vom großen Bildschirm lösen konnten, drang aus einem der Waffenarme des Roboters ein fahler Strahl.

Paralysiert stürzten die drei Terraner zu Boden. Sie sahen nicht mehr, wie sie vom Roboter auf eine Antigravscheibe gelegt und aus dem Gebäude transportiert wurden.

Am Rand des Kessels setzte die fremde Maschine sie ab und kehrte in das Gebäude zurück. Augenblicke später spannte sich über dieses ein grünes, undurchdringbares Energiefeld. Der Roboter hatte seine Aufgabe erfüllt. Die Fremden würden aufgrund der Auswertungen des Materials, das diese drei Wesen angefertigt hatten, erkennen müssen, daß es für sie keine Rettung gab.

Rhodan spürte Atlans tiefe Skepsis, als er einen Blick des Arkoniden auffing. Auch die anderen Männer in der Kommandozentrale reagierten zunächst argwöhnisch, als sie das Ergebnis der Auswertung auf den Schirmen sahen.

Demnach war die energetische Absperrung im Schacht nichts anderes als ein einfacher Prallschirm, den die CREST mit genügend großer kinetischer Energie ohne größere Mühe zu durchdringen vermochte.

Weitere Fernuntersuchungen bestätigten die vorliegenden Ergebnisse. Es war einfach, vielleicht zu einfach. Es war wie eine Einladung – zum Flug ins Verderben?

Rhodan würde es herausfinden. Er preßte die Lippen aufeinander. Fast fieberte er dieser neuen, unbekannten Herausforderung entgegen, doch vorläufig galt es noch die Rückkehr des Kommandos abzuwarten, das in den Felskessel unterwegs war, zu jenem geheimnisvollen Bauwerk, dem die Terraner bisher vielleicht zu wenig Aufmerksamkeit geschenkt hatten. Es kam eben zu vieles auf einmal zusammen, und als Perry Rhodan weiteren Space-Jets den Befehl geben wollte, sich ebenfalls um die Kuppel zu kümmern, geschah das, worauf er im stillen die ganze Zeit über gewartet hatte.

Der Energiekern erwachte zu neuem Leben und spie eine Unzahl neuer energetischer Gebilde aus. Sie griffen an, und diesmal versagten die Schallwaffen.

Die CREST II begann den verzweifelten Abwehrkampf gegen den unheimlichen Gegner, doch jeder an Bord wußte bald, daß es nur eine Frage der Zeit war, bis die Leuchtgebilde zuerst den Schirmen, dann dem Schiff alle Energie entzogen hatten. Wer immer sie schickte, hatte aus den vorherigen Erfahrungen offenbar gelernt und sie entsprechend konditioniert. Rhodan blieb nichts anderes übrig, als alle Vorkehrungen zur Flucht durch den Verbindungsschacht zu befehlen. Damit war es endgültig aus mit der Hoffnung, Näheres über die Kuppel in Erfahrung zu bringen. Rhodan ordnete die sofortige Rückkkehr aller ausgeschleusten Beiboote in die CREST an. Alle Besatzungsmitglieder, die nicht in den Stationen gebraucht wurden, sollten sich umgehend in ihre Quartiere zurückziehen, weiche Lager aufsuchen und sich festschnallen. Empfindliche Gegenstände wurden überall in Erwartung der gewaltigen Erschütterungen beim Durchstoßen des Prallfelds gesichert.

Eine nach der anderen, kehrten die Space-Jets zurück. Ein Funkverkehr war jetzt kaum mehr möglich. Immerhin schienen alle Boote den Befehl noch empfangen zu haben. Wie Motten ums Licht, umtanzten die Leuchtwesen die CREST und wechselten unter der Energieaufnahme die Farben.

Dann war endlich auch die letzte Space-Jet in ihrem Hangar. Es war jene, die in den Felskessel geschickt worden war. Aber erst nachdem ihr Kommandant zum erstbesten Interkomanschluß geeilt war, erfuhr Perry Rhodan, daß er die Kuppel in einen grünen Energieschirm gehüllt vorgefunden hatte, und vor dem Schirm die drei vermißten Männer.

Nun hielt die Terraner nichts mehr zurück. Alle Fragen im Zusammenhang mit Russo und seinen Leuten mußten bis später warten. Das Flaggschiff nahm unter den wütenden Angriffen der Leuchtgebilde Fahrt auf und drang in den riesigen Schlund ein. Die Energiesauger ließen erst dann von ihrem Opfer ab, als die CREST sich dem Prallschirm bis auf rund vierzig Kilometer genähert hatte.

Es gab in der Tat einen kräftigen Ruck, doch längst nicht so heftig wie befürchtet. Das Schiff durchschlug die energetische Barriere, ohne nennenswert Fahrt zu verlieren.

Danach drang die CREST II ungehindert in die Tiefe vor. An Bord waren keine nennenswerten Schäden entstanden. Es gab ein paar Leichtverletzte, und ein oder zwei Dutzend leicht ersetzbarer Geräte waren beschädigt oder zerstört. Der Durchbruch war leichter gewesen, als man angenommen hatte. Und nur wenige Minuten später stieß die CREST aus dem Schacht, der als dunkler Schatten in einem neuen „Himmel" hinter ihr zurückblieb.

Perry Rhodan beobachtete voller Staunen und mit ein bißchen Ehrfurcht die Wandlung, die sich auf den Bildschirmen vollzog.

Er maß die gewaltigen Berge, die sich aus den Ebenen der von grünem Licht erfüllten Welt dieser ersten Etage erhoben. Hunderte von Kilometern weit ragten sie in die Höhe, gewaltige Klötze aus Felsgestein, von unvorstellbarer Mächtigkeit. So, wie sie aussahen, erschien es durchaus plausibel, daß sie die beiden innersten Kugelschalen des Hohlplaneten gegen die Einwirkung der künstlichen Schwerkraft stützten.

Nur für Augenblicke konnte Rhodan die auch hier gegenwärtige Bedrohung vergessen. Als wollte eine unbekannte Macht ihn dafür bestrafen, einige Sekunden unaufmerksam gewesen zu sein, kam das Unheil wieder über die CREST. Noch bevor sie sich weiter auf die neue Landschaft herabsenken konnte, wurde sie von einer gewaltigen, unsichtbaren Energiequelle erfaßt und fortgerissen. Der Antrieb fiel aus. Lediglich die Absorber konnten verhindern, daß es zu schweren Unfällen an Bord kam. Als der fremde Einfluß nachließ und die

Impulstriebwerke wieder zu arbeiten begannen, war das Schiff nahezu fünfhundert Kilometer von dem Schacht entfernt, aus dem es gekommen war.

Als sich der Schreck und das Entsetzen über den heißen Empfang gelegt hatten, befahl Rhodan die Landung. Er wollte jedes Risiko minimieren. Langsam schwebte die CREST II einer mit Büschen bewachsenen Hochebene entgegen und setzte auf.

Niemand wußte, was hier lauerte.

26.

Alles war grün.

Die Felsformationen, die Urwälder, die buschbestandene Hochebene, auf der die CREST II seit Tagen terranischer Zeitrechnung stand, und die Hände von Captain Don Redhorse, wenn er sie gegen den Kunsthimmel hob, um sie zu betrachten. Es schien, als sei die Umwelt von einem Ausschlag befallen, von einer Schicht hauchdünner Flechten, die ausnahmslos grün waren.

Bisher hatte Grün zu den bevorzugten Farben von Captain Don Redhorse gehört, doch jetzt war er sicher, daß er – sollten sie jemals zur Erde zurückkommen – den Anblick einer Wiese verabscheuen würde. Die CREST II war in ein grünes Tauchbad geraten, und niemand schien sie daraus befreien zu können.

Redhorse stand in einer offenen Hangarschleuse des Flaggschiffs und blickte hinaus auf ein Land, das der Alptraum eines wahnsinnigen Malers zu sein schien. Nicht umsonst hatte Perry Rhodan dieser Ebene, auf der eine Schwerkraft von exakt 1,01 Gravos herrschte, den Namen „Grün-Etage" gegeben.

Redhorse atmete tief ein, er atmete *grüne* Luft. Wenn es hier einen Teufel gab – und Redhorse schwor darauf – dann war er bestimmt grün.

Neben Redhorse entstand ein Geräusch. Träge blickte der Captain in den Innenraum des Hangars. Die Temperatur betrug konstant plus 32 Grad. Auch für einen direkten Nachkommen der Cheyenne-Indianer war dies ausgesprochen warm.

„Wonach halten Sie Ausschau?" erkundigte sich Captain Sven Henderson, der aus dem Halbdunkel des Hangars trat.

Redhorse betrachtete ihn mit einer Mischung aus Geduld und leichter Gereiztheit.

„Bei allen Planeten", sagte er. „Sie haben grüne Augen, Sven."

„Blau", korrigierte Henderson gequält. „Sie sind blau, Häuptling."

Redhorse machte eine alles umfassende Geste.

„Etan rani hon", sagte er feierlich.

Heißt das, daß Sie mich skalpieren möchten?" erkundigte sich Henderson mißtrauisch.

„Das ist ein altes indianisches Sprichwort. Auf unsere Situation angewandt, bedeutet es soviel wie: Grün ist die Hoffnung!"

Henderson sagte beiläufig: „Wir haben einen Auftrag erhalten. Die Verantwortlichen in der Zentrale haben sich dazu entschlossen, zwei Korvetten auf Erkundungsflug zu schicken. Sie werden die C-11 fliegen, ich habe das Kommando an Bord von C-18."

Redhorse verschränkte die Arme über der Brust. Vor knapp fünf Tagen terranischer Zeitrechung waren sie dem Zentrum der Hohlwelt entronnen. Diese Zeit hatte man an Bord dazu benutzt, umfangreiche Reparaturarbeiten durchzuführen, um die Schäden zu beseitigen, die beim gewaltsamen Durchbruch und durch die Energiewesen entstanden waren, die es hier offenbar nicht gab.

Redhorse wußte, daß außerdem einige Aufregung über die geheimnisvolle Filmspule herrschte, die Sergeant Fed Russo der Schiffsführung kurz nach seinem Erwachen aus der Bewußtlosigkeit übergeben hatte.

„Sie sagen ja gar nichts", meinte Henderson enttäuscht.

„Wie kommt es, daß Sie Kurierdienste leisten?" wollte Redhorse wissen. „Warum hat man mich nicht über Interkom informiert?"

„Meine Mitteilung ist inoffiziell", erklärte Henderson. „Man wird Sie noch unterrichten."

Redhorse kratzte sich nachdenklich am Hinterkopf. „Es muß doch einen Grund für diese plötzliche Entscheidung geben?"

Henderson, der 1,88 Meter maß und damit nur zwei Zentimeter kleiner als Redhorse war, nickte bedächtig. Doch dann wurde ihm eine Antwort abgenommen.

„Captain Redhorse und Captain Henderson!" hallte eine Stimme durch den Hangar. „Bitte kommen Sie in die Zentrale!"

Henderson deutete eine Verbeugung an.

„Und nun", sagte er voller Pathos, „werden wir höchst offiziell in die grünste aller Höllen hinausgeschickt."

Als die beiden Offiziere die Zentrale betraten, war Rhodan soeben dabei, die neuesten Auswertungsergebnisse der von Russo gemachten Filmaufnahmen über Interkom der gesamten Besatzung bekanntzugeben:

„Leider haben wir uns der Milchstraße um kein Lichtjahr genähert. Unsere augenblickliche Position ist nach wie vor 900 000 Lichtjahre vom Rand der Galaxis entfernt und 300 000 Lichtjahre vom Twin-System. Die Versetzung erfolgte auf horizontaler Ebene, entlang der Milchstraßengrenze, in entgegengesetzter Richtung zur Hundertsonnenwelt, von der wir uns dadurch noch weiter entfernt haben.

Das Filmmaterial hat uns aber auch einige neue Informationen über dieses System gebracht und einige bereits bekannte Daten bestätigt. Demnach beträgt der Durchmesser der Hohlwelt 13 812 Kilometer. Innerhalb dieser Kunstwelt gibt es vier Ebenen. Die erste davon, der Zentralhohlraum, durchmißt 7800 Kilometer. In seinem genauen Mittelpunkt befindet sich der 500 Kilometer durchmessende Energiekern. Die übrigen drei Ebenen haben durchschnittlich eine Höhe von 1000 Kilometern. Die jeweiligen Schalendurchmesser betragen im Schnitt 100 Kilometer. An einigen Stellen dieser Kugelwandung befinden sich poröse Flächen – wie wir sie schon in der Innenwandung des Zentralhohlraumes gefunden haben. Sie haben eine Materiendicke von etwa 20 Kilometern und durchdringen an den betreffenden Stellen die gesamte Kugelwandung. Sie dienen der Luftzirkulation zwischen den einzelnen Etagen. Innerhalb dieser porösen Flächen befinden sich weitverzweigte Höhlensysteme und Stollen. Darüber hinaus durchzieht, wie bereits vermutet, den gesamten Planeten ein 50 Kilometer weiter Schacht, der von Pol zu Pol führt und an der Oberfläche Horrors endet. Durch diesen Polarschacht sind wir in diese Ebene gekommen und wurden, ehe wir seine Fortsetzung zur nächsten Ebene zu Gesicht bekamen, um 500 Kilometer versetzt. Inzwischen haben wir einige Beobachtungssonden zu den beiden Polschächten geschickt, um zu erfahren, ob sie passierbar sind. Leider ist dies nicht der Fall. Beide Polschächte werden in fünfzig Kilometer Tiefe durch ein starkes Energiefeld gesichert. Es handelt sich hierbei weder um ein Prallfeld – wie es den ersten Schachtabschnitt sicherte – noch um einen jener undurchdringbaren grünen Schirme, die uns schon im Twin-System zu schaffen machten. Das Energiefeld hat vierdimensionalen Charakter und könnte theoretisch von unseren Transformstrahlern zerstört werden. Diese Waffe darf aber hier, auf so engem Raum, nicht eingesetzt werden, ohne daß wir uns selbst gefährden."

Rhodan machte eine Pause und ließ seine Worte wirken. Niemand wagte es, die Stille durch eine laute Äußerung zu durchbrechen. Redhorse murmelte nur einen Fluch. Henderson stieß ihm leicht den Ellbogen in die Rippen.

„Nunmehr glauben wir auch zu wissen, welchen Zweck diese Polarschächte erfüllen", fuhr Rhodan fort. „Zum einen dürften sie dazu dienen, den Helfern der Meister der Insel jederzeit Zutritt zu den einzelnen Etagen zu ermöglichen, ohne den Zentrumstransmitter benützen zu müssen. Die Größe der Schächte spricht dafür. Zum anderen dienen sie dazu, Energie vom Zentrumskern zu den einzelnen Etagen zu transportieren. Sie erinnern sich an die Energieblitze, die wir im Zentrumshohlraum gesehen haben. Sie verschwanden im Boden der Kugelwandung, und zwar durch die beiden Polarschächte in die oberen Etagen. Dort muß es eine Reihe von Stationen geben, die diese Energie auffangen, transformieren und dem eigentlichen Verwendungszweck zuführen. Die Energieversorgung des Zentrumskerns durch die drei Sonnen dürfte auf ähnlichem Wege erfolgen. Wahrscheinlich sind die Wände der Schächte derart beschaffen, daß sie als Energieleiter funktionieren." Abermals schwieg der Terraner. Als er dann weitersprach, glaubte Redhorse, von seinem Blick durchbohrt zu werden. „Allein die Tatsache, daß die drei Sonnen Horror umkreisen, widerspricht allen physikalischen Gesetzen. Dazu kommt, daß die Konstrukteure dieser Welt einen Weg gewählt haben, der sich menschlicher Logik entzieht. Die menschliche Logik würde gebieten, die Oberflächen der einzelnen Ebenen auf der *Außenseite* der darunterliegenden Kugelschale anzusiedeln. Hier ist es jedoch gerade umgekehrt. Die Außenflächen der Kugelwandungen dienen als Himmel und die Innenwandungen als Boden, als Lebensbereich der jeweiligen Ebene. Diese Konstruktion stellt die Schwerkraftgesetze, die vom Zentrum eines jeden Körpers ausgehen, auf den Kopf, auch wenn diese in einer Hohlwelt wie Horror keine Gültigkeit haben können. Es geht mir darum, die Psyche und Psychologie der unbekannten Konstrukteure zu beleuchten. An der wirklichen Oberfläche des Planeten wirkt die Schwerkraft wieder nach unten, zum Zentrum des Planeten hin. Es liegt auf der Hand, daß diese Hohlweltkonstruktion durch eine sehr komplizierte Schwerkraftregelung zusammengehalten wird.

Noch eine Bemerkung zu jenem Gebäude, das in der Zentrumsebene entdeckt wurde. Nach allen uns vorliegenden Unterlagen handelt es sich hierbei *nicht* um eine Transmitterjustierstation. Wir haben die gefilmten Anlagen mit jenen verglichen, die wir auf Quinta vorgefunden haben. Es gibt keine Ähnlichkeiten. Damit scheint sich unsere Vermutung zu bestätigen, daß der Zentrumstransmitter nur in einer Richtung funktioniert – nämlich als Empfangsstation. Ein Verlassen der Hohlwelt durch den Zentrumstransmitter ist nicht möglich. Jedenfalls uns nicht. Das Gebäude dürfte aller Wahrscheinlichkeit nach als Transformationsstation für den Energietransport zu den einzelnen Etagen dienen."

Rhodan beendete seine lange Ansprache endgültig und blickte sich in der Zentrale um. Sein hageres Gesicht drückte nicht aus, was ihn bewegte. Nur die feinen Linien um den Mund deuteten an, daß er sich in den letzten Tagen nur wenig Ruhe gegönnt hatte.

„Und was tun wir nun, Sir?" fragte Oberst Cart Rudo, während Atlan und Icho Tolot sich weiterhin schweigend verhielten. Der Haluter hatte offenbar großes Vergnügen daran, zu sehen, wie die Terraner versuchten, den Kopf aus der Schlinge zu ziehen.

Rhodan nickte grimmig.

„Wir müssen bis zur Oberfläche dieses Planeten vorstoßen, wenn wir je eine Chance auf Rückkehr in die Galaxis haben wollen, das ist wohl allen hier klar. Die beiden Polarschächte sind vorerst für uns unpassierbar. Einen gewaltsamen Durchbruch durch die Wandung mit Hilfe der Desintegratoren will ich vorläufig noch nicht versuchen. Zuerst werden wir die Grün-Etage näher erforschen, um weitere Aufschlüsse über die Hohlwelt und den Sonnentransmitter zu erhalten. Unter Umständen stoßen wir hier vielleicht auf intelligentes Leben, von dem wir nähere Informationen erhalten könnten – auch wenn dieses Leben uns aller Voraussicht nach feindlich gesinnt sein wird."

Rhodan drehte sich jetzt ganz zu Redhorse und Henderson um und bat sie durch eine Geste, heranzukommen. Der Mausbiber Gecko machte etwas zu bereitwillig Platz. Er wirkte deprimierter als je zuvor, nachdem er und Gucky in vorsichtigen Versuchen hatten feststellen müssen, daß auch hier keine Teleportersprünge möglich waren. Der Einfluß des Energiekerns reichte selbst in die Grün-Etage hinein.

„Wir haben vor, Sie beide zu einem Erkundungsflug auszuschikken", sagte Rhodan zu den Offizieren. „Sie werden mit zwei Korvetten starten. Das bedeutet allerdings nicht, daß Sie in verschiedenen Richtungen suchen werden. Das wäre zu riskant. Deshalb werden beide Beiboote zusammenbleiben."

Rhodan wandte sich den Bildschirmen der Außenübertragung zu.

„Es wird nicht einfach sein, die Beiboote durch diese Landschaft zu fliegen. Ich verlasse mich ganz auf Ihr Können. Sie hatten inzwischen Gelegenheit, unsere nähere Umgebung persönlich zu beobachten. Daher wissen Sie, daß die gigantischen Felsformationen bis zum Kunsthimmel emporragen. Sie dienen als Pfeiler. Überall gibt es riesenhafte Tunnels. Verschiedene dieser seltsamen Gebirge liegen so dicht nebeneinander, daß man sie nur mit äußerster Vorsicht umfliegen kann."

„Gut", nickte Henderson. „Wie weit sollen wir vorstoßen?"

„Das bleibt Ihnen überlassen. Sollte es sich als ungefährlich erweisen, können Sie die Grün-Etage umrunden. Sobald Sie jedoch auf irgend etwas stoßen, was das Vorhandensein intelligenten Lebens möglich erscheinen läßt, müssen Sie sofort die CREST benachrichtigen."

Redhorse blickte durch die Zentrale. Hier gab es eine Vielfalt von Farben. Während des bevorstehenden Fluges würden sie über einer Landschaft dahingleiten, wo alles grün war. Redhorse ertappte sich dabei, wie seine Finger nervös mit den Jackenaufschlägen spielten. Im Laufe seines Lebens war er oft auf fremden Planeten gewesen. Diesmal jedoch war alles anders. Diese Hohlwelt glich einer überdimensionalen Vernichtungsmaschinerie. Unzählige Fallen standen für jeden Eindringling bereit. Redhorse fragte sich im stillen, wie weit Henderson und er kommen würden, ohne in Schwierigkeiten zu geraten.

Inmitten der Geisterlandschaft wirkte selbst der vertraute Anblick der von Henderson kommandierten Korvette fremdartig. Redhorse hatte den Eindruck, daß die Beiboote durch ein grünes Meer flogen. Er konzentrierte sich auf den Bildschirm direkt über seinem Sessel. Die C-18 befand sich etwa eine Meile schräg vor der C-11. Obwohl sich die Felsnadeln nach oben hin verjüngten, hielten sich beide Boote ziemlich dicht über dem Boden. Nur so war es möglich, zwischen ausgedehnten Urwäldern und aufgetürmten Felsen Einzelheiten zu erkennen. Die Außentemperatur betrug nach wie vor plus 32 Grad Celsius.

Leichter Wind strich über das Land. Für Redhorse war es der unwirklichste Flug, an dem er je teilgenommen hatte. Er war sicher, daß dies auch für alle anderen Besatzungsmitglieder galt.

„Wie sieht es bei Ihnen aus, Häuptling?" erklang Hendersons Stimme, mit dem er in direkter Funkverbindung stand.

„Immer gleich", gab Redhorse zurück. „Es ist ein Märchenland, aber wahrscheinlich sind seine Bewohner – falls es sie gibt – alles andere als märchenhaft."

Redhorse sah, wie die C-18 durch einen kilometerbreiten Spalt flog. Er gab dem Piloten Anweisung, zu folgen. Sie gelangten in ein ausgedehntes, von Urwäldern bewachsenes Tal. In unregelmäßigen Abständen ragten auch hier Felssäulen in den Kunsthimmel hinauf, von denen jede einzelne einige hundert Meter dick war. Die Gebirge, von denen das Tal umgeben wurde, verschwanden zum Teil in einer grünlichen Dunstschicht. Redhorse sah Schluchten, gegenüber denen der berühmte Grand Cañon auf der Erde ein harmloser Graben war. Der Offizier hatte längst erkannt, daß es nicht möglich war, dieses Land völlig zu erforschen. Kleinere Bauwerke oder Ansiedlungen würden sie zwangsläufig übersehen. Vielleicht hatten sie schon Anzeichen fremder Zivilisationen überflogen, ohne es zu bemerken. In regelmäßigen Abständen informierte Henderson die in der Zentrale der CREST II gespannt wartenden Männer.

Ein Blick auf die Kontrollen zeigte Redhorse, daß sie sich erst vierzig Meilen von der CREST II entfernt hatten. Das ständig wechselnde Bild der Landschaft führte zu der Illusion, eine weitaus größere Entfernung überwunden zu haben.

Beide Korvetten flogen mit eingeschalteten Schutzschirmen, um einem unverhofften Angriff nicht sofort zum Opfer zu fallen. Voller Unbehagen dachte Redhorse an ihre geringe Geschwindigkeit.

Die C-18 steuerte etwas weiter nach rechts. Redhorse blieb mit seinem Beiboot ungefähr in der Mitte des Tales. Die empfindlichen Ortungsgeräte waren eingeschaltet, alle Beobachtungsstationen suchten die Landschaft ab. Wenn der Planet Horror eine riesige Falle darstellte, dann mußte es auch auf dieser Ebene irgend etwas geben, was den Besatzungsmitgliedern der CREST II gefährlich werden konnte. Redhorse versuchte sich vergeblich vorzustellen, was in dieser gespenstischen Landschaft auf sie warten mochte. Es erschien ihm jedoch unwahrscheinlich, daß die Grün-Etage völlig harmlos war. Das hätte allen bisher gemachten Erfahrungen widersprochen.

In Höhe des Talausganges hatte Redhorse mit der C-11 zur C-18 aufgeschlossen. Eine halbe Meile voneinander entfernt flogen sie jetzt in gerader Linie dahin. Redhorse sah, wie auf dem Bildschirm eine Ebene sichtbar wurde, die in die Unendlichkeit zu führen schien: Meilen von den Schiffen entfernt, ragte ein gewaltiges Felsmassiv in den Kunsthimmel. Außer den Felsstützen, die überall anzutreffen waren, schien das Massiv die einzige Erhöhung der Ebene zu sein. Redhorse vermutete jedoch, daß es trotzdem Schluchten und Höhlen im Boden gab.

Sie näherten sich dem Felsmassiv, das nach Redhorses vorsichtiger Schätzung mindestens sechzig bis siebzig Meilen breit war. Plötzlich wurde Redhorse stutzig. Es schien ihm, als seien verschiedene Felsen innerhalb des Riesengebirges von unnatürlicher Regelmäßigkeit.

Er kniff die Augen zusammen, als könnte das seine Sehschärfe erhöhen. Sein Herzschlag beschleunigte sich. Die gleiche nervöse Spannung, die ihn schon beim Verlassen der CREST II ergriffen hatte, kehrte mit einem Schlag zurück.

In diesem Augenblick sagte Henderson: „Ich werde verrückt! Es ist eine Festung."

Redhorse schnellte vom Sessel hoch und manipulierte an den Schaltungen des Bildschirmes. Die C-18 hatte wieder einen Vorsprung von mehreren hundert Metern, so daß es durchaus möglich war, daß Henderson bereits Einzelheiten erkennen konnte.

„Eine Festung?" wiederholte Redhorse.

„Eine Felsenstadt", erklärte Henderson schrill. Redhorse spürte seine Erregung. „Das ganze Gebirge ist eine gigantische Stadt."

Redhorse zwang sich zu ruhigem Denken. Er hatte damit gerechnet, daß sie hier auf Dinge stoßen würden, für die es keine Erklärung gab. Eine Festung erschien ihm trotz aller Fremdartigkeit irgendwie vertraut. Solche Bauwerke gab es schließlich auch auf anderen Welten, wenn sie auch nicht so gewaltig waren. Gleichzeitig erwachte Redhorses Mißtrauen. Wenn Henderson sich nicht täuschte, mußte es hier intelligente Lebewesen geben – zumindest gegeben haben.

Endlich war die C-11 dicht genug heran, so daß auch Redhorse Einzelheiten erkennen konnte. Während Henderson einen Bericht an die CREST II durchgab, konzentrierte Redhorse seine Aufmerksamkeit auf die fremde Stadt.

Bigtown im Twin-System war eine große Stadt und bedeckte einen ganzen Kontinent. Trotzdem mußte sie einem objektiven Beobachter klein und unbedeutend gegen diese Festung erscheinen. In ihrer vertikalen Ausdehnung reichte die Felsenstadt bis zum Kunsthimmel hinauf. Redhorse erkannte jetzt dicht nebeneinander stehende Felsnadeln, zwischen denen Tausende von Tunnels und Höhlen hindurchführten. Wahrscheinlich gab es zahlreiche künstlich geschaffene Räume, die alle innerhalb eines ganzen Komplexes von massiven Stützpfeilern ruhten. Es gab keine Gebäude. Rund um die Festung zogen sich weite Grabenanlagen. Redhorse sah dort unten Bewegung. Riesenhafte Ungeheuer oder auch Roboter, die sich innerhalb der Gräben aufhielten, schienen sie zu verursachen. Sollten sie die Felsenstadt vor einem Angriff schützen?

Die Ebene rund um das Gebirge war von Millionen Kratern zerklüftet, die aussahen, als seien sie durch Explosionen entstanden.

„Was halten Sie davon, Captain?" fragte Wynd Lassiter, der als Pilot fungierte.

Die Stimme ließ Redhorse aufschrecken, so sehr hatte er sich in den Anblick der unheimlichen Stadt vertieft.

„Tata", sagte er. „Das ist Tata, die Geisterstadt in den Wolken, von der meine Vorfahren geträumt haben."

„Kein menschliches Gehirn kann sich während eines Traumes so etwas ausdenken", meinte Lassiter mit einer gewissen Ehrfurcht in der Stimme.

Hendersons Stimme kam aus dem Lautsprecher. „Ich habe Perry Rhodan informiert. Er startet sofort mit der CREST und kommt hierher. Er hofft, daß wir hier Informationen erhalten können."

„Dämonen wohnen in Tata", sagte Redhorse. „Böse Geister mit starken Waffen. Sie beherrschen Blitz und Donner und reiten auf Flammenpferden."

Von diesem Augenblick an hieß die Festung Tata, die Geisterstadt.

„Wir könnten in die Festung fliegen", sagte Henderson. „Zwischen manchen Stützen ist der Abstand groß genug, um eine Korvette durchzulassen."

„Ich bin dafür, auf Rhodan zu warten", schlug Redhorse vor. „Betrachten Sie sich einmal die Oberfläche der Ebene rund um die Stadt. Hier scheinen oft heftige Kämpfe zu toben."

„Die Krater?" fragte Henderson. „Sie können auch anders entstanden sein."

Redhorse schüttelte den Kopf.

„Schauen Sie sich Tata einmal genau an", empfahl er Henderson. „Überall gibt es zusätzlich Festungswälle, die keinen anderen Zweck als den der Verteidigung haben können. In den vorderen Stützpfeilern kann man ebenfalls Krater erkennen, die wahrscheinlich von Granaten geschlagen wurden. Die Stadt ist in ihren Außenbezirken überall gepanzert."

„Ich glaube, Sie könnten recht haben", stimmte Henderson zögernd zu.

„Natürlich habe ich recht", versetzte Redhorse mit Nachdruck. „Aus diesen Beobachtungen kann man schließen, daß sich die Bewohner dieser Etage nicht gerade freundlich gesinnt sind. Sie tragen offenbar heftige Kriege aus."

„Woher sollen die Angreifer kommen?" wollte Henderson wissen.

Darauf wußte auch Don Redhorse im Augenblick keine Antwort. Er war jedoch sicher, daß sie bald eine Erklärung finden würden.

Er konnte nicht ahnen, in welch drastischer Weise das geschehen würde.

„Die CREST ist gestartet", meldete Henderson nach einer kurzen Pause. „Sie wird in wenigen Augenblicken hier eintreffen."

Redhorse hörte sich aufatmen. Gegenüber Tata war auch das Flaggschiff des Solaren Imperiums winzig, aber es bot immerhin einen besseren Schutz als ein Beiboot von nur 60 Metern Durchmesser.

Als Redhorse wieder auf den Bildschirm blickte, geschah etwas Unfaßbares.

Aus Hunderttausenden von Löchern, Gräben, Tunnels, Höhlen und Schächten rings um die Festungsstadt krochen unbekannte Lebewesen wie Ameisen hervor.

Fast gleichzeitig erschien die mächtige Kugel der CREST II vor der Festung.

27.

Die Ebene vor Tata wimmelte innerhalb kurzer Zeit von unbekannten Lebewesen. Es schien, als hätte die Unterwelt ihren Schlund aufgetan, um eine riesige Armee an die Oberfläche zu speien. Vor Redhorses

Augen wurde ein Großangriff auf die Festung vorbereitet. Die Entschlossenheit der Angreifer ließ Redhorse vermuten, daß dies nicht der erste Versuch war, den sie unternahmen.

Der Captain beobachtete, daß die Unbekannten Waffen aller Art mit an die Oberfläche brachten. Er sah Konstruktionen, bei denen es sich zweifellos um Kanonen handelte. Noch war kein einziger Schuß gefallen. Redhorse fragte sich verblüfft, warum man von der Festung aus den Aufmarsch der gegnerischen Truppen nicht verhinderte. Millionen von Kratern bewiesen doch, daß auch die Bewohner Tatas über Waffen verfügten.

Die Angreifer waren nicht klar zu erkennen. Sie mußten eine entfernt menschenähnliche Körperform haben, denn Redhorse sah, daß sie zwei Arme und zwei Beine besaßen. Alle waren in pelzartige Uniformen eingehüllt, die Redhorse bei einer Wärme von 32 Grad Celsius für höchst überflüssig hielt. Natürlich konnte die Vermummung auch eine völlig andere Bedeutung haben als die eines Wärmespenders, wenn es sich überhaupt um Kleidungsstücke handelte.

Weit im Hinterland erfolgte eine Explosion. Es schien sich um eine einzelne Granate zu handeln. Die Angreifer zeigten sich wenig beeindruckt. In aller Eile setzten sie ihre Vorbereitungen fort.

„Haben Sie die Explosion gesehen, Häuptling?" fragte Hendersons Stimme im Lautsprecher.

„Natürlich", antwortete Redhorse. „Ich denke, daß wir in wenigen Minuten Zeugen einer gewaltigen Schlacht werden."

„Es handelte sich nicht um eine atomare Explosion", sagte Henderson. „Es ist also möglich, daß sämtliche Waffen der streitenden Parteien auf rein chemischer Basis funktionieren. Keine atomaren Vernichtungsmittel – das bedeutet größere Sicherheit für uns."

Die Korvetten hielten sich dicht bei der CREST II. Alle drei Schiffe hatten ihre Schutzschirme eingeschaltet. Noch kümmerte sich niemand um die Fremden. Die Bewohner der ersten Etage des Planeten Horror schienen voll und ganz mit ihrem Krieg beschäftigt zu sein.

Neugierig verfolgte Redhorse die Vorgänge auf der Oberfläche. Er schätzte, daß vor den Festungswällen Tatas eine Armee mit einer Stärke von zweihundertfünfzigtausend Soldaten aufmarschiert war. Die Zahl der Verteidiger war wahrscheinlich mehr als zehnmal so groß, doch nicht jeder Einwohner Tatas konnte Soldat sein. Alles in allem rechnete Redhorse mit über einer halben Million bis an die Zähne bewaffneter Wesen, die sich gegenüberstanden.

Redhorse lehnte sich etwas in seinem Sitz zurück. Obwohl er nur als Beobachter beteiligt war, fieberte er dem Ausgang dieses Krieges entgegen. Er brannte darauf, herauszufinden, aus welchen Gründen sich die Bewohner der Grün-Etage bekämpften. Das Aufgebot an Soldaten und Waffen ließ auf schwerwiegende Gründe schließen.

Gefolgt von den beiden Beibooten, flog die riesige CREST II näher an die Festung heran. Zum erstenmal konnte Redhorse die Verteidiger sehen. Sie ähnelten ihren Gegnern nur wenig. Redhorse mußte an terranische Kängurus denken, als er die Wesen innerhalb eines Festungswalles sah. Allerdings hatten die Bewohner der Stadt schlangenähnlich geformte Köpfe. Die winzigen Stahlhelme, die sie trugen, hätten zu einem anderen Zeitpunkt lächerlich gewirkt.

Wenige Augenblicke später teilte man von der Zentrale der CREST II aus mit, daß man die Bürger der Felsenstadt Gurus nannte. Redhorse lächelte. Rhodan hatte offenbar den gleichen Gedanken gehabt, als er die fremden Soldaten gesehen hatte.

Die Angreifer wurden Eskies genannt. Redhorse vermutete, daß Rhodan diesen Namen wegen der Pelzvermummung dieser Wesen geprägt hatte, die an die Kleidung von Eskimos erinnerte.

Gespannt blickte Redhorse auf die Bildschirme. Die Gurus hatten starke Verbände in den Randzonen der Festung zusammengezogen. Redhorse sah, daß diese Wesen nicht sprangen, sondern sich im Paßgang bewegten.

Die Gurus schienen den drei Raumschiffen keine Bedeutung beizumessen. Ein kalter Schauer rann über Redhorses Rücken, als er an die Situation der Eskies dachte. Die Angreifer konnten keinen Punkt innerhalb Tatas beschießen, da die Festungsanlagen der Stadt bis zum Kunsthimmel emporragten. Die Stützsäulen waren so gewaltig, daß Redhorse bezweifelte, daß sie ohne atomare Waffen genommen werden konnten.

Tata war eine mächtige Stadt. Für die Eskies mußte sie uneinnehmbar sein.

Redhorse beugte sich nach vorn, um mit Henderson Verbindung aufzunehmen. Im gleichen Augenblick eröffneten die Eskies aus allen Waffen das Feuer.

Die Festung verschwand hinter einem Vorhang von Rauch und Flammen. Überall blitzte es auf. Trommelfeuer ließ den Boden erzittern.

Rhodan, seine Frau und Atlan saßen nebeneinander vor dem Bildschirm und verfolgten den Angriff der Eskies. Nur wenige Augenblicke nach der Explosion der ersten Bombe erwiderten die Gurus das Feuer. Ein Geschoßhagel regnete auf die Ebene hinab. Die Aufschlagstellen lagen dicht nebeneinander. Die Eskies begannen, auch die drei Raumschiffe unter Beschuß zu nehmen, doch für die Schutzschirme bedeuteten Explosionen chemischer Waffen keine Gefahr.

„Flakfeuer", stellte Rhodan fest. „Solche Materialschlachten gab es in der Vergangenheit auch auf der Erde."

„Keine atomaren Waffen", sagte Atlan. „Auch die Ortungsergebnisse sagen nichts über das Vorhandensein atomarer Kraftmaschinen aus. Sie scheinen hier noch nicht bekannt zu sein."

„Andererseits ist die Waffentechnik sehr weit fortgeschritten", wandte Mory ein. Sie hatte ihr Haar zu einem Knoten zusammengesteckt. „Vielleicht gibt es einen Grund, daß sie keine Atomwaffen verwenden. Innerhalb einer solchen Etage wären die Folgen bestimmt verheerend."

Rhodan richtete seine Aufmerksamkeit wieder auf die Ebene hinaus. In einem ausgedehnten Gelände zerbarsten die Granaten der Verteidiger. Das Artilleriefeuer der Gurus stand dem der Eskies nicht nach. Die Feinde kämpften eine erbarmungslose Schlacht, bei der es bestimmt um mehr als nur ideologische Meinungsverschiedenheiten ging. Eines dieser beiden Völker rang wahrscheinlich um seine Existenz.

„Sie beschießen uns vom Boden aus", sagte Atlan. „Offenbar glauben sie, daß wir zu den Gurus gehören." Er lächelte amüsiert. „Sollen wir ihnen eine kleine Kostprobe unserer Waffen geben?"

„Nein", lehnte Rhodan entschieden ab. „Wenn wir überhaupt intervenieren, dann nur, um den Frieden herzustellen. Im Augenblick ist das jedoch unmöglich."

„Woher sollen unsere Informationen kommen?" wollte Mory wissen. „Diese Wesen sind so in ihre eigenen Probleme verwickelt, daß sie unter Umständen nichts über den Transmitter wissen."

Rhodan rieb sich mit dem Handrücken über die Stirn. Der Einwand seiner Frau war berechtigt. Diese gesamte Welt war künstliches Produkt einer unbekannten Lebensform, deren technische Möglichkeiten nahezu unbegrenzt sein mußten. Rhodan nahm an, daß die Eskies und Gurus nicht von Horror stammten, sondern von den mysteriösen Meistern der Insel, aus welchem Grund auch immer, hierher versetzt worden waren. Die Herren von Andromeda hatten ein Ring von Wachstationen um den Andromedanebel errichtet. Für fremde Eindringlinge erwies sich jede dieser Transmitterstationen als Falle.

„Vielleicht können wir erfahren, was uns in der nächsten Etage erwartet", sagte Rhodan nachdenklich. „Schon ein Hinweis über die Bedingungen der zweiten Ebene könnte sich unter Umständen als wertvoll erweisen."

Sie schwiegen und konzentrierten sich wieder auf die Schlacht. Die Heftigkeit des Beschusses durch die Eskies ließ nicht nach. Die Verteidiger beschränkten sich jetzt auf ein Feuer gegen wichtige Stellungen. Ein Waffenlager der Eskies wurde getroffen. Die Explosionswolke reichte fast bis zum Gewölbe der Grün-Etage hinauf. Tonnen von Staub und pulverisierten Felsen hingen in der Luft. Doch der Mut der Eskies blieb ungebrochen. Noch heftiger wurde das Trommelfeuer. Stoßtrupps drangen weiter gegen die Festung vor. Kanonen wurden in vordere Stellungen gebracht. Tata wurde zu einem feuerspeienden Gebirge. Fasziniert beobachteten die Besatzungsmitglieder der terranischen Raumschiffe, daß die Festungswälle standhielten. Risse und Löcher zeigten sich in den vorderen Stützpfeilern, doch sie genügten nicht, um auch nur einen von ihnen ernsthaft zu erschüttern. Die Gurus besaßen Sperrforts. Nur Zufallstreffer hätten diese schwergepanzerten Bunker sprengen können.

„Eines interessiert mich", tönte Rhodans Stimme in die Stille innerhalb der Zentrale hinein. „Passen diese Vorgänge in die Vernichtungstheorie? Den Erkenntnissen entsprechend müßte eigentlich etwas geschehen, was nicht eines dieser beiden Völker gefährdet, sondern die in der Transmitterstation unwillkommene CREST."

„Natürlich!" stieß Atlan hervor. „Die Gurus und Eskies reiben sich auf, ohne sich um uns zu kümmern. Es ist kaum vorstellbar, daß die Waffen dieser beiden Völker zur Falle gehören sollen, die man für Eindringlinge bereithält."

Oberst Cart Rudo räusperte sich nachdrücklich. Es klang wie die Geräuschkulisse der Schlacht um Tata.

„Vielleicht ist diese Entwicklung innerhalb der Grün-Etage unbeabsichtigt", meinte er. „Beide Völker können der Kontrolle der Transmitterbesitzer entglitten sein. Vielleicht gibt es auf dieser Ebene keine Gefahr für uns."

Rhodan schüttelte den Kopf. „Ich glaube nicht, daß es innerhalb des perfekten Wachrings einen Versager gibt", erklärte er. „Ich erwarte jeden Augenblick, daß irgend etwas geschieht, das uns dies mit Nachdruck beweisen wird."

„Unter diesen Umständen können wir nur hoffen, daß du nicht recht hast", sagte Atlan. „Wenn es..."

Das Aufheulen der Alarmanlagen schnitt ihm die weiteren Worte ab. Oberst Cart Rudo stieß einen Entsetzensschrei aus. Unbewußt fiel Rhodans Blick auf die Kontrollen, die in seiner unmittelbaren Nähe waren. Was er sah, ließ ihn das ganze Ausmaß der sich abzeichnenden Katastrophe ahnen.

Alle atomkraftgetriebenen Maschinen der CREST II schienen auszufallen.

Das bedeutete, daß die CREST II abstürzen würde.

Mitten in das Schlachtfeld vor der Stadt.

Die Faust von Don Redhorse schoß nach vorn und hieb den Schalter für die Notaggregate nach unten. Es war eine rein instinktive Bewegung, ausgelöst durch den Aufschrei des Piloten. Im gleichen Augenblick, da der Schalter einrastete, wußte Redhorse schon, daß ihm diese verzweifelte Aktion nichts nützen würde. Alle Triebwerke waren ausgefallen und auch die Stromreaktoren lieferten keine Energie mehr.

Ohne die Blicke von den Bildschirmen zu wenden, beugte sich Redhorse über das Mikrophon.

„Achtung!" rief er. „Alle Maschinen der C-Elf sind ausgefallen. Wir stürzen ab!"

Da sah Redhorse die riesenhafte CREST II über den Bildschirm huschen. Kein Zweifel: Das Mutterschiff näherte sich ebenfalls der Oberfläche.

Nun zweifelte er nicht mehr daran, daß auch die von Captain Henderson befehligte Korvette das Schicksal der C-11 teilte. Die Lautsprecher der Funkgeräte schwiegen. Einzelne Bildschirme und Kontrollgeräte fielen aus.

Redhorse wandte sich an Lassiter.

„Bringen Sie uns noch in einem Stück nach unten?" fragte er ruhig.

Das Gesicht des Mannes war bleich. Er umklammerte mit beiden Händen die Steueranlagen. Redhorse hoffte, daß die auslaufenden Triebwerke einen harten Aufprall verhindern konnten. Er sah Lassiter hastig nicken. Trotzdem machte er sich auf eine Erschütterung gefaßt.

„Festhalten!" rief er den Männern innerhalb der Zentrale zu.

Unter ihnen tobte die Schlacht zwischen Gurus und Eskies ohne Unterbrechung weiter. Wer hatte die terranischen Raumschiffe angegriffen? Redhorse zwang sich zur Ruhe. Sie waren nicht direkt beschossen worden. Irgend etwas anderes mußte geschehen sein. Gab es in der Grün-Etage eine dritte Macht?

Fünf Kilometer von Tata entfernt setzte die CREST II inmitten der angreifenden Armee auf. Redhorse sah es auf einem der noch funktionierenden Bildschirme. Erleichtert atmete er auf. Immerhin war es gelungen, das Riesenschiff ohne Schaden auf den Boden zu bringen.

Da fiel der Bildschirm aus, und Redhorse konnte nicht sehen, was weiter geschah.

Lassiter, der die Korvette jetzt praktisch im Blindflug steuerte, warf einen hilfesuchenden Blick zu ihm herüber. Redhorse nickte ihm zu. Wie wenig war das, dachte er, was er dem Piloten in diesem Augenblick an Unterstützung geben konnte.

„Achtung!" warnte Lassiter. Seine Stimme klang brüchig.

Redhorse preßte seinen Körper fest in den Sitz. Eine Sekunde sah er Lassiters hageres Gesicht vor sich, geisterhaft blaß im spärlichen Licht der wenigen Kontrollen, die noch funktionierten. Dann gab es einen Ruck. Redhorse kippte nach vorn, doch die Sicherheitsvorrichtung hielt ihn und warf ihn zurück. Etwas zerbrach mit einem metallischen Knacken. Es war still in der Zentrale der C-11. Dann sagte Wynd Lassiter mit der Zaghaftigkeit eines Mannes, der nichts darüber weiß, was die nächsten Minuten bringen: „Wir sitzen fest."

Redhorse legte seine Gelassenheit ab und sprang aus dem Sessel. Sofort wurde es laut. Alle Männer begannen zu reden.

„Los!" wies Redhorse sie an. „Alles zum Hangar! Wir versuchen, zwei Shifts auszuschleusen!"

Er war sich darüber im klaren, daß auch die gepanzerten Allzweckfahrzeuge nicht funktionieren würden. Trotzdem würden sie sich in dem mit Kratern durchzogenen Gelände als unersetzlich erweisen, wenn es gelang, ihre Triebwerke wiederherzustellen.

Während Redhorse an der Seite seiner Männer die Zentrale der C-11 verließ, fragte er sich, was an Bord der anderen Schiffe geschehen war. Die CREST II war einigermaßen sicher gelandet. Von der C-18 hatte er nichts gesehen. Trotzdem mußte sie ganz in der Nähe sein.

Zum erstenmal nahm Redhorse ein dumpfes Dröhnen wahr.

Der Schlachtenlärm drang bis zu ihnen herein.

Was Perry Rhodan bereits befürchtet hatte, wurde ihm wenige Augenblicke nach der unsanften Landung bestätigt. Aus der Feuerleitzentrale meldete sich über den noch funktionierenden Interkom der Leitende Ingenieur der CREST II, Major Hefrich.

„An Bord der CREST funktioniert keine einzige Waffe mehr, Sir", sagte er. „Durch irgendeinen Vorgang wurden alle Kernprozesse verhindert, gleichgültig, ob es sich um Kernverschmelzung oder Kernspaltung handelt."

Rhodan verkniff sich die Frage, ob Hefrich völlig sicher war. Bevor der Major eine solche Meldung durchgab, hatte er sich bestimmt von ihrer Richtigkeit gründlich überzeugt.

„Versuchen Sie, mit allen zur Verfügung stehenden Hilfsmitteln die Ursache zu finden", ordnete Rhodan an. „Ohne Waffen sind wir sogar den Gurus und Eskies ausgeliefert."

„Die dadurch doch zu einer Gefahr geworden sind", warf Atlan ein.

Rhodan verstand, was der Arkonide damit ausdrücken wollte.

Aus allen Teilen des Schiffes trafen Hiobsbotschaften ein. Überall bemühte man sich, die ausgefallenen Maschinen wieder in Gang zu bringen.

Die ausschließlich von Atommeilern abhängige Stromversorgung war weitgehend zusammengebrochen. In unmittelbarer Folge fielen alle Geräte und Maschinen aus, die ihre Energie von den Meilern bezogen – darunter auch alle auf hyperenergetischer Basis arbeitenden Systeme. Nur wenige batteriebetriebene Instrumente machten eine Ausnahme. Die Energie, die an Bord der CREST auf chemischer Basis erzeugt werden konnte, reichte gerade für den Betrieb der lebenswichtigen Einrichtungen wie der Sauerstofferneuerung, der Beleuchtung, des Interkoms und der Medostation.

Rhodan trieb die verantwortlichen Männer mit knappen Befehlen an. Nur in zweiter Linie machte er sich über den geheimnisvollen Angriff Gedanken. Daß es sich um einen Angriff handelte, daran zweifelte er nicht. Ohne eigenen Schaden zu nehmen, hatten Unbekannte drei Raumschiffe ausgeschaltet. Rhodan wußte noch nicht, wie dieser Überfall durchgeführt worden war. An keiner Maschine ließen sich die Spuren irgendwelcher Strahleneinwirkung feststellen. Auch die Waffen sahen voll funktionsfähig aus – bis man versuchte, sie abzufeuern. Es war unmöglich, an Bord der drei Raumschiffe einen Kernprozeß durchzuführen.

Dagegen funktionierten die Waffen der Gurus und Eskies weiter. Keine einzige davon arbeitete auf atomarer Basis. Zum erstenmal stieg in Rhodan der Verdacht auf, daß beide Parteien bewußt auf Atomwaffen verzichteten, um nicht vor dem gleichen Dilemma zu stehen, das die Raumfahrer betroffen hatte. Doch das war eine Vermutung, die sich nicht beweisen ließ.

Weder die CREST II noch ihre beiden Beiboote wurden angegriffen. Es schien, als begnügte sich die unbekannte Macht damit, die Raumschiffe festzuhalten und ihre Besatzung im Besitz nutzloser Waffen zu wissen.

Rhodans Augen suchten Iwan Goratschin, den Doppelkopfmutanten. Er sah den Zünder bei den beiden Mausbibern stehen. Rhodan hatte vor, mit Goratschins Hilfe ein Experiment durchzuführen.

Er rief den Zellaktivatorträger zu sich. Gucky und Gecko blieben an ihren Plätzen.

Auf seinen Säulenbeinen stampfte Goratschin heran. Seine beiden Köpfe saßen dicht nebeneinander. Überall, wo die Uniform des Mutanten den Körper nicht bedeckte, schimmerte grüne Haut. Innerhalb der ersten Etage des Planeten Horror hätte sich Goratschin vorzüglich tarnen können. Er hätte nur die Kleidung abzulegen brauchen.

„Was kann ich tun, Sir?" fragte Iwan, der rechte Kopf des Mutanten.

„Unsere Waffen sind unbrauchbar geworden", sagte Rhodan. „Wie ist es mit Ihnen, Iwan? Durch Ihre paranormalen Geistesströme können Sie alle Kohlenstoff- und Kalziumverbindungen zur Explosion bringen."

Beide Köpfe nickten. „Ich verstehe", sagte Iwanowitsch, der linke Kopf. „Sie wollen herausfinden, ob auch meine Fähigkeit brachliegt."

„Richtig", stimmte Rhodan zu. Er hob den Arm. „Sehen Sie den Trinkbecher auf dem Kartentisch dort drüben?"

„Ja", sagten beide Köpfe gleichzeitig.

„Zerstören Sie ihn!" befahl Rhodan.

Goratschin drehte sich langsam zur Seite. Er mußte alle Gegenstände, die er zu zerstören beabsichtigte, deutlich sehen. Einen Augenblick konzentrierte sich der über zwei Meter große Mutant. Gleich darauf sanken Goratschins Schultern schlaff nach unten.

„Es ... es geht nicht!" stieß Iwan hervor.

Rhodan und Atlan wechselten einen schnellen Blick. Damit war auch ihre letzte Waffe ausgefallen. Rhodan hatte fast damit gerechnet. Goratschin löste einen Kernprozeß aus, wenn er seine paranormalen Gaben einsetzte. Doch irgend etwas verhinderte, daß er jetzt Erfolg hatte.

„Ich werde es noch einmal versuchen", kündigte Goratschin entschlossen an.

„Das ist sinnlos", schlug Rhodan ab. „Sie könnten es tausendmal wiederholen, ohne Erfolg zu haben. Innerhalb dieses verrückten Planeten muß es etwas geben, das in der Lage ist, Kernspaltungen oder Kernverschmelzungen nach Belieben zu verhindern. Bevor wir nicht herausgefunden haben, auf welche Weise das geschieht, sitzen wir hier ohne Verteidigungsmöglichkeit fest."

„Überall im Schiff wird an den Maschinen gearbeitet", sagte Mory Rhodan-Abro. „Ich hoffe, daß die Techniker einen Weg finden, alles in Ordnung zu bringen."

Rhodan blickte den hilflos vor ihm stehenden Goratschin verständnisvoll an. Der Doppelkopfmutant mußte sich jetzt vollkommen nutzlos vorkommen. Bisher war es nur seine außergewöhnliche Fähigkeit gewesen, die ihn zu einem gleichberechtigten Mitglied der Mutantengruppe gemacht hatte. Goratschin mußte jetzt auf den Gedanken kommen, daß er nichts als ein Monstrum war, das seine Umwelt durch seinen häßlichen Anblick belästigte.

Langsam ging der Mutant an seinen Platz zurück. Er kam am Kartentisch vorüber. Rhodan beobachtete, wie er im Vorbeigehen den Trinkbecher ergriff und zwischen den Händen zerdrückte.

Auch Atlan sah es, aber der Arkonide schwieg.

Goratschins Verhalten war nur eines der vielen Anzeichen einer beginnenden Krise. Viele Besatzungsmitglieder zeigten bereits Anzeichen von Nervosität. Rhodan wußte, daß es einfacher war, die Männer in einem Kampf gegen einen übermächtigen Feind zu führen als in einer solchen Situation. Es gab keinen greifbaren Gegner. Aus den Raumfahrern war ein waffenloses Fußvolk geworden.

Solange die Mannschaften noch mit den Versuchen beschäftigt waren, die verschiedenen Anlagen der CREST II wieder in Gang zu bringen, würde es ruhig bleiben. Sobald es jedoch feststehen würde, daß es keine Möglichkeit gab, die Stromversorgung wiederherzustellen, und die CREST II zu starten, mußte es zu Schwierigkeiten kommen. Rhodan hatte oft solchen Problemen gegenübergestanden, und er wußte genau, wie einzelne Menschen reagierten.

Irgend etwas muß geschehen, dachte Rhodan.
Sein stiller Wunsch sollte erfüllt werden.
Völlig anders jedoch, als er sich das vorgestellt hatte.

Der Landungssteg der C-11 bestand aus vier teleskopartig zusammengeschobenen Bahnen, die man durch einen Druck auf einen Knopf von der Zentrale aus zum Ausfahren bringen konnte. Für Notfälle gab es eine Sonderschaltung unmittelbar neben der Schleuse. Beide Schaltungen hingen jedoch von der Energieversorgung durch die Stromreaktoren ab.

So wurde der Landesteg für Captain Redhorse zu einem Problem. Draußen tobte die Schlacht. Durch die geöffnete Schleuse drang Rauch und heiße Luft herein.

Fast die gesamte Besatzung der Korvette hatte sich im Laderaum versammelt. Redhorse knöpfte seine Uniformjacke auf. Die Männer blickten ihn erwartungsvoll an. Er hatte gesagt, daß sie versuchen würden, zwei Shifts ins Freie zu bringen. Nun mußte er beweisen, daß das möglich war.

Redhorse schickte zwanzig Mann an die untere Querstrebe der vorderen Bahn des Landesteges. Die einzelnen Bahnen waren auf Gleitrollen gelagert. Zwei Männer kletterten zum Rand der Bahn und entfernten die Haltevorrichtungen, die verhindern sollten, daß der Landesteg sich selbständig machte. Zum Glück für die Raumfahrer konzentrierte sich das Abwehrfeuer der Gurus auf einzelne Stellungen der Eskies. Jetzt, da die Schutzschirme ausgefallen waren, hätte auch eine Korvette ein Trommelfeuer nicht unbeschadet überstanden.

Eine halbe Meile vor der C-11 befand sich eine Stellung mit sieben Kanonen, die unablässig feuerten. Schräg vor der C-11, etwa zweihundert Meter entfernt, ruhte die mächtige Kugel der CREST II. Die C-18 mußte sich im Hinterland befinden. Die Eskies hatten schon während der erzwungenen Landung den Beschuß gegen die drei Raumschiffe eingestellt. Sie kümmerten sich nicht mehr um die fremden Objekte.

Redhorse wartete, bis die zwanzig Männer ihre Positionen bezogen hatten. Die Raumfahrer klammerten sich mit beiden Händen an der unteren Querstrebe fest, auf der der Landesteg unter normalen Bedingungen aufsetzte.

Captain Redhorse beorderte fünf weitere Männer auf die andere Seite der vorderen Bahn.

Auf seinen Wink begannen die zwanzig Besatzungsmitglieder an der unteren Verbindung mit ihren Körpern zu schwingen. Von oben schoben fünf Männer mit aller Kraft. Redhorse hätte gern noch weitere Helfer hinaufgeschickt, doch es gab keinen Platz für sie.

Mit einem Ruck kam die vordere Bahn in Bewegung. Redhorse hoffte, daß sie die drei nachfolgenden Bahnen mitziehen würde.

„Klettert auf den Steg!" schrie er den zwanzig Männern zu, die jetzt zehn Meter außerhalb der Schleuse praktisch zwischen Himmel und Boden hingen. Wenn der Landesteg aufsetzte, mußten sie dort unten verschwunden sein, um nicht erschlagen zu werden.

Mit zusammengebissenen Zähnen beobachtete Redhorse, wie einer nach dem anderen auf die Oberseite des Landesteges kroch. Unter dem Gewicht der Männer begann die Bahn wie eine Wippe zu schwanken.

„Nicht mehr bewegen!" rief Redhorse.

Im gleichen Augenblick war die vordere Bahn voll ausgefahren. Die fünf Raumfahrer, die sie durch Schieben in Schwung gebracht hatten, sprangen auf die rettende zweite Bahn herab. Mit einem kaum hörbaren Geräusch – die Explosionen der Granaten übertönten alles andere – rasteten die beiden Bahnen ein und lagen somit auf gleicher Höhe. Die zweite Bahn wurde von der ersten mitgerissen, dann ging alles mit unheimlicher Geschwindigkeit. Redhorse sah die zwanzig Männer am Ende der Riesenwippe. Sie klammerten sich verzweifelt fest, um nicht abgeworfen zu werden. Die dritte Bahn flog aus ihrer Verankerung und ratterte wie eine Jalousie in die Tiefe. Einer der fünf weiter oben stehenden Männer verlor den Halt und stürzte mit einem Aufschrei in den Verladeraum. Sofort waren zwei Medo-Roboter bei ihm, um sich um ihn zu kümmern. Es handelte sich um Maschinen, die ihre Energie von körpereigenen, auf chemischer Basis arbeitenden Batterien erhielten. Sie gehörten zur Standardausrüstung jedes terranischen Schiffes.

Die vierte Bahn schoß förmlich aus ihrer Halterung. Ihre Gleitrollen griffen erst, als sie schon ein Stück nach unten gerast war. Redhorse hielt den Atem an. Da schlug der Landesteg auf den Boden. Die zwanzig Männer verloren den Halt und wurden in die Höhe geschleudert. Vier fielen auf den Steg zurück, die übrigen landeten unsanft auf der Oberfläche der Grün-Etage. Redhorse atmete auf, als er sah, daß die meisten sich sofort erhoben.

Ein schwaches Lächeln glitt über Redhorses Gesicht.

„Jetzt schaffen wir zwei Shifts hinaus", ordnete er an.

Das untere Ende des Landesteges wurde befestigt. Redhorse schickte vier Freiwillige hinaus, zwei zur CREST II, zwei zur C-18. Sie sollten Verbindung zu den anderen Schiffbrüchigen aufnehmen. Da die Funkgeräte versagten, war man auf Kuriere angewiesen.

Redhorse konnte sich nicht erinnern, daß man jemals innerhalb der Solaren Flotte versucht hatte, zwei flugfähige Raupenpanzer über den Landesteg aus einem Raumschiff zu transportieren. Unter normalen Umständen flogen die Shifts aus ihren Hangars und landeten an jenen Stellen, wo man sie zum Einsatz benötigte. Es waren ideale Allzweckfahrzeuge. Sie waren schwer gepanzert und bewegten sich am Boden auf Raupen vorwärts. Vor allem auf unerforschten Planeten kamen sie zum Einsatz.

Redhorse sammelte seine Männer. Die einzige Schwierigkeit würde darin bestehen, die beiden Shifts bis zum Landesteg zu bringen. Die Raupenpanzer den Steg hinabzusteuern, würde dann nur noch eine Kleinigkeit sein. Allerdings würde die Besatzung der C-11 nicht ausreichen, um die Shifts auch auf dem zerklüfteten Gelände der Grün-Etage in Fahrt zu halten.

Redhorse ließ zu beiden Seiten der Shifts lange Zugseile anbringen. Eine Gruppe von Männern mußte mit langen Eisen die Fahrzeuge von hinten anschieben. Danach verteilte Redhorse die Besatzung an die Zugseile. Er gab die Kommandos. Nach drei gescheiterten Versuchen ruckte der erste Shift an. Redhorse schrie sich die Kehle wund, damit die Raumfahrer in ihren Bemühungen nicht nachließen. Meter um Meter näherte sich der vordere Shift dem Landesteg.

Redhorse sprang von der Seite her auf die Raupe und verschwand durch die kleine Schleuse im Innern. Der Schweiß brannte in seinen Augen. Redhorse erreichte die Steueranlage. Das lauter werdende Geschrei der Männer zeigte ihm, daß der Shift den Landesteg erreicht hatte. Redhorse spürte, wie das schwere Fahrzeug etwas nach vorn kippte. Viel langsamer als erwartet, rollte das Allzweckfahrzeug nach unten. In der Schleuse versammelten sich die Raumfahrer vor dem zweiten Shift. Als Redhorse aus dem auslaufenden Raupenpanzer stieg, kam der zweite bereits den Steg herunter.

Redhorse schrie seine Befehle den Steg hinauf, bis er einsah, daß niemand ihn hören konnte. Die Uniformen der Männer zeigten dunkle Flecken, so waren sie in Schweiß geraten. Redhorse wich zur Seite, um den Shift vorbeizulassen. Er wurde von Lassiter gesteuert.

Wenige Minuten später standen beide Raupenfahrzeuge etwa zehn Meter vom Landesteg entfernt in der von Kratern zerrissenen Landschaft.

Von der Schleuse aus blickte Captain Don Redhorse über das Schlachtfeld. Eine Dunstglocke versperrte die Sicht zum Kunsthimmel hinauf. Auch Tata war in Rauch und Flammen eingehüllt.

Und die Kanonen der Eskies schienen nicht verstummen zu wollen.

Der Leitende Ingenieur der CREST II, Major Bert Hefrich, betrat die Zentrale und kam mit schnellen Schritten auf Rhodan zu.

„Ich hielt es für besser, persönlich zu Ihnen zu kommen", sagte er. „Meine Nachrichten sind nicht gerade erfreulich."

„Sprechen Sie, Major", forderte Rhodan den Ingenieur auf.

Hefrich lachte bedrückt, als bemühte er sich, eine unangenehme Erinnerung loszuwerden.

Er sagte: „Es besteht nicht die geringste Aussicht, die Maschinen der CREST wieder in Gang zu bringen. Unsere bisher durchgeführten Experimente beweisen, daß es keinerlei Schäden innerhalb der Anlagen gibt. Auch die Schaltungen funktionieren einwandfrei. Es liegt ausschließlich an einer fehlenden Reaktion."

Er hüstelte. „Es klingt mysteriös, aber man könnte beinahe von gelähmten Maschinen sprechen."

„Ich verstehe", sagte Rhodan. Er wußte, daß Hefrich seinen Mitarbeitern alles abverlangt hatte. Auch jetzt würden die Techniker in ihren Bemühungen nicht nachlassen, obwohl Hefrichs Urteil gefällt war.

„Solange wir uns innerhalb des Schiffes aufhalten, haben wir keine Gelegenheit, etwas an unserer jetzigen Lage zu ändern, Sir", sagte Hefrich. „Die Ursache für das Versagen aller atomaren Energiestationen muß außerhalb der CREST zu finden sein."

Bevor Rhodan etwas darauf erwidern konnte, kam Gucky angewatschelt.

„Ich hatte gerade eine Unterredung mit den anderen Mutanten", sagte er. „Wir haben eine Theorie, die den Absturz der drei Raumschiffe erklären kann."

„Schieß los, Kleiner!" sagte Rhodan.

Guckys Niedergeschlagenheit war unverkennbar.

„Wir hatten es in der Vergangenheit oft mit Wesen zu tun, die über individuelle paranormale Begabungen verfügten", sagte der Mausbiber. „Manche Lebensformen erreichten diese Fähigkeit durch Mutation, bei anderen waren sie angeboren."

„Worauf willst du hinaus?" wollte Rhodan wissen.

„Bei allen Völkern mit Psi-Begabung zeigt das Einzelwesen die Fähigkeit, sich paranormal zu betätigen", fuhr Gucky fort. „Warum sollte es nicht möglich sein, daß es Lebensformen gibt, die erst durch das Zusammenwirken großer Gruppen eine paraphysikalische Welle ausstrahlen können?"

Rhodans Augen verengten sich. „Das wäre durchaus denkbar", meinte er leise. „Was aber hat das mit unserer Situation zu tun?"

Gucky spreizte die Pfoten und reckte sich. „Innerhalb der Grün-Etage gibt es eine konstante paranormale Welle", erklärte er. „Das können Gecko und ich, trotz des Ausfalls unserer Fähigkeiten, wahrnehmen. Sie kommt mit großer Sicherheit von Tata. Die CREST und die beiden Korvetten stürzten kurz nach Einsetzen dieser Psi-Front ab. Daß es den Korvetten nicht besser als uns erging, dürfte ja klar sein."

„Warum hast du uns das bisher verschwiegen?" fragte Atlan.

Gucky sah ihn beinahe traurig an. „Ich sagte bereits, daß diese Para-Welle sich von allen Phänomenen unterscheidet, die wir bisher angetroffen haben. Sie beruht offenbar auf der Ausstrahlung eines ganzen Volkes, ist also eine Art Psi-Kollektiv. Es gibt keine individuelle Strömung, die sich lokalisieren ließe. Deshalb glaubte ich zunächst, es könnte sich um eine Naturerscheinung handeln oder um die Ausstrahlung unbekannter Maschinen."

„Das würde bedeuten, daß die Gurus die Welle ausstrahlen", sagte Rhodan nüchtern. „Wäre das nicht eine Erklärung dafür, daß die Eskies keine einzige atomare Waffe im Einsatz haben?"

„Wie wollen wir die Gurus veranlassen, die paranormale Strahlung abzubrechen?" fragte Oberst Rudo.

„Vielleicht hören sie damit auf, sobald die Eskies sich zurückziehen", warf Mory Rhodan-Abro ein. „Wir brauchen nur das Ende dieser Schlacht abzuwarten."

„Mory hat recht", stimmte Atlan zu. „Ich glaube, unsere Aufregung war völlig unnötig. Bald werden die Eskies aufgeben. Bisher konnten sie noch keine entscheidenden Erfolge erzielen. Sie werden in ihre Höhlen zurückkehren und sich an ihre Ausgangsposition zurückziehen."

Für Rhodans Begriffe war diese Lösung zu einfach, um wahr zu sein.

„Wir dürfen nie vergessen, daß wir hier in einer raffinierten Falle sitzen", sagte er rasch. „Ich rechne damit, daß noch irgend etwas geschehen wird, bevor der Krieg um die Festung zu Ende ist."

28.

Captain Don Redhorse blickte ungeduldig auf die Uhr an seinem Handgelenk. In wenigen Minuten mußten seine Boten die CREST II und die C-18 erreichen. Inzwischen mußte Rhodan bereits Pläne über ihr weiteres Vorgehen gemacht haben. Was die Aussichten auf einen baldigen Start der Korvette betraf, hatten die Techniker der C-11 Redhorse keine Hoffnung gemacht. Obwohl sie keinerlei Fehler oder Beschädigungen entdecken konnten, gelang es ihnen nicht, die Anlagen des Beibootes wieder in Gang zu bringen. Redhorse folgerte daraus, daß sie für unbestimmte Zeit vor der Festung bleiben mußten.

Er wollte nicht auf eigene Faust handeln, sondern auf Befehle Rhodans warten. Er hielt es für angebracht, Gefangene zu machen, um von ihnen Informationen über die Grün-Etage zu erhalten. Redhorse war davon überzeugt, daß sie dadurch etwas über das Versagen der Maschine erfahren würden.

Ein Mann, der vom Landesteg gefallen war, hatte den Sturz nicht überlebt. Die Medo-Roboter hatten ihn nicht mehr retten können. Redhorse machte sich jetzt Gewissensbisse, daß er den Befehl zum Ausschleusen der beiden Shifts gegeben hatte. Als Kommandant der C-11 war er für das Leben der Besatzungsmitglieder verantwortlich. Natürlich war es ein Unfall gewesen, doch Redhorse gehörte nicht zu den Menschen, die leicht über einen derartigen Zwischenfall hinwegkamen. Von Natur aus war Redhorse schweigsam. Dafür zeigte er in gefährlichen Situationen Entschlußkraft und Übersicht.

Sergeant Löquart, der neben ihm in der Schleuse stand, schien die Gedanken des Captains zu erraten. Er hätte Redhorse gern zu erkennen gegeben, daß niemand aus der Mannschaft dem Offizier Vorwürfe machte. Doch Löquart fand es schwer, bei einem Mann wie Redhorse die richtigen Worte zu finden. Außerdem hätte der Sergeant brüllen müssen, um den Lärm zu übertönen, der vom Schlachtfeld herüberdrang. Er beobachtete, wie Redhorse ein zweites Mal auf die Uhr blickte. Dann fuhr sich der Captain mit der Hand über den Nacken, um den Schweiß abzuwischen.

„Wenn es nur nicht so heiß wäre, Captain!" schrie Löquart. Er war von Redhorse als Wächter an der Schleuse eingeteilt worden. Der Sergeant fragte sich, wozu Redhorse einen Wächter benötigte, wenn er sich selbst ununterbrochen in der Schleuse aufhielt.

Redhorse nickte nur. Die Hitze, das Jaulen der Granaten, das unausgesetzte Donnern der Explosionen, Staub und Rauch hatten ihn müde gemacht.

Er wünschte, er wäre anstelle eines der vier Männer zur CREST II gegangen. Solange er angespannt war, konnte er sich nicht mit trüben Gedanken beschäftigen.

Er schlug Löquart auf die Schulter und wollte ins Innere des Schiffes zurückkehren.

„Sir!" schrie Löquart hinter ihm her.

Redhorse blieb stehen. Da traf ihn ein kühler Luftzug, der Qualm und Staub in den Verladeraum hereintrieb und ihn husten ließ. Verwirrt kehrte Redhorse zurück.

„Kalte Luft!" rief ihm Löquart entgegen. „Sie kommt von draußen."

Redhorse reckte seinen Kopf dem kalten Luftstrom entgegen. Er empfand ihn als Wohltat, obwohl er sich bereits im nächsten Augenblick fragte, wie er entstanden sein konnte. Der Wind schien eine unsichtbare Drohung mit heranzuwehen und eine unbestimmbare Gefahr anzukündigen, die noch in weiter Ferne lag, aber immer näher kam. Redhorse starrte beunruhigt aus der Schleuse. Warum sollte er sich wegen des kalten Windes Gedanken machen?

Sergeant Löquart verzog das Gesicht. Er ballte seine Hände zu Fäusten und rieb damit über die Augen. Beide Männer husteten.

„Es wird kälter!" rief Löquart.

Redhorse schätzte, daß die Temperatur innerhalb der letzten Minuten um ungefähr zehn Grad gesunken war. Es war immer noch warm, aber irgendwie wurde Redhorse das Gefühl nicht los, daß die Entwicklung noch nicht abgeschlossen war, daß noch etwas bevorstand.

„Was halten Sie davon, Captain?" erkundigte sich Löquart unruhig.

In der Ebene ging die Schlacht mit unverminderter Heftigkeit weiter. Weder die Gurus noch die Eskies schienen sich an dem schnellen Temperatursturz zu stören.

Redhorse schaltete den Interkom neben der Schleuse ein und rief die Zentrale an. Wynd Lassiter meldete sich.

„Bringen Sie ein Barometer heraus, Wynd", befahl Redhorse. „Beeilen Sie sich."

„Ein Barometer?" wiederholte Lassiter. „Sind Sie unter die Meteorologen gegangen, Sir?"

„Ich sagte, daß Sie sich beeilen sollen", erwiderte Redhorse schroff.

Wenige Augenblicke später tauchte Lassiter in der Schleuse auf. Er hatte seine Jacke abgelegt. Die oberen Knöpfe seines Hemdes standen offen. Als er neben Redhorse ankam, schüttelte er sich.

„Puh!" machte er. „Was ist denn hier auf einmal los? Ziemlich kühl geworden. Hoffentlich bekommen wir auch bald in der Zentrale etwas davon ab!"

Schweigend nahm Redhorse den Luftdruckmesser entgegen. Der Luftdruck war normal, doch die Temperatur lag nur noch bei 18 Grad Wärme. Redhorse erinnerte sich, daß sie bisher 32 Grad Celsius gemessen hatten.

Er fröstelte plötzlich. Lassiter begann sein Hemd zu verschließen. Redhorse gab das kleine Meßgerät an Löquart weiter. Wieder blickte er auf die Uhr. Er nahm an, daß man auf den beiden anderen Schiffen ebenfalls den Temperatursturz registriert hatte. Hoffentlich kamen die Boten bald zurück.

In den nächsten zehn Minuten sank die Temperatur ständig weiter.

Sie erreichte plus 5 Grad.

Perry Rhodan ließ die beiden erschöpften Männer von der C-11, die mitten durch die Armee der Eskies marschiert waren, in bequemen Sesseln Platz nehmen. Man brachte ihnen heißen Tee. Ruhig wartete Rhodan, bis sie sich etwas erholt hatten.

Schließlich erfuhr er, daß Redhorse zwei Shifts ausgeschleust hatte – und das über den Landesteg.

„Nicht schlecht", anerkannte Rhodan. „Aber was verspricht sich der Captain davon?"

„Er hofft, daß die Raupenfahrzeuge schneller in Gang zu bringen sind als die Korvette", sagte einer der Boten. „Er will versuchen, sie mit einigen hundert Männern abzuschleppen."

„Die Idee ist nicht schlecht", mischte sich Gucky ein. „Ich glaube nicht, daß das Parafeld der Gurus weit in die Ebene hinausstrahlt. Wenn es uns gelingt, einen oder zwei Shifts einige Meilen von Tata wegzubringen, können wir sie vielleicht fliegen."

Rhodan registrierte den erstaunten Ausdruck in den Gesichtern von Redhorses Männern. Wahrscheinlich wußten sie nicht, wovon Gucky sprach. In knappen Worten erläuterte Rhodan, was die Mutanten herausgefunden hatten.

„Sie können an Bord der CREST bleiben", bot er an. „Ich werde zwei Freiwillige zur C-Elf hinüberschicken. Die Strapazen waren zu groß für Sie."

„Nein", lehnte der Sprecher der beiden ab. „Wir möchten Ihre Befehle Captain Redhorse persönlich überbringen."

Der Interkom knackte und unterbrach die Unterhaltung.

Es war Major Hefrich, der wieder die Aufsicht über die Techniker übernommen hatte.

„Ich spreche von einem der Hangars aus", gab der Ingenieur bekannt. „Haben Sie schon festgestellt, daß die Außentemperatur ständig sinkt?"

„Nein", sagte Rhodan überrascht. Er überblickte die Kontrollen. „Tatsächlich! Wir haben nur noch vierundzwanzig Grad Wärme innerhalb der Zentrale."

„Im Freien sind es nur noch zwölf Grad", berichtete Hefrich. „Und es wird ständig kühler."

„Was bedeutet das?" fragte Rhodan, obwohl er wußte, daß Hefrich ihm keine befriedigende Antwort geben konnte. „Wieso kann es plötzlich zu einer solchen Temperaturschwankung kommen?"

„Die Grün-Etage wird mir immer unheimlicher", gestand Hefrich. „Ich werde weiter beobachten und Sie ständig unterrichten."

Rhodan unterbrach die Verbindung. Redhorses Kuriere waren aufgestanden.

„Also gut", wandte sich Rhodan ihnen zu. „Unter diesen Umständen ist es besser, wenn Sie sofort zurückkehren. Nehmen Sie sich zwei Jacken mit. Ihr Rückweg wird etwas kühler sein. Redhorse soll die beiden Shifts zum Abschleppen bereithalten."

Die beiden verließen die Zentrale.

„Jetzt haben wir wieder Stoff zum Nachdenken", meinte Atlan mit einem Seitenblick auf die Kontrollen.

„Glauben Sie, daß der Temperatursturz bedeutungsvoll ist?" wollte Mory wissen.

„Horror ist ein Kunstplanet", erinnerte der Arkonide sie. „Wir können also ruhig annehmen, daß die Wärme von zweiunddreißig Grad Celsius, die bei unserem Eintreffen in der Grün-Etage herrschte, sich unter normalen Umständen nicht verändert. Wenn es jetzt abkühlt, muß irgend etwas Unvorhergesehenes geschehen sein."

„Ich glaube, es sind wieder die Gurus", verkündete Gucky. „Die paranormale Ausstrahlung hat sich irgendwie verändert."

„Was hätten sie davon, wenn sie die Temperatur auf plus zwölf Grad herabsinken lassen?" fragte Mory.

Rhodan schnippte mit den Fingern. „Deshalb tragen die Eskies diese Pelzvermummung!" Er nickte den anderen zu. „Ja, sie hüllen sich in Pelze. Dabei ist die jetzige Temperatur ausgesprochen gut verträglich."

Gucky verschränkte seine Ärmchen über der Brust. Seine Augen schimmerten.

„Wer sagt euch, daß die Temperatur aufhört zu sinken?" fragte er.

Captain Don Redhorse blickte der sich schnell verflüchtigenden Säule hellen Dampfes nach und versuchte zu begreifen, daß es sein eigener Atem war. Er holte tief Luft und stieß sie mit weit geöffnetem Mund wieder aus. Er hatte sich nicht getäuscht, sein Atem wurde bereits sichtbar. Die Temperatur fiel also weiter.

Redhorse blickte auf die Uhr. Seit etwa dreißig Minuten wurde es kälter. Wahrscheinlich lag die Temperatur nur noch ein oder zwei Grad über dem Gefrierpunkt.

Löquart und er hatten ihre Jacken übergezogen und verschlossen. Auch im Innern des Schiffes kühlte es jetzt rasch ab. Da alle Heiz- und Klimaanlagen ebenfalls ausgefallen waren, bestand keine Möglichkeit, die Korvette zu erwärmen.

Redhorse war kein ängstlicher Mann, doch das schnelle Sinken der Temperatur bereitete ihm Sorgen. Etwas geschah innerhalb der Grün-Etage, wofür er keine Erklärung hatte.

Zwar setzten die Eskies ihre Angriffe gegen die Festungsstadt fort, doch Redhorse hatte den Eindruck, daß sie sich langsam zurückzogen. Die Zahl der Explosionen ließ ständig nach. Das Trommelfeuer aus dem Hinterland diente jetzt nur noch als Deckung für einen Rückzug der Stoßtruppen in der Nähe der Festung.

Redhorse ging zum Interkom und gab der Besatzung den Befehl, warme Kleidung anzulegen.

Löquart zog Handschuhe an. Immer wieder blickte er fragend zu Redhorse hinüber. Redhorse bemerkte die Unsicherheit des Mannes, doch er wußte nicht, was er ihm sagen sollte. Er wartete ungeduldig auf die Rückkehr der vier Männer, die er zur CREST II und zur C-18 geschickt hatte.

Wenn die Quecksilbersäule nur nicht unter die Gefrierpunktgrenze sank, überlegte Redhorse. Für ihn war das beinahe eine Demarkationslinie, die nicht überschritten werden durfte. Wenn es erst einmal einige Grad unter Null war, konnte es noch kälter werden, bis...

Redhorse zwang sich, nicht daran zu denken.

Die Rauchschwaden über der zerklüfteten Ebene hatten sich etwas verzogen. Redhorse konnte jetzt deutlich erkennen, daß die Truppen der Eskies auf dem Rückzug waren.

Damit war der Ausgang des Kampfes um Tata praktisch entschieden. Ohne große Verluste hatten die Gurus ihre Festung halten können. Redhorse hatte von Anfang an den Eskies keine große Chance eingeräumt.

Redhorse bedauerte die Stoßtruppen, die jetzt in aller Eile in die Krater flüchten mußten. Nach seinen Begriffen war der Angriff eine strategische Fehlleistung gewesen, obwohl er die Lage nicht von allen Gesichtspunkten aus beurteilen konnte.

Als Löquart wieder zum Barometer wanderte, schreckte Redhorse aus seinen Gedanken auf. Löquart beugte sich über das kleine Meßgerät. Mit einem Ruck kam sein Kopf wieder hoch. Redhorse sah die Angst in den Augen des Mannes.

Löquart hob zwei Finger in die Höhe.

Redhorse biß sich auf die Unterlippe. Er mußte nicht fragen, was diese Geste bedeutete.

Die Temperatur sank weiter.

Sie lag jetzt zwei Grad unter Null.

Löquart kam zu Redhorse herüber und deutete auf den offenen Schleusenausgang.

„Wir sollten die Schleuse schließen, Captain", schlug er vor. Obwohl er nicht mehr schrie, hörte Redhorse seine Stimme deutlich, ein sicheres Zeichen dafür, daß der Kanonendonner nachgelassen hatte.

„Unsere Männer können jeden Augenblick zurückkehren", sagte Redhorse. „Auf die Dauer wird die Schiffswandung die Kälte nicht abhalten können, denn die Klimaanlagen funktionieren nicht."

Löquart blickte unschlüssig auf den Landesteg hinaus.

„Was sollen wir tun, wenn es noch kälter wird?"

„Hören Sie auf, sich darüber Gedanken zu machen", empfahl ihm Redhorse. Die Zeit, da er unter der drückenden Hitze gelitten hatte, schien ihm Monate zurückzuliegen. Dabei war es erst vor ungefähr einer Stunde gewesen. Die Geschwindigkeit, mit der es auf der ersten Ebene des Planeten Horror kalt wurde, beunruhigte Redhorse mehr als der eigentliche Vorgang des Temperaturrückgangs. Alles war unnatürlich. Es trug den Stempel eines hinterlistigen Angriffs.

Löquart begann in der Schleusenkammer auf und ab zu gehen, als hätte er bereits kalte Füße und müßte sie auf diese Weise erwärmen. Da tauchten am unteren Ende des Landesteges zwei Männer auf. Es waren Eskarpin und Szeker, die Redhorse zur C-18 geschickt hatte. Sie machten einen abgekämpften Eindruck, als sie den Landesteg heraufkamen. Löquart unterbrach seine Wanderung und winkte ihnen zu. Redhorse sah, daß Eskarpin und Szeker jetzt Jacken trugen. Man hatte sie offenbar an Bord der C-18 damit ausgerüstet.

Eskarpin versuchte ein Lächeln, als er neben Redhorse stand. Seine tiefliegenden Augen irrten unstet umher.

„Was ist mit Henderson?" fragte Redhorse.

„Alles in bester Ordnung", sagte Eskarpin beinahe heftig. „Ein Mitglied der Mannschaft hat Gehirnerschütterung. Als die C-Achtzehn aufschlug, fiel er mit dem Kopf gegen die Positronik."

„Haben Sie Captain Henderson von meinen Plänen unterrichtet?"

„Natürlich", versicherte Eskarpin. „Henderson will warten, was Perry Rhodan dazu sagen wird."

„Gut", nickte Redhorse. „Sie können jetzt ins Schiff gehen. Ruhen Sie sich aus und lassen Sie sich eine Sonderration geben."

Eskarpin zuckte kaum erkennbar mit den Schultern und verschwand im Innern des Laderaums.

Redhorse begriff, daß die Männer sich vor etwas fürchteten, was sie nicht verstanden. Ihm erging es nicht viel anders, doch er gab sich Mühe, gelassen zu erscheinen.

Zehn Minuten später trafen Rayon und Politees ein. Rayon war verwundet und humpelte hinter Politees den Landesteg hinauf. Er sah mürrisch an Redhorse vorbei, als er grüßte.

„Kurz nach dem Verlassen der CREST schlug eine Granate in unserer Nähe ein", berichtete Politees. „Rayon hat einen Splitter im Bein. Die Wunde blutete ziemlich stark; ich habe sie notdürftig verbunden."

Redhorse rief Löquart zu sich.

„Bringen Sie den Verwundeten ins Schiff, Sergeant", ordnete er an. „Danach kommen Sie in den Laderaum zurück."

Löquart war offenbar froh, daß er sich für kurze Zeit aus der Schleuse zurückziehen konnte. Er legte einen Arm Rayons über seine Schultern und schleppte den Verletzten ins Schiff.

„Es wird immer kälter", sagte Politees mit rauher Stimme. „Was werden wir tun?"

„Frieren", vermutete Redhorse grimmig. Dann fragte er: „Haben Sie mit Perry Rhodan gesprochen?"

„Ja", bestätigte Politees. „Er gratuliert uns, daß wir es geschafft haben, zwei Shifts auszuschleusen. Eventuell wird er einige hundert Mann abkommandieren, die uns helfen sollen, die Raupenpanzer aus dem Einwirkungsgebiet der Gurus zu schleppen."

„Einwirkungsgebiet?" wiederholte Redhorse verständnislos. „Was haben die Gurus damit zu tun?"

„Die Mutanten haben herausgefunden, daß die Einwohner der Festung eine Psi-Welle ausstrahlen, die jede atomare Reaktion verhindert. Gucky glaubt jedoch nicht, daß die parapsychischen Kräfte der Gurus weit in die Ebene reichen."

„Die Gurus", murmelte Redhorse. „Wir müssen sie dazu bringen, ihren Angriff aufzugeben. Gehen Sie jetzt ins Schiff. Im Augenblick gibt es für uns nichts zu tun."

Kaum war der Mann verschwunden, als Sergeant Löquart zurückkehrte. Er hatte sich eine zweite Jacke übergezogen und einen Schal um den Hals gewickelt. Redhorse trat auf den Landesteg hinaus und stützte sich auf das Geländer an der einen Seite. Unwillkürlich zuckten seine Hände zurück. Er starrte auf den oberen Rahmen des Geländers. Seine warmen Finger hatten ihren Abdruck hinterlassen.

„Außentemperatur minus sieben Grad", sagte Hefrich tonlos. „Augenblickliche Innentemperatur plus neun Grad."

„In der Zentrale ist es noch etwas wärmer", gab Rhodan bekannt. Er sprach mit dem Leitenden Ingenieur über Interkom. „Trotzdem wird es Zeit, daß wir uns auf noch tiefere Temperaturen vorbereiten." Er schaltete um, so daß ihn die gesamte Besatzung hören konnte.

„Hier spricht Rhodan", sagte er. „Es sieht so aus, als würden wir von noch weiter zunehmender Kälte bedroht. Wie Major Hefrich mitteilt, herrscht außerhalb des Schiffes zur Zeit bereits eine Temperatur von einigen Grad unter dem Gefrierpunkt. Wir wissen nicht, wie lange das Absinken der Temperatur noch anhalten wird, aber wir müssen uns auf alles vorbereiten. Jedes Besatzungsmitglied hat sich sofort um ausreichende Kleidung zu kümmern. Die Heiz- und Klimaanlagen sind außer Funktion. Es ist auch sinnlos, die Raumanzüge anzulegen, denn die Heizungen der Anzüge werden ebenfalls keine Wärme liefern, da ihre Energieversorgung ebenfalls auf nuklearer Basis arbeitet. Heißer Tee ist im Augenblick alles, was wir bieten können. Weitere Befehle folgen."

Rhodan schickte zwei Männer aus der Zentrale zu Hauptzahlmeister Major Bernard. Sie sollten für die Mannschaft im Kommandoraum wärmere Kleidung beschaffen.

Noch konnte niemand sagen, wie sich die Lage der Raumfahrer entwickeln würde. Sie hatten praktisch keine Möglichkeit, die Gurus anzugreifen. Alle Waffen waren ausgefallen, weder die CREST II noch ihre Beiboote konnten starten. Die Gurus verbargen sich hinter unbesteigbaren Festungswällen und warteten darauf, daß die Eskies sich vollständig zurückzogen.

Rhodan hatte längst begriffen, daß die Fähigkeit der Gurus die große Gefahr der Grün-Etage bildete. Er rechnete damit, daß es noch weitaus kälter wurde. Die Psi-Ausstrahlungen der Gurus waren vor allem deshalb so gefährlich, weil sie in einer berechneten Reihenfolge eingesetzt wurden. Wäre die Kältewelle vor dem Ausfall der Atommaschinen gekommen, hätten die Raumschiffe fliehen können. Jetzt waren die Besatzungen dem paranormalen Angriff ausgeliefert.

Wer immer die Meister der Insel waren, sie hatten einen Ring tödlicher Fallen geschaffen. Jede einzelne Station konnte einen Eindringling vernichten. Rhodan hielt es schon fast für ein Wunder, daß sie dem Twin-System entronnen waren. Die Hohlwelt, in der sie jetzt gefangen waren, schien sich aber als noch gefährlicher zu erweisen.

Rhodan blickte zu seiner Frau hinüber. Er machte sich Sorgen um sie. Er sagte es ihr nicht, denn sie hätte ihn sofort daran erinnert, daß er sie während eines Einsatzes als gleichwertiges Mitglied der Besatzung betrachten sollte.

„Wenn es noch kälter wird, kann uns warme Kleidung nicht mehr retten", drang Atlans Stimme in seine Gedanken.

„Das stimmt", gab Rhodan zu. „Sobald die Temperatur bis auf minus dreißig Grad fallen sollte, verlassen wir die CREST und versuchen, ein wärmeres Gebiet zu erreichen."

„Zu Fuß wird das kein Vergnügen sein", meinte der Arkonide. „Wenn wir meilenweit marschieren müssen, wird es bei vielen Männern zu Erfrierungen kommen. Icho Tolot ist der einzige, der große Strecken unter extremen Temperaturen unbeschadet zurücklegen kann. Auch Melbar Kasom und die anderen Umweltangepaßten könnten es schaffen. Wie sieht es jedoch mit den anderen aus, die nur über durchschnittliche Kräfte verfügen?"

Sergeant Löquart stolperte in die Zentrale der C-11 und sank seufzend in einen Sessel. Sein Gesicht zeigte deutliche Spuren der im Freien herrschenden Kälte. Er war von Korporal Dymik abgelöst worden.

„Dreiundzwanzig Grad unter Null", schimpfte er. „Dagegen kommen mir die elf Grad Kälte in diesem Raum direkt angenehm vor." Er wandte sich an den reglos vor den Hauptkontrollen stehenden Redhorse. „Ist es nötig, daß wir Wachen aufstellen, Captain?"

„Ja", sagte der Kommandant der Korvette. „Ich hoffe, daß bald jemand von der CREST hier eintreffen wird. Aber das ist nicht der einzige Grund. Es ist möglich, daß einige Eskies, die vor der Kälte fliehen, die C-Elf angreifen."

„Sie dürfen Dymik nicht lange vor der Schleuse lassen", sagte Löquart. „Er friert sonst ein."

Inzwischen hatte Redhorse angeordnet, daß die Arbeiten an den Anlagen in den Maschinenräumen fortgesetzt wurden. Die Männer sollten sich durch Bewegung warm halten. Außerdem war es nicht gut, wenn sie zuviel Zeit hatten, über ihre Probleme nachzudenken.

„Wir werden Dymik auftauen", versicherte Redhorse.

Löquart zog Handschuhe und Überjacke aus und begann wie ein gefangenes Tier in der Zentrale auf und ab zu gehen. Lassiter saß zusammengekauert im Pilotensitz und versuchte seine Hände dadurch zu erwärmen, daß er sie ununterbrochen anhauchte.

Die Ungewißheit, was die kommenden Stunden bringen würden, beschäftigte Redhorse mehr als die augenblickliche Abkühlung. Er hätte gern irgend etwas unternommen. Wenn es nicht zu gefährlich erschienen wäre, hätte er zwei weitere Männer zur CREST II geschickt, um zu erfahren, wann Rhodan die beiden Shifts in eine andere Gegend schleppen lassen wollte.

Redhorse ging an seinen Platz und schaltete den Interkom ein. Er stellte Verbindung zur Feuerleitzentrale der C-11 her.

„Hier ist Redhorse", meldete er sich. „Veranlassen Sie, daß zwei große Narkosestrahler in die Shifts gebracht werden."

„Die Narkosestrahler funktionieren nicht, Captain", kam die prompte Antwort.

„Ich weiß", sagte Redhorse geduldig. „Führen Sie trotzdem meinen Befehl aus. Vergessen Sie nicht, sich für diese Arbeit warm anzuziehen." Er schaltete ab, bevor weitere Einwände erfolgen konnten. Dann nickte er Lassiter zu.

„Ich gehe zum Landesteg", sagte er. Er zog die Überjacke an und suchte sich dicke Handschuhe. Er konnte die Untätigkeit innerhalb der Zentrale nicht länger ertragen.

Als er in der Schleuse ankam, sah er den völlig vermummten Dymik auf der oberen Bahn des Landesteges stehen. Redhorse verließ das Schiff. Die Kälte schlug über ihm zusammen. Unwillkürlich atmete er in knappen Zügen durch die Nase.

Nur noch vereinzelte Granaten explodierten vor der Festung. Die Eskies räumten jetzt auch ihre Stellungen im Hinterland. Überall sah Redhorse Gruppen der fremden Wesen, die ihre Waffen in Höhlen und unterirdische Gänge zurückbrachten.

Dymik hörte ihn kommen und blickte auf. Von seinem Gesicht waren nur die Augen zu sehen.

„Sie müssen sich bewegen", sagte Redhorse.

Dymik stampfte abwechselnd beide Füße auf dem Landesteg auf. Die Art, wie er das tat, erschien Redhorse lustlos. Redhorse blickte an der Außenwand der C-11 empor. Eine dünne Eisschicht hatte sich auf die Platten gelegt. Zum erstenmal in seinem Leben sah Redhorse grünes Eis. Langsam wandte er sich ab und richtete seine Aufmerksamkeit auf die Ebene. Zwischen der CREST II und ihrem elften Beiboot konnte er keine Bewegung feststellen.

„Ich möchte wissen, wie lange Rhodan noch warten will", murmelte Redhorse. „Wenn die Temperatur weiter sinkt, haben wir keine Chance mehr, die beiden Shifts zu retten."

Dymik gab ein unverständliches Geräusch von sich. Er breitete die Arme aus und schlug mit den Händen gegen seine Schulter, um sich zu erwärmen. Er hörte erst damit auf, als in der Schleuse vier Männer mit dem ersten Narkosestrahler erschienen. Zu beiden Seiten der Waffe hatten die Raumfahrer einen Tragebalken befestigt.

„Transportiert ihn vorsichtig", mahnte Redhorse. „Der Landesteg ist zum Teil vereist."

Er und Dymik wichen zur Seite, damit die vier Träger Platz hatten. Schritt für Schritt wurde der Narkosestrahler nach unten gebracht. Kurz darauf erschien die nächste Gruppe mit der zweiten Waffe. Redhorse befahl ihnen, mit dem Weitertransport zu warten, bis der erste Strahler montiert war. Dann ging er zu den Shifts hinunter, um zu helfen.

Als er zurückkam, war sein Gesicht vor Anstrengung gerötet. Er atmete schneller. Die Luft schnitt kalt in sein Gesicht. Die Atemwege schmerzten, wenn man durch den offenen Mund einatmete.

Dymik stand in der Schleuse. Er machte einen Buckel wie eine Katze und hatte beide Hände tief in die Taschen geschoben. Als Redhorse ihn erreichte, hustete er trocken.

„Sie werden abgelöst", entschied Redhorse. Er ging zum Barometer und las die Werte ab. Im ersten Augenblick dachte er, daß er sich getäuscht hätte. Plötzliche Furcht trieb ihm Blut ins Gesicht.

Es war vierunddreißig Grad kalt geworden.

Die vier Männer mit dem zweiten Strahler sahen ihn schweigend an. Redhorse wich ihren Blicken aus. Er hob den Arm.

„Los!" sagte er barsch. „Schafft ihn jetzt hinunter."

„Captain!" rief Dymik vom Schleusenausgang her.

Redhorse rannte ins Freie. Der ausgestreckte Arm des Wächters zeigte zur CREST II hinüber. Redhorse sah eine lange Reihe von Gestalten, die sich auf die C-11 zu bewegten. Endlich hatte Rhodan den entscheidenden Befehl gegeben.

Redhorse trieb die Männer mit dem zweiten Strahler an. Er wollte mit der Montage fertig sein, bis die ersten Besatzungsmitglieder des Flaggschiffes ankamen.

Redhorse hatte die Kälte vergessen. Er schickte Dymik ins Schiff. Dann ging er zum Interkom.

„Alles fertigmachen!" ordnete er an. „Wir verlassen in kurzer Zeit das Beiboot und versuchen, dem Eisschrank zu entrinnen." Er schaltete von Allgemeinübertragung auf die Zentrale um. „Lassiter!" rief er. Sekunden später meldete sich der Pilot.

„Kommen Sie mit zehn Männern heraus", befahl Redhorse. „Wir müssen die Zugleinen verlängern. Wir brauchen für jeden Shift mindestens drei- bis vierhundert Männer, wenn wir ihn über die Ebene ziehen wollen."

Wenn Lassiter den geringsten Zweifel an der Durchführbarkeit dieses Planes hegte, dann äußerte er ihn nicht. Redhorse kam beim Verlassen des Verladeraumes am Barometer vorüber. Er wollte sich zwingen, daran vorbeizugehen. Dann warf er trotzdem einen Blick darauf.

„Sechsunddreißig", sagte er leise. Seine Augen richteten sich auf die dunkelgrüne Schlange, die sich von der CREST II herüberwand. Er gab sich einen Ruck und ging den Landesteg hinunter.

Er kam rechtzeitig bei den Shifts an, um die ersten Männer aus Hendersons Mannschaft zu begrüßen, die gerade eintrafen. Wenige Augenblicke später tauchte auch Henderson auf. Er war einer der wenigen Männer, die ihr Gesicht noch nicht bis zu den Augen verhüllt hatten.

Captain Henderson klopfte mit seiner behandschuhten Rechten auf die Umhüllung eines Shifts. Dann ergriff er ein Zugseil und hob es hoch.

„Glauben Sie, daß es klappen wird, Häuptling?" erkundigte er sich.

Redhorse fühlte, daß die Kälte allmählich durch die Kleider drang. Viele Männer hatten Hendersons Frage gehört und umringten die beiden Offiziere voller Erwartung.

„Ich glaube es", stieß Redhorse hervor.

Er lauschte in sich hinein und stellte verwundert fest, daß seine Zuversicht echt war. Als Wynd Lassiter mit zehn weiteren Raumfahrern bei den Shifts ankam, hatten Henderson und Redhorse bereits mit den Vorbereitungen begonnen.

Die Temperatur sank auf neununddreißig Grad unter Null.

Zehn Minuten nach Henderson und seiner Mannschaft trafen die Besatzungsmitglieder der CREST II bei der C-11 ein. Vier vermummte Gestalten, die sich als Perry Rhodan, Mory Rhodan-Abro, Atlan und Wuriu Sengu entpuppten, begrüßten Redhorse und Henderson unmittelbar neben dem Landesteg.

Rhodan trug in einer Hand ein Thermometer.

„Als es kälter als dreißig Grad wurde, verließen wir die CREST", berichtete er. „Inzwischen liegt die Temperatur bereits bei zweiundvierzig Grad unter Null."

Redhorse streckte sich.

„Die beiden Shifts sind bereit", informierte er Rhodan. „In jedes

Raupenfahrzeug wurde ein Narkosestrahler eingebaut. Ich habe an jedem Shift ungefähr dreißig lange Zugseile anbringen lassen. Das müßte meiner Meinung nach reichen."

Rhodan ging zu den beiden Shifts hinüber. Redhorse und Atlan folgten ihm. Der Arkonide hielt Rhodan am Arm fest.

„Wir wissen nicht, wie weit die Zone der Gurus reicht", erinnerte er. „Bei dieser Kälte können wir die Shifts nicht mehrere Meilen durch unwegsames Gebiet ziehen."

„Wenn es sich als unmöglich erweist, können wir immer noch aufgeben", sagte Rhodan. „Vielleicht klappt es besser, als wir glauben."

Redhorse sah in einiger Entfernung Icho Tolot stehen. Der Haluter trug die beiden Mausbiber auf den Schultern, die nicht so schnell vorankamen wie die Terraner.

Rhodan kontrollierte die Zugseile. Er blickte zur Festung zurück und wies mit dem Arm die Richtung an, die sie einschlagen würden. Sie führte entgegengesetzt zur Felsenstadt in die Ebene hinaus.

Rhodan und Redhorse teilten die Mannschaften ein, die die Shifts ziehen würden. Die Zugseile waren lang genug, um allen Männern genügend Platz zu lassen. Es dauerte einige Minuten, bis alle Raumfahrer ihre Plätze eingenommen hatten.

Die übrigen wurden von Rhodan vorausgeschickt. Sie sollten möglichst schnell den Rand der Wirkungszone erreichen. Rhodan gab seine Frau in die Obhut von Melbar Kasom, dem sie allerdings nur widerstrebend folgte. Icho Tolot und die Mutanten gingen ebenfalls voraus. Atlan und alle Offiziere blieben bei den Shifts.

Redhorse, Rhodan und Atlan standen auf der unteren Bahn des Landesteges.

Redhorse hatte die Hände wie einen Trichter vor den Mund gelegt.

„Achtung!" schrie er.

Sie sahen, wie achthundert Arme zupackten. Die Zugseile des ersten Raupenfahrzeuges strafften sich. Sie waren steif vor Kälte. Rhodan beobachtete, daß Redhorse zögerte. Vierhundert Männer warteten auf das Kommando.

„Zieht an!" rief Redhorse mit weithin hallender Stimme.

Achthundert Füße stemmten sich in den felsigen Boden. Schwerfällig wälzte sich der Shift herum. Schräg nach vorn gebeugt hingen die Männer in den Seilen.

Als der zweite Shift mit einem Ruck losfuhr, war es achtundvierzig Grad kalt geworden.

Die Kälte war wie etwas Lebendiges, das man hassen konnte. Sie schnitt durch den Schal, den Don Redhorse um seinen Kopf geschlungen hatte, sie drang durch die doppelt gefütterte Überjacke und kroch von den Füßen aus langsam aber stetig die Beine hinauf. Sie lastete wie eine undurchdringliche Glocke über der Ebene. Redhorses Augenbrauen waren mit Eis verkrustet. Sein Atem gefror im gleichen Augenblick, da er den Mund verließ. Redhorse ging neben zwei vermummten Gestalten vor dem ersten Shift. Sie suchten einen Weg, den der Flugpanzer befahren konnte. Sechshundert Meter hinter ihnen lag die verlassene Kugel der C-11. Redhorse hatte das Gefühl, seit Ewigkeiten durch die Kälte zu marschieren.

Die nächsten hundert Meter schienen ohne Hindernis zu sein. Redhorse blieb stehen und wartete, bis die erste Seilgruppe auf gleicher Höhe mit ihm war. Wortlos packte er ein freies Stück des Seils. Seine Hände waren kalt, trotz der dicken Handschuhe, die er trug. Es kostete ihn Überwindung, fest zuzugreifen. Mit geschlossenen Augen begann er zu ziehen. Durch die Sohlen der Stiefel fühlte er jede Unebenheit des Bodens. Die Raupen des Shifts rollten knirschend über Geröll und Felsplatten hinweg.

Schon kleine Erhöhungen ließen den gespenstischen Zug langsamer werden. Der Shift war von einer Eisschicht überzogen. Der leichteste Mann saß im Innern und steuerte. Redhorse beneidete ihn nicht. Er hatte keine Bewegung, und innerhalb des Fahrzeuges war es höchstens zehn Grad weniger kalt.

Auf der anderen Seite des Shifts begann jemand zu husten. Redhorse sah voraus, daß sich viele Männer Erfrierungen holen würden. Auch Lungenentzündungen würden nicht ausbleiben.

Er spürte das gewaltige Gewicht des Shifts so deutlich, als sei er der einzige Mann am Seil. Verbissen stemmte er die Füße gegen den Boden. Es war seine Idee gewesen, eine wahnsinnige, grausame Idee, eine zusätzliche Folter für die der Kälte ausgesetzten Männer.

Redhorse blickte auf. Die beiden Männer an der Spitze winkten den Zuggruppen zu, ihre Richtung leicht nach links zu verändern. Ihren Gesten entnahm Redhorse, daß ein breiter Bodenspalt vor ihnen lag. Redhorses kalte Muskeln spannten sich, das Seil drohte von seiner Schulter zu gleiten. Rumpelnd kam der Shift herum.

Sie überquerten den Spalt an einer Stelle, wo er nur noch zwanzig Zentimeter breit war und kein Hindernis darstellte. Weiter links mündete der Bodeneinschnitt in eine unterirdische Höhle. Redhorse erkannte die Spuren von Eskie-Kanonen. Er war davon überzeugt, daß die Eskies sie beobachteten. Hoffentlich kamen sie nicht auf den Gedanken anzugreifen. Eine einzige Kanone hätte genügt, um die Besatzung der CREST II zu vernichten.

Redhorse wußte nicht, wie lange ein Mensch solchen Temperaturen standhalten konnte, wenn er ununterbrochen im Freien war.

Er stellte fest, daß seine Füße sich dem Rhythmus der anderen Männer angepaßt hatten. Er bewegte sich fast wie ein Roboter. Seine Wangen brannten. Er neigte den Kopf, um der schneidenden Luft zu entgehen. Meter um Meter wurden von den vierhundert verbissen arbeitenden Männern überwunden. Redhorse fühlte sich als Glied einer wunderbar funktionierenden Maschine. Er hatte das Bedürfnis, jedem der Raumfahrer die Hände zu schütteln. Er spürte, daß die Anstrengung eine Verbundenheit zwischen den Männern schuf, wie es sie nur selten gab.

Redhorse begann jeden Schritt zu zählen. Der kurzen Euphorie folgte bald wieder die Ernüchterung. Er versuchte auszurechnen, wieviel Meter sie in einer Minute zurücklegten. Nach dreißig Schritten war eine Minute verstrichen. Wahrscheinlich entsprachen dreißig Schritte zwanzig Metern.

In einer Minute zwanzig Meter.

In einer Stunde also etwas mehr als ein Kilometer.

Und das bei inzwischen mehr als fünfzig Grad Kälte.

Redhorse stemmte sich gegen das Seil und hörte auf zu zählen. Allmählich verfiel er in Lethargie. Das Atmen tat ihm weh. Steine knirschten unter seinen Stiefeln.

Wana geni son, dachte er. Ein Häuptling ist unbesiegbar!

29.

Icho Tolot bewegte sich mit der Gleichmäßigkeit einer Maschine. Gucky und Gecko, die beiden Mausbiber, hockten auf dem Rücken des Haluters und klammerten sich fest.

Gucky richtete sich etwas auf, um zurückblicken zu können. Seine Glieder schmerzten vor Kälte. Tolot hatte alle weit hinter sich gelassen. Die Mausbiber waren viel empfindlicher als ein Mensch. Sie hätten einen Marsch durch das Kältegebiet nicht überstanden.

„Ich kann niemand mehr sehen", piepste Gucky. „Nur die Kugel der CREST ist in diesem grünen Dunst schwach zu erkennen."

Gecko schwieg. Er wollte seine Furcht nicht zeigen. Er hatte den Kopf eingezogen, um sich vor dem eisigen Wind zu schützen, der ihnen entgegenblies.

Geschickt umging Tolot alle Unebenheiten. Seine Augen erspähten jeden Krater. Dank seines phantastischen Metabolismus hatte er kaum unter der Kälte zu leiden. Er hätte sich monatelang in solchen Gebieten aufhalten können, ohne Schaden zu nehmen. Doch auch für den Haluter war es unmöglich, alle der CREST zu retten.

Er rannte mit voller Geschwindigkeit, um möglichst rasch zurückkehren zu können und weitere Schiffbrüchige zu holen. Auch Tolot betrachtete die Lage im Augenblick ohne großen Optimismus.

Sein Weg führte an einem Krater vorüber, der durch mehrere Explosionen entstanden war. Tolot sah vermummte Gestalten innerhalb der inneren Kraterränder. Sofort zog er sich in die Deckung einiger Felsen zurück. Die Eskies hielten sich offenbar noch immer in ihren unterirdischen Stellungen auf. Tolot wurde etwas langsamer. Bald hatte er den großen Krater hinter sich gelassen. Seit Einbruch der Kälte wurde das Land in einen Dunstvorhang gehüllt. Das überall herrschende grüne Licht wirkte noch drückender als zuvor.

Tolot beschleunigte sein Tempo wieder. In weiter Ferne erkannte er am Horizont einen langgezogenen, dunklen Schatten. Das war entweder ein Gebirgszug oder der Dschungel. Erst jetzt nahm er die gewaltige Ausdehnung der Ebene wahr, in der die Festungsstadt in den Kunsthimmel ragte.

Auch für Tolots Begriffe war die Hohlwelt Horror ein außergewöhnliches Gebilde. Der Gedanke an die Erbauer hatte etwas Faszinierendes für ihn. Tolot wurde den Wunsch nicht los, ihnen eines Tages gegenüberzustehen. Ob er sich mit ihnen messen konnte?

Auf seinem Rücken schrie Gucky: „Die Kälte läßt nach!"

Tolot legte noch einige hundert Meter zurück, dann hielt er an. Gucky und Gecko sprangen auf den Boden. Der Haluter richtete sich auf. Gucky hob witternd die Nase.

„Hier ist es einige Grad über dem Gefrierpunkt", sagte er zufrieden.

Er zog eine speziell für ihn konstruierte Handfeuerwaffe aus dem Gürtel, richtete sie auf den Boden und drückte ab. Der Felsen, auf den er gezielt hatte, zersprühte. Glasierte Geröllbrocken fielen zurück.

Gucky und Gecko fielen sich in die Arme.

„Wir haben es geschafft!" schrie Gecko und trommelte mit den Fäusten gegen seinen schwer zu übersehenden Bauch. „Wir befinden uns außerhalb der Wirkungszone."

Tolot war merkwürdig ruhig. Er betrachtete eine trichterförmige Wolke, die quer über die Ebene kam. Als er sich langsam in eine andere Richtung drehte, sah er noch drei weitere.

„Wirbelstürme", sagte er ruhig. „Die extremen Temperaturen, die hier aufeinanderprallen, müssen zwangsläufig zu verheerenden Orkanen führen."

Alle Begeisterung fiel von den beiden Mausbibern ab.

„Ich muß umkehren", erklärte Tolot. „Die anderen warten auf mich."

Er hatte das letzte Wort noch nicht ausgesprochen, als er schon auf seine Laufarme sank und davonstürmte.

Gucky blickte bewundernd hinter ihm her.

„In manchen Situationen gibt es doch bessere Fortbewegungsmittel als Teleportation", seufzte er.

Gecko hatte sich auf einem halbrunden Felsen niedergelassen. Er rieb mit den Pfoten sein kaltes Fell.

„Glaubst du, wir sollten noch einmal einen Sprung versuchen?" fragte er lauernd.

„Nein", lehnte Gucky ab.

Er blickte über die Ebene. Überall waren Anzeichen heftiger Stürme zu erkennen. Hastig watschelte Gucky auf einen Felsen zu, den er mühelos ersteigen konnte. Von dort oben hatte er bessere Sicht. Der Wind nahm an Heftigkeit zu.

„Siehst du etwas?" erkundigte sich Gecko.

Gucky schüttelte den Kopf. „Wir sollten noch einige hundert Meter zurücklegen", schlug er vor. „Hier wird bald ein Sturm losbrechen, wie wir ihn selten erlebt haben."

Sie hängten sich an den Armen ein und watschelten auf ihren kurzen Beinen aus dem Randgebiet der Kältezone heraus.

Redhorses Füße berührten etwas Weiches und versanken darin. Er schlug die Augen auf, und seine Gedanken glitten an die Oberfläche seines Bewußtseins. Die letzten Meter hatte er in halber Bewußtlosigkeit zurückgelegt. Redhorse starrte auf den Boden. Er watete durch eine zentimeterhohe, schmutziggrüne Schicht.

Schnee! Redhorse hätte vor Wut und Enttäuschung beinahe das Seil losgelassen. Ausgerechnet jetzt mußten sie in ein Schneegebiet eindringen. Sie konnten nur hoffen, daß der Schnee nicht so hoch lag, daß er das Vorwärtskommen des Shifts verhinderte.

Inzwischen waren sieben Männer ausgefallen. Einen hatten sie ins Innere des Raupenpanzers gebracht. Die anderen schlichen völlig entkräftet hinter den Zugmannschaften her.

Redhorse rechnete damit, daß jetzt stündlich weitere Männer aufgeben mußten. Ihre Zahl würde sich schnell vergrößern.

Nun kam noch der Schnee hinzu. Auch der zweite Shift hatte anscheinend mit Schwierigkeiten zu kämpfen, denn er lag bereits fünfzig Meter schräg hinter ihnen zurück.

Redhorse hatte zwei weniger erschöpfte Männer als Kundschafter vorausgeschickt. Er ließ diese beiden in kurzen Abständen ablösen, um möglichst vielen die Gelegenheit zu einer kurzen und zweifelhaften Erholung zu gönnen.

Redhorses Füße schleiften im Schnee. Es hatte nicht überall geschneit. Solange die Schneedecke nicht höher wurde, bestand keine Gefahr, daß der Shift steckenblieb. Bald stellte der Captain fest, daß sie sogar besser vorankamen.

In den letzten Minuten hatte die Heftigkeit des Windes zugenommen. In Redhorses Gedanken entstand das Bild eines fürchterlichen Blizzards. Er hoffte, daß ihnen das erspart blieb, denn sie waren nicht mehr kräftig genug, um einen Schneesturm zu überleben.

An den Rändern der kleineren Krater war der Schnee geschmolzen. Redhorse folgerte daraus, daß aus der Tiefe warme Luft kam. Er war entschlossen, mit seinen Männern in einen der unterirdischen Tunnels einzudringen und eine Pause einzulegen, wenn es nicht anders ging.

Redhorse konnte das monotone Scharren der Füße nicht mehr hören. Das Knirschen und Rumpeln des Shifts wurde zu einer Qual. Auch die Männer unterbrachen diese eintönige Geräuschkulisse nicht. Sie hatten aufgehört zu fluchen, wenn sie stolperten. Sie beklagten sich nicht, und sie schimpften nicht miteinander.

Sie waren fast völlig teilnahmslos geworden. Es gab nur noch die Kälte – und ein achtzehn Tonnen schweres Ungeheuer, das auf den Schultern eines jeden lastete und gezogen werden mußte.

Vorwärts gegen schneidenden Wind und durch knöchelhohen Schnee. Der Transport war zu einem gespenstischen Zug geworden, zu einer Tantalusqual. Grüne, vollständig eingehüllte Gestalten, die sich kaum noch aufrecht halten konnten und immer häufiger taumelten, bewegten sich mit einer Geschwindigkeit von einem Kilometer pro Stunde durch eine Landschaft, in der es keinen warmen Platz zu geben schien.

Vier Kilometer, dachte Redhorse. Oder fünf.

Vor ihm schwankte jemand aus der Reihe. Die übrigen würden für diesen einen Mann mitziehen müssen, bis er wieder stark genug war, um zu helfen. Wahrscheinlich kehrte er nie wieder an seinen Platz zurück.

Trotz der beiden Jacken, die er trug, war Redhorses Schulter vom Zugseil wundgescheuert. Doch er spürte die Schmerzen kaum.

Träge glitten die Raupen des Shifts durch den Schnee, walzten ihn platt und rissen schmutzige Furchen in die Oberfläche. Dazwischen waren die Fußabdrücke von vierhundert Männern, die in Gruppen zu zehn und fünfzehn an den Zugseilen hingen.

Wieder verließ ein Mann das Seil. Er taumelte zur Seite und fiel zu Boden. Zwei der bereits ausgeschiedenen Raumfahrer hoben ihn auf und stützten ihn. Ein dritter nahm den Platz des Erschöpften ein.

Der Wind führte Eiskristalle mit sich und trieb den Schnee in dünnen Schleiern dicht über dem Boden dahin.

„Halt!" wollte Redhorse rufen, doch es wurde nur ein Krächzen.

Der Shift hielt. Redhorse wurde von hohläugigen Gestalten umringt.

„In der Nähe des nächsten Kraters halten wir an", sagte er. „Wir gehen unter die Oberfläche und suchen einen warmen Platz zum Ausruhen."

Niemand antwortete. Die brennenden Augen starrten Redhorse an. Wie ein Rudel Wölfe, dachte er beklommen. Und er, Don Redhorse, war der Leitwolf.

„Habt ihr verstanden?" schrie er.

Sie hatten verstanden. Sie stampften an ihre Plätze zurück. Von diesem Augenblick an war Redhorse überzeugt, daß sie den Shift aus der Kältezone bringen würden.

Selbst wenn sie auf Händen und Knien kriechen müßten.

Die Explosion warf Schnee und Felsbrocken nach oben. Sie ließ Rhodans Trommelfelle erbeben. Der Lichtblitz hatte ihn geblendet. Als er die Augen wieder öffnete, sah er in zwanzig Metern Entfernung eine Rauchwolke aufsteigen.

Jemand hatte aus einer Kanone eine Granate gegen sie abgefeuert. Als Abschußstelle kam jeder Krater in Frage.

Der Shift war zum Stehen gekommen. Einige Männer hatten hinter dicken Felsbrocken Deckung gesucht oder sich einfach zu Boden geworfen. Rhodan bezweifelte, daß ihnen das bei einem Angriff helfen würde. Er vermutete, daß es sich um einen Warnschuß handelte.

Atlan kam zu ihm.

„Es sieht aus, als näherten wir uns verbotenem Gebiet", sagte er.

Rhodan beobachtete das Gelände, das vor ihnen lag. In ihrer unmittelbaren Nähe befanden sich zwei ausgedehnte Krater. Ihr Weg würde genau zwischen ihnen hindurchführen.

„Wenn wir unsere Richtung ändern, müssen wir die Krater umgehen", sagte Rhodan. „Das hält uns auf. Der Umweg kann unser Vorhaben zum Scheitern bringen."

„Die Eskies scheinen nicht damit einverstanden zu sein, daß wir uns zwischen den Kratern bewegen", meinte Atlan. „Sie scheinen wichtige Anlagen dort zu haben."

Rhodan war sich darüber im klaren, daß ihre Lage verzweifelt wurde. Innerhalb der nächsten beiden Stunden würde ein Großteil der Männer durch Erfrierungen und Erschöpfung ausfallen. Ein Umgehen der Krater würde fast eine Stunde in Anspruch nehmen. Rhodan stand vor einer schwierigen Entscheidung.

„Wir ändern unsere Route nicht", sagte er schließlich.

„Ich habe damit gerechnet, daß du so entscheiden würdest", entgegnete Atlan. „Ich glaube, daß wir den Shift auf jeden Fall verlieren werden."

Rhodan senkte den Kopf, um dem immer heftiger werdenden Wind keine Angriffsfläche zu bieten. Hielten sie ihre jetzige Richtung ein, mußten die Eskies an eine Herausforderung glauben. Sie würden ein gnadenloses Feuer aus ihren versteckten Stellungen eröffnen.

„Wir sollten das Fahrzeug zurücklassen", schlug Atlan vor. „Ohne den Shift haben wir alle eine Chance durchzukommen. Redhorse scheint etwas mehr Glück zu haben als wir."

„Wir schleppen weiter", sagte Rhodan entschlossen.

Er gab das Kommando zum Weiterziehen, und die Männer stemmten sich widerspruchslos in die Zugseile. Schwerfällig rollte der Shift durch den Schnee. Die Granate hatte eine Furche in den Boden gerissen. Sie mußten das Raupenfahrzeug um die Explosionsstelle lenken. Dann kamen sie wieder leichter voran. Rhodan ließ die Zugmannschaften direkt auf die beiden Krater losmarschieren. Der Steg, der zwischen ihnen hindurchführte, war ungefähr fünfzig Meter breit.

Rhodan erwartete jede Sekunde einen weiteren Schuß. Doch die Eskies verhielten sich ruhig. Entweder wollten sie warten, bis ein Fehlschuß unmöglich war, oder sie hatten ihre Pläne geändert. Vielleicht fürchteten sie, daß sich die Fremden mit den Gurus verbünden könnten. Die Spannung ließ Rhodan einen Augenblick die Intensität der Kälte leichter ertragen. Er beobachtete die Kraterränder. Sie erhoben sich zwei bis drei Meter über den Boden. Dazwischen gab es breite Einschnitte, die aussahen, als seien sie herausgesprengt. Rhodan nahm an, daß die Eskies an diesen Stellen ihre Waffen an die Oberfläche brachten.

Meter um Meter kam der Treck näher an die Krater heran. Sie schienen verlassen zu sein. Rhodan kniff die Augen zusammen, aber trotz aller Anstrengung konnte er keine Bewegung erkennen.

Der Weg, den sie eingeschlagen hatten, fiel jetzt etwas ab, und sie kamen schneller voran. Rhodan sah, daß auf den Innenflächen der Kraterränder der Schnee zum Teil bereits getaut war. Dort mußten erträgliche Temperaturen herrschen.

Er schaute hinüber zum anderen Shift. Redhorse war ihnen jetzt weit voraus. Seine Zugmannschaft bewegte sich links an den Kratern vorüber. Mit immer größerer Ungeduld wartete Rhodan auf die Rückkehr des Haluters. Hatte sie Tolot verfehlt oder war die Kältezone so groß, daß auch er noch nicht in den Randgebieten angekommen war?

Die Detonation der zweiten Granate riß Rhodan aus seinen Gedanken. Der Einschlag erfolgte diesmal weit hinter ihnen.

„Vorwärts!" schrie Rhodan, bevor die Männer stehenbleiben konnten.

Sie waren bereits zwischen den Kratern angelangt, aber der eigentliche Steg lag noch zweihundert Meter vor ihnen. Wenn sie jetzt zur Umkehr gezwungen wurden, konnten sie den Shift nicht mehr retten.

Es schien, als würden die Männer noch schneller. Der Shift rumpelte und ächzte. Er hinterließ eine breite, häßliche Spur im Schnee, die sich mit den Fußeindrücken der Männer vermischte.

Ein kaum hörbarer Feuerstoß erfolgte. Rhodan sah einen der beiden vorausgehenden Kundschafter in die Knie sinken. Sein Partner warf verzweifelt beide Arme in die Luft.

Rhodan begriff, daß ein Eskiescharfschütze auf den Mann geschossen hatte. Der unverletzte Kundschafter kam zurückgerannt. Er suchte Rhodan. Rhodan ließ das Seil los und ging dem Mann entgegen.

„Sie werden uns alle erschießen, Sir", sagte dieser teilnahmslos. „Grossan hat es böse erwischt."

„Ist er tot?" fragte Rhodan ruhig. Sein Gegenüber schüttelte den Kopf. „Beinschuß", klagte er. „Er wird nicht mehr laufen können."

Rhodan dachte nach. Offensichtlich war auch dieser gezielte Schuß nur eine Warnung. Die Eskies wollten nicht töten.

„Wir bingen Grossan in den Shift", ordnete Rhodan an.

„Und danach?" erkundigte sich Oberst Cart Rudo, der neben ihm auftauchte.

Rhodan zögerte. Vielleicht kam es jetzt nur darauf an, die besseren Nerven zu haben. Wenn die Eskies ihren festen Willen spürten, gaben sie eventuell nach.

„Wir kehren nicht um", sagte Rhodan.

„Lassen wir den Shift zurück?" wollte ein anderer Offizier wissen.

„Nein", sagte Rhodan. „Noch gibt es keinen Grund dafür."

Der verwundete Grossan wurde in den Raupenpanzer gebracht, dann setzten sie den Marsch fort. Rhodan verzichtete darauf, zwei Männer vorauszuschicken. Jetzt kannten sie ihren Weg. Außerdem wäre es eine Herausforderung gegenüber den Eskies gewesen.

Der Steg war stellenweise vereist. Die Füße der Seilmannschaften fanden keinen Halt. Das Tempo wurde stetig langsamer. Sie mußten zusätzlich darauf achten, daß das schwere Fahrzeug nicht abrutschte.

Der Wind wurde von den Kraterrändern gebrochen. Die Kälte war hier nicht so schlimm. Die Zugmannschaften verdoppelten ihre Anstrengungen.

Plötzlich sah Rhodan an den gegenüberliegenden Hängen des linken Kraters vermummte Gestalten auftauchen. Er zählte sieben Eskies. Sie huschten zwischen den Lücken in den Felsen hindurch, jede Unebenheit als Deckung ausnutzend. Sie trugen lange, gewehrähnliche Waffen.

Rudo, der jetzt hinter Rhodan am Seil ging, stieß einen Warnruf aus.

„Ich habe sie bereits gesehen, Oberst", sagte Rhodan gelassen.

So schnell wie sie gekommen waren, so schnell verschwanden die Eskies auch wieder in der Tiefe. Dann begann eine automatische Waffe loszurattern. Eine Serie von Schüssen schlug gegen den Shift. Jaulend fegten die Querschläger davon. Irgendwo schrie ein Mann auf. Die Geschosse der Eskies konnten den Panzer des Allzweckfahrzeuges nicht durchschlagen.

Kurz darauf wurde das Feuer eingestellt. Inzwischen hatten die Terraner die Mitte des Steges erreicht. Die Eskies hatten hier die Ringwälle abgetragen. Rhodan hatte einen guten Einblick in den Krater, konnte jedoch keine Einzelheiten erkennen. Da tauchte am anderen Ende des Durchganges eine große Gestalt auf. Zuerst dachte Rhodan, daß es ein Eskie sei, dann erkannte er Icho Tolot. Mit langen Sprüngen kam der Haluter heran. Als sei es mühelos für ihn, Rhodan unter den verhüllten Männern zu erkennen, ging er direkt auf den Terraner zu.

Unmittelbar vor Rhodan richtete er sich auf.

„Ungefähr zweieinhalb Meilen von hier klingt die Wirkungszone der Gurus ab", informierte er Rhodan. „Ich habe die Mausbiber dort abgesetzt."

„Haben Sie eine Waffe ausprobiert?" erkundigte sich Rhodan.

„Natürlich", berichtete der Haluter. „Gucky hat ein Loch in den Boden gebrannt. Es ist alles in Ordnung. Allerdings wird es in den Randzonen zu gewaltigen Orkanen kommen."

„Das habe ich befürchtet", entgegnete Rhodan. „Geben Sie Ihre Nachrichten bitte an den anderen Zug weiter. Die Männer sollen wissen, daß sie sich nicht umsonst anstrengen."

Tolot verlor keine Zeit. Er sank auf seine Sprungarme und preschte über den Steg davon. Schnee wirbelte hinter ihm auf.

„Haben Sie alles gehört, Oberst?" fragte Rhodan über die Schulter.

Rudo lachte dröhnend. Die Rückkehr Tolots hatte eine begreifliche Erregung unter den Männern ausgelöst. Mit neuem Eifer legten sie sich in die Zugseile.

Als er noch fünfzig Meter vom Shift entfernt war, erkannte Icho Tolot, daß sich kein einziger Mann in dessen Nähe aufhielt. Verlassen stand das Allzweckfahrzeug innerhalb einer trostlosen Landschaft. Vierhundert Männer konnten doch nicht einfach verschwinden.

Hatte Redhorses Gruppe aufgegeben und war ohne den Shift weitergegangen? Oder waren die Männer angegriffen worden?

Vorsichtig näherte sich der Haluter dem Raupenpanzer. Er umrundete das Fahrzeug, bis er die Spuren der Männer im Schnee entdeckte. Sie führten direkt auf einen Krater zu. Tolot überlegte einen Augenblick. Waren die Terraner freiwillig dorthin gegangen oder hatte sie jemand dazu gezwungen?

Tolot wußte, daß es nur eine Möglichkeit gab, etwas über das Schicksal von Redhorses Gruppe zu erfahren: Er mußte den Spuren im Schnee folgen und nötigenfalls in den Krater einsteigen.

Einige Meter weiter fand Tolot eine eigenartige Waffe. Sie war eisverkrustet und sicher unbrauchbar. Ein Eskie hatte sie verloren oder einfach weggeworfen. Für Tolot war sie wertlos. Er schleuderte sich von sich. Die Spuren führten auf einen Einschnitt im Kraterrand zu. Langsam ging der Haluter weiter.

Er durchquerte den Einschnitt und konnte in den ausgedehnten Trichter hineinsehen. Der Krater war nicht rund, sondern länglich. An einer Stelle war er eingebrochen. Eine Geröllflut hatte sich dort in die Tiefe ergossen. Die zurückgebliebenen Felsbrocken sahen wie ein Riesenhöcker aus.

Es gab keinen Schnee an den Innenwänden des Kraters. Der Haluter machte sich an den Abstieg. Er beeilte sich nicht, denn der Boden unter seinen Beinen war unsicher und rutschig. Je tiefer er kam, desto wärmer wurde es. Der Krater verengte sich. Behutsam kletterte Tolot weiter. Er konnte es nicht vermeiden, daß kleinere Steine sich lösten und vor ihm in die Tiefe fielen.

Wer immer dort unten war, Tolot würde seine Ankunft nicht verbergen können. Doch darüber machte sich der Haluter keine Sorgen. Die Waffen der Eskies konnten ihm nicht gefährlich werden.

Am Grunde des Kraters angekommen, stellte Tolot fest, daß genügend Licht von der Oberfläche hereindrang, um ihn Einzelheiten erkennen zu lassen. Er sah zwei Tunnels, die in entgegengesetzten Richtungen weiterführten.

Für einen muß ich mich entscheiden, dachte er.

Er wählte den linken und drang sofort in ihn ein. Er schätzte, daß hier die Temperatur nur wenige Grad unter dem Gefrierpunkt lag. Die Luft, die ihm entgegenströmte, erschien ihm sogar warm. Es war fast vollkommen dunkel.

Da wurde Tolot von zwei Seiten angesprungen. Er sah schattenhafte Gestalten, die ihn umringten. Er stieß einen markerschütternden Schrei aus und packte den ersten Angreifer. Mühelos wirbelte er ihn in die Höhe.

„Hört auf damit!" schrie jemand. „Ich glaube, es ist Kasom."
„Redhorse?" fragte Tolot.

„Der Haluter!" sagte eine erleichterte Stimme. „In Ordnung, Tolot. Wir dachten, es seien Eskies, die uns aufgespürt hatten."

Tolot setzte den Mann, der wehrlos in seinen Armen zappelte, auf den Boden zurück.

„Greifen Sie immer so zu?" erkundigte sich der Terraner.

Tolot war froh, daß es dunkel war. Wahrscheinlich hätten ihm die Männer seine offen zur Schau getragene Heiterkeit nicht verziehen. Er unterdrückte seine Gefühle.

„Was machen Sie hier unten, Redhorse?" erkundigte er sich.

„Wir haben eine Pause eingelegt", erwiderte Redhorse. „Hier ist es warm. Die Männer hatten eine Erholung nötig."

„Der Shift steht verlassen an der Oberfläche", warf Tolot ihm vor. „Sie haben keine Wache zurückgelassen."

„Sie können ja auf das Fahrzeug aufpassen", entgegnete der Offizier gereizt. „Wegen des Shifts werde ich nicht das Leben einiger Männer aufs Spiel setzen."

„Ich komme von Rhodans Gruppe", erklärte Tolot. „Dort ist alles in Ordnung. Etwa zweieinhalb Meilen von hier entfernt verliert sich die Wirkung der Para-Welle. Ich habe die beiden Mausbiber bereits in wärmeres Gebiet gebracht."

Sofort wurden die Männer lebhaft. Die Gleichgültigkeit fiel von ihnen ab. Für Tolot war eine solche Mentalität ein Phänomen. Schon oft hatte er zu ergründen versucht, warum bei einem Terraner die geringste geistige Anregung einen totalen Stimmungsumschwung herbeiführen konnte.

„Wir könnten also in ungefähr zwei Stunden die Kältezone hinter uns haben", sagte Redhorse nachdenklich. „Ich glaube, das werden wir noch schaffen."

Von allen Seiten wurde ihm zugestimmt. Tolot hatte den Eindruck, daß die Terraner am liebsten gleich diesen relativ warmen Aufenthaltsort verlassen hätten, um den Shift wieder in Schlepp zu nehmen.

„Wie viele Männer fallen bei Ihrer Gruppe aus, Captain?" erkundigte sich Tolot.

„Als wir anhielten, waren es siebzehn", sagte Redhorse. „Ich rechne damit, daß mindestens zehn davon nach dieser Pause wieder mitmachen können."

„Ich werde mit den Schwächsten beider Gruppen vorausgehen", erbot sich Tolot.

Redhorse erklärte sich einverstanden. Auf seine Frage meldeten sich neun Männer, die sich außerstande fühlten, den Shift noch zu ziehen. Tolot verließ mit ihnen den Tunnel, um die Kranken von Rhodans Gruppe ebenfalls abzuholen.

Zehn Minuten später folgte Redhorse mit den übrigen Männern. Sie kehrten an die Oberfläche zurück. Kurz darauf ruckte der Shift wieder an und rollte mit einer Geschwindigkeit von etwas über einem Kilometer in der Stunde weiter.

30.

Aus einer Wolke von Schnee, Eis und Hagel schob sich der zweite Shift. Captain Don Redhorse war zu müde, um in ein Triumphgeheul auszubrechen, aber die Gewißheit, daß auch Rhodans Mannschaft den Durchbruch geschafft hatte, rief Befriedigung in ihm hervor. In den letzten Minuten war es stetig wärmer geworden. Redhorse wußte, daß sie sich am Rande eines Orkans von unvorstellbarer Stärke bewegten. In der letzten Stunde hatten sie mehrfach anhalten und sich hinter den Shift kauern müssen, so stark hatte der Sturm gewütet.

Doch das Wissen um die nahe Sicherheit hatte den Männern ungeahnte Kräfte verliehen. Die Temperatur war immer weiter angestiegen und lag jetzt bei zehn Grad unter Null.

„Vorwärts!" brüllte Redhorse.

Nur zwanzig Meter voneinander entfernt rollten die beiden Shifts durch das Unwetter. Redhorse, der das Zugseil in den letzten zwei Stunden nicht mehr verlassen hatte, sah eine völlig durchnäßte Gestalt neben sich auftauchen.

Es war Henderson. Er grinste Redhorse an.

„Ich habe mir einen Schnupfen geholt, Häuptling", sagte er.

Redhorse wandte er sich an die Zugmannschaften.

„Anhalten!" rief er ihnen zu.

Die Offiziere versammelten sich zwischen den beiden Raupenfahrzeugen. Rhodan stieg auf einen Felsbrocken. Redhorse schwor, daß er den Anblick dieser schlanken Gestalt in nassen Kleidern nie vergessen würde.

Rhodan zog einen kleinen Impulsstrahler und richtete ihn auf einen vor ihm liegenden Stein. Beinahe andächtig verfolgten die Männer jede seiner Bewegungen.

Rhodan drückte ab. Der Stein verschwand in einer Rauchwolke.

Rhodan sagte: „Wir befinden uns jetzt außerhalb der paranormalen Wirkungszone der Gurus. Sie alle haben eine große Leistung vollbracht. Ich danke Ihnen."

Schweigend blickten die Offiziere der CREST II ihn an und warteten auf seine weiteren Worte.

„Es wäre sinnlos, weiter mit den Shifts durch den Sturm zu fliegen", erklärte Rhodan. „Wir werden die in den Fahrzeugen montierten Narkosestrahler gegen die Felsenstadt richten und die Gurus einige Minuten der Strahlenwirkung aussetzen." Er gab zwei Männern einen Wink. „Sehen Sie nach, ob die Triebwerke der Panzer jetzt funktionieren."

„Sobald die Wirkung der Narkosestrahler voll einsetzt", fuhr er fort, „werden wir mit den Shifts zur C-Elf vordringen. Die Korvette wird zuerst aufsteigen. Es ist wichtig, daß wir wenigstens ein Schiff aus dem Einflußbereich der Gurus bringen. Inzwischen werden alle anderen Besatzungsmitglieder mit einem Gewaltmarsch die CREST II zu erreichen versuchen."

„Wieder durch diese Kälte?" protestierte jemand aus dem Hintergrund. „Das schaffen wir nicht."

„Sobald die Gurus bewußtlos sind, wird die Wirkung ihrer Psi-Kräfte aussetzen", erwiderte Rhodan. „In kurzer Zeit wird sich die Temperatur innerhalb des Kältegebietes normalisieren."

„Wenn die Gurus erwachen, werden sie wieder angreifen", wandte Cart Rudo ein.

„Zu diesem Zeitpunkt muß die C-Elf bereits in Sicherheit sein", erklärte Rhodan. „Mit Hilfe der Korvette können wir die Einwohner Tatas aus sicherer Entfernung ständig in Schach halten."

Sie hörten die Motoren anspringen. Die Männer jubelten.

Rhodan sprang vom Felsen herunter. Er rief Redhorse zu sich.

„Lassen Sie Leuchtraketen abfeuern", ordnete er an. „Die anderen werden sie sehen und zu uns stoßen."

Redhorse stürmte davon. Bevor er den Befehl ausführen konnte, kamen Tolot und seine Begleiter bei ihnen an. Redhorse holte die Signalpistole aus dem Shift und lud sie mit einem vollen Magazin. Hintereinander jagte er die Schüsse schräg in den Himmel hinauf. Er lud nach und gab auch in die entgegengesetzte Richtung Schüsse ab.

Die Leuchtrakteten würden wegen des wolkenverhangenen Himmels nicht weit zu sehen sein.

Inzwischen traf Rhodan alle Vorbereitungen zum Beschuß der Festung. Die Narkosestrahler wurden sorgfältig justiert, um den Gurus durch Fehlschüsse nicht die Gelegenheit zur Flucht zu geben.

Mit dem Beschuß wollte Rhodan warten, bis alle Schiffbrüchigen bei den Shifts eingetroffen waren. Alle Besatzungsmitglieder, die einen zweiten Marsch auch unter normalen Temperaturen nicht durchhalten konnten, wurden in die Raupenpanzer gebracht.

In den nächsten Minuten traf fast die gesamte Besatzung der CREST II ein. Auch Kasom und Rhodans Frau waren darunter. Schließlich kamen die Mutanten Wuriu Sengu, Iwan Goratschin und Ralf Marten.

Rhodan wandte sich an Redhorse.

„Von den beiden Mausbibern ist noch nichts zu sehen. Stellen Sie ein Kommando zusammen, das Gucky und Gecko sucht."

Redhorse wählte sieben Männer, die die Suche übernehmen wollten. Tolot und Melbar Kasom gingen auf eigene Faust los. Die einzelnen Offiziere meldeten kurz nach dem Aufbruch der Suchmannschaft, daß ihre Männer vollständig eingetroffen waren.

„Wir können nicht länger warten", sagte Rhodan. „Vielleicht sind die Gurus inzwischen schon zu unseren Schiffen vorgestoßen."

„Hoffentlich wirkt die Strahlung auf die Gurus!" sagte Atlan.

„Wir werden es bald wissen", gab Rhodan zurück. „Wenn die Triebwerke der Shifts wieder aussetzen, hatten wir kein Glück."

Sekunden später traten die Betäubungswaffen in Tätigkeit.

Als seien sie plötzlich gewichtslos, hoben sich die beiden Shifts vom Boden ab. Rhodan hatte den Piloten befohlen, sich dicht über der Oberfläche zu halten, damit die Panzer bei einem Absturz nicht beschädigt wurden. Ihre beiden einzigen Flugmaschinen waren zu wertvoll, um sie durch eine Fehlentscheidung aufs Spiel zu setzen.

Unruhe entstand unter den Männern. Rhodan hatte inzwischen drei starke Gruppen gebildet, die im Eiltempo zur CREST II vorstoßen sollten, wenn die beiden Allzweckfahrzeuge unbeschadet in die Wirkungszone der Gurus einfliegen konnten.

Rhodan ließ die Shifts nicht aus den Augen. Hundert Meter waren sie bereits entfernt. Dann zweihundert, dreihundert. Rhodan atmete auf. Die Narkosestrahler hatten ihre Wirkung getan.

Während die Shifts aus seinen Augen verschwanden, wuchs Rhodans Sorge um die Mausbiber. Die Suchmannschaft war noch nicht zurück. Auch Tolot und Kasom waren noch unterwegs. Rhodan ließ Captain Henderson und zwei weitere Männer zurück. Sie sollten auf das Eintreffen der Sucher warten. Rhodan hatte vor, sie später mit einer Korvette einzuholen.

Er gab den Befehl zum Aufbruch.

Bei strömendem Regen marschierten sie los. Der Sturm heulte noch immer über die Ebene, als wollte er nie nachlassen. Ohne die Shifts kamen die Männer gut voran. In weniger als einer Stunde hoffte Rhodan bei der CREST II angekommen zu sein. Viel länger würde die Wirkung der Narkosestrahler nicht anhalten.

Rhodan hatte alle entkräfteten Raumfahrer in die beiden Shifts bringen lassen. Auch seine Frau befand sich jetzt an Bord eines der Raupenpanzer. Fast zwanzig Männer hatten Lungenentzündung. Bei den meisten, die die Shifts geschleppt hatten, waren Erfrierungen aufgetreten. Wenn sie erst wieder an Bord des Flaggschiffes waren, konnten die Kranken behandelt werden.

Es war noch immer kalt, aber der warme Regen half, die Temperaturen in der Wirkungszone rasch zum Steigen zu bringen.

Die Gewalt der Stürme hatte nachgelassen. Rhodan befürchtete, daß der neue klimatische Umsturz abermals zu heftigen Orkanen führen würde. Das künstlich gesteuerte Klima der Grün-Etage wurde völlig durcheinandergebracht.

Rhodan fragte sich, ob die Gurus überhaupt wußten, welche Rolle sie innerhalb der ersten Ebene der Hohlwelt spielten. Er bedauerte, daß er keinen Kontakt zu einem der beiden Völker aufnehmen konnte.

Ohne Zwischenfall kamen sie zwei Meilen vorwärts. Die Männer wußten, was auf dem Spiel stand, und holten die letzten Kraftreserven aus ihren müden Körpern heraus. Die Temperaturen lagen noch erheblich unter dem Gefrierpunkt.

Als sie noch etwa vier Meilen von den Raumschiffen entfernt waren, erhielten sie Feuer aus einer Eskie-Stellung. Die ersten Explosionen lagen noch zu weit hinter ihnen, um ihnen gefährlich werden zu können.

Die Terraner suchten Deckung zwischen Felsen und in kleineren Kratern. Rhodan kauerte zusammen mit Redhorse und Goratschin hinter einigen Felsen.

„Die Burschen müssen irgendwo in einem Krater stecken", murmelte Redhorse verbissen. „Es kann sich nur um eine einzelne Kanone handeln."

„Sie halten uns auf", sagte Rhodan. „Wir müssen schnell an ihnen vorbei."

Goratschin kroch um die Felsbrocken herum.

„Ich kann nicht in die Stellung einsehen", gab er bekannt. „Sonst wäre es ein Kinderspiel, diese Kanone außer Gefecht zu setzen."

„Wir müssen den Krater mit einigen Männern säubern", sagte Rhodan. „Es ist sinnlos, mit zweitausend Menschen in breiter Front weiterzumarschieren."

Redhorse blinzelte. Sein Gesicht bekam einen verwegenen Ausdruck.

„Ich glaube, ich könnte es mit zehn Männern schaffen."

„Gut, Captain", willigte Rhodan ein. „Beeilen Sie sich."

Hinter die Felsen geduckt, kroch der Offizier davon.

Rhodan hoffte, daß die beiden Shifts inzwischen bei der C-11 angekommen waren. Es konnte nicht mehr lange dauern, bis die Korvette vom Boden abhob. Rhodan hielt es für zu riskant, den noch von den Eskies besetzten Krater von der C-11 angreifen zu lassen. Das hätte die Eskies wahrscheinlich zu einem ausgedehnten Angriff veranlaßt.

Rhodan verließ sich darauf, daß Redhorse diese Angelegenheit unauffälliger erledigen würde.

In unmittelbarer Nähe schlug wieder eine Granate ein. Die unbekannten Kanoniere versuchten jetzt ihr Glück mit Zufallstreffern, denn sie hatten kein Ziel mehr vor Augen.

Rhodan wälzte sich herum und lehnte sich mit dem Rücken gegen die Felsen. Befriedigt registrierte er das stetige Ansteigen der Temperatur. Er mußte an die beiden Mausbiber denken. Hoffentlich waren sie inzwischen gefunden worden!

Die Explosionen hörten auf.

„Redhorse kann doch unmöglich schon die Stellung erreicht haben", sagte Goratschin verblüfft.

Wie um seine Worte zu bestätigen, begannen Handfeuerwaffen zu knallen. Weithin hallte das Geknatter der Explosionen. Anscheinend verlegten sich die Eskies auf Scharfschießen. Rhodan rief sich jene vereiste, mit Schnee bedeckte halbe Meile ins Gedächtnis, die Redhorse überwinden mußte, um zur Eskie-Stellung zu gelangen.

Galt das Feuer dem Captain und seinen Begleitern?

Redhorse kauerte am Eingang eines langen Grabens und überlegte. Wenn die Eskies nicht gerade dumm waren, beobachteten sie vor allem diese Vertiefung, denn sie schien die einzige Möglichkeit zu sein, sich der Stellung zu nähern.

Don Redhorse vermutete, daß irgendwo im Graben eine schwerbewaffnete Gruppe von Eskies nur auf einen Stoßtrupp wartete. Es war erstaunlich, wie schnell sich die Eskies von der Wirkung der Strahlung erholt hatten – wenn sie überhaupt davon betroffen waren.

Der Captain nickte seinen vier Begleitern zu.

„Wir verlassen den Graben", ordnete er an. „Entlang des nächsten Kraters kommen wir hundert Meter voran, ohne entdeckt zu werden. Dann müssen wir uns im Schutz einzelner Felsbrocken weiterarbeiten."

„Warum bleiben wir nicht im Graben?" erkundigte sich ein Mann.

„Weil man dort mit großer Sicherheit bereits auf uns wartet, Chartwell", erklärte Redhorse. „Wenn wir ungefähr die Hälfte des Weges zurückgelegt haben, teilen wir uns. Budnick und ich nähern uns der Kraterstellung von vorn, umgehen sie und greifen sie von hinten an."

„Das klingt ziemlich einfach", sagte Budnick sarkastisch.

„Chartwell! Sie, Veyron und Trahart veranstalten auf der linken Seite ein kleines Ablenkungsmanöver. Fangen Sie einfach an, auf die Stellung der Eskies ungezielte Schüsse abzugeben. Damit beschäftigen wir sie."

„Sie werden herausfinden, daß es nur ein Scheinangriff ist", vermutete Veyron.

Redhorse grinste. „Natürlich, das sollen sie auch. Dann kann sie nichts mehr von der Überzeugung abbringen, daß wir durch den Graben kommen."

Auf einen Wink des Captains verließen sie den Grabeneingang und rannten in gebückter Haltung an den Rändern des größeren Kraters entlang. Noch bestand keine Gefahr, daß sie entdeckt wurden. Als sie halb um den Krater herum waren, deutete Redhorse schweigend auf drei meterhohe Felsnadeln, die fünfzig Meter vor ihnen aus dem Schnee ragten.

Da begannen die Gewehre der Eskies zu rattern. Die Männer warfen sich flach zu Boden.

„Das galt nicht uns", rief Redhorse und kam wieder auf die Beine. „Los, weiter!"

Sie erreichten unangefochten die Felsnadeln.

Chartell, Veyron und Trahart wurden von Redhorse auf die linke Seite vor der Eskie-Stellung geschickt.

„Sobald Sie zu schießen anfangen, verlassen wir unsere Deckung und nähern uns dem Krater", sagte Redhorse den Männern.

Die drei Raumfahrer verschwanden. Budnick, ein Techniker mit stark hervortretenden Wangenknochen und farblosen Augen, blickte Redhorse versonnen an.

„Ich habe ein komisches Gefühl im Magen, Captain", gestand er.

„Bei mir sitzt's schon tiefer", grinste Redhorse und kroch um die Felsen herum. Er wunderte sich, daß er nicht erbärmlich fror, denn seine nasse Kleidung war jetzt eisverkrustet.

Er hörte Budnick direkt hinter sich. Ab und zu knatterten die Gewehre der Eskies. Eine einzelne Granate explodierte im Hinterland. Redhorse und Budnick waren noch zweihundert Meter von der Eskie-Kanone entfernt.

Hinter einem runden Felsbrocken machte Redhorse halt.

„Hier warten wir, bis die drei anderen in Aktion treten", sagte er.

Budnick hatte rote Flecken auf den Wangen. Sein Kopf wackelte wie der eines Greises hin und her. Das war ein Zeichen für die Schwäche des überforderten Körpers. Redhorse zog ein Energiekonzentrat aus der Tasche, riß den Umschlag ab und teilte die beiden Riegel aus weißer Substanz mit Budnick. Budnick hustete leise. In seinen Husten hinein hörten sie das Zischen von Strahlwaffen.

„Es geht los", sagte Redhorse nüchtern.

Er zog die Waffe und setzte sich in Bewegung. Budnick blieb unmittelbar neben ihm. Der Techniker blickte ständig zurück, als verfolge sie der Feind und befände sich nicht vor ihnen. Es gab bessere Deckungsmöglichkeiten, als Redhorse erwartet hatte. Sie hasteten von Vertiefung zu Vertiefung, von Felsbrocken zu Felsbrocken. Fünfzig Meter vor dem Krater bogen sie nach rechts ab. Redhorse erwartete, jeden Augenblick vermummte Gestalten auf den Kraterrändern auftauchen zu sehen, mit langen Waffen in den Händen – sofern die Eskies überhaupt Hände besaßen. Doch nichts geschah. Chartell, Veyron und Trahart schossen wie die Verrückten und schmolzen ganze Felsen aus dem Kraterrand heraus.

Ein einzelnes Eskie-Gewehr antwortete dem scheinbar blindwütigen Angriff.

Redhorse und Budnick hatten die Mitte der Eskie-Stellung erreicht. Redhorse widerstand der Versuchung, bereits jetzt über den Hang zu klettern und in die Stellung einzusehen. Budnick keuchte wie eine Dampfmaschine, aber er hielt durch.

„Wir sollten unser Glück nicht überfordern", sagte Redhorse schließlich.

Budnick ließ die Arme sinken. Nebeneinander krochen sie den Kraterrand hinauf. Redhorse fühlte sein Herz schlagen. Wieviel Meter mochten ihn noch vom Gegner trennen?

Budnick erreichte den Kamm zuerst. Er spähte zwischen den Felsen in die Tiefe und blieb bewegungslos liegen. Schnell robbte Redhorse an seine Seite. Nun konnte er in die Stellung einsehen.

Der Krater war von eingestürzten Felsen halb zugeschüttet. Die kleine Kanone der Eskies stand auf einem Trümmerberg genau in der Mitte des Kraters. Sie war im Halbdunkel nur schemenhaft zu erkennen, genau wie die vermummten Gestalten um sie herum. Die Entfernung zu den beiden Beobachtern betrug nicht mehr als vierzig Meter.

„Da sind sie", flüsterte Budnick erregt und brachte die Waffe in Anschlag.

Redhorse drückte den Arm des Technikers nach unten.

„Nicht auf die Eskies schießen", befahl er. „Wir zerstören ihre Kanone und geben den anderen ein Zeichen. Die Eskies werden fliehen."

Budnick gab ein unverständliches Geräusch von sich. Sie zielten gemeinsam auf die Kanone, auf diese schwarze, fremde Waffe, die wie ein Riesenzirkel mit stumpfem Griff aussah.

Die Kanone glühte auf. Redhorse beobachtete, wie die Eskies in einem unterirdischen Gang verschwanden. Er sprang auf und zog die Signalpistole. Er jagte drei Leuchtraketen in die Luft.

Budnick stürmte bereits den Kraterrand hinab. Auf der anderen Seite erschienen drei Männer, die die Arme in die Luft warfen. Es waren Chartwell, Veyron und Trahart.

Redhorse sah die zweitausend Mann der CREST II überall aus ihren Deckungen hervorkommen. Ein Blick in den Krater überzeugte ihn davon, daß die Eskies im Augenblick noch nicht an einen Gegenschlag dachten. Er folgte Budnick.

Der Techniker stieß einen Schrei aus und zeigte in den wolkenverhangenen Himmel. Wie ein Schemen sank eine sechzig Meter durchmessende Kugel auf die Schneelandschaft herunter.

„Die C-Elf", sagte Redhorse feierlich.

Dreißig Minuten später erwachten die Gurus.

Die CREST II war von einem meterdicken Eispanzer überzogen. Im Innern waren die Temperaturen kaum angestiegen. Das Eis auf der Außenfläche verhinderte exakte Ortungen und eine gute Beobachtung der Felsenstadt.

Rhodan ließ sich in den Sessel neben Oberst Cart Rudo fallen. Alles, was sie berührten, war eiskalt. Die meisten Maschinen liefen bereits auf Hochtouren. In wenigen Minuten würde es so warm sein, daß sie endlich die Kleider wechseln konnten.

Im Augenblick interessierte sich Rhodan nur für den Start. Sie mußten so schnell wie möglich in sicheres Gebiet entkommen, bevor die Gurus wieder mit ihren paranormalen Kräften angriffen.

Rudos Blicke überflogen die einzelnen Kontrollen. Noch konnte er die erforderlichen Manipulationen nicht ausführen. Überall im Schiff arbeiteten die Techniker auf Hochtouren. Endlich kamen die Freizeichen. Rhodan nickte dem Epsalgeborenen zu. Sekunden später hob sich das Flaggschiff vom Boden ab.

„Wir nehmen die beiden Korvetten außerhalb der Wirkungszone an Bord", ordnete Rhodan an. „Im Augenblick kommt es nur darauf an, den Gurus zu entkommen."

Sie legten vier Meilen zurück, dann fiel ein Teil der Maschinen wieder aus. Rudo warf Rhodan einen verzweifelten Blick zu.

„Sie erwachen", rief Atlan. „Beschleunigen Sie mit allem, was wir noch zu bieten haben, Oberst!"

Die CREST II verlor an Höhe. Aber sie gewann eine weitere Meile. Von unten mußte sie wie ein fliegender Eisberg aussehen. Das tauende Eis wehte als nasser Vorhang auf die Ebene herab.

Gebannt starrte Rhodan auf den Höhenmesser.

Als sie noch sechzig Meter über dem Boden waren, gelangten sie außerhalb des Guru-Einflusses. Die CREST II machte einen Satz nach vorn. Rhodan hörte Rudo erleichtert aufatmen.

Gleich darauf trafen Funksprüche von den beiden Korvetten ein, die ebenfalls in Sicherheit waren. Rhodan ließ sich direkt mit der C-11 verbinden.

„Haben Sie die Suchmannschaft gesehen?" erkundigte er sich.

„Ja", wurde ihm geantwortet. „Die beiden Mausbiber sind von Icho Tolot gefunden worden. Sie waren bewußtlos."

„Sind sie verletzt?"

„Das konnten wir noch nicht erfahren. Der Haluter fand Gucky und Gecko in der Nähe eines Kraters."

„Landen Sie und nehmen Sie die restlichen Besatzungsmitglieder an Bord", befahl Rhodan. „Danach schleusen wir beide Beiboote ein."

„Was, glauben Sie, wird man in der Festung jetzt unternehmen, Sir?" erkundigte sich Major Hefrich, der gerade mit frischen Kleidern in die Zentrale kam.

Rhodan blickte den Leitenden Ingenieur nachdenklich an. „Das ist schwer zu sagen. Im Augenblick scheinen wir in Sicherheit zu sein."

„Für meine Begriffe sind wir noch zu nahe an Tata", warf Atlan ein.

„Sobald die beiden Korvetten im Hangar sind, verlassen wir diese Gegend", versprach Rhodan. „Wir werden versuchen, in die nächste Etage vorzustoßen. Vorher werden wir jedoch irgendwo landen, um uns von den Strapazen zu erholen."

Er stand auf, und Hefrich nahm seinen Platz ein. Zusammen mit Atlan und Rudo verließ er die Zentrale.

Rudo rieb seine mächtige Brust. „Ich sehne mich nach einem Bad und warmen Kleidern", sagte er.

„Uns ergeht es nicht anders", meinte Atlan.

Zehn Minuten später kehrten die C-11 und die C-18 in ihren Hangar zurück. Die völlig erschöpften Männer wurden in die Krankenstation gebracht. Der Eispanzer um die CREST II war fast vollkommen abgetaut.

Rhodan entledigte sich seiner durchnäßten Kleidung und nahm eine heiße Dusche. Voll Erleichterung dachte er daran, daß es nur einen Toten gegeben hatte. Ein Teil der Männer schwebte in Lebensgefahr, aber mit den nötigen Medikamenten würden sie in ein oder zwei Wochen wieder gesund sein.

Angekleidet mit einer neuen Kombination kehrte Rhodan in die Zentrale zurück. Die Stimmung der Männer hatte sich schlagartig gewandelt. Sogar Gucky war wieder auf den Beinen.

Rhodan war sich darüber im klaren, daß sie nur einen Aufschub erhalten hatten. Sie mußten die Grün-Etage bald verlassen, um irgendwo in den nächsthöheren Ebenen Hilfe – sei es auch nur in Form von Informationen – zu bekommen.

Rhodan glaubte, daß die Gurus die eigentliche Gefahr der Grün-Etage waren. Mit Überlegung waren sie von den unbekannten Baumeistern dieser Hohlwelt hierhergebracht worden. Ein Rätsel waren für Rhodan die Eskies. Diese Wesen paßten irgendwie nicht in das Gesamtbild. Waren sie lediglich dazu da, um die Gurus ständig in

Alarmbereitschaft zu halten? Rhodan glaubte nicht daran. Man hätte die Reaktion der Gurus auf viel einfachere Weise erreichen können.

Gucky kam auf Rhodan zugewatschelt. Er stemmte beide Fäuste in die Hüften. Demonstrativ wedelte er mit seinem Schwanz.

„Ich habe Erfrierungen an der Schwanzspitze", piepste er empört. „Einer der Medo-Roboter hat die Haare abrasiert und Salbe darauf geschmiert."

Rhodan konnte trotz bestem Willen kaum eine Spur dieser Behandlung erkennen.

„Du bist eben überempfindlich", meinte Rhodan.

„Überempfindlich?" Guckys Augen blitzten. „Was soll ich dazu sagen, wenn dieser Redhorse behauptet, ich hätte ausgesehen wie ein überdimensionales Eis am Stiel, als man mich in die Korvette brachte?"

„Redhorse liebt farbige Vergleiche", besänftigte Rhodan den Mausbiber.

„Nami!" fauchte Gucky.

„Was bedeutet das?" erkundigte sich Rhodan.

„Altes Weib", schrillte Gucky. „Es bezieht sich auf Redhorse."

„Seit wann beherrschst du Cheyenne?" fragte Rhodan interessiert.

Gucky rollte mit den Augen.

„Cheyenne?" Er machte eine verächtliche Geste. „Das war Comanche!"

31.

Die Felsplattform erhob sich zweitausend Meter in die Höhe. Sie ragte aus einem der gewaltigen Stützdome hervor, die bis zum Kunsthimmel hinaufreichten. An den Enden war diese Hochebene von kleineren Stützfeilern abgesichert.

Die Plattform war zehn Kilometer breit und fast ebenso lang.

Mit voller Absicht hatte Rhodan die CREST II darauf gelandet. Hier oben waren sie vor den Eskies sicher. Die Plattform lag weit hinter der Front und außerhalb der Einflußzone der Gurus.

Kurz nach der Landung hatte Rhodan alle Offiziere und Verantwortlichen zu sich gerufen, um eine Lagebesprechung abzuhalten.

In zwei Punkten waren sich die Männer einig gewesen: Jede einzelne Etage der Hohlwelt Horror stellte eine von den Meistern der Insel eingerichtete Falle dar. Die CREST II mußte bald die Grün-Etage verlassen und versuchen, sich weiter der Oberfläche des Planeten zu nähern.

Über alle anderen Punkte herrschte Uneinigkeit. Es gab eine Vielzahl von Theorien über die Eskies und die Gurus. Nicht minder war die Zahl der Vorschläge über die Art und Weise, wie man in die nächsthöhere Ebene vorstoßen sollte.

Bald hatte Rhodan festgestellt, daß die endlosen Diskussionen sie nicht weiterbringen konnten. Er hatte die Versammlung aufgelöst.

Nun saß er mit seiner Frau, Atlan und Icho Tolot in einer Kabine. Der Haluter füllte den kleinen Raum fast vollständig aus. Nur mit Mühe hatte er den Eingang passieren können.

„Gesetzt den Fall, wir erreichen die Oberfläche wirklich", sagte Atlan. „Wohin sollen wir uns dann wenden? Gibt es in diesem System eine Möglichkeit, in unsere Milchstraße zurückzukehren?"

„Zweifellos", sagte Tolot. „Bereits im Twin-System wäre uns die Rückkehr gelungen, wenn man die von mir justierte Schaltung nicht gewaltsam geändert hätte."

Mory lachte. „Ich werde nie ganz den Verdacht los, daß Sie uns genarrt haben", sagte sie zu Tolot. „Ihre Abenteuerlust ist ein einleuchtendes Motiv."

„Ich kenne meine Grenzen", meinte Tolot ruhig.

„Auch innerhalb dieses verrückten Systems muß es eine Transmitter-Schaltstation geben", sagte Rhodan. „Und mit ziemlicher Sicherheit befindet sie sich an der tatsächlichen Oberfläche dieses Planeten. Wenn wir sie finden, müssen wir darauf achten, daß wir nicht in der nächsten Station, sondern in unserer Galaxis herauskommen."

Atlan lächelte belustigt. „Vielleicht sind wir Gefangene eines nicht mehr zu bremsenden Teufelskreises. Sobald wir alle Transmitterstationen hinter uns haben, fangen wir im Twin-System wieder an."

Rhodan schüttelte den Kopf. „Soweit würden wir nie kommen. Irgendeine Falle würde uns doch erwischen."

„Es gibt wirklich nur diesen einen Weg – wir müssen zurück", stimmte Tolot zu. „Im Augenblick besteht nicht die geringste Aussicht, Andromeda zu erreichen."

Es war beinahe paradox. Um ihre Aussichten auf eine Reise zur benachbarten Milchstraße zu erhöhen, mußten sie sich von ihr entfernen und in die eigene Galaxis zurückkehren. Rhodan hielt es für unsinnig, daß sie sich über ihre Rückkehr Gedanken machten. Zunächst mußten sie einmal die Oberfläche von Horror erreichen.

Rhodan sah Atlan und Tolot eine Weile nachdenklich an. Dann senkte er den Blick und fragte leise:

„Wer sind sie? Wer sind diese Wesen, die sich hinter dem Namen Meister der Insel verbergen? Über welche Mittel müssen sie verfügen, um so etwas wie Horror und die anderen intergalaktischen Transmitterstationen zu erschaffen? Und wenn sie bereits hier so grausam jeden vernichten lassen wollen, der die Transmitterstraße entdeckt hat, wie mag es erst in Andromeda selbst sein?"

Atlan blickte ihn mit gerunzelter Stirn an.

„Vielleicht", meinte er gedehnt, „sind die Meister der Insel gar nicht die Überwesen, die manche von uns schon in ihnen sehen. Denn könnten die Fallen nicht ein Beweis dafür sein, daß man in Andromeda jeden Fremden fürchtet, der dazu in der Lage ist, diesen unermeßlichen Raum zwischen den Galaxien zu überbrücken? Vielleicht haben die Unbekannten eine Schwäche und lassen darum niemand in ihren Herrschaftsbereich."

„Angst", überlegte Tolot laut, „könnte auch ein Grund dafür sein, daß es auf Quarta von diesen angeblichen Verbrechern wimmelt. Angst vor Wesen, die unbequem werden könnten." Er nickte Rhodan zu. „Ich weiß, daß Sie etwas Ähnliches schon lange vermuten, Rhodan. Verbrecher sind immer nur die, die bestehende Gesetze brechen, und wir kennen die Gesetze nicht, die in Andromeda herrschen."

„Wir werden sie kennenlernen, und die Meister der Insel werden uns eines Tages einige Fragen zu beantworten haben", sagte Rhodan entschlossen. „Falls wir Horror entkommen."

Er wechselte das Thema.

„Auf der Felsplattform sind wir im Augenblick relativ sicher. Wir werden der Mannschaft Gelegenheit zur Erholung geben. Danach versuchen wir den Vorstoß in eine höhere Ebene."

Atlan stand auf.

„Ist es nicht seltsam? Obwohl ich weiß, daß uns innerhalb jeder einzelnen Transmitterstation, in die wir verschlagen werden könnten, Gefahr droht, bedaure ich, auch nur eine auslassen zu müssen."

Rhodan nickte versonnen. Er verstand den Arkoniden. Atlan war auf unzähligen Planeten gewesen, hatte Kontakt zu den seltsamsten Völkern gefunden. Er hatte mehr erlebt als je ein Mensch vor ihm.

Doch die Lockung des Unbekannten blieb.

Über eine riesige Kluft hinweg zog ihn das Glitzern einer fremden Milchstraße an. Ein leiser, aber nicht zu überhörender Ruf kam aus der Unendlichkeit. Rhodan wußte, daß er ihm folgen würde. Der uralte Trieb der Menschheit, Unbekanntes zu erforschen, war stärker denn je.

Und solange es Menschen gab, würden sie diesem Drang nachgeben ...

ENDE

Perry Rhodan-Buch Nr. 22 „Schrecken der Hohlwelt"
erscheint am 16. 9. 1985

CREST II

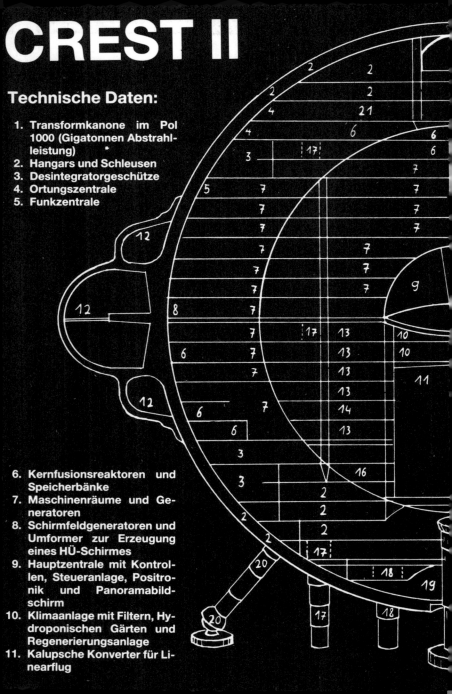

Technische Daten:

1. Transformkanone im Pol 1000 (Gigatonnen Abstrahlleistung) *
2. Hangars und Schleusen
3. Desintegratorgeschütze
4. Ortungszentrale
5. Funkzentrale
6. Kernfusionsreaktoren und Speicherbänke
7. Maschinenräume und Generatoren
8. Schirmfeldgeneratoren und Umformer zur Erzeugung eines HÜ-Schirmes
9. Hauptzentrale mit Kontrollen, Steueranlage, Positronik und Panoramabildschirm
10. Klimaanlage mit Filtern, Hydroponischen Gärten und Regenerierungsanlage
11. Kalupsche Konverter für Linearflug